中国专业作家小说典藏文库

中国专业作家小说典藏文库

杨英国卷

洁白的世界

杨英国 ◎ 著

中国文史出版社

目　　录

善有善报，恶有恶报。

不是不报，时辰不到。

时辰一到，一切都报。

天地良心，自有公道。

——题记

汗 格 儿

正午时刻，深秋的太阳依然炽热。阳光泼辣辣地洒下来，安家集以东几百亩红荆地泛起五彩斑斓的光波。光波下白岚涌动，细看方知是一层厚厚的碱花。碱花在荆棵根部翘起脸来，像要攀上荆秆，争享一份阳光似的。

抬头东望，荆棵地里有条笔直的大道，碱层将大道铺成孝带般的白色。时下正值"九月十月地泛潮"，大道上的碱层与荆地里的碱花蔓延相融，太阳一晒，天地间就生发出那种让人虚烦懊躁的湿热。阵风起处，带咸味的湿气钻进鼻孔，此刻再举目远眺，一切生灵都会产生孤帆远舟身临大海的感觉。

在这苍茫地带的大路北端，一抹红绿相映的光晕正起伏颠簸。轻风催送，光晕愈来愈近愈来愈大，终于面目绽露——是一乘花轿一群喜神一团欢乐。欢乐的气氛冲淡了荆地的苍凉，天地也随之显得清爽高阔了。

颤悠着的花轿进了村，由东西行，穿过大街拐进小巷，在小巷的北口抻了抻，然后奔向安中奇的家。

这儿虽是平原，却有沟坎，有险坡，有大小远近不等的古坟荒冢，更有大片小片的红荆地碱蓬棵。总之，地形很是复杂。时下，南军和北军在这个复杂地带兜圈子啃屁股打了几个月，末了，南军边打边往南边退，北军打着跟在后边追。南军退过大沙河，北军却立马停住不追了。南军见北军不追，便怄气似的突然扎住阵脚，回过头来隔了河面打冷枪、放冷炮。

过后才知道，原来南军赶到的新编三十七师已从沙河上游二百里渡过来，想诱北军渡河追击时抄其后路。不想机关算错，被人识破，让北军两边钳上去迎头兜住，一师人马除了伙夫顶着锅盖逃出几个外，其余全都打死或被俘。至此，过河的南军再也没敢攻回来，但也不退不撤，只是据住南岸，枪炮朝北，像在寻觅和等待什么机会似的。说来也挺奇妙，日子不

1

多，由于战事需要，北军这边的部队越撤越少，于是，南军便瞅了空子，常在夜间派兵渡过河来又抢又杀。有时碰上北军的拦截部队，搏杀一阵也就仓皇撤回。终究北军兵力小，顾了东顾不了西，南军便屡屡得手，甚是惬意。

那霎，这方人混得真格没了日月，他们走不脱也逃不远，白天黑夜囫囵睡，听到枪声，爬起来先往窖里钻。姑娘媳妇们更惨，穿戴完毕先问爹妈，看自己像不像五六十岁的老太婆。爹妈说像了，她们就蹙眉。爹妈说不像，却又赶紧朝脸上搓灰。尽管如此，仍是心尖堵着嗓子眼儿，有个风吹草动，先就吓得没了脉。当时什么事都难办，就是说媳妇容易。倒托媒人找女婿也并非轻而易举，所以只消男方一应口，姑娘的爹便立即独轮车一架，左边斜挎着女儿，右边是权作嫁妆的衣服被褥，一溜跟头赶忙送到婆家。女婿秃点儿瞎点儿年龄大点儿都无妨，因为无论怎么说，总比让南边过来的兵痞糟践了要强吧。姑娘有了"主儿"，爹娘放了心。用这方人家的话说，算是对自己的闺女圆了"汗格儿"。

一个漆黑夜，秋傻子雨淅淅沥沥没完没了地下。就在这当儿，北军的贾司令忽然率兵自天而降。人马分别埋伏在沙河沿岸几村与临近的碱蓬洼里，雀儿难飞地封锁了消息，至第二天夜，很麻利地兜住了五拨渡河过来的南军，一场掏狗獾似的聚歼战，这五拨南军连个肉星儿也没逬回去。也就从这夜起，沙河北岸一溜八乡得了安乐，人们终于重新体会到了什么是白天、什么是黑夜。也就从那天天亮起，女家倒托媒的事没了，小伙子定亲娶媳妇，仍得循了以往老规矩，交了小礼交大礼……

安家集西头小名叫留根儿的安中奇，就在这段清平安乐的日月里说了媳妇定了亲。守寡半辈子的母亲托人做媒，姻成了赵家窝棚赵海力凡的闺女赵云秀。战乱把双方老人吓惊了脑儿，刚定亲五天就商定了过门。

似乎是为了补偿前段失去的，安家集的人把这桩婚事办得极红火。一切的礼俗，都是按照这方回族的习惯进行的，扎了喜棚，雇了响器，留根儿披红戴花挨家拜，呜嘟嘟的号声中，迎进送出，谋得个喜庆，图的是欢乐。第二天一早起，亲朋乡邻相继来到，忙里的，忙外的，备妥了花轿不说，连久已淡漠了的"催妆驴"也提前打道启程了。那驴是高个儿长脖黑叫驴，一个长相别致的大鼻子壮汉身背褡裢坐在驴腚上，在距赵家窝棚一节地时，壮汉双腿一伸向后转，倒骑黑驴吼响了催妆歌：

二斤高粱六斤肉哎——

爷儿们公鸡骑驴胯

高粱换回她一盅麦哎——

公鸡拐回个母夜叉……

歌声粗犷嘎哑，伴着长脖子黑驴的咴咴儿叫声，惊动得村里人欢闹着来路口上迎着，将这唱得如醉如痴的汉子"请"下驴来，拽到女家待以好馍好菜。然后，从他背来的高粱中舀出一茶杯又还他等量的麦，这表示企望闺女过门后日子越过越好；逮一只母鸡缚了，随同带来的公鸡一块儿返回婆家，个中意思，自然清楚；那六斤羊肉，寻两位力气大不同姓的悍婆娘，一个门槛里，一个门槛外，硬硬地将肉拽开：闺女是娘的连心肉，不硬拽能"开"吗？——这催妆驴上的"勾当"正干着，村外忽有长号鸣响，立时，院里院外，笑声轰动，人们疯闹着拥上大街，因为婆家接亲的花轿来到了。

四抬的花轿，轿夫穿红袄着青裤，是紧身打扮的棒小伙儿。来到村前，响器班的鼓钹唢呐一齐动，村中的头面人物就忙忙地封了喜钱迎上去，道着辛苦，说着奉承话。激励得响器班精神抖擞，那喜曲更高，唢呐更嘹亮了。

新郎安中奇按照内地回族的风俗，此刻正在家里等着。

大门内外，人声喧哗。小鼓铜钹敲过之后，呜嘟嘟的长号吹响了。随着号声，穿戴整齐的新郎在两个小伙儿的陪同下走出来，他手撩长袍立在门口，笑盈盈地望着花轿。轿帘掀开，新娘子半懵懂半喜悦地出来了。她稍稍镇定，款款而行。那轻盈的腰身、红扑扑的笑脸，看得新郎心醉，看得众人眼花。新娘子走到大门口，含羞侧身欲做进门状，但似乎又在等待着什么。是的，她是在等待，等待一个婚事中不可缺少的礼节。这霎，旁边的"陪伴"将新郎一推，新郎侧棱了膀子，顺势在新娘子身上蹭了一下。立刻门里门外有了哄喊："撞亲了，礼到了！"在人们的哄喊中，在孩子们的笑闹中，新娘子被几位中年妇人圈过去，七手八脚架在太师椅上，跑着，颠儿着，闹嚷嚷抬进院中，送进屋里去了。

3

院子里摆满了喜庆筵，安中奇站在"女客"席（专为送嫁人设的喜宴）前，神色庄重而愉悦。他努力克制着心跳，接受人们眼光投予的祝福，静听老阿訇的经文祈祷。老阿訇用畅快响亮的嗓音诵完刚刚写好的"依扎布"（证婚书），然后转脸以询问的眼光看着送嫁来的"上客"。上客带笑点头，表示同意了，立时，老阿訇红光映面白髯飘飘，他双手向前，极麻利地捧起瓷盘里事先备好的花生和红枣，哈一声笑呵呵抛撒开来。刹那间，满院里红白相映如飞花儿，飞花儿起，飞花儿落，一片的哄笑，一片的欢乐。嬉闹的孩儿们挤着，将红枣儿花生捡起来，有的填进自己的嘴里，有的则接连不断地朝新郎掷着。这叫"打喜枣"。喜枣花生落在新郎的头上，淌进新郎的怀里，新郎欢跑进新房，将吉祥物均匀抖撒在铺红叠绿的炕上，然后在"陪伴"的支使下，悄悄溜到一边候着，候着新娘和她的送嫁陪娶的男男女女，例行给她以及他们的许多礼节。这是伊斯兰教义的规定，当然也有内地回族风俗的演绎和附加。但无论怎么说，新郎在这一天里不能违背任何约定俗成的仪式，故而必须在一边候着，静静地诚心诚意地候着。

新房外，喜筵随着花生红枣儿的飘落已经开始了。亲朋乡邻品尝着回族人自己制作的"蜜三刀"，大嚼着香油芝麻烤成的清真黏枣。燕飞蝶舞的小院里，充盈着瑞气，散溢着欢笑。

日落，夜临，庄乡宾朋走了。新房里，长明灯冒着细细的油烟忽忽闪闪的。"长明一夜，夫妇和合。"小媳妇极关注油灯的灯头，不时从鬓上拔下簪来，谨慎地拨去小小的灯花儿。灯头跳一跳，大了，亮了。亮光照在媳妇的脸蛋儿上，映出一种粉红白扑如胭如桃的颜色，抬眼瞅一瞅，很像一朵含苞待放的月季花。然而，月季花是冷的、静的，不会喘气。而她是热的、动的并且还在轻轻地喘着。喘息声尽管低而不匀，可留根儿还是清楚地听到了。他嗅一嗅，似乎那喘出的气也如花儿飘散出的细粉微末，淡淡的，香香的。只是，比花儿放出的淡香更多一种从未嗅到过的清爽和亲切。他晃晃脑袋深深地吸了口气，顿时，从心里到身外，忽地蹿出一股挺舒服又神往的感觉。

她动一动，他也动一动。她停住，他也停住了。似在做某种夫妇相随的演习，又像是一种心息相通的默契配合。灯花儿已经拨了六次，小夫妻却绝无困意，仍旧默默地在灯下对坐着。举手抬头以及眼角唇边动作的含

4

义虽都彼此理解，却又作怪，谁也不肯开口先说第一句话。新婚之夜是奇特的，让人感到欣悦、幽宁而神秘，盼望中似乎还掺杂着一种难以言喻的怕。盼什么？怕什么？谁又说得清呢？

他耐不住了，望着娇媚俊俏的小媳妇，留根儿终于耐不住了。人终究是人，总不能相互坐着瞪一宿吧？然而，新婚之夜，这"睡"字的意思又复杂，怕羞，难以启口，于是口气委婉且迟疑："哎？是该……躺下了吧？"躺字还不如睡字来得含蓄实在，留根儿话刚出口便已窘忙，不明白自己何以画虎不成反为狗。果然，媳妇羞怯地低垂了头，十指绞在一起不停地摆弄着，抻了好大一会儿，才抬脸娇嗔地瞥他一眼，抿嘴笑问道："躺也好睡也好，可是，你的'礼儿'呢？"

"礼儿？"留根儿愣怔半晌才恍然明白，他歉疚地笑一笑，便伸手从怀里谨慎地往外掏。他掏出了一块银圆，这银圆不算大，比时兴的袁大头小一些却重得多。银圆质地晶莹，光彩闪烁，正面一条银龙凸出币外，盘躯引颈弓背伸爪，于半云半雾的饰纹中张目颔首威势赫赫。这是枚清朝皇帝的登基纪念币，因为当初造量有限，流于民间的已经不多了。当年，留根儿的爷爷新婚之夜将这银圆交给奶奶，奶奶传给父亲，父亲在自己的新婚之夜给了母亲，母亲前天才从箱底里取出来，连同包着银圆的绢绸一块儿交给了他——并细心地嘱咐他新婚之夜所应该做的……

闹不清从什么年代开始，也没有什么确凿的教仪教规可查，反正这一方的人们多少代来始终遵循着一个习俗，男女成婚的第一夜，男人必须心诚意笃地向新媳妇交"汗格儿"。"汗格儿"也就是人们常说的"口唤"，是一个人的期望或托付，无论是一人还是众人，你只要对这个托给你"口唤"的人点头应允了，就得信守，就得承诺。新婚之夜的"汗格儿"可以是一件信物首饰，也可以是数量不拘的钱币，只有交了"汗格儿"，两人才真正被认为和认定是有了作为夫妻的资格。新媳妇接了"汗格儿"，就是应了丈夫的"口唤"，身心俱附丈夫，这以后，她要照顾丈夫，伺候公婆，生儿育女……为这个家庭的现在将来是是非非殚精竭虑地恪尽职责。她把这视作做人的必然、丈夫的委托、良心的抉择。她必须先夫家之忧而忧，后夫家之乐而乐。她不允许自己有任何的怨尤，哪怕是在某些事情上委屈或冤枉了她。

这一夜，当新郎向新娘子交"汗格儿"时，倘若对方犹豫不接，那么新郎就免不了屈尊讨好，多费许多的口舌，这也是这方女人的特权——新婚之夜，女比男"大"。如今，新娘子主动向留根儿要"礼儿"，留根儿当然是喜不自胜。也可能新婚让他喜迷了心，乐昏了头，否则，怎么懵懵懂懂地竟把这要紧事给疏忽了呢?

按照礼数，留根儿将银圆在手中抚一抚，在脸上亲一亲，伸手轻轻地压在了褥角下。然后，就坐在一旁静静地等着，瞅着。灯亮中，只见小媳妇稍稍迟疑了一会儿，便慢慢地从炕那头一点一点移过来，移过来，笑眯眯地咬着下唇瞥他一下，从褥角下捏出银圆看了看，以极快的速度揣进怀里后，麻利地脱掉绣花鞋，抿嘴儿坐到炕角去了。

小媳妇的动作激惹着了留根儿心中的某根弦，他只觉得头皮紧了紧，一种潜隐许久的意识便在全身轰然而起了。他闹不清自己怎么摘掉帽子又脱了鞋，笨拙而又急渴地爬上炕，情感拖着身体涌向了炕角处。一个温馨、酥软的躯体战栗着偎进他的怀抱，他的身子也一下变得酥软了。紧张、亲抚而又神不守舍，这个刚刚起翅的雏儿完全被从未经历过的风雨波涛击昏了。他只是更紧更用力地搂抱住幸福的舟桨，搞不清自己应该继续做什么和怎么做。他耳边的喘息声如同风刮雨啸，一股带着芳香味儿的温热气浪不断涌向他的脸颊。他像突然明白了自己的终极目的或者是作为男人的重大使命，更紧的拥抱之后便清醒了头脑，一只手抽出来先是摩挲了如团发鬃，随之往前滑过柔柳接触到一张细腻鲜嫩的面颊，轻抚之后漫过几抹让人心醉的小丘，然后顺着那个理想的堤岸继续下滑，下滑……他的手终于被她的手截住并攥住，仍旧急促喘息的娇嫩口气说："你……急什么?"

"就急!"他想将手从她的手里挣脱。

"这可是第一宿。"小媳妇用两只手攥紧他的一只手，使他一时难以挣脱而实际上他是不忍用力挣脱。

留根儿无奈地回头看了一眼长明灯，脸上现出一丝沮丧之色，他那急于挣脱的手渐渐减缓了力量，而后干脆重新抱住小媳妇说："那么这一宿咱俩就偎着吧。"

偎着吧。偎着在新婚夫妇来说也是一种幸福、一种享受、一种在同性来讲所难以体味到的快乐。这种快乐深沉、蕴藉而又持久，以至桌上长明灯的灯头都结成了大疙瘩。到底过了多长时间，他们已无法计算也无从记得，小媳妇终于受不了，她困难地动动身子又瘫在他怀里："你松一松，勒得我骨头都碎了。"他并没有松动，只是将两只胳膊往下挪了挪。就在他双臂下移的瞬间，小媳妇却以神奇的力量和速度抽出自己的胳膊，一下子勾住了他的脖颈，细皮嫩肉的脸蛋儿也与此同时地贴紧了他的面颊，贴得那么狠、那么紧，像是中间涂了一层厚厚的鳔，以至留根儿想歪歪脖子都办不到。这种近乎疯狂的亲近，似乎是对某种一时难以实现的目的的补偿。倘若不是一阵突如其来的敲门声，你闹不清这种亲近会发展到什么程度什么地步，甚而违规犯禁也在所不计。

笃笃笃的敲门声使小媳妇从狂热的亲近中解脱出来，她用力地推开留根儿，却仍旧恋恋不舍地说："唉！你看，'偷亲'的来了。"

"偷亲"也叫"偷媳妇"，是这方的一种老习俗。男女新婚头一夜于鸡不叫狗不咬的时节，由女方在本村的近亲悄悄来到男家，将新媳妇从新房里"偷"走。新媳妇被亲戚"偷"走之时，一包袱带了梳妆用品和一套衣服，到亲戚家就开始梳洗打扮，然后重新换上那套带去的新衣，在太阳出来之前再由亲戚公开送回。

小媳妇让人"偷"走了，留根儿怅然若失地在灯下独自坐着，坐着，一直坐到大天亮白，这才想起应该出去打扫院子，以在日出之前迎接媳妇的归来。

第二天的留根儿比头一日更快活，小媳妇不时地冲他偷笑，他甚觉纳闷，无意中在镜子里照一下，才发现自己脸上还残留着胭脂红粉的印痕。想想昨夜的光景，心里一阵扑腾，似乎有些后悔当时错过了一点什么。想着，就抬头观望太阳，然而太阳高高悬在天上，慢腾腾地看不出移动，他就有些愤恨，恨不得将太阳挂上绳子，朝西一下子拽落。

下午，本族中的伯伯安子岭陪着北军驻在本村的刘营长来串门贺喜。守纪律的刘营长来到安家，破例地抽了烟，喝了茶，说说笑笑，就像一家人似的。可惜，这么好的一个人，坐了一会儿就走了，并且，天一黑连同部队也撤了出去，说是执行特殊任务。这消息，是晚饭后安子岭告诉他一家的。这位族叔是个阴阳人，改朝换代总是官，是地方上的"人头"、村中的"大拿"。安子岭还告诉他们，沙河以北的部队都撤走了，这事只有极少人知道，要保密，不能朝外说。留根儿听了，心里就空落落的。但看

7

到族叔那精明的目光、镇定的神色，想想自己也是堂堂五尺男子汉，随之也就释然了。

大毛朗爬上中天的时候，整个村子终于安静下来。鸡不叫，狗不咬，大街小巷再也听不到孩子们的吵闹与大人们的喊喝。留根儿闩上大门，走回到自己的西房里时，小媳妇已经铺好了被窝。两只绣花鸳鸯枕并摆在一起，顿时将留根儿的两个眼珠勾住了。他瞅一眼鸳鸯枕，看一眼小媳妇，鬼使神差般在媳妇的身边坐下，他刚想说点儿什么，小媳妇娇羞地瞟了瞟他，脱掉绣鞋，仍像昨晚一样，半咬着下唇坐到炕角去了。从这霎起，新房里的空气开始凝结，留根儿总觉得有什么东西在心里莫名其妙地鼓涌着。他瞅一眼炕角处的小媳妇，看看搁在柜角上的棉油灯，举手拽拽自己的领扣，又放下。放下的手总也找不到个合适的位置，于是又举起来在胸襟上抠索。他奇怪自己昨夜的果敢行动，弄不明白今儿何以倒如此缩手缩脚了。他神思飘忽又迷乱，不清楚此刻应该做点儿什么。而小媳妇这时却一直紧倚在墙角处，似抬头又不像抬头，似侧目又不像侧目，一会儿瞥一下棉油灯上的灯花，一会儿瞥一下坐在炕前的丈夫，十个指头一如往常地绞在一起，神经质般地摆弄着。她像暗中计算着一个不为人知的数字，又如有什么要紧的活急着去做但一时还不知道怎么做。这当儿，外边忽然窸窸窣窣响动，听清楚是母亲从正屋里走过来了。她将一把扫帚什么的摆在了他们的窗下（以代替听房的），然后咳一声走开来，同时自言自语地说：

"睡吧，该睡了。"

"是该睡了。"留根儿似乎下意识地重复了母亲的话，站起身来开始脱衣褪鞋。小媳妇也像与他产生了某种共鸣，口里低低絮语着："该睡了，是该睡了。"她用手拉住被面，身子微微抖颤着往炕中挪……

亲切的呢喃中，锦被突然鼓了风般颤动瑟索。棉油灯的光焰先是吃了一惊，待到明白了眼下的光景，便知趣儿地倒向一边去了。有两只小虫儿什么的在炕围纸上轻轻地爬，轻轻地爬，招引得灯焰重又歪头来看，不想就把一双影子悄悄地叠合。压抑着的惊呼掺杂了说不清是痛苦还是幸福的呻吟，细微的响动刹那间便激起冲天的浪波。青春的火焰炽烈无比，失败的沮丧转瞬即过。尝试与冲刺反复不馁，舟楫的突进终于将航道开通了。暖融融的海水上荡漾着始祖的方舟，方舟上有山有水有树有花儿。花儿在和风中绽放又被吹落，花蕾中那无数粒小小的籽儿便成为植根大地的种子

8

了。海水有情方舟亦有情，缓缓的跌宕中不时也激惹起浪涛水花……乾坤寂静，万物消遁，这幸福的水上舟中此刻只剩了他和她。痛苦，幸福，惊惧，喜悦？说不清也辨不明，他们只觉得整个身和整个心慢慢地飞升又慢慢地落下。心甜如蜜身热似火，火的灼流在这个合二为一的整体内急剧地回旋、传递，使一对万物之灵忘记了"顿崖"（世界）上还有另外的什么。劳累和困倦通通远逝天外，不堪拖累的棉油灯也自行熄灭了。身体愈发地矫捷，心儿愈发地狂放，那怦怦跳动的声音连成一溜响鞭似的，听到了吗？觉到了吗？是你的还是她的？

时间驻足，人生永远如此吧！

然而，发生了来自地心深处的海啸，方舟很快触礁，冲天的巨浪将方舟掀翻后又劈裂了。外边所发生的突然变故，使留根儿和他的媳妇又重新回到了这个实实在在的"顿崖"。两人同时愣住，惶惑不安地侧耳谛听着。远处传来异样的响动，似乎有人奔跑，有人喊叫。细听，是的，不错，一点儿不错，声音越来越近，越来越大，说话间，大门外小巷中街筒里已经乱了。有人敲起了清真寺里的木头梆子，有人在转了韵地嘶喊："抓丁了，南军过来抓丁了！"接着，就突然响起了杂乱的枪声，由西向东，子弹带着尖厉的哨音从村子上空相继掠过。刹那间，两人的衣被腾地飞起，紧贴着的身子蓦地分开了，分开了，分开到千里万里，分开到两个当时未知后来却同样历经劫难的世界。

院里响起急促的脚步声，接着，母亲以难以想象的神奇力量将房门撞开。她身带凉风，气喘吁吁，声音已完全走调了："跑，你两口子快跑！"说着，将昔日自己丈夫的一顶旧毡帽扣在儿媳头上，又给她披了件半长粗布褂，随之三把两把将他们又推又搡拥出门："跑吧，孩子们，易卜里斯（魔鬼）打西来，往东跑。啊！"

大街上先是闹哄哄人影窜动，纷乱杂沓的脚步声像炸了年集似的。但乱了一通，忽然间就平静了。没有了喊声，没有了哭骂，不知是不敢说话了还是已经吓得说不出话，人们只是步调一致默不作声地顺着街筒朝东奔，个个舍生忘死，人人不顾一切。黑夜漆漆，脚步猎猎，夜猫嘿嘿儿叫，阴风飕飕刮。易卜里斯乘机作祟，化作黑的白的影子悄然而至，在距离房顶三尺处飘过来荡过去，一会儿呜咽狎嬉，一会儿闪蹦跳跃，一会儿相互打了手势隐匿在暗影中，一会儿又凑一块儿咬着耳朵叽咕什么。可以

9

看到它们那蝙蝠翅膀似的丧襟有时冲着谁的脖颈扇下来，那人便不由自主地跌扑一下。扑倒的奋力爬起来再跑，没倒的遭了惊吓跑得更快了。人们已经丢掉了脑子，失去了理智，"鲁赫儿"（灵魂）完全脱逃了躯壳，双腿机械地甩动，木头人一样地向前蹿啊，跑啊——终于跑过这漫长的街筒子，钻进了村东那片多少年来赖以脱灾逃生的大碱洼。大碱洼里荆丛片片，人们胡乱地撞进去，躲起来，身心立时获得了部分安宁。

夜里天冷，有人在逃出来时惶惶急急没有穿好衣服，此时连冻带吓，便傀了荆丛哆嗦。留根儿拖着媳妇在荆丛中待了一会儿，有些挨不住，就又和几个乡邻钻进远处一孔陈年破窑里去。进去才发现，里面已经挤了一些人，中街左财主和他十多岁的儿子左立渊也在这儿躲着。这爷儿俩以往让胡子绑票吓惊了脑儿，今夜听到村人一咋呼，便也拼了命地跑出来了。待到弄清楚是南军来抓丁，就极后悔，抻了抻，耐不住，便擦擦裤裆里的稀屎，钻出破窑回家了。

原来，今夜南军渡河后由西街摸进村，刚进村头就碰上做完"宵礼"的寺师傅下殿回家。寺师傅手里的木梆马上敲成一个点，穆民们听到梆声又听到喊声，立即就明白是"败俩"（倒霉的灾难）临头了。人们十分自然地往东跑，而南军也就十分自然地尾随追到了大碱洼。这碱洼阔大凌乱且有荆丛破窑，躲在里面的人如同秋天散落的豆粒，兵大爷们折腾许久也只找出十几个老弱。但这又远非他们的目的，于是就开枪，就咋呼，而年轻人早有以往的经验，敲打桌子是吓不出狸猫的。后半夜，天地渐渐安静，破窑里的人暗自庆幸逃过了这个"败俩"，刚要计议着出去瞧瞧，外边突然传来轻轻的脚步声，一探头，亮光光的刺刀大枪已把窑门堵住了。一闪一闪的手电光中，有个孩子跟在当兵的身边，大家马上认出，是左财主的小子左立渊。这个后世里要进"垛子海"（火狱）的——原来是他把抓丁的引来了……

被抓住的人在村内左财主家的场院里站成一长排，一个胖胖的官老爷让部下提着灯笼，验牲口似的挨个儿往下看。高大壮实的拽出来带走，矮小瘦弱的就给放了。媳妇的穿戴沾了光，冷不丁看上去，像个十多岁的奶嘴小孩。胖老总晃了一下她的肩头，撇嘴骂了声"娘×个喝稀饭的"，手一拨拉给筛了出去。而留根儿却要被带走了。

他没法不走。刺刀逼着，枪托砸着，被两个大兵架起来拖到了那个枪口指住的行列。他挣扎不出也不敢挣扎了，就绝望地哭喊："妈，妈——"这刹那，小媳妇不知哪来的勇气和力气，黑暗里晃晃身子挤过来，在不远的地方连哭带说地安慰他："哥，妈有我，有我哪——"

随着易卜里斯一声号叫，被挑出的人给带走了，在黑夜中隐匿了，消逝了，一点儿形影也见不到了。星星躲起来，天地更黑，夜猫子再次飞出来，"嘿嘿儿"怪笑之后又扑棱棱飞走，蓦然间有什么响声自西南天际处隐隐传来了。细听，哦，是"妈——妈——"。

红颜薄命

留根儿他们给押走之后，媳妇赵云秀哀痛哭泣了一阵，只好和庄乡父老们各自回家。母亲金氏一夜未睡，正在院里走来走去，见媳妇进了门，就往她身后看，看了半天再没人影儿，一声"我的儿啊"后就昏死过去。赵云秀吓得大哭，本家五婶和左邻右舍闻声赶来，帮她将金氏抬进屋里放在炕上，又掐又捏拾掇许久，一口浓痰吐出来，这才渐渐清醒好转。老人家大瞪着双眼满屋里睃巡，待到确认自己的儿子仍没回来时，立即把一张嘴张得极大极大，以致让一旁的人惊骇不止。她似乎要说什么却说不出来，媳妇好像看出了因由，便俯在她面前宽慰她。谁知刚说了几句，就被婆婆一把拽住了手腕，之后便朝自己怀里拼命地拉，拼命地拉。拉着拉着，说了句"儿啊，娘命苦你的命更苦"，便翻身跃起，又跳又嚷地号啕大哭了。

红颜薄命。此话虽不尽然，但许多年来在无数美人身上却总是得到神奇的验证。撇开西施、昭君、貂蝉什么的古人不说，单是母亲金氏的经历，也足以证明此说不假。

民国十九年冬月某日，是一个难得的好天气。没有一丝风，干干的树枝梢儿插向高处，远看像一支支拔地而起的巨大毛笔。暖乎乎的阳光铺漫开来，雀儿们成群结队地从这里飞起，又叽喳欢闹着落在那里。村村的土房瓦屋上冒着粗细不等、高低不一的袅袅炊烟，农人们掩襟抄袖在大街阳光下海吹的海吹，闲拉的闲拉，在那个年月，可称得上这是温润祥和的朗朗"顿崖"了。下午，一辆大车又一乘轿车，自距安家集以北二十五里的金家寨驶出来了。赶车的大把子坐在前边车扇上，头戴毡帽，斜披棉袄，接双鞘扎红绸儿的连杆大鞭甩得一溜山响。两马一骡的全三套槐木厢枣木轴新车辂辘轧在硬邦土路上，尽管左拐右颠，总也脱不出原来的老辙。车厢里坐着长袍马褂的安贵和，他四十八九的年纪，一脸红润，一顶栗色毡帽因天气暖和而掀起了两边的兔皮耳朵。他细眯着眼十分惬意地欣赏着自己的骡马大车，这是他的家业、他的心血。从爷爷辈就开始挣熬，熬到如今车马房屋一应俱全并有近百亩好地的光景，他十分满足和骄傲。特别是今年又和金家寨的二号大户联了姻，给儿子安子玉说成了四乡出名的大美人金家小姐，门当户对，这以后的日月自然更是锦上添花。今儿是媳妇婚后六天回门的日子，为了庄重，也为了会会新亲家，他亲自坐了三套的大车并捎带了去年刚买的轿车前去接儿媳，这在当地的礼数来说是极为挚重的。亲家大为感激，置了头等筵席，请了族中望老和村中头面人物特意陪他。他倍感荣耀而欣悦，辞别亲家接了儿媳归来的途中，那种被尊为上宾并得到陪客们百般奉承恭贺所产生的亢奋情绪，依然特别浓烈。轿车跟在大车后边，由自己的族侄儿安子岭赶着。十六岁的安子岭人小鬼大，为人精明，还有一膀子好活。此刻，他一边甩鞭赶车，一边回过头去逗弄车内的新嫂子说笑，这气氛就更融洽更活泛了。"小叔嫂子乱打吵子"，古来的习俗。而作为公爹的安贵和不但不能插嘴，甚至朝后看一眼也有伤风化。故而，他的双眼只能一直朝前瞅，朝前看，尽管除了面前的骡马长套以外瞅不出什么也看不到什么。

前边出现了一片松树林，是本地大户刘翰林的古茔地。茔地以北不远有座小土脊，大车驶上土脊，安贵和就怔了一下，地势高，他又坐在车上，清楚地见林边一棵树冠上有个人攀着，见他们一露面，猴儿打秋千溜下去了。那年头，砸杠子劫道绑黑票的事情时有发生。安贵和是什么头脑？说声"不好啦"，跳下车来撒腿就往东跑。东边一里许是赵家窝棚，清真寺里的阿訇是他表兄。算他精明，亏他腿快，刚跑出半节地，松林中便冲出七八个蒙面人来。蒙面人连吆喝带开枪，子弹在他身旁嘲嘲儿乱响。赶车的大把子反应慢了些，来不及跳车，被飞弹击中，双手一扬跌下车去。骡马吓得咴咴儿乱叫，撩开蹄腿拉了空车朝漫洼地里窜去。窜不很远，轰隆跌翻进一道壕沟里。蒙面人打着枪继续朝安贵和追来，眼看着逃走无望，所幸赵家窝棚的多斯提（回族间的称呼）听到枪响，高墙上瞭望的人认出了疯跑的安贵和，于是招呼一村的人冲出来，有的持枪，有的舞刀。劫贼见人多势众，不敢再追，喊着"逮不住老的拿小的"，掉头往北赶上刚要往回逃的轿车，从车里拽出金家小姐，放了跪地求饶的安子岭，打着枪拖着人，不慌不忙退进西南上一大片荆棵地里。怕伤了金小姐也怕伤了自己人，赵家窝棚的多斯提们也不敢继续撵下去，接了面如土色的安贵和进村，分了人众去照应车马。再去看倒在路边的大把子，却是枪弹穿胸过，早已死了。

安家顷刻之间摊了两件大事：一是儿媳被劫走，须得赶紧托人花钱赎回；二是大把子死了，虽属劫贼所为，安贵和还是要吃人命官司。

被劫走的媳妇不用自己费心去找，"喊票"的第二天晚上就在河崖上叫响了。先是冲村里打一阵枪，接着吹了通进过府打过县的牛皮大话，紧跟着直截了当地说定了要活人的钱数和要死尸的价码，并限定了赎人的条件和"撕票"的期限……有亲家那头压着，有门庭脸面碍着，安贵和哪敢讨价还价。天明就人托人脸托脸地凑足了银钱，按着"牵线儿"人的引导，暗暗地送往一个指定地点。至第五天，又经过九九八十一遍弯了又拐拐了又弯的周折，才由族侄安子岭在一孔破窑里将金家小姐寻着。此时的安家媳妇金家小姐双目被布蒙住，两耳给灌满了油蜡，一脸的污垢，蓬乱的头发，俨然要饭的花子，哪还有个新娘子样啊？然而，再丑再脏还是安家的媳妇，她终归还是活着的。而这一连串的送信儿传信儿办交涉，都是十六岁的安子岭一手经办。安贵和暗暗纳罕，年纪轻轻如此能干，了不得。

媳妇是找回来了，可大把子的人命官司还得接着打。苦主本来认了命，只让安贵和出些钱财借以养家即可。可是，县府里大官小吏一群狗，见他是个土鳖财主小富户，正好借机捞他一把啃他一口。一个挺明白的案子结了审，审了结，光证人就从周围抓了一百多。而这些证人在县府指定的店里住，吃喝宿费都得安家包着。三番五次，直待安贵和将家产卖光，又借了一腚的债，给大官小吏送足了"人情"，才算开恩大赦饶了他。他气愤怨恨，了案后便一病不起，半年未过，就一命归天了。

安贵和"无常"（去世）之后，安子玉由少东家一下子跌成顶常活的。为了还债，为了重振家业，辞了长工当然也雇不起了短工，耕耩锄耙自己来，农闲时还和乡邻结伙到海边给盐行里运盐挣脚钱。那年腊月运盐行至张家桥，下桥头时翻了车，他来不及跳车给砸在了盐包下，等同伙将他从沉重的盐包下翻出来时，连砸加闷，人已气息奄奄了。同伙们将他运回家去，百般求医治疗，终于不济。在请阿訇领过"讨白"（祈祷）后，借着一阵人皆有之的回光返照，安子玉将妻子叫到眼前，指指她身边已经三岁的孩子说："孩子改叫留根儿吧……"

红颜薄命，在金氏身上应验了。

金氏命薄如纸，却志气如钢。第二年一开春，她一反昔日千金小姐大门不出二门不迈的旧规，毅然换下青缎绣鞋和细质衣服，扛起锄头领着儿子下地干活了。亲戚惜疼，乡邻惊讶，老朽的白眼，流球儿的乜斜，她全当没看到。为了儿子，为了这个家，她要顽强地生活下去。她顾不了那么多。

那年月，寡妇种田，难上加难。耕耩锄耙可以用节省下的一点钱来雇人代劳，到了收获季节，麻烦可就多了。黑夜看青，把不准让流球小子暗中算计；不去看护吧，说不定又遭人偷。她不得不处事慎之又慎，稍不留神，就会招来毁声灭誉的闲话。可是，柔弱的金氏硬是和命运杠上了。风霜雨雪中，她那娇嫩的手磨细了茶杯粗细的锄杠，尖尖的小脚踏碎了又大又硬的坷垃，白腻瘦削的双肩给拉车时的套绳勒肿出血。然而，那呕心沥血拼搏劳顿所流出的汗水，却浇旺了枯萎的庄稼。不过，金氏到底是个小脚女人，她到底力不从心，几年之后，她便浑身是病，瘦弱不堪了。那时讲的是"嫁出的闺女泼出的水"，她娘家只想过自己的好日月，间或对她的一点帮助也视作法外之恩。而她，又是个不愿寄人篱下的人。这样，原先已难维持的家景更加困顿，更加衰落，可她仍旧拼命地支撑，顽强地奔波。她典房，她卖地，她求亲告友又借贷，她以自己的全部心血和力气，拉巴着儿子，维持着这个破败的家庭，替丈夫也是替自己履行着自己的"汗格儿"。年复一年，留根儿渐渐长高了，懂事了，金氏就供他上学念书。饭食虽然不是多么讲究，可每餐仍有黄澄澄的棒子面饼子、白生生的萝卜咸菜，留根儿大口地吃着、嚼着，好脆啊，好香啊。生活中全不知有什么困苦忧愁，心中只有说不尽的舒服快活。他知道，这全是因为自己有个妈，有位命苦心傲的好妈。这天早晨，他吃完了饭，抹抹嘴，立起身习惯地按照家传规矩向母亲鞠躬告辞。他背着书包走出不远，忽然想起忘记带石笔了，便急匆匆地返回去。一进门，他立即呆怔地张大了嘴，喉头也马上给什么堵住了。因为他看到，母亲正坐在外间屋的矮凳上，手捧糠麸棒子面拌菜叶，十分困难地往嘴里塞着，吞着。这种乡下称作"菜其熘"的东西，往年都是用来喂鸡喂鸭的，而今——苦命善良的母亲啊，你竟是以这种东西来填饱肚子，维持生命，以这种方式给儿子省下那黄澄澄的棒子面饼子吗？留根儿的眼泪在眶里转啊，转啊，虽是小小年纪，那泪在眶里转了一百遭却没流出，而是汇集成瀑，哗轰轰地泻进肚里去了。他转身跑出屋门，一抡胳膊将书包抛到了房上，无论母亲怎么哄怎么劝怎么哀求，再也不去上学。他把泪流满面的母亲扶回屋里，趴下身磕了个头，站起来反身跑出家门去。他径直跑到中街左财主家，口气愣愣地说："大伯，从今儿起，我抽空儿给你家干零活，我不要工钱，一天只要六个棒子面窝窝……"

丰歉旱涝参差不等的岁月中，过了一年又一年，留根儿长高了，长壮了。他除去照管自己的田地，还有余力给别家打短工、扛小活。强健的体格、勤谨的手脚，使得家景逐渐好转。金氏开始愁眉舒展，笑纹重现，她积攒着，掐算着，终于央人托媒给儿子提亲、定亲、娶媳妇了。

天有不测风云。谁又料得到她刚给儿子娶了媳妇就又遭了这场难啊！金氏拽着赵云秀的手，喊累了就哭，哭够了又喊，有时突然松开儿媳腾出手来，在身上、在头上、在一切能够摸着的地方连撕加拽，一蓬花白头发，也撕扯得稀烂了。

娶了两天就要守活寡，还要操持家里家外，照料似疯似傻的婆婆，这"红颜薄命"的古话，算是又在赵云秀的身上应验了。已经接了丈夫的"汗格儿"，是心甘情愿接的，她自然不会有怨言。即使没有"汗格儿"一说，这方的虔诚的女人会翻脸不认账吗？不能的，更何况，那年代守活寡的事情多如牛毛，且活寡还有点儿盼头，那已经证实丈夫死了的呢？怎么办，也去死吗？还有那守"望门寡"的，像哈哥哈金瑞，上个月刚订婚，这不也给抓走了，死活不明之前，那闺女没过门可还是等着。自己呢，到底是实实在在过了门，并且实实在在已成"媳妇"了，无论咋说，得给留根儿圆这个"汗格儿"。赵云秀在想想忖忖中不知不觉过了两个月，有一天干完家务活，忽然感到浑身不适，嘴里先是一股劲地冒淡水，接着就开始胃里翻腾，呕哕，手之舞之总想吃点儿酸的。本家五婶来串门，见她这情景，就问她娶后"身子"来过没有，她想一想，是"断月"了，脸一红，明白那夜自己和留根儿已然铸成了生命的果子。五婶将这喜讯告诉给金氏，金氏惊怔地瞪了半天，一把抱住儿媳，似疯似傻地亲着，吻着，嘴里叽里咕噜不知说些什么。

事实上，那天夜里前来抓丁的南军在沿河一带折腾够了以后，并没像往常一样立即撤回河南去。当天夜里，他们押着留根儿一伙还有从其他村里抓来的壮丁一路往西，行了并无多远，天亮后就驻扎在一个靠路的大村内。

有消息说，南军在这一带停下来，瞅机会要和北军重新来个"硬碰硬"的。眼下北军正在外地远方集结，南军也就在这儿修整、等着。为了补充兵力以决高低，这才渡河抓壮丁的。可是，前些时北军在这儿他们不来"硬碰硬"，为什么人家刚走你就来了呢？当兵的心里这么想，嘴里可不敢说。也有消息传下来，说是上边要查兵定饷，当官的慌了神，急中生智，先抓些人来顶上以往的空额。但是，从只抓青壮不要老弱来猜谋，似乎应该是前者而不是后者。而且就在当天下午，他们这些新"入"进来的就被分配编组，由提了马棒的教官领着，在村头打谷场上一二三地练队列。

就在这天夜里，远远的西北方先有片片亮光闪动，接着便有轰轰隆隆的沉闷炮声响了。显然，那地方正在进行一场大战。驻在村里的南军听到炮声，不大会儿就集合了部分人马撤到村西以做某种准备，其余的仍在村里守着。被抓来的壮丁给关在一座破庙里，带队看守的军官心中发慌，领了一伙人爬上高墙朝村外观察。就在这当口，那个当班看守他们的胡子兵操着一口东北话低低地朝庙里骂："你们他妈的一群傻狍子养的，不趁这档子蹽腿开趟子，真要跟着去送死当炮灰呀？"他说完，斜背了大枪跑到墙角去撒尿。壮丁们立时醒了神，瞅这当口一个个溜出庙门，钻进小巷，往东往北散开跑了。东北兵撒完尿回到庙台上抻了抻，这才突然地发出惊叫。墙上当官的听到叫声跳下来，扇了东北兵一阵耳光又忙领人追出去。驻在村内的队伍听到动静，也马上派出人去边打枪边在后边追拿。一时间，半个村子都鸡飞狗叫人疯窜，全都乱了。

安家集被抓走十几人，在逃回的路上，有弟兄俩手足相顾不幸双双为流弹击中，有一人跑着跑着跌进一眼枯井里摔死了，其余的跑回村里。大家都不傻，都不敢直接回家，从碱洼中给抓出来，自然也不敢再回大碱洼。有的藏进了地窖里，有几个慌不择路，不顾死活地跳进水湾，躲进那片飞花吐穗的苇丛中去了。留根儿和一同逃回的哈金瑞在村里转了几转，鬼使神差翻墙逃进了安子岭家的前院。安子岭尚未睡觉，正披衣在院里站着，见他们惶惶急急丧魂失魄，明白是为了什么。他二话不说，伸手将他们拽到后院，打开地窖口让他们钻进去，上边又盖了一抱柴火。

地窖里黑暗但不潮湿，地上与壁洞中铺了厚厚的沙土，以备冬日储放地瓜青菜类。这种地窖，本地几乎家家有，有的里面很宽大，是为了天冷时在里面编荆筐荆篓什么的。这两天两夜，留根儿似乎过了两个人的生活。前半截是生活在绚丽多彩幸福喜庆的天园里，后半截就掉进那刀山火海铁叉油锅遍布的"垛子海"里了。他被这后半截的遭遇处境搞得惊惧恐慌悲凄劳顿，此时突然获得了一个较为安全宁静的处所，心中一松弛，身上便觉散了架了。他疲倦地长舒了几口气，肩背脑勺抵住旁边的土壁就睡。不知睡了多长时间，他打个激灵醒过来，一时竟闹不明白自己是在哪儿睡。他伸手摸了摸，意识中似乎是在自己西房的炕上，那么旁边睡的自然就是小媳妇了。果然，他摸着了一个人的肩头。不料那肩头动了动，一个低而粗壮的嗓门问他："兄弟，你睡着了？"他哆嗦了一下终于完全清醒，自己不是睡在炕上，是睡在地窖里。随着眼睛对黑暗光线的适应，他看清了面前哈哥哈金瑞的脸和眼。再看看自己的手，还紧紧地抓着对方的肩头。他猛然又记起了母亲，记起了刚刚过门的小媳妇，不知她们如今怎么了，心里一阵难过，鼻眼发酸，就势便伏在哈哥肩上哭起来。哈金瑞比他大两岁，为人敦厚准成，见留根儿如此，忙劝他："兄弟，别哭，哭什么，咱这不是搪过来了吗？"说着，他自己也开始哽咽。

这时，地窖口处有了响动。一会儿，窖口打开，一个声音传下来："上来吧。"是安子岭的声音。两人赶忙相继爬出地窖，不作声地同时望着安子岭。安子岭二目闪光，慢抻抻地说："街上没事了。"两人长长地松了口气，就要给安子岭下跪。安子岭赶忙扶住他们，仍是慢抻抻的口气说："自家爷儿们，用得着吗？快回家吧，省得家里人惦着。"两人含泪唏嘘，千恩万谢之后，拉开院门跑出去。谁知刚跑到街上，迎面两道手电光唰地闪亮，五六个大兵端着刺刀四面围上来，旁边一个挎手枪的细高个儿慢声慢语地说："我说老表，咱弟兄就别跑了吧？"

留根儿和哈金瑞又给抓住，上了绑。大约是碍了细高个儿军官的"老表"面皮，只是每人挨了几脚，没有狠揍他们。他们又给押往西去，走到半路上才看清，同时被捉回的还有村里的名赌左立贵以及藏进苇子湾里的那几人。那几人一路悲悲凄凄地且走且低骂，左立贵伤感却不怨恨，说自己除了害怕想家之外，其实到哪里也能抽空掷色子打天九地玩几把。

他们哪里知道，他们二次被抓的因由和过程，却被一双善良但心怯的眼睛在清真寺的后遥楼上看了个清楚呢。

人生驳杂

　　婆婆抱住儿媳哭些什么又絮叨些什么，儿媳听不清五婶也听不懂。越是听不清听不懂，她们心里就越难过。听了不一会儿，两人就都哭了。五婶人善心软，哭这婆媳活得可怜；儿媳心疼婆母之余，自然就又想起丈夫了。留根儿不在，以后肚子里这颗"果儿"长好长赖就全仗自己。自己有这个福分有这个能力吗？若是以后留根儿还能回得来还好，回不来呢，孩子生下就没爹，那可真叫落地苦瓜一根秧了。一家三口三辈苦，难道这命运种子就真的代代传吗？

　　一晃两年，大地由黑变白终成红色，赵云秀的儿子也满周岁了。儿子——这个将母亲折腾了个死去活来方才露头面世的家伙，一落草就怨气十足哭声震天，好像不愿离开母亲的肚腹。三天到清真寺里请阿訇起了"经名"之后，五婶又送他小名叫"好"。是啊，人来到"顿崖"上谁不盼个"好"呢？世事沧桑多少代，前辈人没有摊上几个"好"，那么，这"好"就从他们这辈开始吧。

　　有了儿子，也有了希望。赵云秀更认定丈夫能回来，一定能回来。这时节，她的家境未变，仍是几亩田地维持着生活。金氏自从儿子被抓之后，日日哭泣，夜夜数落，疯癫痴傻之后，跟着眼睛也哭坏了。这种家境，这种遭遇，年纪轻轻就已守寡的赵云秀怎么受，受得了吗？她可以改嫁，也不会遭受任何非议，因为伊斯兰教义中并不禁止寡妇再婚。然而赵云秀没有这么做，她不忍心也不能抛下傻呵呵的婆婆另寻高枝啊。她就如婆婆年轻时一样，很自然地支撑起了这个家。夏日炎炎，田野里是一盆子火。是火也得进去蹚，那儿有自己的庄稼。麦芒如刺如针，扎破了她的手掌手臂；如刺如针也得拔，也得割，因为收麦如救火。谷叶锋利似刀，把她的腿脚割破；割破了腿脚也得耪，人说谷锄八遍没了糠……大襟袄汗湿如洗。白脸晒成红黑。黑发晒成了黄色。人像旱天的苗般地枯萎下去，可她依旧整日忙在地里。

19

生存的起码条件是维持生计，世人皆如是。维持生计说来简单，其实最不易。男子汉尚觉力不从心，何况一个女人。更何况是个事实上正在守寡的女人。她得付出多于常人几倍的劳动，尝受多于别人几倍的艰辛。稍有懈怠，就是自毙。

为挣钱为养家为给婆母治病买药，赵云秀除了侍奉地亩，还开了个小小杂货铺。铺子虽小，货物挺全，为避"寡妇门前是非多"，售货口开在了东房山处。这售货口送得出什锦百货，伸得进庄户大手，然而便是小孩，也休想探进头。春冬两季，村中常常暗设赌局，半夜里赢了钱的要请客，自然要来小铺里买些什么。这时，就有流氓贱痞坏小子歪了心眼，趁云秀往外递东西时抓住她的手揉捏。云秀宽容却不许放肆，当即麻利地用染布的颜料块在那流痞手上砸一下。这一下让他麻痛难忍又留下印记，短时间内洗不去，赌场上伸手出丑且极易被人视作和谁"联关子"的暗号，回家后还会引出父母妻女满眼的疑惑。时日一久，受了教训，便不敢再打主意。

云秀的规矩是现钱交易。大多数人通情达理，不难为这孤儿寡母，总是一手交钱一手取货。碰巧有赊赖皮账的，云秀也不催不讨，全凭他良心自觉。但是，倘若对方妄图拖成糊涂账，她也绝不迁就。专在大街上人多处摊牌，叔伯哥弟对人对辈称呼得亲切，随之便将经年账目从头至尾时日相对数目不差地叨念个透彻。硬邦邦的大汉当众闹个红脸，有钱的当即慌忙取出，没带钱的赶紧找人兑借。拖长尾巴账不守信用，这很让人瞧不起，丢名誉损人格，受得了吗？赖皮们领教到厉害，再不敢重蹈覆辙。不过，赵云秀从不让人尴尬透顶，总要给对方一个台阶。称呼什么自然还是在前："唉！要是地里出地里长的，我下点儿力气搬来也就是，这货兑钱钱兑货的事，怕是一旦断了本钱都不方便了。×××是大面上的人，事多马虎了零碎小账，这不一提就记起来，半点儿都不难为我……"话儿极有人情味，对方还了账还得打心眼里敬服感谢她。

在最初的日子里，左财主的儿子左立渊总是围了她的地边转。日子不多，又默默地跑进地里帮她干活。日复日，月复月，少有间断。冬日赵云秀去地里拾柴火，左家小子也总是悄悄走来，给她捆了柴捆柴筐送回家。她过意不去，就找各种借口拒绝他的帮助。然而，左家小子却魔怔了，总有一千条理由一千个借口帮她干这干那。她实在没了办法。这同时她还吃

20

惊地发现，左家小子不只帮她家干活，还经常帮助另外几家也曾在那夜给抓过壮丁的。只是别的家庭中多有男人操持，故而大多数情况下就以她家为主了。赵云秀渐渐明白了其中缘由，便时常地开导他、劝慰他，可他只是低了头抽泣，什么话也不说。逢到这时，云秀便"焊"在原地，不光再也想不出劝慰的话，到头来还又陪了左家小子难过。

　　就在这年开春，安家集出了件大事，那天夜里与留根儿一同被抓走的哈哥哈金瑞和赌鬼左立贵回来了，是穿着解放军的服装回来的。

　　那天夜间被二次抓走之后，回到驻地就将这些人关进了三间大屋，不给吃，不给喝，不许屙也不许尿，把人饿得渴得憋得哭爹叫娘头昏眼花。队伍临开拔时，一个当官的大胖子才下令放他们出来。胖子下完令就走了，一个歪鼻子排长像预先安排妥当了似的，让当兵的将壮丁们一对一对往外提，每提出一对就抽一顿皮带，接着问下次还跑吗？留根儿和哈哥一块儿提出来，照旧抽了顿皮带之后问他们还跑不跑，两人当然要回答"不跑了"。于是给放进院子里，先去屙尿，回来又让先喝稀粥，喝了稀粥再吃窝头。许多人提出来一顿皮带就抽出了声，未及追问还跑不跑，已经连屙加尿弄了一裤，搞得满院烘臭。那歪鼻子排长却不怕屎尿熏，仍旧按部就班地提一对，抽一顿，问一问……开拔前一小时，每人发了两个馍，不让吃，说是留着急行军用的。接着，再没训练就给他们换上军装发了枪。壮丁们成了兵，把个枪横过来看看竖过去试试，都嚷着不会打，歪鼻子排长一拧头："妈个×的，老兵怎么打，你们就怎么打，打不响还举不起来吗？"骂着，比画着，让他们随大队开拔。

　　哈金瑞用条毛巾包了两个馍，插手榴弹似的掖在后腰带上。安中奇偷偷吃了一块，剩下的揣在腰里了。左立贵凑过来，说等队伍扎住后掷色子赢馍馍，问他俩干不干。不等他们回答，就变戏法似的从袖里顺出四枚骨头色子在手中遛了遛，又装进兜里去了。队伍拉到徐州，打了一仗，一发炮弹飞来，落在距哈金瑞不远的地方爆炸。趴在远处的留根儿喊了声"哈哥"，眼泪就淌出来。他想，哈哥是完了。唉！打仗就这么损，人死前连个"讨白"也领不到，连块"可凡"（裹尸布）也占不着，就连皮肉加骨头通通归天去了。当然，这些想法也只是一闭眼的工夫。当他再睁开眼擦擦泪时，却出现了奇迹，哈金瑞从炮弹爆炸的地方摇摇晃晃立起来，两边

21

看了看似在辨别方位，随之喊着"留根儿，留根儿"跑过来。当又一颗炮弹呼啸着落在不远处爆炸时，他已经一头抢在留根儿面前，伸手摸了摸后腔说："留根儿，坏了，我的腰带炸断了，馍没舍得吃，也让炮弹炸走了。"留根儿说："哈哥，你命大，以后你准能回家。"哈金瑞抹了把脸上的灰土，露着一口白牙："留根儿，谁也别说谁命大，看今儿这阵势，谁也难保能活命。咱这么吧，以后不管谁能回得去，都要看顾着两边的家。行吗？"留根儿一听，眼里又哗地流出了泪。他抱住哈金瑞的脖子哭道："哈哥，咱这就算'口唤'了。"哈金瑞给他擦擦泪："这还用说吗？'口唤'了！"就在这时，北边响起军号声喊杀声。他们的队伍开始混乱，开始撤退，开始猛跑猛逃。在逃跑的过程中，自然谁也难顾谁。留根儿腿快，先哈金瑞过了一条河，可那些人刚刚过河，后边不远处机枪吼叫，哈金瑞眼睁睁看着留根儿那帮人相继栽倒。哈金瑞没跑成，给解放军截住，就像那位歪鼻子排长说的，不会打还不会举吗？学着那些老兵把枪横举过头顶。他当了俘虏，又当了两年解放军战士。战事平息后，他想家惦家也挂念着留根儿的家，队伍上见他思乡心切，就批准他复员了。

　　左立贵被解放军俘虏得晚些却比哈金瑞回来早一个月。那次战斗他和哈金瑞他们给打散了，他随着溃退的人马又重新进入了另一个战场。他天性好赌，什么情况下也忘不了这营生。只要有一点儿闲暇，就邀了几个兵痞在钢盔里掷色子，或用竹片烫成的家什推牌九。他嗜赌成性却又赌技高明，常把些兵痞小官们赢得咧嘴眨眼睛。他赢了钱赢了烟赢了衣物当然也没少挨了揍。他的被俘过程很滑稽。一次战斗打响之后，他就瞅了空子，窝在战壕的一头和两个伙夫推牌九。伙夫赢他的香烟，他赢伙夫的馒头。当时，兵们吃稀粥窝头，当官的和伙夫才能捞着吃馒头。所以，每次往战场上送饭，伙夫都要格外地捎些馒头。伙夫们本想赚他烟抽，不想几轮之后，馒头输了精光。伙夫们怕挨揍，就摁住他硬往回抢。他却死也不舍，因为他还盘算着用这些馒头回到兵堆里换钱花。就这么抢的猛抢，护的紧护，在个壕沟头上滚成一锅粥。直到头顶上响起"缴枪不杀"的喊声，他们才停住。在解放军的枪口下爬上壕来一看，妈呀，他们这连人死的死，伤的伤，不死不伤的全跑了。整个阵地上，此时只剩了他仨。当了解放军战士，左立贵仍旧变着法地赌，有时竟赌到老乡家里去。部队上看他是块朽木，关禁闭也不改，没办法，只好让他回家。

哈金瑞回到家后的第二天，就将他们被抓壮丁以后的情况过程跟云秀说了。只说他们溃退时给打散，至于留根儿过河遭了机枪的事，却只字不敢提。他见留根儿的母亲已经魔怔，就不敢跟她说同时也嘱咐云秀不要说了。也就从这时起，哈金瑞便经常帮云秀婆媳料理家里地里的活。他来帮，左家小子也来帮，而逢到他们碰到一块儿，左家小子就心慌意乱的。哈金瑞明白个中因由，赵云秀当然也知道为了什么。直到有一次哈金瑞中了邪似的双眼瞪着左家小子出粗气，她才口气认真地劝他说："哈哥，他总还是个孩子嘛！别逼他了。"哈金瑞皱着眉头道："谁打算逼他了？可是，要不是这小子那天黑夜引着道，俺爷儿几个就抓不走，留根儿兄弟也就不会刚娶媳妇就别离了。"赵云秀立即垂下头去用衣襟擦眼："哈哥，还是别提这个好。"说着，哭了，拿起扒锄跑回了家。看着云秀远去的背影，哈金瑞连声叹息，深悔自己不该说这些没用的话，也就从那天起，左家小子就更怕他了。渐渐地，不论在哪里，只要发现哈金瑞在场，就赶紧找个借口慌忙逃走。

赵云秀看在眼里，心中如同塞了把蒺藜。穆斯林女人特有的"乜帖心"的表现形式并无特殊之处。她仅能做到的，也无非是说几句宽慰的话，或者瞅了机会掏出些糖块儿什么的塞给左家小子。宽慰话对方倒是静静地听，而塞给他东西可就难了。

"不，不，嫂子，我不要！"

赵云秀便抚了他的头，哄小孩似的说："兄弟，你的心性嫂子明了，甭顾虑，吃吧。啊？"

左家小子固执地摇摇头："这不是坷垃地里长的。"

"自家铺里的，没啥。"

云秀朝他手里塞，左家小子就拼力推开，然后说："嫂子不易，我不能赘你。"便仓皇地逃去。

这种情况下，云秀手里的东西总是无力地滑落。

左家小子自十二三岁开始，就像个上了发条的木钟，准时轮流到村内的许多人家帮忙干活。当然，全是那年南军撤走时抓过壮丁的人家。问他为什么，他翻翻眼低头便走。问紧了就嘟哝些"欠债还账"之类的浑话。人们就酌兑，是土改时他爹挨斗吊死，他给吓傻了，吓魔怔了。过了年许，左家小子的精神好了些，那始终如一的"效力"也集中到了金氏这老少两代的寡妇家。人们就疑心他另有所图，可到底也没见他图什么。那年南军抓走本村壮丁是他引的路，这事人人都知道。所以，他嘟哝什么"欠债还账"人们也理解。开始，人们是恨他，骂他。恨了骂了一段时间后，也就开始原谅他。毕竟，他还是个孩子。况且至今只剩孤独木讷一个人，已经是"报应"了。

那一年的那一夜，左立渊跟他爹左财主刚刚回到家，那个人称"黑白两道阴阳人"的安子岭，就领着南军的一个官几个兵来他家"派饭"了。黑夜里行动，兵大爷们又累又饿，找个富裕户吃上点儿喝上点儿，如有条件的话抽上点儿嫖上点儿解解闷解解乏，这已是多年的规矩。逢到有这档子事，安子岭就领着来找左财主。左财主是个土财主，人少东西多。虽然是个抠着钱眼摸钱边的守财奴，可是胆小，一吓唬，什么好吃的都愿往外拿。安子岭似乎也瞅准了瞅定了，变着法儿地"吃"他。他自然敢怒不敢言，他爱财，可是更爱命啊！为了一顿饭，他敢得罪那"白眼狼"安子岭和带着长短家伙的兵大爷吗？左财主的老婆病得一直起不来炕，此刻他只好自己动手张罗酒饭了。左立渊折腾了小半宿，又冷又累又怕，他征得了爹的同意，就个儿先到东厢房里睡下。似睡非睡中，听得窗外一个低低的声音："这爷儿俩刚从碱洼里来，一定知道那些人的藏身处，别弄老的，老的滑头还要张罗饭，去鼓捣那个小的，人小骨头脆，敲不上几下子，准带你们去抓……"声音挺熟，可一时记不起是谁，再要细听，人和声音渐渐往北屋去了。就在他刚要入睡的当儿，屋门哗啦一下给推开，一个南军小头目带着俩兵走进来，他们从炕上拽起左家小子，捂住了他的嘴，就用枪把磕他的膝盖骨，磕了几下，将捂嘴的帽子拿开问他村里的一些青年人藏在哪里。他吓得要哭，说不出声，他们就又捂了他的嘴，用颗子弹头拨他的肋条缝儿。左家小子哪里撑得住，等他们一拿开捂嘴的帽子，喊了声"妈"，就什么都说了。当兵的让他穿好衣服，在前边领着去大碱洼。他只好去，他没有办法。临出门时，见安子岭在门口站着，他想请他说几句好话，见对方眼神凶狠地瞪他，张开的嘴又猛地闭上，他害怕了。

那件事情发生不久，左立渊的母亲去世了。又过了一年，村里搞起了土地改革，他爹个老财迷，一生被人砸过明火，让土匪劫过道绑过票，让南军吃过喝过勒索过，花钱卖地不知破了多少财，他倒能搪过来。如今刚刚斗出他几块地，他却一根绳子吊死了。那是在他老爹吊死之前的几个月，有次给母亲去"走坟"（请阿訇、海力凡到坟上诵经），下了坟，阿訇说留根儿家给老坟上封了经礼，还得去安家坟上走走。左家小子想了想，也跟着阿訇去了。那是个严冬天气，东北风怪叫着，嘶鸣着，一无阻拦地扫荡着原野。阴晦的天空中又开始飘起了雪，雪粒子随风旋舞着，噼里啪啦地往大地上飞落。风声雪声阿訇们的诵经声，声声让人难以安宁。左家小子跪在坟头前，木讷讷的，对这一切似乎全无所觉。他失神的双眼却盯紧了坟头，思绪也像坟头一样隆起了。他忽然看到跪在上首的阿訇又年轻了几岁，脸上少有皱纹，花白胡子也变得黑黑的。他的膛音高而响亮，看年纪论精神，和身边的海力凡差不多。他忙闭上眼，稳住神，深深地吸了口凉气。再睁眼看时，阿訇已经又是现在的模样，脸上多了皱纹，鬓髯依旧染霜。他明白是自己刚才走了神，花了眼，产生了幻觉。但是，他又细一琢磨，方才阿訇的模样确曾有过，可那已经是几年前了。那年的那个夜晚，他跟了父亲去清真寺里做"胡夫滩"（宵礼），下殿后，在北讲经堂里闲话古今，他守了阿訇坐着，阿訇伯伯抚了他头上的"乖毛"问他："小子，记得咱们的八大源根吗？"

"记得。"他马上回答。因为小时候"进寺"，他听阿訇老人讲过。他记得挺牢："认主独一；知主公道；敬主；敬伊玛目；命人行好；止人干歹；远奸；近贤。"

"对对对，认主独一；知主公道……"阿訇连连夸奖他，"好孩子，记住了，可得记住了。"

"我……记住了！"

他至今忘不了，当时口里答着，应着，而身心却像发疟子般直哆嗦。他当时闹不清怎回事，而今，他似乎明白了，那时可能就是个不幸的预兆。

在那以后几年，"顿崖"上发生了恐怕谁也没有预料到的变化。左家小子悔恨，忧虑。他自认有罪。有什么罪，他自己知道。他深信自己已经受到了惩罚，但他仍旧不断地自责、自罚。他此刻跪着的地界，就在留根儿他爹的坟头上。这当然是替别人跪坟，然而他自认自愿，因为他总算从心理上对某件事有了个交代。老头坟丘旁是老太太金氏的位置，老太太坟头下首的那块空地，是留给他儿媳的。靠他儿媳的左边，自然就是留根儿的坟址了。前些时他经过此处，曾对着这块地方发了一阵呆。那会儿他想，留根儿怕是回不来了，人回不来，坟地却还给他留着。而且多年以后他媳妇"无常"了，也会埋在那个固定位置，也会像活着守空房一样永远守着这个空地方。唉！今生后世，这个女人可真苦到边了。想到这些，他掉了泪。看到这空着的坟址，也就更痛悔自己的罪过。父亲吊死之后，他孤独一人，有家没了"业"，他不埋怨、不愤恨，却仍在寻找自我赎罪的机会。因为只有这样，他心里才踏实些。

他在她的地边上转。她问他："你干吗？"

"我想，我想帮你干活！"

她笑："你是个小孩子家。"

"我个子大。"

她又笑了。可也是，他和她差不多高。并且，看来他也闲着无事可做，帮就帮吧，自那时起，他悬着的心才好像有了个着落。

可是，就在他的心刚刚稍觉踏实之后，哈金瑞回来了。哈金瑞的返回，对左家小子既是个安慰又是个刺激。因为被抓走的人中多回来一个，他心中就感到少一份罪过。但哈金瑞回来后就总是帮助留根儿家，这也无妨，可对他左家小子却总是不用正眼看，间或还要哼一声。他自知罪不可恕，只好躲着。这一来，他那刚寻到不久的赎罪愿望便受到了挫折。这样，他只好瞅哈金瑞不在或者大忙之时前去帮她。尽管是有些躲躲闪闪的尴尬，但总比什么机会也没有要强得多。后来，可能是云秀劝说的结果，哈金瑞不再对他白眼相涮，有时还主动和他搭话，他心中才踏实轻松了些，渐渐地就一如往时那样，见了哈金瑞再不闪避逃躲了。

月复月，年复年，左家小子逐渐成了半大小伙儿。赵云秀开始有了顾虑，也有了防备。左家小子和哈哥不同，哈哥是已经定了亲的，只因父亲刚刚"无常"，他要守孝，况且家境也挺紧巴，故一时难以完婚。再说，留根儿在战场上曾给哈哥交过"口唤"，哈哥跟全村的人都说过。所以，他来帮她有些名正言顺，而左家小子就不同，他是个没拴笼套的小子，并且还有些魔魔怔怔的。人言寡妇门前是非多，赵云秀虽不认为自己是寡妇，可丈夫到底一直不在家啊。万一多少生出些闲言碎语，受得了吗？于是，她就仔细地留神观察、揣摩。然而，她无论如何看不出左家小子有什么别的意思，人家的确是个正直、厚道、心无旁骛的好小伙儿。终于，有

26

一天在地里干活时她叫住他："哎？兄弟，都这么大了，该娶媳妇了。"

左家小子低了头："唉！我这样的，谁跟着。"说着忽又抬起头，眼里转着泪花，"我说嫂子，留根儿哥一天不回来，俺就一天不娶亲，俺帮你给他照顾家。俺……欠他的！"

欠？谁欠谁的。"顿崖"上的事情怪着呢。你欠我，我欠他，罗圈账算起来没个完。有时，真欠账的你不一定明白是谁，而不欠账的却像个负债者似的在那儿站着。是是非非恩恩怨怨多少代，有几宗账是算得清的呢？赵云秀的脑子突然间浑了，她真想不到左家小子会说出这种话。倘若真的这样下去，岂不把这个人的一辈子给误了吗？她想劝劝他，找不到合适的话；不劝吧，又忍不住。于是，就愣在原地不动，傻了似的。直到左家小子暗哑的嗓门提醒她："嫂子，小好在那头喊你哪！"她才刚睡醒般"哦"了一声，听到儿子在地北头，一声接一声地喊："妈，妈！"

小好已经四岁了，长得不算结壮也不算瘦弱。孩子很懂事也很听话，大人不忙时，他就偎在大人身边说些稚声稚气的话，大人忙起来，他就挺解事地躲到一边自己玩，或找到邻居叫玲玲的一个小姑姑过家家。孩子越长越让人爱，谁见了都想抱抱他、亲亲他。特别是左家小子和哈金瑞，差不多每天都要逗弄他，他不仅仅是妈的心头肉，也是希望，也是欢乐。然而有时天真的孩子总爱问天真的话："妈，我是石头缝儿里蹦出来的吗？"赵云秀就轻轻掰他的嘴："小东西，胡说，石头缝儿里蹦出来的是孙猴子。"小好摇摇头："我不信，要不，别的孩子都有爹我怎没有呢？"赵云秀忙捂住他的嘴："瞎说什么，你咋没爹，你爹出远门赶集去了！"孩子不依不饶："那他多咱回来？""快了，快了！"赵云秀嘴里应着，一把将儿子搂进怀里，扭过头去抽泣。几次问答之后，她终于从孩子的嘴里知道了，这些话是她的族叔公公安子岭给儿子说的。

此刻，安子岭正在地北头，他又在逗弄小好，他拽着孩子的小鸡鸡，问是干什么用的。小好说是尿尿的，他说不对。小好认真起来，抱着他的脖子追问是干什么用的，他眯起一双细长眼，望着地南头相对而立的左家小子和赵云秀说："喊你妈，问她，她知道。"小好不犹豫，转过身就喊起来了。

人称"黑白两道阴阳人"的安子岭，官运是从日本鬼子在这里时开始的。那年代，他是日本人的大乡长，表面上给日本人办事，可八路军也相信他。日本人被打跑，国民党来了，他又变戏法似的升为国民党的区长。给国民党效力，可本地活动的共产党也依靠他。全国解放后，他烧了许多东西，也留下部分东西。他从留下的部分东西中拿出几份说是已经南下的××共产党人给他的证明信，人们才知道他一直干的是"白皮红心"单线联系的工作。这无名英雄地下勇士尤其难得，他顺理成章地又担任了共产党的区长。岂料，之后两年搞运动，一个在押反革命分子咬住他，说他当乡长时勾引日兵杀过八路军，当区长时也帮国民党扣过害过共产党。事情报到县里，县里马上要派人调查。谁知事有凑巧，调查组还没到，那提供情况的犯人瞅了一个机会要逃，没逃脱，让看守人员开枪击毙了。人死无对证，案子失去了唯一的线索。然而这终是大疑点，经过考虑，县里报到地区，地区派来专人，党内党外开了会，很体面地让刚满四十岁的区长"告老还乡"。

老区长无儿无女，回来之后，除了侍奉自己的几亩地，就是在村里闲逛。今儿逛到这里逢了小好，就逗弄他。待到小好将妈唤到地北头时，他不等孩子开口问什么，就用烟袋指指南头的左家小子，以长辈的严厉口气说："我告诉你，以后离那个没心肺的远些！"

赵云秀听他如此说，就不拿正眼看他："俺心里有数，这孩子不光有心肺，还有人性。"

"我是让你提防些……"安子岭自知失口，马上停住，刚要解释，云秀已很麻利地堵上了。她冷冰冰地说：

"该提防的，我早提防着呢。你当伯伯的就只管把心放到肚子里吧。"

安子岭有点儿尴尬，忙转了话题："留根儿至今无音信，我看是没什么指望了。不如请请师傅（阿訇）举个哀，省得让个'死鲁赫'在外头成年价飘着。"

赵云秀不再搭话，拉起小好的手，很得体地说了句："你爷爷忙，咱走吧。"反身往南，脚下一乱，踩折了几棵庄稼。地头上，安子岭脸上显出阴笑，他心中暗道："这小媳妇，还真等那死鬼准信儿哪！"

28

苦　情

　　金氏和云秀等了一年，留根儿没有回来。又等了两年，留根儿仍没回来。这时，全国除了台湾金门一江山岛，已经都是共产党的天下了。谁心里都明白，南军投胎转世怕也回不来了。云秀和婆婆当然是不盼南军只盼留根儿，然而自从哈金瑞与左立贵回来之后，全村人除了这婆媳俩也没人相信留根儿能够回来了。见不到儿子，金氏已经哭成了睁眼瞎。云秀见不到丈夫，虽是小媳妇也懒得打扮，看上去就比实际年龄苍老了许多。

　　哈金瑞订的媳妇是本村马家的闺女。哈金瑞那夜被抓了之后，马家是怀着有指望也没指望的心理等着。等了两年，哈金瑞竟从队伍上回来了，而且还是穿着解放军的服装。一家人喜出望外，一下子就做了几十斤面的油香，全村上下，凡是顶门立户的都送到了。可是，哈金瑞回来之后，跟着摊上了父丧，守孝之后两三年来却绝口不提娶亲了，一味地只去帮了留根儿家干活。应了人家"口唤"，就应该去做，这并没什么说的。然而马家闺女一年大似一年，再不能等他了。于是，就倒催了媒人来定喜日子。岂料哈金瑞偌大光棍汉，听了此信儿不光不高兴，反而哽咽出声。他说他和留根儿兄弟生死之际交过"口唤"，没有留根儿的准信儿，这个喜期不能定，省得以后顾了这头顾不了那头。连连几次，都是这话。马家就认定，哈金瑞一定是在队伍上打仗让枪炮吓出了毛病。又等了一阵子，看看指望不大，就找了借口央媒人去退婚。媒人找到哈金瑞一说，金瑞犹豫了吐口唾沫的工夫，立即答应。

　　自从和马家退了婚，哈金瑞再到留根儿家里帮忙干活，她和他心里就都像隔了点儿什么东西。这种难以描述的东西可以说是顾虑，是芥蒂，是中国那种由来已久的男女授受不亲。金瑞没退婚时，这种东西不明显也不被人们注意，如今退了婚，事情就得另当别论。尽管人人都知道哈金瑞和留根儿曾经有过"口唤"交代，可如今一个是光棍一个是寡妇，那些有碍体面的闲言碎语自然得防着。特别是族叔"老区长"那双锥子眼，以往只在左家小子身上扫描，如今似乎也开始盯上了金瑞这个目标。故而，她和他都很瞧科，有时干活本来靠得挺近，发现远处有人走来，就身不由己地自动离远了。有时干活歇息说说笑笑几句，忽然想起什么似的赶紧扯起正正经经家常话，那份别扭，那份尴尬，往往搞得他们心乱如麻。

然而，世间的事就这么不公道，不防不备任吗事也没有，如今多了一百个小心，反倒防不胜防了。终于有了传言，说她和他已经开始那个了，还说好事是在棒子地里鼓弄的。脏话纷纷扬扬传遍了半个村，这两人仍在鼓里蒙着。这天，好心而性直的五婶将哈金瑞叫过一边，不遮不掩实话实问："他金瑞哥，你跟留根儿家办那档子事了？"

"什么事？"憨实的金瑞一脑子糊涂。

五婶讷讷两下话儿更直了："就是那娘儿们爷儿们擦个儿的事呀！在棒子地里。"

哈金瑞腾地红了脸又喘粗气："放屁！"

"谁放屁？"五婶瞪了眼。

"谁说的谁放屁。"

"村里人差不多都说，都放屁吗？"

"啊！"哈金瑞一下瘫在地上，他从五婶的脸色口气里已经看出听出，这个屎罐子是顶上了。他急咧咧地说："五婶，姓哈的要办这种事，对不住留根儿兄弟不说，还叫个人种揍的吗？"

"你别急，"五婶劝他，"我咋琢磨也不能，可你倒想想醋是怎么酸的酱是怎么咸的呀！"

哈金瑞的脑袋涨大了一会儿终于静下来，他想遍了所有的过程和细节，最后认定，要是被人误会或给人以口实，那么就是那一回了。那天，他帮助云秀刨棒子，不小心把裤子刮破了。云秀要给他缝一下，没带着针线。恰好此时回家去取水，就要顺便带了他的裤子回家。他怕云秀费事，不想让她缝，可云秀从棒秸堆上搜起来就走了。他从棒子地里钻出来，要喊住云秀，见云秀已经走远，想了想没张口。这情景，只有隔了一块地的老区长安子岭见到了，当时还听老区长似乎"咦嗨"了一下，会不会是他多心、误解了？五婶听金瑞一说，点点头："许是吧，这个老不要脸的。"老区长安子岭和她是远房叔嫂，她不怕，她敢骂。

事情到了这步田地，就不能让个年轻寡妇背黑锅。哈金瑞想，怎么办？托人跟云秀明说开吧。可是，她应了还好，万一不应，以后脸面上都怪难堪的，可怎么继续相处呢？再说，云秀倘是真的应了，那么，在人们眼中心中，以往本来没有的事恐怕也得认为果有此事了。那时，一万张嘴来解释，怕也说不清。哈金瑞左右为难，一连几天不敢和云秀照面。然而思来想去，这样下去终不是个交代，他只好再去找五婶，请五婶给拿个主意。五婶哂摸了半天说："金瑞啊，这说话也没有把人说死的。咱娘儿俩掏心窝子讲，依我看留根儿十有八九是回不来了。"

金瑞愣怔了一下，很肯定地点点头。

"这么说吧，"五婶见他惊惶，就倒碗水给他，"你喝着。这么说吧，你跟马家退亲，到如今不订也不娶，实话给婶子讲，是不是心里头惦着留根儿家的？"

金瑞的脸涨红了一阵，讷讷道："婶子给说着了。我跟留根儿兄弟是有过'口唤'的，这不都几年了……他家有娘，有老婆孩子，我哈金瑞不能扔下不管。"

"这么说，你心里是有那个……"五婶冲他伸出两个指头，弄了个配对儿成双的动作，"这也算是主的安排，婶子我给你撮合。"

哈金瑞的脸色和缓了，但口气依然踌躇："这就托婶子费心了，跟云秀说，要是她不嫌俺拙笨，就订下，反正……俺得照应那个家。"

五婶点头答应。

哈金瑞志忑不安地等了两天，五婶那里有了回话，说云秀那里"撬"不开。她说自己接了留根儿的"汗格儿"，就打算给留根儿守这个寡。又让五婶捎过信儿来，说是少听闲言碎语，那些嚼舌根的，你越计较，他越来劲。你左耳听了右耳冒，也就没事了。咱脚正不怕鞋歪，谁要说什么，尽管让他说。她说她也哂摸出这风是谁吹出来的了。

云秀不答应，金瑞似也料及一二。可她说出的这番话，却让金瑞大为吃惊。一个年轻寡妇柔弱女人却能在这种事上保持平静，这是他做梦也不敢想的。他原以为云秀会从此拒他上门，也好堵堵人们的嘴，却又没承想这个女人非但不以为意，态度反倒明朗、坚决。了不得，真了不得。他由衷地佩服云秀，并庆幸留根儿有个如此美貌又豁达的媳妇为自己"守节"。好处是，哈金瑞听了五婶捎传过来的这番话，心里总算踏实了。这以后，他照旧经常去留根儿家帮活，云秀也仍然一如往常那样对待他。果然，时间过了几个月，五婶就听到了人们的回音：啧啧，都说留根儿家跟金瑞什么什么的，要真是那事，这长时节人家两人还敢在一块儿吗？嘁！嚼舌根吧。

不过，为了避嫌，两人再在一处干活说话时，距离是比以往远了。

然而，终究还是有了变化，有时干活休息间，云秀总瞅着金瑞一阵阵地发怔。可有时又无缘由地低下头去，双眼渐湿或者避了人到庄稼地坟堆里低声抽泣。这些，时间一长，难免为金瑞发现。同样，也难免不让经常来帮活的左家小子看见。问她，她并不承认有什么事，只说自己最近添了个毛病，像给烟呛了似的，双眼常没来由地发酸。

云秀到底什么心理，她到底怎么想的？难道她真的年纪轻轻就守一辈子寡？要这样，那么金瑞这个"口唤"何年何月才能交代完呢？让他定亲他不定，让他娶亲他不娶，可总也不能打一辈子光棍又给留根儿家帮一辈子活吧。哈金瑞自己有时也难免想到这些，他心里无奈又难过。而赵云秀的想法和打算，他无从知道，当然也就不知道她的心里是多么同样的难受了。云秀有一怜，更有一怕，而这一怜一怕，又是一个乡下寡妇绝难说出口的。

撵走了几许春秋，左家小子始终是"小子"。他没有成亲，事实上也很难成亲。历史和家庭的原因使他的社会位置那么低下，没有哪个姑娘愿去他这样的家庭或愿跟他这样木木讷讷的人做媳妇的。更何况，他对此从来都是有一搭无一搭的态度呢。这两年，他确也曾萌生过一个念头，要是云秀能够"坐山招夫"当然是招自己的话，那自然再好不过了。因为那么一来自己就能更好地名正言顺地照料那娘儿几个。便是自己将左姓改成安姓也可……想到这儿，忽又叭地给了自己一个耳光。该死，没心肝，害了人家男人，还打主意占人家老婆。罪上加罪，罪上加罪呀！

他不敢再有什么邪念，他得替自己解脱。特别还有她族叔安子岭的那双锥子眼睛，每逢看到他和云秀接触，那眼里放出的光就像钉进自己骨头里似的。这眼光，他怕，自小就怕，怕极了。所以，有安子岭在场，他一定要离她远些再远些。他虽然不清楚那眼光的含义，可仍旧深信不疑里面隐伏着可以置他于死地的什么。可是，他觉察到自己渐渐地越来越离不开云秀了。一天不见，她的身形、模样、音容笑貌就在他的眼前晃来晃去，心里也空荡荡的难受，像谁把自己的心肺掏走了。他不奇怪自己会有这种感觉，但又认定这是不可能的。

以往的日子里，只要安子岭不在场，左家小子和云秀一家相处就很顺畅。便是有哈金瑞在，气氛也同样融洽，丝毫看不到那种某些异性相处时的有意掩饰和做作。每年春天，乡下的土墙土房都要泥泥补补的，云秀家的房顶院墙自然是哈金瑞和左家小子的活。这时，云秀就只管烧烧水做做饭，或者递递家什捣捣泥。看着泥活完毕后的两个人洗了擦了，她就赶忙地端上饭、送上茶。倘是秋麦大忙季节，两人忙完了她的还要回去收拾自己的，这活就得紧上紧。这时的云秀，要准备水准备饭，水呀饭的就免不了要送来地头或场间。无论家中还是外头，习惯成自然，金瑞和左家小子活儿一收工，该吃就吃，该喝就喝。而逢到这时刻，云秀的儿子小好也总从奶奶身边跑过来，搂住哈伯伯的脖子或抱住左叔叔的胳膊，逼他们给自己扎鸟笼子捏泥娃娃，这种即使一家人也少有的亲近与和谐，让人羡慕、感动又欣悦。可是，自左家小子意识到了那种感觉之后，他变了，变得对云秀敬而远之了。他怕一时糊涂做出错事，对不住这位一直正经做人的嫂子，更对不住被自己害得至今下落不明的留根儿哥。所以，每逢云秀这里的活计一收摊，他总是马上回家，自己做饭自己吃，不给那个家庭里的那个人增添麻烦，也避免了自己心里遭受折磨。

然而，事情也并非一成不变，并非谁想怎么就怎么，特别是男女之间，有时会出现一种始料不及的机缘或巧合。那天，左家小子帮云秀垒完一段下雨冲塌的墙头，洗洗手就走了。中午，云秀蒸了一锅棒子面团子，薄薄的皮，大大的馅，一掀锅盖就飘溢出诱人的香来。云秀想，左立渊这小子近来神情特别，对自己和自己这个家总是闪闪躲躲。倘若他不愿来帮活了倒是一大喜事，因为光这么下去总不妥当。他还有金瑞哥，难道真得让人家没完没了地帮下去，一直帮到自己的儿子能够顶家立业吗？怕的是他也听到了自己和金瑞之间的闲言碎语而产生了顾虑，一股风刚息，一股风又起。所以，她总想找机会和他拉拉话却又觉得没法拉。就只好从言语上或明或暗地开导他，从生活上尽量细心地照顾他。今儿左家小子又提前走了，她当然没留他也知道留不住他。她思忖，一个男人家，笨手笨脚的，回到家再支锅做饭，准难。自己何不将这热腾腾的团子给他送几个去，中午吃一顿，晚上还够吃一顿。想着，用块笼布兜了五六个。刚出门，外边又下起了小雨，所幸热天，淋点儿湿点儿也不怕。谁承想，走出不远这雨忽地下大了，待到跑进左家院里，浑身已经透湿。屋子里，左立渊听到脚踩泥地的嚓嚓声，门口探头一看，呀的一声跑出来，口里喊了个"嫂"，只一把就将云秀拽进了屋里。云秀怕雨淋了团子，就低头在怀里抱着，被他一拽，双手腾不出来支撑，一下子就跌进了他的怀里。情胆包天，左家小子似乎没犹豫，就势一下抱住。他浑身战栗着，抱得搂得那么牢，那么紧，直到云秀难受地"哟"了一下，他才又惊慌地松开了。手是松开了，人却怔怔地立在原处，蒙了、傻了。原先黑乎乎的脸上，此刻红黄青白都有，原先挺憨实的模样，此刻变得善恶交加。那表情，有豁出去的意思，也有惊惧担忧于心不忍的神色。云秀将团子给他放在桌上，他不看团子，却转过来仍旧定定地朝她身上瞅着。那湿了的衣服，本来单薄，此时几乎全部贴在身上，裹在腿上，少妇所特有的丰满线条，就显得再清楚再细腻不过。左家小子失去了意识，飘走了"鲁赫"，神情如痴如醉，双目似炽似火。在他的眼中、心中，这位嫂子从未这般美貌、俊俏而撩人。他像给冥冥之中的台风刮上了"绥拉特桥"，他已经晕头转向，搞不清是应该渡过桥去进天园还是什么也不顾地朝"垛子海"里跳。一双骨节分明的大手挓挲着，又想伸出去又想放下，试了不下十数次，终于还是搭在了她的肩上，要推又搂，仍旧踌躇不定地决断不了干什么。

赵云秀刚才进门时被左家小子就势搂住，她迷糊了一阵儿，终于明白了这意味着什么。她虽是寡妇，到底是过来人，对左家小子的冲动很理解。此时，当对方又一次将手搭住她的肩时，她十分清醒，她的身子往前倾了倾，打算顺从他。然而，一个在乡下女人来说不足为怪的顾虑和惶愧忽地在脑子里闪过，她马上又十分理智地挺住，用手轻轻地推开他的手，用若无其事的口气说："兄弟，刚蒸出来的热团子，趁热，吃吧。"一声炸雷此时由远而近，最后掠过这个房脊又远逝千里，左家小子终于从"绥拉特桥"上又回到了"顿崖"。他出了一头汗。实话实说，第一次对云秀的搂抱他纯属下意识的，但搂抱之后所激惹出的那种感觉，使他精神几近错乱了。一股难以遏止的欲望从他全身的毛孔里钻出来又折回去，像从他心肺深处引燃了一堆火，他想呻吟，想尖叫，更想找个最直接的办法发泄。然而，他还是以惊人的毅力挺住了。刚才他一直瞪着眼想的，就是如何将云秀扳倒在炕上，如何求她脱掉衣服，如何……但直到将双手又一次搭在云秀的肩上，他的心里仍然还是千思万虑一片矛盾……这七上八下的美妙幻想最终让云秀的一声"兄弟"和随之而来的炸雷给震破，他擦了下头上的虚汗，神色慌乱地将脸扭向一边，扭向那张放着几个热团子的木桌。

外边的雨依然挺大，赵云秀试了几次，都没有足够的勇气跑出去。当然，这不仅仅是害怕雨淋。然而，在屋里总这么抻着是不行的。赵云秀想，万一左家小子挺住了而自己把持不住怎么办？那将是什么样的罪过。这伤风败俗的事一旦铸成，那就不是一般的事了。她相信自己的心劲，也相信自己的毅力，这些年的风风雨雨坎坎坷坷从来也未令她心有所动，这就是明证。可是，铁烧到一定的火候，不是也能软能化吗？再说，自己方才能在左家小子的怀里待那么一会儿，以及在他将手搭在肩上时自己的短暂犹豫，不就是那种只有自己心里才明白的盼望吗？不行，不能再待下去了，我必须快走，马上走，天上如果下刀子，就让刀尖插在我头上吧。她想着，立即从心底里生发出一种女人此时此情下所特有的勇气和果决，朝着扭头向里的左家小子说了声"兄弟你吃饭吧，家里她娘儿俩还等着我"的告辞话，人已在门外雨中了。

云秀走了，左家小子只"嗯"了一声，并没有出门送她。云秀刚刚走出门，他便哈腰蹲了下去。他蹲在土炕前，感觉下腹疼痛、抽搐、转筋。这种状况一直持续了半炷香的工夫，他才勉强能够抬头、直身。就在他抬头的瞬间，眼睛里忽地闪过两道常人所难有的贪婪的光，他挣起身子，跳到桌前，将那菜团子捧起在脸上亲着抚着，而后就揉碎抓烂，连皮带馅一口接一口地猛力啃咬吞咽。

一连四天，他没敢和云秀照面。第五天有件活哈金瑞自己干不了，让云秀来叫他，他才红头涨脸地去了。

人心都是肉长的，他的处境、他的心情，赵云秀能不同情不理解吗？比他大五岁的云秀，表面平静，心中却暗暗为左家小子难过，但她既已接了男人的"汗格儿"，并且盼着和相信男人还要回来，她就自己强迫自己不能心有所动。故此，她只能以怜惜的眼光看他，以同情的心来从精神上生活上照应他。然而，她也的确越来越感到，左家小子是一天比一天离不开自己的照应，而自己也莫名其妙地更加离不开左家小子了。几天不见，她就觉得心里空荡荡的，好像日月中丢了什么缺了什么。越是这样，她心里就越紧张，所以每逢见面，便隐隐地产生那么一种说不明白的怕。她和他的接触，大概也有他的原因，之后也就十分奇怪地拉长了间隔。尽管越是如此越难受，可还得硬挺着这么做。这不仅仅是出于"良心"的诘难，更要紧的是，无论何时何地，她都感到或明或暗地在背后有个神秘的影子跟着。

影子就是安子岭。

安子岭要干什么，左家小子是一半明白一半糊涂。而云秀的心中则是再清楚不过了，只是出于某种难以言喻的考虑，她不能说。

祸　心

　　谁能相信，半生不偏女色的安子岭，年逾不惑却死死地瞟上了留根儿家。这似乎不近情理，但事实上，自打留根儿定亲那天起，他这个主意就打定了。他绝对相信自己的机谋心劲和手段，半生的翻手为云覆手为雨和阅历闯荡，证明了只要自己想办到的就一定能够办到。他深信此次的打算和计划仍旧不会落空，他有这个把握。

　　要想得到留根儿媳妇，先得清除留根儿。这是第一步，也是至为关键的。办这件事，既要机敏善断瞅空子，还得天衣无缝心狠手辣。他本想借助黑道朋友的力量，偏巧留根儿刚刚娶了亲，北军部队就要撤走。他马上将这消息巧妙地传到河对岸，并特地把自己的愿望告诉南军里的一位老相知。为了避嫌，他又故意将北军撤走的机密透给留根儿，这样一旦出了差错捅了娄子，便好将留根儿拖出来做垫背的，南军里他的老相知正好急着要抓丁，这简直就有些天遂人愿的味道了。那夜，南军就是由他悄悄领进村，不料让寺师傅撞见坏了醋。他们开枪打死了寺师傅，也惊走了本来可以进门掏窝的青壮小伙儿。安子岭的主要目标当然是留根儿，而留根儿跑到哪里藏在哪里，他已经通过诈哄从左家小子那儿知道了。他不出面，却巧妙地让南军逼问左立渊并让他带路，这样，他日有虞，左家小子也必然是个替死垫背的。当留根儿一伙那天夜里逃回来时，安子岭听到动静，心中一下凉了半截。谁承想，鬼使神差阴差阳错，留根儿和金瑞却又偏偏逃来他家躲着。刀下的羊，口中的肉，不宰不吃也跑不了啦。那一夜他干得得心应手，暗中指点南军捉了藏在苇湾丛里几个人后，才不慌不忙大大方方回到家，将留根儿和金瑞玩羊羔似的送上了汤锅。

　　安子岭有个习惯，午饭后不休息，却总爱叼了烟袋烟卷绕村转。这日午后，天空瓦蓝，阳光灿灿，深秋的气息清爽而又宜人，村四周茫茫苍苍，寂寥一片。安子岭照旧叼了烟袋踱着步，从村北街口顺着小道走下来。这村北一片高白地，绵绵延延十余里。高白地在这个复杂得多沟多坎多碱坷的平原上显得那么整洁、那么平坦，是这里有名的旱涝保收的粮食囤。连说书唱戏的都给编了词：寸土寸金人不换。安子岭走到村边地头立住脚，看着那平展的土地和收获之后大片浅色的地皮，他深深地吸了口烟，拧眉立目长叹一息："完了，这辈子是回不来了，我的宝贝地！"

在八国联军扛着火枪进中国之前，这片土地以及村西成片的沟坎碱洼都是安子岭家的。他的祖上，可以说是这方首富。何时发家、什么方式发的家，已经无从得知。人们只是一辈听了一辈传，说这附近十数里的地，大半是他安家的。那时，安家自己雇有塾师厨师戏班子。逢年过节，村中搭台唱戏会筵四方宾客；清真寺里宰牛成席做"乜帖"。他家专门养了一匹快马，每天一早，让一名家人骑了，顺了官道往西去，太阳落时刚好返回，专门去府里州里采买新鲜蔬菜和水果。他们家的门窗都是画栋雕梁，他们家的房屋都是二梁托塔，连他们家的床边炕沿，都是镶铜镀银的。安家祖上曾经当众夸口说，就是十年八年不收粮，别的家业不用动，光砸砸门帘檐上的金串子，也够他安家儿孙度饥荒。

不知从哪一年的哪一天，安家的一位头辈人物学会了吸大烟。他一个人有瘾，熏染了全家，不到两年，男男女女都抽上了。一个泡泡一捧钱，别看小小的一点大烟，抽败了家，抽穷了国，把挺壮实的人抽成一把干柴火。明知这东西的害处，他还得非抽不可，是因为染上瘾了。"瘾"，这个既迷人又可怕的字眼啊！安家这么大的家业，硬是一星一点抽尽了。到安子岭的爷爷辈上，庄北的高白地卖净了，庄西的沟坎碱坷也只剩了几亩碱蓬洼。大片的宅子卖得已经只剩一座房，就连吃饭，也是有了上顿没下顿了。最后，几亩碱洼也勉强卖给了本村左财主。那房，却无论如何卖不掉。左家只要土地不要房，地能产粮，房呢，又无人去住，闲着？何况乡下有句话：对人不良，劝他置房。左财主犯傻吗？那一天，安子岭的爷爷烟瘾大发，眼见着就得要了命，他爹没了办法，硬挺着身子一步一个头地去找同姓不同宗的弟弟也就是留根儿的爷爷安贵和，央求他无论怎么也得将房子买下。留根儿的爷爷无奈，看在同姓面子上，压了价少给了些钱把座房子买下了。父子分家，财物各别，何况是同姓庄乡呢。于是，安子岭他母亲只好带他出门去要饭，他爷爷和他爹就住到场院屋里去了。一座房钱抽不了多少天，终于又是一文不名烟瘾大发，老头子嘶叫着让儿子救他。天寒地冻，又是黑夜，他爹咬咬牙说"好吧"，穿上衣服就出去了。

工夫不大，果然弄来了一点"白面"，老头子过了过瘾，总算挨了过去。第二天早起时，他爷爷见自己的棉袄棉裤不见了。问儿子，儿子反问他："你夜里抽的是什么？"爷爷恍然大悟，光了屁股跳起来和儿子打架。儿子推了他个跟头反身关上破门走出去，中午回来时，老头连冻带饿加上犯烟瘾，早已横在炕上冰凉梆硬了。安子岭的父亲草草埋了他爷爷，七日坟也没走，就跑到西大夹子当了胡子。半年后，大白天带人来砸了左家财主的明火，绑了左太爷的肥牛票，硬是逼得左少东家卖了一顷地换回了自己的爹。又半年，正在四处讨饭的安子岭和他妈被他爹暗暗寻到，悄悄接走，开始过一种非人非鬼不黑不白的奇怪生活。

安子岭十多岁就开始拉票唱票当眼线，既伶俐乖滑，又古董奸诈，许多成年胡子都曾被他耍弄，连那个自称刘伯温的胡子军师都说估摸不透他。他的活越做越险、越做越大，终于做到了一个叉杆极硬的大户头上，"票"没绑成，倒让人掐住尾巴，省城里请来了什么赵指挥，发兵西大夹子，将他们的老窝一锅端了。赵指挥大兵到时，安子岭正在外边"吊线"，见不是色花，不顾爹，不顾妈，当然更不顾他的同伙，信儿也不曾传一下，独自先跑了。他哪里也不逃，径直奔回到村里，投奔了同姓不同宗的本族叔叔安贵和。安贵和问他的父母在哪里，他说父母在本地混不下去，舍下他下了关东。第二天，当西大夹子土匪被赵指挥剿灭一事传开后，精明的安贵和什么都明白了。他收留了这个孤儿，让他给自己扛小活。他看这孩子是块料，不像他祖上人的德行，就给他在村中买了三间旧屋拾掇好，打算让安姓这一支的独苗苗扎根原籍、成家立业。安贵和的好心并没得到好报。安子岭匪性难改，之后几年又和那次漏网的旧相识们暗暗挂上钩，就在安贵和娶儿媳的那年，串通了他的匪叔匪大爷，要绑"老头票"。结果，跑了老的，逮走了小的，最终将安贵和弄了个人亡家破。这些，当初被绑票的金氏给弄到匪窝里时，似乎曾在看守她的小土匪处隐隐约约得了点儿讯息，而安贵和一家并不知道。不过，即使知道了又有什么办法？安子岭从他当胡子的父亲那里知道了自己的家世，又从安贵和的口中得到了证实。他痛恨自己的祖上不争气，并暗下决心，一定要在自己这一辈里哪怕耗尽心血，也要赚回争回，甚至抢回夺回祖上的家业。左财主家买过他家的地，已让他父亲领人"砸"出了一百亩。安贵和既买过他家的地，又买过他家的房，虽然收留了他，他还是"恩怨分明"，第一个朝安贵和下了手，但好歹还是给他家留了个"活的"。安子岭之所以这么办，自有他的道理。争回祖业是他的目的之一，更重要的是报复安贵和。尽管安贵和收留了他，尽管又给他置了房产立了家，但他并不领情。他常想，当初你安贵和要是不买我家那最后一座房的话，我父亲和爷爷就不会跑去场院屋里住，我母亲也不会带我出门讨饭了。那样，即使我爷爷犯了烟瘾跌下炕，暖房热屋的也不会冻死冻僵。我爷爷不死，我父亲也不会去投胡子。不投胡子，我父母就不会招来杀身之祸，我也就不会成为孤儿了。退一步讲，你当初就是买了房而不压价，多那么几个钱儿兴许我爷爷就能挨过那阵儿烟瘾去，而我兴许就不是如今的落结。推而延之，你安贵和对我有恩也有怨。两相比较，总是怨比恩大。这样拿你先试刀，你还冤吗？那通过他的手去赎金氏的钱，他和他的匪叔匪大爷们自然是人手一份了。他将分到的银圆不花也不动，而是从他老爷爷的石坟旁边打了个洞，一股脑儿全灌进去。这以后，每逢他搞到金货银货，都来这儿装进老爷爷的"钱匣"。这个钱匣隐秘无比，也不会引起任何人的怀疑。安子岭干了这件事并不愧疚。他经常想起那位胡子军师给他讲的一件真事：在关东，一个失群的狼崽跑下山来，一条正在奶崽的母狗见它可怜，就收养了它。狼崽长大了，要尝尝肉的味道，它想了想，没犹豫就先把母狗的肚子撕破……

　　安子岭在村里还仅仅是个小扛活的，人们拿着不当一壶醋，平日里大人孩子总是"岭子、岭子"地叫他的奶名。而平辈的甚至比他小的富家子弟，人们却尊敬地称什么字呀号的。安子岭要树立自己的形象，他不能让人小觑了他。开斋节的一天，他用毛笔写了一张"告示"贴在清真寺的大门口上，内容是："扛活的呼小名，有钱的喊大号，我安子岭谁人不知何人不晓，从今谁再叫我小岭子，我就把他娘来搞。"这一张"告示"搞得全村大哗，尽管人们议论纷纷，但最终还是渐渐地将"岭子"改称"子岭"了。

　　几年之后，日本鬼子进中国，他们来在此地，要找什么维持会长。一村里人说，子岭年轻力壮手眼又宽，就推举了他，日本人也相中了他。尽管他不是什么首富大户乡绅豪杰，但几年的挣熬，在村里也已是小有财产小有地位了。日本人和中国人都认为他行，他也就不推托。他给日本人当维持会长，但以往又给别人扛过活，天生就是两面的，和共产党地下人员也"挂"上了。他有时糊弄鬼子向着共产党，有时糊弄共产党又向着日本人。这有个原则，看怎么办捞的好处多。一年后，日本人见他"维持"得挺好，就让他升任大乡长。当了大乡长，他的手法更加游刃有余。说实话，他的确让日本人吃过亏、上过当。讲真的，他确也曾坑过八路军，害过共产党。就这么一个人，但他却有本事让两边都相信他，持续了好几年。几年来，他也添了些家业置了些地，但他借口公务忙，腾不出身，这些家业这些地他都让别人替他担着，其中承担最多的便是左财主。左财主以往的地亩财产，近些年被安子岭暗中用计，勾结黑白两道的人几乎抠去了大半。这情况他当然不知道，更不清楚这是安子岭报复他的手段。因为左财主买过他家的地但不买他家的房，出于一种他自己推断的想当然的原因，这与安贵和同样让他记恨。安子岭变着法地坑他诳他，似乎也是情理之中的。左财主贪心胆又小，安子岭让他"担"着，他一是想借机沾光；二是也不敢拒绝推卸。而安子岭也无过分的条件，他只让承担者立个字据写个条。他是日本人的大乡长，又和共产党有挂搭，谁敢不应他，谁又敢坑他？他明白树大招风的道理，但他也明白这树大到一定程度后，也就不怕风刮。他认定乡长这棵树仍是小树，所以他不急于扩大家业，他的目的是当区长县长或更大的官，到那时，收回所有别人替他"承担"着的地产家业，他的宏图大愿就可公开实现了。

不料事与愿违，小日本投降了，共产党在这一带起来了。不久，国民党也插了过来，这地方就成了共产党和国民党拼死争夺的地带。开头，国民党似乎占了上风，安子岭立时心花怒放，靠了他的那些昔日投奔了南军的匪叔匪大爷们的力量，他卸了日本人的乡长，当上了国民党的区长。可是，不久他就发现，共产党并没占下风，随时都有泛上来的可能。于是，他心眼一转，又像当年日本时期那样，一张脸半边黑，半边白，谁行跟谁来……共产党胜了，国民党跑了，他在一个黑夜里将一切有碍前途性命的字据纸条通通烧掉，只留下了那张足以证明他多年来一直从事着"白皮红心"工作的可靠证据。

怪人自有怪秉性，他混迹日伪之间许多年，吃喝嫖赌抽却一律不沾。特别是在女色上，他从来不偏。这让他那些狐朋狗党十分吃惊，都说他沟里裆里准有什么毛病。他那个算得上美人的老婆，几乎是成年在家"漂"着。老婆从未生养，有人说怪他，但事实上是怪他老婆。然而，多年来他不休她，也不纳妾。这其中的上上下下反反复复，都是为了他那个由来已久的想法——扎下根基，争回祖业。待到家大业大威风大时，再娶三五个小妾生儿育女也不为晚。慌乱年月，没孩儿倒比有孩儿强，省得干起事来牵肠挂肚的。不过，他没料到事情糟得这么狠，到他当国民党区长的最后半年，已经完全明白和看清，今辈子再想捞回祖业可真是纯属做梦了。共产党眼见着要胜，打地主分田地是他们的目标，家大业大，不正是"目标"大吗？自己还想盼望当年安家祖宗的威风，屁吧！祖业已是无望，而那妻妾成群儿孙满堂的打算，注定也成了空想。半辈子动尽机谋费尽心血，没逮住马到头来连马蹄印子也丢了。如今，自己已是年逾不惑，却连个"根儿"也没留下，漏了稀的也煳了稠的，这辈子混成了个什么？老婆虽不生养，现今绝不能休她也不敢休她。这不光是为了避免引起人们的疑惑而坏了自己多年的正经形象，更重要的是他以往办的那些红脸白脸三花脸的事，除了他自己，第二个知情的就是他老婆。那女人沉默寡言却心中有数，一旦闹翻，大祸临头虽然不至于，但给自己捅几个窟窿却是可能的。因小失大，在这个节骨眼上犯不着。可一千条一万件，总得留个后代接续血脉呀！即使不姓安不在自己家不喊自己爹都行，只要那个种是他的。他酌兑来酌兑去，酌兑了这么个连"易卜里斯"也难以酌兑出的办法——他要借地养苗，以老区长的位置、长者的威严、本族的有利条件霸占留根儿家的。

　　然而，他又一次失算了。留根儿被抓走之后，为了照顾婆婆，云秀和金氏搬到一个屋里去。他几次三番地瞅了机会却难以下手，而这位小巧俊秀的侄儿媳似乎也察觉了他的歹意，并以适当的方式和眼光正告过他。他虽然断定即使自己越轨对方也不会吵到明处坏了自己寡妇名节，但一种奇特的怵头心理终于将他的急切心情减缓了。就在他瞅摸着慢慢将她弄到手的当儿，忽听五婶传信儿，说云秀已经有了留根儿的孩子。他一下怔死过去，醒来后在家闷了三天又差点儿自杀。

　　气急生疯。他的确是疯了。在一个淅沥小雨的秋夜，他潜入赵云秀的院中，将云秀堵在了柴火棚里。他以为云秀会被他这样的蒙脸大汉吓瘫，正待动手，不料小媳妇嘶声大喊起来："抓'小组子'啊，'小组子'进了院了！"喊声高而尖细，在这小雨之夜发出一种响亮的铜音。当时乡下尚有残余土匪三二成伙地偷袭村民，本地称之为"小组子"。为稳定局势，政府专门组织力量对付他们，且态度明确，一旦发现，坚决抓捕镇压。安家集就驻有这样的清剿队。安子岭没想到小媳妇敢喊叫，更没想到她会喊出这样的话来，一下子惊呆了，吓蒙了。更让他骇然的是，那看似柔弱的小媳妇却如一只护崽母猫，劲头十足而且身段敏捷，在他怔忡惊悸又不甘失败的犹豫间，已从房檐缝里麻利地抽出杆禾叉，两股闪光的铁齿猛地冲他胸口而来，他叫了声"爹哎"，便懒驴脱套蹿出柴棚门口，紧跟着爬上湿漉漉的墙头落荒而走。此后，云秀在五婶陪伴下连着在门口骂了两天"缺德的"，别人不明就里，安子岭心中却清楚，他沮丧、恼怒却又无可奈何。但是，自此他更黑了心：等着吧，留根儿家的，我安子岭放得长线，钓得鲜鱼。抓着了就抓，抓不着别人也休想。这个寡，你算是苦守苦等吧……

他本想当着区长走官道，权势人际上先压住她，却不料马失前蹄，让细心的共产党人将他清除了。这一来，他更凉了半截。

安子岭蹲下身来，从地里抓起把土扬开去。天上没有风，那把土在原处旋了几旋又纷纷落下。他长长地叹了口气，鸣儿地吹掉烟灰，转身循路往西去了。行无多远，村中传出嘈杂的吵叫声，他停下脚步听了听，细长眼眯了一会儿，不再继续往西，而是掉头走回村里。

安子岭虽然没受什么难为就"告老还乡"，但自己的账自己明白，闲时想起，总不免心中惶惶。他很清楚"泄底的老庄乡"这个道理，所以，就将一身的精力和满肚子心眼全部用在了庄乡亲朋身上。他笼络人心的做法简单实在并且绝对有效。安子岭深知"磕十个头不如办一件事"，逢到年节十五，他总要有针对性地给那些最易受宠若惊的人送点儿这呀那的。他付出的是一点微不足道的财物，换回的是一片感恩戴德的好话。对于舆论的重要性，他可以称得上是先知先觉者。街坊邻里家的红白大事，安子岭尽可能做到第一个到，最后一个走，张罗场面，安排人事，让人感到他比主家还要实落。至于街坊间的纠纷、父子兄弟间的家务，那就更离不开也少不了他。时日不久，如果哪个公开场合里见不到老区长，人们就觉得有点儿难以接受和难以理解。故而，今天他西行不远听到吵叫声就自动回村来了。

今儿村里吵闹的，是左立贵和他的远房伯伯左经纪。左立贵在集市上哄了个驴钱，让他的经纪伯给担着。人家找他伯要账，他伯自然要找他。

他耍了赖，说把钱弄丢了，而实际上是赌输了。左经纪被人逼着屁股撵债，能不急吗？几乎脱光了膀子寻他，他却干脆，狗吃麸子不见面了。左经纪找了他三天，今中午在这西头地窖子里找到了他，他正在地窖子里赌得兴起，被这位远房伯劈胸揪出来，能不急吗？爷儿俩这就当街撸了袖子干了架。安子岭一旁听说了内容，嘻嘻一笑，赶忙走开。他有个原则，要账讨债的事，是不管的。一个要讨，一个没有，你能不让他讨，你能替他还吗？不能！那么最明智的办法就是躲得远远的。特别是这爷儿俩，一个是赖赌，一个是明骗，都是江湖中所说的那种"场上的君子场下的小人"，谁有办法治啊。最后的结局也无非是左立贵认个错挨顿骂，他的远房伯伯出口恶气再挪了别的款子顶上罢了。否则，失了牙行中的信义，他这"经纪"今后还怎么当啊？

安子岭心里琢磨着，很自然地转身回东街。走出不远，却见留根儿媳妇正站在街边看热闹。因为大人们挡着，小好看不到但也闹着看，就让他妈抱着。安子岭走到近前，立住，很随便的样子说："好，好孙子哩，来，爷爷抱。"边说边将双手伸过去。云秀似是冷古丁吓一跳，在他刚要触到孩子的那一刻，就慌忙地递给他，并尽量将胳膊伸得远远的、远远的。与此同时，眼里也透出一种恐惧、愤怒和羞涩。孩子却高兴地伸直了双臂："找爷爷，我找爷爷！"

歧路姻缘

　　那次五婶给云秀和金瑞作伐，若非安子岭从中作梗，兴许有成。眼见得留根儿是回不来了，别人甭说，云秀心中自然有数。她之所以说要给留根儿守这个寡，有她的难言之隐。否则，她也不会让五婶给金瑞捎信儿，告诉金瑞不要听那些闲言碎语了。夜深人静或闲来无事，云秀心中也免不了想三想四：自己一个年轻女人，守着老母幼子，不长年月就已出了闲话，来日下去，谁能料到还会出什么事啊。自己已到了这份儿上，只要不辜负了留根儿的夫妻情分，给他带好儿子，养好老母，圆了这个"汗格儿"也就是了。出村过门绝不能，与左家小子呢，有情却无缘，先不说年龄差距，只这本族本家也通不过。再说，左家小子人好却木讷，顶门立户办不到，有昔日那个苴口，光是老区长他也没法搪啊。想到老区长，心里就憋闷，就郁愤，认定他是老不要脸不是人，就酌兑自己必得有个归着有个依附才行。掂量了无数次，就只有金瑞。这哈哥与自己年龄般配，人老成又有刚性，下半辈子跟了他，大约不会有错。然而，与左家小子几年相处形成的情分，一时又难以割舍，思来想去，总是委决不下。

　　有那些闲言碎语的时候，也正是云秀心中最矛盾的时候。那霎，她凭着村人背前面后的窃窃私语和指指点点而产生了这方面的怀疑。再说，作为女人，很奇怪的是都有种直觉，这就给她心里形成了压力，考虑的自然就多。那时节如果五婶直接去找她，事情或许有了眉目。也是巧合，五婶刚走到云秀的大门前，恰好逢了云秀的邻居老白家开门出来，老白家就是小好常在一块儿玩的玲玲她妈，三十几岁年纪，病病恹恹的。那年抓壮丁，她丈夫老白正在村西地窖子里推牌九，笊篱抄鱼，跟左立贵一块儿被捉。第二夜逃跑跌进枯井里摔死的，就是他。老白"无常"后，遗下这娘儿俩，所幸有几亩好地，加之以往有些积蓄，年吃年穿还过得去。这老白的祖上，原是一游方郎中，已经弄不清是什么年月来在此地，用一个挺奇特的药方，治好了安子岭祖宗的一例疑难症。安家当时正兴盛，感他救命恩德，又兼同是教门中人，就赏了几亩好地，又拨了这座闲宅的一半让白先生在这儿安了家。日后岁月里，安家抽大烟倾家荡产，宅田几将卖尽，安子岭的爷爷就带了儿子一家搬来这里，在白家东侧那半边闲宅上住了。不几年，愈抽愈穷，愈卖愈光，最终将这半边闲宅也卖给了安贵和。初时，安贵和买了也只是闲着，不料那年遭胡子劫道，绑了他儿媳的票，又摊了人命官司，卖来卖去，田地所剩无几。待到老宅上的房屋也卖得净光，终于搬来这闲宅上住了。从那时起，和留根儿家就成了一墙之隔的邻舍。

乡村娘儿们见了面，有事无事，总得絮叨几句，这是惯例。老白家顺口让了一下，五婶甩着小脚就拐进了她家。一杯茶水没喝尽，那有关金瑞云秀的事就说完了。玲玲妈又是热心肠，听此好事，极赞成，说云秀年纪轻轻，又是孩子又是婆婆，寡门单户的不好过，嫁了金瑞是个依靠。言下之意，越快越好。可她又劝告五婶，这事得先跟老区长拉拉话，因为以留根儿家现在的情况，论支分和谁都不近。可是，老区长年轻时在他家待过，从本族关系上论，许多年来人们总习惯将他们看得挺近，老区长自己似乎也有这种看法。老区长是他们族中大辈，村中"人头"，这事越他而办，不妥。五婶听后，连连捶腚，说自己怎么就糊涂了，安子岭那狗狗日（她总这么骂他）是斜木刮的，一肚子孬杂碎，别看人模人样挺宽亮，要是有事不把他摆在头里，他还说不准给你使什么绊腿呢。到时逮不住黄鼬弄腚臊，图吗？对，先找这狗狗日的。

因为有这层关系，五婶心中明白了，自己只顾颠了小脚跑啊跑的，便是云秀自己同意了，没有安子岭认可不还是要出麻烦吗？她当即去找安子岭。安子岭正在家里喝闷茶，听五婶谈了哈金瑞的要求，沉吟半天，不说一句话。他在想，奶奶个×，赵云秀想宿窝呀，要跳出老子手心去？门儿也没有。我安子岭逮不住的雀儿，哈金瑞就甭想碰碰毛。可是，新的婚姻法已经颁布，城里乡下离婚的、改嫁的、新娶的接连不断，正逢了个新旧更迭的时节。安子岭是精明人、心数人，不会挺着个茄子脑袋往刀刃上碰的。他既要想法阻止哈金瑞和云秀的好事，还不能落个破坏婚姻自由。所以，在他的"万全之策"从心眼里钻出之前，是不轻易说话的。他不说话，也不动，就狗熊蹲仓似的坐牢在椅子上，一口一口地喝茶。五婶坐在炕沿上，有茶喝着，有安子岭的老婆陪着有一句没一句地搭讪着，虽然沉

46

不住气却不尴尬。终于抻不下去，五婶直了嗓门嚷：

"香屁臭屁，你可得放啊！"

安子岭和这位五嫂耍笑惯了，见她发怒的样子，翻翻眼皮一乐："我说五嫂，你要憋急了，来找我，管够。可是，一个侄儿媳妇的事，唉！怎么说呢？"

安子岭说着端壶过来给五婶倒茶。五婶左手遮了茶碗口，右手挡开茶壶说："好好好，好狗狗日，你不管，事可由着我办了，我办了。"

她放下茶碗，起身要走，安子岭这才像猛然明白了什么似的放下茶壶道："嗨嗨，对了，你说，我说，都是白说。这事，得留根儿家跟她婆婆拿主意呀！走走走，咱们一块儿去说说看。"

说走就走，安子岭这会儿行动还真利索。因为，一个棒打鸳鸯两下散的软办法他已考虑成熟了。

两人到了留根儿家里，安子岭不语，只让五婶说话。云秀听了，双颊红一阵白一阵，虽然话儿戳着了心痒处，可作为有婆之媳的小寡妇，又不好说什么。嗫嚅半天，闪眼对五婶道："这么大的事，问俺妈吧。"

金氏已然魔魔怔怔，眼也看不清东西，半傻半癫，糊涂了。她瞪着两眼听五婶说了三四遍，仍是那么傻呵呵的。显然，她不知道对方说了些什么。五婶就又解释，无非是云秀"坐山招夫"、金瑞好人、过来了好照顾这个家一类话。这一阵，金氏似乎脑子开了扣，有点儿似懂非懂了。她"哦哦"着，还点头。五婶见状，圆脸乐成一团花。就在这八月柿子五成熟的时节，一直不说话的安子岭忽然起身走到云秀跟前，朝云秀怀中抱着的小好伸过了胳膊。云秀愣了一下，忙将孩子远远递给他，他就抚了孩子小脸，泣泣着嗓门道："宝儿，可怜的宝儿，走了那一步，亲娘后爹，可就苦了俺宝儿了！"

这泣泣的嗓门特大，这悲悲切切的絮语，不想却将脑子刚开扣的金氏打动了。她以让人吃惊的速度啊的一声先将小好抢过去搂紧，接着用痴癫病人特有的直嗓门哇哇大哭，同时"儿啊儿啊"叫个没完。她一哭，云秀当然撑不住，跟着也哭，哭着说着，就跪在了婆婆跟前。金氏一俯身，娘儿三个抱在了一起，哭成了一团。小好受这突然的惊吓，也哇地哭了。见此情景，安子岭的细长眼又眯了起来，口唇上的一溜鲇鱼胡耸动了几下，他将孩子从娘儿俩怀中拽出来往炕沿上一放，重又坐回到椅子上去。他什

47

么也不说，一脸大悲大痛的神色，不时地唉声叹气。五婶给这突然的变化惊得傻了似的，她挖挲着方才正比比画画的两只手，怔在原地足有半盏茶的工夫，这才首先抱起哭得上气不接下气的好儿，一边哄孩子，一边急咧咧地劝那娘儿俩。劝了一会儿，劝不住，她也就陪着哭，直到邻居老白家听到动静赶过来帮着劝了半天，方劝住。至此，五婶为人做媒的好心早跑到爪哇国去了，眼下唯一所求的，是娘儿几个别再哭，安安稳稳地拉个家常话。她一再解释，自己是来闲串门，顺便探个话儿，并没有她嫁他娶的意思。至于为什么和安子岭一块儿来，碰巧了，这是碰巧了。她嘴里这儿甜甜蜜蜜地解释，眼角却不时地扫着安子岭，心中早恶狠狠地骂了不下一百个"狗狗日的"。云秀终究是明白人，最后还是给了五婶一个答复，说自己既已接了留根儿的"汗格儿"，就准备给他守这个寡。她说这话时，已经留意到，安子岭的脸上是一副心满意足的神色。五婶临走之时，她悄悄地让她给金瑞转告了那番话。

那一年起了个运动，什么名堂是已经难以记起，在这个运动中，哈金瑞却是实实在在的受益者。上边来的几个人住在村里，专门找一些平日不算出头露面的人谈话。村干部都没叫齐，却叫了哈金瑞，这很是让村里人惊诧了一阵。这种上边来人又找人谈话的方式，屋里挂着名言"难得糊涂"的老区长却极怕。以他安子岭的身份、经历和那许多的隐秘，他能不怕吗？更何况，解放初造成他"告老还乡"的那件无头案至今还悬着。

安子岭最关注的就是哈金瑞。因为上边来的几个人和哈金瑞的关系好像越来越密切，不光不理睬他这位村内的"人头"，就连村干部似乎也疏远了。昔日的非常阅历让他神经过敏，他随之就产生了一种也只有他这种两面人才可能有之的荒唐想法。他认定哈金瑞是安在村里的坐探，用他们黑道上的话说叫"眼线"。目标大约就是他安子岭，否则，为什么姓哈的自从回来之后就一直盯住云秀不放呢？而云秀家与自己以往的关系又是尽人皆知，他很可能是在由面向里搞侦察。这让他记起了近两年来哈金瑞的举止行动，哈金瑞似乎总在背后向云秀向五婶向一切与他有关系的人打听自己，而那眼神也总在自己身上睃来巡去，好像要钻研出一点儿什么。他越想越多，越想越认为自己的判断正确。他开始认定哈金瑞将要成为村里、乡里乃至区里的重要人物。而他，这位二十多年来一直在这一方瞒天过海蒙日月的人，闹不好就要祸事临头了。前几个运动自己都巧妙灵活地逃脱过来，这次呢，怕要真的跌进"垛子海"。但他到底还是安子岭，他在尚未"出水见到两腿泥"之前，绝对不会认命，他要争取，争取多走几步棋。他要防备，防备万一出现不测时，对方给他捅的窟窿也好尽量小一些。周密思忖之后，他主动地去找五婶，要和五婶合计做件天大的好事。五婶问他"狗狗日"还能做出什么好事。他眯眼强笑说："反正不是让你嫁给我。"

五婶就骂："嫁给你？就你这货，送给我做儿还不要呢。"

安子岭阴笑出声来："好好好，就给你当儿。可是，给你当了儿，你能揽着我睡吗？"

五婶"�’儿"一声骂了句"狗狗日挨千刀的"。她知道和他斗嘴从来都是自己干吃亏，就正色道："到底吗事？说！"

安子岭央她做媒人，劝云秀改嫁，嫁给谁，当然是哈金瑞。五婶吓了一跳，嗔道："你烧汗了是怎的，上回看看有成，你狗狗日扒瞎使绊儿，当我看不出来吗？这回是发善心了还是哈金瑞摆席请你了？"

安子岭傻呵呵地故作不置可否，只是说："甭管那么多，媒人嘴儿，兔子腿儿，你老母狗就跑跑说说吧。"

五婶犹豫不决："有上回那一锅，这回能行吗？"

安子岭点起一袋烟说："你抱柴，我点火，这锅饭准熟。"

五婶直肠子热心人，当下就去了云秀家。自从上次发生那件事情之后，云秀心里一直不是滋味。当时一阵冲动，就跪在婆婆跟前说了一生守寡的话，可看到安子岭的神态，又想非要赌口气不可。她原以为让五婶给金瑞捎过那些话后，金瑞还会托她来的。不想金瑞憨厚人，认实了。今儿听五婶一说，心里热乎乎的。然而，当她听说金瑞托了安子岭从中接轨时，头上冒了汗，金瑞哥你好糊涂哟，安子岭是个什么人，你不知道吗？他从中能起好作用？转而又想，也许哈哥拐了个心眼，托他是一种以毒攻毒的办法。可她哪里知道，人家金瑞这次根本没行心，是安子岭一手搞的。心里一踏实，就低了头，细声细语地说："我心里的事婶子你是明明白白的，可敲锤子定音，那得看妈怎么说了。"

五婶心领神会，就坐到金氏跟前拉起话来。事情虽然隔了仅仅半年，脑子出了毛病的金氏却早已忘了，和她说什么，她只是哼哼呵呵地答应，有时也笑，但总是难以拉到正题上。正弄不出个所以然，安子岭来了，他把五婶从金氏那边唤过来，以长者的身份和口气说："我嫂子痴痴呆呆心眼迷，这个家的事，有一半我替她主了。今儿这事，就看留根儿家的态度，你说我说都不算，现如今，兴的是婚姻自主嘛！"

云秀闹不清他葫芦里卖的什么药，就仍然低了头，不说话。安子岭以为她害羞或者有顾虑，竟自做开了思想工作。他照旧坐在椅子上，点了烟袋深深地吸一口，咂哈了嘴和舌头："我说留根儿家的，这孤儿寡母过日子难的道理，老叔我就不说了。单单你这个傻婆婆，来日老得不能动了，又是老又是小，你一个人支应得了吗？人家哈金瑞山东高粱独一棵，虽说应过留根儿的'口唤'，也不能伺候咱一辈子吧。我和你五婶有这个心，孩子你也不能端着个架。实话说吧，人家金瑞是个坐家男，过了这个村，怕也没有这个店了。"

云秀听他说到这份儿上，正好借坡下驴，于是慢慢抬起脸来："这我有个条件。"五婶见已开了缝儿，马上凑过来：

"说就是了。"

云秀说："成亲后小好还姓安，哈金瑞得来俺家。"

"咦咦，坐山招夫啊。"安子岭从椅上动了动道，"人家金瑞一个童子身，怕是面子上过不去呀。"

云秀接口道："他进了俺家，也不改姓，还姓哈。要是连这一条也不应，事就甭提了。"

五婶心里可有底，这"坐山招夫"一条，是头一次提时金瑞就应允了的。她忙接过来说："行行行，这条我包了。"

安子岭也怕到这成色再毁了，也跟着点头。他心想，金瑞那头反正有个娘儿们嘴去说，我何不落个顺水人情。这边说定了，他便和五婶又去找金瑞，凑巧两位干部从金瑞家里往外走，边走边低声谈着什么。哈金瑞送出来两位干部，又刚好接着了他俩。安子岭讪讪让过两位干部后，暗自庆幸又得意，这桩喜事，自己张罗得可真是个节骨眼。若待金瑞成了气候再来提，就有了巴结之嫌，让人看不起不说，在金瑞身上的情分也小薄了。这就叫宁走十步远，不走一步错。远了可以转回来，错了呢，就只有等着挨板子了。

等了几年，又有留根儿的"口唤"，第一次五婶的促成遭到失败后，哈金瑞的心里也真有了负担。他恋上了这个家，也恋上了云秀，如今是恋不能成，舍又舍不下，怎么办呢？所幸老实人多有耐性，一直这么押着。今儿安子岭和五婶来到，一提此事，他先是有点儿不相信自己的耳朵，待到进一步证实他们所说千真万确之后，喜出望外弄得脑子都晕了。想求的事，求不到；无心去求，好事倒自己来了。安子岭和五婶提什么条件，他就答应什么条件，反正独身一人，哪里不还是个家？别说不更名更姓，改了又有什么呢？踏踏实实照管了那一家，将来"后世"里会见，于留根儿也有颜面相对了。他如此爽快地答应，令安子岭奇怪也纳闷，就老不正经地忖度：八成这头茬小子淫疯了。

婚礼快捷又简单，哈金瑞锁了自家的房门院门，将铺盖卷搬来云秀家，也办了筵席，请阿訇写了"伊扎布"，整个过程只用了半天时间。

入夜，当小好哭闹着不愿离开母亲跟奶奶去睡时，金瑞和云秀就陷入了一种难言的尴尬。这新婚第一夜，让个四五岁的孩子守在身边是不太雅观。小好对此显然似懂非懂又纳闷，昔日天黑便走的哈大伯，今儿在自己家里挺热闹地折腾了一天，晚上不光不走，反而要睡在妈的屋里呢？虽然比他大一岁的玲玲姑白天告诉他说"你妈嫁人了"，他却不明白"嫁人"是怎回事，只知道跟着人们乐啊笑的。这霎才稍稍理解，"嫁人"的意思就是妈要跟哈大伯在一块儿住了。他尽管平日里很是亲近哈大伯，却不同意大伯和妈的这种做法。他不知道用什么办法阻止，便哭啊闹地不离开妈。这两人正被孩子搞得手足无措，窗外忽有响动，金瑞认定是听房的，不介意。然而响声过后，外边却传来左家小子的低嗓门：

"好，小好，叔叔来接你玩了。"

两人同时吃了一惊，特别是云秀，心尖一下子就坠了下去。说真的，对金瑞她是敬大于爱。对于左家小子呢，那却是除了留根儿外，一颗女人心全在他的身上了。她明白左家小子对她也是一片痴情，前两天在街上见了面，他还泪汪汪地说不出话。然而，严酷的现实摆在这儿，她要活下去，要和儿子婆婆一起活下去，她就只能选择前者。这当儿猛然又听到左家小子的声音，一颗本就虚弱的心能不震颤吗？左家小子进来了，带着明显的鼻音，他说是老区长和五婶让他来看看的。他也怕小好夜里调猴不听话，不想就真猜对了。也多亏他来，因为小好平日里和他关系最好，感情上跟掰不开的鲜姜似的，不听谁的话，也偏听左家小子的话。大约，这就是那种总也让人难以解释的"性情相投"吧。左家小子朝小好伸了两只胳膊："好孩子听话，跟叔叔睡去！"

小好犹豫片刻，虽不那么痛快，最终还是抽抽搭搭地让他背走了。

左家小子背着好儿走了，屋里只剩了他和她。然而，左家小子那影像、那声音——可以说那整个的人，却更加深深地印在赵云秀的心里。这之后，每逢屋暗灯熄耳边响起金瑞那带着汗香的急促喘息声时，她就常常想象是左家小子的身体……

安子岭自以为做成了天大好事，为自己的以后再次找了靠山，铺平了路子。他很得意，也很满足，此后再来云秀家时，口气神态也不似以往那样哼哼哈哈颐指气使了。但他不倨傲也不谦卑，总在亲热中带一点严肃，随便中又有些约束，力求树立一位正派长者的形象和风度。他这样做的目的是取得哈金瑞的尊敬和信任，让主人心里有什么就对自己说什么。这做派还真取得了效果，不光金瑞和他日亲一日，连精明练达的赵云秀好像也原谅了他的以往，渐渐将他真的视为本家族亲了。

这天上午，安子岭正与金瑞品茶闲话拉三国，两位驻村干部进了屋。他刚要假作知趣起身走，那二位喊着"大叔"将他留住了，他们说要同金瑞谈件为翻身农民谋幸福的大事，正好也征求一下他老的意见，安子岭大喜过望，客气几句便重新入座。然而，交谈的内容和干部们频频接触哈金瑞的缘由却是他始料不及。故此，两盏茶未喝尽，他已是怒从心生怨从中来。若非他有着常人难及的耐性，恐怕早就气昏厥了。尽管这样，他还是话未拉完就有失常态地说了句《三国演义》中的台词"我走也"，抬起屁股离开了云秀家。

苦乐春秋

安子岭把老婆撵回娘家去，他一个人关在院子里，由北屋跑到西屋，又从西屋跑回北屋，双腿安了发条似的。那脸阴沉、悔愧、贪婪而又焦灼，一副偷驴不成反被踢了一脚的神色。安子岭今生头一回深算化作失算，在云秀和金瑞的婚事上，他跌了个大跟斗。用他自己心中的话形容：跌得头昏眼花不算，下巴颏也跌脱环了。

本来咬牙豁命发过誓，自己逮不住也绝对不让别人摸根毛的那只小雀儿，前些时却糊里糊涂地亲手塞给了哈金瑞。如今跟驻村干部们细细一拉他才弄明白，姓哈的却不是像他认为的那样是什么"坐探"，跟他的历史及所作所为也没有丝毫关系。哈金瑞是个被认为有互助精神的模范，上级来的干部之所以总是找他谈话，有两条是别人所没法比的。第一他出身穷被抓丁后又当了解放军战士回来的，政治上可靠。第二他回来就一心帮助别人特别是同被抓了丁的留根儿家，思想好。至于"口唤"什么的，汉族干部们不懂，也不认为哈金瑞会信守这个。如果安子岭当初找个村干部探探底细，恐怕这金瑞和云秀的好事也就难成了。然而，这安子岭虽然机敏善谋却疑心特大，他怕一旦出头打听会引起人家更大的怀疑，那样不等于自己伸着脖子往套里钻吗？所以他就凭着想象、经验和自信做出那种判断，从而玉成了他和她。看来，这也是安排好的。否则，怎么解释呢？

安子岭用自己的拳头捣瞎了自己的眼，不合算，当然不合算。但他终究不是吃气的人，知道光闷在家中瞎驴撞槽不是个办法，就压住五脏六腑的邪火重新走上大街。他想，时间还长，空子也有得可钻，咱们就慢从宽来吧。

安子岭不愧一怪，想得开也转得快。眼见得哈金瑞还是步步登高的式子，由村里的第一个互助组组长转而成为初级农业合作社的副社长、社长，他便略有安慰，自忖这棋还是走对了一半。看准了行市，便开始投资，他以长辈的位置、下属的身份，全心全意却处处留神地奉迎哈金瑞，追随哈金瑞。这个曾被他不屑一顾并玩弄于股掌之中的乳臭小子，此时变成了他的靠身柱、遮阴树。虽然背地里千诅万咒咬牙切齿，表面上仍旧一口一个社长、贤侄。这样，在哈金瑞成为社长的同时，昔日的老区长也稀里糊涂地成了"社委"。当了社委，只顾往社长家里跑，对村内的其他大事小情就有忽略，威望便日趋一日地下降了。但他有他的打算，眼下他只在金瑞身上做功夫，余皆不顾。时间不长，有人给他编了顺口溜："社委社委，社长的狗腿。"传到他耳朵里，他不怒也不恼，反而细眯着眼笑了说："狗腿就狗腿吧，不就跑几步道吗？当个狗嘴，管着吃屎；当个狗腚，管着屙屎。比一比，还是狗腿的好处大。"事实上，在观世处世上他确有过人之处，有敏感的政治嗅觉，他明白认真的共产党还会查他。他还真沾了这"腿子"的大光，他无论是给金瑞作伐还是跑腿，都没赔账。自从他办了那件好事之后，他在金瑞的心目中更是大好人一个了，这不仅仅是当年被抓丁时曾受他一阵"保护"而至今难忘，更重要的是又给自己办了一件连五婶当初都办不成的事。否则，他怎么能得到既俊俏又贤淑的云秀呢？他怎么向留根儿交代那个生死之际的"口唤"呢？好人加恩人，知恩不报非君子嘛，这个人情是得记下。之后不久，搞起了一个运动，作为被怀疑对象，上级派人来调查安子岭，社长哈金瑞以十分负责任的口气，将自己的这位社委说成从过去到如今的全村第一大好人，并将当年掩护自己与留根儿逃避抓壮丁一事引为佐证。一是对安子岭的怀疑证据不足，二是绝对相信自己的基层组织，于是，调查之后，就将安子岭的名字从可疑名单上抹了去。否则，稍有松口，寻了纰漏，顺蔓摸瓜，安子岭十有八九是跑不了啦。

安子岭不光"在劫"仍逃脱，由于心细腿勤，终于在云秀的身上有了渴望已久的收获和质的突破。那天，金瑞去乡里开会，他照旧去云秀家里串门。串门是他近几年的习惯，无害而有利，吃饱了饭，吸袋烟，这家走一走，那家串一串，特别是村干部家里，常来常去，既联络了感情，又可于无意的闲谈中获取平常难以弄到的消息。他行动悄密，进了院，尚无动静，正要发声问："谁在家里呢？"忽听西厢房里有人低低地说话。他年少时在胡子窝里跟匪叔匪大爷们每每夜间到旷野中练"听功"，至今耳朵极灵，又贴得近，听出是云秀说：

"兄弟，嫂子知道你的苦处，可这没办法呀！"

他一怔，再听竟是左家小子的声音："嫂子待我好。我知道，'顿崖'上难报，后世里说吧。"

似乎有云秀捂他嘴的动静。再往下，有什么东西窸窸窣窣的。安子岭只觉得裆里难挨，心根儿处一参一参，但他并不发作。少顷，又是左家小子恐惧的语音："嫂子，我怕……"

"怕什么？"接着叭地拽断了线头什么的，听云秀问，"关门了吗？"

左家小子惶急地回答："咦，忘了，你看。"

又听云秀转身往外跑，就在她将出屋门时，安子岭假咳一声抬腿往北屋去了。一行朝屋里半癫半痴的金氏喊嫂子，一行回头冲云秀说："侄儿媳呀，我可是什么也没听见，什么也没看见啊！"

事实上，真的什么苟且之事也没有，是云秀疼左家小子，在屋里给他补衣服的。她问他"关门了吗？"是怕自己的羊跑出去啃人家的树。所以听说没关门，就赶忙朝外跑。然而，什么人，什么心，事情就这么巧，这种怎么猜都可以的话，偏偏就让安子岭这种人听到了。云秀怎么解释呢？她只好接口："是什么也没有啊，伯伯！"然而恰在这时，屋里的左家小子听到安子岭的声音，惶急地披了褂子跑出来，以那种像哭又像笑的声调冲安子岭喊了个"伯伯"，顺着墙根儿一溜烟走了。这可怜小子的可怜行动，把个云秀弄得一时手足失措。

七八天后，金瑞带着铺盖又去县里开会了。第二天夜晚，当云秀闩好大门，拦好鸡鸭，伺候了婆婆和好儿在北屋里睡下，回到西厢房刚刚关好门时，一只大手捂住了她的嘴，另一只手拦腰将她抱到炕上去。噗的一口，灯被吹灭，云秀被挟制着，从指缝里透出一口气："我知道你是谁。"

对方冷笑："知道就好！"

云秀挣扎着说："我可喊人了。"

对方仍冷笑："不怕丢人你就喊。怕你喊我还不来呢！"

云秀咬着牙："你老不是人。"

对方箍紧了她："是人的不瞒了汉子偷小子。"

"你孬心不褪，放屁也不拣个地方！"

"你自己看着办，依了我呢，吗话也没得说。不依？不依我就把事跟金瑞捅出去。"

云秀喘着气说："俺不怕，俺们没什么。"

55

"没什么还惦着关门哪？"

"是怕羊跑了！"

"这话好说不好听，金瑞是能咂摸滋味的。"

可能是用缓兵计，也可能是真的力怯，云秀软下来："伯，伯，我求你了！"

对方阴笑："求我不如依我……"

有挣扎喘息厮打和衣服被拽开的声音。忽听一声"哎哟！我×他妈的……"一切又都安静下来，那强贼不一会儿爬起来开了屋门，心虚地朝外瞧了瞧，爬墙走了。屋里，赵云秀一边垂泪，一边系衣，顺手用块破布擦拭着腿上裤上的一些什么。显然，强贼忙乱紧张，早泄了。这不幸中的万幸，云秀认了，忍了。自此，只要金瑞不在家，她就搬到北屋婆婆那里睡。她恨死了老贼，但又不便声张，她怕，怕惹得金瑞一时冲动闯下大祸。显然，她的想法和顾虑，安子岭也早在意料之中了。否则，凭云秀的秉性，他敢吗？

初级社转入高级社的那一年，金瑞和云秀生了个儿子。这小子生下来就手舞足蹈大哭大叫，虎头虎脑的。三天到清真寺里取经名，阿訇用阿文写了交给金瑞，不知阿訇没说清呢还是金瑞出了寺门就记含混了，说是叫"哈赛尔"。一家人挺高兴，顺了这名取了汉名叫"哈三"。孩子是金瑞的，就姓了哈，按坐山招夫的规矩，安家算是做出让步了。

就在这年的冬天，金瑞出了事。社里一头老牛，连病加冻眼看着就要咽气，饲养员忙去找社长，让赶快派人去兽医站请兽医来，以便"验明正身"开个宰杀证。那天，金瑞刚好和安子岭在一块儿商量什么事，就跟了饲养员一块儿来到饲养处。一看，老牛已是只有进的气，没有出的气。他刚要派人去兽医站，老社委在旁边说话了："来得及吗？"可也是，牛都快断气了还去请兽医来开证明，来得及吗？他们是不吃断气自死牛羊肉的，牛在咽气前，必须请阿訇或海力凡来道个"太斯米叶"下刀。否则，一头牛死了也只好送给外村弟兄，最多落张牛皮。每日里青菜棒子面掺地瓜的回族社员，也盼着有牛肉吃，就有人到清真寺里请来了海力凡。海力凡手擎宰牛刀，却懂政策，没有那证明条条，起码得有负责人的话，两条都没有，他是不动刀的。这牛眼看要断气，老社委踱步似在自言自语："到这份儿上，就看社长的了。"社长老实人，看着人们期盼的目光，脑子一

56

热松了口:"宰吧!"

牛也宰了,肉也分了,第二天就有人告到了乡里。乡里立即派人来调查核实,一点儿不错,牛是宰掉的,不是自己死掉的。在当时,宰杀耕牛可是犯法的事情,便是该宰的,也必须有证明,没有证明,这私宰耕牛的罪名就算定了。顺蔓摸瓜,先找到下刀的海力凡,海力凡说没有领导发话他敢动吗?于是就召开了社委会追查责任。社委会上,老社委安子岭的细长眼里精光闪射,他看着调查者那十分严肃认真的面孔,长长地吸一口烟,又叹一口气:"唉!我说乡里同志们哪,这家有千口主事一人,这么大的事,是得社长说。可反过来讲,社长说了一句话,牛肉却是大伙儿吃的呀,能怨他一个人吗?"

安子岭话没讲完,被乡里来的人截住,批评了他的糊涂思想,责任就定在了金瑞身上。金瑞是敢说敢当的人,并不否认,他说这牛的确已到了非宰不可的关口,自己是点了头。好,就这一点头,犯了法。王法无情,就是社长也得逮捕。大约为了"杀一做百",乡政府根据据说是安家集社委会的提议给哈金瑞披上牛皮戴上牛角,在安家集周围几村游街三天后,又召开了群众大会,宣布掐监入狱。金瑞在监狱里待了三个月,惊吓气恼加上羞愧,不到三十岁的人患了绝症。当村中多斯提将他从监狱里抬出"保外治疗"时,人已奄奄一息。来家不几日,说不出话,只是拽紧了云秀的手。看看临危难救,忙请阿訇来领了"讨白"……斯时此处,哈家墓地上又多了个坟头。云秀领着前窝的,抱着后窝的,家里家外哭得死去活来。安子岭也哭,也说,无非述说金瑞不明道理的老实人,身为社长怎么也犯法。这不,为了肉一口,命也搭上了……哭够,说罢,跑回家关了门,让老婆给他炒了肴,烫了酒,喝了吃,吃了喝,整整的一天,像当年绑了谁家"肥牛票"似的乐。他老婆见状恨恨地说:"你还有点儿人味没有,人家哈金瑞那里死丧在地,你倒坐在家里喝酒。不看哈家也得看安家吧,留根儿他老辈子有点儿对不起你的地方,你也不该这么看他家的笑话呀。再说,全村人都把你看成留根儿家的近门,你就不顾顾脸面吗?"

安子岭瞪起眼:"顾你妈个腔,老子今天高兴,别打我的兴头子啊!"

安妻嘟嘟噜噜走出屋:"唉!你早晚得遭报应。"

哈金瑞因私杀耕牛案一命归主后,安子岭满以为这社长的位子会是他这老社委的。不料乡里来人主持另定了候选人,选了位年轻的多斯提任社长。他别扭了许多日，终于省悟到，上边有他的悬案，从这件事上可以看出对他仍旧有戒心，自己今后还必须轻抬脚、慢伸腿，以扎实稳妥的步子和行动，消除上边的怀疑。他继续循了以往的办法和准则，紧踩社长的脚辙印。也只有这样，才能继续有效地在基础上保护自己，并在适当的时候拉一张虎皮。走，坚决跟着社长走，哪怕当只狗。果然，他将大部"串门"的时间转到了新社长家，新社长终于不长时间就亲近了他。并且，这亲近的程度较之以往的金瑞更知心、更密切。这一来，老社委依然是村中的"人头"、族中的大拿、年轻人的长辈形象、人们心目中的智者。有如此的位置和权势，谁不怵他？谁不敬他？早已是他刀下羊口中肉的左家小子，当然更怕他，见了他也就更加唯唯诺诺。云秀到了这步田地，已是打心底里认了命，安子岭说和她家支分最近，她自然得认了。所以，在某些方面讲，她和她这个家的命运，渐渐开始由他掌握了。当然，云秀心中自有一杆秤，一方面在有些事情上依靠他，顺从他，同时又竭尽全力抵御他，躲避他——还要争取做到不露声色。这个寡妇，难啊！

金瑞的丧期没过周年，小好就开始上学了，是老社委以这个家庭当事人的身份，吩咐左家小子送他去的。他仍旧极听左家小子的话。和他一块儿去上学的，还有邻居中的白玲玲，那是个明眉大眼白白净净的女孩子，说话办事，看上去比小好要懂事得多。她比小好大，大一岁，自从会迈步，两人就是快乐的小伙伴了。他们一块儿堆雪人，玩泥巴，"跳房子"，掏家雀。有时，也为一点儿小事吵架，可是第二天一见面，两双小手就又攥在了一起，在门前的大树下石磙旁跳啊，笑啊。童年，幸福的童年，从无多余的忧虑和顾忌，只有无限的天真、轻松和快乐。然而，人的命运是难以琢磨的，两人几乎都未见过自己的父亲，一个已知是"无常"了，一个不知音信似乎也跟"无常"了没大区别。母亲是伟大的，有骨气的，她们带着子女，历尽了世态人情的磨难，凭着自己的心劲和勤劳，苦挣苦熬下来。她们是伟大的，有骨气的，不光自己走过了人生旅途中的这段艰难险阻，也把孩子一天天地拉扯大了。如今，孩子们已经背了她们用红布缝成的书包，走进了本村小学，神气地坐在课堂上，跟着老师齐声诵念"ɑ、o、e……"

说来也怪，安好挺聪明的孩子，一念书却蒙了。新学的汉语拼音不会写，连加法减法的运算也是糊糊涂涂的。小白玲既是学生，又当先生，自己学会了，还得帮了小好做作业。教书的韩老师看了看他的手，又看了看他的面相，挺纳闷地摸着下巴说："怪了！"又待了一段时间，他让小好回家问自己的生辰八字。云秀一听笑了，说孩子笨是天生的，问八字管什么用，咱们不信这个。但是，老师既然问到这里，不答复也不好，就把孩子的生日时辰说了个准。小好回到学校将妈说过的话告诉了老师，韩老师点点头，也像云秀那样笑，但笑过之后，仍旧认真地去查一本什么书。大约十天之后，老师将小好叫到自己屋里问："你的名字谁给起的？"

小好想了想，摇摇头说："我也不知道，反正不是奶奶就是俺妈。"

老师点点头："对啊，人生一世，谁不盼个好呢。可世间总是命不随人名，事不遂人愿啊。这样吧，我给你改个名，还是这个音，只是换了一个字，这么写……"

老师说着，用粉笔在桌面上写了个大大的"灏"字。写完，摸着他的头说："孩子，你是个高才，只是命中十分缺水。灏者，水势大也。你改了这个名字兴许会好些。"

小好听着，似懂又不懂，但既是老师给改的名，准好，那就叫这个名吧。只是笔画比那个"好"字多，写起来费事，还有，就是谁看到这字谁摇头，说不认得。这以后，就有许多人也包括一些老师在内，常弄出将此字念成"景"呀"页"呀的笑话。

说来让人难信，小好自从改了这个字，脑瓜确实一天比一天好使了。他们学校是四个年级在一个教室里的复式班，安灏学着一年级的，连二年级三年级的功课也能做。同学们深以为怪，韩老师笑笑说："不怪，这学生脑子潜力特大。"小白玲天真，就拽了他的耳朵嗔道："闹了半天，你小捣蛋原先是装笨啊？"

安灏摇头叫屈，说自己哪里会装笨了呢，脑子慢慢地好使起来，连他自个儿也不知怎回事。渐渐地，安灏的成绩在全级拔了尖，全管理区考第一，全乡考第一。再做作业，白玲玲成了学生，他倒成了先生了。

高级农业社刚成立不多日子，各村各庄又套上大车拉了社员到乡里集合开万人大会，说是成立人民公社。原先的大乡分成了两个乡，安家集是大村，就成了一个乡也就改成了人民公社的驻地。安灏和白玲玲等小同学一块儿到人民公社的大食堂里吃饭，一块儿去拉小车、扛棒秸，一块儿到地里浇麦推水车，那是在安灏心中兴奋的一年、混乱的一年、躁动的一年。一直到"一大二公"发展至无"公物"可动，人们才明白最大的问题是下一步如何对付越来越呈大规模的"饥饿"。棒子面没有了，地瓜没有了，稀粥萝卜青菜汤也舀净刮光清锅底了，人们只好散伙，只好各回各家。在那段日子里，聪明的安灏才从村人口中弄清，自己原是安家的遗腹子，那个刚满两岁的小弟弟之所以叫哈三，是自己后父的。他终于忆起了当年白玲玲对自己说的"你娘嫁人了"那句话，明白了那句话的真实含义。于是，他就更加心疼自己的奶奶、母亲和那个总喜欢咿咿呀呀找他说什么但总也说不清楚的小家伙。后来，他找到左家叔叔，利用放学和星期天的时间，捉了鱼，弄来了榆树皮榆树叶，拾掇干净了剁烂，加少许棒子面或高粱面蒸成团子蛋蛋，虽然难以下口，饿急了却也可以果腹。秋冬，他又叫着母亲一块儿刨了大量的茅根，晒干、剁碎、轧烂，和干菜、棒子面、萝卜熬成粥，度过了冬天，又熬过了春天。这种种的佐食办法，引动得人们效仿。老白家隔墙探着头说："我说留根儿家的，小好不满十岁的孩子就能持家，这以后还不知是谁家闺女有福摊着的好女婿呢！"

那个凡是过来人都难以忘却的年月，人们考虑的只是吃饭问题，其他的一切，全都放到次要位置上了。说实话，当时若非左家小子的不断接济，赵云秀这一家也是难以渡过难关的。

一个浮云蒙月的夜，小北风贼溜溜地刮。婆婆睡了，孩子们也睡了，云秀却坐在炕上不睡，也睡不着。因为她在等，等左家小子给她送来赖以活命的胡萝卜。左家小子年轻力壮，种的萝卜多，收的多。挣的工分多，分的粮食也多些。因此，他就断不了照顾她。然而，那年月吃食之物几乎有点儿犯禁的味道，尽管如此，心诚志笃的左家小子，仍旧将拼死下力东跑西颠挣来的东西分一些给这一家。当然，他不能明赠，只能暗送，否则，安子岭会无事生非地找算他。今儿中午街上相遇，看看四周无人，左家小子就又悄悄地知会了她。唉！这清清白白的事情，偏又把人逼得偷偷摸摸。

那年月，天一黑人们就睡觉。困急了，睡着了，梦中饿去吧。由于缺吃少用，人们连狗也不再喂。所以，乡村的夜晚更静寂，只有风儿在呜呜溜溜地刮。约莫半夜时分，云秀听到外边的门吊挂"哗啦啦，哗啦啦"有节奏地响了几下。她明白，这是他来了。她赶紧悄悄地溜下炕来，轻轻地走到门洞里，慢慢地将门打开了。黑暗中，左家小子扛着半袋子萝卜闪进来，三几步跨进屋里，身一斜肩一抖，很麻利地将萝卜倒在屋角上反身便走。一句话不说一刻儿也不停留，似乎做贼一样怕人撞见抓住。云秀也不知说什么好，只是木木呆呆地跟在他后边，看他完成了这些动作又送他到门口。终于，左家小子在闪出门口时回过了头。他低声说："嫂子，你们一家尽管吃，甭饿着，过几天我再……"

话未说完，猛地僵住。因为云秀已经悄悄地抓住了他的手，慢慢地却十分固执地往自己怀里拽着，拽着，终于拽过去了。他的手本来就凉，如今更是冰凉了。冰凉的手腕被温暖的手掌握住，先是不动，继之就哆嗦，待到在对方怀里触到一种让他这样的童男子魂魄飞荡的软物时，他心中却立即产生了一种犯了弥天大罪的感觉。他嘴里喃喃着让人听不明白的混沌话，已经酥软了并刚要前倾的身子又倏地挺起，就势将被云秀抱在怀里的手腕拼力挣脱。因为他突然间又产生了一种不祥的预感和危险的直觉，他得马上走开。果然，就在他挣出手腕转身的眨眼间，巷口处一个影影绰绰的东西很快闪过。是鬼还是人，自然难得弄清，可左家小子却分明是看到了什么可怕的征象，他慌忙地踅过身去，顺着墙根一溜小跑地走了。云秀愣怔了好长时间，也像省悟了什么似的突然闪回门洞，急忙把门关上。她反身靠在门板上，紧张而又沮丧地大口喘着，喘着。

左家小子一口气逃回家里，坐在炕上喘了一阵才稳住神。他奇怪今日自己何以如此心虚，为什么到得她家一刻也不敢停留呢？这当然出于那种不能乘人之危知恩图报的心理。可是，在门口那一霎，在自己回头和云秀面对面说话的瞬间，怎么却又产生了当年雨天在这屋里将她拥入怀中的那种愿望呢？特别是她突然攥住他的手并迅速拽进怀里时，这种愿望就更迫切、更强烈。他当时甚至就要捺不住，打算豁出去了。可也就在那紧要的一刻，他产生了那种直觉。他曾疑心自己失神花了眼，但过后想起来，巷口是有一个影儿。绝对没错。

千真万确，左家小子并非眼花，他走后，影子很麻利地拨开了赵云秀家的门，这时的云秀正在收拾那堆萝卜，婆婆孩子都已睡下，不速之客的从天而降显然是吓着了她。她轻轻地叫了一声，就手摸起了女人们身边常备的剪刀伸开去，但来者明显心中有底，并不怕她，他知道她不敢大声喊叫，就笑嘻嘻地说："别充硬了吧。"

"你老不要脸。"

"老瓜嫩瓜，咬到嘴里一样的。"影子迈向前来。

"你不怕为主的罚你？"

"我不在乎。"

影子继续逼过来，云秀发急道："我可喊人了！"

"喊吧，喊吧，你喊了我就跑，跑出去追那个杂种小子。你和他私通，倒腾统购物资（当时凡吃的东西都统购统销），抓住了送到公社，先来一顿夯揍，再新账旧账一块儿算，掐监入狱，少说判十年。怎么样？"影子说着已逼到云秀跟前，云秀手中的剪刀径直地捅过去，但没什么力气。影子借机抓住她手腕，就势拽进怀里。剪刀掉在地上，一片乌云铺天盖地罩下，女人蒙了，瘫了……

春风化雨，杨柳吐绿，呢喃飞燕送走了和煦的三月，喜迎那即将到来的麦收季节。四月芒种头芒种，五月芒种过芒种。是说芒种若在四月里，这麦子就熟在了芒种之前，芒种若在五月里，这麦子就得芒种以后成熟了。今年节气照顾饥荒人，芒种是在四月里，那自留地里的麦子虽只六成熟，却已有人动了手。掐了穗搓了粒，捣了轧了煮了都可充饥。肚中有食，身上有力，地里劳作的人们开始有了说笑，有了打闹。希望给人带来了精神上的愉悦，苦去甘来有盼头，肚皮终于能从饥饿中得以解脱了。这时的社已经改成了生产大队，生产大队又分了几个生产小队。云秀所在的这个生产队麦收前几天重新进行了选举，安子岭似乎命中有官运，没选上队长却终于当了仓库保管员，保管员在人们心目中也是官了，队长不在，权威就数了他。安子岭人逢时运长精神，对谁都是乐呵呵的。不知是哪根筋理顺了辙，对左家小子似乎也生了怜悯之情，说话温和，态度也不横眉冷对了。尤为难得的是，左家小子再和云秀一处干活，他再不像以往那样将他们借故分开，也不再像让人掘了祖坟似的指桑骂槐。左家小子受了这气氛的鼓舞，对安子岭也不再像以往那般怵头。他变了，开始一天强似一天地变了，他感到原先的老区长以后的老社委如今的老保管对他的过去已经原谅了，宽恕了。故而，他再不像以往那么木讷，渐渐变得活泼而精神，守着安子岭也敢跟云秀说三道四的了。可是，这期间，他有时瞅着安子岭那乜斜流注的目光，就生出许多莫名其妙的怕，他总感到那目光中包含掖藏着一种神秘、一种谋略。到底属于哪一类，并不那么确切，只是在头脑中产生的朦胧意向。这种意向的实质，在有一天的一件事中，让他进一步明晰肯定了。

生产队里分麦子，云秀妇道人家，弄不动，由左家小子给她扛了口袋送回家。在他从云秀家里出来时，老保管正在一个挺合适的地方等着他。老家伙的细长眼睛里放出一对刀刃似的光，他以那种得势不饶人的土匪口气说："小子，心里可得干净些。要不……"说着，凑向前来，审贼一样盯紧了他的脖子，双手猛地一合，口里恶狠狠地迸出个"掐"。左家小子赶紧低了头，不说话。他知道老保管和留根儿家无端地套了近支分，也了解对方在村中队内的分量。他明白了这段时间对方对他的"解放"是表面上的水泡，实际的东西仍在水中藏着。如今，水泡破了，自己再不能拿着棒槌当针使了，得识相些、明智些，别忘了云秀的丈夫留根儿是毁在自己手里的。这事别人可以消弭，可以淡忘，但当时的老区长却不会轻易放过他。他虽然闹不清到底为什么，却始终认为人家应该这样做。欠债还钱，理所当然。欠债又赊账，就有点儿罪上加罪了。老区长历来就阻止他，防范他，不正是让他别弄得罪上加罪吗？

日月艰难时，人们想到的只是吃饭，一旦填饱了肚子，就开始绷紧了阶级斗争的弦。阶级斗争不能只是喊口号，得有行动，地富反坏自然是"行动"的目标。安家集"绷"弦最紧的当数安子岭，而被他"绷"得最厉害的却是左家小子。尽管左家小子不在"四类"之列，安子岭自有道理。他说左家小子属于隐蔽的敌人，如不严加管制，对社会主义的危害会更大。所以，开社员会时，他经常命令左家小子站出来示众，并加以声色俱厉的斥责喝骂。有时还将左家小子捆在木柱上，轻则日晒雨淋，重则拳脚相加，弄得左家小子见了他就怕，怕得直哆嗦。唉！可怜的憨小子，你倒是一副诚心认罪的心态，然而，这其中的机关所在你又哪里明白呢？有一个人最明白，正因如此，她才为你不断付出惨重的代价啊！

事实上，左家小子对于安子岭几乎是从小就又敬又怕，总觉得这老头手里提着把拴了细线的铡刀在自己头上晃，这拴铡刀的细线说不定什么时候叭地断了，铡刀就会带着疾厉的凉风朝自己脖子上落。这一刻，他见老保管以这种奇异的目光看他，就觉得那根拴铡刀的细线快要断了。他当即头皮发麻，心中刚才还萌动的春芽忽地蔫了下去，同时明白和证实了自己有时产生的那种莫名其妙的害怕的原因。他想，怪不得心里脑里眼睛里时时有那么个让人惊疑不定的东西呢，原来都是自己的不知深浅轻重造成的。刹那间，他失去了对一种美好未来的希望，对于眼前的这个人和这个人的作为，以他的位置、他的历史、他的性格，都不允许他有人们所想象的勇气和能力去对抗。他只能捺住那鼓荡的心，捺下那有时勃发有时蔫顿的幸福向往，正视眼前的实际生活。

然而，人一旦动了心做什么，一时半日是放不下的。这里边的举动有时有意，有时无意，有时事情还会产生巧合。那天傍晚收了工，左家小子身不由己地去了云秀家。将到门口，听到院里有人走动，他就先咳了一声，意在告诉院中之人，有人到你家来了。不想听到他的咳声，院中的脚步却忽然停住。他迟疑了一下，还是走进了院里。在他进院后，才发现一个细腻白嫩的上身朝西房里走进去。那是云秀正在院里擦洗。云秀在走进屋去的一刹那，却又回过头来看了看他。他愣怔了好一阵，就脑袋耳朵嗡嗡响，接着眼前冒了些金星光焰，整个"顿崖"立时成了五彩的颜色。他忙低了头，明白自己是看到了不该看的。可是，待到慌乱不安的心绪稳定下来后，他却又从心底里产生出一种温馨润泽的舒怡感觉。他想进屋去，欲望那么强烈，但是迈不动步。他想反身出院去，却又有些舍不了什么似的。这位三十来岁的"童子"泥塑木雕般定在了院子里，傻乎乎痴呆呆地站着，站着。云秀穿上衣服走出来，漫圆的白脸儿上红扑扑的，见他这神情这模样，就叫他："立渊，屋里来吧！"

他不作声，只是神神道道地看她。这些年来，他还是第一次对她投以如此目光，致使赵云秀有些手足失措。她的头抬一抬低一低，一只手举起来又放下，就像见了从未谋面的定亲郎似的。直到墙角处发出咝咝的水壶响，她才记起柴火炉子还燃着。她赶忙转身逃往墙角处，而他也终于能移动步子反身走。可是，他刚朝门口走了几步，她又喊他。他站住，扭回头，见她要说什么，却又迟迟疑疑的。但他从她脸色眼神里，看到了从来也没这么明显的希望和迫切……她低声说："今黑儿，你来吧！"

他听到这话并没吃惊，但没点头，也没摇头，而是转身急匆匆地走了。

晚饭，他没有心思吃。入夜，他也不睡，从屋里到屋外，他进进出出一百次，终于捺不下心中的骚乱。最后，他咬了咬牙，溜出来，在夜色星光中悄然走到云秀的家门口，要推门了，右手抬起来又放下。他虽然脑后无眼，却有种神奇的感觉，他能感到不远处似有什么东西在活动，甚至还能觉得出有双特殊的眼睛正死死地朝这儿盯着。他看看门，门是虚掩着的，里面有隐隐的响动声，看来，她是一直在等他。此时此情下，只要他轻轻推开门，闪身走进去，这世界上的一切也许就平和了。他心里也这么想，可身子却不敢动。踯躅间，身后远处好像有什么响声传过来，他一惊，下意识地扭回头，就恍惚看到一个影儿在巷口一闪而过。这让他马上忆起了那年送萝卜来时的一夜，那夜在她拽他手时，自己就有这种奇怪的感觉，身后就有这种奇怪的响动，而巷口就有这么一个影儿闪过。他的心中脑中随之就出现了一个难以诠释的危险信号，暗说："我这不是作死吗？"他立即兜转身离开云秀的大门，就像惊枪的狗獾一样跑了。

就在左家小子跑走之后，真的有个影子从南边巷口飘过来。那影子来在虚掩的门前，掀开蒙脸的麻纱布瞅瞅四周，见无动静，就麻利地推门闪身而入。随着小小的落闩声响过之后，不大会儿院里便传出一声低低的惊呼……

左家小子跑回家，用一把剔羊的尖刀将自己的手指捅破。剧烈的疼痛牵扯着他的神经，那种难耐的情欲终于平复了。第二天，他包着伤手到地里干活，发现云秀见了自己神色黯然，一双眼睛红肿盈泪，像熬了夜。

惊涛之夜

是历史的必然还是神明的恶作剧，一场遍及华夏的惊涛骇浪中，却几乎将两只动荡漂泊的孤舟撮合。

不知是谁搞的，初时赵云秀被糊里糊涂定为"敌属"，证据是十几年来死等敌兵丈夫留根儿而不出安家门。接着，又说光"敌属"不行，她还是"坏属"，原因是她的第二个丈夫哈金瑞因犯法被捕致死。这乡下有"地富反坏"四类敌人，金瑞呢，一不是地主，二非富农，三没干过反革命，所以就排成老四"坏分子"，云秀也就顺理成章地成了"坏属"。这双料的"属相"传到云秀耳朵里，几乎把她吓了个死。那一天又锣鼓铿锵敲上门来，叫喊着要揪出"敌属"，打倒"坏属"，赵云秀吓得饭碗掉在地上，她慌忙跑出去，仆地跪下了：

"兄弟爷儿们行行好，打我骂我都可，千万别惊吓着孩子和我的傻婆婆。"所幸，这敲锣打鼓的也是人，是人就有恻隐心。停了锣鼓，也不再喊口号，将她拽到远离家门的学校操场上，在安家集公社一头头的指挥下，戴了高帽绕场一周后，与先她而至的"四类"以及多年来专和"四类"做斗争的干部一同押上批判台，进行了挺有次序的揭发、"炮轰"和"油炸"。

懵懵懂懂也莫名其妙的赵云秀给轰垮了，炸酥了，一连几天羞于出门。她想跳井，她想上吊，可看看孩子看看婆婆，又擦掉眼泪，忍辱偷生了。那时节，安灏和白玲玲正在城里念中学，她请一位庄乡捎去了信，让安灏赶快回来，她跟孩子有要紧话说。安灏接到信儿，回来了，是和玲玲一块儿回来的。云秀见了儿子，不哭出声，只掉泪。母亲挨批挨斗的事情安灏已经知道了，他很冷静，也很达观，没有一般青年人的那种冲动和急躁。他明白，在这种情况下任何的不满与反抗都无济于事，闹不好反而招来更大的灾祸。他们学校里那位以学识渊博教学有方而享誉全县的语文老师，不就是因为儿子"保护"他触怒了造反队，现在被当作重点审查对象

66

关起来了吗？时事，世事，分不开的。所以，他不等母亲开口，就先好言劝慰母亲，讲一些运动好像一阵风刮过去就算的道理安定母亲的心，以免她想不开而走了绝路。玲玲也劝她，说这只是搞搞形式，不必对此认真，心里一定要宽亮些。然而，完全出乎他们的意料，母亲不光不再难过，反而比想象中达观得多，她破涕为笑道："嗨，这算什么，不就是戴戴高帽罚罚站吗？我倒是担心你了孩子。"她摸摸安灏的头，"你该跟你父亲断绝关系，省得将来前途上受他牵扯。"

安灏听了母亲的话，蒙了好一阵子。他这会儿心里可真难过了，母亲如此一个弱女人，遭了这种不幸，首先牵挂的还是他，还是他这个自己从小一口奶一口饭、一把屎一把尿拉扯起来的儿子啊。他真想哭，但眼泪在眶内转了一百圈，终于还是顺着泪囊顺进口腔，咽进肚中去了。他想的是，这种时候绝不能让母亲再增加精神负担。他想到母亲刚才说的那些话，心里酸楚之后又啼笑皆非，他和父亲本就从未见过面，许多年是死是活也没听到消息，这关系还谈什么断不断啊，断又怎么样，不断又怎么样，总不能不姓安了吧？即使不姓安，姓什么？安灏怕母亲解不开，就开导她："妈，这些年，咱们和父亲见过面吗？"

云秀摇摇头："没有。"

安灏跟着问："通过信吗？"

云秀勉强一笑："傻孩子，死活不知，哪里通信去。"

安灏说："这就是了，没见过面也没通过信，这就是已经断绝关系了嘛。"

云秀粲然道："哦，这就好，这就好，这我就放心了。好儿啊，你也大了，也懂事，跟你实话实说，妈要带着你奶奶和你的哈三兄弟改嫁。"

安灏的脑袋轰地涨大了，他目瞪口呆，他一千万个没想到母亲会说出这样的话。但他还是口气平常地问："妈，怎么说这个，去哪里？"

云秀不遮不掩，双手捧住儿子的脸说："孩子，除了你立渊叔叔，皇上我也不嫁。"

前些日子云秀总不出门，左家小子怕发生意外，就经常悄悄地来看她。他安慰她，说这事兴许有人脑子发热弄错了政策，要不，他这个真正"四类"出身的没有事，她这个本来没问题的反倒戴了些"帽"呢？前两天再来时，他惊喜地告诉云秀，说他专门去问了"公社革命筹备委员会"

的人，那里的人说早就研究过，他这个年龄的人算是"四类子弟"，不和"四类分子"同样对待，表现好了还可以加入革命队伍呢。他见她也露欣喜之色，就很直率地提出说他要娶她。因为他与她结合了，一是可以免除"敌属""坏属"的罪名；二是自己也好名正言顺地帮助她照顾好婆婆孩子。她听了，不吃惊也没推诿，想了想就点头同意了。

安灏听母亲讲了事情的来龙去脉，惊愕了半晌说不出话。对于左家叔叔，他自然有好感了，但那只是一种近乎亲叔侄的感情，如今要当自己的继父，讲实话是难以接受的。然而母亲已经亲自向他挑明，态度和口气又是那么从容、坚决，这说明母亲是真的动了心了。他要是执意不许，母亲也有可能依了他。可是，问题的后果会如何，他实在拿不准。听母亲的口气，这"嫁"的成员中，是排除了他，原因不就是他已经长大了吗？还有八九岁的弟弟、痴傻的奶奶，而自己还在读书，他们也还得活下去。既如此，母亲是得有个依靠才行。更何况，这种话出自母亲之口而对自己的儿子说，她得需要多大的勇气下多大的决心啊！这种话既已出口，收回去就更难了。面对这种难题，作为儿子可怎么处呢？安灏思忖着，酌兑着，心里矛盾，表情尴尬。他求救似的望望玲玲，玲玲沉吟片时，似乎自言自语地说："这事，主意得自己拿。"

安灏像得了某种指点一样，竟就顺了玲玲的话意说："妈，这事，主意得自己拿！"

云秀听儿子如此之说，紧闭的嘴唇猛地张开，又合上，又张开，又合上——骤然间如暴雨突降，一下子抱紧了儿子的头，搂在自己胸前号啕大哭了。

左家小子要娶留根儿家的消息很快在村内传开，有同情怜惜的，也有怨恨咒骂的。就在纷纷扬扬众口不一的时节，刚刚弄得个"筹委会委员"的安子岭，以也是刚刚成立的"大队筹委会"的名义兼本族长辈的位置出面了。安子岭不愧一"杰"，他审时度势见风使舵的眼光和本领，在这方穆民中的确罕见。运动一开始，他就凭着灵敏异常的神经调整了自己以往做人的准则，他不再积极参与街坊邻舍家的红白大事，谁家的父子兄弟打破头，也再不会看到他去劝解。他一反昔日的虔诚，不光不去诵经行好礼"主麻"，还带了一帮从年龄上论可以做他孙子的泼皮无赖，冲进寺里烧毁了三十部大经，又捣毁了礼拜殿里的隔扇。然后，他又唆使几个泼皮将老阿訇从北讲堂里拽出来，扇了几个耳光赶回了家。他恨阿訇，因为阿訇以往就有些瞧不起他。他还带人扒掉了自己祖上的石坟，在扒石坟的过程中巧妙地销毁了坟上的"钱匣"。在他公开干涉赵云秀和左家小子的婚事时，他先找到左家小子，口气挺随和地问他：

"爷儿们，知道自己姓吗吗？"

左家小子见到他的目光又听他如此口气，先自低了头。安子岭接着追问他：

"小子，人家留根儿当年可是你出卖的？"

左家小子愈加惶惑："大伯伯，这，哦，我……"

安子岭不容他喘气："我什么我，卖了人家爷儿们，今儿又想占人家老婆？"

左家小子意欲辩解却说不明白："不，不是，我……"

安子岭的口气已经十分严厉了："不是你是谁，没人心的！这可是在阶级斗争的要紧关口上呢！"

安子岭怒气泄罢，拂袖而去。左家小子仍旧立在原地十分钟没敢动，这霎，他的心凉了半截。第二天，安子岭又纯以"大队筹委会"的名义将左家小子叫到大队办公室，一改昨日开始时的随和口气，声色俱厉地问他："左立渊，你明白你的身份吗？"

左家小子忙回答："明白，四类子弟。"

安子岭哼了一声："四类子弟也分两类，一类是可以教育好的，一类是不能教育好的。你说说，你自己属于哪一类？"

左家小子吭哧半天，无言以对。安子岭见他一时难以回答，又冷笑一声说："你在解放前就跟着你老子干过坏事，村里人人都知。解放后也一直不老实，这也有事实。如今又企图与'敌属'勾通一气，破坏运动。从你的表现看，你是个顽固不化不能教育好的四类子弟。今天，大队筹委会正式决定，只许你老老实实，不许你乱说乱动。如有违犯，革命群众就要对你采取革命行动。你听明白了吗？"

左家小子大气难喘，低声道："听明白了。"

安子岭一拍桌子："下去吧！"

左家小子如逢大赦，躬着腰，垂着头，在几个人的威严目光中往外走时，已经是大汗淋漓了。

"老筹委""正"了左家小子的心，当天晚上就到了赵云秀家，金氏和哈三已睡，安灏依旧回学校去了。他坐在椅子上，口气软软地问："我说侄儿媳妇，论支分谁近哪？"

　　赵云秀对他是又恨又怕，怕怕恨恨这些年，总难以摆脱他。就眼下来说，可真是怕大于恨了。她坐在一旁的圆杌上，从口唇间勉强挤出几个字："当然是大伯伯你了！"

　　"这就对，"安子岭摸摸下巴上的几根毛，"可是，现在人们是不说支分论阶级。"

　　"哦！"赵云秀受过这种惊吓，听对方提出"阶级"二字，这个农村女人就又开始惶惶不安了。安子岭观她动作，瞅她神色，琢磨透了她的心理，当即跟上了话：

　　"留根儿是敌人，金瑞是坏分子，这都是阶级上的事，现如今你又要嫁给个地主羔子做老婆，要是人家旧账新账一并算，你怎么说？"

　　"这……"

　　安子岭细眯了长眼道："这就看你还有没有心，是不是还记得应过俺自家爷儿们的'汗格儿'了。"

　　云秀颓然地垂了头，说："记得，俺记得，应过，俺是应过。"她潸然泪下，"可是，大伯伯，我没办法，没办法。人家斗我，说我……我只想脱了以往的是非啊！"

　　安子岭习惯地摸着下巴押了押，慢慢起身走过去，以长辈所不该有的亲昵抚弄着侄媳妇的肩膀，口唇几乎抵住她的耳朵："孩子，阶级不阶级，那是外边的话。咱呢，总是一族近门，打狗还得看主人呢，筹委会里的，我去找他们说。"

　　云秀浑身不自在，但在这位族叔的身旁又不敢挪动。渐渐地，她觉出族叔的手掌在自己肩膀上掐掐捏捏，意识到最好躲一躲。就在她往旁边闪身挨靠的瞬间，一排粗粗的指头突然从她肩上滑下来，似与之年龄极不相称的速度，重重地在她胸上揉了一下，又揉一下。当她惊恐地预感到会发生以往曾经发生过的事情时，她抬脸看到面前出现了一对类似墙壁缝的眼睛，从那对壁缝里闪出蛇芯子般的邪火，她只来得及"唉"了一声，就再也没有勇气大声喊嚷了。"顿崖"一片黑暗，而"垛子海"又在等着她。她是个拖家带口的女人，她有什么办法？她是个被多年来的疾风暴雨刮垮淋透了的女人，那虽说是与生俱来的倔强和练达，也早已随这多年来的风风雨雨飘散了，消遁了。她的心性已经几乎完全被扭曲，她的躯壳也只能听凭命运的小舟载负了。

云秀终于不能与左家小子结合，反而更须疏远他。她不是圣人，她怕"罪上加罪"祸及孩子婆婆也祸及他。她害怕"老筹委"又暗暗感激"老筹委"，因为自那晚以后，敲锣打鼓的只从她的门前过而不再停下来喊口号，那些专门说说道道的人再没说她是"敌属""坏属"，而那些让人见了发毛的以批人斗人为乐趣的人，也再没有批她斗她。她获得了心境上的相对安宁，至少是暂时获得了。

这天夜里，哈三与奶奶在套间里睡下了，云秀忽然心血来潮，从箱底里拿出那块已经保存了将近二十年的银圆，一边流泪，一边抚摸，一边仔细地在灯下端详着。人走了，走了这许多年，但他的"念想"却一直保留如初。赵云秀此刻重睹旧物，她想到的倒不是这留物之人，而是人所留下的这个物件为什么会在自己心里烙下如此深重的印痕。她想起安子岭那天晚上问的那句话来，心就止不住地哆嗦。"汗格儿"，是的，自己是接了丈夫的"汗格儿"。莫非自己有哪里没有信守承诺，是以往的邪念或过错而终于招来了惩罚？要不，为什么许多年来总是出是非，而如今刚刚风吹草动自己就又给划成"敌属""坏属"了？她对着银圆叹息又啜泣，口中也轻轻絮语："主啊，普慈特慈的主，知应留根儿吧，这些年无论对和错，原谅我，千万原谅我。俺能让婆母善老善终，俺能让孩子学为好人，俺不负他，不负他。不管俺做了什么，俺都是为了这个家，这个家……"

是锣鼓口号的不断响动让她忆起了往昔的岁月，还是人老心浑神无所主了。近些天来，金氏叫嚷得越来越凶了，她口口声声说留根儿在墙角处站着。她骂留根儿黑心，留根儿不孝，留根儿变得六亲不认，见了妈也不知说句话。她有时拽了儿媳，有时拽了来她家的街坊邻舍，指给他们看屋角的阴暗处，一声接一声地喊："就在那儿立着，立着，你看这个黑心的兔羔子，还笑，还笑！"

人们听得毛骨悚然，说留根儿十有八九真的死了，这是留根儿的"鲁赫"惦家挂家，回来看自己的老妈。已经白了头发的五婶听此分析立即做沉吟状，她说那晚在巷口的确碰到个人。那人面墙而立，问也不回话，她就以为谁在那里赌气不愿搭理人，便走开了。如今忆起来，越寻思那个人的后影，越觉得像留根儿当年的身架。此话传开，人们渐渐深信不疑，那留根儿是死了，他想家，"鲁赫"就随了夏季的大南风飘了回来。也有人说不可能随风而来，大约是附在那边发放的气球上过来的。

当然，赵云秀心里明白，老太太可能是受了什么意外的刺激，突然间忆起自己的宝贝儿子来，连急带思念而大疯了。

金氏接连嚷了闹了四五天，人们架不住劲，就到南头公社医院请了医生来。医生检查又观察了一番，认真细致地问了发病的经过，诊断是"心反应性精神病"。同时肯定，病因是想儿子又见不到造成的。医生特别告诫云秀要做准备，说这种病在治疗上没有什么好办法，消除不了病因，就不停地闹下去，直到最后病人的身心彻底衰竭。

无论如何，救人要紧。云秀思考再三，想了个挨一时算一时的办法。她哭着跪在街坊乡邻面前，说出了自己那有些荒唐的打算。人们不敢做主，请来了和留根儿家支分近的"老筹委"安子岭。安子岭故作慎重地再三忖度，终于还是点了头。

事情安排得既次序又周密，先是由白头发五婶惊惊乍乍跑进来，送喜讯儿给云秀的瞎婆婆："嫂子嫂子老嫂子哎，咱留根儿他回来了！"

一剂奏效，金氏立即怔住，立即停止了喊叫。她伸着脖颈拼命地朝外瞧，一动不动足五分钟，忽然间，她双手乱舞，放声大笑，笑声很是特别。笑着笑着，戛然止住，嗷儿的一声双目上翻昏厥过去了。人们这下乱了手脚，有曲腿的，有掐人中的，有抠痰窝的，忙乎一阵，有口黏痰泛上来，吐出来，人总算复苏了。复苏了的金氏口气意外的平静："留根儿呀，我说孩子哪，让妈摸摸，摸摸……"

这时，有人就把预先说好了的左家小子领上来，左家小子双膝触地，声泪俱下："妈，妈，儿回来了，回来了，儿对不住你们啊！"

一句话，人们心里乱了套。唉！对不住，有什么对不住的？又有什么是对得住的呢？"顿崖"上的事体千奇百怪错综复杂，有的将来或许说得清楚，有的就只好糊涂一辈子了。

屋里这刹那就成了个哭的世界。金氏盲眼搂住左家小子，三次哭昏又三次缓过气来。最后一次缓过来后，哭了几声猛然止住，双手捧紧左家小子的脸："留根儿，你的脸怎么长了？"

左家小子忍着泪说："妈，在外将近二十年，咱吃喝不方便，还尽想您老人家，我想我是瘦了。"

金氏眨巴着看不见东西的双眼，忽又口气诧异地问："孩子，你怎么不是原先的嗓音了？"

左家小子回答爽利："妈，山南海北，风风雨雨，嗓音能不变吗？"

金氏沉吟半晌，似有所悟："哦，是，是俺留根儿……回来了！"

这"留根儿"终于回到了阔别多年的"家"。他一心"赎罪"，就认准了照顾这个家。但他只能尽持家的义务，却不能行使掌管这个家的职责；她是个虔诚的女人，她当初接了丈夫的"汗格儿"，应了"口唤"，她就将这视作生命或者是做人的必然，无论丈夫在还是已经不在这个"顿崖"上，她都以特有的真诚，始终履行着自己的承诺。为了真诚，为了履行自己的承诺，她忍受了一个普通女人所难以忍受的一切。身体的劳顿、精神上的折磨、心理上的重压，样样件件，记得住吗？说得清吗？

晚上，左家小子没敢走。他也不能走。金氏仍旧一阵清醒一阵糊涂，精神始终不稳定，万一她清醒的那阵要找留根儿，左家小子仍需继续搪塞。可是，他又害怕独自和她在一块儿，已经清清白白过了多少年，再不能让别人说闲话。尽管是庄乡邻舍都明白，明白他是为了她的婆婆。可一旦疏漏，自己无所谓，她呢？白头发五婶有眼色，看出他顾虑作难的样子，就留下来陪着。入夜，金氏忽然一阵神志如常，于是就说了句可能已经留在心里印在脑里多少年的实在话："留根儿啊，你两口多年不见了，到那边屋里说个话儿歇着吧。"他们只能应着，但并不去西厢房，而是到东套间里去了。这边西套间里，五婶仍须守着精神不稳的金氏。东套间里，现在只有他和她。

煤油灯发着淡红色的光亮，他和她在炕沿上相隔挺远坐着。说什么呢，什么也没得说。两人身上都有种奇特的感觉，外边热躁，心内却寒噤噤的。这种里外不均的感觉由来已久，此刻两相对坐，就更明显了。随着时间的延长，他们犹豫再犹豫之后，终于还是靠得近了些。他望着她的眼睛，清楚地知道她心里所想的是什么。可是，由这样的目光，让他马上又想到了另一种目光，那另一种目光是由一双难测深浅的细长眼里放出来的。这眼光不柔不刚，却像两支尖利无比的竹签，总是在一下又一下地刺他的心尖，戳他的脸膛。这些年来，他每逢想到那对目光，心中就产生一种难以描述的怕。这种惧怕的心理自然驱使他忍让、屈服，似乎不忍让不屈服就会招来杀身之祸。然而，他有时也觉得那目光是善意的，有那目光的人对他来说扮演了一个保护神的角色。这就逼他清心寡欲，逼他心中勿存邪恶。于是，那种惧怕的心理也就被钦佩和服气所代替了。

左家小子的眼神很自然地也为媳妇身份的云秀所看出。她心里很清楚，但不能说，也不敢说。事实上，那双细眯着的长眼所放出的邪光对她的威胁比他还要大。她永远难忘前不久夜里所做的那场噩梦，"梦"中，一双细长的眼睛易卜里斯一样盯住她，先是以戴帽批斗之类的话吓她，又抓住她的手腕肩头，说她与左家小子如何如何。接着就斥责她有负留根儿所交的"汗格儿"，欲将婆婆孩子抛弃而后嫁。再后来就是那种也像哄骗也像威胁的话……她给搞得晕了、蒙了，就在这种懵懂昏沉中无可奈何地屈从了。尽管这样的"梦"前前后后多少次了，尽管她羞辱又气愤，可为了名声，为了婆婆孩子，为了这个家，她不敢说，对谁也不敢说。那易卜里斯样的目光威慑着她的"鲁赫"，舐吮着她心房里的血。她恼恨痛苦而又心有余悸，她真不明白，为什么他还没有得到报应！此刻，她想的仍是一个"忍"字。忍吧，忍到婆婆百年之后，忍到孩子长大成人，忍到自己完全交代了汗格儿，就没了顾虑，就什么也不怕了。眼前的左家小子代我丈夫行孝持家这些年，那时即便嫁了他，谁也说不出什么。为了以后，为了这个人，忍着，现时一定要忍着。

想法不同心理一致的两个人，重又慢慢地离远了，离远了。两相远坐，谁也不说话，那紧张的样子，似乎张嘴就要招来横祸。云秀看着炕那头左家小子的畏怯相，猛然忆起了已经相当遥远的新婚之夜，留根儿那早已陌生了的影像在心中一拖，脑子就又变成了一副安上发条的机器，开始了有节奏有规律的运转，一圈又一圈地转啊转啊……

人，本来似安了发条的机器，譬如木钟什么的。只因有了生命的灵性，他才得以在路途的泥淖中寻觅，挣扎。

这当然是在十几年后了，一封来自台湾的"安中奇家信"让全村人吃惊得两天两夜没有休息好，原来留根儿没有死，他还在海峡那边活着。

留根儿在徐州的那次战斗中并没被打死。这边的机枪叫响前的十分之一秒钟里，连他自己也闹不清怎么就跌了个跟头。随着他这一跌，十几个尸身就谷个子似的压在他身上了。他从那堆尸身下钻出来后，双腿就真像安了发条似的狂跑，跑了多久、跑到了哪里，他全不知道，直到有人用皮鞋朝他后腚踹了一下，他才弄懂是该站住了。这时他才发现，像自己这种狼狈逃窜的兵远不止他一个，还有许多许多，让一些戴袖章的兵像圈羊似的围着。他们这些兵年龄都不算大，就被重新训练、重新编制，一个月后，糊糊涂涂地赶到海边，撵上轮船，像牛羊似的挤挤巴巴运到海那边去了。下了船二十天，他才弄明白那地方叫台湾。

在这里，他开始了新的挣扎。说来也巧，他们的团长挑勤务兵就挑上了他。这个团的一个营长，就是那天夜里第二次抓住他和哈金瑞的瘦高个儿。一来二往，他们混熟了，说话也随便了，这个营长看他厚诚，又听他说得家世可怜，就多少怀着一点儿歉疚感，告诉了他当年之所以两次被捉的真情和他连做梦也想不到的可怕经过。他听后，惊呆了，愤怒了，但一切都已经无济于事了。

两年后，他们移驻高雄，借了团长的荫庇，他跳出兵营干起了零杂。一位也是从大陆上过去的杂货铺老板看上了这个健壮勤勉的小丘八，先是雇他做伙计，后又招他做义子。几年后，老板猝然去世，他成了这份产业的合法继承者。他凭着自己的能力，凭着一些大陆老乡的帮助，杂货铺改成大商店，大商店又不断地扩展充实，十余年后，就已颇具规模了。这期间，他吃不愁穿不愁，可那总是萦绕心头的思乡之愁却难以排解。高雄的电灯是亮的，月亮却是暗的、黄的。每当黄月悬空，他总要坐在窗前，望着黄月，望着月桂树下纺线的老婆婆，就想起那远隔万水千山的妈。唉！苦命的妈，还有刚刚过门的云秀，你们此时又在干什么？

也是一个黄月悬空的夜，他正坐在窗前，翘首仰脸凝神张望着，蓦然间，苍穹上大风送来一块云，把那黄黄的月儿遮了一下。云过处，一个奇特的影像出现了，月宫极像他家的院落，而纺线的老婆婆清晰的就是自己的妈。妈定定地看了他一眼，忽然推开纺车，胸前捧手微合双目，口唇轻轻地翕动着，翕动着。清风徐徐中，月桂树开始晃动，此时，耳边就响起母亲似有似无的诵经声。突然，月桂树晃动加剧，树干弯曲如弓，树梢甩摆起来，鞭子似的抽打着老人的手脸。然而，老人家一动不动，仍旧心诚志诚地跪祷诵经。月桂树晃动得越发厉害，树枝树梢也变得无限粗大。粗大的枝梢如棍似杵，重重地捣向了老人的心窝。随之，棍杵又乒乓作响地砸着了纺车，纺车跳了几跳，顷刻间轮飞架折。老人在一旁睁眼看了看，长叹一息，瘫软在地，脸上的肌肉抽搐着，眼睛里溢出了血。"妈，妈！"他举手够月，紧张地跳了起来。就在这时，却见云秀从月桂树后的一座小屋中走出，抱起母亲，神情淡漠地冲他看了看，转身钻进一个形影模糊的男人腋下。他失声痛哭，他泪眼模糊，当他用力擦擦双眼再要看个真切时，天空复原，黄月依旧。他哭得更伤心了，他认为这是神明启示：老母离开"顿崖"，云秀也已转嫁他人了。可能，这是完全可能的。失了儿子的母亲如同抽了心的树，能不枯死吗？没了丈夫的新妇如同离了树枝的叶，能不随风漂泊？那时节，海峡宽宽，人声怨怨，归家难，难于上青天。他绝望了，彻底绝望了。但绝望之余，又生发了另外的想法，倘若将来后辈人能回大陆呢，彼时走走坟头，也算略尽人子之道了。即便"后世"里见了父母，总还有个交代吧。

第二年，他和一个比自己小二十岁的山地姑娘结了婚。新婚头一夜，他就瞪圆了眼睛攥紧了拳头说："你可得给我生个儿子呀！"

姑娘后退几步，吓哭了。

莫非是命中注定，他和那山地姑娘至今没有儿子，却有了份着实不小的产业。然而产业越大，惆怅越多，他总觉得这份产业不是自己的。

是在十多年后了，终于，海峡两边有人牵连了一条游丝，游丝虽细，毕竟能够通联到遥远的家。他孬着胆儿试着按旧址发了一封信。说实话，试试而已。岂料，青天祥云飘，金风送信儿来——他的家还在，妻还在。更让他欣喜若狂的是，母亲还活着，活着。只是，病了，病得很重了……

悲欢忧乐

岁月无奈地流逝，人亦无奈地挨着，挨到哪里算一程，谁也无法预测。奶奶、母亲和左家小子在难挨岁月中挣扎生息受煎熬，安灏也同样"在劫难逃"——当然还有玲玲。

两个小院，一墙之隔，东边墙上探出个少女的头。一对杏眼，两个笑靥，红润润的漫圆脸："安灏，安灏！"她在喊。

弟弟去上学，母亲到生产队干活了。奶奶腰痛起不了炕，安灏正在给奶奶推拿按摩，听到喊声，他停住手跑出屋来："哦，玲玲姑！"

"给，快给你！"玲玲探着身子，递给他两块热地瓜。安灏接过来，嘻嘻笑着咬了一口："呀！唑——真烫！"

"急嘴子，凉凉再吃嘛。"玲玲咯咯笑着，又问他，"哎？你上午干活时扯破的裤子呢？"安灏舌头打着旋儿："我、我妈会给我缝的。"

"别啰唆！"玲玲嗔怪地白他一眼。他不好意思地笑了笑，只好回屋去拿。

自从整个中国大地"轰轰烈烈"之后，运动就像大海的浪头一样波波相连没有完了。县城中学里，学生们大多成了职业"革命家"，而安灏和玲玲为生活所迫，只好放弃"革命"，离校回家。

玲玲的祖上因为做过游方郎中，故此，那七零八落的古药书就有一些。安灏经常过去拿几本来翻看解闷，岂料时日不久，却迷上了。旧书看尽，也记得牢，又去公社医院里找相熟的医生借，借来的却是西医的内科学或者外科学以及其他医药书籍。看一看，同样入迷。因此，一有空他就趴在桌上又看又写。偶一着手，还能治好一些小伤小病，这就更让他心系此处了。在乡下，省钱省力又省脑的，莫过于针灸拔罐推拿疗法。安灏学了古医书，先自掌握了这些，穷困的公社社员，不花钱治了病，能不感激欢迎他吗？

当时正值"把医疗卫生工作的重点放到农村去"的兴头上，各地争相培训卫生员，创办卫生室。公社里组织了培训班，自然得先给驻地的安家集要一名学员。大队已经建立了"革委会"，"老筹委"安子岭又神出鬼没地混上了革委委员。大队上出于应付公事，安子岭却是黑狗不汪叫，自有在人背后搞动作的打算，合计了一下，就把安灏选送了。安灏喜不自胜，学习极用功，加之基础好，理论实践都名列前茅。为了赶形势，县里随后也办了学制二年的"白求恩卫校"，学生由各公社选送，当时的安家集培训班里，安灏是羊群里蹿出个马，数他"大"，公社里也没做什么认真研究，由管学习培训班的医生做主，就糊糊涂涂地将安灏选送了。

然而，安灏刚进"白求恩卫校"不久，奶奶的腰椎出了毛病。弟弟还小，母亲一边伺候奶奶，照料弟弟，一边还得下地劳动。工分工分，社员的命根，不劳动得不到工分，没有工分这一家人喝西北风吗？他悲凄而又焦灼，稍一懈怠，这卫校就可能念不下去了。但为了这难得的机会和已经形成的美好愿望——他坚持着，忍耐着。

性情质朴敦厚的玲玲，自从安灏去卫校之后，她看到他的家景如此困窘，便以自己热诚的心、纤巧的手，给予他家说不完的帮助。拆旧缝新，洗脏补破，她经常替云秀去做。云秀夜里常要伺候婆母换洗拾掇，她和母亲说好，把计划供应的煤油省给她家。冬天天冷，她将捡来的柴草分给她家烧；夏天蚊子多，她又常给她家送来熏蚊的青蒿……一个平头百姓、乡间女子，所能给予别人的还能有什么呢？她真像女儿，不，她们是平辈，所以她叫她玲妹。虽连同族本家也不是，而她真如亲妹妹般关心她家，照顾她家。

这些，安灏都知道了，也是他意料之中的。他对她尊敬，感激，总觉得无以为报。但他毕竟也是二十多岁的小伙子了，从心理上，他对她一直倾慕，渴求但又担心，唯恐自己的冒昧会损伤了玲玲那颗善良又自尊的心——假设人家对自己家庭纯属照顾之情而非另外意思的话。

克制，克制自己吧。当然，这种克制很不容易，就像一个酷爱文学的人面前摆着一本十分诱人的小说，不让他掀开来看，行吗？然而，当他一走进医院，一跨进病房，玲玲那诱人的形象就开始淡远。因为，这时耳边听到的是病人的呻吟，眼前看到的是病人那痛苦扭曲的脸。逢到此刻，他的身心便进入了另一个境界，头脑中再也没有了其他的杂念。他们的学校，是那种边教边学边实习的简易卫校，他总是究根问底地请教带他们的医生兼老师，悉心专注地研究所能接触到的每一例病案。他利用这一难得的机会和条件，努力地在求知中拼搏、登攀。人，都在选择自己的路。在安灏的人生旅途上，他顺其自然地选择了医学之路。他以自己的勤劳、睿智和坚忍不拔迈上了这门科学的第一阶梯，并始终不渝，孜孜以求。他要进入医学科学宫殿的目的很简单——让父母不要失去心爱的孩子；让孩子们不要过早地失去慈爱的父母。

去年，他从县办卫校毕业回来，拿着开办卫生室的介绍信去找正害红眼病的大队革委会主任。主任草草一看，哧地笑了："办卫生室？我说安灏，咱大队是公社驻地，这公社医院里光白胡子老先生就有七八个，你奶牙刚掉也想给人看病啊？这，可是人命关天哪！"

安灏怔住了。

"也罢，"主任揉揉红眼睛，将介绍信掖到裤腰带上说，"你念了十多年书，总不能瞎了半肚子文化水哟。去，到副业队里磨豆腐吧，也帮着记记账。不过，可不能乱喝豆腐脑儿啦……"

安灏好气又好笑地回到家，一屁股坐在椅子上。他怨恨，沮丧，惆怅。他心想，自己以往的苦心所学，难道就这么轻易地给送进了豆腐坊？他诅咒着该死的革委会主任，巴望他红眼病永远不好，再在头上腰上或腚上生两个茶杯大的疮。

院里传来一阵轻快的脚步声，不大会儿，玲玲在屋门口出现了。她立住脚，望着垂头丧气的安灏，奇怪地问他："哎？你嘟哝些什么？"安灏叹口气，将革委会主任对自己的答复和安排一说，玲玲马上笑了："嗨，我当什么大不了的事呢，就为这呀。我问你，你以前不是也给乡亲们看过病吗？"

"看过。怎么了？"安灏眨巴着眼说。玲玲乐一乐："那时你给乡亲们看病能行，如今又有了牌子，他主任能剁你的手吗？"

"哦？"望着玲玲那对灵活秀气的大眼，安灏拍拍脑袋乐了，"可也是，如此简单的道理，我咋就解不开呢。"

天才有时也会糊涂。看来此话不假。

安灏没进豆腐坊。他一边到生产队劳动，一边给人们诊病治病。他是名正言顺的县卫校毕业生，尽管办不成卫生室，也进不了医院，但开方取药，公社医院却也给予"处方权"。并且，他看病扎针不收诊断费、医疗费，乡亲们既方便，又省钱。渐渐地，找他诊治的人越来越多，连当初取笑他"奶牙刚掉也想给人看病"的革委会主任，也试探着托安子岭要找他看眼睛呢。他广采博收，土单偏方无一不用，病人、病畜样样都治，就连本村左经纪祖传几代的骟牛绝技竟也学到了手。他天性聪慧，又待人真诚热情，不两年，竟成了这方圆左近颇有名气的"野先生"。

安灏对玲玲一往情深，玲玲又何尝不这样想呢。对于安灏的了解，除了做母亲的云秀，有谁还能比得过她？整个学生时期，每一次考试，他总是名列榜首。那在别人看来极平常的问题，他每每又有自己独特的见解。对于知识的追求，他近乎发痴，但正是这种认真执着的痴劲，才更使她喜欢他、爱慕他，并一心盼望将来能与他结合。近几年，为了使他更能集中精力钻研医学，她一直尽自己的全部努力替他分忧，给他解愁，并时时地表现出特殊的关怀和体贴。

复杂得让人难以理解的"顿崖"啊！在乡下，男女接触方面本就有条无形的鸿沟，这里又有道什么关于辈分差异的栅栏横陈着。他们的接触终于引起了风波，那位向以安家长辈自居的安子岭老嘴大开，先掷出由他一手制造的半头砖后，就煞费苦心地臆造起这对青年男女的"风流韵事"来。随后，他又以革委会委员加安氏"人头"的双衔找到白家门上，冲着玲玲她妈又是革命理论又是男女道德地发了一通脾气。他所说的虽然连他自己也弄不明白是些什么，却将既没见过世面而又性情懦弱的玲玲妈吓住了。当母亲的心小，怕出是非，常是哭哭泣泣地追问女儿。玲玲为了安慰多病的母亲，就违心地支吾、否认。否认之后，她又痛苦，难过，恨不得自己抽自己的嘴巴，也恨不得立即去找安灏，倾诉自己心中那些想了千百遍的话。她想，只要两人关系公开，尽管肯定要付出代价，那流言自然也就流而无害了。可是，一见到安灏，那乡下少女的自尊和羞涩就又遏止了她——从而也就确确实实地耽误了她。人，总是这样，生活中将要出现的幸福或苦难，有时竟就取决于在这之前的一刹那。

流言就像喷出山口的岩浆，自然也会流到躲也躲不及的安灏脚下。人们大多了解他，同情他，并真诚地希望两人能够结合。然而，也有人借了此事耍贫嘴或者幸灾乐祸。那天，安灏在街口碰上大队革委会主任，主任诡谲地眨着红眼睛，瞅他一会儿，忽然皮笑肉不笑地道："哟嗬，小伙子，听你安爷爷说瘾头不小啊，想好事都想到姑姑头上去了？放明白点儿，大辈大辈，拽得你没气。小心不好戳呀！嘻嘻，啊？"

安灏想不到对方竟会说出这么没分寸的话。老实人气急了，也不好惹，他瞪圆了眼，竭力压住火气，冷冷一笑说："主任放心，甭惦着，我不会像你那样，让小姨子把个腮帮子给抠烂了。"

主任给戳了要害处，结巴着嘴要争辩，见远处有人走来，怕出丑，一溜烟走了。安灏快快地回家去，走到门前，恰巧又遇上了玲玲。他犹豫了一阵子，终于鼓起勇气问："玲姑，近来的风言风语，你知道了吗？"

"知道了。"玲玲倒爽快，她缓缓地说，"咱行得端走得正，脚直不怵鞋歪，怕什么？"

幸福之神的语言，并不是每个人都能听懂的。此刻，对于玲玲这话外的余音，安灏就没听懂，没理解。他低了头，暗想，看来玲玲是没有那层意思的，她的心真诚善良得极易让人想三想四，自己从小就有这种觉察。现在，我无论如何也得克制自己，不能再给这样的好人增加负担，不能再让她的名誉受到损害了。他怀着歉疚的心情向玲玲望了一会儿，点点头转身进了家门。可悲的人儿啊，你为什么不再往深处想一想，难道要一个娴静的乡下姑娘向你开口求爱吗？在他走进门口的同时，仍旧立在原地的玲玲叹了口气，不知还咕哝了一句什么。是什么，安灏没听到。那么，他就永远再也不知道了。

玲玲似乎不听那些闲言碎语，她该怎么做，还怎么做。她仍旧一如既往地照顾着安灏，照顾他这个家。今儿上午干活时安灏不小心扯破了褂子，她知道安灏的母亲一时忙不过来，就主动向他要。在他将上衣从墙头上递给玲玲时，门口一个腔音挺重的嗓门喊："哥，哥，安爷爷让我告诉你，过晌安奶奶要输液。"

是哈三，光着上身，手脸胸臂上全是泥巴。手里掐条斤多重的黑鱼，鱼尾像块破扇子一样拨甩拨甩的。安灏见弟弟这模样，咧嘴道："看你，看你，快洗洗。"他伸手拽哈三，哈三身上溜滑，一拧身子脱开："不，不，我得先给黑鱼剥了皮。"说着，朝房根处的一块石头走去。

哈三不到十岁就成了安家集的一大"恶少"。这小子头大心不闷，不喜欢说话，阴点子挺多。他有个奇特的大鼻子，压音，所以说话时腔音特别大，为捍卫自己这鼻子的尊严，连村内加村外，他平均每天跟人干十架。这"恶"名，事实上也是为鼻子而打出来的。

哈三有帮狗党弟兄，每人养了一至两条狗，他们年龄相仿，个头也差不多。经常在一块儿混的有毬子、大孬、三嘎拉、小诸葛等等七八个人。他们只崇拜一个人，就是毬子他爹赌鬼左立贵。左立贵从别人那里赢了钱，不光给这帮尿腚羔子买零嘴吃，还教他们孬心眼，教他们赌博。于是，这帮小子明里不说，除毬子亲儿外，其余的都暗中拜了他干爹。哈三打架以"凶"著称，办坏事则以"歹"闻名。当然，这些受左立贵的影响和"教导"很深。有受了哈三捉弄的大人孩子找左立贵算账，赌鬼却不认。他不认，你也没办法，说人家背后揎掇了谁，鼓捣了谁，你抓住了他的手还是扭住他的腮了？

谋事在人，成事也在人。还得说是哈三人小鬼大，想干什么，就一定能干成什么。那年，金氏想儿大疯后，左家小子冒充留根儿在他家过夜，八九岁的哈三却老大不自在。谁也想不到，这个尿腚羔子竟提前卧在套间里监视着，以防左家小子真的对母亲"那个"，待到目睹了人家的举动，心中油然而生尊敬之情。他将自己看到的如实告诉了赌鬼，赌鬼也感动地大吼一声："好家伙，真君子也！"

也就从那以后，哈三便将左家小子视如亲叔，有谁欺负了左家小子，必要遭他大小轻重不一的报复。

哈三与安家集的两个人最不对眼。一是革委会主任，这主任曾经带人批斗过他妈，他亲眼见的。二是安子岭，说这老头坏呢，有许多事看来还是向着他家，且听外边说，老头和他家支分挺近，到底近到什么程度，他不清楚，但母亲与哥哥总让他叫老头爷爷。要说这老头好呢，又不顺劲，每次他来自己家里，两只麻拉老眼便细眯起来，似乎总在睃摸这个家庭中的什么。哈三总要盯住那双细眼瞅，偶尔瞅见开了一条缝儿，就发现一双小眼珠光闪闪贼溜溜的。他就想，这老头身上怎么有股怪气、贼气、邪魔气呢？他将这感觉说给干爹赌鬼听，赌鬼以挪色子看色点的目光盯他一会儿说："三儿，小心了，那是个老驴。"他弄不清这"老驴"的详细含义，也不想去弄清。可从那时起，他就以对待驴的心理对待安子岭——由着他性子，怕他踢着。有一天，他偶然发现安子岭对着泪汪汪的母亲摆划什么，样子很不雅观，就情不自禁地喊了声"老驴"。安子岭吓了一跳，猛地转过身来，睁大了细眼瞧见是哈三，便揪了他耳朵打旋儿，问是谁教给

82

他这话的。哈三咬牙挣脱了他的手逃出家门，从那时起，对这"老驴"的感觉中又多了恨的成分。

这几年，除却诸多小打小闹的恶作剧，受他作践捉弄最厉害的，就是革委会主任和安子岭二人了。哈三九岁那年，母亲被当时的什么组织头头现在的革委会主任带了人批斗，他只有哭。之后到干爹赌鬼那里讨零嘴吃，赌鬼见他双眼红红的，知道是为母亲一事难过。赌鬼也难过愤怒却不露声色，待到用花生糖豆等将他哄得稳住了情绪，这才面授机宜教他一办法。哈三听罢大喜，当即聚集了自己一班狗党，在一个大晴天里跑到南河崖僻静处，以柳条做框架，用胶泥糊了个三尺长两拃粗的比驴那东西也要大十倍的空心性物，内面衬上一层棉油纸以防漏水。热辣辣的太阳下，一中午晒干了，当晚，小东西们轮流地撒屙进屎呀尿的，然后用杂草堵了后口扛回村去。夜深人静，瞅主任一家睡熟，有的搬梯，有的和麦秸泥，神不知鬼不觉，将这一硕大性物结实地垒在了冲着正屋门口的墙头上。第二天上午，主任正坐在椅上喝大茶，无意间抬了抬头，看到南边墙头上似有奇异之物，前边一个头，圆溜溜地正冲了门口。他纳闷，就吆喝在门口土灶上烧水的老婆去瞧。老婆怨唧唧地起身前去，不想走到半路，撒腿往回跑，跑着嚷着，说墙头上有个大屌。主任大惊，三两下跳出门去，近前一看，果然是。那物不光长大，且造型逼真，大头朝下，一只独眼正冲他瞪着。主任大惊之后复大怒，找来铁锨运足力气抡将去，只听到叭地响亮，泥头碎了。随着这一声响亮，哗啦地蹿出一堆屎尿来，主任不及躲闪，溅了一身一脸，忙弃了铁锨，找来破纸破布，一边吐一边骂一边擦。乡下俗言："打爹日娘，泥吊架在墙头上。"奇耻大辱之外，还有倒霉事跟着。这窝囊气，主任受得了吗？擦干洗净，跑到门外抽支烟停一停，然后紧了腰带，平地跃起三尺骂祖宗。岂料过了几天，主任自留地菜园里的上百棵茄子全蔫了。留神看时，根部都有或大或小的印痕，看样子是蝼蛄咬的，可又像鹰嘴钳子掐的……似乎还真应了那俗话，主任的倒霉事一个跟一个，时日不久，腮帮子就让小姨子抠烂了……主任极憋气，考虑了事情的来龙去脉，认定让他倒霉的那物出自哈三之手。于是，一天中午将在西湾捉鱼的哈三拿住诘问，哈三不招认也不说话，只拿一双小眼涮他。主任火起，抬脚踹哈三的屁股，不料被哈三抱住大腿咬了一口。主任大怒，一把将他掀翻在地，抡拳就揍。尽管哈三力大，终究是个孩子，拼力挣扎，却被捺住动弹不得。主任是出名的"肺头"，眼见着哈三的这顿皮肉之苦是难以逃脱了，又逢中午，人们都在休息，喊谁谁也难以听到，哈三只好手脚嘴巴一起用，能"赚"多少是多少吧。也是该当哈三有福气，恰巧左立渊在南边河崖下割草，见此情景，飞奔而来，老虎扑食似的将主任掀到一旁，一把将孩子搂进自己怀里。主任见是左家小子这种人干涉自己，无名火一蹿多高，他跳起身来，拳脚相加，朝左家小子腰上腿上脸上又砸又踹。左家小子当然不会还手也不敢还手，只是拼力地用身子护住哈三，任凭人家又踢又打。直到主任打得累了烦了，骂了句脏话扬长而去，左家小子这才爬起来，看看怀中的哈三的确没有伤着，才放心地说："三儿，大晌午头，快回家吧。"哈三含着泪喊了句"叔叔"，咬着牙不再说话。左家小子怕他再去找主任拼命，只好擦擦口角上的血丝，然后强行拽了哈三，一瘸一拐地送他回家。

去年秋，左家小子不知犯了什么错，让安子岭拿住训了一顿，腔上还给敲了一拐棍。事情恰巧让哈三碰到，便定了主意治那"老驴"。办法是他自己想出来的。先从饲养棚里偷来黑豆牛料掺上盐加上水调和，又从赌鬼那儿讨了块羊油切碎拌了，然后唤来小诸葛的母狗。母狗见这等美食，不等礼让便下了口，饱餐之后顿觉大渴，满院里找水喝。哈三早有准备，端来一盆凉水，一边让狗喝，一边往盆里撒滑石末。母狗舌头舔水"奔拉"够了，哈三便领它去了"老驴"家。哈三常来常往，老驴不介意。哈三养狗玩狗惯了，今儿带只狗来他更不介意，只顾自己坐在椅上喝茶。水有来处，也得有去处。不大会儿，老驴出去解手，哈三见是机会，随脚跟出去，并反身立即将门拽上了，同时叫嚷说狗疯了，要咬他。老驴没回过味儿来，也吓了一跳，赶忙跑上来挂上门钉锔。他虽老，也怕狗咬，忙抄了根木棍防着。母狗和公狗不同，公狗胆大，母狗胆小。这母狗见突然将它反关在屋里，吓坏了，惊恐地嗷嗷儿着，要从门槛底缝处往外钻，被老驴瞅见，一棍捅回去。母狗大惊失色，以为生命无望，拖着尾巴跳上炕，算计要从窗口逃，不想窗子已经关严，窗外还有一副既惊惧又凶狠的老脸。它赶紧又跳下炕，跳上桌，打翻了水壶暖瓶，又跳到地上、炕上。这时，母狗肚里的牲口料在一盆凉水的生发下，已经开始大规模膨胀了，加之泻药滑石粉末的作用，它怎能憋得住？和一切害怕极了又憋急了的生灵同样，哀嚎一声终于开窍于二阴。顿时，狗叫声、人喊声、噗噗排泄声不断，屋里屋外，乱成一片。哈三从门缝里望进去，见母狗一边不停地屙尿，一边炕上、地上、桌上、柜上乱跳乱蹿。屋里的臭气烘烘烘地扑出门缝来，他连忙用手把口鼻捂上。又待了片刻，哈三估计母狗屙得尿得也差不多了，就跷脚摘了门钉锔，呼哨一声，将门推开一条缝。母狗绝处逢生，龇着牙钻出来，拖着满腿满尾的秽物，气哼哼夺路而走。哈三看看老驴，见老驴仍在擎着木棍在一旁做抵抗状，心中一乐，也龇龇牙说："我撵狗去了！"哈三走后，老驴方才开了门，对着屋里的惨状发了阵感慨，刚要唤老婆帮忙，忽然想到老婆下地了，无奈，拿了铁锹笤帚打扫，又挑了五担水冲刷。事后，他越想越蹊跷，仔细琢磨，突然明白上当了。可是，自己偌大年纪如此精明的老委员被个尿腔羔子捉弄，传出去不好听。他忍了一段时间，到底老气不出，找了个茬口，于僻静处捉住哈三揍了顿屁股。可是，五天后的清晨，老驴开了门，刚要打着哈欠朝外走，那伸出门槛的一只脚又蓦地凌空停住，他吃惊得脖子转筋，细眼瞪圆。因为，堵着他大门的几平方米内，稀的稠的软的硬的足有二十几摊。这儿成了尿的江河、屎的世界。他明白这又是哈三的杰作，可是，哈三肛门再大，总不能一夜屙这么些吧？他察觉到了一股强大的对抗力，一个让成年人无论如何也难以制服的顽劣。他终于认了，忍了，服了。

哈三嘎归嘎，却极孝顺。不论从外边弄来什么好东西，总是学了哥哥的样子，先给奶奶和妈。每次抓得鱼来，总是拾掇好了，让妈做熟，他将鱼刺择干净，一块一块地喂奶奶，因为奶奶自那次"大疯"以后，虽然再也不喊叫儿子留根儿，可变得更痴更傻了。哈三心疼奶奶，怕鱼刺扎了奶奶嗓子，所以总要亲手喂她。奶奶摇头不再张嘴时，他又将鱼端给妈吃。他自己呢，只说不馋，却暗暗低下头来咽唾沫。可是，怎么让他，他也不吃，直待妈让得急了或自己也赌气不吃，他才拿一块举到脸前，故作认真地左看右瞧说："我怕刺扎……"逢这时，一旁的安灏总是把脸扭向别处，眼里也噙满泪花儿。这又精又嘎的小弟弟，他实在太爱他了。

两　重　天

那天中午，赵云秀正给婆婆擦洗身子，邻居老白家扭着小脚进门告诉她，说是小好要当赤脚医生了。赵云秀蒙了一会儿才反应过来，她不相信地摇摇头，说这样的好事不会摊到俺家吧。老白家说千真万确，是她到公社医院取药时一位医生告诉她的。

两个女人正在说着话，安子岭来了，双脚刚刚迈进屋，一对细长眼睛的虚光就将整个房间扫个遍。屁股落座，话已出口："我说好儿他娘啊，约莫你也知道了，咱好儿当上赤脚医生了。老白家也不是外人，实话实说，村主任打心眼儿里就腻烦他，怕他赚了工分又出了大名，以后就更不把他主任放在眼里了，这可是凭我一张老脸挣下来的。啊?"

赵云秀拧干毛巾搭在晾条上，像是自言自语地说："风水轮流转，光脚也好，穿鞋也罢，只要能让孩子给人看病，他这本事就算没白学。"

社会上刮起了"赤脚医生"风，大村小村，都设赤脚医生。尽管有的当上"赤脚医生"后反而穿上了皮鞋，可这风仍旧越刮越大，以至到后来连有公社医院的安家集也不得不讨论这个问题了。公社医院和县里的"六·二六公社"负责人会同大队革委会研究了七八回，终于确定，不办卫生室，只设赤脚医生。这赤脚医生，自然就选用了从县卫校毕业的安灏，大队上给他记点儿工分，全村老少打针、输液、拔罐子、送疟子药，都由他包着。

自此，安灏终于可以自由行医了。

安子岭的老伴安奶奶患了肝硬化，已经腹水两个多月。年岁的关系，再生能力差，恢复的希望看来不大。除服一些常用药外，只好隔三岔五输输液维持着。下午三点左右，安灏又一次给她输完液，回家的路上又给一个发烧的病人注射了退热剂。走进家门时，留在家中照顾奶奶的母亲正有些焦急地等他。母亲告诉他，西林庄的民办教师林英秀病了，她妈已来过两次请他去诊治，都逢他不在家。刚才又来，说麻烦安灏无论也得去一趟，因她女儿已经患病三个多月，各处的医生都求了，总不见效。早听说安灏名字，只好厚着脸皮来请等许多好话。安灏一副好心肠，人家又这么信任他，他能不去吗？西林庄也是回族村，距安家集这儿八里地。他看看太阳，天已不早，按说这种慢性病，明日去也未尝不可。又想，倘若明日有事再耽搁了呢？患者盼医生的心情，谁都理解。于是，不犹豫，小跑步到公社医院里，找相熟的医生借了辆自行车就奔西林庄了。

林英秀患的是癔病性截瘫，按西医的说法属于神经性的。要说这种病不难治，服药打针暗示疗法后，往往很快就好转。只是，林英秀的病情挺重，加之她心里总是给自己找别扭，所以也总是反复发作，就像百治不愈似的。安灏诊明病情，弄明病因，针灸配合中西药，加之他特别琢磨的精神疗法，仅仅四五天的时间，林英秀的病情便大见功效。"野先生"的本领英秀早有所闻，如今一见，果然是名不虚传。她心中暗想：像人家这样有本事的，只不过暂时屈尊乡下，日后说不定什么机会来到，就要飞黄腾达。自己虽当老师，可这样的"民办"保险吗？说不准上边谁的一句话，就又得下地种庄稼。要是能将终身托付给他，也算有了依靠了。她是个有着神经官能症的人，这么想，就以为该这么做。开头，她找各种因由和他攀谈，不料安灏天性语贵，她问什么，他答什么，她不问，他也就不说话。英秀伤心又失望。可是，她到底捺不住，加之时间一长，熟了，她便拿话撩拨他：

"安灏，你今年多大了？"

"二十四。"

"比我大一岁。"

"哦。"

"你人长得好，心更好。"

"哦。"

"你这辈子打算怎么办？"林英秀咬着下唇，眼神乜乜地瞟着安灏。

"治人疾病，给人快乐。"

"唉——"林英秀无可奈何地长叹一声，哀怨地望着这个"石头人"。有出戏说石头人尚且存心招亲，而他却在男女事情上这么木讷。你呀你，你难道逼我明说吗？

女人的神经是敏感的，对于安灏的反应，林英秀似乎察觉到了什么，她将自己的想法告诉了母亲，母亲历来唯女儿是从，就按她说的内容去安家集打听。她自己也留心打听、观察安灏。终于，娘儿俩弄清楚了，和安灏一墙之隔，有位叫玲玲的姑娘与他青梅竹马……

这是实情。但也着实冤枉了安灏，因为安灏早已错误地理解了玲玲的心，得出了玲玲之所以对他好完全是出于爱怜而非爱情的结论。他将她视作长辈、近邻、一个值得他永远尊敬的女人。他喊她玲玲姑，比以往更亲切、更顺口。可他哪里又知道，玲玲听他这么叫时，心情越来越别扭。

英秀完全着慌了。她嫉妒、忧虑但又无可奈何。然而，女人的欲念也同样是可怕的。她下了决心，一定要得到他。

油菜开花、小麦抽穗的时节，林英秀彻底痊愈了。这天上午，日光暖融融的，天地间既不冷，也不热，氛围是那么的轻松、和谐。因为治好了病人的病，安灏的心情也如这天气一样舒适、美好。他从英秀腿上起出最后一根银针时，口气快活地说："好了，以后再不用扎针了。"

英秀一听，双目痴痴，口唇也有点儿哆嗦："那么，以后你就不来了？"

安灏愉快地点点头，一边收拾放在床沿上的针盒，一边嘱咐她说："记着，生活要有规律，心情要开朗，别生气，别着急，烦恼时吃点儿镇静药。有什么不适，可随时叫我。"

这时，老太太不知有什么事，出去了。窗外房檐上，几只闹家务的麻雀叽叽喳喳叫了一阵，也扑棱棱地飞走了。屋里只剩了他和她，英秀听着安灏嘱咐的这些话，神情呆板紧张，心里说不清是感激温暖还是怨恨难过。一束阳光透过玻璃射进来，恰好照在安灏的长方脸上。阳光中，小伙子那挺直的鼻梁、明澈的双目、棱角分明的嘴唇、微微卷曲的头发，两道剑眉既透着一股过人的英气，又含了几分让人喜爱的秀气。英秀入神地瞅着，瞅着，越瞅越沉不住气，就像自己小时看到一只落在草梢上的雄健美丽的铁蜻蜓，想抓，怕一下抓不住弄跑了；不抓，又怕马上就要飞了，于是，那心便急得咚咚乱跳。终于，一股"试试"的念头促使着她，猛地伸手一把抓过去……

"啊！"安灏吓得喊出声，还没醒过神来，身子就被一股神奇的力量拉坐在床上，随之一股似乎来自天外的温馨香气扑进鼻孔——英秀一侧身偎在了他的怀里，像嗫嚅，又像呓语："安灏，你，你怎么不理解人？"

安灏已经吓得半傻，他两只手抆挲着，气也喘不匀了。但这仅是一忽儿的工夫，随后也就明白了是怎么回事。他想把怀中的什么推出去，但又有点儿下不了决心；他想把怀中的什么搂紧吧，又有些说不清的怕。他第一次经受这种滋味的磨难，第一次为这种矛盾心情所纠缠，完全到了进退维谷的境地。也就在这要死要活都不能的时刻，一只柔嫩的嘴唇贴紧了他的脸颊，一双有弹性的胳膊揽住了他的脖颈，攀单杠似的下死力坠下去，坠下去，他的身子终于抵挡不住那撩人的诱惑和强大的坠力，就像在睡梦中轻飘飘地飞起来，又软绵绵地落到了雾谷里……

回到家，他明白自己已经做了什么。虽然有些忐忑，但并不绝对地后悔。人生早晚要走这一步，既然与心中的玲玲相伴无望，那么，换了谁还不都是一样吗？可是，当他怀着也踏实也羞涩的心情和玲玲谈起这件事时，玲玲怔了一下，脸色唰地变了。安灏见此情景，不知如何是好。他分明看到，对方那圆圆的杏眼里泛起了晶亮的泪花儿。他一下呆住了——悔愧、懊丧、哀伤与痛楚在心底交替变幻着。他紧紧地咬住下唇，脑子里反复闪现着一句话：我浑，我浑，是我误解了她啊！

是的，他的确误解了她，误解了她这个人，误解了她暗示隐喻给他的话。如今，他已允诺了林英秀，已是生米熟饭的成色，他已回天乏术，完全没了办法。唯一所求的，是玲玲能够对自己的谅解。

玲玲对他并没变样，仍是一如既往地关心照顾他这个人以及他的家。在他准备结婚的前几天里，她仍然和乡邻们一块儿给他收拾布置房子、缝制衣被，仍然那么娴静干练、热情豁达，只是偶尔的一阵阵打愣。然而办喜事的那天，她突然病了，从早晨就没起床。婚礼刚结束，他就赶忙过去看她。她见了他并不惊讶，而是平静地笑笑说："没什么，昨儿忙乎得紧了些，出了汗，让凉风一抄，感冒了。"

不知怎么搞的，安灏见玲玲表情平静，自己的心绪反倒很糟。他给她查了查，脉搏正常，体温也不高，至此，一切他都明白了。

……

婚后的夫妻生活，并不像小河流水那样平稳通畅，也不像田园诗章似的令人神往，而像人体固有的生物节奏，有高潮，也有低潮。

初时，安灏和英秀的生活是融洽和谐的。安灏虽然"赤脚"，找他看病治病的人数似乎胜过了"穿鞋"的。每日收工回来，男女老少新旧病号，一个接着一个，有本村的，也有外村的。一时间，安家院里真有些车水马龙、门庭若市了。英秀放了学，见丈夫忙，便主动帮着母亲赵云秀操持家务，料理饭菜，招呼弟弟，照顾奶奶。有时出于好奇和同情，也帮着看护一下针灸拔罐子的病人。当病人相继千恩万谢地走出大门时，他们那一身的疲顿也都随之烟消云散了。他们住在父母曾经住过的西厢房里。夜晚，只要大队或学校里不开会不学习，两人便闲聊一会儿各自忙各自的。她应付公事地备一备课，略略看一看学生们那简单到不能再简单的作业。他呢，却恰好相反，十分认真地分析研究了日间接触到的病案病例，接着还要翻书查书抄抄写写，直到她再三催他睡吧，睡吧……哦，生活——新婚后的生活，虽多少缺些闲暇的欢愉，却有着无可替代的紧张中的欣悦。看到丈夫年纪轻轻便受到人们如此尊重，林英秀陶醉了。她庆幸自己慧眼识人选择了这样的丈夫，更佩服丈夫选择这样的事业。特别是当她看到东邻的小院，看到院里那位款款进出的姑娘玲玲，看到玲玲的母亲向自己投来的钦服眼光时，心中更充溢起一股幸运者和征服者的感觉。

生活气氛与节律的改变，往往是在意料之外或者不知不觉中出现的。

一个淅沥小雨的下午，他和她正在西厢房里谈论着学校里又停课了一类的话题，北街一位社员急匆匆地进了院，还没迈进门就喊："安灏兄弟，安灏兄弟，我那，我那……"一抬头瞧见英秀，卡住了。

"别急，慢慢说。"安灏将他拽进屋。

"唉！算了，算了。"那人看看刚刚换上干净衣服的安灏，再次扭脸看了看英秀，像忽然想起了什么似的，转身要走。

安灏拽住他："到底什么事！说！"对方额上憋出了汗，忸怩支吾好一会儿道："是羊！"安灏松了口气："嗨，羊啊，羊怎么了？"那人还是瞧英秀，很不好意思地涨红了脸："那羊，生、生不下来了！"安灏笑出声来："这点儿事着什么急呢，我去看看就是了呗。"

安灏说着，推了那人就要往外走。刚举步，又站住了，因为英秀的指头在背后戳了他一下。他回过头，见妻子正以一种异样的眼光望着自己。她虽然不说什么，可那紧抿的嘴唇、怨艾的眼神，十分明确地表示出了心中的意思——不同意他去干这事。

安灏会意地笑了笑，低声解释说："羊，可是庄户人家一笔不小的财产啊。都是与人方便的事，有什么不好呢？"英秀瞅了已经走出去的社员，鼓突着嘴反击："瞎说吧你，你是人医，还是兽医？不长出息的！"

安灏噎住了，一时间不知怎么回答。他朝门外看了看，见那位已习惯被称为公社社员的农民已经走到了大门口，此刻正扭回头来左一眼右一眼地向屋里瞅，样子焦灼又尴尬。安灏终于捺不住，猛地转身出了门，抛下发愣的妻子走了。

走是容易的，回来呢？

他回来时，屋里没有动静。他以为英秀在北屋里或是去学校里了，便大咧咧地迈进去。谁知一侧脸，见英秀在炕上躺着。大白天，这是干吗？连叫几声，不应。哦，赌气呢。安灏苦笑了一下，自管去洗手。可是，他刚刚洗了几把，英秀却忽地从炕上跳下来，端起脸盆将水泼到门外，气咻咻地说："水坑里洗去，脏死了！"

安灏吓了一跳，他没想到英秀的脾气竟然这么大。他羞恨，恼火，两道剑眉的眉梢扑棱棱地抖动着，抖动着，可是，他到底没能发作。因为就在这节骨眼上，英秀那本来紧绷着的面孔突然神话般地和缓了，继之，从大门口处传来脚步声。他回过头，哦，又是那位农民，手里托着些鸡蛋、挂面，正急匆匆地往北屋里去。显然，这是回族村里十分习惯的"谢小敬老"，是给安灏的老人们送来的。安灏见此情景，顾不得和英秀动气了，几步跑到院中挡住说："你，你这是干吗？"

"哎？一点点……"对方擎了手中东西，欲解释，又穷于口拙。一时间，额头涔汗，脸也憋红了。就在他努力寻找合适的话语时，被安灏挓挲着两只"水手"连推加劝地"请"了出去。

屋门口，林英秀怔怔地望着眼前的情景，心中有股说不出的怨恨和迷惑：投之桃，报之李，古今人之常情嘛。他倒好，有本不求利，这不娘个傻蛋？唉！自己以往视作"卧龙"的他，却原来是个只知啃书本、行医道，最不适于现实生活的书痴啊。她看着，想着，恨不得跳到院里，将独自傻堵在大门口的丈夫拽过来，抡圆了巴掌扇他几下。

炎夏的夜晚，安家集以南的河崖上便成了人们的"大世界"。乘凉的，拉呱的，聚在一堆扇着扇子胡诌三国吹牛皮的，顺了河边光着屁股抓蛤蟆的……更有不少的新婚小夫妻，瞒了爹，瞒了妈，悄悄溜进护堤林里，在黑黢黢的树影下偎依而坐，迎着习习晚风，尽情享受那别具韵味的婚后乡

91

野恋爱生活。这生活，新颖、别致，独具诱惑力，是那些闷在屋里卧在炕上、浑身流油冒汗的夫妻所体会不到的。这生活，又无初恋时的芥蒂，你尽可以表现出自己的扎实、自己的热烈。这特殊的乡野晚间生活是相当诱人的，连一些徐娘半老的女人有时也着迷，也眼热，竟弄到在人前背后动手动脚的地步，将自己那莫名其妙的老爷儿们拽过一旁，然后悄悄地往林子里拉。

别人如此，芳龄新婚的林英秀，自然也想体味这样的生活。她这么想，可安灏呢？

此时的安灏，往往就坐在自己的小屋里，为了抵御酷暑，常是头顶湿毛巾，脚踩凉水盆，俯在桌上，一心一意地看啊，写啊。逢这时，英秀便眼里见，心里烦，一股无名火在胸中蹿上压下。这天晚上，她终于忍不下去，压不住火了，把丈夫手中的钢笔猛地夺过来，白眼一涮说："中了邪了，咋不出去瞧瞧人家？"

安灏一愣怔，抬脸望望妻子似嗔似怒的面容，明白了她的意思。他笑了笑，从英秀手里要回笔来，稍一思索，便在纸上写道：

> 纳凉取乐我无心，只把博学铸青春。
> 他年花萎叶落时，求得树大根更深。
> 堪望我妻……

不料，他还没写完，英秀便拉下了脸："跟了你这样的人，什么滋味！"嘴里嘟哝着，抄起扇子气鼓鼓地走了。安灏望着她的背影，无可奈何地摇摇头。可是，林英秀那里刚刚迈出门去，他这里就又像练气功的入了定，一头埋在了面前的书上。

人要走顺了辙，好事一个连着一个。金秋时节，意外的好消息传来了：一部分民办教师要"转公"。转公的条件笼统而简单，一是看政治思想；二是看平时表现。论政治思想谁都不差，这一条，英秀是占住了，不怕。但这"平时表现"好与不好，难道能有什么固定的尺寸标准吗？说到家，好好歹歹，全凭当领导的那张嘴，人家说什么，就是什么。有靠山有叉杆的人，自然不着急。像英秀这样没有什么"硬托"的民办教师，心里就发慌。所以，这些日子里，为了那每月二十七八斤的商品粮，英秀每日里东跑西颠，求领导托朋友，也着实够忙的。

又是一个星期天，英秀早早地起了床，到北屋里和婆婆说了些什么，就匆匆地走回西厢房，一边打扫炕上地下，一边将结婚时的那套细瓷茶具摆出来。安灏一见，心里明白，这是又要请客了。因为英秀请客历来如此，和母亲商量好后，只吩咐他做什么。果然，刚吃早饭，妻子发了话："哎？今儿别出去了，到饭店买点儿菜，帮我准备一下，中午公社教育组的李组长他们来玩。"

教育组组长，这可是公社教育界戴红顶子的人物。他肯来自己家里做客，英秀的转公问题就十有七八了。安灏也挺高兴，不犹豫，拿着提兜就走出去。安家集公社回族饭店在街南头东侧，路上恰好有人找他看病，顺路，也只是一会儿的工夫，误不了事，他就跟到病人家里去了。从那位病人家里出来时，他却皱了眉。这是例疑难症，一时不敢确诊，想回家查查书，却又惦着买菜。正犯难的时候，抬头看见了前边的书店，一拍脑袋说了声"嗨"，便疾步拐了进去。

营业员递给他一本《农村医生手册》，他趴到柜台上，先查症状，再查病因。查清病因，又查诊断治疗。他将这书本上的理论性知识与那病人的实际情况反复斟酌、对照……他原是嗜书成癖的，眼一看到书，任什么都忘，等他揉着发酸的脖颈仰脸盘算那位病人的治疗方案时，书店墙上的挂钟恰好响了整十下。他一愣怔，这才记起自己还没去买菜，忙抓起兜儿往外跑。刚出门，却见英秀急匆匆打南边走来，他立刻意识到：糟了！果然，英秀奔到他跟前，什么话也不说，夺过提兜，气呼呼转身就走。安灏像根木头橛子似的发了会儿呆，也只好悻悻地随后回家。可他鬼使神差，走着走着又拐到那位病人家里去了。

安灏回到家时，"小宴"早已开始。冲客人的面，英秀顾脸皮倒没发作。人刚走后，可就炸了锅。整个下午，这女人像得了狂躁症，以前所未有的泼劲，哭一阵，骂一阵，把个安灏闹得坐不住、站不住。

北屋里的赵云秀听见吵嚷，赶忙过来劝解，不料林英秀嚷得更凶，竟撕下脸皮数叨起老人来，说她这当娘的养儿不看时候，生了个脓包废物。赵云秀听了，又气又伤心，舍不得骂儿子说儿子，又不敢得罪媳妇，一急，哭了，哭了就再也说不出话，任凭儿媳吵呀骂呀。再老实的人也有个"火"，妻子吵自己骂自己时，安灏尚且能忍，如今见她矛头指向了可怜已极的妈，心中直如刀刺针扎，他蓦地跳起来，抡圆了的胳膊没敢打下去，拳头停在半空就势做了个指的姿势："你——滚！"

　　正在哭闹的英秀突然听到安灏凭空一声吼，以为听错了，抬起头，见一向文静的丈夫高高地举着个拳头，口里又一次喝了个"滚"。她怔了，蒙了，怕了，口里喊着"别后悔，这可是你说的"，爬起身收拾了东西，不管婆母如何劝阻，推上自行车出门走了。

奇　谋

　　林英秀走了，骑着自行车钻进南边的胡同里不见了。

　　一直跟在儿媳身后说着好话赔着不是的赵云秀立在门口不远处的树下，眼圈红红的叹了会儿气，无可奈何地走回到院里。安灏此时仍在西屋门口愣着，不动，也不说话。赵云秀瞥了他一眼，径直奔向正屋，可是，快进屋了她又忽然反身跑回来，一下子抱住儿子的脖颈号啕大哭。安灏一时不知所措，木讷了半晌，才半搀半拽地将母亲扶进屋里。

　　赵云秀从未哭得如此厉害，便是留根儿被抓走、金瑞"无常"时，也不曾这么哭过。她全身抽搐，双肩耸动，喉咙里结成了一个个难以吐出更难以下咽的疙瘩。这些疙瘩将她的喉管噎得生痛，但她全然不顾，依然坐在椅子上不停地哭着。金氏坐在炕上傻瞪着两只看不见东西的老眼，看西洋景似的朝哭声处张望着，好像在问：孩儿啊，哭什么呢？

　　哭吧，发泄一下心中的怨郁痛苦也好，可怜的女人呀，谁让你嫁进了这个家门又接受了丈夫的"汗格儿"了呢？命中多难自不待言，好不容易将留根儿遗下的孩子拉扯大了，不想他半路上变成呆呆怔怔一书痴，半成也没有人家孩子那种伶俐剔透、精明乖滑。这也无妨，人各有别嘛。都说自小知大，三岁知老。其实，这话有很大出入，人在长年龄长个头的同时，脾性爱恶也要发生变化，可是，小好呀小好，你怎么就变得这么突然、这么彻底，那幼时少时的顽皮机灵通权达变几乎没有了一点儿影子了呢？要是你有当年的三成性格，今儿也不会和老婆闹成这个结局，做母亲的也不会低三下四给儿媳赔不是说好话了。说点儿好话也没什么，母亲天生"贱骨头"。然而，人家理我这个茬儿吗？不，不理。人家走了，还是一点儿脸面也不给地走了。儿子小时让母亲操心受累，长大成人仍然这样，而且这操心事更多更大，因为又有了儿媳。如今，儿媳和这一家子算是撕破了脸皮，撕破了脸皮的家庭关系是极难处的，以后日月悠长，怎么办啊？她将经受因为自己的懦弱而导致的又一个灾祸。赵云秀越想越伤心，越想越作难，此时此情下，女人的愁绪也就只能用哭来排解。

唉！可怜的母亲，您天性可是并非如此懦弱啊！

说真的，对于儿子和林英秀的婚事，当初她反对。她打心眼儿里喜欢玲玲，那是她从小看着长起来的。模样俊丑且不说，单那为人处世性格脾气就足以让儿子一生平安了。儿子的性情变化她早已看在眼里，像儿子这样的人，就必须是玲玲这样心气的女人一生陪伴他。否则，这辈子他在"顿崖"上的日子必将是一团乱麻。她明白玲玲和儿子差着辈分，这虽非大忌，可是一墙之隔的邻居，相处中的称谓变化是挺拗口的。因为毕竟是几辈子许多年了。但换句话来说，同族不同姓有什么大不了呢？她甚至想过，只要玲玲有意，她母亲不反对，这辈子玲玲仍叫她嫂子不叫妈她也甘心认可。当初，也曾有人往她耳朵里吹送一些安灏和玲玲的传闻，她听了，不恼怒，不反感，更不有意阻拦，而是打心眼儿里同意。她曾许下"乜帖"，两人一旦成功，她便先做几斤面的油香"知感"了再说。随着日月的渐进，女人特有的细致观察力使她断定，玲玲对儿子的确有真情挚意，而作为多年邻居的老白家似乎也不反对。

正在赵云秀心中充满了幸福的欣悦，准备托了譬如五婶那样的好心人从中撮合的时节，安子岭找上来了。他指天画地，满口的教义教规。这且不说，强调的最严重的是"女大一不为妻"，说辈分差着，年龄差着，村中已有了许多的闲言碎语，要是再迈前一步弄成真的，就证明两人是真的道德败坏了。他在云秀面前说这样的话竟一点儿也不脸红，不碍口，这让云秀很是惊讶。他继续表白，他说他所以极力阻拦也让云秀从中阻拦，是为年轻人的以后着想，好让两人"悬崖勒马"。这"悬崖勒马"一语当时并不陌生，但出自安子岭之口而又安在俩孩子身上，这就又让云秀很是惊讶。她被他教训得六神无主，心中害怕，只好把这份心思压下。因为安子岭在教训她的同时还威胁，说赵云秀这个当妈的要依着儿子"滑"下去，今后这个家的大事小情他就通通不管了。他所说的不管，就意味着这个家说不定什么时候便出现灾难。以往无数次的经历和事实令云秀惶悚胆寒。但是，她虽然迁就了安子岭的压力，却也没有明确地阻止安灏和玲玲的关系。她要顺其自然，因为半辈子风风雨雨让她坚信"顿崖"上谁和谁这一辈子怎么怎么，都是造就好的。人想改变，那是徒劳。你心中想象着他和她最般配最合适不过，没准最后的结果却与你的想法反着。所以，当那一天儿子犹犹豫豫向她提出自己和林英秀的事并求母亲托媒时，她一把揪紧自己的胸衣，心中突突跳着说："圆验了！"尽管如此，她当时仍没明确点头，直待两三天后，看到儿子那种既怕她生气着急而又无可奈何的神色，她才明白这件事不应允是不行了。

小聚居，大分散，是回族人家的特点。所以，男女间的缘路很窄，结亲者近可本庄对门，远者可是外区外县。多少年的扭结，无数人家的转弯联姻，形成独特的网络式亲戚关系。往往在外相遇互不认识的，三扯两拉，竟原来还是支分不远的亲戚呢。

林英秀的母亲和安子岭家就是远房表亲。安子岭是林英秀她母亲的表舅，自然也就是林英秀的舅姥爷。因此，在英秀让母亲去安家集打听安灏的"底细"时，老太太就理所当然地去找这位表舅了。安子岭心有八九，对方话刚说了半截，便明白了其中意思。他喜从中来，因为这绝好的机会，正可用来掐断安灏与玲玲的关系。他没等人家把话问完，就当即锦上添花，将安灏的人品、医道说成几乎是天下第一。怕林英秀她妈不相信，还当场列出村内村外谁人某人夸什么赞什么的例子一百个。英秀她妈别看五十大几的人，却是呆头鸟一样的直筒子，别人说什么她信什么，更何况是抱着美好愿望来探询，听得又是以精明场面而名噪四乡的表舅的话。她全信了，并且背诵百家姓似的一锅端给女儿，连个字也没掉下。英秀听了，惊羡又担心，怕好女婿让人抢了，能不采取那种断然措施吗？

不知是巧合，还是英秀那里刚耕了地又压塬套耙，赵云秀这儿头天应了儿子开了口，安子岭第二天就来了。这次来的气氛与以往大相径庭，不独口吻和气，连那脸上的皱纹也顺丝顺缕的。一阵春风戏柳的绵语软话，把个安灏早就体会到的林英秀夸成一朵花。他的话只对安灏说，云秀插不上嘴他当然也不让云秀插话，似乎云秀只能是母亲，不能是当家人。安灏的婚姻无疑是这个家庭中的一件大事，但是这个家庭中这件大事的定夺，唯他安子岭才有资格。眼下只要安灏答应，一切水到渠成。所以，当安灏看了看坐在炕沿上面无表情的母亲，扭过脸来对他说了句"爷爷你看着办"时，他几乎看也没看云秀一眼，就很简练地一掷烟头道："这个媒人我当了，事就这么订了。那头，我去知会她。"

安灏和林英秀成婚之后，安子岭一如既往，处处仍以这个家庭的当家人自居，且较以往更甚。大事情小家务，一般都得和他商议，否则一旦让他知晓，最轻也要摔盆砸碗耍脾气。他耍脾气，这家人也无可奈何，金氏痴痴呆呆像个世外人，安灏与哈三既敬他又怕他，敬怕相比，还是敬的成分多。因为，自他们懂事起，家中就经常有这么个"安爷爷"。爷爷是老长辈，听说又和自己家里支分近，乡下的规矩，必须敬着，这是孩子们的心思，而云秀对于他们这位"爷爷"的为人和目的却最清楚。安子岭之所以经年累月总以当家人的身份在这个院里出现，特别是近些年来日甚一日的近乎，无非是更结实更名正言顺地拴牢她。但是，她明知如此，也没办法。这些年来，她也曾变着法地在他手心里挣了许多次，可总也挣不脱。她彻底领教了他的厉害，稍有不顺，一是很快就给她或她的家庭制造一些谁也难以挑剔的麻烦，这种麻烦最终还得靠他出面解决；二是拿那个老实木讷的左家小子撒气，轻则辱骂，重则责打。左家小子是地主羔子，且有帮南军抓壮丁的历史在安子岭手里攥着，有背景又有罪行，随便找了碴儿就可以惩罚。安子岭也早已看出云秀对左家小子的多年真情，他惩治左家小子的目的，也就是为了制服她。她当然明白这个老易卜里斯的用意，为了以后，为了这个家，更为了那个可怜的左家小子，她只好小兔小猫般地迁就着他。

其实，对于安子岭的意图，赵云秀也只琢磨准了一半。他的真正意图已由原来的挟制云秀转为"占巢养老"了。

安子岭的老伴在经过一年多的肝病磨难之后，终于抱着"空来'顿崖'一场"的遗憾辞世了。对于老伴的"无常"，安子岭不感孤单也不悲伤。非但不悲伤，简直是精神上的彻底解脱。因为运动一个接着一个，不断有谁谁的历史问题给"挖"出来了的，消息让他惊惊乍乍。那个当年设在祖父石坟旁边的"钱匣"里的金货银货，大部分在当初任乡长当区长置地产时取出来用了，剩下的部分，有的严藏在家里，有的原地深埋，不知根底的人，断难寻觅。当年多亏他狡兔三窟，将所置地产让一些相熟相知又胆小的财主托名顶替。那些贪财的土鳖不识大势，只道占了大便宜，极相信人不得外财不富、马不喂夜草不肥的道理，巴望着或许安子岭遭横祸得暴病死了，那地产便归了自己。即使他不死不亡，将来如他自己所说那样"辞官为民"时，这地产转还给他也同样是一份不小的情谊。岂料之后不几年一个土改运动，账全上在他们身上了。中农成了富农，富农划成地主，小地主上升为大地主……说哪些哪些地是安子岭的，哪些哪些物业是替安子岭承担的，证据呢？证据是有，是他们给安子岭写的字据，可字据在安子岭手里，早烧了。就是不烧，字据在他手里，他不承认，而当时又当了共产党的区长，你有什么办法？莫非要承担诬陷革命干部的罪名吗？至此，这些土鳖们才明白，贪心太大，让人家将自己装进肉柜里卖了。干脆，落个死人情，来个缄口不语，是福是祸，顺乎天意吧。这样，有的兜出全部家产留了命，有的护财揽财坐了"滑车"。坐"滑车"的不死也残，怕坐"滑车"的就自行了结。如此代安子岭受过而有口难分辩者，左立渊他爹左财主便是其中的一个。这些巧计安排和那些黑白两道的勾当，只有同炕共枕的老婆知其一二。他对老婆虽非寡情，却也是不冷不热一辈子，他明白老婆虽不十分恨他但也绝非他的知心人，只因这些年赖他穿衣吃饭才没弄出什么意外来。所以，当老伴的肝病后期进入肝昏迷时，他不让人探视，不让人靠近，自己拿块手巾坐在她身边，看似伺候擦拭口眼鼻脸，实则是在随时准备堵住病人的嘴，以防她在昏迷状态中泄露出以往的什么。外人不明内情，这易卜里斯就反而落了个侍奉疼爱老伴侣的好名声。老伴咽了最后一口气，他也长长地松了口气。今生今世，半个知他根底的活口也没了，他安子岭无忧一身轻，什么心也不用担，什么运动也不用怕，完全可以堂而皇之地充好人、说大话。想自己身板硬朗又结实，至少还能活三几个旬头，三十年河东三十年河西的"顿崖"，谁能保证自己不老运通达呢？

然而，安子岭闲时遐思，也不免悲伤又顾虑。大半生人人鬼鬼鬼鬼人人混日月，如今已是年逾花甲，漫说祖上荣耀注定柳絮花影一场空，就是作为人生终极传宗接代的"根儿"也不曾留下。按乡下的说法，自己是一生混了个"白蛋"空，"白蛋"孵不了雏，自然是要断子绝孙的。断子绝孙已成定局，用泥捏小孩也来不及了。可是，自己将来老得爬不动了怎么办，总得有个着落吧。思来想去，打定主意揪紧留根儿家。小寡妇已被降得极服帖，她当然没脸也不敢和孩子们说三道四的。同时，多年来村人已经习惯地认为他们支分近，日后栖身此处，几乎是顺理成章。然而，那一墙之隔的老白家，特别是白家的姑娘玲玲，虽是女流，眼却清亮，他每逢在留根儿家遇到那姑娘，都有种让对方窥透隐私的感觉。也不知是自己的心虚，还是的确让对方发现了什么，他越来越觉得，见了那姑娘就有些毛手毛脚，并且这情况渐渐地日甚一日了。所以，当他风闻安灏和玲玲有了什么什么关系时，头皮都发麻。他想，要是安灏真的和她成了亲，那自己"占巢养老"的如意算盘就得泡汤了，彼时，两家的隔墙拆除掉，安家白家一个锅里抢马勺，哪还会有他的份儿啊。故此，他打定主意，豁出老命半条，也要拆散他和她。就在他软硬兼施到处都点火药芯子的时候，半路上杀出了林英秀，他乐得老腿笔直，一蹦多高。

林英秀和安灏吵架一事，很快就传到了安子岭的耳朵里。但他只作不闻不问，因为他很有把握，安灏娘儿俩不论是谁，一定会来找他求他。他了解英秀母亲也就是自己那位外甥女的脾性，让她闺女受点儿屈，就跟抽她大筋差不多，她不会饶让，不会罢休。果然，一连两三天，这老太婆天天赶来安家集，堵了云秀的大门，拍屁股又打脸地骂。骂累了骂烦了，顺着街筒喊出村，弄得整个安家集都以为林英秀受了什么虐待似的。事情闹到这份儿上，听说公社妇联也要出面了，云秀吓得酥了手脚，只好让安灏去找安子岭想办法。安子岭先是挺吃惊挺意外的样子，接着眉头一皱道："甭怕孩子，这些娘儿们家，还反了呢！"说完甩了袖子大步而来，先将已经"开张"了的外甥女呵斥几句连哄带劝弄到他家去，又到云秀这里施了番威风耍了顿脾气，末了一脸倒霉一副悲哀的口气说："得了得了，谁让我那边是长辈这头是近门了呢？唉！老了老了，老了也不清心。这个家呀，我一天不管，说不准就出什么差错。"接着侧转身，以不容反驳的口气对赵云秀说："今天，我先把那个不识数的打发走，赶明儿让个人跟我去西林庄把那丫头叫回来，该婆媳还是婆媳，该夫妻还是夫妻。胳膊折了在袖里，有什么可张扬的，还不够现眼的吗？"说完训罢，唉声连天地大踏步走了。村人皆嗟叹："论处事，还是人家老委员啊！"这时的哈三正在十里外的"红校"读中学，云秀当然不愿陪着安子岭去请儿媳妇，所以只能是安灏自己出马。第二天一大早，安灏借了辆自行车驮了这位同姓爷爷去西林庄……在"安爷爷"的调解诱哄周旋威逼下，安灏当场赔了礼道了歉，林英秀她妈终于松了口，林英秀也终于回了安家集。一场乱子，到此算是"小结"。

虽然闹了一场乱子，但年底林英秀总算顺利转了正，成为名副其实的"人类灵魂的工程师"了。接着又生了个胖小子，取名清清。如此一来，安灏和他母亲赵云秀除了做饭洗涮铺炕叠被吃白眼外，还得负责洗尿布。即使这样，林英秀仍旧横挑鼻子竖挑眼，今日嫌饭生，明日嫌炕凉，把个安灏和他母亲难为得晕头转向。其实也难怪，这年月人们从意识上就感到女人比男人的地位高一截。更何况，人家林英秀又升了一级呢。安灏只好忍着，忍着，实在忍不住的时候，就一个人跑到背后嗟叹："人啊，记住吧，没有高梯，千万莫攀高墙。"

从病理学上有时讲得通有时也难以讲通的一句乡间俗话说：疖子不出头，早晚得成疮。可也是，有时小病挨着挨出大毛病，小事捂着捂出大是非。憋急了的情绪，迟早要"爆炸"。

这天晚上，安灏正在细心地查证总结一份挺特殊的病例，一边翻书凝思一边往本上记着什么。英秀忽然伸手捂住他的笔记本，斜了眼睛道："哎？说个事，别光死到这上头。"安灏抬起头，仰脸迷惘地看着她："什么事啊，待会儿不行吗？"英秀麻利地合上他的笔记本说："要紧事，这就得说。公社回民饭店要个临时工，我托人和他们经理说了，你去吧。这是个好地方，听说以后还有机会转正呢。"

安灏以不解的眼光看她一会儿，摇摇头。

"不去？"英秀很诧异。

"不去！"安灏很坚决。

林英秀眉头大皱。安灏见妻子要动怒，要发火，赶快勉强笑笑，指着桌上的一本《内科学》说："我不能放弃这个呀！"

"这个？"英秀呸地啐了一口说，"混了好几年，别说进医院当医生，连他娘'赤脚'都是个半拉的，还这个那个的。别人也没像你，整天价嚼书喝墨，可你瞧瞧，哪个不比你强。你眼瞎吗？"

安灏腾地红了脸。

也难怪，和英秀同校的几位女教师的丈夫中，有的是县里公社里的干部，有的是商店经理，最不起眼的还是个兽医站的站长。这些人虽都念书不多，文化水平有限，可是要权有权，要钱有钱。有时教师家属们凑巧碰到一块儿，个顶个的穿皮鞋，戴手表，烫竖折的衣服荧荧放光。加之发福的躯体、光净的背头，显得高雅又洒脱。安灏呢，人虽长得清秀，但一身的棉布裤褂走了形，变了样，有时还难免带一股酸酸的汗味。俗言人配衣帽马配鞍，他和人家那几位相比，自然就寒碜得有点儿让人发毛。每逢这时节，英秀看看人家越看越羡慕，瞧瞧丈夫越瞧越腻烦，久而久之，便越发不把丈夫放在眼里。今日见他竟然"牵了不走打着倒退"，脸都气得歪了。

望着盛怒的英秀，安灏心中产生了一种莫名的恐慌，他怕妻子继续做出什么不得体的事或说出什么不着边际的话，就竭力克制自己的情绪，以免事情弄僵闹大。他那困惑的眼里闪现出痛苦而悲哀的光：英秀啊英秀，你……怎么能这样？英秀见安灏懵懂痴呆的样子，以为丈夫已被自己的威势所慑服，便缓缓口气说："明天，我去找大队主任，求给开个信……"

"不，绝不！"安灏打断她的话，表现了出乎意外的强硬和果决。

林英秀也给惊得呆了，她望着丈夫那沉静坚毅的面孔，忽然一咬牙道："好，干脆说，你是要老婆孩子，还是要你那一文不值的医学？"

安灏竭力压抑着："都要！"

"都要？哼！咋想来。俺，俺不能跟你个熊包窝囊一辈子！"英秀说着就哭，哭中又骂，骂中撕乱了头发。末了，忽然抱起已经吓醒吓哭了的清清放在自行车上，推出房门，大黑天跑回娘家去了。

安灏傻了眼，当晚跟到西林庄去叫，不光妻子没叫回，还让丈母娘骂了一顿；第二天又托了学校的一位老师去请，仍然不进这个门。一连几天如此，安灏心中便忐忑不安。五天后的中午，他正坐在屋里看书解烦，英秀打发学生送来一封信。他打开一看，脑袋"嗡"地响了。原来，林英秀已经将自己的教师关系通过公社教育组转回了西林庄，同时斩钉截铁地向他郑重提出——离婚！

安灏手中的信不由掉在了地上。他原以为英秀赌几天气算了，之后托"安爷爷"去劝说一下就会回来的，没想到她竟如此绝情。他蒙呆如痴心中暗道："英秀啊英秀，你何以如此的狭隘偏执而又不可理喻？难道世俗的邪癖真能将一个人的情操破坏殆尽？这名缰利索，确实令人可畏。"安灏的心像被无数铁钩扯裂着，纷乱而又相当痛楚。他站起身来，急促地在屋里转着，叹着："唉唉！怎么办，怎么办呢？孩子都这么大了！"

院里有了脚步声，跟着一个绵而脆生的嗓门在外边接了他的话："该怎么办，还怎么办啊，你又在嘟哝什么了？"

是谁，声音如此熟悉。安灏扭头朝外一望，哦，是玲玲。玲玲微笑着，款款地向西屋门口走来了。

第一次安灏和英秀闹别扭和好之后，时间不长玲玲也订了婚，这功劳说来也属安子岭。安子岭在同安灏去西林庄的几次往返途中，从安灏那怨愤的表情和气哼哼的口气里，明显看出他是很不中意林英秀的。特别是安灏那句"要不是她从中插杠子，怎么也得和玲玲……"脱口而出但没说完的话，引起了安子岭极大的警惕。他怕年轻人旧情难忘，万一以后再和英秀闹起别扭离了婚，和玲玲的关系重新续起来，再想阻拦，除非请王母娘娘来划"天河"。那时，他的意图、他的计划也就全完了。他认识到白玲玲的潜在威胁性，便动了脑筋，在给安灏林英秀当说和调解人的同时，也顺便给玲玲瞄准了一个婆家。为防玲玲眼眶子高看不上一般户，他特意选了这西林庄的尤福。尤福人样子可以，又接他爹的班在城里工作，在乡下这条件是满好的。安子岭估计能够"一炮打响"，就先要了尤福照片，然后径直去了老白家。相隔几里地，又都有亲戚连着，尤福那里的情况，老白家也略有所闻，加上安子岭能将死人说活的一张利嘴，这做母亲的便先自同意。母亲应了口，玲玲还能说什么呢？她就如安灏最初想得那样，既然和第一个进入心中的人难成伴侣，那么再和谁还都不是一样吗？她也答应了。安子岭唯恐夜长梦多，男女双方要了准信儿，便来回张罗马上交小礼、大礼，马上开证明到公社里办了登记手续，前后没出两个月，玲玲就迷迷糊糊进了西林庄，成了尤福的人。玲玲那里结了婚，安子岭这才放了心。他背地里暗自庆幸，同时说了句挺时髦的话："这颗'定时炸弹'总算清出去了！"

玲玲的丈夫尤福在城内大桥商店工作，近来忽然升了经理，便开始找碴儿和她离婚。玲玲害怕多病的母亲生气又惦挂她，就不声张，不争辩，忍着，受着，悄悄地将苦水往肚里咽。今儿上午她回来探望母亲，听说安灏两口子这次别扭得挺厉害，她怕安灏想不开，就过来劝解安慰他。见安灏这忧郁焦躁的样子，就诚恳地说："安灏啊，夫妻之间，难免会有个抬杠拌嘴的，你何必这副丧气样呢？"

安灏将林英秀的信递给玲玲，玲玲看过后，顿了顿说："你不用搁不下盛不了的，等我回去劝劝说说她。沉住气，英秀迟早要回心转意就是了。"

安灏仍旧叹气，摇头。玲玲站在门口，用关切的口气继续说："无论怎么，可千万别把医道上的事淡了。举步难，迈步更难，迈上一个台阶尤其难。前边的路，远着呢！"

望着玲玲那质朴的面孔，听着她这些诚恳通达的劝说，安灏心中倏地涌起一股不可名状的懊恨和惆怅——倘若当初是她而不是林英秀的话，那么……他不敢再想下去，更不敢有所表露。他已经知道了她现在的处境，他不能再给这颗善良、诚挚的心增添无谓的负担。在她的面前，他是罪人，无论从感情上还是从生活上，他都觉得自己欠了她一笔永远也难以偿还的债。他强抑着感情的冲动，朝立在自己对面的玲玲点点头，脸上透出感激的一笑。

安灏真的并未因此而有丝毫的懈怠，他仍是一如既往地潜心于医。当天下午，在他屋内的正面墙上就又新贴了一张书法工整的隶书横幅。上写：布衣暖，粗食香，有志攀巅者乐。

他"有志攀巅"，很好。但自此之后，母亲和弟弟却为了他和林英秀的关系跌进了泥坑。用大鼻子哈三的话说：屁眼里都颠儿出谷糠急出刨花儿来了。

无忧少年

　　经历了无数次的精神打击之后，赵云秀的性格变得越来越内向、懦弱并且处处小心谨慎了。但她却又极爱脸面，想自己家的家务总不能只依靠那个本心不愿依靠的人。她想好了话语，做好了应急准备，终于厚着脸皮亲自跑到西林庄请儿媳。谁承想儿媳没见着，让个闭眼不认人的亲家母连骂带损羞得当场晕倒了。回到家躺了两天，哭了一夜，算计无奈，只好又求安子岭出马。安子岭料事如神，知道这事早晚还得来找他，而他也不能不插手，否则，自己多年来费尽心神才让村人和云秀一家基本认可的本家支分，不就显得淡远了吗？他要始终牢牢地将这个家庭攥在手心里，有时就不得不下点儿真功夫，以免被人把机关看破。这次找他，他依然爽快答应，依然气哼哼地在大街上众人前说些怨天怨地的话：唉！老了老了，老了也还是不心净，本家后辈的家务乱事，整天让人把心操煞。自然就有人劝慰：亲顾亲顾，你本家晚辈的麻烦就得找你解决。俗话说谁家的鸡上谁家的架，你不管能行吗？他听了，虽然脸上照旧气恼怨尤，心里却乐不可支。因为自己要的就是这类话。当然，他依旧和往常一样，说年纪大了，腿脚重了，得找个人去送他。

　　找谁？只好找哈三。于是，赵云秀就让人捎信儿把哈三从"红校"叫回来，让他用自行车去送"安爷爷"。

　　十里直河出娘娘，十里直道出皇上。安家集顺街南行过了大河上的砖石桥，继续向南的那条直道少说也有十五里。然而建村六百余年，不光没出皇上，连个七品芝麻官也没有。历史上头衔最大的就是安子岭，可是安子岭两次任官，无位无品不说，还中途夭折。村人深以为怪却也不以为然，断定是隔了大河的缘故。终于，有位愤愤不平的风水先生自告奋勇来到安家集，立在桥头上朝南凝望了半天，又以中宫土为准点，分别冲金木水火四个方位运动了罗盘，最后下了断语说，五百九十九年前曾经有个

"南蛮子"来过，在这条直路上的某个地段施了"损"，破了这里的风水，把"龙脉"移到别处去了。要不，安家集出不了皇上，出个都督巡抚一类的大官是没问题的。这里人不信风水不信卦，但是见他说得有鼻子有眼，也不好反驳，便敛了干粮敛了钱给他装进褡裢里，做好做歹把还要继续定罗盘的先生劝走了。

日头高照，白云悠悠，小南风轻松欢快地刮着，空气温热但不炎烈。阔野里草禾油绿，田埂坟头的杨树松树上，有雀儿在跳跃啁啾。自然美不同于装饰美，它清心怡神，故而，在这广袤空间里行走或劳作的人，便将在村内院中屋里炕上作弄出来的忧郁愤懑焦急烦恼尽数冲淡了，融化了，消逝了。蓝天绿禾草木掩映间，那条直得让人目眩的南大道就特别明显。极目大道尽头处，哈三神采飞扬地来了。

哈三骑着一辆自行车。此车没有泥瓦圈，卸掉了保险叉，脚踏板只是两根铁棍儿，前闸后闸通通没了。尽管车子形象寒酸狼狈，却也来之不易。它是哈三掷色子一毛两毛赢来攒够十几元，约了昔日狗党们到集上连哄带蒙买来的。闲时，哈三便无师自通地鼓捣修理，两年下来，驮上人居然仍能风驰电掣。这破车整日夹在他裆里，很是练就了一手骑车绝技。此时他正好顺风行车，便浪荡得意地大撒把。犹不过瘾，于腰中拔出一支短笛，吹起干爹左立贵教给的只有两句词的短歌。这歌只能听曲，不能译词，倘若将词译出，媳妇娘儿们准会骂你孬种流氓。

哈三飘然悠哉忘情于自己的车技与笛曲里，很有些给个媳妇也不娶的神气。

其实，哈三的心里正七上八下敲小鼓。他是按照母亲的吩咐准时从"红校"请假回来的，他要去执行一项任务，这个任务离不了他——当然最主要的是离不了那位"安爷爷"。嫂子林英秀提出要和哥哥离婚，哥哥无口无心，是个书呆子老实人，歌词都不会就去西林庄唱小夜曲，结果没有唱回"心上人"，却让丈母娘劈头盖脸骂了一顿。忧愁沮丧，再不敢登门。母亲疼儿子想孙子，亲临西林庄请儿媳，不料遇着个比孙二娘还要厉害十几倍的亲家母，狗血喷头骂了个不亦乐乎，就差没有大打出手。那以后，只好再次请安爷爷出山讲情，他哈三也就成了安爷爷的脚力了。

今儿，哈三已经是第四次请假回来执行任务。所幸，学校里也没什么严格的规章制度，学生们有时上课，有时劳动，有时正上着课却跑到操场里列队训练或是摔跤打球。哈三在学校里有时憋闷得难受，就约了几个相知逃到僻静处赌。如今有了这件事，他也正好跑出来舒服。

哈三"一路凯歌向天涯"地吹着笛子，顺风顺绺地到了小仉庄。小仉庄距正北河岸一里多地，与安家集也可算作邻村。小仉庄虽然也是穆斯林聚居地，但在民国时期就和安家集结了仇。多年来，两个村不走动，不联姻，几乎没有什么直接的亲情关系。由于相互看着不顺眼，又是地邻，故而断不了发生纠纷或殴斗。中华人民共和国成立之后，随着世事的变迁，两个村的紧张关系渐趋缓和，但两个村和两个村之间的多斯提们仍旧感情淡薄，以至仍旧没有一家敢于开头联姻的。

哈三来在离村不远的一片瓜菜地前，忽听路西有人喊他："哈三，哈三。"

哈三一愣怔，笛子离开嘴唇的刹那双手扶住了车把。与此同时，右脚下意识地伸向前去，在车轱辘与车前叉之间用力一蹬，借着鞋底与车外胎的强力摩擦，自行车渐渐"刹"住了。在自行车的"沙沙"停顿声中，那喊声又从路西传过来："大鼻子哈三，哈三……"

一向对"大鼻子"三字犯忌的哈三跳下车来，不急不怒，却乐，他朝西眯了眼睛一瞅，闷声叫道："出来吧丫头，甭弄鬼。"

隔了一片麦地那边有个小瓜园，瓜园里有座草苫搭成的窝棚，那"哈三哈三"的喊声就是从那窝棚里传来的。哈三一叫，窝棚里响起少女特有的细腻圆润的嘻嘻笑声。笑声落处，窝棚门上的草帘掀开，里面跳出位与笑音极不相符的粗壮姑娘。姑娘膀阔腰圆，浓眉大眼，厚而微翘的嘴巴中，一口细密结实的白牙。远处看，她像个二十几岁的男子汉，其实，姑娘今年才十六，正如小麦抽穗的时节。只因样子长得壮，才容易让人误解。姑娘仍旧哈哈地笑："哈三，我一听吹笛就知道是你来了。"

哈三一耸鼻子："丫头，一听那嗓门就知道是你喊我。"

"耳朵挺灵呢。"

"你咋不喊哥？"

"美得你。"丫头一撇嘴，"哎？园里的'小红种'熟了，挺香挺脆的，过来吃一个吧？"

哈三看看远处劳作的人们，没说什么。丫头见他犹豫的样子，就故意打趣儿地说："咋了，害臊，还是怕揍？"哈三立时微红了脸，冲对方舞扎着手中笛子道："丫头，你逞什么能，寻思还是前两年吗？"

丫头乐得双手乱拍："哦哦，还没忘，还没忘啊！"

那年哈三刚上中学，刚上中学不多日子学校又放了假，说是让学生们支援农业生产。可是，安家集青壮劳力多得很，生产队长心眼窄，容不得十几岁的尿脬羔子混工分，这就恣了哈三了。每日里，他约了昔日狗党们去田地里沟沿上拔草晒草以便冬天换钱花，到河里湾里逮鱼摸虾以改善家中生活。烈日炎炎的一个中午，几位混世魔王在地里拔草，说是拔草，实际上借口罢了，蹦跳打闹，满地里找乐。瞅准生产队里的瓜地果园，顺便找机会进去"扫荡"一番，既乘了凉，又解了馋。他们的行径，曾被赶牲口市回来的左经纪碰上，老经纪眼尖嘴也损，常在桥头上远远指了他们的背影说："瞧这几个臊小子了没？他们是讲经堂里做礼拜，磕两个头，放三个屁，行好不如干歹多。"

的确也是如此。这个中午，他们又拔草"拔"到了仇庄地界，三嘎拉当先嚷起来，说是渴得舌头成了没尿的鸡鸡，得找水喝。路旁沟里有水，脏，不能喝。三嘎拉就遥指西边的一片地说："那地方有，冲啊！"那里确实有，有瓜园，是小仇庄的地，却是私人自留地的。小仇庄的人脑瓜活，种谷，种麦，也腾出部分自留地来种瓜菜。瓜菜可以吃，可以卖，卖出去就是现钱，何乐而不为呢？几个人傻狗追兔子似的跑上南北大道，却好就见一小片瓜园，瓜园里有个小草棚，窄窄的，矮矮的，像个鸡窝。日当午，草棚里即使有人，估计也睡过去了。瞅瞅四周，空荡荡兔子也不见一个，此时此情下，正好"爬瓜"。他们便蹑手蹑脚，摸过去，摸过去，悄悄摸进了瓜园，正待下手，小草棚里忽然传出一声吆喝："偷瓜的，要脸吗？"

喝声突兀而起，几个人立地被吓住了。省过神知道有看园人在，反身便逃。逃出不远，又先后停住，毯子说："我听着像个闺女吆喝。"大孬人大胆小，裤裆里渗出水来，身子仍是要逃的架势，口气疑虑重重："是吗？别听错了！"

哈三逃在最后，此时仍在瓜园边上，听了他们的议论，嘿儿地一笑："对了，是闺女的声，没错。"说着，大咧咧地踅回去，响马喊票似的冲了小棚吼："爷儿们渴了，吃个瓜。秋后青草卖了钱，加倍儿还！"

"那就秋后来吃吧。"细而脆的嗓音响着，草棚里走出个粗粗壮壮的小姑娘。小姑娘手中握着根青秫秸，以与她的形象不般配的女孩儿嗓门挖苦说："偷是刺猬'爬'是鳖，狗头狗脑，羞死了吧。"

哈三鼻子歪了几歪，竟没能接上话。窘了片时，只好耍横："非要吃，敢拦，爷儿们打……"打字刚出口，冷不丁像给杏核噎住，直勾勾地盯着那女孩说不出话。因为女孩已经绷起了脸，眼珠子像一对墨水瓶盖似的又圆又大，大眼里的两道光吓人地逼向他，手中青秫秸耍了个圈道："小兔崽子（喊，她更小），看样儿你是腚帮骨痒了!"

一个女孩儿家说出这么凶的话，的确让人惊骇。哈三虽愣，也给立马镇住。一时间，他拿不准该进还是该退。退呢，落个孬种同时也不甘心；进呢，势必要打架。打赢了并不光彩，人家是个女孩儿；打输了可就现了娘的眼了——当然这不可能。哈三酌兑了彼此的力量，决定还是教训对方一下。他历来是行动多于言语，举了拳头就要攻上去。这刹那，逃出一段距离又折回来的毽子们在他身后忽然喊出江湖话："三哥，杀鸡不用宰牛刀，一个丫头片子，看我们的!"

哈三停住。

大孬胆小，声在先人在后。三嘎拉身子骨弱，一声羊叫都能吓个跟头。小诸葛一般是君子动嘴不动手。几个人虽都慷慨激昂，此时真打算上阵的其实只有毽子。毽子也明白自己所处的位置，做了个让哈三后退的手势，就迈着视死如归的步子朝女孩走去。他想先声夺人，中途便以他那赌鬼爹说《水浒传》时常用的一句话大喝一声："小子不要走，我来了!"对方不是小子，是闺女。虽是闺女，比小子还有种，不光不走，倒径直迎上来。毽子原以为吓她一下就软了或跑了，不想人家不买账。纳罕间，两人走对了面，姑娘也不说话，抢起青秫秸抽过来，毽子吓直了眼，忙歪头，扭脸。这一来，视线偏离且又脑袋高度降低，正好让姑娘薅住头发，拽过他去原地拧了旋子，之后一用力搡出了瓜地。毽子爬起来嗷嗷叫着原地打转，大孬、小诸葛慌忙抱住他，毽子依然又叫又挣扎。看时，他梗着脖子，脸面成九十度角朝左侧歪斜。显然，是给跌伤了脖颈转了筋了。

大孬、小诸葛必须照应毽子，三嘎拉只配呐喊助威，应敌还得说是哈三。哈三似乎有准备，瞪着小眼蹿上去。他正要闷头闷脑挥拳头，不防那姑娘丢了手中秫秸，以根本不像女儿家的泼劲冲上来，双关子将他连胳膊加腰抱住，脚下绊子一别，扳粮食口袋似的将哈三放翻了。姑娘肯定是个惯打架的，不待哈三翻身挣扎，先就拳腿用膝盖头顶住他的胸腹，两手钳子般抓住他的双腕并用力压向肩窝，口气不凶却极具威胁性："动，再动要你小命！"

处在发育不成熟阶段的男女，力气大小本无什么明显差别。姑娘看来是位乡下称作"二汉"的女孩，力气格外大。加之性情憨直，百无忌讳，正是那种万里有一的女中豪杰。哈三再横，横不过姑娘"牛性"，轻敌大意失荆州，就让个女孩儿家擒住了。他仰躺在地上，姑娘骑在他的身上，向以好汉大丈夫自居的哈三，羞愧难当。瓜地边上，毬子见此情景，顾不得脖颈痛，歪棱着脑袋朝另外三弟兄挥手："快救三哥！"可是，三弟兄猴跳圈似的朝前跑了没几步就停住。随之，一个笑，两个笑，三个人都笑转了韵，笑弯了腰。笑什么？想一想，一个半大小子让个半大姑娘压在身子底下，这种西洋景谁见过？正在这地里地外一片乱的时节，窝棚的背阴处站出一个人来，五十多岁年纪，高高大大，一张红脸跟关公似的。那人一边揉眼打哈欠，一边漫不经心地问："丫头，谁吵呢？"猛然发现了地上的情景，忙呼喊："咦咦，放了人家，快放了人家。"

被唤作"丫头"的姑娘很听话地跳开来，双手掐腰冲一骨碌爬起身的哈三与仍在嘻哈乱笑的大孬等人说："哼！几个小毛贼，还反了你们了呢。"

哈三真可谓又羞又恼，他看看姑娘和业已拐着腿过来的汉子，拍打着身后腚上的脏物，大鼻子一哼道："走着瞧！"转身刚要拔腿开路，被那汉子叫住："哎？小子，你是安家集的？"

哈三脑袋一拨棱："咋？"

"你叫哈三。"

哈三纳闷地歪了脖子："你咋知道？"

汉子瞅了他的鼻子只管乐，哈三摸摸自己的大鼻子，明白了。他怒火中烧，要发作，却让那汉子接下来的话镇住了："你爹哈金瑞，当年和我是战友。瞅了没有，战场上我给打挂了，就是你爹把我背下来的。"汉子说着，一瘸一拐走过来，哈三看清了，他的右脚后跟少半截，走路是脚尖着地的。"你爹那人顶厚道，顶中交，可惜早早'无常'了。"

哈三头一次听人这么诚心诚意地赞叹父亲，很受感动，对这汉子也就有了感情。看一眼兀自虎视眈眈的丫头，觉得挺愧。是啊，人家一个残疾、一个闺女，种这么个小园子，多不易啊。他别扭地拧拧身子，勉强送出几个鼻音很重的字："俺们……不该抢瓜！"

汉子来到他跟前，抚着他的头说："嗨嗨，庄乡地邻，吃个瓜算吗？丫头，去，摘两个熟成的来让这几个爷儿们解解渴。"丫头大眼朝爹一涮，不情愿地哈腰揪下刚才打架时砸坏的西瓜，顺手拾起自己的青秫秸，朝他们扭扭头说："到窝棚门口来，我给你们切开。"

瞅姑娘手中拿着青秫秸，样子有些居心叵测，瓜地里外的几位男子汉大眼瞪小眼，都不敢往前凑。终究经不住瓜的诱惑，三嘎拉当先拍了屁股道："是福不是祸，是祸躲不过，豁上了，先吃了瓜再说。"他往前走，另几位就羊屙屎般跟上了。

完全是庸人自扰，丫头并没揍他们，也没作弄他们的意思，他们挺痛快地吃了瓜，只是瓜子瘪小，瓜瓤白腻且有股子酸味。

这以后，哈三几个便和丫头爷儿俩熟了。丫头她父亲叫仇成会，当年也曾是小仇庄的社长，"大跃进"时让公社社长拔了"白旗"，从那再没"爬"上去。有父亲和仇成会的那段历史那层关系，哈三就觉得这小瓜园也特别亲，借拔草的机会三日两头来瓜园里。哥儿几个和仇成会拉点儿闲篇，听些昔日战场上枪响炮轰拼刺刀打仗的事，极有情致，也极有兴味。有时丫头高兴了，他们还能"蹭"两个瓜——这当然得付出代价，譬如在丫头的吆喝声中像毛驴似的拉水车。在这百无聊赖的年代，半大小子们虽然难免弄身臭汗，却也寻得一份安慰、一些快乐。

靠近丫头的瓜园是队长的自留地。队长不缺粮吃缺钱花，别人种谷种麦种瓜种菜，他不种，嫌费力又费事。他将自己的自留地里养上杨树苗，春冬植树时将树苗卖给公社办公室的表兄弟，由办公室再分到各生产队，既拿了好价钱，又可以吹嘘支援"绿化"。树苗不同于庄稼，特别拔地力。很自然，靠近丫头瓜园的那两行树苗，吃近的也喝远的，几乎将瓜园边上几尺宽的地力"拔"了去，弄得这范围内秧黄瓜瘦。丫头父女俩虽然着急，虽然生气，可也难以讲出服人的道理。更何况，那队长本是个二百五，也不跟你讲什么道理，他只要省力占便宜。

哈三看了这情况，耸耸鼻子迸出三个字："我有法。"

第二天再来时，"狗党"们的草筐里就都有三几个盛满水的玻璃瓶。几个人取出瓶来，分工挺明确地按次序给队长浇树苗。丫头爷儿俩纳闷，问他们，他们不语。第二天、第三天、第四天……照旧如此。七八十天后，靠瓜园的两行树苗开始发蔫、落叶，终于一棵接一棵地死了。队长来视察，大惊失色，请来农林技术员找原因，农林技术员查了树苗又查书，两三天后，口气肯定地得出结论：这是植物学上的一种病，一种传染病，靠近瓜地是得这种病的根本原因。队长看看情况，极相信。当下，叫来家里人将两行树苗全拔了。唯恐"继发传染"，干脆将靠近死树苗的第三行也拔除，忙不迭地耩上晚豆。

丫头和她爹看在眼里，记在心里，明白树苗之死和哈三他们浇树有关系。追问他们瓶里装了什么"药"，哈三不说，狗党们也不言语，追问得急了，三嘎拉才望着地边叹气说："唉！俺娘这些天尽骂，说年头赶的，怎么耗子连咸盐也成斤吃啊。"

仇成会嘹亮地"啧"了一下："哦，明白了。"他伸手摁住哈三的脖颈说："爷儿们，看你闷头闷脑的，哪来这么多嘎咕法儿呢？"

哈三挣开他的手，仰脸瞅着仇成会的眼："你让俺听你说说俺爹……"

这大汉心头一震，双目湿润，他慢慢地紧紧地搂住哈三，好半天才说出一句话："孩子，给我做干儿吧，啊？"

哈三在他怀里摇摇头："俺有干爹！"

晚秋时节，仇成会得了湿痹，丫头用地排车拉了父亲来找安灏治病。一来二往，赵云秀见丫头憨厚又实诚，跟哈三又那么熟，想想身边无女，一大缺憾，就认了丫头做干闺女。所以，哈三才很扎实地在这条南北大道上冲了丫头吆喝：

"你该喊哥！"

丫头没喊哥，而是喊他去园里吃瓜。他将短笛插在裤带上，仍是大哥的口气："丫头，拣好的摘两个放着，哥明儿回来吃，哥现在有事，要急着走呢。"哈三说着看看太阳，推起自行车就走，丫头在西边依旧乐呵呵地问：

"那嫂子还等你着人去请？"

"嗯！"

"还是死拧着不回来？"

"嗯！"

"欠揍的货。"

......

午饭后，哈三就驮了安子岭去西林庄。都说再一再二不再三，他们这可是第四次了。

"安爷爷"是个人精，大小事总能掂出个轻重。林英秀既然张口离婚，这事和以往的吵架赌气就不可同日而语。他明白这事一定极扎手，可再扎手自己也得出马，因为这件事办好了，他在那个家庭的威望地位就会更加巩固。到手的东西只能增不能减，他一辈子就这么想，也是这么做。因此，当安灏受母亲之命去找他求他时，他才仍像以往那样先埋怨后佯怒接着就以"我不挂帅谁挂帅，我不领兵谁领兵"的姿态慨然应允了。这不光让安灏感激，街坊邻居也理所当然地向他竖起大拇哥。然而，哈三驮他到西林庄去了两趟，涉世极深的"老驴"便从林英秀的言谈话语中得出结论：她离婚的想法图谋已久。是因为身份长了，眼光高了，看不上安灏这个半拉子赤脚医生了。所以，她提出离婚并非一时冲动，也不是故作架势吓唬丈夫，而是意图出自心眼里头。女人有了这种想法，是极难说转的，除非对方进了城、升了官，或者也像她那样突然转了"非农业"。这当然办不到，办不到就意味着这锅饭非做夹生了不可。"老驴"看出风向来，蹄脚也就奔着没劲了。没劲还得奔，他要努力锔破锅。"锅"是他动着心计弄来的，这里边有他的粥饭，有他的寄托，如今破了，漏了，他能不尽力锔吗？即使用尽全力也难锔成，也得把个尾声拉得响响的、长长的，以显示自己的确尽了力，费了心，让赵云秀安灏娘儿俩蒙情不过。同时，也就有了根软软的细细的长线在自己手里牵着，以致那一家人总是难以摆脱他。故而，他才锲而不舍地又要去第三次、第四次……

这第四次，安子岭是真卖力。他耍了脾气说好话，说完好话又耍脾气，足足一个时辰，连牙巴骨都酸麻了，可那娘儿俩就是不给面子不答应，俨然两块榆木疙瘩。当然，主要是英秀自己拿主意。她母亲虽然既蛮且横，但在娇女面前却是个地道的应声虫。再说，表外甥女的血缘关系本来就不算近，和她女儿林英秀自然又远了一层，这说话中就得"寸"着点儿，以免下三辈的翻了脸，丢人不说，在安灏那头也就少了"本钱"了。说到后来，又老又辣的"人精"也技穷力竭，只好半威胁半乞求的口气问道："看我老面子，你娘儿俩说个痛快，这事到底怎么办？"

母亲未及回答，女儿接了话："散！"

113

安子岭的脸扭成了掏了籽的老丝瓜，细眯长眼里闪出诡谲的光："还让我管不管？"

"我说舅姥爷，"林英秀仍旧很尊敬他，"你老人家就甭费这个神了。"

"哦？好！"安子岭一怔，很豪横地干咳一声，猛地从圈椅上拔起腚，"这么说，咱这门亲戚算是走死了，走死了！"

安子岭怒气冲天朝外走，英秀她娘在后边一口一个"表舅"他也不站住。出得门来，早已不耐烦的哈三已经推起了自行车，一边骗腿一边说："走，爷爷，两条腿的蛤蟆找不见，两条腿的人不稀罕。"他虽鼻音很重，老太婆耳朵却很灵，她对这个大鼻子犟种很早就有些莫名其妙的坏印象，听他如此说，大怒：

"小子，喷什么粪哪！啊？"

"小子"已经跨上自行车驮了老头猛蹬不停住，但那好似从咸菜瓮里发出的孬话仍旧让她听得清楚："老母狗，老母狗……"自行车和"狗"的余音同时消逝在村口，老太婆再蹦着高地骂些什么，也只有她和自己的女儿听得到了。

哈三腿上的力气和心中的火气同样大，这不光是和英秀她娘怄气引起的，有一部分也来自坐在腚后的那位"安爷爷"。整个的说和过程，被认作运输工具的哈三都参与了。虽然其间他插不上话也没有他插话的份儿，然而，醋是怎么酸的，酱是怎么咸的，他却洞若观火。在他看来（说真话这只是小孩子的看法），倘若一开始老头就诚心诚意下死力劝解，或者用他在那娘儿俩心目中的位置以长辈的身份"压"，把不准这会儿嫂子早同哥哥又睡到一张床上了。可他开头只是浮皮了草地走过场，并不充分利用自己的"威力"，说和过程中总是那么不紧不慢地抻，好像打算从中抻出点儿什么。直到抻得嫂子说了绝情话，他才开始动真格的。然而，晚了，挺好的一缸酱油，硬是让他做酸了。特别是他头一回驮了老头来西林庄时，他们真假虚实地乱吵，他听了腻烦，便借口撒尿出去转了一转，回来时隐约在门口听到安子岭说："就是要回去，也不能马上走，非得治治这娘儿俩，让他们明白锅是铁打的……"他当时并没介意，如今琢磨，把不准"老驴"两头落好人，是在算计我们家。哈三越想越生气，但性格所使，绝不说出口，只是气助腿力，把自行车蹬得更快了。乡下土路，路上许多泥土疙瘩，自行车颠簸流星，如同飞驰在坷垃地上的耙，安子岭到底是上了年纪的人，身骨几乎震散了架。他骇然已极，一边抓紧车后座子，一边口喊"慢着，慢着"。哈三只作没听见，蹬得更快。安子岭渐觉受不了，跳下去吧，又怕站不稳当跌坏了。就在他买也不行卖也不行的时候，自行车已经到了村西头的水湾边上。这水湾阔大，是人们许多年来修院筑宅挖成的，尺多深的淤泥挺浑的水，不长苇子不长藕，生产队里放养的鱼苗也让孩子们捞光了。从西林庄来的路到这里必须往南拐，拐到水湾西南角折向东，顺着湾边上那条路，笔杆似的直进安家集东西街。自行车行得急，往南拐时，惯力内甩，安子岭折了两折，幸亏抓住车座稳住手，没给甩下来。不想紧跟着又是往西拐，惯力又朝外侧甩，安子岭赶紧调整姿势，双手朝外撑，上身向内倾，自行车风驰电掣猛然西拐的刹那，只听后边一声"哎哟！"安子岭自力加惯力，惊叫一声甩下车去。他跟跄几下，立足难稳，就像跳水运动员一样双手向前，大头朝下，划个优美弧线嗖地斜插进水里去了。

哈三听到动静，伸手朝后摸了一把，没人，便明白发生了什么，忙伸右脚紧急刹车。自行车出溜了十几步远才停住，他跳下车来回头望，靠湾涯不远的水面上，有两条腿像两根半截旗杆摇来甩去，就知道这是"安爷爷"的脑袋插进泥里去了。他怕老头憋死，忙弃了自行车跑到那儿跳进水湾，双手挟住那两条腿晃了几下，运足力气，倒拔葱将老头子硬硬地拔出了水面，然后洗麻个子似的又在水里涮了几涮。老头子身板还真叫硬朗，他吐着喷着口里鼻里的泥水爬上湾涯，稍息片刻，拍了地皮骂道："俺×你奶奶！想淹死我？"

幻　变

　　事情弄到这地步，赵云秀也明白，西林庄一时半日再不能去。因此，大约过了三个月，她才又托了一些和英秀家沾亲带故的邻村人去说和，当然，这些事还得煞费苦心瞒着安子岭，否则，他会嗔怒的。但是，她也确实白操心，因为不管托谁去，除了"离婚"外，换不出林英秀的第二句话。说来赵云秀也太天真太实在，就不想一想，连安子岭那样心计那样嘴荏的人都金砖砸不开玉门，再托别人去岂不更是木锥子钻石头了？然而，母性的心，母性的爱，母性的那种对儿女的难以言喻的疼惜和惦挂，使她无力强作有力，没法也到处找法。唉！这位自从进了安家门没享一天福的可敬、可亲又可怜的女人，这位半辈子为老人为孩子为真情忍辱含垢劳碌奔波的母亲，明里她强作笑颜以维系调节家庭中特别是儿子安灏的情绪，暗中却咽下说不完的苦楚，抹掉落不尽的泪。

　　安子岭自西林庄回来后，一连几日怒气冲天，不是嚷，就是骂，好像不经意让人弄破了羞处而又难以明说似的。安灏觉得奇怪，以为老头突然间患了"老年脑动脉硬化性精神病"，不觉有些紧张。可是，他仔细观察后又放了心，老头不是精神病，是因心情不舒而动肝火。这种情况治疗能好，不治疗也能好，听之任之也算作一种"顺其自然"的好疗法。还真让他看对了，安子岭之所以似癫似狂，一是林英秀娘儿俩没给他脸面急的；二是哈三将他甩进水湾里气的。这种急和气又没法解释，没法说明，就只好用嚷骂来发泄。这样过了五六天，安子岭的情绪渐渐平稳下来，终于恢复了以往的那种"长者"风度，安灏这才敢去找他，自然，谈的仍是林英秀的事。那最终的"说和"结果，安灏已是听弟弟说了，但同安子岭谈及时，安子岭却没说决绝的话，并且口气里仍是充满着信心和希望。他说："孩子，这不是一句话两句话的事，抻抻说。有爷爷在，还有过不去的河？"

安灏连连点头，安爷言之有理，心急喝不得热黏粥，乡下不都这么说吗？

哈三却有他自己的道理。嫂子执意不回来，他把这账一半记在嫂子她娘身上，一半记在安爷身上。他将自己所听到的和想到的说给母亲听，母亲先是瞪直了双眼点头，接着又口气惊惧地对儿子说："三啊，可不能尽把人往坏处想，这本来就是个作难的事啊！"

哈三向来认定死理不回头，他不和母亲争辩，嘴里却嘟哝"报复"。赵云秀身为母亲，对儿子自然知根知底，明白这个大鼻子怪物说得出就做得出，怕他真要搞出什么损法子作弄人家。一急，眼圈儿都红了。她拽住儿子的脖领说："三儿，不能，千万不能。闹不好，你得给全家惹下祸。"哈三拨棱着脑袋不听，赵云秀连吓带急，腿也软了。她求儿子，说要给儿子下跪，哈三这才"哼"一声，耸耸大鼻子说："不报复了！"

不过，那个年代结婚不易离婚更难。英秀尽管铁了心，安灏不应口，离婚一事也断难办成。安灏之所以不应口，一是唯恐母亲再难承受家庭变迁的精神刺激；二是眷顾着清清。再说，"宁毁十座寺，不拆一家人"。这传统美德植根极深，多斯提们也不断居中撮合。更何况，这时期的社会时尚往往将离婚视为一种堕落，公社也总是给予调停甚至干涉，有的一拖就是许多年。有几次，安灏已经忍无可忍应了口，但公社民政部门仍旧要进行调解。故而，这事也就无边无沿地拖了下来。

感情是一朵云，时常被风吹得乱跑乱飘。理智是一棵树，被风卷走的只是枯叶。这两句话是哪位哲人说的已无从查考，但细细想来，此话确也不假。

安灏正是以理智羁押着自己的情感，在妻离子散之后，硬是庄敬自强，凭着那股不到黄河心不甘的韧劲边劳动、边行医、边学习，取得了令人惊羡的成绩。他的医术，不光在方圆左近出了名，连公社医院的医生们也称赞也服气，遇有疑难病症，他们往往很自然地说，找安灏来商量一下再确诊吧。

大地回春，和风送暖，共和国在经历了又一次大磨难后，开始挣出泥沼，步入虽然宽阔长远但仍旧坎坷不平的大道。生产力得到了恢复，知识得到了尊重，人们——特别是青年人，像雨后的笋尖，普遍增长了突击上进心。哈三所在的"红校"及时地适应了新形势，扩大了招生额后，又压缩了年级，将本就难以胜任的高年级同学转到了条件具备的县城中学里。

哈三就是在这种情况下进了县城中学，新的环境新的气氛令这个玩世不恭的大鼻子精神振奋，他一改往日的刁钻疏懒而拼力学习，不长时间，他便拿到了前十名的成绩。有同学夸他脑瓜好使，他照旧习惯地哼一声道："好使个屁啊，和陈景润比，差远着呢！"同学们哄笑，他忙又改口："和我哥比，差远着呢！"

他说的是实话。金风刮过三遍之后，地区搞了次社会闲散科技人员招考。这次招考中，当了将近十年野先生的安灏，竟然拿了全区医科第一名。这下轰动了全公社也轰动了全县，在他去县里参加体检时，连卫生局长都专门找他谈了话。接着，一个多月前还执意和他离婚的英秀也托人捎信儿，要求凑到一块儿"拉拉"。"犹抱琵琶半遮面"，安灏啼笑皆非。不过，他想这可能是误传，一个人再势利再浅薄，也不会这么现世现报吧？

是巧合，还是神明的居意安排？恰在这时，他常常思念的玲玲回到了家。她终于被自己的丈夫离弃了。

那天傍晚，隔着两院之间的矮墙，安灏怔怔地望着玲玲那灰黄憔悴的面容，自觉惶悚、愧疚，想说，又不知说什么。他紧紧地咬住下唇，喉结上下滑动着。跳动急促的心脏在紧缩，像被烧红的红木炭反复地炙灼。他自己的处境——他认为是咎由自取；而她——纯真美善的玲玲的遭遇，难道不是因为自己的脑筋僵死而因循错误吗？他垂下头来，双眼渐渐模糊了。

"安灏，你怎么了？"

安灏蓦地惊醒，他感到了自己的失态，忙抬起头来，只见站在矮墙对过的玲玲正定定地望着他。年龄的增长，精神上的压力，玲玲脸上已失去了青春的红晕，眼里也没有了少女所特有的羞涩的光波，只有眉宇间所透出的刚毅和沉静，方证明她仍然准备顽强地对待生活。他激动，难过，理智的堤岸已完全被冲垮。此时此刻，对于和玲玲情感以外的一切顾及与眷恋，全都抛弃或是淡化了。在又一次和对方目光接触的刹那，他下了决心：

"玲姑！"他声调喑哑地叫道。

玲玲一愣。

安灏的嘴唇哆嗦着："你千万不要走了！要是相信我，咱们永远……"

"别，别这样。"玲玲望着安灏，脸上的肌肉抽搐了几下，眼里闪过一道不易察觉的惶惑，"你让我——想一想！"

她说完，低了头，转身回屋里去了。

夕阳西下，小院浸染在由淡黄而渐渐转为浅褐色的世界里，安灏呆呆地在院里站了好一会儿，才神思恍惚地回到西厢房。

他几乎整整失眠了一夜，但在天亮时，却又迷迷糊糊睡着了。醒来后，胸闷，头沉，早饭也不想吃，于是便跑到院子里。他在院子里来回踱着步，竭力克制自己虚烦躁扰的心绪。

旭日绵绵，露珠未干，墙头上那点缀了细碎银珠的扁豆叶，在轻柔的微风中悄悄抖颤，像是一只柔嫩的小手，在无形地轻轻地拨弄着他的心弦。

"根来青，根来红，扁豆叶，更一层……"

那是欢快的幼年生活。他和扎着钻天锥的玲玲在院中扁豆架下玩"拾石子"，突然，哼着"石子歌"的小好不慎跌在了一块露出地皮的玻璃碴上，一股殷红的血从指头上冒出来，他扔了手中的石子，哇地哭了。旁边的玲玲怔一下，忙拽过他的手指含进自己嘴里，吸一口，又一口。那血却止不住，她便掐了几片扁豆叶给他包上，然后将他搂在怀里哄他："不哭，小好乖，乖……"

哦，那天真纯洁、两小无猜的幼年啊！

一阵窸窣之声，安灏抬起头来。哦，玲玲——玲玲正站在矮墙那边，深情地望着他，他忙走过去，可是，她却把头低下了。

"安灏，我已经考虑过。"她缓缓地说。

"哦！"安灏紧张又幸福地笑了笑。

"自小的情谊，无论如何也不会忘记。"

"我理解！"安灏的声音有些哆嗦。

"我很后悔咱们那时没能结合。可是，怨谁呢?"玲玲抬起头，悔痛地望着他。

"怨……全怨我！"安灏的声音已经喑哑了。

"不，怨你，也怨我。怨咱们缺少相互间的真正了解，怨咱们的脑筋太死了。"玲玲眼圈儿发红，再也说不下去了。

安灏强抑住自己的激动，忙安慰她："咱不提以往的事。现在，一切

119

都可以重新开始了，你放心吧，咱们……"

"不，"玲玲打断他的话，"事到如今，咱们更得要正视现实。"

安灏一怔，就听玲玲继续说："你我都是成过家的人。当然，在我来说现在已经无所谓，主要的是你。你们夫妻虽然分居，可法律没有批准你们彻底决裂，并且，你在这次招考中入选，听学校的老师们说英秀也有点儿回心转意，这不是夫妻团圆的好机会吗？当然，英秀做得太不对了。可是，你想想，人，都是食烟火的，你总不能要求现实生活中的妻子都像古戏里的王宝钏，更不能希望她学习神话里的七仙女啊！"

安灏的心已经乱了节律。然而，玲玲仍旧以缓慢而沉稳的口气解劝他："安灏啊，夫妻关系不能像合伙做买卖，说合就合，说散就散的。你与英秀的关系，哪怕十成中有半成和好的希望，也要努力争取。更主要的是，清清已经那么大了，你难道就忍心……"

"不，你别说了！"安灏的心陡地收紧，他再也听不下去，转身就向门外跑。玲玲在后边喊他和又说了些什么，他也听不到了。这刹那，他像进入了一个扑朔迷离的世界，周围的一切，都变得影影绰绰了。

他跑出院子，一直跑到庄南的河岸上。河岸护堤林里，一群在地上觅食的雀儿被他惊起，呼啦啦飞上树顶，像叶片一样被太阳镀上一层淡淡的金。他靠在一棵粗大的白杨上喘了一口气，耳边又时断时续地响起了玲玲那悲凄凄的声音：

"清清已经那么大了，你难道就忍心……"

自从夫妻闹翻，英秀一连几次找他离婚，但没离掉。一是人们同情安灏，不断地从中斡旋；二是这一时期讲究的是"少分多合"，随便就离，也没那么容易。不过，英秀似乎铁了心，无论谁劝就是一句话："离！现在离不了，早晚也得离。"这一来，安灏可连儿子也见不到了。因为清清始终养在姥姥家，老太婆又坚定地站在女儿一边，脾气和《朝阳沟》里银环她娘差不多，惹得起吗？

今春的一个上午，安灏到五里外的李家庄行医。临回时，那村的生产队长叫住他，求他顺便骟头牛，并说药械已从本地卫生室借来了。要是别的医生，大约不同意的，可安灏并不在乎这些。是啊，谁让他当初跟人家学了那手骟牛绝技呢，不拿出来，让它烂在肚里吗？

他跟了队长来到村头饲养棚前，便蹲在地上做术前的准备工作。这时，围来一伙看热闹的小孩，其中一个大眼睛的挤在前头。安灏猛仰脸，愣了，这不是自己的儿子清清吗？虽然将近三年没有生活在一起，可其间一些偶然的机会，还是见过孩子两三次的。瞧那圆圆的脸、大大的眼、和自己一样的稍稍上挑的剑眉，是清清，没错。安灏恍然忆起，这村有林英秀的一个表舅。一定是岳母带了清清来串亲。他怅然地叹口气，伸手将清清拉在自己怀里，爱抚而疼惜地摩挲着孩子的小脸蛋。不料，旁边一个大些的孩子恶作剧："清清，小心，他要骗你！"

清清一吓，晃着身子要挣脱，安灏将儿子紧紧搂住，刚要说什么，孩子却哇地哭了，方才那调皮鬼又借机起哄："骗人了，骗人喽——"

说时迟，那时快，一位小脚老太婆闻声从不远处的角门里骂将出来，又拍屁股又跺脚："哪个缺德的吓唬俺孩子！×你八辈老奶奶的！啊？哪个？"

咦，老岳母！安灏慌了，要让她认出来，非糟不可。他了解岳母的秉性，此时此情下，她老人家是什么脏话都能捅出来的。三十六计走为上——跑吧！他忙在孩子脸上亲了一口，转身跨上自行车如飞般逃了。跑出好远，还听到后边恶狠狠地咒骂：

"缺八辈德的，骑到沟里摔折腿！"

……

扑棱棱一阵响，打断了安灏的回忆。抬头看时，一对受惊的白鸽从河崖下飞起，拖了悠长的哨音在空中盘旋一会儿，然后如洁白的风筝，飘飘荡荡地落向村里。

可敬的玲姑啊，你那颗善良的心首先想到的总是别人。你质朴、敦厚，无论何时，总忘不了成人之美。安灏想着，抹了下眼角的泪，心情沉重地在林间踱来踱去。往昔，已作烟云流水，今后呢？他细细品味玲玲的话，似乎说得也有些道理。然而，感情这东西却不像穿衣脱衣那么容易——他反复地转着，想着，也不知过了多长时间，心里始终充塞着那不可解脱的矛盾。

忽然，村口有人喊他，是白玲玲。他怔了怔，便快步向她走去。离挺远，就见玲玲冲他伸出两个指头："安灏，快回家。你双喜临门了。"安灏刚要问，她却咯咯一笑，转身走了。他呆了一会儿，只好怀了满腹的疑惑匆匆回家。

安灏走进院里，只见房门大开。他吃了一惊，三步并作两步，进门一瞧，愣了。炕沿上，林英秀正坐在那里，见他进来，慢慢地抬起头，那眼神忏悔，疑虑，羞中带嗔。——怪道玲玲见了便口中贺喜，原来是她大驾光临。这位一个月前还催他去法院办理离婚手续的人类灵魂的工程师，莫非怕"讨阵"不出，便亲自"踹营"来了？

在最后一次"敦促离婚"的信儿捎给安灏后，林英秀便随之有些后悔了。因为第二天就传来社会闲散科技人员招考的消息，并且马上又听到，安灏报名了。安灏的功底，她是清楚的，她知道他考中的把握很大。而一旦考中，便是正儿八经的挂牌医生了。凭安灏的本领，不几年还不是芝麻开花节节高吗？这些年来，她想的、盼的是什么？因此便决定，离婚一事暂不催，不追，要静观，默察。

不出她所料，安灏果然考取了。听到这个消息，她像吃了五味素，心中酸甜苦辣涩都有。马上主动去和好，这极明显的前倨后恭，岂不让人笑掉大牙？就这么抻下去，万一手中的"鸟儿"真是飞了呢？她惆怅，忧虑而焦灼。她试着捎了两回信儿，对方竟没回音，心便有些慌。恰在这时，玲玲离婚回去的消息传来，她再也沉不住气了，天啊，旧情难断，万一两人凑到一块儿，那就什么都完了。她甚至以为，白玲玲此时断然和丈夫离异大约是有的放矢，一股骤然涌流的醋意渍透了她的心，她再也顾不得面子、名声和羞耻，准备马上回家，回那个几年来一直厌恶透顶而现在又充满诱惑力的家。她甚至已经有了准备挨骂的想法——是啊，骂就骂吧，谁让他是丈夫，我是妻子了呢！

然而，丈夫并没骂她。但也不说话，只管定定地站在那里望着她——不认识似的。

"回来了？"她只好先开口。

"……"

"吃过饭了吗？"话一出口，她自己也觉尴尬，这真是没话找话说啦，上午九点多，吃哪路的饭？她不自在地扭扭腰肢，拽一件本也不脏的衣服跳下炕，就一旁的水盆里又揉又搓。

回笼包子不易熟。此刻，安灏已从心里不希望这屋的女主人再是她。安灏记起了看过的历史故事《覆水难收》，当时只觉得朱买臣的老婆荒唐可笑，原来现实中还真有这样的女人啊！面对着洗衣盆里溢出的泡沫，他突然觉得自己置身在一个神奇的世界。瞧，那些泡沫越积越多，越涨越大，刹那间竟涨成了一堆戏台上的道具——纱纱灯，灯下正影影绰绰演着一台戏。

什么戏？

——《姊妹易嫁》。

英秀是谁？

——素花。

见安灏神态冷漠，英秀停下手里的活，偷偷瞟了丈夫一眼怯声道："我……给你买了本书！"

安灏侧目望去，桌上果然放着本厚厚的精装《实用内科学》。说也怪，他一见了书，方才那对英秀的鄙夷和厌恶，竟一下涮掉了许多。哦哦，这个女人，她终于也懂得了书的用途，明白了知识的重要了。

不知是真的羞愧难过，还是善于察言观色，英秀突然低了头，并抽抽咽咽地说："以往，都是怪……我不好。其实，俺也是恨铁不成钢啊！今儿，我已让人去妈那里接清清了，你收拾一下，咱们去学校，晚上请几个人吃……团圆饭。孩子也尽念叨爸爸！"

话没说完，竟放声哭了。

安灏一见，也有点儿难过。面对着已经忏悔、认错并且正在痛哭流涕的英秀，他的心乱了。天啊！人生在世，真复杂。当然，要说此时的重新和好，味道无异于吃生肉。可是，玲玲说得也不无道理——"人，都是食烟火的，你总不能要求现实生活中的妻子……"是啊，在那样的年月里，虽然人们整天高喊消灭三大差别，但由于经济是基础这一人所共认的原因和世俗的等级观念，非农业人口和农业人口之差，不仍那样分明吗？漂亮棒实的农民小伙往往说不上媳妇，吃国库粮拿二十四元工资的小学徒，即使长得像孙大圣他爹，却照样能找到出色的姑娘。要是哪个"带翅儿"的姑娘配了个农业丈夫，那么在别人看来，她不是有什么缺陷，也是脑子里的某根神经接触不良。同伙相处，更好比黄牛见骆驼——矮半截。这是股风，的确是股风。试想，风既起，林英秀肉体凡胎何以顶得住？世态炎凉啊！法国小说《苏城舞会》里的爱米莉·德·封丹纳小姐，不是宁肯嫁给自己七十二岁的贵族身份的老舅公，也不嫁给年轻俊美有才能的平民龙格威吗？唉！过去的——就过去了吧！

安灏想到这里长叹一息，拿条毛巾递过去："给，擦擦脸吧。"

正这时，院里一阵脚步声，玲玲提着捆嫩生生的韭菜进了屋。她咯咯笑着说："来呀，今天中午我和面，给你俩包团圆饺子。"这时，母亲也从地里回来了，婆媳一见，不知怨愤还是难过，竟抱在一起，哭作一团。

天黑得越来越早了，下午五点多，大地就有些灰蒙蒙的。学校办公室的梁上悬了汽灯，雪白的灯光夹杂了咝咝的声响，使屋内呈现出特殊的氛围，给人以清爽而又喜庆的感觉。

林英秀请先后进来的大小队干部和教师们入了座，便开始神采飞扬地备酒布菜。席面是丰盛的，爆炸炒腌，酸甜辣咸，四汤八盘，名酒好烟，胜过新婚喜筵。这是本地风俗，长期闹别扭的夫妻要和好了，就叫上几个人，大伙弄点儿酒呀菜的坐到一块儿说笑一阵，谓之"和席"，也称团圆饭。今日这和席兼有庆贺安灏考中的成分，因此便格外隆重些。

人各有别，嗜书如命的安灏，在当今盛行的"交际风"中几乎是个傻瓜。人们的敬酒和恭维使他穷于应付，那花样百出的酒令，简直让他手足无措。英秀见了忙起身端杯："大伙原谅，小安口拙，拿不到大面上。我代表了。"

"嗯？真人不露相嘛！"

"是啊，大智若愚……"

"英秀就是有眼力。"

人们乱哄哄地夸奖、谈论着，弄得英秀心里涩涩的。唉！要不是自己冷落了丈夫这几年，此时满可以大言不惭地吹嘘几句嘛。现在？现在倒好——乐在脸上，羞在心里。可是，换句话讲，谁能前后都长眼？早知今夜尿炕，俺他娘一宿不睡。英秀想到此，顿觉释然，于是，她故作矜持地端起酒壶，一边给人们斟酒一边笑着说："可也是，听说连地区医院都争着要他呢！"

"啧啧！"

人们纷纷放下酒杯，惊服地望着安灏。一位大嘴小眼睛的胖队长将块藕馅子举在唇边，竟忘了往口里塞。

"丁零零——咔嚓！"在这短暂的寂静中，门外传来停住自行车的声响。一会儿，有人领进个小孩来。

“清清。”英秀欢叫着奔过去。

“清清！”安灏哆嗦了一下立起身。

“清清？”人们不约而同地望向门口。

“清清，来，找爸爸。”英秀牵了孩子的小手，把他送到安灏的面前。

是喜悦，还是难过？安灏见了儿子，只觉眼酸、心沉，嗓子里像塞了块热铁。而清清呢，大约是陌生、害怕，双眼紧盯安灏，身子往后直坠着，坠着。安灏刚要伸手去拉，他却哇地哭了。转身抱住英秀的腿，惊恐地喊：

“不！没爸爸。不是爸爸！他——骗牛的！”

安灏的脸唰地白了。

大伙儿愣住了。

清清紧紧抱住妈妈的腿，人们百般哄逗，他才怯生生地走过来，斜倚在安灏的膝盖上。同时，仰脸警惕地瞅着这个“骗牛的”，小嘴唇一动一动，似乎在说：“真是爸爸？”

那席上，有几位喝咧咧了，开始划拳：“合家好啊！五魁五魁……”

抛却了以往的孤独、冷落，安灏重又过上了真正的家庭生活。林英秀一扫昔日的泼辣骄横，变得对他格外温顺体贴。清清再不去姥姥家住，天性所使，他依恋这位“新结识”的爸爸。爸爸太好了，只要稍稍有空，便领了清清跑出去捉蛐蛐、逮鸟雀。哦，那天，一只从房檐下掏出的小麻雀儿好凶，恶狠狠将他的手啄破了，血一股劲地淌。可是，爸爸他还呵呵笑呢。

天伦之乐，天伦之乐啊！

可是，安灏开始忧虑了。

真奇怪，接到初选通知一个多月了，录用通知怎么还不来呢？也不知怎么搞的，近几天英秀既未来家，也没像前些时捎信儿叫他，并且连清清也给接走了。安灏不由得纳闷，焦灼。这天下午，天阴沉沉的，他心里烦躁，想出去走走，刚出巷口，却见玲玲急匆匆打前街走来，见了他，立住脚，口气迟疑地说：“安灏，刚才我碰到和英秀在一块儿的一位教师，她让我转告你，录用通知已经下来一星期了。还，还说……”

“我怎么没接到？”安灏奇怪了。

"原因她也不知道，只是，只是……"

"那，我去县里问问吧。"安灏嘱咐玲玲替自己照看一下家中的奶奶，拔腿便走。他的自行车坏了，事急匆匆，竟没顾得去借辆自行车。

望着他拐出街去，玲玲惋惜地叹口气。

下午六点多，安灏来到县招考办公室。办公室的门已经锁了，他又找到科委，科委工作人员竟说不出个所以然。一直转了两个多小时，才在别人指点下找到科委主任家。主任客气地接待了他，当问明来由，却皱起了眉："怎么，你爱人没告诉你？"

安灏疑惑地摇摇头。

主任怔了一会儿，叹口气："唉！你的成绩，全区之冠。可你的命运……不，应该说是机会——机会真不好啊！"

原来，此次招考是有框框的，只招收那些昔日在科技单位下放或因故退出的人员。县、地招考办公室错误地理解了文件精神，报名时便马虎地让安灏他们这类人员参加了。初选结束，报省审批，有关人员当即批文纠正。安灏虽有真才实学，也只能同其他难兄难弟一样给打入了另册。

安灏了解到实情，半晌没有说话。说真的，转正不能转正他倒不在乎，他只希望有个较好的医疗设备环境，以使自己得到进一步的锻炼和深造，他的目标并不是仅仅停留在治愈一些常见病和多发病上的。现在，刚要迈上去的理想之梯又折了，对于上进求知欲如此强烈的他来说，心中怎能不出现点儿波澜呢？

望着木然的安灏，那位主任给他倒了杯水，又解释说："我们怕你思想上有负担，已先给你爱人透了个信儿，想让她安慰你一下。"

"哦，没什么。"安灏赶忙歉意地向主任致谢，他婉辞了对方的诚意相留，不顾天黑路远，起身走了。

时值隆冬，安灏出得城来，但见天上阴云密布，朔风骤紧，走着走着就纷纷扬扬下起了雪。他顶着风雪，走一阵，跑一阵，直到晚上十点多才赶到英秀的学校门口。又冷，又累，又饿，想想离家还有一段路，在这里住下吧。他艰难地迈着步子走进了那没有大门的院子，挣扎到英秀的宿舍前，站在门口那被风旋成的雪堆里，连喘带喊："英秀，开门！"

没有回声。安灏推推门，闩着。

"英秀！"他又喊了一声，就手敲敲门。屋里的床板咯吱吱响了几下，一切又归于寂静。

雪越下越大，呜呜的溜檐风卷着雪粒，无情地抽打着他的手脸脖颈。脚下的雪越来越深，看看就要没过踝骨，一股股寒气透心彻肺往上冲。他哆嗦了，僵直了，拼着力气又喊："英秀，开门啊！"

终于有了回声，是清清："爸爸来了？"

可是，听不到英秀的动静，安灏挺疑惑。接着又是清清的声音："妈，爸爸，爸爸来了！"

"啪！"大约是清清的身上挨了一掌，继之，传出了英秀烦恼、厌恶的训斥："深更半夜，狼嗥什么？"

清清受了委屈，带着哭韵："是爸爸，就是爸爸嘛！"

"睡觉！什么爸爸，骗牛的！"

"啊?!"

安灏的脑袋轰一声炸了，一阵眩晕，他赶紧倚住门框。悲怆、愤懑、悔恨交织在一起，他想嚷，想骂，想砸，然而，他到底还是忍住了。稍沉，他咬咬牙，毅然转过身，裹着漫天风雪，踉踉跄跄地冲出了学校大门。

说来也怪，这强烈的精神刺激，反倒驱除了心中的懊丧和周身的疲顿。他疾步走着，不知不觉便到了自己庄前。他站在那里喘了口气，蓦地，发现街口立了两个白色物体，定睛细看，是两个人站在那里，浑身落满了雪。正惊异，忽听其中一人喊道："是安灏吗？"

哦，玲玲！安灏的心一震，赶紧跑上去问："玲姑，咋站在这里？"

"怕你回来晚了进不了门呀，"玲玲轻柔地一笑，将钥匙递给他，"炉子封好了，饭在锅里热着。吃完了，早睡。啊？"

像温泉涌入几近封冻的溪流，安灏那将要凝滞的情感唰地融化了。他双目潮湿，喉头抽搐，喊了声"玲姑"，就什么也说不上来了。

"别难过。"玲玲柔声安慰他，"寺里不收，家里照样念经。历史上的大医家没在医院里上班，不也很有成就吗？人世间贵在志气。"

像温煦的和风吹融了心底的寒冰，安灏只觉得周身松怡舒缓。他望着聪颖诚挚的玲玲，禁不住心潮起伏，思绪万千——人，人啊！同属万物之灵而差别何以如此之大？高尚的，卑鄙的；聪慧的，愚鲁的；精明的，混沌的；磊落的，龌龊的；善美的，丑恶的……大千世界，布散着形形色色

127

的人。林英秀是那样的人，而玲玲又是这样的人。俗言不是一家人不进一家门，然而阴差阳错……

他想啊，想啊。风，继续卷着雪，覆盖了村庄，洒遍了原野。

"好儿啊，别站在这里挨冻了，回家吧！"哦，他这才看清另一个浑身落满白雪的人是母亲，赶忙跑过去搀了母亲回家。

第二天，风停了，雪还在洋洋洒洒地下，寒气逼人，天地也灰蒙蒙的。远眺村前的河岸，宛如一道冰砌的城墙，那齐刷刷的护堤林，像一排整齐的士兵守卫在城墙的垛口上。

早饭后，安灏来到了这里。这似乎已成习惯，在过分欢乐或过分愁烦时，总要来此散散步，以稳定自己的情绪。此时，这河堤林间，一似水晶的天地，白杨和刺槐的背阴处，披上了厚厚的冰甲，手指一弹，声音低沉、清脆，间或有雀儿从这树飞往那树，头顶上便落下零散的雪粒。透过树隙翘首南望，昔日绿茵茵的大洼，如今已是白茫茫的雪原。疏落而静穆的村庄像白绢上的水墨，错落参差地点缀其间。越过正南一个村落的上空，可以看到公社砖瓦厂那高大笔挺的烟囱在雪幕中仍旧冒着缕缕青烟。

安灏却无心观赏这雪的景致，他徜徉于堤顶林间的小路，懊恨惆怅，思绪烦乱。他回想那昨夜的一幕，冷遇和羞辱像一把凌乱的蒺藜充填在喉头，他深悔自己不借前车之鉴，与林英秀的重新结合缺乏必要的稳妥和慎重。他苦恼，他悔恨。然而，人和人世间的事情偏就这么怪，一事办错，后悔之余又指天画地，誓以此误去警将来。但事到临头，理智却又往往为感情所代替，苟且偷安的心理与牵强附会的作风仍使其重蹈故辙，以致一败又败。

此刻，安灏不只后悔与林英秀的重新和好，甚而对参加这次考试都有些懊悔了。他想，若非如此的话，林英秀就不会找上门来。那么，稍迟些时日，与玲玲的结合是极有可能的。然而，自己当时所想为何？是名？是利？不，无非是想有一个便于继续努力登攀的所在罢了。想到此，不由自主地抬头望望坐落在大街南头的公社医院，院门口的厦子下，有几个人正在指指点点，看样子是赏雪的。忽然，几个人的手臂停住，又都专注地往这里瞧。接着，其中一人下了台阶，顺着那条蜿蜒土路往这里来了。安灏也转回身，重又陷入了无穷无尽的思索。

不一会儿，背后河岸下传来嚓嚓的踏雪声，安灏知道有人来了。他想独自静静地思考一会儿，便转身往西走。可是，刚走几步，就有一个带点儿沙哑的嗓音喊他："安灏，站一下！"

是公社医院的老院长。

还是在县卫校期间，当时在外科病房扫地的老院长就发现，闷声不响的安灏是个可以雕琢的有用之才。那时，卫校学生大都成了职业革命家，独有他，似乎不忍空耗国家钱粮，每日仍旧钻进教室或穿起白大褂，跟了医生们进诊室，串病房，认真地观察，仔细记录，用心琢磨着各种各样的病例病案。

这天下午，除两名有"政治问题"的值班者外，全科人员都到十里外去参加"庆祝最新指示发表大会"了。这时，一位急需手术的重症患者让值班医生坐了蜡。去会场叫人？他不敢。扣一个"业务冲击政治"的帽子，起码游三天街；不去叫，又孤掌难鸣。事急无奈，他咬咬牙，唤来正在扫地的老院长和值班护士，找到躲在储藏室里看解剖学的安灏，壮着胆子组成了急救小组。然而，无巧不成书，手术过程中发生了一个罕见而又令人啼笑皆非的事，大约终是心慌，医生竟鬼使神差地给自己手上扎了一刀，血顺了橡皮手套渗出来，助手们大惊失色。紧急关头，安灏镇静了一下，毅然拿起了手术刀。老院长和那位护士吓了一跳，吃惊地望着他。然而，在主刀医生的指点下，手术竟出人意料地完成了。事后，老院长逢人就夸："安灏这孩子聪明绝顶，将来只要条件许可，定会成才的。"

老院长官复原职后，恰恰又调来安灏所在的公社。他没有忘记他，曾多次到卫生局提议将安灏调入医院。然而，这牵扯到"农业"和"非农业"的问题，当时连局长自己的老婆儿女都在乡下"评工记分"，对他岂不更是爱莫能助了？

没办法，等吧！

终于等到了。

社会闲散科技人员招考的初选结果公布后，老院长见了安灏劈头便道："小伙子，瞧好吧，录用通知一到，我马上活动安排你去县医院。今后，你再也不用当那'野先生'了！"

然而，如今的安灏仍是"野先生"。看来，实现老院长的愿望，难哪！

望着爬上河岸的老院长，安灏惊愕了一阵问道："院长，你怎么来了？"

老院长的喉结滑动了一下，摇摇头，又点点头。似乎否定了什么，又肯定了什么。

安灏未被录用的消息，大前天老院长才知道。他急得吃不下饭，找了科委又找县委。然而，如此板上钉钉的事，没有通融的余地。无奈何，他怨天尤人地骂了一通街，鼓鼓地生了两天闷气。昨天上午，他突然想起了一点儿什么，去找安灏，刚好碰上白玲玲，才知安灏已去县城多时了。昨夜这场大雪，要不是刚才玲玲去找他，他还以为安灏没回来呢。

老院长对自己的关心和体贴，使安灏既感激又难过。望了老人那有些发青的脸，他忙拉住他的手："院长，太冷，咱们回家谈吧！"

"就在这里溜达一会儿，"老院长笑了笑，"风飘玉屑，雪散琼花，别有一番景致啊！"

顺着蜿蜒的林间雪路，他们往西走着、谈着，大约走出二百米，前边现出一个伸向河床的宽阔的土台。他们站住了。这里原是几户人家的宅基，那年河道展宽，人都迁到了街里去。土台的东侧，遗下一盘石磨，两片磨扇错偏着，上面捂满了雪。老院长望着石磨沉思了一会儿，突然低声念出一首诗来：

但求心中正，何愁眼下迟。

得人轻着力，便是转身时。

念罢，笑吟吟望了安灏："知是谁作的吗？"

安灏想了想说："你以前和我讲过的，这是清朝一位寒士所做的《石磨歌》。"

"对。"老院长点点头，"一位怀才不遇的穷书生，在抱了磨棍推磨时有感而发。没想到歌成之后，不胫而走，竟至传到县官耳朵里。县官赏其才华，破格擢用，使他后来成就了一番事业。"老院长说着，说着，声音变得高亢了。"是啊，一盘石磨，摆在那里，尽管上面堆满了粮，不推断不会动。但直消得人'轻着一力'，便会转起来的，于是就磨下了面。虽然它本身也要消耗一点，但更多的却是拿去做饼、擀面、蒸馒头和包馄饨的。"

安灏望望老院长，苦笑了一下，便低下头，默默地注视着地上的雪。

130

就听老院长接着说道："天时已转，地气回升，人尽其才，物尽其用，再也不能犹豫耽搁了。"

安灏仍旧默不作声，只是用脚尖在雪地上画出一个个大小不等的惊叹号。

"准备这样，"老院长往前走了几步，又回过身来说，"让你自行开业，成立诊所。"

"能行?"安灏蓦地抬起头。

"合理收费，方便于民，有何不可! 私人开诊所难道不行吗? 放心干吧，天塌不下来的。"

"那……"

"以后资本扩大了，可以培训招雇人员，添置仪器，自成医院嘛。年轻人，眼光要放得远一些、宽一些呀。"

忧、恐、惊、乐。安灏定定地望着老院长足足五分钟："好，就这么干了!"说着猛地握住老院长的手，攥得紧紧的、紧紧的。

不同年龄、不同身份的两代人，同走在一条曲曲折折的小路上。脚下碎琼嚓嚓，头上乱玉飞扬，他们边走边谈，空气由浊闷变为清爽，声调由低沉渐而高昂。驱除了忧虑烦恼，扫掉了积郁惆怅，那有力的脚步，踏出了坚定的决心，蕴藉着美好的希望。

什么叫知音?

什么为志同道合?

识马者——伯乐!

饲马者——何人也?

太阳出来了，雪地上泛着耀眼的波光，刮起了小风，空气冷飕飕的。

上午十点，安灏来到了县法院。

前一天，他请公社中学的一位老师给林英秀捎去了信儿，约定今日来法院办离婚手续。此刻，英秀业已等在这里了。她见了安灏，一时倒有些手足失措，惶惶不安。是啊，出尔反尔，恭屈骤变，她问心有愧，自觉无颜。

没有遗憾，也没有留恋。清清暂归英秀抚养，长大后跟谁，随他自己的便。也可能，儿子懂事了，他憎恶母亲的所作所为，又看不起"无能"

131

的父亲而要孑身独处，那是将来的事，现在无法去想，更没有必要去谈。只是，当离婚证书递到他们手里时，安灏是那样的稳重、冷静、处之泰然。而英秀呢，却突然地惶悚、迟疑，并且双手瑟瑟地抖颤——离开了最初的一个而又去寻觅另外的……今后，是泥，是水，是祸，是福？料得到吗？她看着转身便走的安灏，心中骤然增添了许多忧虑和烦乱。

安灏出了法院门，却似卸去了压在肩上的重载。身轻，脚步也快，越过石栏斑驳的东门古桥，走过笔直宽阔的行政大街，眨眼到了城外。抬头望时，茫茫的山河大地，通前彻后，成了一个粉雕玉琢的世界。远处的沟陌河崖，铺填得一片坦荡。瓦蓝的天穹澄空彻底，立足或行走在这蓝天下的雪野上，虽说冷得厉害，却像进了广寒宫一样让人心旷神怡。

中午，他赶回了家。吃过午饭，有几位年轻伙伴的帮助，在自己的西厢房里安放了从公社医院借来的闲置多年的中药橱；又用砖和木板垒了个简易西药架。条桌迎门一摆，一家虽不漂亮但端庄的乡村诊所成形了。

收拾好后，伙伴们都走了，安灏正坐在屋里自我欣赏，玲玲推门走进来。因为开始化雪，那厚厚的棉鞋上沾了些泥巴。她解下那将头脸裹得挺严的方巾，不知是因寒冷还是喜悦，双颊和口唇都是红润润的，加之稍稍的局促和羞怯，俏丽的漫圆脸儿显得更加魅人了。她从口袋里掏出一封信递给安灏，说是刚才去医院给母亲取药，老院长让她捎来的。

这是一封介绍信，持信就可以径直去药材公司购药了。安灏将信放进衣袋里，瞧着玲玲，口中喃喃着，像有些腼腆似的了：

"玲姑，我……"

玲玲见他神情异样，明白是怎么回事，但还是顺口问道："怎么了？"

"现在，我想，你总该答应了吧？"

"哦。"她咬了咬下唇，沉思一会儿，仍然摇摇头，低声道，"以后，以后再说。"

"为什么？为什么！"安灏近乎恼怒地跨前一步，忘情地抓住玲玲的双肩，用力摇晃着说，"你，你还有什么顾虑呢？"

"别，别这样！"玲玲惶恐地挣脱开，眼里闪现出晦涩难言的光。她的唇角哆嗦了一下，像有意避开这个问题似的突然一笑说，"安灏，告诉你个新消息，英秀马上就要订婚了。"

"哪会这么快的？"安灏不相信地说，"上午刚离婚，下午就订婚，你是开玩笑吧？"

"不，是真的。我去医院时，又恰好碰上了英秀学校里那位老师来看病，她告诉我，说是人家前几天就开始串通。今天，英秀刚回来，媒人就又去了。"

"天哪，人世间什么巧事怪事都有啊！这里没离婚，那里已然去了媒人？"安灏低了头，嘟哝着，突然又仰起脸问，"男方是谁？"

"你猜。"

安灏摇摇头："这种事，哪里去猜。"

"是尤福！"玲玲脸上显出一丝愠怒。

安灏吃了一惊："真成了？"

"听说有把握。"

"哦？"

玲玲长长地叹了口气："唉！尤福那种人，也就是披着个人皮吧。和他搅到一块儿去，我可真替林英秀担心啊！"

也许，玲玲的担心是多余的。

尤福说来真"有福"，念了四年书，逃了两年学，那一年，父亲退休他接班，分到城内回族饭店做炊事工作，因不耐烦和包子油条打交道，便使了神通，转而调到大桥商店工作。第二年，经别有用心的安子岭的介绍他和玲玲结了婚。他为人机灵圆滑，钻营有术，虽认不得几个大字，却深通关系学，仅两年，便青云直上，成为受人尊敬的商店经理了。

变化了的地位，得有相应身份的妻子，于是，尤福开始和玲玲离婚。几年来，他机关算尽，最后终于达到了目的。然而，出他意外的是，和玲玲离婚后，为他架鹊桥的人却寥寥无几。况且，与他身份相当的姑娘们，有工资拿着，有商品粮吃着，无论如何也不会中意于一个二荏儿光棍的。可是，他到底还是撞上了林英秀。大约，这就叫"天无绝人之路"吧！

然而，将他和林英秀配对成双，大媒是乱点鸳鸯谱还是存心恶作剧？抑或就是小说家们所喋喋强调的而在现实生活中的确少见的那一种"巧"。但不管怎么说，人家两人可是一见如故、情投意合。两人又是同村，据说英秀还和媒人透露，说自己从小就和尤福有那个意思呢。所以，他们很快就结婚了。

新婚的晚上，尤福出去送客，英秀独坐床上，呆呆地冲窗户望着。一块油灰脱落的玻璃被夜风刮动，丁咚咚直响。响声稀奇、古怪，像电波刺激她的神经，使她突然间产生出一种莫名的惆怅。她忽然想到了安灏，想到玲玲，进而又想到了清清。此刻，清清是不是正躺在姥姥的怀里，闭着眼还"妈啊妈"地喊呢？哦，今后，孩子的户口簿上就要改成尤清清了，就要管一个不相识的人叫爸爸了。尤福会怎样对待孩子呢？大概不会小肚鸡肠吧。只要他疼孩子，自己也就没有什么可忧虑的了。英秀想到此，心中踏实了、敞亮了。她重新环顾了一下自己的住室——大立橱、半高柜、方桌、圆桌、电视机、收录机、镶铜角的皮革箱，还有"双喜"牌的钢丝床……立时，一种已经品尝到了的甜蜜感涌上心头，完全替代了刚才的忧郁和恓惶。

婚后的一段时间里，生活是光彩夺目的。她和丈夫住在城内，吃不愁，喝不愁，每日里电影、戏曲、高朋、贵友。舒适而荣耀的生活环境，使她那过分空虚的心灵得到了补偿和满足。闲适之际，她坐在软软的沙发上，总以面前的景况和原先那枯燥、寒酸的生活相比。丈夫尤福手眼宽大，能抓能拿，一言一行，都显示出男性特有的风流潇洒。尽管有时也让人感觉到一些虚妄、奸诈，但拿他同安灏那样子的"书痴"相比，英秀还是暗自庆幸——自己这步棋走对了。

英秀回校后，尤福仍是隔三岔五地来找她，夫妻生活依然于融洽中洋溢着欢乐。然而，当这天英秀将清清从娘那里接来学校住着，恰好尤福也来到时，意想不到的尴尬场面出现了。

"清清。"尤福笑嘻嘻地招呼着。

以往，尤福在英秀娘家见过孩子，但没接触。这次见了，倒挺亲热的。英秀心头一动，忙拽过清清："乖孩子，快，喊……爸爸！"

清清固执地斜着眼睛："不，他不是爸爸。我爸爸是……"

"是，是爸爸。乖孩子，以后就叫他……"英秀怕清清说出什么难听的，忙掺和着。

尤福的胖脸一红，又不自然地笑了。他从提包里掏出了苹果，以十分宽厚的神态望望英秀，然后递到清清面前："吃吧，小家伙！"

清清不接苹果，也不说话。他倔强地将小脸扭向门外，眨巴着泪汪汪的眼睛，似乎在想什么。尤福皱皱眉，望望英秀，脸上的笑容和手中的苹果同时收拢了。他掏出小刀，仔细地削去果皮，又递给清清。这一来，清清的脸色开始和缓了，他审慎地望着对方，一只小手刚刚举起，尤福却猛地将苹果收回来，一转身，只管自己大口大口地咬着，嚼着，再也不看清清一眼。林英秀的脸红一阵，白一阵，忙将清清领过一旁，自己一屁股坐在床上，像突然被鬼怪勾了魂似的僵住了。

自从出了这件事，尤福来学校的次数渐渐少了。最后借口忙，竟一次也不来了。英秀无奈，只好每星期天去城内看他，而她见到的情况是，尤福并不忙，他的大部分时间，是和朋友们吃喝玩乐。

哦，她明白了，工作忙是假，孩子清清的缘故是真。为了保住自己这来之不易的经理夫人的身份和位置，为了自身的幸福与欢乐，她开始产生了"割舍"儿子的念头。她决定，找机会和安灏谈谈，让他把清清领去养着。

阴差阳错

安灏离婚后，赵云秀心中就像没了着落似的。林英秀已经改嫁，复婚的事是想也不能想了，儿子总不能单身下半辈子吧。而给儿子寻找最合适的"填房"，就得说是玲玲了。她曾找过五婶从中撮合，可五婶给她的回话让她有些失望，说老白家没说的，一百个愿意，只是玲玲闷头不语，好像还有什么顾虑。

赵云秀现在心智似乎越来越清晰，她知道玲玲的秉性和为人，这孩子从小本分、内向，她想什么或准备做什么，直接问是问不出来的。回忆以往儿子和玲玲的关系，她认定玲玲心中肯定有意，只是碍于某种难以言表的隐情而不便明说罢了。赵云秀忽然无师自通地想起了"水到渠成"这个成语，一缕喜悦跃上眉梢，情不自禁地说"有了"。

只要闲下来，赵云秀就去老白家坐着，论世道，拉家常。有时说着说着好像想起一件事，慌忙站起身说："你看，我光顾了胡唠叨了，家里还有点儿活没干呢。"逢这时，玲玲总是自告奋勇去替她办，而这也正是赵云秀所期盼的。因为她明明知道，这霎儿子正在家里给婆婆金氏做按摩。几次三番后，天资聪慧的玲玲当然就明白了她的意图，只要赵云秀一开口，她马上站起身，笑嘻嘻地咬咬下唇说："我去干，你娘儿俩说话吧。"

时日一长，有了变化，玲玲每次到赵云秀家里去都要待很长时间，有时直到中午才回家。问她，说是干完了那点儿活后帮着安灏照顾来就医的病人呢。老白家和赵云秀相视一笑，心里暗暗地乐。

那天上午，赵云秀和老白家闲聊中说起赵家窝棚一个远房侄子要娶亲，请她这个姑姑去住几天，因为惦着婆母夜里没人照顾，正作难呢。老白家慢抻抻地说："嗨，留根儿家的，你也真是的，让玲玲帮你照看几天不就行了。"

"敢自好，敢自好。"赵云秀一迭连声，说着看玲玲。玲玲微微一笑，爽快答应。

赵云秀第二天就去了赵家窝棚。晚上，玲玲准时来到安灏家，吃过晚饭后又照料老太太睡下。天已完全黑下来，外边很静，墙头草棵中的夜虫发出叽叽叽的叫声，叫声持续了一会儿忽然停住，听到外边刮起了小风。玲玲到门口望了望说："天阴了呢。"

　　"是吗？"安灏也走到门口，抬脸朝天上望，果然，厚厚的云层不知何时已将天幕遮掩。他赶紧走到院里把鸡窝堵上，与此同时，玲玲也从柴棚里抱一些柴火放到厨房灶下。柴棚漏雨，万一淋湿了，近两天做饭的柴就成问题了。两人干完这些零碎活，安灏叫住要回北屋的玲玲："到西屋里坐一会儿吧？"

　　玲玲稍稍迟疑了一下，走上台阶把北屋门关上。之后，便跟着安灏走进了既是卧室又是药房的西屋里。西屋里没点灯，光线黑而稍显朦胧，朦胧中的安灏和玲玲先后迈进屋门并同时站住，面对面站了足有五分钟，因为靠得近，能够感觉到彼此身上的热气和一种说不清但能体会到的情感传递。安灏终于忍不住，一把将玲玲搂进怀里，拼命地在她脸上亲着，吻着。玲玲不动，也不说话，任凭安灏在她脸上、脖上和嘴唇上做着近乎炽烈的动作。等到安灏稍稍安静下来后，她却突然间将安灏一把抱住，抱得紧紧的、死死的，生怕这霎他会跑了似的。安灏就势将玲玲抱得更紧、更牢，他们同时拥抱在一起——亲吻，抚摸，相互传递着情与火。世俗的芥蒂在他们之间早已荡然无存，彼此所传输的，是完全超出物欲的真爱和灼热，相恋相思是一种被煎熬的过程，秋水望穿彼岸已抵，两人终于涉过了人生旅途中的那道天河，幸福的泪水流淌吧，交汇吧，为什么谁也顾不得去擦一下抹一把呢？是醉了、痴了，还是让不期而至的巨大幸福击晕了？

　　两个人相依相偎走进套间，同时滚倒在床上。细小而意蕴明晰的响动之后，听得玲玲轻轻地叫了一声，随之就是接续连绵的呻吟和气喘。航道通畅，舟楫挺进，两人同时置身于温润波伏的湖面上。屋外刮起了小风，下起了小雨，小风小雨扫在窗玻璃上，唰啦轻响，像妙龄少女在悄悄梳理秀美的柔发。小风小雨分明是给一对久别的恋人伴曲奏歌，你们尽管说下去，做下去，要珍惜这无限甜蜜的时刻。没有虚情假意，没有怨尤隔膜，纯真的爱意，清纯的情操，尽可以放心体味这肌肤之亲带来的感官愉悦。心内的美感与天堂情侣般的幸福享受，足以比拟人世间最最珍贵的。

　　安灏的心灵一直受着那种自我克制的净化，如今面临这样的难以抵制的冲动，一种曾有经历但并非真情的成熟男子的天性欲望就格外强烈。当他将玲玲拥入怀中时，那种久违的热流迅速升温，越淌越快，越淌越猛，胸口、喉管都堵得特别难以承受，宛若有团活生生的东西在驱使他不顾一切。他喘息着，像呓语一样轻轻叫着"玲玲，玲玲……"恰似渴得要死的人突然能够举瓢痛饮了……

山呼海啸，飞雨如注，乾坤迷蒙中江河开始交汇。关闭许久的闸门洞开之后，汹涌澎湃的水流在冲撞与交融中冲入干涸的渠道，任性、狂傲、毫无羁押地向前突奔。飞瀑横流，狂飙忽泄，继而引发了地心深处的悸动。几纵几逝，终于长舒一息，渐渐地舒缓慵懒，开始轻歌曼舞，缱绻相依地流进那个向往之地。

之后，他和她锦被相拥，不停饮泣。未曾相聚时，他们曾无限幸福地想象着种种动情生景的场面，想象着发自肺腑的千言万语，岂料相聚伊始，却又难吐只言片语，代之以直抒胸臆式的纯情行为。此刻，饮泣是他们无言的表白、痛苦的思恋、相互的惦挂和绝对信任的象征，因此，便如风雨过后风清月朗的夜空，置身其中，所带给你的是一种欲念的满足和心境的极端安宁。他们慢慢地控制了自己的情绪，开始相互问候，相互宽解，相互安慰。如此窃窃絮语了许久许久，直到夜幕四沉，玲玲才恋恋不舍地回到北屋里去。

自此之后，常于夜深人静时看到一男一女两个身影，男的在两院相隔的矮墙边接着，女人在男人的扶持架护下轻轻从矮墙上轻轻跳下……

人所共知的那年开春，就像一声炸雷滚遍大江南北，集体耕种的乡间田地，一个"联产承包"说分就分到了各家各户。这旷世之举给数亿农民带来了难以描述的福音，却也给安灏增添了小小的负担。因为弟弟读书母亲年纪也大了，侍弄田地自然得靠他。

出了九，一天暖似一天，再没有了初春时节乍暖又寒的变幻。草尖树叶绽出片片新绿，天空中往来穿行着筑巢的飞燕，田野里到处是忙碌的庄稼人，不时有拖拉机的轰鸣夹杂着耕牛的哞叫，那声音低沉、遥远……

桃杏花儿谢榆钱落，种完了棉花后，紧接着，挨次的是棒子、谷子、春豆。与此同时，还要浇麦、松土。整个春天，这闲人踏青的时节，庄稼人却忙得顾不了洗脸梳头。但因田地分到了各户种，太平丰盛的岁月，人们心中快活，所以也不觉得有多么累了。

晨曦微露，星光闪闪，雀儿们尚在窝里叽喳，爱拍翅膀的大公鸡也刚叫头遍。安灏这时却掮了锄钩走出庄来，要去划锄自己那前几天刚刚浇过的麦田。夜色尚未退尽，四周蒙蒙昏黑。"大眼狼子"从不远处的树棵里发出咕嘟咕嘟的恫吓声；路旁草丛中的虫儿的鸣叫也时断时续。这黎明时的野外，倒也不那么冷漠、空寂。辽阔的原野、潮润的空气，使人神清气爽。安灏一边走，一边贪婪地做着深呼吸。他白天太忙，只能这样挤时间料理田地。

安灏来到地头，刚要下锄又蓦地停住。晓幕下，只见麦垄间的地皮细碎、松软，隐隐地泛着淡褐色。哦，原来有人锄过了！他愣了一会儿，又从西往东看，咦！昨日上午还没破皮的麦地，如今已是大部分锄过了。

谁呢？

天色渐亮，东边，村与村之间所露出的地平线上开始透出粉红色的光，原先模糊不清地散落在阔野上的树木、田塍、坟丘，此刻也已变得明晰。连那仅仅剩了土墩的禹王亭遗址，也像退潮后的海中暗岛般现出光秃秃脊梁。

安灏沉思了好长时间，似有所悟地点点头。便开始锄那余下的麦垄。他一边锄，一边想，没错，准是她……

是她——她来了。肩上也扛了锄钩，从西边路上迎着曙光向这里走来。脚步是那样的轻、那样的快，远远望去，像站在微微颠簸的小船儿上顺水而来。她稍稍地低了头，似乎在想着什么，那轻轻甩动着的右手，不时抚一抚包在头上的淡蓝纱巾。睫毛长长的杏眼里所闪现出的光波，是那样的欢愉、明快。她走到安灏的地头上，看一看，接着像被什么惊骇了似的仰起脸，冲了正在俯首锄地的安灏喊："哎？你什么时候来的？"

安灏听到喊声直起了腰："刚来一会儿啊。"

"一会儿就划锄这么一大片？神了。"

"你可真会兜圈子。"听玲玲这么说，安灏发出一连串的大笑，接着又俯下身子，紧忙地往前锄。望着渐渐接近地头的安灏，玲玲莫名其妙地问他：

"你笑什么？"

安灏直起腰，望望那先头划锄过的麦地，继续笑着说："这不是你干

139

的？还没事人似的。"

"不，真的不是。"

见玲玲态度严肃，安灏皱起眉头，心中纳闷："到底是谁呢？"

何必寻根究底？田，总是要有人管的。

望着立在地头上的玲玲，安灏的心在不停地悸动。他不再想麦田的事，思路开始像一只迷路的蚂蚁，在焦急地探寻着难以搞清的归程。自从诊所开业，处处得到玲玲的帮助。她一个人种地，还要伺候多病的母亲，对他，从穿衣到吃饭，也是照顾得细致入微。特别是许多个令人难忘的幸福之夜，他和她相拥相爱，就像"七夕"那天终于跨越了天河。然而，令人费解的是，几次向她提出公开结合的要求，她却总是搪塞、支吾、踌躇。玲玲啊，法律已经划定了我和林英秀的界沟，你莫非还有什么顾虑没有消除？……那一个个难忘的幸福的夜晚，你我柔情缱绻，欢娱甜蜜，抛却了世间的一切烦恼，你心中只有我，我心中只有你——这种感情上的无私的相互给予，作为夫妻关系来说，也只仅仅是个手续问题。然而，尽管如此，你仍旧不做肯定的答复。唉！一个谜。一个让人难解的谜！

玲玲正用脚尖蹭着锄钩上的一点儿什么。猛抬头，见安灏正将锄钩的长柄杆在胸前，双手交叠着摁在锄柄的尽头，嘴巴稍稍前倾地压在手背上。高高的前额下，长目细眯，剑眉微皱，像在思考着什么难题，又像努力排解积郁在心中的忧愁。刹那间，由衷的钦佩夹杂着难言的苦痛，交替而凌乱地涌上心头——以往的日月里，安灏白天走东串西地活动于四乡各村，驱除了多少病人身上的苦痛，宽慰了多少病人家属的心？夜晚，人们高卧熟睡，他却又翻查资料，总结病例。靠了自己的天赋和勤劳，仅在近来的几个月，他就又在疾病治疗上取得了难以令人置信的成绩。——南街的鲁老头，一位伛偻腰的"五保"老人，春节后得了三叉神经炎，好一好，犯一犯。一犯上病来，孤老头双手捧了脸腮，痛得呼天号地，几次要撞墙自杀。慢慢地，竟有些精神错乱了。安灏找到他家，给他烧水、做饭，先使他精神上得以安慰。接着又遍查古今土验方，联系自身所学，搞了一套独特的治疗方案——外科手术配合中西药，半个多月，老人所患的这一极其麻烦的病症，竟就出人意料的彻底痊愈。哦，还有东街的冬冬，因小儿麻痹症而肌肉萎缩；西街的顺儿，因脑炎后遗症而拖着腿，歪着脖儿，不也是经过他的悉心治疗而又小兔儿般地蹦蹦跳跳了吗？就连鸡鸭生病、牛羊生灾，人们也找他，求他，他确实太累了。瞧，脸黄了，瘦了，嘴巴也显得又长又窄，以往明澈的双目，如今也变得暗淡无光。

是感情的冲动，还是发自内心的怜惜和同情？玲玲觉得胸臆间一阵隐隐的刺痛，她明白，自己是离不开安灏了。一天不见他，心里就空落落的。尽管她实际上已经成了他的人，但一种难以言喻的心理驱使着，到现在她没有勇气答应与他公开结合。这几年，随着物质生活和文化生活的提高，人们眼界开阔了，脑筋开化了，辈分不同的人，通婚也已成为常情。村中，已有几对异姓异辈青年定了亲，成了婚。他们是多么的幸福啊。真诚多情而又冥顽固执的玲玲啊，你还犹豫什么？顾忌什么？抑或是在期待什么吧？

玲玲怔了一会儿，突然发现安灏开始用痴痴的目光看着自己，似乎在琢磨她心中的奥秘。她有些慌乱，忙低了头，轻轻一笑说："安灏，干吗这么看我？"

安灏放下锄钩走过来，焦虑地问："玲玲，告诉我，你为什么不答复呢？"

"我……"玲玲声音更低，"实话告诉你，我已经没有了生育能力。"

"哦——"安灏松了口气，"原来是为这个。这有什么了不起呢？"他扶住她的肩头，安慰说，"真想要孩子，我可以给你治疗嘛。你忘记我是医生了？"

玲玲不好意思地白他一眼，脸上显出慰藉的喜悦神色。她咬着嘴唇，身子慢慢地前倾，前倾，安灏终于忘情地将她一下子搂住，急切切地说："答应我，咱们……结婚吧。"

玲玲偎在安灏的怀里，微眯双目，喘息急促，一边轻轻点头，一边悄悄地说着，说着……刮起了小风，田野里晨曲乍起，响声沙沙，一只鸟儿在他们头顶上欢快地飞着，趄着。小鸟啊小鸟儿，你听到了什么，看到了什么？

收了麦子，种上晚秋作物，又要给棉花喷药、中锄。虽然活多，所幸比较轻松，人们可以忙中抽闲，或赶集，或进城，办些急需要办的事情。

这天下午，安灏进城购药。当他从药材公司出来后，一件完全出乎意料的事情惊得他几乎将自行车歪倒。门口拐弯处，清清正立在那里，大瞪着双眼，神情呆滞地截着他。他忙支住自行车，一步抢上去，双手捧住儿子的小脸儿，咽喉间如通了电流似的。

清清头发挺长，脸也瘦了，那天真稚气的大眼里，充盈着屈辱和惶惑。黯然的瞳仁像浇湿了的马奶子葡萄干，一颤一颤地闪着莹莹水花儿。哦！孩子，你已经七岁了，该上学了！可是，命运为什么这样折腾你呢？

"爸爸！"清清喑哑的声音刚发出，便喉头抽搐，泪水扑扑。

安灏猛地搂住孩子，在他那满是泪珠的脸上拼命地亲着，吻着。他心疼，难过，胸中像有把尖刀在乱搅乱戳。他了解尤福那狭隘而刻薄的脾性，清清在这样的继父眼里，是不会得到好待遇的。然而，自己平时难得和孩子见上一面，除去惦念之外，又有什么办法？可怜的孩子，不要恨我，怨我；也不要想我，盼我。你寄人篱下，忍一忍吧！

安灏突然想起了什么，擦了下腮边的泪，抚摸着孩子的头问："清清，怎么站在这里？"

"妈……"清清抑制住自己的哽咽，"妈看到你进了这个院，让我在这里等的。"

"你妈？"安灏吃惊地看着孩子。

"嗯！"清清回身一指。

循着孩子指的方向，安灏看到远处的电线杆后有个女人，旁边一辆自行车。无疑，那就是林英秀了。

看到安灏站起身，林英秀也从电线杆后面走出来。然而刚走几步，就又站住，从她那紧张而又颓丧的脸上，可以看出她心中的恐惧和担忧。那欲步又止的举措，那忐忑犹豫的神色，似乎极希望与安灏见面——但又害怕。

懂事的清清见妈妈走出来，便伸手来拽爸爸。然而，爸爸却如铜浇铁铸，拽不动，拉不走。他脸色阴沉，双眉紧锁，一向和善的两目变得如抓鸡的鹞鹰，直勾勾地闪着寒光。清清一下子惊骇了，忙松开爸爸的手，转身朝妈那里跑去。他想：爸爸不动窝，那就让妈过来吧。可是，没等他跑到妈那里，背后"咔嗒"一响，惊回头：啊！爸爸——爸爸跨上自行车，抛下他和他妈，如飞般走了。

"爸爸——"清清那带哭韵的凄厉的喊声，在这街筒里久久的顺风飘荡着，飘荡着。

和安灏相遇后的一个月，林英秀病了。她的病，是由一连串的精神刺激引起的。

自从清清受了尤福的冷落，林英秀便轻易不让儿子和他见面了。她并同尤福讲明，清清是安灏的儿子，以后一定要送他回去，她还可以给他生个"亲的"。然而，尤福却以那种不置可否的淡淡一笑来回答，似乎林英秀生或不生全是她自己的事，与他是没有什么相干的。当然，每次见了面，尤福仍旧挺亲热，可不知怎的，英秀总是有意无意地感到，丈夫在亲热的后边隐藏着什么。是什么呢？又说不明看不清，只是这么一种模模糊糊的感觉。也许，单纯的夫妻生活的最初阶段一过，大都是这样的吧？不过有一点她还可以肯定，越来越明显的夹生饭似的感情，绝不单单是从清清身上引起的。

随着时间的推移，一个奇怪的情况又出现了。尤福房间的陈设，一件接一件不翼而飞，最后，偌大的房间，只剩了床铺桌椅。她问尤福，尤福讪讪一笑："商品，那本来就是商品。"

哦，原来如此。林英秀终于明白了，她气恼，怨恨，但又没办法。本来，那就是商店里的东西，尤福依仗经理身份借用一下也未尝不可，既然喜事办完，那就物归原处吧。不过，英秀并没气馁，她想自己和丈夫都有工资，攒上三年两载，家当仍可置齐。然而没过多久，她却又惊奇地发现，尤福那不算太低的工资，竟然入不敷出。并且，一向"雍容大度"的他，也变得满脸愁云、心神不安了。一打听，天啊！商店实行什么改革，尤福"人性"不好，让大伙从经理的位上"掀"下去了。他欠了公家那么多债，在位时可以敷衍搪塞，现在下了台，就得"丁是丁，卯是卯"了。

理想的生活，美好的憧憬，转眼全都成了泡影。林英秀一急之下，患了一种奇怪的头痛病。干活不痛，上课不痛，只要一闲下来，便撕裂般的痛。不过，此病既未吃药，也未扎针，痛了几天也就好了。原因是听到尤福说，县社人事科长告诉他，准备调他去别的单位负责。这个商店人太刁，对他不理解。

尽管尤福没有马上就到别的单位去"负责"，而英秀的脑袋却也神话般的再没痛。大约，这也是一种期待的作用吧！

又一个星期六的下午，英秀去尤福那里，刚进门，便怔住了。因为在那宽宽的床沿上，尤福正和一位穿着华丽的女人并排坐着。那神态、架势，似乎有点儿刚刚"偎依"过的味道。英秀一看，咦！这不是县社有名的"独身科长"吗？四十多岁了，还穿得花里胡哨的。听人们说过，科长在"文革"中把丈夫"卖"了，那个倒霉的男人死在了狱中，人们笑她，恨她，又怕她，所以至今无人敢偎她。那么，这位轻易不入俗地的科长，来尤福这里干什么？是公事？不，不是的，有多少公事在办公室里谈不了，为何偏要跑到这里来呢？并且，靠得这么近，样子挺亲昵的。唉！那种酸酸的人皆有之的嫉妒心啊……

科长见英秀进来，下意识地往一旁挪了挪。她认得英秀，随之便站起身，皮笑肉也笑地让道："哦，小林啊，坐，快坐！"听口气，她倒是这里的主人了。

尤福冷不丁见了英秀，胖胖的白脸因为尴尬和气恼，变得发青了。他一时心慌问走了嘴："你，你怎么来了？"

"我？我为什么不能来呢？"

是啊，自己的家为什么不能来呢？英秀满腹狐疑地望着尤福，正考虑用什么更辣的话顶他。脚步声响，一回头，咦！科长走了，是笑嘻嘻地扭着屁股走的。

英秀坐下来，望着心神不定的丈夫，冷冷地说："你，可要正经啊！"

"屁！"尤福似乎早有所备。他一反平日的谦恭温和，气呼呼地睃斜着她，"你个丧门星！"

林英秀禁不住打个冷战，她预感到，自己的怀疑和担心是要兑现了。一生气，说话也开始结巴："你，真的……"

"什么真的假的？"尤福立棱着眼，气哼哼地说，"你也不掂掂自己的分量，凭什么！"

热血直冲顶门，英秀想发作，然而，不知是被尤福那咄咄逼人的样子震慑住，还是生怕事情闹大，她终于忍住了。稍停，用低沉而暗哑的声调说："凭什么？凭咱是夫妻俩！"

"夫妻俩？"尤福冷笑道，"夫妻算什么？好比'搭伙'的，对式，继续干；不对式，就散蛋。谁和谁签了生死合同吗？"

"啊?！"

林英秀脸色惨白，她觉得头晕眼花，两耳也嗡嗡作响。刹那间，她突然忆起了少年时期的一件事，自己在河岸上玩，见水边泊条破船，便不知轻重地爬了上去。船身一晃，被风刮离了岸，越漂越快，越漂越远，那倾斜的船身、漏水的船舱、船舱外滚滚的波浪——她吓得头晕心跳，失声哭叫，双手死死抠住船帮……回想那当时的心情，似乎和现在一样。

这霎，尤福仍是余怒未消，气冲冲咕噜了几句什么，走进套间去了。林英秀稳稳心神，勉强支撑着站起身，摇摇晃晃走向门外。

当天晚上，林英秀双腿发麻，发软，像无数条小虫在肉里钻。她倒在母亲的炕上，母亲喊她吃饭，她连听都没听见。第二天一早，她勉强坐起身，然而，待要下炕时，双腿却突然死了一般，再也不听使唤。她旧症复发——那可怕的癔病性截瘫！

俗话说，没有不死人的医院。

安家集公社医院里今天就刚死了一个。死的还没抬走，忽听外边人喊狗吠驴叫唤，一霎时，大门口就停住了一辆地排车。男男女女吵嚷着，忙碌着，七手八脚从车上抬下个半死不活的。有人指挥，有人引路，不由分说径直送进诊室去了。

患者女性，吞服剧毒农药氧化乐果乳油将近二百毫升。她头发散乱，口吐涎沫，周身青紫，几乎是气息奄奄了。

公社医院的老院长尽管喝令别人沉住气，可他自己的帽子还是跑掉了。他反戴着听诊器，斜披了白大褂，指挥医护们给患者洗胃、打针、用氧、输液。突然间他又想起一件事，冲在里外乱蹿的小司药吼一声："快，快去叫安灏啊！"

安灏虽是位"野先生"，却深得老院长器重。去年春节前私人开业后，大约占了"风水宝地"，病人络绎不绝。他诊断，开方，发药，治疗——忙得不可开交，那架势真有点儿和乡医院旗鼓相当的味道。

前些时，本县的一位土记者听说了有关安灏的经历，深以为奇，忙下来采访，所获材料竟让他吃惊，当即一个通讯发到省报。这一下，"野先生"愈加名声大振，求医者日趋增多。特别是近些日子，瓜果梨桃上市，人们贪嘴，这吐的泻的，便一个接了一个。病人中，有的服药，有的打针，有的输液，从早到晚，天天如此，安灏可忙坏了。有什么办法呢？俗话说，七月八月吐泻哆嗦（疟疾），这是老规律。幸亏近年来疟防工作做

145

得好，打摆子的人越来越少，否则更够他忙的。

人忙起来，时间过得快极了，一拨病人处理妥当，太阳已然西斜。安灏看看表，五点多，这要在冬季，早已经是人收工鸡钻窝。安灏洗洗脸，走出门，想趁这短时间的闲暇去地里看看，然而，没拐进东去的巷子，医院的小司药便慌张地打南跑来，老远就招呼他："安灏，请你去会诊呢！"

安灏也不谦辞。治病救人嘛，治得了，提个方案；治不了，转院。人言同行是冤家，而这里的医生却是从来不计较的。司药来在他跟前，口气沉重地说："有个服毒者，够呛，院长让你快去商量一下。"

没等对方说完，安灏转身就往医院跑。他向来不理解自杀者，总是想，人啊，就是这样，你死都不怕了，还怕什么？

医院走廊里乱哄哄的，埋怨、嗟叹和哭泣交相混杂。医生们从诊疗室里进进出出，一个个神情紧张、面色忧郁。

诊疗室里，病人躺在床上，担任治疗的医生站在周围，汗流浃背的院长手里攥了听诊器，见了安灏立即迎上来，摇摇头把听诊器递给他。他忙接了院长的听诊器走到病床前，只见中毒者戴着氧气面罩，周身发绀，小便失禁。听心脏——心音遥远而快微；肺部——已有明显湿啰音。

他直起了腰，看看面前的器械、药品，又望望院长和医生们，皱皱眉说："该用的，全用上了。也就这些办法吧！"

院长点点头，又摊开双手。

"有个解毒古方不妨试一下。"安灏摁摁印堂穴思索着说，"甘草、黑豆、滑石……"

从死神手里夺性命，医生们向来是不遗余力的。终于，中毒者的情况稍稍好转了，人们松一口气，安灏也抹抹头上的汗准备出去休息一下。突然，从堵在门口的人群里响起一声怯怯的、抽抽咽咽的呼唤："爸……爸！"

"啊？清清！"

安灏的脑袋嗡的一声，他的面前出现了一个七八岁的男孩，是儿子清清。清清记住了爸爸，想念爸爸，今天在这样的场合里又意外地见到了爸爸。安灏猛地蹲下身去，搂住孩子，孩子伏在爸爸的怀里，放声哭了。

哭吧，孩子，让哭声掀动一下那些迷蒙的心扉，让泪水将你幼小心灵所遭受的磨难和委屈冲刷。安灏不停地抹去孩子脸上的泪，这才又注意到，门口有几个人是英秀庄里的。他刚想问点儿什么，蓦地，在靠近诊室门口的走廊处响起一声老年人所特有的撕心裂肺的号啕。他吓了一跳，定睛细看，哦！是英秀她妈。老太太蹲在那里，双手捂脸，随着哭声的起伏，身子一抖一颤。一种预感涌上安灏的心头，莫非是她？

"妈——妈！"清清在安灏的怀中抽泣着，小手哆哆嗦嗦指向中毒者。

是同情、怜惜，还是鄙夷、厌恶？一种难以形容的复杂情感将安灏击蒙了。然而，就在这懵懂中，那个回荡在脑际的疑问却清楚——她怎么会服毒？

七月十五见新花。

下午，玲玲在村东地里拾棉花，她扎着围裙，挽着袖子，轻巧的双手在棉棵上飞舞着。白绒绒的棉絮扯着根根长丝，一把接一把地涌进胸前的裙兜，远远望去，恰似电影上的仙女在采摘远天深处的片片云朵。

玲玲拾到地南头，听到后边有人喊。扭头一看，只见邮递员站在大道上，右手揿着车铃，左手高高地扬着一件什么。再细看，是封信。邮递员是熟人，给送到地里来了。她忙顺了畦埂跑过去，接过看时，信封上却只有收信人地址，没有寄信人地址。——谁呢？

邮递员骑车走了，她急忙拆开信，先看下面的署名：哦，林英秀寄来的。

玲玲姑：

我对不住你。当初，我把安灏从你那里抢走，后来，又是我抛弃了他。更对不住你的是，我又跟了那个抛弃了你的尤福——这个地地道道的人面兽心的家伙。亲爱的玲姑，我现在明白了，像尤福这种人，是把我们女人当工具使用的，他随时会弃，会换，换一件更顺手更能为他出力的。一个偶然的机会，我发现（或者仅仅是觉察）了他的无耻和卑劣，就遭到了他的凌辱、咒骂。一气之下，我旧病复发。当初，我的病是安灏给治好的，而现在，这病却是尤福给我造成的。回想对比之下，我愧死了，羞死了。

经过治疗，近几天我的病好些了，有时能走几步，脑子也清楚了许多。从同事们送来的报纸上，我看到了安灏的事迹，心里真激动啊。像他那样的好人，就该享受这样的荣誉。反过来说，像我这样的人，就该受到如此惩罚。也许，这就是人们常说的"好有好报，恶有恶报"吧！看过报纸，我哭了，之后就倒在床上睡。岂料就在睡梦中，仍旧拿在手里的报纸被偶然回来的尤福看到了。他见我双目红肿，便发火说我"身在曹营心在汉"，又骂我许多难以入耳的脏话。我忍无可忍，据理反驳，他恼羞成怒，竟动手打我的嘴巴。还发狠，等过了这几天，非和我离婚不可。亲爱的玲姑，你了解这个人，他是说得出、做得出的……

玲玲的心咚咚乱跳，她一时竟再也看不下去了。尤福，这个无耻、奸诈的恶棍、流氓，当初也曾无情地摧残过她的肉体和灵魂。结婚两年，玲玲没生育，尤福以此为借口，多次逼她离婚。她是个自尊心极强的人，便强忍了屈辱和悲痛，千方百计到医院检查、治疗，终于在第三年秋天怀了孕。然而，就在她出现妊娠反应时，尤福竟买通一个半吊子中医，借口治疗而给她服了堕胎药。她大出血不止，几近奄奄一息时尤福才把她送往医院，命是保住了，但医生告诉她，她的生殖系受了严重损伤，以后怕是再也不能生育。忠厚的玲玲不明内情，对自己的未来仍旧抱着一线希望，尽管尤福千方百计凌辱她，虐待她，她依然忍着，耐着，直到去年那个半吊子医生因致死人命犯了法，在交代以往的问题时才供出此事。法院考虑到问题的严重性，如实转告了玲玲，玲玲这才恍然大悟。她知道再待下去不会有好结果，于是就断然和尤福离婚了。奇怪的是，事实上已触犯刑律的尤福，却没受到应有的惩罚。

回到娘家后，与安灏的结合问题，她也曾不止一次地想过。说实在的，这些年来，她心中没有放弃过对安灏的爱。然而，越是爱得深沉，就想得越多。在这仍旧"子继父传"的乡下，让一个心爱的人绝后，忍心吗？可是，从感情上讲，在今后的生活旅途中，除去安灏，她也就没有别人了。因此，安灏和英秀离婚后，在很长的一段时间里，她心里老是七上八下。后来，她竟产生了一种虽然纯真却近乎荒诞的心理，所以也就毅然地给予了他。然而，这样的生活持续时间越长，她也就越失望。所以，对安灏那迫不及待的要求，也就更犯踌躇了。这样，直到今春那个美妙的早晨，她才在安灏的"启发"下最终决定了。不过，她要求暂且不要声张，

148

等到秋后农闲时，再行公开化。是啊，自己的幸福就要来到了，而英秀呢……玲玲难过地沉思了一会儿，又看那封信：

　　玲姑，有句话不知当说不当说。安灏人好，心好，品质好，你就同他结合吧！这样，他精神上得到安慰，生活上得到照顾，对他在学习和工作上的进步都是有益的。也可能，我说这些你会恨我、骂我、看不起我，但请你相信，我这是心里话。现在我才体会到，一个有着顽强的事业心的人，是多么让人敬佩啊！我悔愧，难过。假设……唉！晚了，一切都晚了！

　　好心的玲姑，我还有一事相求。要是您与安灏结合了，求您千万把清清领回去，他守着您，守着他的亲爸爸，我就放心了。不管您怎么含辛茹苦，也要把这苦命的孩子（孩子的命运是我造成的）拉扯大。尊敬的玲姑，我现在跪在床上给您磕头，求您原谅我，原谅我给您造成的不幸和增添的累赘吧……

　　玲玲的心又一阵咚咚乱跳，双眼也模模糊糊的。高兴？难过？兼而有之。清清的不幸处境，她早有耳闻。只是"疏不间亲"，她一个局外人，有什么办法？如今英秀这样提出，她能不高兴吗？

　　玲玲擦擦眼正要继续往下看，无意中瞥了一眼末尾的那句话：玲姑，永别了！

　　蓦地，玲玲浑身打个冷战，并且立即预感到，英秀可能要有什么不测之事发生。她顾不得再拾棉花，转身就朝村里跑。她知道，英秀患病后一直在娘家养着，她决定回家告诉母亲一声，马上到西林庄去一趟，她要劝她、说她、开导她。没有过不去的火焰山，无论如何，也不允许想到绝路上去的。然而，她刚进村，就在人们的纷纷议论中了解到——林英秀今日下午服毒了。

　　一声警报器的嘶鸣，电话约定的救护车停在了门前。林英秀病情严重，为慎重起见，须转县医院。在医生们紧张而又有条不紊的工作中，仍然打着"吊针"的林英秀被抬上了车。她那已经完全不知所措的老母亲，看看车门又看看站在安灏身侧的哽哽咽咽的小外孙，踌躇了一会儿，也爬上去。显然，女儿要紧。至于外孙嘛——也许，把孩子留在生身父亲身边，她更放心，唉！可怜的老人！

……

稍稍偏西的天际处，落日像一个巨大的火球在那里停顿了片刻，便很快滑进一片黛墨色的云彩里。暗淡的光晕渐渐将大地笼罩，夜幕开始降临。

玲玲安排母亲吃了晚饭，又来到了安灏的小院里。晚饭前，有人从城里带回了消息，说是英秀依然在用氧、打针、输液，病情仍属垂危。她心中很是担忧、着急。在英秀转走之后，她和安灏将清清带回家里。清清精神恍惚，眼光迷离，有时坐在门槛上发愣，有时偎在安灏的怀里抽泣。赵云秀自然心疼孙子，赶紧地煮了鸡蛋又去供销社里买来糖果。然而除此之外，也就仅能对着可怜的孙儿发几声同情的叹息。

白玲玲帮着安灏将清清安顿好后就回家了，母亲近来身体虚弱，她得照顾母亲休息吃喝。她惦着安灏母子，更惦着清清，所以晚饭后顾不得刷锅洗碗就又回到安灏这边来了。自从见到英秀服毒后，她就无端地变得神思恍惚，意识中好像自己有什么事情本不该想更不该做。此刻她站在小院里没有立即进屋，望着灯光映在窗子上的安灏的身影，心中忽然有些忐忑、犹豫。就在这时，屋里突然传出清清低低的嘘啼，接着是安灏的声音：“乖孩子，睡，快睡！”

那种女人所固有的母性使玲玲心中一震，刚才的踌躇不决烟雾般瞬间消散，她赶忙推门走进去。坐在床沿上的安灏立起身冲她点点头，便扭脸向身后的床上看。清清在床上躺着，安灏的母亲在床沿上坐着。老人神情呆滞，默声不语，显然已让这突然事故弄得手足无措了。

玲玲走到床前，眼光落在清清身上。大概因为过度的精神刺激，孩子的小脸在睡梦中依然抽动着。灯光下，细密的汗珠涔满了额头和鼻尖，小嘴唇一翕一动，似乎在诉说什么。玲玲爱怜地给他擦去额上的汗，孩子翻了个身，眼睛微微一睁，又闭上了。

哦，孩子，可怜的孩子！

玲玲心中一阵的酸楚。她抬起头，看看赵云秀，又看看安灏，安灏也正定定地望着她。从那晦沉的脸色和恍惚的眼神里，她看出对方此时的心情既痛苦又繁杂。四目相对，她想宽慰他，不必担心，不用烦恼，她能替他分忧，替他解愁，替他照顾清清。她稳稳心神说：“今晚我把清清抱去，在我那里好照顾些。"

安灏点点头，又对木然的母亲说："就让玲姑抱去吧。"

就在玲玲抱起清清的刹那，清清在她怀里颤抖了一下，迷迷糊糊地喊："妈！"

哦，妈！玲玲的心一下子僵住了，抱孩子的胳膊瑟瑟地抖。她似乎体会到了孩子心灵深处的一种什么感觉。她思忖着，孩子需要妈，需要亲妈，为什么要让清清失去自己的亲妈呢？一个新的突如其来的念头使她改变了原已拿定的主意，她看看安灏，轻轻地说："明天，到县医院去看看吧！"

"我？"安灏吃了一惊。

"你！"玲玲盯着他，口气如板上钉钉似的。

望着那张严肃而又固执的脸，百思不得其解的安灏几乎都要发怒了——玲玲啊玲玲，你究竟在想什么、干什么？

"英秀就是康复了，没有你的帮助和安慰，她也是活不长的。她的过去，你仍然需要原谅她。是的，应该原谅她。做人，是不容易的，最不容易的。尤其是一个女人……"玲玲的眼睛开始湿润，声音也由低沉到喑哑，最后近乎喃喃自语了。赵云秀听她说出这样的话，也已泪流满面了。

安灏完全蒙了，但他还是先劝慰母亲，他明白母亲的心。

玲玲抱着熟睡的清清走了。她走得极慢，脚步看上去很重，每迈一步，都像费力爬坡似的。安灏神经质般地跟她往外走，一直送到院外，看着她走进自己的家门，他才跌跌撞撞地回到院里来。他没有进屋，只是傻了似的在院里转来转去，转着转着，猛地停住，望着两院之间的那堵矮墙，哭了——低声地哭了。

唉！人啊……

惊　鸿

安灏又一次重温了父子亲情，更时时想着与玲玲的美满结合。可是，玲玲却固执得让人难以理喻，总是找各种借口推托。安灏心中原已形成的花好月圆的春梦，又变作渐渐消逝的肥皂泡儿。他怅然若失但又不甘有所失，进三退二，真不知如何对待玲玲好了。他去母亲那儿求援，想让母亲去和玲玲说，这样效果或许好些大些。母亲已非昔日，不知是年龄的关系，还是许多年的磨难操持把脑子累坏了，她经常头痛，还经常呆呆怔怔。安灏真有些害怕，怕母亲也得了奶奶那种病——老年性痴呆症。母亲听他说完，老是爱怜地抚摸着他的头，很长时间，才不紧不慢地说："孩子，你不说，我也早有这个心。可是，君子不跟命争，紧追不到，说不定慢等就到了。人有好心，就能得好报。"

这样的话，母亲近两年常说，安灏也常听。可今日听她用这样的话解释这件事，又联想自己和玲玲与英秀的牵扯纠纷，却似乎真的从中咂摸出了一些什么。

母亲赵云秀的确变了。她变得比前些年更加沉默寡言，性格更加温顺柔和以致柔和得无异于懦弱。她将自己的形体和作用视作一粒米的大小，发自内心地认为自己是有罪的、无能的。

安家集的清真寺虽然也已经破旧，但在那个时期并没受到太大的破坏，故此，这沿河诸乡伊斯兰教理教仪的复苏，就从安家集首先铺展开来。阿訇和乡老们走进清真寺，在礼拜大殿里诵经、礼拜。老阿訇唯恐后继乏人，和乡老以及村中负责人计议之后，拣了几个年轻的、伶俐的、教门心和做人都挺扎实的男子进寺念经。已经入学的孩子，白日里读书学习，晚上由家长们引导着，督促着，到寺里听阿訇教习讲解伊斯兰教的基本道理和教义。

林英秀服了几乎是绝对致死量的农药。然而，先进的现代医学与古老神奇的中医学相结合，竟出人意料地将她从死神手中硬夺回来了。她保住了命，但神经系统却受到严重损害，落下了相当麻烦的后遗症。时止时犯的四肢拘挛外，还有经常性的头昏眼花耳鸣呕吐。对于这种后遗症的治疗，除先进的医疗技术医疗设备外，且必须有足够的时间休养和理疗。像林英秀这种情况，起码得五六个月。她只好住在县医院里，而陪床的家属，也只有她的老母亲了。如此一来，清清便无可奈何当然也是顺理成章地回到奶奶家。

清清在安家集入了小学一年级，在奶奶的照应下，每晚也和别的孩子一样，蹦蹦跳跳地到寺里去。每到星期天，白玲玲就用自行车驮了他到县城医院，看望仍在住院理疗的英秀，也让英秀见见自己日夜惦念的儿子。时间一长，清清和玲玲的感情就渐浓渐深。每天放了学，孩子很懂事地和爸爸或奶奶打个招呼，撒腿先往东院跑。他有时跟在玲玲的身后，有时偎在玲玲的怀里，要吃要喝，撒娇嬉闹，那情分似乎比亲妈还亲。这情景，让安灏激动不已，让赵云秀那创痕累累的心也得到了部分的慰藉。

对安灏母子的宽慰，却是对安子岭的无情打击。过去几年中，他殚精竭虑凑成的一台戏垮了，正酌兑用个什么法子仍旧将"戏中人"拢住在自己手里，冷不防又出了个林英秀自杀的插曲，以至使清清回到了奶奶、爸爸身边，从而又把这个家和玲玲紧密相连。以往的忧虑，以往的顾忌，重新钻进了他的心里，搅得他食无味、寝难安。他很明白，自己如今已非昔日。虽说虎老余威在，虽然经过自己的苦心钻营仍然不失为"人上人"，可到底是没了那个象征权势的职位。前几年的"革委会"早已废除，村里恢复了党支部。安子岭虽然当过共产党的区长，却令人难以置信地没有入过共产党，所以，他很自然地被排除在外，成了一名普通农民。人们再不能喊他"老委员"，而他这样的人物又似乎不能没个"头衔"，所以，顺理成章，他又重新被村人尊称为"老区长"。

"文革"结束后，宗教政策很快落实。当年曾经挨过安子岭耳光的老阿訇返回到寺里后，以其对教义教理的精深造诣和多少年来形成的威望，也很快就压过了安子岭在村人心目中的影响。安子岭不失为"人精"，他不甘平淡无奇，他要有所作为，他要抓住时机在村民中重新树立自己精神领袖的形象。安家集东边是曾家庄，当时刚分了地，生产队长曾富贵为了浇地，带着几个年轻人把从河里通过来的水渠给截了，弄得安家集的地里断了水。本来以为也就一两天的事，却好被溜达到此的安子岭瞅见，安子岭灵机一动，当即招呼集结了几十号人压过渠来，一顿棍棒拳脚将曾家庄的几个年轻人打倒在地。曾家庄的人听到消息赶来援助，随之大批闻声而来的安家集人也参加了殴斗，双方一场罗圈仗打得天昏地暗，彼此各有伤残。幸亏派出所闻讯及时赶到，这才避免了更大灾难的发生。事后，安子岭站在水渠西岸十分豪气地掐了腰说："哼！不把俺们搁在眼里，还反了你们呢！"在场的人不由竖起了大拇哥："啧啧，好汉护村，还是咱老区长啊！"

大约，这就是人们常说的翻手为云覆手为雨吧。

从那时起，这两个村的人就结了仇。虽然事后乡里出面调停，但两个村的人仍是死结难解，贴庄靠沿的街坊，见了面相互间带搭不理或者怒目相视，像有什么弥天大恨。特别是对待曾富贵，安家集的人见了他都跟红眼鸡似的。曾富贵心中没底，总怕发生什么意外，所以进城赶集也是绕着安家集走。

田地分到各家各户后，宅基地园林地乃至坟地也开始边沿清楚了。虽说是明令"土地国有"，但庄稼人认死理，有时明白有时就糊涂，糊涂到只看眼前的实际而不管你什么法律不法律。所以，多占田亩、强用宅基及放畜啃青、损人利己的事情时有发生。这些鸡零狗碎的行径看似小事，有时却能酿成祸害而难以收拾，它迭次出现，连绵不断，最让基层执法者头痛。有明显犯法者倒也省事省力，案子报上去也就成了。最怕的是那种"擦边球"，关不能关，罚也难罚，不关不罚又怕人们争相仿效，直把个村里弄得乱糟糟的。安家集就这"成色"，且除此之外，还有其特殊的一面，好斗也好打。

平时，大家说说笑笑挺温顺的样子，事实上大多数性情爽直暴烈。所以有个特点，有外攻内部立即紧密团结，外部压力一除，"内讧"很快就有了。当然，这种"内讧"并非你死我活的杀生害命，而多是些你强我胜的抬杠拌舌。但往往极黏糊，少则三五日，多则一月两月。怄气者总有临阵对敌之感，而街坊邻居也给搅闹得日夜不得安宁。并且，常是此起彼伏一个接一个一家连一家。日月沧桑，人们便习以为常。有好心者也常常居中劝解，有好事者便不以为然，打就打吧，吵就吵吧，爷儿们正没热闹好瞧呢。于是便抄了袖子或叼了烟，幸灾乐祸地猫在一旁看。看饿了，回家

154

吃饭。也有那闲极无聊看着看着看不下去的，本意是要插进来劝架，不想性急或者劝架无方，把不准劝着劝着就帮了哪一个。于是，戏台上闯进了疯婆娘，这就打了罗圈架。到这时，一片的混乱，一片的吵骂，再弄不清谁是打架的，谁又是劝架的。倘或再出了借机架秧起哄的坏小子，那就更有热闹瞧了。

安子岭自从失了"官位"，表面上看不出怨气，也看不出惆怅。他除了耕种自己的几亩地外，村里大事小情都要尽量张罗。特别是自从带人打跑了曾庄人一事后，他在村人中的威望又开始抬高，"老区长"的称呼也越来越被人们认可。

老区长决心正"庄风"。他正庄风的办法极特殊，对于打架斗嘴者，一不劝解，二不压服，更不诉讼报官，而是采用从中做好人的办法。当然，这得把个火候，两下里打累了，吵腻了，都极想喘口气歇歇，他便从旁立起身，口气郑重地说："兄弟爷儿们，都是庄里庄乡多斯提，总不能看了事情弄大，好好歹歹，咱总得给他们摞下吧。"自然，他出面摞事也是有眼色的。双方相斗，从无半斤八两一般重，也没有两五一十一股劲的。有的占点儿上风，斗劲仍足；有的占了下风，再斗下去也无好可收，和了也罢。老区长于是瞅准苗头，以长者的身份出现，再邀了一二村干部，先到强者一方，说些"得理且饶人"的俗话，字里行间顺便又弄明了要个什么脸面的"价码"，拍着胸脯打保票后，原班人马又急驰另一家。这另一家是弱方，到弱方的口气和说话内容是较前有差别的，念一些"忍字是把刀，咽下实难着，待到事过去，方知忍字高"的警世之言。又说一些他和村干部的艰难调停，无非是如何做了对方工作、如何嚷了骂了争辩了之后加训斥加压力人家才迁就罢休的话。弱方先是大彻大悟状，继之就又紧张，佩服，松弛，最终是欠了他老人家的天大人情。按照对方的要求答复之外，还要对这一干调停人等千恩万谢。也有碰了钉子不落人的情况，对方都是那种认死理不要命、精力充沛而又匪气十足的半青萝卜高粱茬。天是老大我也是老大，讲和的门没有，持久战倒可以长年累月的打。逢了这茬口，老区长自要变换策略，看准双方某一日或某一时打烦了斗累了，罢手后都在养精蓄锐以利再战的当口，领了人先到一家，兄弟爷儿们一通寒暄后，单刀直入："是为你们两家事来的。那边觉着里头有些误会，想请你到××地方拉拉，席都备好了。"这家听说对方摆了席，明显地赔情道歉嘛，既然已经服了软，我还说什么，要的不就是这个劲吗？自然，就痛快地答应。老区长见好就收，立即说他们先行一步，让这家主事的随后去××地方候着。他这里便又领人去了另一家，同样的过程，同样的话，只是末了加一句："咱就快去吧，人家××可在××地方等着呢。"这人就跟了他们走，到××地方一瞧，对方果然在桌边席旁等着。回回转转，双方虽然都在鼓里，火气却立时消了大半，各自相让，就座。随下，不谈战争，先自吃喝。吃到一定程度，看看是那火候了，老区长这才放下盅撂下筷，那长而圆的舌头像一只抹泥板子在炉口似的口唇周围不停地舔抹着，待到将所有的油渍打扫干净，这才以天理昭然的口气说："按经典上讲，咱们筵席上忌酒，这是人人都知道的。可是，咱们几百年生活在这里，这'浑水'就蹚不开了。这么说吧，咱这是'浑席'，啊？哈哈，瞧，你小子的脸都让'浑水'烧成猴子腚了……"一片的哄笑，气氛越发活跃。老区长随即叹了口气："唉！兄弟爷儿们，实话实说，生活本来就不易。咱是一笔写不出俩'回'字，把不准五百年前还是一个老祖宗呢。而今争啊斗啊，你那是想不开呀！"老区长说着，眼圈发红，席间皆唏嘘。那对阵的两位，先已退了火气，又是热血红脸汉子，动脑子少动感情多，见这光景，恨不得先立即认个错，因为老区长说过，人家本来就认为这里头有误会嘛。老区长慧目识光景，见状立即撩衣起身，给双方满上酒，自己也举杯在手，俨然一副江湖和事佬的神气："当着大伙儿，我今儿专门为你们两家说，要是给我这个老不要脸的一点儿老面皮，就请同干一杯酒，自今日今时今刻起，化干戈为玉帛……"于是船顺水走，双方同时起身，各自抢着道个"得罪"，战争就算结束了。事后两家方知，这酒席既不是他摆的也不是他设的，是老区长自己掏钱赔上的。于是便相互扼腕叹息，敬佩老区长的为人。性情再愚顽再拙劣的人，大抵也有些良心。双方自然就想，人家老区长为了咱的事，搭上工夫赔上钱，贪什么？图什么？这样的好心好行为，不报答岂不畜生了。于是，年节十五，总不免掂量了老区长的花费，备一份礼物去答谢。双方都这么想都这么办，老区长落了人情还要一个赚两个。也有干吃干喝不蒙情的主儿，那好，只要有机会，老区长自会料理了你的不当之处，让你碰上个天字第一号的硬茬。彼时想下台，有门吗？老区长就是这样一个人，有心计也有办法，年纪在村内不算最大却总是时时处处立在长辈位置上。本来在村内没有职务了，渐渐地又成了一个虽然无官无衔却是仍旧举足轻重的角色。

安子岭如今无官一身轻，来安灏家的次数就比以往更勤，每次来后待的时间也更长了。"支分支分，一日两顿。"这是本地乡俗，是指支分比较近的人家，相互间一日三顿饭中在对方家中吃喝两顿也不为过。就安子岭而言，无论凭支分辈分还是许多年来在村人中形成的印象，便整日在安灏家里别人也说不出什么。所以，他有借口，有优势，有资格。当然，他的真实目的只有他自己知道，他要努力将一个既成事实坚持到底，并且把年幼无知的小清清从玲玲身边设法引开去。如有可能，还要重新把林英秀拉回这个家。他已算计到，林英秀康复后是非和尤福离婚不可了。在这之前，最要紧的是把住关，想神法也得把安灏与玲玲"隔离"了。要稳住和冷却安灏的心，否则……

其实，安子岭有点儿庸人自扰，他的担心至少目前来说是多余的。因为春节前赵云秀家出了件意想不到的糟心事，已在县城中学念高中的哈三因赌博受了处分，紧跟着又与同学打了一架，自知"在劫难逃"，便扛了铺盖自行退学了。赵云秀和安灏劝了一百遍，硬是说不转。母子俩最清楚他的犟种脾气，只好顺其自然。不想哈三回到家后，除去料理田地，其余时间就全部投入到昔日"狗党"们中快活。安灏是个上进心极强的人，深恐将个聪明弟弟耽搁了。他冥思苦想后，先请人领着自己到县城中学找校领导说了许多好话，待校方勉强答应继续收留哈三后，又匆忙去找左立贵。他知道左立贵是弟弟的干爹，弟弟最听他的话。不料，这个老赌鬼一听哈三的退学原因却乐了，他说："嗬！好小子好家伙，这才是汉子的秉性呢。习练习练，以后能赌大博。"

真是越渴越给盐水喝。安灏大失所望，他叹着气往家走，边走边在思谋办法。刚进家门就听母亲在屋里一声接一声地喊："妈，妈……"原来，奶奶的病又加重了。

这些费神操心的事全都揽到了一块儿，对于玲玲的那份情爱，安灏即使心焦似火，暂时也顾不得"喷发"了。

冬去春来春又走，夏天过去，又一个秋天来临了。长尾巴秋刚刚收完，人们就迎来了自己的盛大节日——开斋节。

开斋节这天上午，灿灿金光很快就铺满了安家集的四街。早饭后，穿戴整洁的人们从四面八方拥来……圣洁的节日，让人感怀以往希冀未来的节日哟，它使往昔关系融洽的人此时更加亲近，而旧有的宿怨、误会与隔阂，也在这种氛围中默化消逝了。

班礼结束后，安子岭和已经退出"牙行"（牲口市）的左经纪结伴回家。两人扯着闲篇儿往东走，远远看到公社邮递员在街心立着。邮递员左手执着自行车把，右手举着一封信："哎？二位老人家，咱村谁叫安中奇啊？"

安中奇？两人对这个既熟悉又陌生的名字一时没反应过来，相视一愣。到底牲口经纪脑子快，拍手惊叫道："嗨嗨，你是说留根儿吧？"

安子岭头皮炸了一下："留根儿，留根儿不是早'无常'了吗？"

左经纪双手依然拍得叭叭响，可能是太激动，身子一股劲地侧歪，他连喊带说："啧啧，也没见着'埋亦台'（尸体），谁敢就说'无常'了呢。留根儿大号就叫安中奇啊！"

"这里有他一封信。"邮递员扬扬手说。

俩老头同时一声惊叫，又同时小跑步颠儿上去，四只手拽住一封信，四只眼盯住一行字，千真万确，上书"安中奇家信"，是从台湾高雄市发来的。

"留根儿还活着，活着！"左经纪大叫连天，就像昔日在牲口市里"喊价"，引动得人们纷纷跑过来看信——要看看这台湾的信封邮戳是什么样的。同时又七嘴八舌告诉邮递员说，这安中奇，就是安灏他爹。

此刻，安子岭刚才还红扑扑的脸却成了姜黄色。开头，他不认为这封信是真的，待意识到确凿无误后，又巴望这可能是昔日留根儿在军队上的旧相识，以为留根儿或许仍旧活在大陆上而试探着从台湾寄来的。但是，他随即就否定了自己的巴望，判定留根儿的确还活着，这信也的确是留根儿写来的。要不，上边怎会写着"家信"二字呢？眼睛离开信封时，他有些头晕目眩心慌气短，产生了一种大树将倒顷刻就要砸到自己头上的感觉。他恐怕当众失态，赶紧深深地吸了两口气稳住心神，暗暗思忖着：我是自寻烦恼吧，他留根儿活着又能如何？能回得来吗？能了解家里这些年的情况吗？退一百步讲，他就是回来了又怎样！他能知道些什么？这些年来，我一直是他家的近支分和保护人的面目，就是那……谅赵云秀也不敢说。更何况，他那年被抓丁时，我还在地窖子里"藏"过他。万一他能回来，他还得谢我呢。再说，这个"万一"怕也难得有。……想着，长舒了一口气，庸人自扰，我这又是庸人自扰哪。心里嘀咕着，就从邮递员手里拽过信，以近门当支的感谢口气说："劳您费心了，这信我捎着吧。"

赵云秀和一班妇女老婆儿到阿訇娘子那儿成班礼去了，信首先送到了安灏手里，信中的繁体字和竖行书写的方式让安灏觉得神奇，而信的内容也让他不知所以。他知道自己有父亲，也知道父亲名叫安中奇，但他始终认为父亲已经"无常"了，如今突然冒出来，且又是从台湾冒出来的，他有点儿蒙，有点儿慌，除此之外，却也引不起什么大的冲动，因为他心中从来就没有"父亲"这样一个影像。

一阵脚步声，是母亲回来了。安灏从西屋里走出来，声音有点儿变调地说："妈，俺……爸……他来信了！"

母亲"哦"了一下，头也没抬仍旧神情漠然地朝北屋里走。快要进屋了，她忽然立住，像寻思什么似的慢慢地扭过脸来问："好儿，你刚才说什么？"

安灏扬扬手中信："俺爸……从台湾来信了！"

"快，我看看！"赵云秀很明显地哆嗦着，向儿子伸过手来。安灏赶紧走过去将信递给她。她当年进过村里办的妇女识字班，信封上"安中奇家信"几个字还认得。可是，她只看了一眼，也仅仅是一眼，就"哎哟"一声往后倒，幸亏安灏一把抱住。"哎哎儿"两声，母亲攥着丈夫的信，在儿子怀中"死"过去了。

玲玲和她母亲听到这边的动静赶过来，她们帮着安灏将赵云秀救醒。赵云秀双手将信抱在胸前，就像抱着活人一样哭得上气不接下气。附近的邻居们听到消息纷纷跑了来，大伙七嘴八舌说她劝她安慰她。说她如今听了这天大喜讯该喜欢才对，该赶紧把这喜讯告诉婆婆才对。赵云秀终于止住哭声，抽抽咽咽地走进正屋，将留根儿来信的事一字一句告知已完全痴呆了的婆婆。这时的金氏躺在炕上，听儿媳摇晃着手中的信向她解释，只是大瞪着两眼，间或"呵呵"几下，算作回答。很明显，她已完全不知所以然。白头发五婶见状走上来，将赵云秀拉开到这边说："留根儿家的，甭费这个神了，你婆婆心里已没了'顿崖'上的事，她人在'顿崖'上，

159

'鲁赫'早进了'后世'里去。今个儿最要紧的，是赶快给留根儿回个信，能让他早一天回来，碰巧了，兴许还能见着他妈。"

五婶之言，众人齐说有理。就在当天晚上，安灏铺开信纸，怀着一种激动与茫然相矛盾的莫名心情，很认真地写下两个在他来说极其生疏的字——爸爸……

秋 与 冬

　　经年不变的秋热过后，天气渐渐凉爽。早秋作物开始成熟并略略地显出浅黄色，而晚秋作物依然像跟节气争时间，仍旧以不屈不挠的精神蓬勃生长着。这个季节的这片地域里，你站在高处四顾瞻望，但见田野里黄绿相间，参差不齐，风吹稼禾，如涛似波。这景象让人心神安谧清凉，很容易忘却除此而外的一切。它给人一种妙不可言美不胜收的意境，似乎真的进入了人人都在幻想而人人都未曾到过的仙界。

　　青纱绿蒲，天地相连，其中常有蜿蜒带状的东西交错显现。它们有头有尾如绳似蛇，将点缀在绿野中的大村小屯松松连接着。生灵的移动让你恍然明白，那就是至今仍存的有悲怆也有诗意的乡间小路了。

　　西林庄通安家集的那条土路上，赵云秀和白玲玲边走边谈论着什么，跟在她俩身后的清清似乎痴迷于田间的美景，一会儿跷起脚来引颈远眺，一会儿又伏下身子顺了庄稼垄眼往里瞧着。世间的一切，在少年的心中眼中都是新奇而神秘的，对所有的事物都想探个究竟但总也难以理解。他的天真好奇无疑影响了走路的速度，两个大人就不断地抚他头顶或拍他屁股，并以乡下女人千篇一律的恐吓口气唬他："快走啊你，有什么好瞧的？兔子出来了，咬着，咬着。"这当然吓不住清清，大人们说过，兔子急了蹬鹰，却不咬人。都道秋天的兔子大过官，可上星期他们几个学生在北洼里碰上一个，一咋呼，那长耳朵家伙就没命地逃去。他们看得清楚，兔子嘴唇都让他们小孩吓豁了，还说咬人，喊，哄谁呢？他懂，他不怕。清清为自己的见识高远而得意，便捡了路上的一块坷垃朝地里扔去。

　　今儿是星期天，天气也不算晴朗，小南风漫过堤岸吹向北来，路边庄稼就像有人拂了几拂，唰啦啦一阵响动停住，少顷又唰啦啦响了。"天快晌午了。"赵云秀仰脸望望薄云迷蒙的太阳，口气低沉地对玲玲说。

　　玲玲"嗯"了一声，回头朝西看了看，说了句"那娘儿俩"又顿住。赵云秀似乎知道她要说什么，接了句"吗法儿呢？"也就不作声了。两人都低了头走路，显然是有那种不用言传便能意会的心事了。

的确是有心事。此刻，两人的心情也和这早秋少见的假阴天一样，忧郁而迷蒙。半个小时之前的情景依旧历历在目，怎能丢得开放得下呢？

早饭后，赵云秀与玲玲相约并带着清清去西林庄，是去看望刚刚出院的林英秀的。林英秀的后遗症基本上得到了控制，医生就让她出院在家养着。乡下的规矩也可以说是农村的习俗，谁家有病人痊愈，沾亲带故的少不了要带些鸡蛋糕点什么的去看视一下，一是关心安慰，二是道喜祝贺。虽然英秀住院期间她们已探视过几次，但那毕竟是在住院期间，如今回到家里，性质似乎就不一样了。于情于理，赵云秀和玲玲似乎也该再去探望，更何况这里还有个林英秀的嫡亲儿子小清清呢。

七八里地，走着说着一个多小时便到了。由于关系上的变化，并且已经不是在医院里，赵云秀怕那斗鸡性格的英秀母亲弄出意外来，就由玲玲先自带着清清进了英秀的家，自己则在外稍候以视情况如何再做定夺。林英秀在医院里时，每次清清去了，母子总是抱在一起妈哭儿儿哭妈，这次相见，玲玲以为还得旧戏重演。然而完全出她意料，当她拉着清清的手走进屋里时，林英秀看都没看儿子一眼，倒是一把拽住她的手，亲个没够，说个没完。清清几次努力都没引起母亲的注意，幼稚的童心似乎受了伤害，大眼睛眨巴了几下，眼圈红了。玲玲早就注意到了孩子神情的变化，马上将清清拉到英秀面前："快，清清，亲亲妈。"

清清稍一迟疑，凑上去冲妈妈已经俯下来的脸颊叭地亲了一下。他刚要搂住妈的脖子，不想两只小手被妈攥住，身子也随之被妈轻轻地慢慢地推开了。英秀久久地凝视着儿子，像要重新认识这娇嫩亲切的小模样，眼神那么专注，那么投入，似乎忘记了玲玲还在一边站着。直到把清清瞅得神色慌乱起来，她才转过身重新攥住玲玲的手说："玲姑，这孩子可就托靠给你了。"

玲玲听出她话中有股让人费揣摩的味道，很是伤感，也有些莫名其妙。她怕英秀仍旧想不开而再次做出傻事来，就用宽慰的口气劝她说："怎么了英秀，你看你恢复得这么好，不是天大的福分吗？再说，孩子这就跟在你身边念书，多好的日子啊。"

英秀好像并不准备回答她，很不自然地擦了下眼睛，拽过清清："好孩子，以后要记住千万听你姑的话。"

清清愣住神，样子吃惊又疑惑。他看看母亲又瞧瞧玲玲，摇头说："妈，说错了，我该叫姑奶奶。"

林英秀稍稍苦笑了一下，不做解释，而玲玲却在刹那间什么都明白了。她明白了英秀刚才何以对自己那么亲、那么敬，对清清何以显得那么疏远、那么冷漠，也终于明白了英秀何以会说出要将孩子托靠给自己的话。林英秀的这些话虽明确但也极隐晦，白玲玲即便要开导要解释，顷刻之间也不知说什么好了。就在她心思凌乱神情错愕的瞬间里，林英秀已像有神明点化般地抚着清清的脸蛋说："你奶奶也来了，是不是？快，快去请她老人家。"

清清"哦"了一声，欢跳着跑出去了。这情景倒让玲玲着实吃了一惊。她纳闷，林英秀咋就知道清清他奶奶也来了呢？她前思后想，百思莫解，最后认定，这就是安灏曾和她讲过的人体心灵感应吧。

老太太赵云秀跟着清清走进来。英秀的母亲迎上两步，以古怪的眼光看着昔日的亲家母，又像忆起什么似的回头瞅瞅女儿的神色，扬了扬手，张了张嘴，不知说什么好，于是就什么也没说。昔日在医院里遇上过赵云秀，她也是这么夹手夹脚。但那时是在医院，尴尬一阵便过去了，如今是在自己家里，这位脑子里总像缺根弦的老女人就别扭，认为断了亲的人再上门就有点儿不顾脸面。若非看到女儿神色从容，她把客人一顿臭撅轰出去也是说不定的。如今人家进了屋女儿也似要迎上来，她也只好悄没声地退到一旁鼓着。

英秀的确是迎过来了。像在医院里那样，趿拉着鞋，一步一步迎过来。所不同的是，在医院里每次见到昔日的婆母，她总是哭得撕心裂肺，而今日，她连眼圈也没红一下。这种异乎寻常的镇静和自持力让她母亲都感到吃惊，更别说玲玲和赵云秀了。她撩了下奔在额前的头发，闭着嘴眨动着双目，很自然很平和地朝前望着。当她母亲从屋中间退到一旁时，赵云秀已在她的面前，她左手轻轻搂着清清的脖颈，往前紧迈了两步，右手似扶似搀地架住老人的胳膊，口中喊了声"妈"，就直戳戳地跪下了。在这刹那，清清被她搋了个趔趄，身子侧了侧也跪倒在地。这大概出乎赵云秀的意料，她的脸白了白，叫了声"苦命的任性的孩子啊"，就顺势抱住这娘儿俩。三辈子三个人，在这土屋里的土地上簇作一团，悲怆、痛惜、悔恨以及希望与失望的气氛相互混杂着，没有什么词句可以形容此时

163

此地的情景，可以形容这既眷顾又矛盾的娘儿三个。清清哭得上气不接下气，这在情理之中；赵云秀哭中埋怨林英秀一错再错但又不便明说。只有林英秀，口唇紧闭，双目微眯，跪地始终一言不发。然而，从她那忽红忽白的脸上，从她那紧蹙的眉头和不停抖动的双臂上可以看出，她在努力克制，克制自己的情绪，克制稍一松懈就要流出的泪水，克制欲吐不便不吐又如鲠在喉的心里话。她明白，要想做到这种完全的克制，最好的办法便是忍，便是耐。忍住耐住心中的感情波动，一个字一句话也别说。

白玲玲看到眼前的情景，心中既酸楚又喜悦。这种悲喜参半的心理，也是不说自明。自从英秀出现这一不测事件后，她那颗本已稳定了的心又开始动荡了。她之所以三番五次约了赵云秀带了清清看望林英秀，以至今儿干脆来到英秀的家，她自有她的盘算、她的想法。但此时此情下，不能说，绝不能说。她看着面前这抱作一堆怵作一团的三代人，双眼模糊泪满双颊。这泪是同情的泪——为林英秀；这泪是愁苦的泪——为赵云秀；这泪又是乐极生悲的泪——为清清。小小年纪就多磨多难的孩子啊，你还是有希望守着你的亲妈、你的爸爸。你仍然会有个幸福美满的家。想到这里，她的心禁不住紧了一下，因为这个家的关键人物里还有个安灏，安灏能顺乎自己的心愿吗？她回忆起这段时间自己和安灏的关系，脑子清醒了，也理智了，她暗暗地祈求着：让安灏从心底里抛开我吧！

都说爱情是自私的，看来也不尽然。

按说，娘儿仨得在西林庄吃午饭了。但是，在这种情况这种气氛下，就是山珍海味谁又能咽得下呢？更何况，两个老太太之间已经树起了意识中的栅栏，想凑在一块儿，难哪！玲玲将这娘儿仨劝慰安抚了一番，谈了些家常，嘱咐了英秀一些注意保重身体之类的话，看看再继续说下去已经情绪寡淡，便借故起身告辞。临走时，要留下清清陪着他妈，孩子恋母天性，就往英秀身边靠。然而，英秀却将他轻轻推向奶奶这里，又用手抚着孩子头说："清清乖，懂事了，回去念书要紧，听话，啊？好孩子听话。"

清清也真听话，大约是真的惦着读书上学，就又拽了奶奶和白玲玲的手道："走吧，走吧，回家，回家。"

家，哪儿是家？林英秀再也难以克制，赶忙别过脸去，潸然泪下。一旁老太太见状大怒，低低喝骂："真格的外甥狗噢，奶奶个臭×的！"

村西大水湾的南边，安子岭正蹲在那儿一边和人拉闲呱，一边看几家人用湾泥沤苘。他无意间抬了抬头，却见赵云秀和白玲玲、小清清三人自西向南顺着湾崖拐过来。他习惯地用下牙咬了咬上嘴唇，细长眼睛也不由自主地眯上了。那模样那神情，像在思谋如何对付一个突然发生的变故，或者是考虑安排变故平息之后的妥善办法。他的许多超乎常人的"点子"都是在如此神态中悄然而出，以至他自己也认为这个习惯是神明恩赐的。故而，他就习以为常地逢事便现这模样。天长日久，人们一见这模样，就知他又在动脑筋，至于这"脑筋"里要出何主意，那就难以为人所知了。但不论怎么说，他都有能力让人认为他的主意都是好主意，都能让人相信他、敬佩他或者怕他、怵他。否则，他怎能在如荼世事中翻云覆雨却始终稳坐钓鱼台呢？他这种几近下意识的神态变化自然会被沤苘的人们看出，他们回顾之间，自然也看到了那娘儿三个。于是就猜测，老区长大约又在为多灾多难的安灏家操心费神了。这霎，安子岭咬着上唇的下牙已经收回嘴里，细眯的长眼也慢慢睁开了，他似乎低低地叹了口气，顺手从放在湾崖上的苘捆里抽出一根，剥开苘皮，折掉那截光了的苘秆，嘴里依旧和人们拉着，双手已将苘皮分成三股，左压中，右压左，股股相交，灵巧而又细心地编起小苘鞭来了。

白玲玲走在前头，老远就和沤苘的人们打招呼。正在劳作的壮汉们就直起腰来，以回族乡邻间惯有的热切口气问："走亲戚去了？"

玲玲回答："到西林庄看了看英秀，出院了。"

英秀的事情当然人人都知，其中一位年纪大些的看着后边的赵云秀，很真挚地说："好儿他娘啊，你可是好人好心，你一到林庄去，对英秀那孩子也算个'搭救'。"

赵云秀笑了笑说："可也是，看那孩子身骨面目、说话行事，倒比往日还旺相周全呢。"

问着答着说着，就走过来了。走到了安子岭的身旁，安子岭始终一言没发。他很乖巧，在其他人说话时，他便以"自家人自家事"的姿态身份保持沉默。这很高明，很得体，因为在外人看来，只有"自家人"才能完全彻底了解自己家里的事，他如果也掺进来评头论足问这问那，不就显出自己是身处局外了吗？他不说话，眼却管用，在清清就要擦过他身边时，他以漫不经心的口气说："清清，爷爷给你做个苘鞭子，你要吗？啊？"

清清乐了，立住在他身边不动，瞅着仍在精心加工中的苘鞭，很开心地催促道："老爷爷，编紧些，抽起来叭叭的。"

"对，叭叭的。"安子岭口里应着，随之拆开了编好的一段重新加工。云秀和玲玲跟他搭讪了几句，就催清清快走。清清被苘鞭吸引住了，拧拧脖子说：

"不嘛！"

显然，清清贪玩，这也是小孩的天性。俩女人相互望着，不知怎么办好，抻了一会儿，又不能上来拽他，只好无可奈何地先走了。

苘鞭终于做好，短杆，长鞭头，末尾一根结实的苘纰搓成鞭梢，硬土路上一甩，果然是叭叭的。安子岭看看自己的杰作，又瞥了眼兴奋得小脸发红的清清，拍拍并没沾上土的屁股立起身，说了句"你兄弟爷儿几个忙着"，就领着清清朝村内走去了。清清将苘鞭抢在手里，甩一下蹦个高，一步不落地跟着他。安子岭慢慢踱着步，走出挺远，突然回头问清清："见着你妈了？"

"嗯。"清清答着，叭地一个响鞭。

"你妈喜欢吗？"

"不喜欢。"

"你奶奶呢？"

"奶奶也不喜欢。"

"她说什么了？"

"吗也没说。"清清又甩了下苘鞭，"奶奶哭了，抱着我和妈哭了。"

"嗯？哭了，还抱着你娘儿俩哭。"安子岭的口气很关切，像在问，又像在细心咂摸孩子的话，因为那双细长眼又下意识地眯起来了。

清清似乎忆起了那痛苦的一幕，很不自然地垂下了头。安子岭看看孩子的神态，脚步停顿了一下，似乎在琢磨某项可解而又难以解决明白的事，他轻轻抚着孩子的头问："白玲玲——哦，你姑奶奶说什么了？"

"姑……姑奶奶没说吗，她劝俺们。她，也哭了。"

"孩子口中无谎言。"安子岭心中嘀咕着，口中不由得啧啧两下。他重新踱起步，甩起手，声调里也充满天助寡人的喜悦。他忆起了前些年挺流行的一句京剧唱词，便照搬照唱曰："……又使伎俩，反教我有机可乘下山——岗！"

166

两天后，安子岭阴沉着脸从西林庄返回安家集。他本想径直回家，但在往北去的胡同口停了停，忽然改变主意，转身奔安灏家去了。在他走出胡同北口就要进入安灏家门时，阴沉沉的老脸已经发生了神奇的变化，僵硬的皱纹轻松地展开，眼笑眉笑口也笑，一张簸箕般的老脸转瞬成了一朵绽开的菊花儿。他乐呵呵地进了门，将近中午，恰好全家都在，玲玲也坐在炕沿上和金氏哼哼呵呵地应付着。他的屁股刚刚沾凳，就有些急不可耐地说："英秀她……她回心转意了，那边和尤家已经利索了，现今儿就等咱这头应口。"

玲玲脸上绽开笑容，赵云秀坐在一边不置可否，安灏将手中的一本书扔在桌上，正在编黄鼬笼子的哈三停了手脚，一双小眼睁开来，野狸子般冲老头瞪着。屋里，气氛一下子紧张了，凝滞了，连任啥都不明白的金氏也停止了哼呵。这不寻常的情景，似乎全在安子岭意料之内，他不急不躁也不再说什么，面孔却像慢慢冷却的水胶，渐渐地缩起来，板起来，一直板成结实的褐色。他终于又开了口，但口气却极真挚，极平和："我说啊，宁拆十座寺，不拆一个家。常言道，一把棘针撸不到头，咱们人家，总得讲究个回回转转，人家认个错，咱可不能不给人家一条回头路啊。"

屋里仍然没有声息。似乎有意打破这难耐的沉寂，玲玲开始说话了。可是，她刚说了句"依我看啊"，马上被哈三用手势止住。这小子慢抻抻地立起身，大鼻子很是优雅地耸动了几下说："狗屁吧她，我去找这个不顾脸腔的臊×去！"说着骂着，已经跨出了屋门，在安子岭与全家人的喝阻声中，墙角处推起那辆破自行车，雄赳赳气昂昂，梗着脖子"飞"出去了。

哈三西林庄之行是灾难性的。

他是个拧种闷小子，坏主意虽多，却从不会绕着说话。他装着一肚子气、一腔子火，进门见了林英秀，也不问个来龙去脉，就乱骂一通，声言英秀即使变成哈巴狗，也甭想再进他的家。林英秀让他堵得晕头转向脸色煞白却不知怎么应对才好。只待他锣鼓暂停，这才忍着气问他为什么。闷小子理直气壮地将安子岭所言重复一遍，并指责林英秀是死得屈转回来又要再次搅和他的家。林英秀听了，愣怔好一会儿，忽然眼泪汪汪，口唇哆嗦，扑通给这位昔日的小叔子跪下了。她打起"伊玛尼"，声音不大却很

167

清楚地说："兄弟，你听着，说没说那些话我不再解释，但有一条得明心，俺姓林的要是再进你的家，活着挨千刀，死了进'垛子海'，行吗？"

人起这样的誓，到顶了。哈三有点儿摸不着勺子把，那刚刚涌上来的"顿崖"上最难听的脏话也就窝在了喉结处。他正懵懂，跪在地上的英秀哇地哭了，哭声凄楚哀怨，悲愤异常。哈三一时没了主意，双脚移动，准备拔营撤退。可是，他万没想到，一直保持沉默的英秀妈已悄悄将门后的扁担抄在手里，老太婆本就和他有笔账，如今他又杀上门来，并且将女儿骂得下了跪，真格的"是可忍，孰不可忍"。就在哈三退出屋门推起自行车的刹那，老太婆手中的扁担带着秋风扫过来，哈三猝不及防，屁股上重重地着了一下。他身子结实，扛揍，不在乎也不还手，只顾推了自行车慢慢走。岂料老太婆并不结账，又劈山救母地将扁担斜地里砸下。哈三一躲，没砸着他却砸着了自行车的后衣架，一个铁制的家伙，硬是砸歪了。哈三不心疼屁股，却心疼自行车，他再也沉不住气，忙推起自行车朝外逃。老太太腿脚赶不上车轮快，第三扁担抡上来时，往前一够砸在门框上。扁担砸折了，她也震得跌坐在地上，人没爬起来，嘴就开了撅窗户。

老太婆的骂声粗直尖厉，哈三虽然骑车跑出挺远，也听得清楚。听得清楚也不敢停留，如此脾性如此年纪的人，你能和她对骂还是对打？再说，万一西林庄的街坊邻舍听到动静围上来，走不脱不说，人也丢大发了。既然此行目的已达，不趁早溜掉还等什么？

哈三虽犟，却不傻。

哈三走得麻利回来得快，家里人自然要问他些或好或歹的话。谁问他也不作声，只把一对小眼睛冲人立棱着。母亲叹着气给他端上饭来，他歪头瞅瞅，抓起个馒头攥一攥，咬着嚼着，若有所思地出门去了。

哈三顺街东行，直抵村外。这儿，昔日的大片荆地有的地方仍旧紫荆丛生，有的地方已经开垦种上了红麻、棉花。收成尽管不理想，但总比荆棵强得多。哈三学了敌后武工队的样子溜进一片红麻地，转了一遭，又悻悻而出，那情绪似乎丢失了什么。他回到村头几棵杜梨树下立住，东瞅瞅西瞧瞧，样子惋惜且又焦躁。过了一会儿，远处一间破场院屋里有人探出头来，口气惊喜地喊道："哦哟赌棍，这儿，在这儿呢！"

是小诸葛喊他。今儿上午狗党们约好了的，中午要在红麻地里赌一场，哈三因去西林庄，耽搁了，但他素来守信用，尽管晚了，仍旧要来。

赌友们更义气，也仍在等他。只是赌场由红麻地挪到了场院屋，因为日当午，麻地里又湿又热。

按词典上解释，赌棍是专靠赌博生活的坏人。这有些断章取义，实际上，赌棍除嗜赌之外，为人为事特别加了些"狠"的成分。但这样的人一般都比较讲义气讲道理且很侠义，故而有别于赌徒、赌鬼和赌痞。哈三之所以被小诸葛等赌友们冠之"棍"，便是这个道理。

近些年，人们的生活日渐变好，手头一富裕，就又循了昔日的"穷变卖、富置家"的旧俗，各门各户疯了般添置家业。土地虽然分到了户，但生产资料公有，不能买也不能卖，想成为土地大户一方豪门是办不到的，于是就将手中的钱用来盖房子、买家具、购农具。这自然是正道。不过，走邪道的也越来越多，偷摸抢拿倒不见得有，却是很多人越来越迷上了赌博。像左立贵那样的老赌鬼终年积习倒也情有可原，但哈三一类的小青年也喝了迷魂汤了？一辈子只骗不赌的左经纪进行了考察，他得出结论：此乃天道地气——人们吃饱了撑的；春冬两闲憋闷的；手中有俩钱儿烧的；无处不在的易卜里斯勾引的……

自从哈三辍学回家，赵云秀就算掉进气布袋里了。在学校里赌博，这是学生吗？赵云秀连哭加训，斥骂他不争气的犟坯子，他只是翻翻小眼耸耸鼻子，不认错但也不反驳。犟坯子还真是犟到底，安灏再托人求情，他也不回学校去了。在家有"狗党"们相随且又不受约束，他想干什么就干什么。地里的农活他倒经手，可只要稍有空闲，他便不进家了。一是跑到清真寺里找老阿訇学练硬气功；二是同些老少赌鬼乱掺和。这第一件，做母亲的尚可理解，第二件可就难以容忍了。回族人最忌赌，可他们偏偏赌得发疯，赵云秀怕闹出大事来，常常训他骂他，骂他不争气还让老人生气。这个拧种似乎撞了鬼，自打学校里跑回来后，脾性除以往的古怪之外，变得又躁又邪。不论老少长幼，谁使他稍不如意，他便恶言相加。安灏唯恐弟弟患了那种青年容易出现的精神病，只是处处袒护他，依顺他。谁料发展到后来，竟公开顶撞他妈："谁让你改嫁了，谁让你生我了？不改嫁不生我，不就没人让你生气了？"赵云秀本就心焦如煎，儿子竟然说出这种浑话，受得了吗？为此多少次痛哭不止，多少次气晕痰厥，多少次寻死觅活——终无作用，她也只好有泪往肚里咽了。

赌风像臭屁一样，蔓延得既快又烈。河南河北，各个村子，没有几处是不参赌的。这一方的赌鬼的"赌龄"长短不一，长的可以追溯到日本鬼子进中国的年代，短的仅仅几年几个月。赌注也不匀，小的几支烟几毛钱，寒碜；大的却可上百元上千元以致押上自己的驴马骡牛和刚刚买来的摩托车，吓人！这里的赌具最简单也最厉害，不是"顶牛"，不是"天九"，更不是外国鬼子们玩的轮盘赌，它是骨头制成六面刻点的四枚"色子"，抖手朝碗内一撒，"点子"好坏，立见输赢。

哈三自从弃学后，文化自然不会长进，可赌技却是日趋炉火纯青了。这得力于他干爹左立贵的指点帮助，似乎也源于他自己的聪慧天赋。他是这一方被尊作"棍"的为数不多的赌家，相赌的人说，他手上确确地已经能够发功了。

哈三的特号大鼻子和他的力气名气同步增长，鼻梁从眉间直直地通下来，到得唇上，鼻头又忽地增大。二鼻孔斜斜相对，吸气呼气很是集中，因此，那人中穴上的几根小胡子总是风吹草动。当然，像一切生有特殊物件的人一样，哈三最不许别人对自己的鼻子评头论足。他小时这样，如今依旧，有谁犯了他的忌讳，他会抡起吓人的大拳头，舍命也要拼个你死我活。那种为图个嘴上痛快而让他揍趴下的人，已记不清有多少了。乡中学教语文的老师见他形象脾气都古怪，查了查书，说是法国早年也有这么个大鼻子，不过，人家作诗击剑，不赌博。

哈三赌博有大将风度：连熬三天，心智不乱；赢钱再多，不喜形于色；输得家底朝天，也不怒不烦。正因有如此"赌德"，赌友们才都喜欢凑合他。这不，尽管他来晚了，尽管赌场易地，小诸葛等一班昔日狗党们仍旧等着他。

让安灏一家感到奇怪的是，安子岭自从那次去了西林庄，回来后说了那番话，接着却一连七八天再没进这个家。又过了些日子秋收开始，人们忙得昏头涨脑，累得手脚发麻，这话题也就顾不得再提了。一直到秋后种上麦子，人们这才松口气歇一歇。大约是"夙愿"未了，安子岭又来到安灏家，一双眼睛秘莫测地眨动着，告诉赵云秀说他还要去西林庄接那个茬儿。赵云秀意在阻拦，但面前的细长眼闪射出两股诡谲的光，像蛇芯，像鬼火，让她一时不知道说什么。事实上，她说也无用，向以这里的当家人自居的安子岭，知会一声已算可以了。

可是，这次安子岭自西林庄回来后，却没像上次那样神气活现。他坐在安灏家的椅子上，阴沉着老脸，一声不吭，只是间或听到从他腔子里发出的"唉哼"。显然，他是让谁给气着了。赵云秀看他神态奇怪，心里闹不清出了什么事，就试探着问他。这老朽先是鼓着腮帮子一言不发，继之出人意料地跳起来，相当烦躁地拍了下桌子起身就走，边往外走边气呼呼地说："哈三啊哈三，小兔崽子，做得好事，说得好话，等我逮着你的'把儿'时再说!"

其实，安子岭是在故弄玄虚。他第一次去西林庄时，林英秀碍于他老人面子，没答应他提出的要自己重回安家的要求，也没过于顶撞他。是他自己从中作梗，编了那么一套话。因为他确实希望英秀重回安家来，但也认为这是办不到的，源于那个年长日久潜伏于心的原因，他尽量想法捺着。俗话说夜长梦多，他将这句话反着理解——万一时间长了有转机，似乎还可能圆个好梦呢。但是，这次扎扎实实碰了硬钉子，看出此事难有所望，气急之下，找哈三做垫脚泥，也在情理之中了。因为他的外甥女英秀妈已将哈三那次的所作所为如实相告，否则，即使下台，也难以找到哈三这个"台阶"。

哈三在西林庄那一场，日后不久安家也就知道了。因为那以后玲玲又去看英秀，目的中自然也带着那层意思了。英秀当时就向她解释，说自己根本就没讲过想重回安家的话，安子岭之言，可能是作为舅姥爷的一片好心。而哈三来闹，也情有可原，她理解，她不怪他。玲玲诚心相劝，劝她回心转意，并说自己可以做安灏一家人的工作。英秀惨然一笑，说玲姑您就别操这份心了。那当初玲玲回来后，将英秀的话瞒下不讲，只说是哈三和英秀的母亲吵了架，她说英秀仍旧怀念这个家，并劝说赵云秀尽力把两口子重新撮合。尽管她说得轻松圆美又诚恳，但还是从这位女人的脸上看出一种极难遂愿的神色。之后，她仍旧怀着那种心愿去西林庄，她不由自主地当起了媒人，代替了本由安子岭担当的角色。这让安子岭大喜、吃惊又不解，以至到后来连他都对玲玲同情、赞叹和佩服了。

女人啊!

这位固执善良的让人又疼又恨的女人啊!

秋去冬来，寒冷的北风把一些人逼进了屋，也把一些人引出了门。出门来的除去赶集上店串亲访友者外，那闲极无聊的，就聚到一块儿赌博。最初，这些人大约只是为了消遣取乐，随着赌注的加码增大，后来就只为赢钱了。

近两年，这里的赌徒们已经自动划分了势力范围，小范围内分东西两片，大范围内分河南片与河北片。各片自有各片的领袖，领袖便是人们常说的"赌头"。哈三虽然年纪不大，但名声和赌技已是稳坐河北片的第一把交椅了。这些人有时白天赌，有时夜间赌，且又狡兔三窟，赌无定处。政府明知如此也无可奈何，因为他们每逢赌时，无论何时何地也不放松警惕，先派了眼睛尖耳朵灵的瞭望哨，抓赌的还没靠边，他那里已经唱起了"抢剪子来——磨菜刀"。听到这暗号，赌鬼们便极有秩序地吹灯拔蜡，相继走掉。

这天夜里，轻易不过河的"河南高手"忽然进了村，说是前两天安家集有人悄悄给他下了战书。安家集的赌友们你看我我看你，面面相觑，因为这几天他们只顾赌，连河也没过，更别说专门给人下战书了。可是，如今人家已经杀上门来，安家集的人就只能迎战，不能退却，否则，会被人视为"草鸡"的。草鸡只会趴，只会逃，而公鸡才是敢追敢斗的。这些人天生公鸡脾气，好斗，要不怎么会来赌博呢？

河南高手不愧为高手，一天又一夜，安家集的赌鬼们全给弄成了熰毛鸡。最后，能勉强扑棱几下的就只有哈三了。哈三虽然手上能够发气功，但总不是百发百中，且随着时间的延长，"功力"似乎减弱，常是三把两把难成点。然而，只要色子到了人家手里，上面就像附了神气附了精灵，差不多每把都成。偶尔走了点的，似乎还是对方漫不经心或有意让他。哈三感到屈辱也觉出了古怪，他想，对方赌技顶破天，点子也不能这么顺啊。他眯了小眼暗中盯住，终于捉住了毛病，小子赌风上不够格，跟赌友们要"鬼点"了。他暗暗骂了句驴日的，心中就生出了主意。

做"鬼点"是极损的。四枚骨头色子里剔出一个，将做了手脚的一枚巧妙掺进去，这掺进去的色子上，与那"六点"对着的一面灌了铅，铅自然要比骨头重得多，如此，色子掷进碗里去，重面滴溜溜坠到底，"六点"就总在上面了。有此"六点"坐等，再出个"二点""四点"或"五点"，一局便成。这赚人的把戏，赌家唤作"鬼点"。做"鬼点"极难，不只手段高超灵活，还须瞅准大多数人犯了糊涂的时节做。做几把，停一停，闪电手把那"鬼点"换出，这叫"打灯花儿"。"灯花儿"打不利索就要倒血霉，输红了眼的赌鬼们捉了你，看在赌友的情面上，倒也不打不骂，只将你脑袋塞进你自己的裤裆里，再用你自己的腰带反捆了你自己的两只手，让你解不开、钻不出。然后喊着号子抬出去，夏日当然要抬到最暖和的地方，冬天则放到风雪路口处。怕羞，不敢喊；怕揍，不敢骂，眼睁睁了自己的屁眼零件儿喘粗气，真真的变戏法的掉进井里，有法也无从想法。有时连惊带气开窍于二阴，那光景那气味就更美了。能把你活活地晒杀，冻杀，气杀，臊杀……赌鬼们赌钱有方损人亦有道，把这架势称之为"看瓜"。

"看瓜"时间的长短、程度的深浅，视态度而定。总是先问认打认罚，认罚将赚去的不义之钱通通吐出来，在场者人手一份，然后再磕二十四个响头，自己打自己六个嘴巴。认打最惨，冬日天寒地冻中，撅屁股冻半个时辰不说，隔会儿就有人往你裆里填一把雪。夏天天太热，怕时间长了中暑出人命，只让"看"三支烟的工夫。不过，每隔半根烟的时间，就有人将一把唤作"驴刺挠"的毛毛草朝你腚上搓。这毛毛草又是极歹的，沾在皮肤上奇痒难耐，似许多臭虫叮咬。一般讲，"打灯花儿"给捉了的都是认罚不认打，极少舍命不舍财的，"打"到半截耐不住，又改口认罚。

哈三瞧出蹊跷，却不声张，因为稍露颜色，对方便能察觉，眼珠儿转一转的工夫，"鬼点"就换出去了。要不怎称作"高手"呢？哈三又连输两局，第三局对方的色子刚刚掷下去，他就瞅了空子，像是无意地将碗碰得侧了几侧，几枚色子扑棱着蹦出来。赌鬼的眼，皮匠的铲，快着呢。"鬼点"早给盯牢，哈三在抱歉的口气中赶忙往起拾色子，却是趁了机会，神神儿地将鬼点换掉。

这无疑，高手的点子便不再顺，而哈三的点子却成了一把又一把。赌注越下越大，哈三赢钱越来越多。对方眼睫毛都是空的，早瞧出自己的鬼点入了哈三的股，而哈三又恶狼般狠狠盯着他，眼神脸色，明显地要寻人打架。他心中有鬼有愧，又是独自一身，明白与其让人捆了手将脑袋塞进裆里"看瓜"，不如体面地把不义之钱输回去，也就服了，认了。走了魂魄的赌鬼们此刻也明白了败阵的因由，但赌棍哈三在坐庄，却不好鼓噪发作，只有耐了性子等着。如此一个时辰，那老兄终于直了眼睛翻口袋："惭愧，光腚光了！"

送走了对手，哈三骑在桌上说："小子耍鬼点，咱透亮。服了软咱也不难为他，钱掏回来了，谁挨了多少坑，各自报数吧。"

下边报一个，他发一份，片时间，手中钱发光，伙计们还没报完。他跳下桌子舞拳头："日你们爹，我那一份呢？"

几天后，河南高手又来赌，另带三个帮手。哈三明白是来掐秧子的，暗暗给伙计们递了眼色。大约上回吃了憋，有气，才赌半夜，高手便又耍鬼点。毯子早在一旁眼睛瞪成蛋般大小，刚成三两局，鬼点就给他一把捞在手里，炕沿上用砖砸破，得了实证，当即吆喝了弟兄们拥上去要捉对方"看瓜"。对方有防备，发一声喊动起手来，这就打了乱架。无奈好汉打不出村，一场混战，鸡飞狗跳墙，对方四人逃了一个，捉住俩，"高手"趁乱一拳擂掉了哈三的槽牙，哈三吐着血沫子逮住对头，一拐肘把他的鼻梁骨磕折。这受了伤的送去医院里治伤，那被捉了的不能坏了规矩，照旧抬到门外风道里"看瓜"……事情盖不住，闹到乡里，说也奇怪，乡政府近日接连收到两份"密报"，说河南片与河北片的赌徒们将在安家集摆擂台大聚赌。这不是小事，书记乡长都挺紧张，便合计组织力量侦查捉拿。事出意料，还没动手，他们倒自动暴露。乡长大喜过望，说这是多行不义必自毙，当即报给县公安局，可巧社会上正在搞什么"双打"，如此聚赌又斗殴的案子，公安局岂能不抓。乡里县里开大会，"首恶必办，胁从不问"，将哈三与河南高手二人逮捕判了两年刑，其余的人都放了。

赌场上的对头双双进了劳改队，家中人自然要去探望。"高手"家中就一个老婆，十天八日去一次，"高手"倒也不寂寞。哈三家里呢，母亲、哥哥轮番去，左家小子和玲玲也常去。他们来了只是哭，哭得哈三心烦心慌，眉头紧锁。最让哈三欣慰的是，已经长得越来越粗壮的干妹子丫头也常来。她来了从不哭，只是乐。她总是很开心地说："关你两年也好，给你收收性子，省得整天除了干活只知道赌博。"

哈三哭笑不得。

这天，安子岭也来看他了。他没有什么或悲或喜的复杂表情，拉了些家长里短，临走时丢下一句让他足以考虑两三天的话："小子，记住，吗事也要听老人的。要不，让你吃不了兜着走。"

哈三判刑不到两个月，一辆吉普车于大风雪中在安家集村头慢慢停下了。一位五十几岁的外地男人跨出车门，朝先后跟出来的两位干部模样的人鞠躬又握手，口中连声道谢。对方要继续送他，他执意不肯，说是自己步行进村最方便，遇上乡里乡亲也好打个招呼。对方又说了些有事多找外事办公室联系之类的话，上了车，一阵泥雪迸溅的喳喳声，汽车掉头，不一会儿便被风雪淹没。外地人望着面前的安家集，似乎喉头抽搐哽咽了一下，定定神儿，脚步踉跄却是万分匆急地进街去了。

游子归来

  风雪横扫着大地，街上行人几近绝迹。凭着遥远的记忆，他急匆匆地顺街往西走着。

  他就是当年的留根儿。他在寻找自己的家。

  家在哪里呢？

  昔日街旁草檐出头的土坯房，如今全是红砖红瓦。幼时曾在上面蹦上跳下的街心石，怎么一块也不见了？街边处，高高的水泥杆上安装了大喇叭，许多的大门磨石斗拱，于新颖阔绰中透着古朴典雅。间或有人出得门来，瞅他一眼旋即走开，小孩子跟在身后什么也不说，他一扭脸他们便跑了，对他，人人都是陌生好奇的探询神色。他一阵心迷神乱，脑海中原有的固定迹象渐渐模糊了，这里非家？似家！他开始放慢脚步，环顾四周，细细琢磨。

  蓦然间，他清楚了，这里是自己村里的那条街。没错，绝对没错。他微合双目，重重地舒了口气，脚步重又加快了。

  顺街风迎面刮来，他禁不住打个哆嗦。落雪无声却有形，雪花儿被风卷起，在街边巷口堆积成堆，蒙蒙中望去，如一个个白色坟丘。

  风嘶，雪飘，他在风雪笼罩的街道上疾走着。近四十年的风霜雨雪瞬间闪过，昔日旧梦犹存，而自己的青春年华呢？

  欲哭无泪，欲喊无声啊！

  寺顶上的"新月"愈来愈清晰。这刹那，他看到了——看到了西边街头上的一个巷口，冷不防心脏好像给谁攥了一把，紧缩之后又猛地扩张，竟致冲得胸壁作痛，浑身哆嗦。跟跄几步好容易站稳，泪水却难以抑制——如瀑，似河。眼前红黄黑绿不停变幻，乾坤迷茫，世界混沌了。

  他稳稳心神，擦擦泪眼，朝那个巷口痴痴地望着，趔趔趄趄地走着。出了那个巷子的北口，再走不远，就是他朝思暮想的家了。家中有房，有妻，有这辈子做梦也不会想到还能看到的儿子，有奶水心血养他十几年的母亲。四十年肝肠寸断的思念之情积于胸中，咽喉间灼流迸发，他豁然张口：

"妈——妈——"

妈，听到儿子的喊声了吗？我想，您是能够听到的。多少年来，在海峡的那边，我就曾经千百次地这样哭喊。不过，那常常是在梦中，或者是在旷无人迹的海滩。千真万确，我也曾多次听到过您的回答，您说您听到了我的喊声，您惦儿，盼儿，望儿快快回家。如今，我真的回来了，并且是突然回来的。我想让您享受一下那种完全意外的母子重逢的幸福。现在，儿子离您越来越近了，您想得到吗？您此刻是不是正站在门口，倚着门框，眼巴巴地盼着、等着？妈，风大，雪大，天冷得很，您回去吧，回屋里去吧。儿子一会儿就要出现在您的面前，跪在您的脚下，偎在您的怀里，在领略昔日母爱的同时，俯受您的责骂。——游子虽归，孝道难偿，原谅我吧，妈，我仍是您怀中吃奶的娃娃。

离巷口越来越近，越来越近了。忽然，从前边那亲切而又陌生的巷子里隐隐传出发送人（丧葬）时才有的哭悼之声。哭声悠长绵延，郁愤悲切，那忽高忽低的余音，似乎在控诉和祈求着什么，风声和哭声混在一起，搅乱了世界，也搅乱了他的心。

"顿崖"如荼，忧思悲恐始终伴随着。一个人到头来尸落何川，魂归何山，你难以自决，难以定夺。你只能吊在命运之神的细索上被任意抛甩，有时给抛进汪洋大海或深沟险壑，你挣扎无益便只好自慰自藉——这是我"罪有应得"；有时给甩到了穆民向往的碧水清潭，清潭里鱼儿嬉戏，荷花朵朵，于是就庆幸，就欢乐。因为荷花丛中那条方舟荡荡而现，方舟会将你载到潭边，你便跳上了希望之岸……你觉得如梦境，似幻觉，但愿这一切都是真的……

天地震颤，风雪呜咽。这环境这气氛，使他心中产生出一股难以说清的凄楚和惧怕。就在他驻足稳神的同时，那巷里传出的哭声忽地加大，这准是又一拨前来发送人的亲朋到了。他马上下意识地启动双腿，加快脚步，像是急于赶去弄清什么。他走进巷子，穿过巷筒，刚刚走到北头的巷口，又立住了。

他看到了自己的家。

房屋依旧，仍是青砖为基小瓦盖顶的土坯房。院墙重修过，大门是改了样子。可是，那早年用以舂米的半截石臼，却仍然在大门不远处戳着。它以自己的存在，证实了祖宗们艰辛古旧的历史，此刻却给归来游子提供了识途认家的标志。大门已经距他不远，几分钟内他就可以跨进自己的家。然而，他却两腿如箍不动，双目发直——直直地盯着那个几十年来千思万念的院落。院中此时哭声一片，穿白戴孝的人们从门口进进出出的，顷刻间，一种不祥的预感涌上心头，他立即觉得全身发紧、发冷，如同冰天雪地中穿上了铁皮盔甲。激冷发抖中，凉汗奇怪地顺着脊背渗出来，继之就开始头昏眼花。他将身子倚在墙上，只觉胸中灼流似剑，喉管处切割如裂。胸中灼流上涌至顶，又倏地贯下，几经沉浮，凝于颧颧，颧颧膨热似炉，于无声处将情感之铁彻底熔化，熔汁冲决了堤岸，从他眦裂的目间汹涌而出——是泪，是血？

他定在原地许久许久，好像没有了意识。忽然间，两耳轰轰，双目蒙眬，那进出大门的人群和院中传出的哭声骤停，整个世界都发生了神奇的幻化。哦？小院里的哭声呢，随风而去远逝天外了吗？一股旋风扑在他的脸上，他战栗了一下，再细听，院中哭声依旧，并且是愈来愈紧、愈来愈大。哭声似电流刺激着他的神经，使他意识到，自己似乎应该从一个深坑的底部往上爬。这么想着，脑子就渐渐清晰了。耳边好像有什么在响动，忙擦擦模糊的双眼，哦，孝帽——一顶松松的孝帽在他跟前抖动着。孝帽下响起一个稚嫩而怯怯的声音："伯伯，是来发送人的吗？去吧，马上要站'者那则'（葬仪）了。"

声音随着孝帽逝去。他定定心神，果然，院里哭悼之声渐止，隐隐传来阿訇们的诵经声，声音暗哑庄重，悲惋惜别，伴随着呼啸的风雪，让人想象着另一个世界。

"世界"本来就不大。

熙来攘往的院中，显得有些拥挤了。人们满脸的泪痕，双眉紧锁，言谈举止所形成的这种悲怆气氛，在穆斯林的葬礼中是极为常见的。这个时间内，这个范围里，人与人嫉恨全无，宿怨消除，在场者之间的关系，全是那么亲善、融洽。似乎今日不表示一下彼此间的友善心愿，明天就再也没有机会了。而以往的明争暗斗，以往的尔虞我诈，俱属龌龊荒谬，争雄一世，到头来不就是这个"归宿"吗？人死口舌终，活着为啥不和和气气呢？此时，人人都观破了世事，个个都变成了圣人，大家好像都考虑到了自己的将来。将来是什么？谁都不甚了了，所以就谁也难以细说。当然，葬礼过后，可能是几天，也可能仅仅一天，该朋友的还是朋友，该冤家的仍是冤家。

受了气氛的感染，前来吊唁的亲朋几乎没有不落泪的。在和屋门两旁跪迎的逝者家人们挨个儿"拿手"之后，他们径直地哭进屋去，辈分不同，礼仪有别。平等的哈腰，晚辈的跪倒，在尚未打整（给亡人沐浴整容）的"埋亦台"前泣诉离别。当然，没有谁会无休止地哭下去说下去，因门外还有随之而来的多斯提等着。

屋门外，跪悼的亡人眷属朝出来的吊唁者们磕下头去，吊唁者再次"拿手"抚慰以示同哀之后，象征性地拿一点"传经钱"，就在一旁坐等发送人了。

院子西南角上，老区长守着账桌。他七十多岁了，依旧脑清目明，精神矍铄。让人顾盼生威的浓眉下一双细长眼睛，两绺花白胡子循规蹈矩地往上翘着，泪珠儿颤颤儿地闪动在睫毛尖上，十足那种丧葬场合里悲人又悲己的神色。"无常"的老太太虽是他已出五服的本家嫂子，支分不算近，可许多年来，这家的大小事情他总是明里暗里关照着。老区长的年纪已经不算小了，可腰板挺直，身体仍硬朗，加之保养有方，脸上还微微泛着红光。

老区长无权有余威，村里人怵他，服他，也就相信他。他似乎确是乡下常见的那种让人怕三分敬七分的忠厚长者。

老区长有资格有心计，村中但凡出头露面的事情，自然都要他来张罗。今天，他端庄地坐在账桌后边，不断朝走上来交传经钱的人们点头致谢，随之打发人安排丧饭，伺候客人，还要时时注意和关顾葬仪的进展情况，既不能过早，也不可过晚，因为这方回族的习俗规定亡人入土不能超过中午。他以他惯有的沉稳练达和果决，使丧事进行得有板有眼、周到妥切。难怪人们经常啧啧称赞："要说操持个红白大事，还得说人家老区长啊！"

白头发五婶抹着眼泪凑过来，吞吞吐吐道："大兄弟，那顶旐子的……"

亡人出门到坟地，罩上木匣的旱旐子（放置亡人的长盒），始终要由亡者的儿子——至少是最贴近的男性后代在前边手抬背倚着。老太太跟前只有儿媳和孙子，而孙子和老太太之间隔着一辈，照本地的习俗，不妥。可五服之内再也没什么贴近的了。这个"败俩"谁会干呢？白头发五婶大约心中顾虑，就再次来寻"主心骨"了。老区长似有烦意，口气淡淡地说："不是定好让左家小子来？"

"啧啧，这、这……"

"这什么？"老区长转过脸，"作孽赎罪，欠账还钱，他不顶行吗？"

五婶见状，讪讪告退，边走边嘟哝着："命，命啊！"

望着五婶走去，老区长啐了一口，那细长的眼睛慢慢撩开一条缝儿。他朝跪在屋门外的左家小子左立渊瞟了瞟，朝对面桌后浏览经书的阿訇和海力凡们扫了几眼，又抬头看看根本看不到的太阳，扭脸对管白账的人说："几位爷儿们，天不早了吧？"

"是不早了。"几个人先后看看天说。

"亡人奔土如奔金，该站'者那则'了。"老区长说着起身向屋里走，人未到门口，已是呜咽嘎哑、跺脚捶胸中叫着嫂子，数说着老太太一辈子的不容易，长一声短一声哭喊悼念着。人们恻然叹息，这大年纪仍旧如此动情，真不枉为穆民中的人了。漫说支分出了五服，就是自己的亲嫂子还要怎么样呢？乡亲们忙簇前宽慰，劝解。不料劝了一会儿，却又都陪着老区长号啕大哭了。哭悼声压倒了风雪的吼叫，此时此情下，谁都想劝解别人，可谁也克制不住自己那种难以解释的感情的发泄。就像骤然涨满滚滚而流的河水，无论引流还是落闸，都是在短时间内所难以办到的。幸亏老阿訇见多识广，一声高亢的诵经声将人们提醒，活着的尽可以有时间日后去哭悼，亡人却是尽早地入土为好。于是，人们相搀着，相跟着，慢慢地退出屋来，到得院里，兀自鼻涕一把泪一把。

院中的一切，僵在巷口的留根儿自然是看不到的。他只能听到紧一阵慢一阵或者高一下低一下的哭声，他极希望这是一个梦，一个大白天做的不着边际的梦。梦中是真，梦醒是假，如此，他就可以使自己还在几分钟前做的另一个美梦得以圆验了。

然而，千真万确，那里就是他的家，而哭声也是千真万确从那个家里传出来的。那进进出出穿白戴孝的人证明了什么，他更清楚得很。故而，

180

他只有暗暗祈祷，祈祷将眼前已经发生的这些通通幻化。

他自从接到安灏的回信，就喜得如癫如狂了。当时，他是怀着一种急切想拆又害怕的心情拆开那封信的，当信拆开的刹那，他手哆嗦，心哆嗦，浑身就跟发疟子似的。他以平生最大的克制力稳住自己的情绪，刚刚泪眼模糊地将信浏览了一下，就发疯似的大喊大叫："我妈还活着，我老婆还有，我……是有儿子的！"他喊着叫着在楼房阳台上跑，若非有人及时抱住他，他是会从楼上跳下去的。从那他就开始张罗回来。如今，他终于回来了。

雪似乎小了些，风仍在起劲地刮。巷口不远的大柳树上不知何时折了一根茶杯粗细的枝杈，枝杈在朔风中摇来荡去，让人想象那是一条死尸的胳膊。一只寒鸦仓皇飞来，在那枝儿上一停，立脚不稳，又呀呀叫着飞走了。

天萧索，地凄怆。

易卜里斯给留根儿施了定身法，鞋底和地面似乎凝为一体了，他挪不动步，也不想挪。刚刚清晰了一点儿的双目，忽然重又迷迷蒙蒙如同罩上了大片的雾。尽管视线模糊，他却不去擦一擦或者揉一揉，他只竭力地张开双眼直视小院——但又不敢想象那院中已经发生的。他以手扪心，恍惚中仰天自问："难道我是幼时作孽一生偿？否则，何以离去归来同样惨呢？"

天上的云层好像更厚了，乾坤由白变灰，渐呈铅的颜色。这铅一样的颜色越来越重、越来越浓，多像当年那个难忘的夜啊！

唉！可憎可怕的夜。

他忆起那夜的惨景，自然就想到了当年那个与自己一同被抓的小媳妇。小媳妇亏了那身装束，她被放回去了。她曾在生死离别时亲口许诺，妈有她照顾。然而，一个刚过门的小媳妇，能有什么能力照顾自己的婆婆呢？一日夫妻百日恩，话是这么说，但她此刻怎么样呢？

此刻，媳妇就在母亲的尸匣前跪着，她当然再非昔日的小媳妇，已经苍老消瘦。她的花白头发上顶着一块硕大的首帕，她眼睛红肿眼皮沉重，但仍竭力地睁开来，想再看一眼几十年相濡以沫的婆婆。隔着尸匣厚重的木板她恍惚看见老人在朝自己摆手，一缕飒飒细风将同样飒飒的声音送进她的耳朵："做人不易的孩子，后世里我求主，你有好日子……"

像几十万只工蜂同时起飞，院里忽然爆发出齐刷刷的轰嗡声响。这声响是千百人痛哭的合音，能使泥胎心碎，会让铁人陪着落泪。

哭声越来越高，越来越剧烈，空气受了这哭声的震荡，也在急剧地收缩又膨胀，并随之生发出巨大的冲击波。冲击波迅速向周围传递鼓荡，院外远处大树上那根悬垂的枝杈摇了几摇，嚓地折断，飘飘荡荡飞往西南。

院里的哭声更高，院门里拥出一群人来，人群的背后，首帕和孝帽连成一片白色。盛"埋亦台"的木匣被白色的形影包围着、簇拥着，向停在门前不远处的架罩慢慢移去，移去。在到达架罩前的同时，人们将亡者的亲属劝开或是拽开了。一片哭悼声中，尸匣被人们庄重而谨慎地抬起，十分有次序地按规定放进装饰古雅色彩绚丽的架罩里。灵旗灵伞迎风展开，八名粗壮汉子在亡人女眷的哭别中将架罩抬了起来。他们在既哭且诉的男眷的引领下，跟着走在最前边的阿訇、乡老和海力凡，心情沉重却又要步伐一致，朝了那人类永久的归宿之处走着。他们的步子极慢，极慢，似乎人人腿上都坠了铁。

是啊，人们就是这么想，驻足既不能，那么就尽量慢一些走吧。人生日月虽苦，毕竟还是有可留恋的。辞世者啊，请你最后仔细地看看这"顿崖"上的一切，在今生的路途上，有什么事情做了？有什么事情没做？有什么该做的没做？有什么不该做的反倒做了？倘是还有什么未为人知的希冀和心愿，那就留待穆斯林的"复生"之日再行实现吧！

留根儿脚下的"冰"松动了，融化了，是被刚才那骤然而起的情感热力所融化的。送葬的队伍涌动但有秩序，哭悼声、安抚声、嗟叹声交相混杂。架罩前那位"顶架子"的男人哭得昏天地黑，两位年长者分左右架着他的胳膊。他和他似曾相识但又不认识，他同时又朦胧地意识到，那个男人所处的"顶架子"的位置，似乎应该是自己的。留根儿迟疑了一下，便神经质般地跟上去。他双腿极为沉重，走起来也就有点儿蹀躞。他虽然想竭力赶上那哀痛的队伍，可总是赶不上。他心里很明白这是在发送什么人，但一个奇怪的东西塞紧了胸腔，箍住了脑袋，使他懵懵懂懂痴痴呆呆地说不出话。

是心窍迷了、头脑昏了、精神给突如其来的意外刺激冲垮了，还是几十年的颠沛流离把人的固有天性——"感情"给淡化了？他不哭，不喊，也不说，脸孔呆板僵硬如木乃伊，双腿如安了发条的木钟，一下一下机械地向前动着，动着。

喉如火烫，心似针挑，如涛思绪难以理出头绪，倒像旋涡一样把他裹住了。留根儿昏昏地跟到村外，在一个记忆遥远的似曾到过的地方，哭悼声戛然而止，眼前那片白色孝帽也随之矮了。他怔了一下，好像意识到了自己应该做的，便也在人们的后边跪下去，跪下去。双膝重重触地有声，把铁板冻地砸出深深的坑。

阿訇、海力凡们跪在坟头的前方，挨次以惜别沉痛的声调诵念着《古兰经》。铲土填坟的唰唰声不断传来，它掩埋着亡人，也敲击着送殡人的心。寒风呜呜，松柏乱抖，枯草摇曳中显露出这里的大片坟头。乾坤变幻生生死死，这村的人们只有躺在了这儿，才能算作永久的停留。此刻的墓地里，长风为号，白雪为孝，送殡者为新亡人祈祷。雪粒子逐渐转化为如席雪片，伴随着朗朗诵经声，山河大地渐渐地已是素缟铺蒙。

留根儿跪在那里，一双双陌生的眼睛不时地打量他，有的纳闷，有的惊诧，有的还表现出一种似是而非的疑惑。回头经还没念完，亡人的坟口还没封完，所以也没有人会担着罪愆来和他搭话。他没有戴孝，显然不被看作亡人的亲属。又非庄乡街坊，因为人们似乎从未见过他。而他却直直地跪在那里，看上去神思恍惚，表情复杂。

此时，他觉得眼前白乎乎一片。阿訇、海力凡的诵经声一会儿贴近一会儿遥远，宛若高山峡谷中的流水之音，倏忽逝去，倏忽又回返。他竭力要使自己镇静下来，以理顺思绪的混乱。可脑子像塞住了，心窍像堵住了，无论怎么努力通顺，仍旧是浑浑噩噩。浑浑噩噩中，只有一缕若隐若现的游丝般的东西在启示着他……

不知过了多久，他朦胧觉得阿訇、海力凡们诵经结束。继之，耳旁响起了高低轻重不等的"阿米奈"的圆经声。跪坟的人们双手捧至胸前，眯着泪眼，用发自心中的情感对亡人做最后的离别悼念。哦！这不是自家的坟地吗？当年曾经多少次地请阿訇来此"走坟"，以追祭悼念先故的父亲和奶奶、爷爷。那枯草萋萋的坟头不正是父亲的遗冢？而刚刚埋在父亲坟旁的，无疑就是自己的母亲了！啊！妈！受苦一世的妈，罪孽之子晚来一步，活面无缘，死面竟也没见到呀！热血自下而上掼击着天灵盖，将他猛地冲了起来。霎时间，大地失去了引力，两肋长出了翅膀，他劈开波涛，渡过海峡，越过崇山峻岭，掠过平川大河，离地千尺——向着一个梦牵魂绕的地方飞去了，飞去了……

终于，他从高空跌了下来，落在母亲的坟头上。他穿过厚厚的土层，进入幔篷（写有经文的白布）挂壁的墓穴。他拽开了雪白洁净的"开凡"，抱住了母亲的脖颈，亲吻着母亲的脸颊。母亲的身子开始抖颤，在墓穴里的暗影中，她慢慢地睁开了眼。日思夜想的儿子已在面前，她却惊愕地盯视着，辨认着。她竭尽全力要坐起来，坐起来，尽管结实的"开凡"裹紧了她，几经挣扎，到底还是坐起来了。母亲青丝绾髻，消瘦但端庄的脸上千层笑纹；母亲胸腹丰满，泛着黑晕的乳头上放出万道光华。她十指颤颤捧住儿子的脸，看看鼻子，瞅瞅眼睛，摸摸头发，拽拽嘴巴，自己的口唇也在轻轻嚅动着。是在叫"我的臭蛋儿我的宝宝"吧？他歪头看着，侧耳听着，但母亲的话音似有似无。他又屏息静听，到底还是听出来了。母亲说：

"孩子，这才是家！"

母亲重又躺下去，躺下去，口眼渐渐合拢，然后面孔朝西，向着麦加天房的圣石——"开尔白"安详地睡去了。

"入土为安，后世永远！"

这声音来自另一个世界。

"留根儿，留根儿！"

是谁在喊？

是自己的母亲吗？他猛地睁开眼来，却看到自己躺在热乎乎的大炕上。母亲真的在喊他，却离得那么遥远，口气又那么焦灼。刚才还是那么年轻的样子，现在怎么就皱纹成堆、白发苍苍了！那在忧悒悲苦中仍然透着和善的让人感到亲切的笑纹，哪里去了，哪里去了？他惊愕了一会儿，还是挣扎着坐起来，扑上去。他想扑进母亲的怀里，吸吮母亲的奶水，享受幼时的欢乐。他想母亲也一定会马上抱住他，亲他、吻他或者打他、骂他。然而，面前的老人却无动于衷，只是用粗糙的双手撑住他的下颌，摇晃着他的脑袋，一声接一声地说："留根儿，留根儿，你省省神，我是你五婶，盯着我看看，还认得吗？啊？"

哦，五婶！他定定地看了看，似曾相识。可他顾不得细看，他心中此刻仍旧想着母亲，脑子里仍旧萦回着母亲刚才的形象。他的身子拧了几拧，开始朝着一位远在高处的熟悉的老人面前挣扎，就有许多声音传过来："那是相片儿，是老人家的相片儿。看清楚了？"他这才又明白，炕前有许多乡邻守着他。他是被大伙从坟地上抬回来的，他刚才已经"死"到那里了。不过，他确曾记得自己刚才在坟地上曾与母亲相逢，那幸福的情景、难得的享受，他多么希望重现啊！

然而，不能了，不能了。乡亲们已经将他重新"请"回，将他拽出了那冥冥世界。他有许多的"口唤"尚未兑现，他必须返回这有苦难也有欢乐的"顿崖"。他看看前面墙上挂着的相片，相片上老人家消瘦，目盲，一脸皱纹，满头白发。天性所使，骨血所致，虽然与记忆中的形象判若两人，但他一下子就认出来了——那是妈。他猛地起身扑上去，拽下装着照片的镜框抱在怀里，冲那冰凉的玻璃亲着，吻着，哭着，喊着："妈，妈，妈——"

天悲，地悲，人悲。悲怆气氛的感染，使得整个屋子里充满了嗟叹、饮泣和呜咽。这刹那，走上来一位中年偏老的妇女，穿着孝鞋，戴着首帕，白布单裤因不停地行跪礼而沾满了泥雪。人们似乎得到了某种暗示，将镜框从他手里拽出来，劝慰一番，就都纷纷走出去了，只留下那位七十多岁的白头发五婶。五婶就指指那妇人，泣声说："留根儿，这是你屋里的！"

啊！屋里的？这是当年一夜夫妻的小媳妇吗？是那个那天夜里哭喊着让他"放心"的奶嘴子小孩吗？瞧她两颊深陷，嘴唇涩燥发绀，红肿呆滞的眼睛上方皱纹横陈，花白头发上挂着零星的冰碴。一双粗糙皲裂的手欲伸又缩，颤颤抖抖，怎么会是她呢？不，不是的……

然而，千真万确就是她。

五婶拽过媳妇，媳妇涕泪交流。将近四十年的风风雨雨，苦命的人儿啊，你是怎么走过来的、熬过来的？

媳妇立在炕前，号啕大哭，她有话要说，有苦要诉。对谁？自然是对他。他，昔日的丈夫，如今是不是还能这么称呼呢？唉！世道如茶，古人的话一点儿不假。现在，昔日的丈夫就在面前，她将从哪儿说起？说什么？平心而论，她对他的依恋，已完全不及另一个人了。只因她在那年那夜主动接了他的"汗格儿"，她才以几乎是穆斯林女人的本性来履行自己的承诺。哈金瑞"无常"后，她更加相信经典上多处提到的"人的盘算，主的安然"。然而，那个人的形影总是搅刮她的心思，动摇她浇铸脑中的"前定"之说。近些年来，岁数大了，她的心才渐渐稳下来。今儿发送婆婆，那个人又重新处在她丈夫该处的位置上，就又勾起了愁情，勾起了伤悲。她得让丈夫跟人家说几句话，否则，她心里受不了也盛不下。她终于止住自己的哭声，擦擦泪水朝外喊了句什么。

左家小子进来了。一脚门里一脚门外，脸上就显出悔愧负罪的神色。他几经踯躅，终于过了门槛，怯生生来在炕前，仆地跪下了。

留根儿的脑子里嗡嗡乱响，他模糊记得，这个忽然跪在炕前的人很像刚才送殡行列里那位顶架子的。若果如此，他代己行孝有大恩而无丝过，可他为什么还要下跪呢？

就在留根儿错愕惊诧的瞬间里，左家小子已是声泪俱下地说出了让人听来也是肝胆俱裂的心里话。他说当年留根儿他们给抓走，因为是自己告了密。他说他和父亲回家不一会儿，一个胖老总就带兵进来抓住了他。当兵的骂他，搡他，还用子弹头拨他的肋条骨，他年纪小，受不住，就把破窑洞里藏着人的事说了……最初几年，他还感觉不出什么，可是年龄越大，心里就越悔愧越害怕。他明白是自己一人害了几家人。他说当时被从窑里抓走的几人中，有的逃了回来，自己就暗暗地做了"知感"。有的后来确信是"无常"了，他也用相应的方式做了补偿。只有他留根儿生死未卜，而自己却总又觉得他还活着。所以从那时起，他就发了誓，一定帮嫂子照顾老人，支撑家业。要是他万一回不来，自己就代替他打发老人入土为安了。如今总算是交了"口唤"，而他也恰好回来了。他让留根儿哥哥遭了这么多年的磨难，有愧，有罪，就是把自己剁碎了扬进大碱洼也难赔补。今儿跪在这里，认打，也认罚……

不知何时，炕上炕下聚了许多人。人们先是咂嘴、叹息、饮泣、呜咽，最后终至满屋人号啕大哭了，人们痛感到世事的艰辛了。

留根儿的心重又郁塞，这是让一时无法说清的痛苦和疚愧造成的。左家小子遭冤受屈几十年，他明白，另一个人更明白。可是，事情已经过去几十年，有的人已经逝去，有的人还在，在世的人又有谁来对证或做证？

即使证明了，自己身处他乡异地，不甚明了大陆上的情况，对这位可怜的左家兄弟又怎么讲清，怎么交代？安中奇想到这些，不禁一口浊气由心底泛起，吐之不出，咽之不下。他憋闷半天，才哽咽着攥住左家小子的手，溜下炕来，相对跪拜说："兄弟，过去的，都过去了。"

两双手越攥越紧，一双冰冷，一双烫热。

大地不再饮泣，苍穹不再呜咽。亡人的"鲁赫"安顿下来，风雪也停了。人们相继走散，正屋里只剩了他和她。留根儿说："那边，我又有了。"云秀的脸由红变青变白，最后仍是原来的神色。她斜坐在炕墙上，以一种让人迷惑难解的眼光望着他。

周围声息全无。

空气也凝结了。

到底过了多长时间，难说。媳妇忽然站起来，摇摇晃晃地走到一架老式立柜前，打开柜门，翻至柜底，从底匣的夹层里取出个红绸小包。她手指颤颤打开小包，小包中棉绒剥去一层又一层，最后一块小小银圆出现了。银圆上银龙双目似炬，身放光华。银龙带动得银圆从媳妇手中飞起，映得满屋通亮，白光闪烁。银龙架着银圆在媳妇心口上飘着，转着，一连串天外之音从那里响起："汗格儿，汗格儿……"

媳妇将银圆送到他面前，他只觉头晕目眩。他双手打战，似接又推地说："我，我不能啊！我要回来，我……"

媳妇的神态极为安详。她口气郑重地说："别向一个，坑一个了！"

他双手摇摆，不断后退着。

媳妇不再说什么，只是双目正视，双手平举，固执而缓慢地往他跟前送着那枚银圆，交代自己的"汗格儿"。

他颓丧地闭上了眼，大口地喘着气。将近四十年啊，一个柔弱女子不负信誓，在水中火中支撑，挣扎。磨难缠住了她的身，委屈塞满了她的心。为了自己的母亲，为了这个"家"，一直信守着接收了"汗格儿"所承担的——可仅仅如此认为吗？如今，我回来了。老母跟前已不能尽人子之孝，难道代我尽孝为我苦守的妻子也不能得到应有的补偿应有的报答吗？

"汗格儿"还是终于回到了他手里。

"口唤我是交了。"媳妇如释重负地说，"等过了娘的七日，你就收拾

187

收拾回去吧。四十日和百日（亡人的祭日）由我张罗。要知道，媳妇盼夫，滋味不好受啊！"精神恍惚中，他好像看到媳妇冲他磕了个头转身走出去。他呆怔了一下，也像想起了什么似的跟出去。刚迈出屋门，眼前的景象就让他感到说不尽的酸涩。

院子里，媳妇正送那显得十分苍老虚弱的左家小子往外走。他的手扬了扬，嘴张了张，却又雕像般地僵住了。只待人家走出去好一会儿，媳妇也早就回到了屋里，他才记起应该和人家说几句话，惶急地追出去。晚了，左家小子已经走出去很远，很远——大概早已拐出南边的巷子口，走到了他想象中的当年的中街。

又起风了。风越刮越大，他就直挺挺地立在门前的风口上，不动，也不说话。立了很久，很久，他突然看看长巷的巷口，又仰脸望望清真寺尖上的新月，双眼流出泪来，接着就扑通跪在雪地里了。

这天夜里，留根儿将自己所经历所知道的都告诉了赵云秀。当赵云秀知道了他被抓丁的真实经过时，两只眼白瞪了许久，叫了声"苦命的左家小子"，一挺身晕厥了。所幸安灏及时过来，才将母亲救醒。赵云秀边哭边诉，将这些年的遭际和左家小子所受的冤屈一一讲了个透彻。安中奇听着，惊得脸都白了。但他到底在外闯荡了许多年，到底有克制力并且谨慎小心。他最后再三嘱咐云秀，他的话不可对任何人说。他怕惹出意外，因为在他看来，自己毕竟还是"那边"的。

远　奸

　　雪后的太阳特别耀眼，白皑皑的原野上反射着一缕缕淡银色的光芒，路上已是污渍杂乱脚印斑驳，饿急了的雀儿在墙头、树间和一所所院落里叽喳乱叫，徒劳地往返寻觅着。

　　在无常之后的七天内，每天早晚两次要由晚辈或同辈兄弟陪同阿訇和海力凡到坟上诵经祈祷。这方俗称"走坟"。早晨的走坟结束后，师傅们回寺，家人回家，晚上从坟地返回后仍要诵经，之后主家备便席让劳累了一天的阿訇、海里凡们吃点儿饭。

　　接连三天，安中奇早晨走坟回来后稍稍吃点儿东西，然后就守着母亲的画像呆呆坐着。他看一会儿画像，流一会儿眼泪，不时地哭出声来，口中还低低地说些什么。是什么，家里人听不清却明白，知道这是人在伤心已极时不由自主的絮叨，内容往往是支离破碎，语言上也难以连贯衔接。赵云秀劝他，五婶安慰他，安灏只要有空就陪父亲坐着。庄乡父老人语相传，都知道他以往的不幸遭遇，纷纷送来鸡蛋、挂面等以示抚慰，泪流满面的安中奇此时也只能站起身来点点头，却说不出任何感激相谢的话。赵云秀明白他心里既乱且痛因而显得有些痴痴呆呆，便不停地解释支应着。人生"顿崖"都曾有过或轻或重的不幸遭遇，斯时的心情心境也都经历过体会过，对于安中奇在礼节上的失常，自然也十分理解。

　　晚上的便席一般要有本族本家的老人作陪，在乡亲们眼里，安中奇本家的老人无疑就是安子岭了。但十分令人吃惊的是，七天内安中奇家不但没请安子岭作陪一次，就连安子岭那天去看望远方归来的侄儿时，受到的礼遇也是很冷淡的。安中奇只是瞥了老头子一眼，没起身也没说话，甚至连头也没点一下。同时前来看望或串门的乡亲，明显看到安子岭的不悦、尴尬甚至窘迫，他只坐了一小会儿，就抬起起腔来讪讪告辞了。在他出门时，赵云秀没理，安中奇没动，只有安灏和五婶出门送了送他。这话传出去，人们就深以为怪，弄不清安子岭和这个近门当支为何突然生分了。

转眼之间，金氏的"七日"结束。早晨的"七日席"圆下来后，安中奇跪在院里，朝着"谢席"的多斯提们磕头致谢，感谢乡亲父老几十年来对自己家庭的看顾和爱护。老阿訇那双麻麻拉拉的眼窝里满是泪水，他走上来扶起安中奇说："大侄子，这些客气话用不着对咱多斯提们说，为主的慈悯，你回来了，没见着你妈，可也赶上了发送她。这是主的安排，你也别太难过了，你现在有儿有孙，看看这命多好啊。你在外几十年风风雨雨不知吃了多少苦，可是要论到做人的不易，唉！还得说是好儿他妈呀！你得好好待她，啊？好好待她！"

人们唏嘘叹息着相继走出院子，安中奇回到屋里坐下来，木然地看着赵云秀在五婶的帮助下处理着"搭份子"一类的善后事宜。他的心中翻江倒海乱如缠麻，一种近乎离奇的想法在脑子里翻来覆去。他有一种感觉、一种向往、一种很想变成现实的打算，但目前来说这种打算他不能表白，只能暗暗地藏在心里。世事的变化有时很慢，有时也很突然，突然得实在令人不可思议。这次能够返里探家已是大出意外，至于更深更好的盘算，他虽然相信能够实现，但也害怕经历了多少次的"始料不及"。

冬日的天气虽说清凌凌的冷，但阳光毕竟有着阳光的威力，街上的雪早已有人打扫过，路上的积雪也将完全融化，除了阴冷处残存的雪迹外，整个大地已经变得很干爽了。母亲"七日"后的第二天，安中奇吩咐儿子安灏到供销社买些点心、罐头和奶粉一类的礼品，就和赵云秀说着话走出了院门，径直地朝着村后那条大道走去。当年，赵云秀就是从这条大道上坐着轿子来到安家并成了他留根的妻，如今当年的小夫妻都已年逾知天命之年，但他们仍然朦胧遥记着当时的情景和虽是极为短暂但刻骨铭心的情意。残雪和大路上泛起的碱花交融在一起，阳光下一点一片闪闪烁烁，两人站在冷飕飕的风口里，望着远处赵家窝棚的方向，站了足足半个时辰，不动也不说话。是啊，逝去的早已逝去，仅存的也只有遥远的记忆，话已出口必就显得苍白，还不如把它深藏在心里。目光稍稍偏东就是那片仍然茂盛的碱蓬洼，安中奇只是扫了一眼，心脏就像给谁猛地攥了一把似的。他赶忙闭上眼睛稳稳心神，朝仍在望着远处凝神沉思的赵云秀说："咱们回吧！"

顺着后街的巷子回到村内，他们却又身不由己地走到当年中街左财主家的场院里。这场院自从成立农业生产合作社以后就盖上了牲口棚，是安家集一个生产队的饲养处，前几年分田到户后棚栏扒尽，听说明年要在这里修建村委会了。安中奇前后左右看了看，紧走几步迈到一块破墙头前说："那年遭难把咱俩分开后，我给拽到这里。你呢，还在那个街边上站着，走出老远了，我还听你喊我呢！"赵云秀指指不远处的一个土坯摞说："你记错了，我是追到那地方喊你的，我知道你惦着妈，怕你一时想不开路上寻了短见。那霎我就发了誓，你就是一辈子不回来，我也得养活咱妈！"

"好人儿，好人儿！"安中奇的眼里唰地涌出一汪泪，"几十年来，每次想起你喊的那几句话，我就躲到背地儿里大哭一场。不容易，你太不容易了，我可怎么报答你呀！"赵云秀此时也早已泪流满面，可她仍旧安慰他说："事都过去了，别想那么多了，这'顿崖'上，该走的都走了，没走的早晚也得走。人在'顿崖'上待一天，这日子就得挣着过，老是陷在泥里拔不出腿还行吗？"

安中奇咬住嘴唇忍住泪，出神地望定了这个明显苍老了的女人。是她吗？这是她吗？自己当初丝毫没有看出更没想到，一个柔弱娇小的女子竟有如此刚强的性格。他想说几句掏心窝子的话，可想了好一会儿也没有合适的语言来表达。他叹口气摇摇头心里说："好人儿啊，比起你来，我这个男人真是太窝囊了！"

远处有人走过来，走得很慢、很轻，像怕打扰他们似的。两人擦擦眼泪定睛看时，认出是左家小子左立渊。左立渊步履缓慢脚步踉跄，身子也向前佝偻着，那勉强抬起来的头压迫着身子，整个人就显得僵硬而沉重了。安中奇正要和他打声招呼，没料到左家小子猛地停下来，像是万分吃惊地朝着他们盯了几眼，然后弯着腰拐进一条胡同里去了。很显然，看到安中奇两人站在当年遭难的地方，他也很快忆起了自己当年的行为和罪责，于是就赶紧躲避，隐遁，逃脱。可能是害怕安中奇的诘问或责难，自从发送了金氏以后的那天晚上见了安中奇一面后，他再没进过那个家。他羞，他愧，他怕——一种连他自己也说不清楚的怕。

看到左家小子这般仓皇，场院里的两个人什么都明白了。这刹那，两人的心里完全没有了当年生死离别时的痛苦，代之以是对左家小子的无比同情所产生的凄楚与悲怆。二人相视良久，赵云秀开口说："咱们该到立渊家里看看他。"安中奇稍一迟疑点头道："唉！这才是真正蒙冤受屈的人，是得看看他，晚上去，今天晚上就去。"

两个人回到家后，安灏已经按照父亲的吩咐买好了各类礼品。赵云秀按照支分的远近和庄乡情谊的厚薄将礼品进行了适当搭配，然后就和安中奇提了礼物再出家门。这是个礼轻仁义重的村庄，他们看重的是人情、人性和人生，哪怕你拿着一块糖走进他的家门，他也会感激不尽。因为你尊重他，想着他，从心里真正把他当回事了。他们会竭诚为你祝福，十分虔敬地将你待为上宾，如果你有求于他，他会竭尽全力甚至万死不辞。

这就是他们的品质，这就是他们的性格。

每逢寒冬腊月北风刺骨的天气，安家集的老年人总是不约而同来到中街，坐在背风向阳的沿街房南，吸着烟拉着呱，眯起眼睛任由融融日光朝着身上泼洒。冬日的阳光就像炕炉里燃烧棒芯时的温火，慢吞吞静悄悄地向外散发着绵绵的热，暖和、舒服而惬意；冬日的暖阳总是懒洋洋地挂在天上，阳光像千万条丝线无遮无拦地垂下来，清透绵软而又爽洁。那种温润，那股暖意，好像用鼻子就能闻到似的；冬日的暖阳是通人性的，看到老头们喜欢，它也跟着兴高采烈，阳光如同轻柔的绢丝洒下来，土墙前越发意融融暖洋洋了。阳光穿透老人们的棉衣浸入肌肤，似乎已将北风的寒气彻底消解了……倒是后生们火力大，不是满街疯窜，就是迎着朔风劈腿练拳。此时，几个练武的毛头小子正咋咋呼呼地朝村前场院走去，也在中街晒太阳的安子岭望着他们的背影，抿了下稀疏的胡子，细长眼睛又渐渐眯起来了。

安中奇和赵云秀提着布兜从西街走过来，老人们纷纷立起身准备打招呼。安子岭怔了怔也立起身，不料脚下一软就势倚在了墙上。此刻他忽然想到，两人是不是来看自己的，是不是要去自己的家？如果是这样，当着众人的面，我可得先要摆摆谱了。你安中奇回来十多天，从没拿我当壶醋，这些年我费尽心机做成的文章，几乎要给弄砸了。一定是你回家之初还不了解我，后来是听了街坊邻里或者老婆孩子的介绍，你才掂出了我的分量，才知道你这个家以后还是离不了我。嗯，我不能被他看轻了，我得摆出村中人头和安家长辈的架子，以绵里藏针的口气嗔怪他几句，轻慢他一会儿，之后再以无所谓的样子带他们到自己的家。

安子岭想象的过程中，安中奇和赵云秀已经到了众人面前，几个尚未见面的老人当先走上来，在赵云秀的介绍中互道"色俩目"之后相互"拿手"以示抚慰。已经见了面的只是例行寒暄再说几句口头上的家常话。此时的安子岭并没动，他歪着身子侧着脸，一副不屑的神气望着那两人，静等两人走上前来和他搭讪。彼时，他就可以先是腆起脸来带搭不理，之后便不紧不慢地呵斥道：哟，你们这不是还认我这个老伯伯吗？他想象，这两人一定会说些因为忙没顾得先来看望族中老人一类表示歉意的话，而面前的这些老家伙也会从中做些诸如"晚辈失礼老人应该原谅"的调解，而自己呢，也得见好就收借坡下驴，以大人不把小人怪的口气叹一声道："唉，人活到八十在长辈跟前也是孩子，算了，跟我到家坐吧！"

美好的想象让安子岭感到舒服又惬意，不由自主他又眯起了眼。可是，就在这刹那，他清楚地听到赵云秀说了几句话，意思是在婆婆的丧事上村主任帮了不少忙，她们这是要到对方家里致谢。啊哟，并不是去我家的呀！真是大白天做美梦，手里攥着把石灰却准备往脸上搓粉呢。安子岭的心猛跳了几下，一股热血往上攻，脑袋一阵昏晕，立时感到脸上热辣辣的。他费了好大的劲才睁开眼时，那两人早已走了，辞别众人继续往东走了。人家根本没理他，连看都没看一眼。

安子岭很懊丧，这两人即使不到我家，见面也总该打个招呼吧，怎么连睬也不睬我呢？此刻他忽然意识到，自己还站在墙根处，前面有好几个人挡着他，可能人多嘴杂一阵忙乱，两人没顾得搭讪或者根本没看到他。那好，等他们回来时说，回来时说。心里想着，眼睛不停地朝东边瞧。大约半个时辰后，看到赵云秀和安中奇果然原路返回，安子岭赶忙立起身，抢先几步站到了众人的前头，一边闲聊一边侧着身子往东瞅。那两人越走越近了，走到他面前了，几个老头再次站起来重复刚才的问候，这时的安子岭一双细长眼已经睁到了空前的宽度，眼中的浊光像一盆泔水似的洒向安中奇和赵云秀。可是，那两人好像视而不见，仍是和别的老头相互寒暄，似乎他这个族叔已经远逝天外了。有个老头可能出于好心，也可能有意搞恶作剧，右手戟指安子岭说："中奇，你不在家，这些年真亏有这么个好伯伯呢。"

听到此话，安子岭的脸仰了起来，明显是在等候安中奇说些"近门当支责无旁贷，老伯伯不管谁还眷顾"的感谢话。然而又是出乎他的意料，安中奇愣了一下，像患了健忘症一样皱眉片刻，忽然转身问赵云秀："好儿他娘，这是……怎么，我怎么……"一旁的赵云秀就像没听到，脸朝着另一侧，明显地顾我而言他："这霎清清快放学了吧。"安中奇哦哦两声没再说什么，和另几位老人打个招呼，转身跟着赵云秀慢抻抻地走了。

此刻用难堪和尴尬来形容安子岭的表情和心情远远不够，他就像被人扇了两个耳光又啐了一脸的唾沫，脸子立时拉得很长很长，看上去完全不是原来的模样。更让安子岭难堪的还不在这里。安中奇和赵云秀离开后，几个老头的目光齐刷刷盯向了他，脸上满是质询、探究和疑惑——是啊，你安子岭几十年来以老族长自居，人人都知道你是留根儿家的顶梁柱，缘何侄儿回来不去看望你，甚至连认也不认你呢？你是不是对他家做了什么亏心事，人家爷们儿回来后知了底细而不再供奉你了呢？羞、臊、愤、恨、悲、怒、怨一起涌上心头，安子岭真想冲了那两人的背后破口大骂当然也不敢骂。面对着众人质疑的目光，他忽然说了句没头没脑的话："哎，你们说，如果这霎日本鬼子再来飞机扔炸弹，咱们这些老家伙还能跑动吗？"

这句话转移了老头们的目光，于是，有关那个动乱年代的种种故事便在这冬日暖阳下的大街边上成了互相倾诉的话题。安子岭阴阴一笑，重新回到北墙根，就势出溜着身子蹲到墙脚下，冲着绵绵冬阳眯起眼来，上牙在下唇上轻轻地咬着，咬着。很明显他是在想心事，但老头们已经陷入到对往事的追忆和描述中，谁也不曾注意到他脸上的表情变化。

天近中午，晒太阳拉闲呱的人相继回家了。安子岭和众人分手后，边朝东走边思量，留根儿回来后对他的态度变化让他倍感惶悚，不管咋说，他这个远房伯伯留根儿是应该认识的。因为自己从小就在他家出出进进，留根儿四五岁前自己还经常抱着他呢。莫说是这种关系这种印象，即使普通乡亲，隔了几十年后也不会忘记的。然而，现在的留根儿和自己形同陌路，这其中必有蹊跷，很大可能是赵云秀把这些年来自己在她身上的所作所为告诉了他。若如此，却也不必计较，留根儿不可能在家长待，对头走后，天地仍是他安子岭的。唯一让他担心的是留根儿知道了当年二次被抓的缘由，这个曾经被他否认了的几乎不可能的事，眼下却令他忐忑不安。几十年的阅历让他完全相信了那个道理——世上没有不透风的墙。如果留根儿真的知道了底细并告诉了赵云秀，即使碍于身份他不敢作声，那么以赵云秀以往的秉性是不会善罢甘休的。万一留根儿走后她将此事告发给上边，上边再将以前的旧案联系起来，闹不好自己的晚年就得在监狱里过了。安子岭越想越不安,刹那间有种大祸临头的感觉。他头脑昏眩,双耳轰鸣,浑身发酥,双腿也像坠了铅块似的。他勉强支撑着走到自家门前,大门虚掩着,脚步跟跄中朝前一冲,随着哗啦门响,整个身子结结实实抢倒在门洞里。他强撑着爬起来,觉得额头又疼又麻,伸手一摸,天哪,磕了蛋大一个包啊!

一连几天,安中奇到各近门当支家跪礼致谢,当然也捎带着探望,就是独独没去族叔安子岭家。多斯提们大为惊诧,都以为他是疏忽了、忘记了,都以为老区长会嗔怪、会发火。但更让多斯提们惊诧的是,老区长不光不嗔怪不发火,甚至连句埋怨话都没说。于是,人们就有点儿认为安中奇欠礼,就赞誉老区长厚诚、长远、度量大。当然也有人为此做了含义模糊的解释。两天后的"主麻拜"下了大殿后,几位多斯提在北讲堂里和阿訇喝茶闲聊,有人就提出了这个让人疑惑不解的怪事,老阿訇喝了口茶水润润嗓子说:"嗨,这'顿崖'上的事啊,做得再严实也有露的时候,你不知,他人知;他人不知,为主的知。知与不知,也就是早晚的事吧。"

安中奇每天串门回到家中,除了接待照应来看望他的亲朋乡邻外,就整日跟在安灏身边转。儿子的走相坐势眉眼脸庞,使他总是回忆起当年的自己。他给儿子端饭,给儿子倒水,有时还把三十大几的儿子搂进怀里亲着。他珍惜着每一点小事、每一寸时光,似乎要将多年欠下的父子之情补偿。孙儿清清已经成了他的真正掌上明珠,只要孩子放学回到家,他马上就抱起来。他像侍候幼儿一样喂他水饭,喂他糖果,夜间还要在一个被窝里揽着。他尽力争取着感情上的享受,但也更有他难以忘却的……

乡村夜晚恬静得带些诗意,饭后到入寝的这段时间里,某个家庭如果有着特殊的事情发生,即使居于村头村角,也会有许多乡邻前来"串门"。土屋内,灯光下,一盘瓜子,一壶清茶,大家谈天论地话桑麻直到夜阑更深。在喧嚣中待惯了的安中奇经历了丧母之痛又情绪渐渐稳定之后,终于可以稳下心神来享受这久违了的气氛。但是,当串门的乡邻们相继告辞,当安灏也回到西厢房准备安寝,特别是当清清也在他和云秀的抚慰中入睡以后,这甜美醉人的夜晚就显得过于寂静,静得有些令人眩晕。

安中奇和带着清清的赵云秀住在北房东套间里,又长又宽的条山炕可以使人横睡。这对昔日的夫妻一个在南，一个在北，中间隔了好大一段距离。说真的，多年的离散已使他们彼此感到生疏，这种生疏常使两人之间感到窘迫甚至难堪。尽管两人想象着彼此曾是夫妻，想象着当年那虽然短暂却让人铭记一生的甜蜜，但是仍旧难以消除这种难以言表的芥蒂。近两天，由于安中奇的情绪开始稳定，赵云秀也逐渐适应了这种久违的气氛，更由于安中奇总想揽着清清睡，芥蒂渐渐消失，中间的距离便开始接近，有时近到触手可及。

这天晚上，当清清在呓语中悄然入睡后，当两人在灯光下土炕上相对而卧时，四目相对，两心相贴，他们终于偎到一起了。当然，也只是说一些离情别意，讲一些天南地北，有时细语，有时叹息，有时饮泣，有时也会在对方的肩上背上轻轻地拍一下。毕竟，他们相隔年代过于久远，毕竟，他们经历了太多的磨难，毕竟，他们已逾知天命之年——美好的时光似乎已经过去或者说永远地逝去，无论如何，两人再也难以体味到当年的那种感觉……

这天，安中奇请上阿訇，又叫上安灏和清清，一齐到了哈金瑞的坟上。例行的诵经之后，他跪在哈哥坟头上边哭边说达半小时之久。他哭晕了，哭瘫了，是阿訇老人和安灏把他架回来的。回到家一连两天像丢了"鲁赫"，嘴里时不时地叫着"哈哥"。

转眼过了半月，安中奇应该走了。走之前，分别到礼拜大殿和爷爷奶奶父亲母亲的坟上念了"嗦来"，大哭一场，就收拾了行装。

赵云秀带着安灏和清清送他上汽车、上火车，一直送到州城。送君千里，终有一别。别时，赵云秀不落泪也不显难过，而是眼对眼地望着他，口气十分平静地说："有空就回来看看，可别忘了，这才是家。"

一阵清风吹来，有亲切柔和的话语伴随着赵云秀的嗓音传进安中奇的耳朵——"这才是家"。他忽然记起，这是那天墓穴中母亲对自己说过的——"孩子，这才是家！"他再也难以控制自己的情感，竟当着千人面万人眼，在车站上抱住云秀、安灏和小小的孙儿号啕大哭了。车站工作人员和旅客们纷纷过来劝慰，他这才竭力止住眼泪，和娘儿仨互道珍重，依依惜别。上了车，他又从窗口探出身子大喊：

"我忘不了这个家！"

倒 春 寒

　　一夜北风吹过，大地似乎又回到了初冬季节。花草委顿，柳榆落叶，就连齐膝高的麦子也突遭霜冻蹂躏，成畦成片地蔫奄下来，茎秆叶梢变成了晦暗的深黛色。

　　这是个百年不遇的倒春寒。无奈的庄稼人唏嘘嗟叹，一边将麦苗割去做饲料让它重新发芽重新生长，一边用弄不清含义的诅咒将心中的怨尤愤恨发泄。

　　倒春寒持续了三天，金氏的"百日"恰巧赶在这期间。早晨请"圆经席"时，"走坟"的多斯提在安家墓地上跪了一片。人们纷纷套上了绒衣绒裤，个别刚强不屈的小伙子却依然爽衣单衫。当然，天公给予的待遇也各不相同，前者稳跪坟头，细心倾听着经文；后者则口里怨恨，身上哆嗦。

　　晚上依然天寒，天寒依然要请师傅，请过了师傅，"百日"就算结束。"百日席"圆下来之后，近门亲戚以及"打整"亡人的乡老或女师傅们，都要"答份子"。这"份子"也简单，这一带的习俗，一般是两个油香两个馒头。支分近的或别有说处的，加些素菜和牛肉羊肉。左家小子因与安家关系特殊，安中奇走时，又特别嘱咐过，今后大事小情，都要把左家小子看成本家一口。他说这是个"也提目"（没人照管的人），要高看一眼才对。当然，个中的根本缘由，也只有赵云秀才明白。在往外"答份子"时，就给左家小子格外打了抬头。左家小子近来闹病，赵云秀惦挂他，就亲自将"份子"给他送去。

　　不知什么原因，安中奇走后不久，差不多半辈子没嗅过药味的左家小子忽然病了。虽然一如既往地进进出出，但已明显地步履迟缓，神情呆滞，脸上时不时就罩一层沉郁的慵懒之色。他还常常吟声自语："唉！缺德，要不是我，人家多好的一家人啊！"这种话有时被人听到，问他，他便使劲摇头。再问下去，他就掉泪，时日一长，人们便疑心他是魔怔了。

安灏曾给他检查过，没病。又带他去了县医院，找了位医术高明的大夫诊断，仍说没病，只好回来养着。

赵云秀给他送来"份子"时，他正在椅子上圪蹴着。这儿比较偏远，还未输电，乡里一台柴油发电机每晚只供机关学校医院等地方照明，平常百姓家仍旧燃蜡点灯。左家小子的煤油灯是墨水瓶做的，花生仁大小的灯头下，一张脸褶皱横陈，干瘦松弛，显得越发没有血色。赵云秀不禁心中一阵酸楚，蓦然忆起那年雨天的那一幕。也是在这个屋里，也是在这个桌前，可是无论自己还是对方，今昔相比，全都是两副面相两个人了。岁月流逝人渐衰，那种火性那种欲望也相应地冷却、淡漠。然而，人怜人，心疼心，根深蒂固的旧日情分依旧厚重、深沉。见左家小子这模样，赵云秀双眼湿润了，她摁住挣着身子要站起来的他，依旧当年的口气说："兄弟，趁热，吃吧！"

左家小子终于还是站起了身，他有点儿气促地说："嫂子，大事无周全，还惦着我干吗，我……刚吃了！"

赵云秀环顾屋内，冷锅冷灶，知他是说了谎话，就劝他："天冷，吃点儿吧，空肚子可不行。"押一押，又说，"这么垒着不是办法，赶明儿让好儿再带你去城里查查。"

左家小子惨然一笑："嫂子，我琢磨怕是寿数已到，为主的要叫着我了。"

赵云秀心中恻然，口里却在斥责他："兄弟，这不是胡说吗？一点儿不舒坦就想三想四的，吃五谷杂粮，谁能保证不生病？"她之所以这样说，是因问过安灏。安灏说他左伯伯没什么病，怕是在奶奶的丧事上劳伤过度造成的，养养就好了。本想宽慰他，不料话儿一出口变了味，变了味又后悔，就接上说："兄弟，咱们这一辈儿待在'顿崖'上不易，现今儿老了，没是没非落个后半生清闲，你可不能想些没味的。"

左家小子点点头，但眼光和口气仍是那么固执："嫂子，我就是这个命，只是有一件事，我求你……"

"你说，你说。"赵云秀心里一阵难过，她在催促他的同时，嗓音也变了。因为左家小子从来没用这样的口气"求"过她，她疑惑。

"要是我走在了前头，求嫂子嘱咐后辈孩子们，每逢冥年祭日，好歹给我坟头添锨土，封个'经礼'走走坟，我'顿崖'上有罪，求主后世里搭救我!"他说着,垂下了头。

赵云秀再也控制不住自己,伸手抓住他的胳膊,几乎是声色俱厉了:"你,你胡说些吗?你是不识数,还是让易卜里斯扑了身了?"

左家小子推开她的手,口气更固执、更恳切:"还有一件,"说了这一句,忽然停住,似乎怕赵云秀打断他,忙又抢上说,"那年我做了那件缺德事,留根儿哥一回来,'口唤'我是圆了。可是,留根儿哥没给我个交代,还没说原谅我。他不说这句话,我心里恓惶,要是他哪年再能回来时,求嫂子问问留根儿哥,看能不能……就是在我坟头上说一句原谅的话,后世里的我也就没心病了!"

赵云秀的心咚咚乱跳,这霎她想到了一件事,一件让她深感后悔的事——三个月前,她和安中奇一块儿来看左立渊,整整一个晚上,这位老实巴交的男人先是惶惶得不知所以,接着受审一样哈着腰立在了安中奇面前,无论怎么让他劝他,他也不肯落座。赵云秀注意到,左家小子有时低头,有时抬头,脸上眼中满是乞求和渴盼,像有什么话要说却总也不知如何说。没准那霎他就想听安中奇一句原谅话,而自己也在跟前,可当时为吗一点儿也没想到这里呢?说不定这件事就是他的病根,一个人如果落下这样的"心病",延医吃药是不起作用的。难怪安灏说是左家叔叔没病,可是,如今安中奇已走,再想弥补也办不到了呀!

一忆至此,赵云秀哪里还能控制得住,她一把抱住对方的脖子,哭得浑身打战:"兄弟,我那老实兄弟,你,你可是个地地道道的屈死鬼啊……"

陋室破屋内,昏暗灯光下,赵云秀终于抑制住自己肝胆俱裂的情绪,向病弱中的左家小子如实讲述了留根儿说给她的一切。按说她应该谨遵"夫"言只字不露,然而,此时此情下她做不到了,无论如何也做不到了。她已顾不了什么后果,哪怕那个几十年让她几乎是见影见形不断遭受磨难的老怪物杀了她。她只想以自己一颗真诚的心讲出真诚的话,让这个几十年来含冤受屈的真诚的人从自以为的罪愆中彻底解脱。

话语虽然断断续续,喉头虽然时时阻咽,但话的真实内容左家小子仍然听得极清楚极明白。说话的人和所说的事让他不能不相信,他由震惊到发蒙到怒不可遏,但一种奇怪的心理驱使他,将自己怒到极限的情绪又渐渐平稳下。他用一种连自己也难以相信的温和与理解反过来劝慰赵云秀,倒让赵云秀感到受屈的是自己而不是他。赵云秀终于放心地走了。

赵云秀走后，左家小子吃了她送来的饭菜又喝了两碗水，然后关上院门闩上屋门，将屋里一切能够砸碎的东西通通砸碎。接着，他爬上土炕，盘腿闭目而坐，像在养神，更像在等待一个庄严神圣的时刻。一直到了很晚很晚，他才溜下炕来，面西跪倒，口中喃喃如絮语："主啊，公道——还给我，还给我……"

天过子时，空气更冷了。薄云轻移中，星星闪动着，小北风贴着地皮飕飕地刮，时有什么看不清的东西动一下，响一下。天地间深沉而不静寂，似乎有即将到来的不可知的大骚动在暗中酝酿着。这霎，那副早早关了的院门吱扭小开，有一个人影悄悄地从里边闪了出来。

这人步履迟缓，欹身向前。夜光隐映下，他脸上是那种常人少见的义无反顾的神色。他的眼窝已经变得深而细小，从里面闪出的似乎是比空气更冷的光波。他的表情肌在不停地抽搐，牵动得口中牙齿咯咯吱吱的。这咯咯吱吱的响动时轻时重，不知是咬的，还是磨的。他手中攥了根麻绳，长长的、细细的，由于攥得紧，连手臂也在哆嗦。

这人顺街东行不远，脚步突然加快。走到一个巷口，拐过一个墙角，既不踟蹰犹豫，也不四顾张望，坦坦然然径奔一棵大榆树那边的土墙。他爬上土墙，又跳下，动作爽利而轻捷。倘若在白昼，你能看清他的年龄、他的病歪孱弱的身架，你一定会认定他那灵活无比的动作是有天仙暗助了。

这是左家小子左立渊，他是来找安子岭"讲理"的。这个老实人讲理的目的很简单，就是让安子岭白天在全村多斯提面前恢复他的名誉——因为当年是他安子岭使坏让南军逼着自己去抓丁的，而那些被抓丁的人本来已经逃回，又是他安子岭丧天良引领南军使这些人二次被抓，害得他左立渊负罪自责几十年。他亏，他冤，安子岭必须还他清白，否则，他就吊死在安子岭家。为了证明自己的决心，他连绳子也带来了。

当安子岭疑疑惑惑开门放进左家小子，又懵懵懂懂听完这位深夜造访者的意思之后，他简直是目瞪口呆了。这可能吗？绝对不可能！但他刚刚说了个"不"字，左家小子竟就嚷动起来。深夜的声音响而远播，安子岭唯恐惊动四邻，吓得一伸手搂住左家小子并同时捂住了他的嘴。安子岭用力捂，左家小子用力挣扎，因为积病日久，左家小子的身体已经相当羸弱，而安子岭情急手狠，只一会儿工夫，左家小子就不动了。安子岭放开

200

手，左家小子顺势出溜到地上，安子岭嘘了口气说："小子，你一定是听了留根儿那崽子的话了，有事好商量嘛，你嚷什么呢？"连说了几句，左家小子没吭声。安子岭蹲下身子摸了下对方的脸，感觉黏糊糊的，灯光下一看，是血。安子岭吓了一跳，忙端着灯俯身细瞧，啊哟，左家小子鼻子嘴里都淌出了血，用手一试，人没气了。

安子岭到底是当过土匪的人，手狠，胆子也大，他吹灭了灯，点上一支烟慢慢地吸。很明显，不管是有意还是无意，反正自己是杀了人了，搁在旧社会，这算不得一回事，挖个坑埋掉便罢。现在不行，处置不当，公安局追根究底查起来，想躲想逃，有门吗？反复思忖之后，这个老土匪咬咬牙做出了决定，他要把死尸送回去，让人看起来他是病死在自己家里的。虽然左家小子已是骨瘦如柴，但死了的人却格外有分量，安子岭尽管强壮，可抱起来后仍感吃力。想了想，他把左家小子带来的绳子挽成套兜住死者的腰身挎在自己脖子上，再抱起来时果然就轻松多了。借着夜深，悄没声地跨出门，轻手轻脚往西走，走到十字街时，忽听西边好像有人咳嗽了一声，他就再也不敢朝前走了。远处又似乎有人走动，安子岭脑子一蒙，慌忙将左家小子的尸身撂在墙角，摘下绳套，抽出绳子，偷食的野狗一样溜回家里去了。

就在这天半夜后，赵云秀被一个模糊的梦惊醒。她似乎记得梦中驾着一辆四马拉的车，车行如飞，车的上部有块黑色的云堆紧紧相随，那云中有一只忽隐忽现的利爪，一伸一缩，像抓她也像吓她，她惊惧异常，驾车疾行，忽然间，一座断桥横陈车前，她啊的一声就吓醒了。醒了之后，她再也难以入睡，总惦记会发生什么可怕的事情。因为几十年来的经历证明，每逢祸事临头，她就预先做场噩梦，她的梦总是那么灵验，就像经年日久的生活习惯所形成的条件反射。她睡不着，就干脆爬起身来坐着，细想这几天来的经过，打算从中找出点儿预兆什么的。她从五天前想起，一直想到昨天晚间，她忽然想到了左家小子那儿，立时，一种不祥之感从心底陡然生出，她立时周身冒汗，方寸大乱。她意识到自己没有听信留根儿的忠告，做了错事，对左家小子说了绝对不应该说的话。这时，天光见亮，她不再迟疑，忙披衣穿鞋，拉开屋门院门，跌跌撞撞地去找他。

晨曦微露，五更正寒，她顶着寒气跑出巷子，顺街西去。左家小子的家在巷口以西，她到得他家，院门屋门都开着，她走进屋里看到那情景，反身就跑出来顺街往东而去。她为什么往东寻，说不清，反正此刻她有种直觉，直觉驱使她这么做。直觉这东西人人都会产生，只是有的明显，有的隐蔽，有的相信，有的不在意。她是多年来相信并习惯了凭直觉做事的人，大概这就是往东而不往西去的原因。

过了一个巷口，又过了一个巷口，前边不远就是她所想象的那个地方了，她开始心惊肉跳。她害怕听到不愿听到的对舌争辩，或者是吵嚷打骂。那样一来，半条街以后都得乱套，而那个虎老余威在的安子岭，又会挖空心思给左家小子和她的家制造让你有口难言的灾祸。

离那个目的地越来越近了，她侧耳细听，没有动静。她放慢了脚步，稳了稳心神，正有点儿不知所以然，一个奇异的情景却让她不由自主立地站住了。乍亮天光中，她看到前边墙根处有个什么物件在横陈着。再细看，那物件竟然是个人，她的心一下蹦到嗓子眼儿上。她惊恐万状跌跌撞撞地跑过去，一看，是他，是左家小子死在这里了。她那让自己也感到不解的镇静情绪持续了五分钟也可能是十分钟，然后就失声叫喊起来。有早起的街坊乡邻听到这凄厉的叫声，以为有哪家多斯提遭了抢劫，呜呼呐喊飞快赶来，见此情景，慌忙七手八脚将人扶起来。摸一摸，身子已经冰凉梆硬。显见得，人已在此死了半夜。

村里的领导人和庄乡父老也闻声而来，正合计如何处理此事，远处老区长的院门开了，他踉踉跄跄奔出来，见此一幕，脸色忽地变了。他先是跺脚摇头，继之就老气哽咽地连哭带说。他说金氏老太太活着糊涂死了明白，"百日"刚过，"鲁赫"还没走远，老太太在找算害她儿子的仇人左家小子，所以左家小子近来才一直病病歪歪的。左家小子做了亏心事，真主罚他，亡人找他，他架不住劲，才找这么个合适显眼的地方死给庄乡父老看的。

老区长说得合情合理，说得人们毛骨悚然。并且马上有人忆起，说左家小子发送金氏顶架子那天，脸相不断变化，一会儿像驴，一会儿像马，一会儿又有些牛的模样了……可是，也有人盯住老区长的脖子看，因为他围了条厚厚的毛巾，这在以往是从未有过的。老区长瞧科，马上主动解释，说昨日天冷，脖颈转筋痛，怕被风再抄了。

既然老区长如此说，左家小子的死因大约也就是这么回事。人，既然已经"无常",谈什么都是多余,要紧的是如何发送的问题。人们协力将左家小子的"埋亦台"抬送回家去,看到他院中屋内的情况,更觉老区长言之有理。是啊,一个人若非心迷窍塞,哪能砸坏了自己的家当物业?一个人要不是神经错乱难以自拔,又怎么会跑到大街上去死呢?

在商议左家小子的"发送"问题时,有人说这个光棍儿一辈子也不易,是不是给他道个亏心修座砖坟。老区长看看大伙,沉吟良久,细长眼里血丝满布。他说:"还是以土为安吧!"

自左家小子吊死这天起,连刮了两天南风。第三天要发送人了,风停,日丽,一个暖融融的好天气。人们说,这是左家小子一生孤寡,"无常"了,还是恋着让乡亲们来送他。

殡仪在左家小子的院里举行,顶架子的找了个左姓家族的侄子辈。这个侄子辈的人心甘情愿,因为事情过去后,虽然担了"败俩",却可继承对方那点儿可怜的家业。"白总"当然还是老区长。很奇怪,没有风,挺好的太阳,天气是近些日子以来少有的暖和,可老区长的脖子上依旧缠着厚毛巾,人们就疑心老头颈上新近可能长了蝼蛄疮。当然,这只是猜测,没人好意思况且也不敢问他。

就在亡人"打整"好了往外抬时,在场的赵云秀忽然乱喊乱叫起来。她满院乱跑,口中泛着白沫,双眼直勾勾地不时朝门口盯过去。问她看什么,她硬说留根儿又回来了,就在门框上倚着。她说留根儿嗔她、怪她、怨她不该把自己告诉她的话轻易往外说。她说她知错了,后悔了……老区长忙吩咐人把她架出去,并嘱咐也同时在场的安灏赶快给母亲打针、吃药。老区长说赵云秀心疼左家小子又加上那天早晨的惊吓,怕是疯了。安灏也认为有道理,就和几位多斯提连搀带架将母亲送回了家。

这边,架罩将亡人抬到左家坟上,坟是穆斯林行土葬时最常用的"喇哈"。深深的长条坑里,贴着底部又朝西掏进去。这朝西掏进去的部分,就是停放亡人的"喇哈"。"喇哈"的大小,以能宽松地容下亡人为准。不料,人们将长条坑挖得过深过窄了,往里行"埋亦台"时,人少了难调兑,人多了盛不下。眼看着太阳就要爬上正南,而按这习俗规定,亡人入土是不能超过正午的。老阿訇搓手着急,把嘴唇都咬得变了色。就在这关口,老区长从一旁走过来,他掏出一根绳子系了个结,吩咐将"埋亦台"的一端兜住,上边的人稍稍上提,下边的两个人轻轻地将另一端往西挪，不长时间，也没费多大力气，亡人就给行进"喇哈"里去了。人们啧啧称奇，好像老区长能未卜先知似的。否则，他怎么就准备了这条绳并能想出如此办法？

坟坑填好，坟头长高，回头经也念完了，人们嗟叹着，议论着，相跟着回家。有人说，左家小子一辈子孤身，到了又落个苦死，太亏了。老区长吭一声道："亏，亏个吗？生下来光腚一个，临死还带走了'大可凡''小可凡'，还不够他的？"

人们恻然。是啊，人赤条条来到"顿崖"上，归真入土时还赚了几十尺白布裹身，亏什么？要说亏，还是"顿崖"吃了亏。

老区长走出一段路，迷瞪了一下，就又转回到坟地上。他在乱草丛中寻到那麻绳，双手抻了抻，挽成几个圈圈儿带回了家。

发送了左家小子的第二天，赵云秀疯得更厉害了。她不只到处乱跑，还时不时地以头撞墙，人们拽住她，她就又自己扇自己的嘴巴。口里含含糊糊说些什么让人似懂非懂的话，有左家小子的，似乎也有关于老区长的什么。人们并不介意，认为她是让一连串的变故折腾惊吓得疯癫了。疯癫人逮住什么说什么，她的话能当真吗？

事出无奈，安灏只好将母亲送往省城的精神病医院。听大夫说，母亲至少要在那里治疗两个月。

默　化

　　哈三进狱不久，一位"狱友"的母亲来探监，母子相见的悲切情景自不待言，而离别时的一幕更让人触目惊心。母亲抱住儿子泪流如雨："孩儿啊，娘在家盼你，盼你，一宿一个梦。"说着，放声大哭。儿子不哭，只是咬住下唇，待头发凌乱的母亲哭着走出劳改队的大门，他却转身撞向一棵树。那头上的血，泉水似的……此事对哈三的震动恰似炸雷轰顶，他跑回宿舍就抢在铺上，扯头发打嘴巴："妈，妈，儿子浑虫，儿子对不住你呀！"是的，他清楚记得，那日他被带上警车时，母亲跟在车后跟跄地追，嘶声地喊，终于跌仆在地，磕掉了牙。牙掉了，嘴破了，可母亲爬起来又追，他扭头清楚地看到老人的嘴里泛着血沫。

　　一个人品行的变化，有时就取决于一件触透心性的事实教训，哪怕这种事实或事件是短暂的。哈三看到了真正的母子情，混沌的脑袋忽地清晰，他真的要洗心革面了。

　　哈三进了劳改队，时间不长就入了建筑工程队。劳改队里不只监管犯人，也改造培训犯人，培养他们成为学有所长的人，成为将来能够自食其力的人。有很多犯人，进来之前白板一块，刑满释放时，却是金木水火土各有专长技艺在身。加之犯人一入劳改队便巴望争得个"好表现"，所以干起来卖力，学起来专心。有些在外边三年五载才能出徒的活，在劳改队里待上一年或两年就能独当一面了。如此看来，赌棍哈三进了劳改队，是福不是祸。

　　从暮春开始，哈三他们就在修建一座楼。从早晨上工开始，哈三就站在高高的脚手架上，将一块块质地上好的砖往南北横墙上垒着。身旁是吊车的轻声轰鸣，一只刷着红漆的摩天长臂，一成不变地将沙兜砖筐吊上又放下。建筑队历来分工细致明确，哈三只管垒砖，原料则由一个刚进来不久的犯鸡奸罪的小工伺候他。他手脚麻利，砖墙垒得整齐又迅速，以致把个小工忙得叫苦不迭："我说三哥，慢一点儿不行吗？也不是干完了回家

205

让你睡老婆。"哈三斜他一眼，啪地将一块砖搁墙上夯实，大鼻子哼一下，并不说话，双手将小工刚从砖筐里挪下来的砖抱起一摞，又抱起一摞，不大会儿，一溜墙上放满了。这样，小工只往灰槽里供沙灰便可，再不用手忙脚乱的。

哈三没有养成有些犯人的赖气匪气黏糊气，更无那种依仗力大欺侮人的狱霸气，所以，"狱友"们都愿凑合他，小工们也愿伺候他。哈三最初是从小工身份过来的，对小工的心气和难处明白也理解，加之他手头子快，力气也大，有那小工供料不及时的情况，他不但不吼不叫不抖威风，还主动腾出手来帮着。因此，许多人感激他，敬佩他，便是年龄大些的，有时也甘心叫他"三哥"。

哈三垒了两层砖，停住了手，他要等待还没赶上茬的"工头"刘师傅。刘师傅和他同垒一堵墙，因为是师傅，负责起线打垛。不升线不打垛，容易垒错了茬口垒歪了墙，所以，哈三必须等他。刘师傅是位好人倔人古怪人，入狱前曾是一家建工局的建筑分队长。刘师傅把信誉手艺当作命，当年，因手下人不听吩咐把墙垒斜了，他一怒之下，竟用瓦刀背将人家的锁骨磕折。为此，他被逮捕，被判刑。进了劳改队，顺理成章地又当起了建筑队的工头。也是秉性难改，他对手下人要求极严，对交给他的活儿极负责，看到那耍奸使懒或不按章程干活的，他先吼再骂，有时抄起砖来照人就砸。他几乎完全忘记了自己现实的身份，好像仍是以往的建筑队长似的。他有张任谁也难以忍受的脏嘴，动辄开口便骂："×你娘那个眼子，你看看你看看，这叫人攥的活儿吗？"故此，他不断被重审，不断被加刑，可依旧狗性难改，所以，很少有人敢跟他打下手，更别说一堵墙上抢灰铲了。俗话说，再好的枣儿也可有个虫口，再倔的人也能有个好友，偏偏哈三合他心意，先是跟他当小工，后又跟他学瓦匠活，不消半年，竟就成了他的好搭档，持了瓦刀灰铲，大胆地和这位似乎不通人性的工头一道干活。大约是缘分的关系，到如今黑黑白白一年半，两人竟未吵过架。有人深以为怪，问哈三用吗法治住他的。哈三说治什么治，我敬重老头的为人。又有人问刘师傅咋跟哈三合得来，刘师傅翻翻眼睛："你爹我喜欢拧种！"

哈三卷了一支烟，坐在墙上慢慢吸着。他长长地吐出一口烟雾，仰脸望着高阔的蓝天，天并非人们说的那么瓦蓝瓦蓝，而像刷了一层淡粉的石板，雾蒙蒙的，透着一种无法说清的灰蓝色。这时，正好有几片闲云悠悠荡荡自东南飘来，不时地舒卷幻化，一会儿像人，一会儿像花，一会儿像只笨拙的北极熊，一会儿又变成了纤腿长颈的白鹤。忽然间，一声长笛自西边响起，那是车站上又开进了一辆火车。火车的笛鸣吸引了他的注意力，他展目西眺，看到的是一排排高低不等的房屋、一条条宽窄不一的街道。城如棋盘人如蚁，短短一年半的时间，这个小城市竟发生了如此之快的变化。城里如此，乡下呢？哈三不由自主垂下头来，他想起了乡下的家。

烟蒂愈燃愈短，终于烧痛了哈三的手指，他忙将它扔掉。这霎，身后传来叭叭的声响，他回头一看，只见刘师傅正以平素少有的冷峻目光瞅着他，不说话，手中的灰铲却在砖墙上不停地磕打。显然，刘师傅已经找齐了茬口，通知他赶快往上升线。他愣怔了一下，起身时晃了晃，赶忙伸手抓住木架。刘师傅眼神快得很，立即发现了异常，大声问他："三儿，今儿咋着了？'"

"没……怎么。"哈三脚下有根，已经站稳了身子，"刘师傅，升线啊？"

"你心里有事？"刘师傅不错眼珠盯住他。

哈三迟疑了一下，点点头。

"有事收工后再想，架子上分神，跌下去可就甭想再娶媳妇了。"刘师傅说着，已在转身升线。

哈三俯身起线的当儿，看到一个荷枪的狱警从远处的高岗上走下来，大约是听了他们的对话，看看这儿发生了什么值得注意的事儿。哈三这才又重新意识到自己的身份，脸皮紧了紧，叹口气。走过来的狱警生着一张娃娃脸，双眼皮，薄嘴唇。虽然隔着挺远，还是可以看清他的两腮嫩而微红，细皮嫩肉几乎可以掐出水来。哈三心中一沉，谁家的孩子，挺好的模样咋让他来干这种活。娃娃脸的狱警走到楼跟前，很不友善的目光朝上扫了几下，以与娃娃脸不相符的粗嗓门说："咋呼什么？"抻了抻见上边没有回声也没有动静，头一歪又走开了。哈三心里再一沉：唉！听嗓门，这孩子还真该干这活。哈三又朝其他地方看了看，不远处的几个方向，都有背枪的狱警转悠，瞧他们的神情、走相，好像有一搭无一搭，压根就没想到这些犯人会逃跑似的。这情有可原，凡能来这狱外工地上干活的犯人，不是判刑较轻者，就是即将刑满的。判刑较轻者心理上没有负重感或者是负重感很轻，因为他们很快就能解脱。那些即将刑满释放的人心理更平衡，相当漫长的岁月已然熬过来，美好的希望就在眼前，还犯得着拿了南瓜脑袋朝菜刀上碰吗？然而，实话讲狱警们的懒散是表面的，他们之所以如此，是为了让施工的犯人们放松，不至于因精神紧张而出现难以预料的差错。在他们的内心深处，依然很清醒，很警惕，世界再平和，也难免有个"万一"吧？故此，哈三和刘师傅的大声对话就引起了他们的注意。又因为站得高，声音传得既远且响，所以"娃娃脸"听了就走过来了。

终究不是心系一处，整个上午，哈三有好几个地方将砖墙垒成"直缝"。为了赶茬，有一段竟然手忙脚乱垒斜歪了。几次惹得刘师傅火起，满是胡楂的嘴张了再张，要骂，最终努力憋回去，改作用白眼涮他。

中午，哈三在饭堂里碰到了河南高手。如今的河南高手成了名副其实的"高手"，他分在劳改队办的塑料玩具厂干活，可能是先天的灵气，也可能是常年赌博练就的灵巧手指和精细心机，挺复杂的工艺，他很快就掌握。挺普通的塑料玩具，经他一改装一拾掇，就更精致更耐看更让人爱不释手了。他将以往销路不畅的塑料玩具猴由立势改成蹲势，在猴儿的裆里安上个挺逗人的小玩意儿，从后脑勺处开一洞口灌进水去，打开胯上的阀门，小玩意儿里就呈抛物线地往外滋水。他给这起名叫尿猴，尿猴一出厂就成了抢手货，很给劳改队赚了一笔钱。时间不久，河南高手就成了厂里的头号大拿，有些连工艺技术员也难住的事情，到他手里也能慢慢解决。有人称赞他的智慧、他的才能，他翘翘嘴角，生平第一回谦虚地说："没吗，凡事讲究个琢磨。"

一个拧种，一个偏头，尽管已经双双进了劳改队，仍是互不服气。每逢碰在一起，总还是你强我胜地暗中争论一番，口气仍像要立牛皮合同般坚决："甭牛×，出去后正大光明地赌一夜。""赌就赌，怕你踩着肚子拔了毛去吗？""玩鬼点的不是人揍。"……话不投机，又要大打出手，瞅了狱警在旁，怕被抓去吃小灶，只好怒目相视作罢。

可是，今日两人见面后，不再像以往那样张飞看蛤蟆，而从面色神态上看都想"南北和"。吃饭时，两只碗靠得近了些，又近了些，看看就要凑到一起，稍一对视，却又喊着口令般地同时将碗拿了开去。往返复始，一对大汉就如小孩过家家。河南高手终于憋不住，抓了碗反身朝哈三面前一蹲说："老三，有种的来两把！"话虽如此，但眼神悲苦，嗓音也凄怆滞涩，像是喉管给热地瓜烫了。

哈三看着那碗，出乎意料地许久不语，末了低下头说："咱俩用不着怄气，我有个挺格路的感觉……"他没说完，河南高手忽然截住道："家里出事了？"

"我也是……这么想！"哈三哆嗦了一下，刚硬的汉子，咬住嘴唇说不出话。好半晌，他才敢直视对方。啊哟！那位身坯子分量都不亚于自己的老对头，也已是满脸哭相了。

什么是心灵感应？什么叫心息相通？什么人和什么人能产生心灵感应？谁又和谁能够心息相通？这些复杂而奇妙的东西，有时还真难说清。像哈三与河南高手这样两个人，老对手，老对头，进了劳改队还要将来论输赢的怪家伙，事先没通消息没见面，怎么就产生了共同的感觉——双双认定是家里出了事了呢？解释不清的不等于没有。这话，似乎让一位专搞"潜科学"的老头子说对了。

果然，自此以后，在约定的探监时间里他们两家都没来人，而在往常，家中来探望他们的人一次也没误过。家里人理解他们，明白他们在劳改队里渴盼见到亲人的心情是多么迫切。所以，在每个约定的时间里，哈三总能准时看到母亲、哥哥或丫头，而河南高手也总能见到日思夜想的老婆。家里人给他们捎来衣服、大蒜和烟叶，又顺便告诉他们家中的近况和变化。这样，他们恓惶的情绪得以平稳，空虚的心也得以充实，在随后的一段时间内，就能踏踏实实地生活了。而如今，两家不见一个人影来到，联想近些日子那种不同寻常的感觉，就像以往赌博时能够哐摸出输赢一样，两个赌棍越发坚信家里一定出事了。当这一天他们又一次在饭堂中凑到一起时，以往心中的隔阂与嫉恨已经神话般地荡然无存，代之以同命相怜和由此形成的相互关顾和亲切。河南高手侧着脑袋问："老三，你觉得家里出了什么事？说出来，心里兴许好受些。"

哈三鼻子一抽："我从来也没像这阵儿似的惦念俺妈。"说着，就有些变调，咬着牙稳住情绪，又反问，"你呢？"

五尺大汉的河南高手竟然情不自禁地淌下了泪："还用说吗？我家就她一个……"

"高手"的老婆顶贤淑。同监的凡是见过他老婆的人都这么说，他自己也这么认为，也这么说。昔日在家时，冬汤夏水，春衣秋裳，那份周全那份细致体贴，即使他在外输得底朝天，进门只消老婆一伺候，立时便身上舒适，心中快活。家里的杂务、地里的活路，玩疯赌疯了的他一概不动手，全仗着一个女人张罗。女人没有愤恨，没有怨言，似乎在她心中只有一个念头，那就是尽全力服侍他，满足他。女人有时也床上枕边春风细雨地劝解他："别赌了，别赌了，我种地管家务，你想法在外做个小买卖，风不着雨不着，年吃年穿多好啊！"他不听，还发火。他一发火，女人就赶紧赔上笑脸。女人一笑，他的愤怒恼火也就全从头顶上冒走了。他曾多次动了真情地对赌友们说："我一生只爱两样，一是手中的色子，二是床上的老婆。"

河南高手入狱后，每逢探监之日，女人总是准时来看望他。第一次来时，那场面煞是动人，隔着一个柜台似的障碍物，两人各自往前探了身子，头碰头搂在一起大哭，引得一些过往犯人落泪，惹得看守人员当场发火。探监时限到了，依依不舍中，女人慢慢回首，口气哀哀地说："你好好服刑，家中事体有我。你放心，等你出去后，改了毛病，后半辈咱有好日子过。咱们还得盖房，修院，还得要俩娃娃。你千万保重身子，甭焦虑，我会按时来看你的。"女人那里说着，河南高手这儿已经再次泣不成声。那以后，女人果然准时来看他，一次也没耽搁。征得劳改队负责人的同意，每次来时还能住上一夜两夜。时日一长，高手的情绪再不那么低沉，干活卖力，学习用心，吃饭睡觉安安然然，似是和监外生活一样的光景岁月。同狱的犯人见了个个咂嘴："啧啧，这小子要是能立功减刑的话，一半功劳是娘们儿的。"

女人接连两次没有按预定时间来，河南高手眼见着就成了霜打的萝卜。他整日吃不下，睡不着，唉声叹气，蔫头耷脑，昔日的圆脸明显地瘦了一圈，干活也不像以往那样有章法，曾有好几次将成型玩具搞成废品而受罚。沦为囚犯的人就是这样，活儿干漂亮了，给几句表扬算是奖励；活儿干砸了，处罚就不是几句话的问题了。可是，如今的他已不在乎这些，干脆破罐子破摔。他垂头丧气，骂骂咧咧，跑到劳改队长那里请假，非要回家看看不可。这当然办不到。他就开始魔魔怔怔的，他认为自己的女人病了或是在家出了麻烦事，就焦虑，就惦挂。终于，他产生了越狱逃跑的想法。

河南高手将这个危险的想法首先告诉了哈三，让哈三帮他的忙。他说自己逃出去后，回家看一眼马上就回来。哈三相信他的话，也愿帮他，因为他自己也极思念母亲，惦挂着家，他也曾打过这样的主意。只是，他比对方稍稍理智一些，他建议先写信问一问，给村委会写。高手说他连自己的名字都写不对，哈三便自告奋勇替他写了。

　　明信片发出去一个月，村委会没回信，河南高手终于捺不住，再次向哈三表示了那个可怕不可行的想法。这次，哈三不再阻拦劝说，并以赌棍所特有的孤注一掷的个性帮他想了个越狱的办法。然而，他们赌博有道，越狱却是天字第一号的大笨蛋，哈三的办法，充其量也就是从三流小说中蔫来的，用以越过监狱的大墙，有门儿吗？可他们就偏偏敢于实践，要不，怎么说是些"赌棍"呢。就在那天夜里，随着岗楼上一声早有所备的唬吓，河南高手的越狱行动宣告失败。他给抓回来吃了三天"小灶"，哈三也做好了跟着倒霉的准备。但是，出乎全体在监犯人的意料，再没给越狱者加刑，也无任何更进一步的处罚。同谋犯哈三呢，不知是没给供出来还是别的什么缘故，竟也没损伤半根毫毛。几天后才明白，说河南高手经医生检查，证明他已精神错乱了。

　　经过一些日子的治疗，河南高手重又送回到号子里。看守人员单就瞄上了哈三，高手由他来照料——病了跑了死了……总之，一切意外均让他负责。哈三明白，这是有意擒住他，他和高手真正成了一根绳上的蚂蚱。他身为犯人，不能拒绝也不许违拗。人犯王法身无主，这不是流传了几千年的古话吗？这句话的内涵，这句话的分量，哈三以及与之有过相同经历的人算是确确实实体味到了。他无奈，他只有接受这个特殊的活儿。所幸，河南高手的精神自此再没错乱，再没谈什么越狱逃跑，甚至都没再产生这种想法。这就给哈三省了许多心神，免了许多麻烦。不幸的是，河南高手似乎变了一个人，每天除了喷嚏哈欠，再不多说一句话；除了吃喝屙撒与机械地干活，也不再做多余的动作。他好像傻了。

　　高手越狱事件发生后的一个月，安灏来探望弟弟了。会见室里兄弟俩刚照面，哈三就哇地哭出声来。他边哭边说："哥，家里出事了出事了，奶奶和妈都出事了对不对，对不对呀？"安灏大吃一惊，弄得他半天说不出话。他怕弟弟惦记，本来不打算把家里的事情告诉他，然而鬼使神差，这个桀骜不驯的愣小子咋就未卜先知不期然而然了呢？他只好劝慰弟弟，实话实讲，把奶奶"无常"父亲回来以及母亲得了精神分裂症的过程都说了。

哈三的小眼睛睁得大大的，那直勾勾的眼神让人疑心他失了魂、走了魄。他完全没有了泪，也不像哭，只是喊叫了一声"奶奶——苦命的妈"，就突然间背过气去，惊得安灏和一旁的看守员揾他内关又揾他人中穴。哈三终于醒过来也终于哭出来，他一手抱住哥哥的脖子，一手狠命地扇自己的嘴巴。

安灏也已经泪流满面，他劝住弟弟，并开导他，宽慰他。他说奶奶发送得挺周全，父亲也来得正是节骨眼。哈三早就知道安中奇，看到过安中奇的信，所以对这位"父亲"的到来并不惊讶。安灏还告诉他，说母亲经过治疗后，已经大体恢复，只因身子虚弱，才没有一同来看他。安灏没敢将左立渊吊死的事情说给哈三，他怕哈三的神经再受刺激。既然弟弟没问到那里，他也就暂时瞒下了。

哈三好不容易止住泪，但说话仍旧哽哽咽咽断断续续的。他让哥哥转告母亲，求母亲好好养病，不要惦挂他。他说他一定争取成为一个好孩子，以后出去了再不让苦命的妈操心生气，他一定孝顺伺候老人家。安灏擦去脸上的泪，宽慰弟弟说："三儿，快别这么说，咱妈也不是不知道你的脾气，你以往犯拧，她说你骂你可并不生气。谁家的大人不疼自己孩子？她那次来不是说过，你碰了这个钉子，以后准能转好，她后半生还指望你给她争气露脸呢。你忘了？"

哈三点点头："没忘！"

"没忘就好，以后更得努力改造，别因为这些事影响了情绪。"安灏说着，忽然想起了一件事，忙转了口气道："哎？高手呢？他爱人给他捎东西来了。"

"哦？"哈三的精神为之一振，泪乎乎的眼里渐渐放出光来，"这就好，这就好！"说着，急忙转过身去跟看守员央求着。看守员涮了他一眼，还是让人把高手唤来了。

高手那木木讷讷的样子使安灏感到纳闷，他将一包大蒜和一束烟叶递过去说："兄弟，弟妹眼下太忙，一时来不了，让我捎来的。"高手眼里汪着泪，口气神情却十分的平和。他苦笑了一下，冲安灏深深一躬道：

"安哥，这是你的好意，兄弟我承情了。她嘛，唉！完了，完了……"

说了这几句，回身就往外走，弄得安灏大惊失色。邪了，这两人难道都是半仙之体？怎么都未卜先知啊？

原来，高手的女人真的"完了"，她跟一个外地木匠跑了，两个多月以前就跑了。这大蒜和烟叶，也不是他女人捎来的，是安灏看在同乡的情分，为了安抚高手而假借女人之名捎来的。他怕高手听到消息乱了方寸，就想暂时瞒住他。他没料想高手也这么神道，竟已先自明白了。他将高手家的变故说给哈三，哈三听了连连叹气，便把高手前些日子越狱的经过告诉安灏。安灏的眼里泛出泪光，低声说："那么，今后再来，我探望的就是你俩了。"

自那以后，安灏每次来探监，都声明包括高手在内。看守员似乎也是出于某种考虑，总是欣快地答应他。而安灏每次带来的东西中，也总是有高手的一份。当然，仍讲是他女人捎来的。高手每次将东西接在手里，除了摇头，就是苦笑，既不拒绝，也不追问或解释什么。

在一个哈三认为适当的日子里，他终于跟高手说了事情的真相。他原以为对方会痛哭、大骂、蹦跳吼叫，并且也做好了解释、劝慰以致把他摁在铺位上的准备。岂料，人家高手十分平静地说："我早知道。"

"什么？"哈三抠抠自己的耳朵。

"我早知道。"高手依然慢抻抻地说，"她最后一次来的那宿，就跟急着还账似的。我问她怎么回事，她说你就可着劲吧。哥！"

"她叫你哥？"

"嗯，她一叫哥，我就料到是完了。唉，命啊！"高手垂下头去，使劲揉搓着手中的烟叶。

是命，苦命。然而，怨谁呢？

像憋了多日终于降下一场大雨的老天，河南高手在极度消沉了许多天后，突然间开始精神错乱。他喊叫蹦跳闹了半下午，然后一头扎在铺上死狗般睡了一夜。第二天，他开始"放晴"，不光情绪温和安定，并且开始活动，开始说话，他又恢复了原来的他。

"他想开了。"同监一名三进三出的老犯人很达观地说，"娘儿们家，就这么回事，在一块儿了，亲呀热的，蹿火。离开了，拉倒。就像搭伙做买卖，赔了，散了，谁也不欠谁的。"

诚如这老朽所言，河南高手可能是真的想开了。自情绪转好那霎起，

213

哈三就时时注意他的言谈话语,对于以往那位恩恩爱爱卿卿我我的小娘们儿,竟再也一字未提。高手有如此决心如此耐力,让哈三佩服。只此一件,就足以证明这人是条汉子,当行则行,当断则断,不像一些软蛋爷儿们那样黏黏缠缠。

相同的处境造就了患难与共的知心弟兄,互敬互勉与韧性的渴念促使他们镍而不舍。终于,诚实的劳动换来了理想的收获,两人同时被减刑提前释放了。当劳改队的负责人以一种遗憾目光将他们送出大门时,两人抱头大哭之后又大笑,接着相互揍了一拳:"兄弟,哥!这辈子谁再赌的话,不是驴犀就是鳖。"

河南高手的家里已经无亲无故,加之掌握了一套搞塑料玩具的好活路,他不愿走,这个厂也不愿放他走。经上级研究,留城就业,他反祸为福。哈三自然是要回原籍的,别说这儿不留他,其实留也留不下。他想家,想家里的兄弟爷儿们,特别想自己苦命的妈。

释放的日期家中已得到通知,一大早,安灏和毬子就骑了自行车来在劳改队门外等着了。和留城的高手话别之后,安灏驮了行李,毬子驮了哈三,一溜颠簸地奔上了回家的土道。路上,安灏和哈三无话,毬子却滔滔不绝,一会儿说谁家小子娶了媳妇生了儿,怎么怎么三天做油香十二日都去庆贺;一会儿又说谁的爹谁的妈得急病"无常"了,发送的那天来了多少亲戚多少客;他说昔日的狗党们这两年大都娶了亲成了家,他也不怕以后生傻子生瞎子硬和自己的表妹结婚了……哈三听得心酸,听得有味,听得禁不住长吁短叹。唉!世事沧桑人生苦短,转眼将近两年。不到两年的时间,外边发生了这么大的变化,人生能有多少个两年,可自己却把这么一段大好时光断送到狱里了。愧呀!人就这么怪,明知是错事,当着手去干时并不顾忌,一旦真的铸成大错,却又想想就后悔。然而,一切都迟了,时空不会倒转,折了的木棍,无论接上的茬口有多么好,仍旧是曾经折过的。

到了村前,哈三跳下了自行车,他不愿顺着大街走,并不是怕什么,而是窘。因为一旦遇上街坊庄乡问长问短的,自己应付什么好呢。更何况,他像滚油煎心般地急着回家。他从村后往西绕去,在后街的一条小斜路上径直地插向村内。穿过两条胡同,前面是一个大场院,在场院的那边，在一座翻修的门楼旁，他望见一个稍显佝偻的身形在那儿立着。那是母亲。虽然看不清面目，但凭着印象，凭着本能，凭着母子之间的特有直觉，他断定那个立着的人就是自己的母亲。瞧，那个身形先是面朝东南上的胡同口望着，这时忽然转过脸来，凝神地往这儿瞅啊瞅啊。那身形在原地侧了侧，开始晃动着移往前来，脚下好像被什么绊了一下，趔趔趄趄地奔过来，奔过来，速度很快。待看清眉眼时，你简直不能相信那是位五十几岁的老妇人的脚步，那么轻捷，那么利索，刮小风似的。

哈三惊叫了一声"妈"，忽地蹿出去十多步，跌了个跟头，打个滚跳起来又跑上去，跑上去，终于跑到了母亲的跟前，没听清彼此喊了些什么、说了些什么，儿子就仆地跪倒在母亲面前，抱住母亲的两腿号啕大哭了。母亲令人不可思议地迟疑了一会儿，这才慢慢抱住儿子的头，亲着，吻着，一只手在儿子的肩上背上轻轻地抚摩。但这情况只持续了一小会儿，母亲的动作幅度就变了，先前抚摩着的手变成了一柄榔头，狠命地在儿子肩上背上砸，亲吻也变作啃咬，嘴里还呜呜哇哇地叫着。是恨，是爱，还是心疼儿子的遭遇而痛苦难过？一切都不是，是这位母亲的精神又受了刺激而旧病复发。

最先看出这情况的自然是安灏，他赶忙招呼毯子一块儿跑上去将母子二人强行拽开。一看，哈三的头发被咬湿，有一处头皮也被啃破了。看哈三，哈三似乎浑然不觉。这时，乡亲们已经闻讯赶来，大伙七手八脚抬起母亲，搀起儿子，全无次序地乱哄哄拥进了安家。

安灏给母亲注射了一支镇静药，母亲渐渐安静了。当她完全恢复理智时，瞅见了站在炕前的哈三，就像头一眼看见似的，双手将儿子拉在怀里，抱得紧紧的、死死的，样子怕是让谁再给抢走了。人高马大的哈三倚在母亲怀里不动，像个懂事的小孩，那么乖，那么听话，任凭母亲在自己的头颈脸颊上亲吻着。足有一盏茶的工夫，母亲才抬起了头，冲屋里的人说："纳闷哟，我到底作了什么罪，来到'顿崖'上大祸一个跟着一个。好儿他爹遭了那种事，三儿他爹死在狱里，俩孩子大事套着小事，谁也没有脱过去。我纳闷哟……"说着说着眼泪又流下来。乡亲们忙安慰，劝解，说孩子刚刚回来，得休息，得吃饭，得和乡邻们说说话，她这么悲悲切切的，孩子怎么沉得下心呢？她点点头，用毛巾擦去脸上的泪痕。

这刹那，人们忽然发现，这位一向懦弱柔顺的女人眼神变了，变得明亮、犀利，开合眨动间，闪烁着一种女人眼中少有的刚气。

接近中午，街坊乡邻相继走散，哈三这才注意到，近半上午的时间，有两人始终忙忙碌碌，烧水倒茶替他家张罗待客。两人一个是白玲玲，一个就是又高又胖的丫头了。此时，玲玲和丫头像姊妹俩，又像妯娌俩，她们凑到赵云秀跟前低声说了几句，就双双走出屋门。不大会儿，她们端进来几碗热气腾腾的面条，分别放在赵云秀母子面前。给哈三的两碗，是丫头端过来的，丫头那又粗又长的手指头点点面碗低声说："快吃，吃饱了养好了再去掷色子打架。"哈三知她是在逗乐，也故意地冲她咧咧嘴，她便又报之一笑。这一笑，是那么的婉约柔顺且憨态可掬，完全没有了昔日丫头的蛮横粗野。这一笑，勾起了哈三无尽的遐思和对往昔的体味，行千遭绕万匝，终于在他心里终成一个结。这结当然不是人们习惯理解的恨结或仇结，而是年轻人身心相融共赴理想福地的极其美妙的情结。这结在哈三的心中早已形成最初的扣儿，只是没有被两只手拽紧系牢罢了。那是早在一年半以前，在哈三进了劳改队不长时间的一天。

那一天，阳光并不明媚，刺骨逼人的小北风也在飕飕地刮，透过会见室的窗玻璃，可以看到外边天上时有云块聚来或飘过。然而，身处囹圄的哈三却是心情开朗浑身热乎乎的，因为在这个探监的日子里，不光母亲来看他哥哥来看他，那个一脸横肉一身牛劲曾将自己和自己的伙伴打翻在地的丫头也来看望他了。这着实让他意外吃惊，也着实让他欣慰喜悦。因为，他成了囚徒，丫头还来看她。更因为，别看他成了囚徒，丫头虽是女孩却讲义气，并没小看他，特别是丫头临走时对他的可以说是绝无仅有的莞尔一笑，使他那与亲人别离时将要涌出的泪水又悄悄地退回到眶内，差不多扭曲了的脸庞正了正形状，不笑强笑地朝对方龇了龇牙。探监结束后，看守员半玩笑半嘲讽地对他说："咦咦，你老婆这块头……以后可够你小子一受。"

"老婆？"哈三吃惊地瞪着看守员。看守员的神态表明本来不想理他，但不知出于什么心理，迟疑了一下将登记册推给他看。天公地道，表格里填着：姓名：××；关系：未婚妻……

哈三愣了，脱口而出道："她，可是我干妹妹呀！"

"哦？"看守员飞了他一眼，忽然来了兴致，十分例外地守着犯人唱起了曾在十九世纪五十年代流传的陕北小调，"干妹子，你好，实在哎哎好，走起那个路来哎——好像水上漂……"

水上漂？哈三不觉好笑，瞧我这位干妹子，二百来斤，走路跟打夯似的，还水上漂？他神思恍惚地"飘"回到宿舍里，心中反复嘀咕：我成了犯人，她倒愿填未婚妻。就凭这点，只要她将来乐意，大肉团子我也要。

玲玲是个敦厚人，见他瞅着饭碗卖呆，就走过来劝他："快吃饭，三儿，想开些。"又瞅瞅那边的赵云秀，低声道，"别让老人看了心里难过。"

哈三感激地点点头，一种甜蜜的亲情在心中荡漾。他望着玲玲那明净善良的双眸，像历尽千难万险终于寻到了那个理想境地般幸福而圆美。他在心中默默地为哥哥祝福，也为玲玲祝福，祝福他们这对有情人能够终成眷属。在默默地祝福中，他并没忘记应答："我吃……就是了，玲玲姑，我听你的。"

玲玲万般甜美地笑了。说实在的，哈三自打记事起从没见玲玲这么甜美地笑过，故此，这笑的魅力在一个男人特别是像他这种情窦迟开的男人看来几乎就有些勾魂摄魄的意味了。玲玲走到哈三的母亲身边说了几句什么，转身拽了刚刚洗过手的丫头说："妹子，到我那里帮个活，我有话跟你说。"

"吃了饭去，让孩子吃了饭再去。"安灏和母亲同时起身挽留，"你们都吃了饭再去。"

"到我那里吃吧，我妈还等我做饭呢。"玲玲边说边拽了丫头走。丫头一步三回头地望哈三，那神情似是嗔怪哈三薄情，连留她的客气话也不说。她哪里知道，此时的哈三正一口热面吞住，吐不得也咽不下，有话也说不出来了。

事实上，自从哈三进了劳改队，这家里地里的活，玲玲没有少帮忙，丫头更没少下力。千金难买一个情意，要不是母亲述说，哈三知道吗？

哈三回来后，丫头仍旧一如既往，经常地来他家帮着干这干那。玲玲也来，但总是待一会儿就走，她妈有病，年纪也大了，她得经常照看着。安灏时常出诊，还要兼顾地里的庄稼。照乡下的习惯，刚刚"脱难"回来的哈三得有一段时间在家养身体养精神，有时丫头来了，碰巧母亲出去串门，这时的院里就只有他和她了。可是，丫头对此并不避讳，该干吗的还干吗，似乎这儿就是她自己的家。一边的哈三呢，倒好像是个外来之人，她有时兴起，还掐了腰指挥哈三干活，那架势，俨然是这个家庭的主宰了。哈三了解丫头的脾性，见惯不怪，任由她颐指气使、吆三喝四。到后来，如果有两天见不到丫头那雄赳赳的样子，哈三心里反觉少了些什么。到底少了什么，他自然明白得很，只是为了难以诠译的因由而不便明说。他不光明白自己，也明白丫头的心思、丫头的顾虑。丫头人粗，心却细，为了那个本来已经不难逾越的障碍，他和她都在等，等一个相应的时机。否则，瓷壶锔不成，可别一锤子砸碎。他更明白，若非这层顾虑，即使自己不开口，凭丫头那直肠大布袋的性格，把不准也早揪了自己耳朵追问了。哈三想得虽然这么认真这么周全，到底还是鼓不住了，这天上午在撅着屁股掏炉灰时忽然问："我说丫头啊，你第一回去探监时，在登记册上亲属关系栏里填了什么？"

"未婚妻呀！"丫头对他的问话似感意外，所以回答的口气就挺惊讶。

哈三小眼挤弄，故意怄她："没跟人家定亲，就填这个，不羞吗？"

"羞你个大头狗屌二百五吧。"丫头不怒佯怒，"不填这个人家让见吗？"

"你可知道人家过后怎么说？"

"我管他怎么说干吗，反正就那么填了。那么填了也就见着你了，见着你心里也就安稳了。"丫头的嘴跟打算盘似的。

"我可是你干哥……"

"我让你是干哥，"丫头冲他屁股扇了一巴掌，"哎？我说呀，我知道你，你也知道我，咱俩就别藏猫猫了。他们说吗，该不会说我像你……像你的什么什么吧？"

再憨直的女孩也有拗口的时候，丫头终于没有说出那句不该说的话。这时，哈三已经转身直起腰来，望着丫头那结实厚重的大脸盘说："人家说，人家说你这么大块头，以后可够我受的。"

"我日你狗屌哈三……"丫头大脸微红，骂了一句，扳住哈三双肩掀翻在炕上，接着抬腿就要用膝盖顶住哈三肚皮，那光景俨然又是当年瓜园里的把戏。然而，她那粗壮的右腿抬了抬又放下，却将一个厚而宽大的躯体扑上去，把本也牤牛般的哈三生生压住了。

这举动这变故虽然大出哈三意料，但此时却突然成了他迫切希望的。尽管他给那庞大的肉身压得出气困难，仍还是水到渠成地将丫头紧紧搂住了。这一搂搂出了奇迹，搂出了丫头作为女人的本来面目，她那原来用力摁住哈三的双手顷刻间松开，躯体的分量也神奇地由沉重渐轻盈竟至是十分熨帖地伏在哈三身上了。一双眼火辣辣地瞅着哈三的脸，窝窝着的肉嘴儿冲了下面的哈三欲张又合，似乎渴望来点儿什么但一时又茫然不知所措。被压住的哈三已清楚地感到了对方的这种变化，更明显的是，这次被她压住的滋味不是当年瓜园受制的那种感觉，那时是憋气，是难受，如今取而代之的是温情，是渴望，是肉体凡胎所通通具有的那种异性的亲切。他不失时机地要使出就地十八滚，谁想只轻轻一滚，竟就很顺利地与丫头的位置上下颠倒了。被颠倒了位置的丫头双目微眯，喘气粗重，脸上泛起一抹桃艳艳的粉红色。丫头的胸部急剧起伏，哈三就感到有两个硬硬的小东西在他腔子上一冲一拱的。他一阵迷醉，两耳轰鸣，脑子里霎时映现出许多美妙的东西，浑身的血液在急剧地涌动和激荡，一种任何幸福也难与之相比的炙灼感钻进了每一丝肌肉和每一处骨缝里。他福至心灵，不顾一切地将丫头的肉嘴儿吮住，吮得牢牢的。风雷激荡伴随着山崩海啸，人世间难以名状的狂飙巨澜将两个肉身吞噬攘裹……

风暴未息还要加剧时，门外传来咳嗽声和脚步声，这是通达明白的玲玲来了。两个人忙不迭地从炕上跳下来，刚刚立稳身子，一个被阳光照出的小小影儿就在门口出现了。小影儿蹦了一下，成了一个快活的小人儿，是清清。随后，玲玲也进来了，她不介意地瞅了两人一眼，问："人呢，都出去了？"

显然，她是问哈三的母亲和安灏。更显然，她之所以这么问，是为了遮掩某种尴尬，因为人并没有都出去，屋里不是还有他和她吗？哈三心里明白，干脆傻小子大张嘴："嗯，就闪下俺俩。"

丫头用手梳理着凌乱的头发，仍旧大咧咧的样子。玲玲依然稳稳重重不苟言笑也就不再问什么。倒是清清，本是无意，却弄出似属有意的事情来，他走到炕前抻抻裤子，愣怔怔地问哈三："伯伯，看这炕乱的，你们过家家了？"

哈三的大鼻子耸动了四五下，不知如何应答。丫头噗地笑出声来，玲玲忙拽了清清的手道："走，跟我去采苜蓿，晌午给你蒸菜糕吃。"清清愉快地答应着，跟了玲玲就走。丫头也要跟了去，说是回家。玲玲将她推住说："反正你回家也没什么事，留下帮三儿整整屋里，瞧，是挺乱的。"

玲玲领了清清走了，哈三舌头伸出老长："危险，差点儿让她撞着。"

丫头已在拾掇炕了，这时横他一眼："你这熊货，今儿劲头倒蛮大，瞧这褥子皱的。"

哈三有了闲心拽词："书上不是说过，爱情的力量是无限的嘛。"

丫头的嘴撇了撇："屁！爱什么爱，还爱呀情的，酸不酸啊？不就是两人看对了眼，说顺了辙，你同意他乐意，卷了铺盖凑一堆儿睡吗？啧！"

哲人的语言，理性的概括，莎士比亚也难想出比这更巧妙更恰当更实惠的语言。这个被万千文人讴歌颂扬赚了万千银钱且生出万千悲喜的"爱情"，让丫头一句话做了总结。

转　　折

　　赵云秀的精神病时好时犯，自从哈三回来后，犯病的间隔时间愈来愈长，症状也越来越轻了。让人不可思议的是，她不犯病性情仍如既往，谨慎小心得近似懦弱，那躲躲闪闪的样子，像墙上落下土星也怕砸破头似的。而一旦犯了病，就心宽胆壮，说话办事俨然一位口河舌剑的辩士、一位拿得起放得下的大管家。更让人难以相信的是，她每犯一次病，这脾性就刚硬一层。每犯一次病，处事的能力就自然增强一些。恰如一袋水泥粉末，在不间断地泼水搅拌搓抹中，强度自然而然地变大了。乡亲们认定这是精神病的后遗症，但安灏追忆童时的情景，明白母亲这种少有的干练和条理性，是老人家原本的性格。白头发五婶也纳罕儿，她背地里跟当年的老姊妹们说："瞧见了吗？留根儿家的心劲脾性咋越来越像她年轻那会儿了呢？"

　　母亲啊母亲，劫难已经散去，你也应该恢复原来的自己了。

　　哈三回来的第二天就和哥哥一块儿请了阿訇给奶奶走了坟。第三天，没见到安子岭的影儿，就说要去看看"安爷爷"。久出乍归，近门当支的老长辈，按乡下的礼俗是应该去拜望的。不料，他话刚出口，当着许多街坊乡邻的面，母亲却勃然变色，那脸上的皱纹几乎直直地竖起来，外眦细长的凤目出人意料地大睁开，双手扬了一下就要跳起身。此时恰好安灏在旁，见状知道母亲又要犯病，忙将老人安抚在炕沿上坐下，右手拇食二指很迅速地摁住她颈后的两个"风岩穴"。一阵紧张地揉搓，母亲渐渐重新安静了，但仍旧盯紧了哈三好一会儿，口气冷冷地问他："你在大狱里时，他看过你吗？"

　　"看过我，妈。"哈三圪蹴在母亲膝下，仰脸回答，"去看过我一回。"

　　"他说什么了？"

　　哈三茫然地眨着眼，做回忆沉思状。母亲不待他回话，又紧跟着问道："你回来两天了，他来看过你吗？"

221

哈三依旧茫然地摇摇头。

"那么，他不来看你，你呢，也犯不着觍了脸去巴结他。"赵云秀口气决绝，分明又是那病中的光景了。

哈三尚不了解母亲的脾性变化，就解释。

"是祖宗又怎么样，憋急了的狗还不往院里屙屎呢。"赵云秀的话让人们莫名其妙，可又不敢问她。正在空气凝滞的当儿，赵云秀又说话了："今后你们只当他是个街坊，他就是个街坊，甭认什么近门爷爷。"

这话像对安灏哈三说的，也像对乡亲说的。就有乡亲忍不住从中劝解，说无论怎么讲，老区长在这个家族里算是个"上眼皮"，行事处事上，理当还得高看他。赵云秀当即又怒，面现愠色："什么上眼皮下眼皮，不睁眼看人就是瞎。我的孩子，就先得听我的。不听？不听以后就别进这个家。"

众人骇然，知她又在病中，立即噤口不语。哈三只恐惹得母亲生气，自是唯唯诺诺。他正在思忖什么委婉全面的话语劝慰母亲，却听母亲又以冷峻的口气说："三儿啊，明儿到清真寺里换换水，请阿訇到你立渊伯伯坟上走走。经礼嘛，要封大些。左家兄弟，一辈子亏心……说着，声音变调，双手又扬，眼也睁大起来。谁都知道，她的疯病是因左家小子的"无常"引起的，如今突然说到这儿，就怕再勾起旧因大疯了，吓得人们慌忙上来劝解。安灏已经看出难以控制，就在人们按摁抚慰的空当里，跑到西厢房取来药给母亲用了。

母亲的情绪终于再次安定，而哈三已经哭出声来。因哈三对左立渊感情甚笃，在他心里，左家小子的位置比干爹赌鬼左立贵高得多。他少时就曾希望，希望左家小子不是个异姓伯伯，而应该是个亲亲的爸爸。他自小不记得爸爸的容颜，缺少的是人所该有的父爱，而这种几乎注定不会再有的父爱，恰恰是左家伯伯无处不到地给予了他。那幼时的保护、看顾，那为了救自己的奶奶而与母亲假婚的一夜，那每次去劳改队看望他时木讷却真挚的表情，哈三是无论如何也难以忘记的。左家小子的猝然苦死，他回来的当天就知道了，他不相信，也不愿相信，那么憨厚那么与世无争于事无求的一个人，怎么忽然就去了呢？他清楚记得，昔日左家伯伯与他们形同一家，总是无休无止地帮助他家干这干那。后来，后来他和哥哥相继长大了，哥哥也成家了，左家伯伯才渐渐地脱离开这个家，好像关系也淡了、远了。然而，哈三明显地感觉到，左家伯伯和他们家的感情是诚挚的，关系是牢固的。他早有夙愿，自己要给左家伯伯养老送终，待到他心中确认的那个好日子之后，他要将左家伯伯接来他家养着。左家伯伯是个好人，好人自当有好报。母亲也不是一再嘱咐他和哥哥，让他们日后千万不要慢待了左家伯伯那个好人嘛！哈三听到左家伯伯的死讯，当时痛苦吃惊得几乎晕厥过去。若非他那先天固有的控制力和赌棍特有的刚性，难保不会大哭狂乱。今日母亲口中重又提到死去的左家伯伯，他是再也难以忍住眼中的泪了。

　　遵照母亲的嘱咐，哈三到清真寺的水房子里认真地洗了"务斯里"（大净），然后请了阿訇和两位海力凡，到左立渊的坟上按最完整的程序，认真庄重地诵经。哈三跪在坟头的一侧，听着那深沉凝重的诵经声，看着坟头上已经长出的小草，左家伯伯多年来在自己心中的影像犹如电影似的一幕闪过又现一幕。他浮想联翩悲痛难抑，若非生怕乱了经，早已声泪俱下。唉！这位待人诚恳老实巴交的好人，不久前还一五一十地生活在"顿崖"上，可如今呢，已然虽是近在咫尺却实则远隔天涯。爷儿俩一个地上一个地下，再也难以见面也难以说哪怕是半句话。哈三想着忆着，在阿訇的诵经声中已开始饮泣哽咽。待到接过"杜哇"，互致了"色俩目"，他已是泪流满面号啕大哭了。泪眼模糊的阿訇、海力凡们从坟头上把他拽起来，劝解他，安慰他，说他左家伯伯"顿崖"上不易，后世里必定会有个好"落吉"。他是苦死，又无亲无故，这后世里的"打捞"，就依仗着想他疼他的哈三了。哈三抽咽着立起身，对着左立渊的坟头说："伯伯，后世里你'鲁赫'尽管着实，我一定以你的名义多多举意为善，给你老人家多添乜帖。"

　　给左立渊封经礼走坟的事，自然会传到老区长安子岭那儿，老区长恨得直磨槽牙。哈三回来后没有立即上门看望他这近支前辈已然愤怒不支，如今，野小子招呼也没打又给外姓旁人走坟，这还了得？他憋了怒气攒了力气要去登门问罪，据说走到半路心口痛又愤愤返回。也有人说，他已经到了安灏的家门口，却见赵云秀恰好立在门口似在等他，他一惊，深怕惹得侄儿媳犯了病，没敢言声就打道回府了。更有人听老区长自己说，他刚拐出胡同口，就影影绰绰看到哈金瑞和左立渊在安灏的门口两侧站着，他吓得出了虚汗，腿一软差点儿跪倒便反身跑回了家。总之，这件事没有引

223

得老区长大动肝火以致闹到面上来，村内的多斯提们就深以为怪。似乎从这开始，人们对老区长和赵云秀家的"本族近支"关系有了某种异样的看法。

秋收以后，赵云秀又做了件让村人震惊的大事。那天上午，她吩咐安灏请来了亲戚近邻，还特地邀了左经纪和赌鬼左立贵爷儿俩。她摆了两席，例行的清真茶水之后，大盘的黏枣蜜食端上了桌。当人们给装在葫芦里不知所以然的时候，她站起身来说话了："叔伯大爷婶子们，哥哥兄弟姐妹们，今天冲着大伙儿的面，我给俺三儿托媒了。"

人们当即愣住了，都侧着身子仰着脸看她。她稍一迟疑，接着说："三儿和仉家丫头的事大伙儿都知道，这也不是一天两天的事了。他们愿意，我不阻拦。虽说从老辈子两村有那么个大隔子，可人不能认道跑到黑，我看就着这个巧儿，是该解疙瘩的时候了。不过，窗户纸也得有个人去捅破才能见亮，我想求两人去受这个累，一个是立贵兄弟，一个经纪伯伯，行吗？"

左经纪和左立贵几乎同时站起来，各自用食指指着自己的鼻子问："我？"

"您爷儿俩先坐下。"赵云秀依然表情古板，"我说立贵兄弟，当年你顶着枪子都敢赌博，这么大的胆子，连个小仉庄也不敢进吗？"

"嗯……也是！"左立贵旁顾忸怩，向那位本家伯伯投去乞助的目光。老经纪毕竟见多识广，很是沉得住气，他咳嗽了一声，慢抻抻地说：

"可是，到底两村几十年不通婚了呀！那老辈子的'隔实'，都在寺里碑上记着，咱是不是掂对掂对再说？"

这一带的穆斯林，是元时跟随忽必烈东征日本时的一支波斯部队的后代，他们属伊斯兰教的什叶派，信仰虔诚，性情刚烈。还是民国年间的事情，为抗捐税安家集的人们和官府发生了冲突，幸亏当时有位回族大官经过此地，看在大官的面上，官府当时未予深究，算是放了安家集一马。此事过后不久，一个专给衙门跑腿的街痞子在城内大集上告诉小仉庄的人们，说安家集的"半疯子"吃了城里人的肉包子。小仉庄的人们大怒，为教训叛教者，聚了几人将"半疯子"痛打一顿又专门送回安家集。"半疯子"家是大户，兄弟七八个，认为自家兄弟缺心眼，有些事情他难以分辨得清，而那个街痞子向来奸诈，谁知他的话是真是假？小仉庄的人护教应该，打人不对。这口怨气难以咽下，便纠集多人去小仉庄论是非。结果，话不投机，动了干戈。小仉庄人多，安家集的人败回来了。后来，两村结了大仇，不时相互进击，各有胜负，绵延持续达三年之久。最后还是附近各村从中百般调解，接着又请来省城北大寺的伊玛目说和，对垒这才告一段落。仗是不打了，仇却成了死结，两村各自立碑于清真寺内，双方不许来往走动，更不许续亲通婚。此事虽然已逾几十载，可后人始终谨遵不殆。

随着世事变迁，两村的关系自然不像开始那么紧张。故亲已有相互走动者，但通婚之举仍无一户敢于开端。故而，左经纪一听让他作伐，立刻便失了圆滑气。赵云秀见他如此模样心中不免发急，这一急倒让她那奇怪的神经搞得口才格外流利。她直视左经纪嗔怒道："我说经纪伯，就不懂个合久必分、分久必合吗？两村'隔实'几十年，早到了合的那一天，只是没个牵头的，两个村有什么隔子打不透呢？"

一席话举座皆惊。大家也知道她这些大道理是从有学问有知识的儿子们那里趸来的，但这些话出自一向被人们认作柔弱寡言的妇人之口，就生出一番别样味道了。人们纳罕，赵云秀却继续说："照常理讲，这事应该先跟亲戚里道透个信儿，可老老少少都明白，这些年俺家枝枝丫丫杂碎是非忒多了，我怕再出毛病，就一竿子捅出来。对或不对，大伙儿担待吧。"她瞥了一眼理所当然也在场的安子岭，"这也是逼出来的脾性，只能先下帖子后支应。经纪伯一张金嘴说赢了驴马骡牛千千万，还给俺三儿说不个媳妇来吗？冲着大伙儿我把话说到底，觉着合适应该的，拾起筷子吃馃子，觉着不顺气的，也盼着能赏个面子给我。"

这情景，很有些《水浒传》上"供人头武二设祭"的场面。只是，那场面是武二郎为兄报仇，这场面却是赵云秀为子求亲，一悲一喜，悲悲喜喜有时就发生在形式相同的场合。许多年的风风雨雨，人们都体味到了人生的大不易，更何况，人家孤儿寡母以喜筵相待呢？于是，人们纷纷地拿起了筷子，又纷纷地说道："好事，这本就是好事嘛。"

只有老区长不动筷，他端坐椅上，双手下垂，眼皮耷拉着，一副"我不发话谁敢为"的神色。但是，当看到众人纷纷动作起来，而赵云秀母子也不停地招呼大家劝吃劝喝，似乎并不将他老人家放在秤上掂分量，那脸就开始红了又涨了。他接连撩眼皮看了赵云秀好几次，赵云秀却并不睬他。他似乎开始明白，今儿之所以请他来，大约是故意做场面示威给他看的。自打这个女人病愈之后，他就隐约有了一种不祥的感觉，他觉出这个女人性格的变化，变得有些出乎他意料了。她在有意无意地显示自己的潜能与自己抗衡和挑衅，连她那时好时犯的疯病，好像也是出于什么目的故意而为的。这个女人在渐渐地给他以压力，给他以威胁。他似乎也明白个中因由，然而，这种因由对他来说是地地道道的难言之隐，他一方面要竭尽全力避免暴露这种因由；另一方面还要继续想法加强以往在人们心目中的忠厚长者的形象。他已经风风光光地度过了七十几个春秋，并稳稳当当地享受了一个乡下人所不易享受到的东西，那么，无论如何也不能在有生之年跌跟头翻船。所以，无论赵云秀以怎样的形式向他进逼，他都以不变应万变，尽量躲避并绝对不动声色。他有他的遁词——侄儿媳妇大疯过，和疯人是不能一般见识的。人们同意他的见解，所以对于赵云秀对这位叔公的不敬也就见怪不怪了。尽管有人也持不同的看法。

然而，今天不行。今天赵云秀把个耳刮子抽在了他作为本门长辈的脸上。岂止是抽耳光，简直是往他老脸上尿尿了。你瞧，上位上坐的不是他这位出人头地几十年的"老区长"，而是个和牲口打了半辈子交道的下九流，还有那个见了色子不认爹的赌鬼。凭什么？他们凭什么？再说，赵云秀口中带刺人人听得出，此时若不还点儿颜色，这安家集今后还有自己的一席之地吗？他终于失了耐性，失了理智，失了最近自己为自己制定的以静制动的原则。他咬咬牙，斜了赵云秀一眼，慢慢抓起筷子又猛地摔在桌子上，他大吼："混账！"

箸盘发响的动静随着这突如其来的一声吼开始小下去，小下去，突然像叫着号子般整齐划一戛然而止了。大家不约而同地将视线投向老区长，又从老区长那里转向赵云秀。奇怪的是，面对怒容满面的老区长和他的突然发作，赵云秀不怒也不慌。她问："谁混账？"

"装疯撸人的人混账！"老区长细目睁圆，完全没有了以往忠厚长者的形象。赵云秀似乎要的就是这火候，她依然不急不恼，推开安灏和哈三的阻拦，搬条凳子在老头旁边坐下：

"咋叫装疯撸人？"

"破祖训联仇人缺德损阴为主的不容！"老区长一急，没法回答对方的问话，却把各种教义都用上了。

"那么，砸清真寺撺阿訇烧经典的人为主的能容吗？那个运动中和公社头头坐一块儿专门琢磨整人治人的人为主的能容吗？"赵云秀威而不怒，不眨眼地盯着他。

戳到了要害处，老区长终于怒不可遏。他跳起身，掀翻凳子大叫："没大没小没老没少，反了，你还反了！"

"要是有老有少就不拆自家的祖坟，要是有大有小就不会变着法地坑人家害人家。要是有人肠的话，就不会拿着块石头当祖训了。"赵云秀越说越来气，"大伙儿评评，那块碑只几十年的事，能算老祖宗立下的吗？一块石头就把咱两个村子隔开了？把俩孩子的终身大事压断了？"

人们更加骇然，因为这简单的道理人们以往竟没想过，如今让个患过疯病的女人说出来，一个个都有点儿发傻。人们正准备想方设法圆这个场，忽然间，老区长噘儿地痰厥了。于是，掐人中的，弯胳膊曲腿的，跟着安灏去取药的，屋里乱起来。可是，更糟糕的还在后头，赵云秀大喝一声忽然掀翻了桌子，口中发出凄厉惨烈的嘶嘶之音，让人听了毛发直竖。她从牙缝里往外挤着话："你……害了上两辈还要误下一辈吗？你……"喊着要跳起来。人们明白，她的疯病是地地道道又犯了。大伙忙拢住她，劝住她，左经纪也忙趋前道：

"她嫂子，甭急，甭急，我应你就是了。"

一场喜筵，不欢而散。

一场喜筵，掀开了安家集新的序幕。

一场喜筵，给赵云秀垫下了硬底，也预示着老区长的位置在动摇，他在多斯提们的心中开始走下坡路。这不仅仅是赵云秀的精神病令人们担惊又同情，也源于她在半明白半疯癫时喊出的一句话。她声言老区长"害了上两辈……"是不是里面还有什么不便说出的？万物之灵有个通病——喜欢想象，有时就不免想得极远、极多。

左经纪说话算数，他答应了的，就一定去做。他以自己几十年来练就的嘴茬和灵活脑子为仗恃，会同因赌了几十年而造就的皇上胡子也敢薅的左立贵，厚着脸皮闯进了小仉庄。事情到了这份儿上，那就有什么说什么了。一辈子说话绕弯的左经纪话语直而又直，一辈子醉死不认半壶酒钱的赌鬼却是乞求的口气。形式不同，意思只有一个，安家集的哈三托人来向小仉庄的丫头提亲，成也得成，不成赖着也得成。还真是"有缘千里来相

227

会，无缘对面不相识"，这亲事提得潇洒，成得利索，丫头的父母和近门当支口气之痛快，让两人都难以相信自己的耳朵。对方说女家早有这个意，因碍了老辈子那个仇结，一直不敢行心，怕的是安家集多斯提们不给这个面子。如今既已点开了，早就水到渠成的儿女亲情事，还有什么说的。还说但愿自此河南河北亲连亲……把个左经纪爷儿俩说得眼窝发热。父母和近门当支如此说，至于丫头，还用问吗？

大功告成，乐坏了安灏，乐坏了哈三，也自然更乐坏了他们的妈。赵云秀大殿上封了经礼，又做油香"知感"了，选了个主麻日（星期五）让媒人去小仉庄送了定亲盒，女家揭了盒盖吃了馃子，这亲就算定了。这是老礼，之所以用老礼，是为了让事情显得更郑重，让人们更清楚地意识到——两村的陈年老账全消除了，代之而来的将是新的年代、新的转折。

"大礼"就采用了新的形式，安排了现下时兴的"四色礼"，茶叶是穆斯林日常生活中必不可少的，自然要有；糕点只要乳酥蜜食，取其圆圆满满甜甜蜜蜜之意；肉和鱼也在"四色"之内，图的是厚厚敦敦年年有余（鱼）；另外就是粉条了，这有个绵延流长或者长长远远的说法。

转眼已入冬月，天气渐渐冷了，这也正是乡下人每年大办喜事的好季节。这天早饭后，玲玲来串门，赵云秀拉了她的手说："求你个事，去小仉庄一趟，和丫头她爹娘透个信儿，看能不能把两人的婚期定下。闺女小子都已二十大几，是不能再抻了。不过，千万酌兑了喜日子，别把好好的一对儿孩子外扠扠了。"她的音调平淡清畅，真挚欣悦，让人听后，全是那种悲过生喜否极泰来的感觉。

作为兄长，安灏早就盼着母亲说这句话，只是事出仓促，他建议是不是先把新房安排了再说。母亲摇摇头，说那是哈三自己的事。正在一旁吃地瓜的哈三就哧哧地笑。问他，他才告诉哥哥，母亲早就做了安排，将药房挪来北屋，让哥哥住进套间里，自己的新房就定在西屋里。今儿上午，他那帮早年的狗党弟兄就来帮忙拾掇。安灏与玲玲都暗暗吃惊，母亲能撑能干能挣扎，这在他们小时是记得的。但处理事体能如此的周密细致和练达，又联想前不久在席面上和"安爷爷"争辩时的口才和嘴荐，以往的岁月里怎么就没发现呢？莫非真是一场大病把她整个人给改变了？昔日，他们曾从一些科技报刊上看到，说是意外事故或突发的疾病康复后，有时能令人产生难以解释的特殊功能。母亲的性格变化，大约就是这种情况吧。

可是，真正的隐情他们哪里会明白呢？

哈三和丫头的婚期很快定准，新房也在小弟兄们七手八脚的忙乎中拾掇利索。农历十一月十六日，在这个六六大顺的日子里，安家集这个两代寡妇的家门前，场面气氛空前热烈。这情景大出赵云秀所料，哈三的婚事她本来不想大事操办，所以只给知己亲戚下了请帖。然而，安灏行医多年，周围村里交厚极多，这儿新人未到，那搭"人情"随"份子"的便一个接一个一簇连一簇地来了。毯子等一班小弟兄见此情形，与村干部一合计，妈妈的不捞白不捞，未同主家打个招呼，就极麻利地架上了红账桌子。大把的票子由心机精细的小诸葛收拢记账，余众在赌鬼的支使吆喝中同时在附近几家开了锅灶，宰羊杀鸡的，蒸馒头炒菜的，一群人像变戏法一样，在最短的时间内将也算丰盛的筵席搞了一桌又一桌。

路途不远，新娘子的送亲车和新郎这儿的接亲车说来就来了。接亲车接的是新娘子和年轻知己的"陪娿"，送亲车里拉的是嫁妆衣柜和一个名为"压车"的鬼机灵臊小子。臊小子"压车"讨赏钱。赏钱多了唱喜曲，赏钱少了不下车。他不下车就不能卸嫁妆。三嘎拉鬼点子多，将数目不多的赏钱包了三包分次递上去，骗得臊小子极麻利地跳下了车。

门外，哈三的迎娶礼施过，人高马大的丫头也变得羞羞答答，迈小步由陪娿人簇拥进院，两旁早有"接媳妇"的少女小媳施礼道辛苦相应着。待到"送嫁"的"上客"被村人迎接进院后，庄重的婚礼仍旧一如既往地开始了。回族宾客自然要请进安家院里参加婚礼，要举行例行仪式，要听阿訇老人诵经祝祷，更重要的是看着阿訇当场写完宗教规定的结婚证书——"伊扎布"。"伊扎布"内容包括男女双方的同意；双方父母的同意；证婚人的同意；言定的"卡宾"（彩礼）以及真主的定夺。"伊扎布"写完诵念后，除了"打喜枣"这方穆民沿袭已久的习俗，有些仪式在喜筵之前便或减或免了。

与此同时，在附近的院里，赌鬼左立贵正率领他的一班弟子招待汉族朋友。之所以安排在别院，是为了不让他们受约束，在这儿放心尽情地喝场喜酒。当然，赌鬼也有自己的小九九，喜筵之后，他得想法在这帮人中打捞几个"对头"。

自从秋后那场席面上和赵云秀闹翻，老区长就不大登安灏的门了。对于此事，多斯提们大多埋怨老区长，赵云秀她一个患过精神病的人，你怎么能和她分高低。也有人同情老区长，处在本门长辈的位子上，不被晚辈当作一壶醋，搁谁身上也是好说不好听啊。哈三因为一向对老头没大有好感，今又干涉到他和丫头的事情上，怨恨有加，自那时起对此老就敬而远之了。安灏呢，他有些同情可怜这位"安爷爷"，尽管他干涉哈三的婚事不对，可他毕竟是老字辈，敬老依然是穆斯林的天性，应该先跟他说透讲明，并且在那天如果把他放在上位尊贵处，事情可能就不是那种结果了。但他不能违拗母亲的意思，母亲有病，他要尽可能减少母亲的旧病复发，所以，她愿怎么做，就依她怎么做。事情既然已到了这步田地，他也就只能尽些补救挽回之力。他托了经纪爷爷去跟安子岭解释，透些人情说合重归于好的意思，老区长终归是老区长，开通，没费什么口舌就答应了。当然，提了个不算碍外的条件，让晚辈赵云秀给他说几句道歉的话。信儿反馈回来，赵云秀先是冷笑，继之瞪了双眼一步步逼向左经纪跟前，手指了老人额头说："告诉他，席上无菜，也不缺他这半块咸菜疙瘩。"吓得老经纪从椅上拔起腚来惶惶逃出门去，惊得安灏急忙给母亲用药。

今日大喜日，一向被村人视为安家近门当支老长辈的安子岭如不亲临现场，在乡下当被看作礼数不全。左经纪从中搭桥跟老区长言明真意，安灏也拽了哈三提前一天去请他。这也是安子岭聪明一世糊涂一时，他本该借坡下驴的，不想见此阵势，却以为是离他臭鸡蛋做不成槽子糕了，竟就摆谱拿糖起来。他说，谁也不成，只消赵云秀到他门口喊个"伯"，说声"请"，他立马就到。可是，无论左经纪还是安灏兄弟，谁又敢去跟赵云秀说这句话呢？又聚了村干部和当街头面人物计议，最后统一了意见，办喜事顺其自然，顾不得那么周全了。当玲玲将大伙的意见悄悄转告赵云秀时，赵云秀神情自若地撇嘴一笑，什么也没说。

岂料就在婚礼举行之前，安子岭托人送来十元人情钱。掌总的小诸葛请示了"执事"赌鬼左立贵，赌鬼手指打了个响儿："不赚白不赚，收下。"可是，将近午时，安子岭托的那人又回来了，说这婚事他老人家事先身为族长而不知，这钱不该花。小诸葛又请示赌鬼，赌鬼鬼灵精，说瞧这"色花"不对头，把不准老驴是演"二进宫"。如要怄气评理，他老不要脸吵上门来，大喜之日，亲朋一大帮，这丢人现眼不说，还晦气拉呱的。于是，灵机一动，咽下这口气，做主将十元钱又还给了他。事后，不知是谁将这事情转告了赵云秀，赵云秀找到赌鬼，以从未有过的嫂子对待

230

小叔子的把戏，很随便地"赏"他个小嘴巴："我说兄弟，你行啊！"

哈三的新婚之夜是动人的，旧相识（乡下说谈恋爱拗口）新夫妻，别有一番情趣。闹洞房的持续到半夜，想趁机捞回当年瓜园中丢面子的毬子一类人物，再次尝到了仰八叉跌跟斗的苦头。其他"小动物"见新娘子体壮如牛，也一个个相继由小人变君子——动嘴不动手。哈三儿省了许多好话许多口舌，没弄出多少麻烦就把些新婚之夜最难缠的黏糊将们打发走了。

谁的威力谁的功劳？

丫头也！

也就从这一晚上起，哈三有了妻子，安灏有了弟妹，清清有了婶娘，赵云秀又有了儿媳。这才叫家，一个基本完整的家。

入夜，亲朋及闹喜的人渐渐散尽，而北风却刮来了厚厚的云。赵云秀安排清清睡下，自己走到院里，一边拾掇着院中的东西，一边等安灏回来。安灏到东院去了，玲玲她母亲患了肺源性心脏病，每六小时注射一针抗菌素，这时间应该第四次打针了。西屋窗下有朦胧的人影晃动，赵云秀知道那是听房的嘎小子们，不理他。她凝神东望，看着那一堵矮矮的土墙，喟然叹道："什么时候能把这道墙拆了呢？"

和 为 贵

秋去冬临，大地变得更加萧瑟，加之寒气突降，沿河一带的病人就突然多起来。曾庄曾富贵八十七岁的老爹也病了，先是感冒，后是气喘，最终患了中毒性肺炎。安灏竭尽全力，病情仍无好转，不是安灏医术差，而是曾家老人的确是老了，像一台久经磨砺的老机器，零部件已经完全松垮坏损，失去了应有的功能。感冒就好像意外碰撞，是导致这台老机器彻底毁坏的诱因。开始治疗时，安灏就和曾富贵交了底，说老人的肺炎并不难治，关键就是老了。曾富贵含泪苦求，说老爹拉巴他弟兄姐妹不易，无论如何得想法治好让他多享几年福。安灏苦笑了一下说："大叔，你也只能是尽尽孝道了。"

果然，老人的病情日甚一日，到半月头上，竟就水米难进。曾富贵又请来安灏，安灏摸了下老人的脉搏，出现了乱索脉，转过身低声对曾富贵说也就是这几天的事了。至此，曾富贵才相信了安灏的话。又过了两天，老人清醒片刻后倏地转为糊涂，并且一阵急促呼吸又接着来个深吸气、长出气，安灏告诉病家，这叫潮式呼吸，赶紧准备后事吧。

曾富贵对安灏的话已是深信不疑，当即就哭出声来，说人老归天，理所当然，可是这丧葬一事却着实让他作难。安灏纳闷地问他是不是经济上不充裕，曾富贵摇头泣道："唉，怪我，全怪我呀！事到如今，可怎么办呢？"

曾富贵自从那年带人断水闹出乱子以后，轻易不入安家集，就是进城到站，也是尽量绕道走，一是害怕，更多的则是怨恨或愧疚。然而，老人家一旦归天，这更让他头皮发麻的事就逼到眼了。因为黄河大坝外展，村东的曾家老坟不得已迁到了安家集以西，老爹入土的棺木，必得过桥经过安家集才能送到坟地。他犹豫，顾虑，害怕，害怕彼时安家老少记起旧怨拦棺断路，那么他只好绕道六里到北边的木桥上过河。多年相邻，他了解他们的性格，说宽厚也宽厚，说褊狭也褊狭，到时只消有几个人出来喊上两声，差不多全村人都得紧随着。当场口舌事小，耽误了埋人入土事大。他很后悔，后悔自己当年行为欠妥。他进进出出一上午，终于捺不住，就把自己的顾虑和又来复诊的安灏说了。安灏沉吟良久，只是摇了摇头并没吭声，说真的，他对当年曾富贵的做法也有些别扭呢。曾富贵更是紧张，连安灏这样走百家门子的医生也表现出反感，就别说其他人了。他只好自己的算盘自己拨，琢磨着到时抬棺向北，转走六里以外的木头桥。可是，八十七岁的老人归天算是老丧、喜丧、大丧，本族本姓少说也有上百口，浩浩荡荡一大溜，近路不走走远路，传到四外八乡，这人可是丢大发了。

曾富贵晚饭没吃，像个木头墩子一样在即将咽气的老爹跟前守着。

安灏回到家里，把曾富贵讲的所思所虑拉家常一样说给了母亲。赵云秀听了沉吟半晌叹了口气说："唉，这事呀，也不能总是逮住蛤蟆攥出尿来。后天是你奶奶的忌日，到时在周年席上跟多斯提们说说吧，咱也不是不解事的。"

内地回族因长期生活在汉族圈里，有些婚丧礼仪受到影响或熏染，已经不同于回族聚居的西北地区了。在对逝者的纪念程序上，最有连续性的是七日、四十日、百日。过了百日，以后就是一周年、三周年、五周年、十周年、二十周年、四十周年、六十周年——当然，很少有当辈人能挨到给自己的老人做六十周年的。在这些年份的忌日中，要做油香分送给全村或者近门当支的人们，要请阿訇、海里凡会同村中各分支的多斯提，于本日早晨到坟上跪祷念经"走坟"。之后，全体参加走坟的人齐聚主家共同跪听阿訇再念"圆经"。"圆经"念罢，多斯提们接了"杜哇"并互致"色俩目"（相互祝福），然后按辈分长幼入席就座，吃一顿主家答谢性质的清真席。有些需要商议的大事或要紧事，有时也在这种场合里有人提出来，征得多斯提们同意后就可名正言顺地去实行了。

两天后的早晨，严霜如雪，寺师傅站在街中连连高喊"到坟上去的走了!"于是，各个巷口各个胡同里相继地走出人来，打着招呼聚在一起，相互询问、祝福说着一连串的客气话。待到阿訇和海力凡们从西街走过来后，又纷纷趋前致以"色俩目"，然后就相跟着去安家坟。

例行的"走坟"仪式之后，多斯提们重又回到安灏家"圆经"，随之便是八大碗的清真席。安灏和哈三在席前道了"塞哇布"（跪谢），正在吃饭喝水的多斯提们赶忙回礼，也就小半个时辰，人们便已吃饱了。饭后喝

233

茶的时节，赵云秀忽然从厨房那边走进屋，给多斯提们道了声辛苦，很直接很爽快地把曾庄曾富贵家的事提了出来。

席间起了一阵小小的骚动。

争论、提议、詈骂、长辈的呵斥与晚辈的反驳大约持续了十分钟，有个苍老却响亮的嗓门终于让大伙静下来。只见安子岭立起身，细长眼冲大伙闪了几闪道："咱安家集遭那十年'败俩'是形势上的事，形势过去了，可曾家小子还想骑着我们的脖子厕屎，不是玩意儿。往日挺着脖子断咱安家集的水，这会儿又想抬棺穿街送丧霉，哼！门也没有啊！"说罢重新落座，从袖中掏出手绢在口唇胡须上慢慢地擦。

有人开始计议、附和，一种同仇敌忾的气氛悄悄在席间蔓延并最终要形成统一。一直默不作声的赵云秀招呼儿子说："好儿啊，三儿啊，给兄弟爷们儿满满水。"两个儿子应声提起茶壶在席间穿走着，赵云秀的眉头皱了一下忽然高声说："老一辈的可是记得吧，那年发大水，庄前的河坝冲开了，四外八乡的人赶来帮忙堵口子，人家曾庄的兄弟爷们儿可是够义气的呀？"

年轻人茫然，中年人发愣，老年人咦了一声后深深地叹了口气。

……

大雨接连下了两天三夜，天漏了，地透了。雨停的第二天，村南的黄河发出骇人的呜呜声，如同龙吟虎啸、山洪欲泄。安家集正在拾掇漏房破墙的多斯提们惊异地停下手中的活，不明所以地朝南望着。不霎时，村里的木梆声响成一片，村长将铁皮话筒堵在嘴上可着嗓子喊："各家各户注意了，注意了，宅子高的堵上门，宅子低的扎筏子，不能扎筏子的马上往北跑，有亲的投亲，有友的靠友，鞑子湾立马就要开口子了！"年逾九旬的左家"老晒海"（德高望重深通教义的老人）颤巍巍地走出家门，哑着嗓子对满街乱窜的人们说："求主，求主吧！"说着，先自跪在一块孙儿为他搬来的土坯上朝西念起了平安经……

由于多年来加高河坝，如今的河床已经高出村基了，一旦黄河决口，地处碱洼的安家集，大多数房宅必遭淹没。村长能不急吗？村人能不慌乱吗？历史上曾经遭此劫难的"老晒海"已是村中为数不多的见证人，当年的惨景历历在目，他明白人力的有限，能不当街而跪为村中穆民诵念平安经吗？

木梆声太响了，村长的喊叫声太大了，附近村庄的回汉同胞都听到了。没有犹豫，没有观望，人们如同喊着号子般奔回家中，提筐的，扛锨的，背着草包麻袋的，像当年支援淮海战役般蜂拥赶来。村长的话筒声音一转："多斯提们，沿河各村的老少爷们救咱来了！"安家集忙着堵门扎筏子的青壮年立时停了手脚，卸下自己的门板，扛起家里的木头，跌着跟头纷纷跑上了河坝。

鞍子湾位于安家集西街西南方向，河水在此处打个漩儿又转向东南。因为转弯处像个庄户人用的牛鞍子，故名鞍子湾。此刻站在鞍子湾河坝上逆流西望，只见波涌浪翻银花迸溅，河水如同蛟龙怪蟒奔腾而来，在这鞍子湾的弧腹处舍命冲撞搅闹一番，然后才稍稍掉头东南。下游不远处就是新建的浮桥，浮桥早已闷了孔，急于通过的洪流就在那里传出牤牛发情时的哞哞叫声，听来令人心惊胆战。因为是险段，往昔的岁月里这里曾经连年加高加固，近些年由于天旱少雨，人们就大意了。岂料天有不测风云，一场百年难遇的大雨突如其来，麻痹松懈的人们眼看就要付出代价。

各村的乡亲到了鞍子湾时，鞍子湾河坝已经出现渗漏，不断有泉眼般的水柱从坝外喷起来，涌上几涌再停住。人们明白，这是坝顶的鼠洞或细小裂缝造成的。于是，一个个草袋压住一个个管涌，一筐筐黑土倒在坝顶、坝内再用脚踩实。数尺以下是老堤，当年为了消除鞍子湾的隐患，一个前清的管带命人用三合土垒筑而成。后来河床增高，河坝也随之加高，这加高的河坝只是垫土夯实，与三合土不能同日而语，所以，此刻最怕在这一截决口了。

正当人们拼力抢险时，洪峰再次来到，坝外原先压上草袋的一个管涌猛地喷出一个巨大水柱，紧跟着就将河堤撕开一条三尺多宽的水沟。眼看着水沟在不断扩大，也就抽袋烟的工夫，已有五六尺宽了。河水带着杂物泛着白沫，像脱缰的马一样奔涌而下，这种水势不消半日，整个安家集就得给淹没。安家集的人惊呆了，吓哭了，有的开始往家跑，去抢救财物和老的小的。一片慌乱中，只见水沟以东有个粗壮汉子从肩上卸下一盘粗粗的麻绳，将一端系在不远处的树身上，嘴里喊着"那边的兄弟爷们接着"，像练武功的甩绳鞭一样将麻绳的另一端嗖地甩到水沟西边。这边的人反应挺快，当即接在手里。那汉子又喊："拴在坝顶树上，快砸桩橛！"两边的人如梦方醒，拴绳的拴绳，下水的下水，以麻绳为依托，将一根根桩橛砸进水底，挡上门板，在水沟里筑成一道木墙。木墙终于减缓了外泄的水势，那汉子早已跳进水里，指挥人们将草包麻袋装上土，一包接一包地垒在木墙外侧。决堤的水口终于被堵住，人们终于松了口气，再看那汉子时，已经累得趴在坝顶不能动了。

"幸亏他带了大绳来！"不知谁说了一句话，这个汉子便被安家集的多斯提们围住了。有的扶他坐起，有的背后馇着他，靠河岸的住户赶紧跑回家去，端来了煳枣姜汤茶。汉子喝了茶水缓过劲来，很是欣慰地指着正在加固的决口处说："到底堵住了，堵住了！"人们问他何以有先见之明而背了大绳来。汉子说他小时候赶上的那场大水还没有这次厉害，鞑子湾就开了口子，别说像今年这么大的洪水了。像这种水势，没有大绳是没法下桩的。多斯提们连连点头，频频道谢。

当年那位救了安家集免遭水灾的汉子叫曾老大，他就是曾富贵的爹。

……

回忆是清晰而又短暂的，就在这短暂的回忆中，席间的多斯提们的思绪和感情都发生了变化。左经纪咳了一声提提神道："说实在的呢，那回可真沾了人家曾老大的光。这会儿人家要走了，咱不能办没良心的事，不管曾富贵做的那档子事多么不着调，咱安家集得让人家的棺材打这里过。啊？是不是呀兄弟爷们儿？"

坐在上首的老阿訇呷了一口茶水附和了左经纪的话："主哎，也是呢，咱们嘛，就得回回转转，都是抬头不见低头见的庄里庄乡，经纪兄弟的话我赞成，多想人家的好处。啊？多想人家的好处！"

一直闭目养神的安子岭终于捺不住，他霍地站起身，一双手连连舞扎着："不行，怎么说也不行，要说欠情，他曾家庄还欠过咱安家集的情呢。民国年间闹胡子，曾家庄一家大户给绑了票，还是咱村的武把式在后道上给他截下的呢。一码是一码，断水如断脉，他是明着欺负咱。不行，咱不能让他！"

"呵呵，安家伯伯也教门起来了？"一个阴阴的嗓门打断安子岭的话，是以前的在"文革"中当过主任的刘二肺。二肺风光几年下了台，可能是年龄一大性情老成了，每每想到当年对待赵云秀和哈三的行为就有些悔恨，多次找赵云秀和哈三解释。找赵云秀解释是为了请她原谅，找哈三解释是因为害怕。哈三长大后体壮如牛，他真怕哪天时运不济挨顿揍。但哈

236

三母子并不记恨他，他就很感激。可是安子岭呢，当年他风光时鞍前马后跟着跑，落运后却连正眼也不看他一下，他气、恨、恼、羞、怒但也没有办法。今日席上争论起来，意识到正好报复他，当即斜了眼睛说："那年闹革委时，我派你到公社联系事，到晌午了还不回，我就去找你，恰好看到你在套间里和曾富贵喝大酒，你俩一人一口地来回传送着酒盅，这霎怎么就翻脸无情了？依我看啊，你为大家争气是假，为自己树权威是真的。对吧，啊？哈哈……"

"我×你妈！"安子岭老脸通红，终于当众放了粗口。刘二肺听到他骂人，大怒，肺头劲涌起，当即抄起板凳冲上来要砸。人们慌忙劝解并紧紧摁住他。

一场骚乱暂免，一直默不作声的村委会主任最后做了决断，他冲立在门口的赵云秀说："婶子，你让安灏兄弟告诉曾富贵，安家集老少早把那事忘了。"

多斯提们互相点点头，对他的决定表示了认可。大伙走到院里，安灏和哈三跪拜致谢，乡亲们作揖施礼，互致"色俩目"后便各回各家。这最后的礼仪安子岭没有参加，他出了屋门就踉踉跄跄朝大门处张跌而去。赵云秀看在眼里，朝那已显佝偻的背影投去愤恨而又轻蔑的一瞥。

给金氏做周年的那天上午，曾富贵的老父终于驾鹤西归。按着母亲的吩咐，安灏请上村委会主任和左经纪等一班头面人物去曾家，一是表示吊唁，二是顺便告诉曾家的棺木可以放心地从安家集经过。曾富贵听了大哭不止，一连磕了七八个响头表示感谢。

曾老大出殡那天，纸牛纸马在招魂幡的摇摆中前边开路，穿白戴孝的子孙们拄着哭丧棒走在棺前，八个精壮汉子用托架抬了棺罩遮掩下的棺材随后跟着，棺后是一溜送葬的近门当支和亲朋好友。哭悼声泣诉声伴随着唢呐长号所奏出的哀乐声，令每一个亲临现场的人都感到心情沉重。送葬队自东往西刚进安家集街口，只见哈三领着一帮青年急匆匆迎上来，嘴里喊着"曾庄的兄弟爷们儿歇歇"，七八个人绕到棺前抓住棺杠，不由分说就将曾庄的抬棺人替下。孝子孝孙们撩起孝帽前的遮檐只看了一眼，就相继跪在地上磕起了头。村委会主任和左经纪等一班老人赶忙上前相扶，相搀，相劝，吹唢呐的头头不失时机地奏起了《谢乡亲》，乐声纷而不乱，悲而不惨，于痛悼之中隐隐流露着诚挚感激的意蕴。安家集的大人孩子空巷而临，怀着惜别的心情当街肃立，以穆斯林葬礼中的庄重、肃穆和默默的祝祷，送别这位曾经有恩于安家集的老人驾鹤西归。

曾老大丧后两天，曾富贵带着兄弟子侄到安家集"谢孝"，因为不可能走遍各家，便当众跪在十字街上朝东西南北各磕了三个响头，说了许多感激不尽的和好话。之后，这爷儿十几个又走到西街，穿过胡同，来到安灏门口，非要请出赵云秀专门施礼拜谢。

这天黎明时分落了一场小雪，靠街的人家正在酣睡，忽听外边有人呼喊，人们慌忙爬起来跑出去看，却见老区长衣着单薄地戳在大街上，一边赤了双脚在雪中"一二三"地正步走，一边叽叽咕咕地嘟哝什么。人们喊来安灏，安灏又叫了几个人把他弄到乡医院里检查。乡医院的医生和安灏的诊断意见很一致——安子岭患的是老年脑动脉硬化性精神病。

安子岭的身体明显衰弱下去，终于倒在炕上一病不起。这可忙坏了安灏，除了按时给他用药打针，还要有规律地饭食照料。幸亏他身板结实，病情渐渐稳定，好转。当安灏小心翼翼地将这些告诉母亲时，母亲用那种任谁也难解释的口气说："你这是上辈子欠他的，今辈子该他的。为主的有眼，就该'要'了他的。""要"他的什么，安灏不明白，也不敢问。母亲对"安爷爷"的态度变化是自从父亲回来开始，左家伯伯"无常"之后加剧，这是他明显感觉到的。至于为什么，他却无论如何也搞不清。他还发现，向来就对安爷爷不怀好感的弟弟，如今似乎更有些变本加厉了。那天他走出安子岭的院，忽然看到哈三领着他的一帮"狗党"提了瓦刀在门口转，问他干吗，他哼哼着大鼻子说："反正老驴快死了，不如先把他门楼扒掉，替出砖来修座坟等着。"

"顿崖" 难测

　　过了正月初六，丫头作为新娶的媳妇就一直没有回娘家。本地人有一习俗，新媳妇绝对不准在娘家过正月。说是如果违背了，两年之内会"妨"婆婆。话是这么说，实际上是糊弄小媳妇的。因为早年间世人封建，新娶的媳妇多害羞，不好意思在婆家久待，于是，老祖宗们便寻出如此谁也不敢冒险犯禁的妙招，让小媳妇们心安理得地在婆家待下去，既熟悉了婆家的情况，也造就促成了小夫妻的蜜月。

　　春节后无所事事，哈三夜里和丫头打闹亲近，白天守着母亲就不那么随便了。家里的活计丫头一人包揽，他闲得难挨，就出去转。毽子一伙见这情景，就来勾他重新蹚浑水，哈三小眼瞪圆，抢了一顿巴掌使他们作鸟兽散。为了稳定情绪，等着农忙季节的到来，哈三灵机一动，找了杆老辈子留下来的粪叉，捎一只背土垫栏的荆条筐，学了早年农人的习惯，从早到晚各处里转着拾粪积肥，久而久之，习惯成自然。

　　这天早晨，哈三拾粪回到家里，意外地发现哥哥正泪眼汪汪地和母亲谈什么。母亲神情呆板地点头之后，哥哥就将一卷子铺盖放上了自行车。哈三问他去哪里，他却答非所问地吩咐哈三："早饭后，你找几个人，把屋里这药橱药架给我全部弄到医院去。"说完，也不等弟弟应一声，自管推起自行车走了。

　　问了母亲，哈三才明白哥哥和玲玲闹了场别扭。是在昨天。原来，玲玲她母亲的病经过安灏悉心治疗已经渐渐好转，老人病重期间，两人当然顾不得谈别的，如今老人病情渐好，这就自然谈起以往不知谈了多少遍的话。安灏对玲玲的心当然一成不变，可玲玲呢，却很坚决的口气让他和英秀复婚。理由简单也充分，说林英秀再也难以承受精神刺激了。一向性情温和的安灏终于大怒，他发了脾气，他骂玲玲是冷血动物，是没心没肺。玲玲伤心气恼地哭了，之后就不理他。他受不了这份精神折磨，想暂时避开她，说是眼不见，心不乱。恰巧，乡医院春节前就表示要特别聘用他，他也就借了桥过河去——走了。哈三知了真情，咻地一笑说："一对冤家一对脓包一对酸货！"

哈三服刑近两年没有白费时间，他拜了那位手艺极高的瓦工刘师傅学会了建筑上的活路。他有力气，有耐性，且又天资聪明。他勤勤谨谨地学，师傅也诚心诚意地教他，近两年的时间，不光能砌砖挂瓦抹水泥，还学会了图纸设计等高难度的东西。刑满的前半年，他已经能独当一面领人带工了。可是，这本领在劳改队里出名，回到家，人们是不会拿他当作一壶醋的。不到两年学成瓦工高手，这可能吗？然而，人们却也忽视了他是"赌棍"，赌棍学本事的劲头和瘾头，与赌劲同样大。

自从春节之后，他一直孤身一人到处拾粪，东游西荡，像株无根的蓬棵。村中善于算计的人，就担心他干出不三不四的事来。哈三眼中有准星，为避嫌疑，便托人在乡建筑队上当了小工，小工好做，无非和沙灰运原料。时间一长，到底有手艺难藏掖，常在砖瓦活上动手动脚的。队里的明白人立即瞧出，这坐过牢的赌棍，建筑技术在他们中可是羊群里的骆驼。于是带工的不再让他干小工，调他和掌刀师傅们一块儿垒石砌砖。有那现代的新式建筑，带工的和师傅们常常迷糊，他总能轻易地顺开结扣，不至于因此误活。这固然在于他有心计，但主要还是得利于他那经多见广的劳改生活。

坏事有时能变好事。说这话的人伟大。

哈三的技术和他的"赌名"一样很快传开来，以至乡建筑队的施工员有看不明白的图纸，也常常悄没声地来请教他。他地位变了，收入多了，又是自己吃饱了一家人不饿，且兼早有侠义名声，自然就招人凑合。他花钱随便，极具扶危济贫的性格。如此不到一年的光景，身边已经聚了许多人，很有些拉竿子另立山头的味道了。

当然，他没这个想法。

吃建筑这碗饭一是靠人缘，重要的还是靠技术，譬如砌砖，快手一般每天也只砌得两千五百块，哈三一天能砌两千八。而这项纪录，却一直为乡建筑队长六秃子保持着。六秃子是只红眼公鸡，本事高嫉妒心也大，听说手下出了个和他扳平案的，激得光头冒火，急煎煎杀到分队来，要和哈三见个公母比个高下。六秃子却也极精明，不言挑战，只说让分队选个好手，和他一块儿带带队里的活。他说他的，人们心里明白，这秃队长成心找碴儿。

选出的好手当然是哈三了。六秃子瞧定了哈三，舌头舔着嘴唇说："爷儿们，掂量掂量，这可不是日鬼色花儿。"

哈三不作声，只是笑眯眯地冲他乐。六秃子斜他一眼，冷笑着走到了正在施工的砖墙边。

"开手吧？"

"开手吧！"

开手是行话，因为瓦工手中除了瓦刀就是灰铲，不能说"开铲"或"开刀"。六秃子说着话，右手抄起灰铲，左手拿起了砖，砖在掌侧大鱼际唰唰唰连旋几个花儿，与此同时，右手铲已将铲起的沙灰十分均匀地在作业面上摊开了，瞧也不瞧地用左手抓起砖来，一个接一个排开去，既整齐，又快捷。哈三见这情景，就明白自己既要跟上趟，还不能超过他。否则，不是听他冷讥热嘲，就是听些日祖宗一类的脏话。那样一来，丢面子事小，闹不好饭碗也得打了。乡镇企业里，负责人都是"露水官"，可是，这种官职位虽不高，也排不上级别，权力却挺大，只要看谁不顺眼，找个借口就能开除。六秃子便是个不吃小米吃枪药的家伙，所以，建筑队里人人怕他。

六秃子在前边砌，哈三在后边赶，人们看得清楚，哈三的动作、速度、活路，一点儿不比六秃子差，有时还把六秃子撵得手忙脚乱。逢这时，哈三就停下来，将前边的墙砖勾勾缝、调调正。六秃子看在眼里，心中冒火，末了终于啪地将灰铲掷在灰槽里，立棱着眼吼道："日姥姥，跟我摽劲儿吗？来来，一人一段！"

看发丧的总怕丧局小，很有些人希望哈三能把六秃子"将"一下。就有人出来做中，有人出来量尺寸，架秧子把他俩撮弄上去了。六秃子有心找别扭，哈三决心不认输，半个小时下来，眼睁睁哈三那一段比六秃子的高出三层砖。人怕摽劲儿狗怕撵，六秃子急了，提着吊锤蹿过来，左量右测，不光墙砖垒得笔直、整齐，连灰缝都一样大。不挂线垒到这成色，除他六秃子，全乡没有第二个。如今天外有天，六秃子脸上顿时挂不住，骂了句"欺师灭祖的王八蛋"，一砖朝哈三腔上掷来。哈三正站着打愣，见六秃子恼羞成怒要横打人，赶忙伸手把砖接住。他看了六秃子一眼，暗暗运气在手，忽然嗨的一声将砖砸为两截。六秃子眼中冒出火来，侧棱着身子又抄起一块砖，人们见事情要闹大了，就上来阻拦，劝解。岂料这次六秃子并没把砖掷出去，而是骂着"日姥姥"狠命朝自己光顶上磕，清脆的响亮声中，硬是把块红砖磕瓣了。在人们的惊叫声中，六秃子指了哈三吼道："一个槽上拴不得俩叫驴，日姥姥，我走了！"

六秃子真的走了，让哈三气走了，"比"走了。可是，却把未完成的活拽给了大家。人人都知道，六秃子是个倔驴，干事只图痛快，不顾后果。他不怕担责任，也不怕受罚。他可以，大伙呢？吃饭、穿衣要工钱，活儿完不了，这些不都是白说吗？计议一番，干脆顺水推舟，大伙去乡里推荐哈三吧。

哈三就补了乡建筑队长的"缺"。

也该哈三露脸，自他荣任队长，建筑队又大见起色。城内乡下，有的修楼，有的修剧场，有的盖仓库，有的盖平房，有什么活，他接什么活，而且样样件件，都干得拔尖出色。哈三的手艺越来越高，胆子也越来越大，日月交替中，那不要命的赌棍脾气又犯了。常于完工之后，在楼顶或者几十米高的烟囱上顺着窄窄的砖墙蹦啊跳的，有时甚至头下脚上拿大顶，有时旋风腿大劈叉。他这么干，有人怪他逞能出洋相，有人为他担惊受怕，也有人佩服他。随着建筑队里的雇主增多，伙伴们终于明白这是他招揽活计的手段，就和电视里做广告似的。人说兵熊熊一个，将熊一窝拖，这个建筑队里领头的大将既然如此硬气，那他手下的兵自然也是好家伙。活儿越来越多，建筑队急需扩大，哈三就将自己的昔日"狗党"和本村的光棍小伙儿们搜罗了去，细心调教，加以授业，不几月，一个个竟都成为独当一面的"二把刀"了。

有人说，金马银铃铛，无亲也攀傍。这话实在。哈三有了能耐，有了地位有了钱，就有邪癖小人撺唆他，让他"离"了丫头，立马换个俊俏有文化的。他倒不生气不发躁，只是嘻嘻一笑说："三爷我要的是隔着肚皮能说知心话的人，要的是能干活、能持家、放下耙子抓扫帚的老婆。要好看，买张明星照挂在床头上，心里想想也就是了。"

这理论很正确。俗语说，爱上就是"菊花青"。哈三就爱丫头，丫头偏喜哈三，卯榫相合，不比水胶粘的更结实吗？所以，自打丫头过门，他家的日子越过越红火。不过，说真话，初时确有两张穿紧身衣的女明星照片挂在两人的床头上，也确实是哈三买来的。后来大约是丫头看着犯嫉妒，揭下来调了下位置，让两位美人像大头朝下了。

242

风霜雨雪，转瞬即过，春晖漾漾的一天，街上有人家做"乜帖"。"乜帖"席上，老阿訇口气沉重面容惨然地说起了安家集清真寺。清真寺年久失修趋于颓塌，老阿訇言语之间其忧其哀甚形于色。多斯提们受了情绪的感染，当即有乡老提出，由阿訇带头组成清真寺管理委员会，立即着手筹备写"钱粮"（集资）。哈三恰好也来"全乜帖"，连说自己可以助工，因为他手下的建筑人才不少，光本村就有十几个，有这帮人参加施工，一部分费用自然就省下了。哈三发了话，他手下的"二把刀"们谁不听啊。下了席，一群年轻汉子跟在他腚后，叽叽呱呱地进了家。他们得认真酌兑一下，因为乡建筑队半月之后就开工，得抢在开工之前完成清真寺的修缮工作。目前修寺的关键问题是钱，有了钱就能买砖瓦水泥，建筑材料齐备，剩下的不就是个手艺力气吗？凡是赌过博掷过色子的都是大嗓门，争吵论证声自然由西屋传到北屋，赵云秀听到后过来了。她显然也听出了他们的谈论内容，便以近年来少有的慈祥面容笑一笑问："是说清真寺的事吧？"

"哦，对了，助工……钱粮……"小伙子们七嘴八舌，抢着回答。

赵云秀点点头："这么说，得不少钱啊？"

小诸葛向来喜欢抠数字，他掐着指头算："不是大拆大盖，只是修毁补缺的，里外里合起来，万把块钱就够了。"

"知感主，这些年让我大人孩子都平安，"赵云秀双目闪亮，脸放喜光，"我得有个报答，你们告诉阿訇老人家，修寺，我出五千块。"

"什么？"一群昔日的赌鬼同时大惊失色，要知道，当时小麦两角五分一斤，赵云秀一张嘴，就等于从家中扛出两万斤小麦啊！可是，千真万确，她就是这么说的。并且，她又说了："这钱是好儿他爸留下给我贴补日子的，我举个意就用到咱寺里吧。"

一帮小青年望定了门口的老母亲，心里说不出是股什么滋味。一位老太太，一位历经磨难半生坎坷的老太太，为了大伙的事，以一个穆斯林的虔诚，毫无保留地出示了她诚挚的心意、洁净的财帛、真实的人格、溢于言表的"乜帖"。我们这些后辈，我们这些年轻人，与老人有着同样的信仰、同样的环境，我们应该怎么办呢？一段时间的沉默之后，情绪上的薄冰终于开始融化，毯子大声嚷道："咱们还是先来点儿实在的吧！"于是，吵闹中有人开始掏钱，有人开始记账，刚过春节不久，谁腰里不揣个百儿八十的，不大会儿，就有上千元的"钱粮"写进"文簿"了。消息不胫而

243

走，多斯提们轰动踊跃，纷纷捐献，也没向周围的穆斯林村子里去敛"乜帖"，两三天内就凑齐了近万元。加上赵云秀的五千元，用于修缮清真寺的经费已是绰绰有余。

经费具备，干什么都顺利。哈三带领他的一班弟兄，又请来外村的几位朋友帮着，将南北讲经堂、礼拜殿和后遥楼都重新修补一遍，然后按原底涂彩上色，整座清真寺在半月内换了个新模样。老阿訇激动得每日里烧茶端水伺候施工者，口里也不知说了几百遍"知感主，好乜帖"……工竣，老阿訇亲自写了一篇"功德文"，请石匠在大殿一侧刻字立碑。

那座记载着安家集和小仉庄世仇的石碑上的旧碑文，早让哈三一帮小弟兄铲掉磨平了。如今，这新的碑文就要刻在上面，以昭示安家集的男男女女和将不知为何人的后来者。特地请来的石匠师傅正要下凿，一直在人群里默听阿訇念碑文的安子岭忽然挤出来，他问："我说阿訇，乡老排列里咋无我安子岭？"

阿訇似乎并不吃惊，他回答："以往就没有。"

"以往是以往，"安子岭的头脑这霎倒是很清楚，"如今，我可是不抽不喝磕头礼拜行好积善出散乜帖这些年了。"

"你是行好不如作孽多。"

安子岭神色黯然："这是什么话？"

"是实话。"老阿訇从来也没如此凛然过，"可记得，当年你领头砸的清真寺，烧了三十部大经，还有……"老阿訇喘了口气，改了后边的话，"要不是那番折腾，咱寺里能这样吗？"

安子岭并不泄气，他原地转着身子说："老少多斯提，一时说一时，那当年的事，是易卜里斯的挑唆，我是身不由己。不信，找出那些当时跟我砸寺的人问问，他们是真心吗？"

清真寺院内的人们开始骚动，有的反对他，有的好像还同意他的说法。安子岭见这情景，却令人意外地转了话题，他不再争论自己的乡老资格问题，而说他对老阿訇写的碑文内容有异议。说赵云秀一介女流，照习俗立得贞节牌坊，却立不得"功德碑"。这碑文中，得把她的名字除去。老阿訇听他说完，说赵云秀捐"钱粮"数目最大也最早，不是她这位妇道人家带头，清真寺断难修复得这么好这么快。托靠主，这是多么大的"乜帖"呀，这样的功德不书，这碑文里还能书什么呢？

可是，一个女人上功德碑，教史中除了圣人的妻女，在内地无论资深望重的穆民女领袖还是学识渊博的女阿訇，都是极为罕见的。安子岭认定这一点，口气就很硬了："赵云秀是我近门侄媳，我安子岭身为一族长辈，要求你把她的名字除了。要不，为主的加罪，俺安家一族怕担不起。"

人们知道他和赵云秀闹了别扭，也明白这个多年来处处为上的老区长的心思，他是不允许本族后辈特别是赵云秀这样的女人在村里先他而上拔了头筹。他要把这个近来越发不把他放在眼里的赵云秀在众人面前抹掉、挤垮，这样，他老区长至少仍可以在村内保持以往"人上人"的形象。明白个中玄妙的人，却又难以插话，因为，安子岭说得也实在是在情在理呀。老阿訇在安子岭述说之间一直目不旁顾地盯着他。那眼神先是仁慈、惋惜，渐渐地就转为鄙视、怨恨和愤怒了。安子岭把道理讲完之后，这位差一步没上"伊玛目"的老人沉默不语足足五分钟，多斯提们只见到他周身上下连同银髯一阵颤抖，接着一声响亮的咳嗽，以与老人难符的快捷大步迈上礼拜殿的丹墀。他目露祥光，声音洪亮，冲大伙更是冲着安子岭说："有些事有些话我本想不留在'顿崖'上，打算到后世里去跟为主的说。今儿看来，是得讲究个明白了。"

多斯提们愕然相顾，不知老人要说什么或者是做什么。老人轻抚长髯，看定了安子岭的眼睛问："那一年抓丁，易卜里斯二进安家集，你知道吧？"

安子岭迟疑了一下，还是点了头。

"那霎'邦搭'（晨礼）不到时辰，我又睡不着，就洗了'阿布代司台'（小净）站在后遥楼的上层待着。经典上可是载着，每个人的肩上都有两位天仙，右边的天仙专记人们一辈子干的好事，左边的天仙专记人们一辈子所干的坏事。有些事，不光天仙记着，人眼可也看到了。"

安子岭一怔。

老阿訇继续说："老区长，我问你一句话，你既是安家长辈，留根儿他回来了为什么没进你家？"

安子岭脸色发灰。

人们正不知所以然，只见一直默不作声立在北讲经堂窗下的赵云秀走到前边来："安家集的多斯提们，上不上石碑我不在乎，今天我倒要争个是非曲直呢。阿訇伯伯提开头了，我就把话说明白了吧。知道的明白俺是有委屈，不知道的还寻思俺一家老少不识数呢。是啊，近门侄子出门几十年回来了，咋就不进他族叔的门呢？"

清真寺内一片议论声。

一旁的村主任劝她："嫂子你沉住气，慢慢说，慢慢说。"

赵云秀点点头道："这回好儿他爸回来一说，我算是什么都明白了。让当兵的逼着人家左家小子带路到碱蓬洼里抓丁的是安子岭，本来被抓的人半路上逃回来了，可他安子岭又使坏让这几个人二次被抓。他安子岭作的孽，倒让人家左家小子背了半辈子黑锅。多斯提们，你们说他还有点儿人的心吗？啊？"

村主任大惊道："嫂子，生气归生气，这话可不能随便说，得有证据呀。"

赵云秀冷笑一声："证据好说，那个抓人的南军营长还活着，俺好儿他爸当时就是给他当勤务兵的，他亲口跟好儿他爸爸讲的，他和安子岭是拜把兄弟。"

村主任赶紧往一边拽她："咦咦咦，嫂子越说越离谱了，难道到台湾取证据呀？呵呵。"

赵云秀打了个愣，忽然跳起来嚷道："这个老不是人的，半辈子欺负我，反正左家兄弟'无常'了，我也没了顾虑，就全说出来吧，从打俺年轻起，他就老不是人啊……"

这话再清楚不过了，此刻人们忽然都明白赵云秀往下会说出什么。到底是左经纪见多识广脑子灵活，他想如果赵云秀兜出实底，安子岭肯定脸面扫地，但赵云秀也丢不起这个人呀。虽然说出来出了恶气，可也等于自己给自己脸上抹了黑，毕竟是儿孙满堂的人了，以后怎么面对自己的后辈人烟呢？他情急智生，拽了一把身边的村主任说："了不得，留根家的要犯病了！"

村主任怔了一下马上明白，立即招呼几个女人赶紧将赵云秀架走。

安子岭脸色死白，踉踉跄跄跌出寺去。

穆民们唏嘘嗟叹之后，寺内复归平静，在老阿訇的主持下，碑文顺利通过。石匠师傅量好尺寸画好格子开始凿刻，历经沧桑并在不断参悟人生的多斯提们啊，是是非非生老病死，善恶报应早早晚晚的事，有什么疑惑有什么不解，又有什么大惊小怪的呢？

时间似乎过得特别快，转眼又是半个月，这半月里，清真寺修葺一新，石碑也刻好了，立好了，哈三也早带领他的乡建筑队扎进承包工地上去了。一切都像春日的阳光春日的风，那么平静、顺利而和谐。

公　　道

　　那天清真寺里竖碑，赵云秀的心里就极不平静。一个女人，一个经历了几十年坎坷岁月的女人，从来都是被人轻视也遭人欺凌，一向是在一个难以驱除的巨大阴影里生活。如今，自己的名字就要被刻在千年流传下去的功德碑上，一下子被推到乡间荣誉的顶峰，她能不高兴不激动吗？她认定这是真主的旨意、慈善容忍的结果。一个纯洁的敦厚诚实的穆斯林的心灵，是应该得到相应的慰藉的。安子岭突然跳出来为自己扎幌子，这使她感到可恶可憎又可笑。一个人在"顿崖"上的功过是非，不独真主那里明晰，便是肉体凡胎的人眼，也看得清清楚楚啊，这名誉的事，难道是可以随便争抢的吗？当然，安子岭历来好为"人上人"，如此举动也是出于本性，她也知道他的目的难以得逞。果然，在老阿訇义正词严的驳斥下，在众目睽睽中，他垮了，败了，垮得那么难堪，败得那么狼狈。这让赵云秀心里出了口恶气。可是，安子岭毕竟是安子岭，虽然脑子出了毛病，仍旧那么世故、阴毒、狡猾。他话题一转，矛头又对准了她。这样既解了自己的尴尬处境，又有一定的可能将她赵云秀从碑文中"挖下"。诚然，"挖下"去她也不在乎，她并不十分看重这"顿崖"上的名誉，她拿出的是洁净诚实的"乜帖"。问题的症结在于，企图"挖下"她去的是安子岭。这个让她大半辈子以来既敬也怕但总是怕大于敬的人，这个一直用特殊手段钳制着她的人，这个全家有时也当作好人善人大恩人的人，不久前她才彻底明白是自己真正的大仇人。但是她又难以申述也不能申述，因为已经造成了左家小子"病死"的后果。从那件惨事之后，错乱的神经就在她脑子里绾了个死结：这事得烂在肚子里，不能说，再也绝对不能对任何人说。今儿安子岭何以又和自己作对，她心里很明白，她忍不住要发作起来，但她到底还是忍住了。然而，当老阿訇据理力争，并问到安子岭留根儿回来后为什么不去他家时，一个奇怪的分不清什么颜色的光点在她脑子里轰地爆裂。她以为自己又不慎在什么场合里说漏了嘴，要不，老阿訇为什么会对安子岭问出这句话？而这句话的含义和目的，不是再明确不过了吗？立时间，她的脑子乱了，心里乱了，不知如何对待这局面。她双耳轰轰，眼前幻化，神思恍惚中，面前又出现了十几年前的一幕：婆母金氏在炕上挣扎着叫喊着："留根儿回来了，留根儿回来了，俺留根儿回来了！"

幻象在她脑子里反复出现，她再也顾不得许多，她要把几十年来的遭遇通通说出来，让多斯提们彻底明白安子岭是个什么人，不能让这个老易卜里斯在村里坑蒙拐骗了。然而，左经纪的深谋远虑使她未能如愿，这口气她仍在心里憋着。

赵云秀被几个女人送回家后一直迷迷瞪瞪的，丫头很细心地伺候她，玲玲和她母亲也经常过来守着她。她不哭不笑也不多说话，给她吃，她就吃；给她喝，她就喝。除非不得已的行动，就傻坐着。有时也轻轻地絮叨，但听不明白她说些什么。安灏说，母亲以前患的是反应性精神病，如今却奇怪的转成精神分裂症，这病本来不是多么难治的，然而这种转化却带来许多麻烦，没有好的疗法，怕是粘缠了。

这天夜里，哈三和丫头在西屋已睡下，清清也早在炕上进入梦乡。忽然间，赵云秀从被窝里坐起来，怔了怔，穿好衣服。她听到有人喊她，声音像金瑞，像左家小子，可又像自己相伴几十年的婆婆。她就下炕，开门，走出院子，又穿过胡同走上大街。大街上阒寂冷落，似有人，也似没人，她就跟了那忽有忽无的声音朝前走，脚步既轻且快，像有人搀着，架着。她身不由己地走到一棵老榆树前，站住了。树旁一户既熟悉又陌生的人家，她敲响了那家的门，开门的是老区长安子岭。安子岭好像有意等她，不慌张也不惊讶，只是口气淡淡地问："你到底还是来了？"

赵云秀并不回答，径直地走进屋里，在椅子上坐下。老区长神情呆滞双腿机械地跟进屋里，也搬条凳子在她对面落座。两人神情迥异。一个双目张开，一个两眼微合；一个情绪亢奋，一个沮丧颓落；一个像审犯人，一个像被审者。在这恍惚之中，沉沉黑夜，小院深处，孤灯影下，一个铿锵追问，一个据实回答。

"留根儿金瑞两人可都是你卖的？"这声音不像出自云秀口中，倒像来自冥冥之中、茫茫夜空，那浑厚苍劲的口气，既像赵云秀的声音，也像留根儿他那"无常"了几十年的爹。

安子岭似乎中了传说中的"摄魂大法"，答道："是我！"

249

"哈金瑞可是中了你的套子进了狱?"

"是的!"

"左家小子可是被你杀死的?"

"他来找算我,我怕他吵嚷,失手捂死了他,本想把他弄回家去,没想到半路上遇见人,就撂到街边墙角上了。"

"苦命的孩子!"

稍沉,赵云秀恢复了原有的声音:"你还记得民国十九年的事情吗?"

"记得。"安子岭一怔。

"牵线拉票勾胡子害留根儿他爷爷一家的是不是你?"

"是我!"脱口而出的安子岭惊得白了眼,"你咋知道的?"

"有文化的人说过,要想人不知,除非己莫为。我婆婆活着时一阵明白一阵糊涂,明白那阵儿就断断续续和我提起过,说是在匪窝里就听说是你干的了。"赵云秀停了下厉声道,"他家待你不薄,你干吗下这毒手?"

屋内沉寂,安子岭闭目不答,看来也难答。一阵清风袭来.灯影晃了几下,赵云秀的嗓音忽然又变了,变得仍像初时的浑厚苍凉:"今儿找你对账,也是时候到了。这些年你在孩子们身上的缺德事不再多说,光这几条人命,你自己酌兑揣摩吧!"

又一阵清风,赵云秀站起身走出屋门,走出院门,仍旧跟了那重又出现的忽有忽无的声音,循原路走回了家。

……

这天的大清早安家集起了波澜,有人在街筒子里转了声韵地喊:"了不得啦,老区长在榆树上吊死了!"人们闻声而出,乱哄哄赶到老区长的院外,果见老区长直挺挺地吊悬在他门前的那棵老榆树上。老区长凸睛伸舌,大大地张开了缺牙老口,似要发狠吞掉或舔掉人间的什么。他拴绳上吊的那根枝杈,恰好伸向他的院墙里,站在墙上拴好绳扣套住脖子用脚一蹬就妥。那根枝杈坠成了弓,根部皮开丝断,然而仍旧承受了一百几十斤的重量没折。人们将老区长的尸身卸下抬回到他家,一边安排着发送的事宜,一边相互议论。有人说自打金氏"无常"之后,老区长的脸上就没显过正色,可能是见着人生归宿早晚不过如此,思想压力大,伤心了,腻烦了。也有人说自从那天清真寺里立碑之事后,他就又开始精神不正常,老阿訇和赵云秀的话刺中了他的心,他受不了,有时夜间就神神道道地跑到

250

寺门口跪着。听老阿訇和赵云秀的口气，他好像老常年里干过什么缺德事，他害怕现眼，就"暑迷"上身，吊死了。更有人说老区长千不该万不该，不该把往坟里系左家小子的绳子又从坟上带回来。试想，死"鲁赫"就附在绳子上，老区长成年守着，他爷儿俩又是一辈子不对眼，左家小子不找算他才怪呢！有好奇的人取来绳子看，果然就是那麻绳。左家小子入坟时明坑窄了，是老区长用这麻绳把亡人系进坟里去的。再看，麻绳似乎比先时更细、更长了些，并且又多了个结。细瞧那"结"又异样，紧实而巧妙，很难让人相信是用手拴成的。

太阳爬上东边的树梢，村中的大街小巷里不时传来阵阵的喧嚣。安家集笼罩着一种异样的气氛，因为这棵树上吊死了人，毕竟不是小事。人们就猜测、忖度：是不是有什么地方有违教规教义而触怒了为主的？乡老们开始聚到一块儿计议，下个月准备到清真寺里做"乜帖"。有人提到那棵让村人晦气的老榆树，当即出来几名小伙子，扒了膀子拽起锯，半顿饭的工夫把树锯倒了。榆树临倒时他们忽然发现，从树心里流出许多股红的液汁，看上去，像血……

当丫头大声喇气地告诉婆婆安子岭吊死的消息时，婆婆眼露恨光说"该！"丫头吓了一跳，四顾旁视，怎么也不相信这陌生的粗重嗓音会是她婆婆的。

历时两个半月，哈三他们终于赶在雨季之前完成了乡里交给的任务，在安家集东大洼边缘土质比较好的地段，修建了一座新式的砖瓦转盘窑。当三十八米的大烟囱垒完最后一块砖、工地主持人就要宣布告竣完工之时，出了一件骇人的事情。哈三放下灰铲瓦刀，看看下边细星点点的人，又瞧了瞧远处，他长舒一口气，又像以往一样，在三十八米的高空头下脚上拿起了大顶。说来令人难以置信，这一瞬间他忽然看到了远处村头上的一座新坟。那坟是老区长安子岭的，小草还没长全，大部分新土还裸露着。安子岭的死相他没见，但发送人时他回去了，那伸出舌头张着嘴的样子，别人一一告诉了他。这个对着龇牙恶狗也不眨眨眼的愣种小子，此刻却无端地想起了那模样，而且越想越怕。他忙闭上眼，想稳稳神静一下。谁知刚闭上眼，面前就出现了安子岭往常年月的笑相，是那种似怒似嗔又似谑的阴险的笑。这笑他恨过，骂过，也怕过，此时则更怕。他忙又睁开眼，却又作怪，眼光竟直直地盯上那坟头。而且，坟头上隐隐约约立了个人，像老区长，又不像。那也像也不像的人在朝他招手，他脑子里有些迷糊，觉得也应该向那里摆摆手。他昨夜因和丫头说笑，睡觉少，体力精力都不如以往充沛，刚抬手，胳膊就软下来，没支住，摔了跟头直朝下跌。他只觉得头脑昏眩，双耳生风，就像梦中跌入一个不可知的万丈悬崖下似的。但他不是在梦中，他明白此时发生了什么，心中只有一个想法：完了！

烟囱下围观的人们惊得断了心弦掉了魂，认定这个人是活不成了。然而，世间无奇不有，也是哈三福大命大造化大，离地两丈许，忽然一股劲风吹来，竟斜斜地将他刮出挺远，再往下落时，恰巧被绷脚手架的铁缆绳兜了一下，人在空中弹了弹，嗖地给弹进了一旁的沙坑里。人们发疯地跑上去救他，却见他既没摔昏也没跌伤，只是坐在沙坑里傻愣着。有经验的老瓦工阻止了下坑去扶他的人，说这是吓蒙了，要让他自己慢慢"缓醒"，要不，就容易得"惊吓疯"。果然，半炷香的工夫，哈三开始挪动，他小心地照自己周围瞧一瞧，之后摇摇摆摆立起来，爬上坑沿惶惶地说："哦哦，我没死啊！"人们还没答话，他却又一抱拳："谢兄弟爷儿们惦着！"言罢飞奔工棚，找出自己所用的灰槽，抡起铁斧劈烂砸碎。又找到自己的备用灰铲，一扬手抛进了不远处的水湾。他做完了这两件事，趄摸了一下，转身重又来到烟囱前，跪在沙坑边上重重地磕了三个头，爬起来飞也似奔回家中去了。事后听丫头说，整整半月，哈三始终在床上躺着不敢动，每逢下床解手，都要让她抱着。

哈三和泥瓦建筑活绝了缘，精神稳定后，重又捎起了粪筐，拎起了粪叉。一季子活儿下来，领头雁走失，建筑队也散了架。安家集及邻近村的兄弟爷儿们"二把刀"们纷纷解甲归田……春冬两闲，无事可做，就又连年地赌上了。

诚如安灏所言，母亲的病是粘缠了。虽自安子岭死后她的情绪平稳了许多，心里也明白了许多，可仍旧嘟嘟哝哝魔魔怔怔的。哈三出了那件意外事故，她也不着急不惊慌，她说儿子是跌不死的，她说知主公道，并且孩子他爹也在暗里护着。她只是不许儿子再去建筑队，说是让儿子避一避。"避"什么，她不说，别人也不问。她精神不正常，问又有什么用呢？

假设再问出什么更神秘更玄妙的话来，不就更费解了？她让儿子早中晚三次必须见她，她一再向儿子强调教门继承法中的"天命"和"当然"，一天说好几遍，哈三得仔细听、耐心听，不许稍露烦色。否则，她准发火。最明显的进步或转化是她开始走动、串门，开始和街坊邻舍叙事拉呱。说话虽然不多，却再也不走板、不变调、不一惊一乍了。这对全家人来说是莫大的欣慰，老人年及"耆龙"，受苦半生，即使享不了大福，也别再遭受疾病的磨难啊！

自从和玲玲闹了别扭，安灏就一直硬挺着不回家。他怕见到玲玲心里难受，尽管他无时无刻不在思念她。可是，母亲患了精神分裂症，他得及时给母亲治疗、用药，回来的次数就多了。特别是弟弟哈三出了那件意外事故后，他既照顾母亲又惦挂弟弟，这以后就改作中午和晚上回来吃饭——顺便也照应一下家。

这是早秋的一天，将近中午，秋傻子雨仍旧淅淅沥沥地下。安灏打着雨伞往家走，刚过十字街，远处有个人嘎哑着嗓子喊他："安哥，安哥，我爹……手破了！"喊着，那人到了跟前，是毡子。毡子满身雨水，双手带血，急咧咧惊慌慌的样子，杀人犯似的。安灏忙将雨伞罩在他头上："别急，慢慢说，慢慢说。"

"我爹的手，扎破了。哥，快去给他包一下。"毡子喘息稍定，忽然又省悟了似的，"对对，去医院，还是去医院吧。"说着，拔腿复又冲进雨里，安灏也随后跟上去。

前边就是毡子的家，有人在院里哭天号地地骂："日他姥姥哟，我这个爹算是白当了！"安灏听出了声音，是赌鬼左立贵在哭骂。

赌博场里无父子。这是赌家的常识。谁都知道，赌鬼一上场就和发情的母牛差不多，欲望既贪婪又强烈，从不想到输，只想到赢，要赢取对方的血肉骨髓乃至身上的一切。平常日月，赌鬼们可以大把钞票扬来花去不在乎，可进了赌场，分文都是狗头金。为一个"色点"就唾沫横飞，为一把赌注能破口大骂。阴谋诡计，奸险邪祟，亲爹亲儿也要相互耍弄的。有时，明明看着碗里定"三点"，可那坐庄的手掌随了色子拧啊拧，色子就着了魔法儿似的转啊转，竟就生生地转成了"四点"或"六点"。让人生疑，让人眼花，也让人无可奈何。赌家手上出气功，看来不假。哈三是重情义的人，自小认了左立贵为干爹，他从这个老赌鬼那里得到了父般的爱护和温暖，也跟他学会了赌博。哈三虽然年方二十便成了这方出名的赌棍，但从来不和干爹赌。可毬子呢，他不计较这个，他只图快活。

秋雨连绵，不能下地干活，却正是赌鬼们下场子的好季节。左立贵家有个大地窖子，足有两间屋大，也是早年用来编荆条筐的。自从立贵当了家，这儿就成了个赌窝。胡同口处设了哨，大门口上放了岗，地窖子门上再置个放风瞭望的，查赌的要是不会隐身术，休想进得这个"窝"。

自打早饭后，地窖子里就聚了一群人，老老少少大大小小，除了少数人瞧热闹，大部分都是来参赌的。左立贵老伴早逝，毬子媳妇又回了娘家，爷儿俩自由兵，甭提多恣了。

赌场上，输了赢了常有的事，这不要紧，要紧的是怕赌鬼们勾起了邪火。一旦勾起邪火来，人就呆了，傻了，疯癫了，面孔发青如水萝卜，双手神经质般地在自己身上腿上掏来摸去，像在努力回忆搜寻曾经遗失了的什么。更重的，眼中便有蓝光泛出，即所谓的"蓝了眼"，这比红了眼更可怕。此时不记姓氏爹妈，看谁都是对头。有的甚至五官挪位，嬉笑叫嚷喝骂且专说脏话。这时便是抓赌的来在他面前，他也会拽住对方"来两把"。这天上午，赌鬼毬子就给勾起了火，神昏心浑嘴也荤，伸手抄起碗中色子，一指身边的老头撒下去："屌头子悠！"

被掷的老头怔了怔："悠谁？"

"悠着谁算谁吧。"毬子叨念着，眼光只在碗中色子上。见不成点，伸手又抄起，在掌心里揉着，搓着，正要抖腕子撒下去，老头说了：

"我可是你爹！"

话没落地，色子哗啦啦掷进碗里，毬子的嘴和手同样利索："狗屌日吧！"

老头直了眼："日你爹吗？"

毬子双眼盯紧色子："碰啊蹭的！"

色子在碗里停住，明显的一副赢点。毬子欢呼起来，又将色子抓在手，抻一抻，正纳闷对方何以还不把钱送过来，耳边啪地响亮，左腮帮子当即热辣辣又痛又麻。他意识到自己准是挨了谁的耳光，正要挥拳反击，叭的爆响声，眼前的细瓷碗给一只又黑又粗的老手夯瓣了。碗碴扎进了老手，老手俨然一只血葫芦，血葫芦在人们面前划了个红鲜鲜的光弧，接着就是那种让自己的崽子咬了蛋根儿的公狼的吼："我这个爹算是白当了，日你亲奶奶哟！"

安灏重又返回医院，和值班医生一块儿给左立贵的伤手进行了认真的包扎。左立贵看看自己的伤手忍住泪，对躲在墙角处的毯子说："日你妈，老子这半月不能玩色子了！"

尽管老头的伤手用盐水洗了，尽管也进行了认真的包扎，尽管也打了破伤风抗毒素，谁知过了半月，老头忽然觉得吃饭不对劲，腮帮子酸酸的涨涨的，接着就开始仰脑袋挺肚子，躺在炕上像练鲤鱼打挺似的。毯子摸不准出了啥毛病，就赶紧找来安灏。安灏一看，没迟疑，忙让人帮着送入县医院。老头躺进急诊室，脸对着众人似哭又似笑，很像是在赌桌上急切切"来一把"但又总是挨不上的模样儿。医生远距离操作询问了一下，边用药水冲手边问道："这是谁的爹？"

毯子说："我的！"

"破伤风，没治了，抬回去吧。"

医生是判官，是阎王，毯子不敢刨根问底，转身看安灏，安灏也摇摇头，说没治了。他说没治准没治，毯子是极相信的。于是，便惶急地往家抬，刚进村口，老头噢儿一声从担架上挺起肚子，口吐白沫，双手舞扎几下后，两眼凝视着远天深处的一缕白云，身子就慢慢地软下去，软下去了……

"临'无常'连个'讨白'也没领啊！"毯子跪在老爹跟前号啕大哭，深悔自己罪孽深重。

发送了老爹，毯子一连许多天悲悲泣泣的。哈三怕他心中负疚出了意外，就总在腚后跟着。这日毯子外出，哈三又悄悄跟上，三跟两跟没了影儿，哈三慌了，忙河里井里探头，门里窗里瞅那些闲屋的房梁，深恐义弟一时想不开，或跳井，或上吊。故而，竟顾不得吃午饭，又邀了许多人四处寻找。后来，找到邻村西头的破碾棚里时，哈三的眼瞪直了——未脱孝鞋的毯子正马步蹲裆蹬住碾盘，和几个秃头小子瘾劲十足地赌呢。他悄悄走过去，又慢慢地不动声色地把义弟叫出来，忽然揪住衣领当胸一拳，毯子应声一个仰八叉，提起来又一拳，毯子又是一个仰八叉。揍得毯子转了韵："多咱也不赌了，不行吗？"

"立誓！"

255

"爹……"

自那，毽子见了哈三先哆嗦。

其实，毽子的誓白立了，根本不算数。大秋过后，天气又冷，庄户人又到了真正的冬闲季节。一种风气但凡形成，就很难刹住。像沿河乡特别是安家集的赌风，就随着严寒的到来越刮越大。乡里县里也抓赌，无奈"据点"太多，顾不过来。而毽子他们呢，不光窝得严实，同时也沾了天气的光。你看吧，今儿老天有意和人怄气，一直黑臻臻地阴着，贼溜溜的北风紧一阵慢一阵，像淫疯病人的长指甲，专拣你身上裸露柔嫩的部位掐。

终于下起了雪。说是雪，并没有雪花儿，是那种又硬又亮绿豆大小的冰疙瘩。这叫霰。霰粒子凌乱持久地撒下来，世界就给弄得糊涂了。田野里，土丘坟头无法分清，大路上匆匆而行的是人是鬼也难辨真假。天地间，一片迷蒙的白色。

村东头一座遭了兵灾似的破烂宅院，在这迷蒙的白色中显得更凄冷、更孤寂。但从远处望去，却又现一些古渺蜃幻的东西，透出了几分鬼气魔气神秘气。说是宅院，其实早没了院墙，没了遮挡，爬上高高的宅基，就可一头撞进屋里。宅基挺大，却只有三间屋，冬日萧条冷寂中，那屋就如一座高台神庙。夏日生机勃发的季节，宅上宅下便长满又高又密的青草。高宅距村有段距离，那年一位从海军转业的干部在这儿驻村，常指了高宅对人说："瞧，像我们驻军对面的'一江山岛'。"

这里不是闲宅，这里也有主人，主人是六十几岁的马二婶。早年，二婶的丈夫马老二专门成局，人们在他家赌博，他就坐在椅子靠背上，比别人高出那么一截。谁赢一局，他便将一顶破帽子从人们头顶上伸过去，义不容辞般，赢家总得往他帽子里扔几个。敛过一遭，就转身把钱倒给老婆，然后仍旧端了帽子瞅着、等着。当然，他得烧些开水，备点儿茶叶，有时赌鬼们气不顺抢了皮拳，他还得舍老命居中调和。成局也兼做小买小卖，像夏日里卖些瓜果，冬天卖些花生糖豆什么的。赌钱的是别人，花钱的也是别人，只有他二老才是真正赚钱的。后来，马老二急病归真，二婶自己玩不转，就不再成局。然而，一是习惯，二是她家清闲，无论她怎么嚷怎么骂，赌鬼们还是硬往她家蹿，撵不走也推不出，她只好随歪就歪。二婶寡妇三十余年，风骚却不放荡。夜里，赌鬼们狼嗥般地喊叫，竟不影响她睡觉。凡来她这儿的，俱为子侄小叔孙儿类，年龄辈分都小，她也就不在乎什么。有时一觉醒来，肚腹胀痛，要尿。翘头看看哪个闲着，就吆喝："我那儿，递尿盆。"那闲着的"儿"也极听话，立即从炕下寻了尿盆送给她，她便接过来拽进被窝，蛤蟆支锅式塞在胯下，伴着赌鬼们吆三喝四的"博点"，哗啦啦尽情地排泄。末了，打个尿战，将冒着热气的盆儿掏出来。说不定又瞅上谁，快意地喊一声"我那儿，给你！"就又裹了被子舒服地睡了。有那败下阵来的赌鬼，双手冻得麻木，就忍不住伸手到二婶的被窝里暖和，二婶也不介意。倘继续深入，就要挨个轻轻的嘴巴："我那儿，说行，看行，摸不行。"再不识相，她可就真骂了。

逢到这情况，屋里就一片乱。赌局自动暂停，赌鬼们都成了正人君子，都说些有关礼义廉耻的话。好像世界上尽是孬种，就数自己正确。

……

鸟兽归巢，暮色四合，天地间更加寒冷了。风不减小，雪不减势，风雪将大自然拧来旋去，像只无形巨手在故意捉弄这个痛苦不堪的世界。

然而，此刻的"一江山岛"内却是别样天地。那座破屋正中的破桌周围，正聚了帮邪气入里的家伙，黑烟升腾的煤油灯下，一个个瞪圆了此时特有的红眼睛，头肩紧簇，神情各异但都信心百倍地战斗着。

油灯放在桌中间的两块砖上，是用一只酒瓶子做成的。瓶盖钻个洞，一根卷起的棉花芯子歪歪扭扭伸出来，灯头就又粗又大。粗大的灯头燃出粗大的光焰，光焰上端的黑烟袅袅爬高又散开，便有些砖瓦厂烟囱的气势了。扩散的黑烟重又扑下来，给桌周围的每一位脸上都涂了层淡淡的彩。油彩愈来愈重，若非有高低嘈乱的说话声，谁看了都会以为这是群陶俑。

这些人"入了定"，这些人着了魔，此时屋顶被风揭了去，八成也不会有人理睬的。七十二行，行行出人才。可是论着迷论专心，哪一行的人才敢和赌鬼相比呢？你听，像配合屋外嘶叫的风雪，破桌周围的气氛时而松弛寂静，时而紧急热烈。赌鬼们在掷"三点"。这霎，坐庄的是毯子。毯子大号可能叫左家驹，人们叫小名顺了口，便把大号马虎了。

"三点"的掷法很绝，一把成了点，下一把仍可接着抓。坐庄的连续掷，又可随意选择自己的"对头"。他说掷谁，谁就得立即表态，稍一迟疑，人家的色子掷下去，不论点子好坏，你都得认可。坐庄的只要运气好，点子顺，打算赢谁，谁保准跑不掉。倘连掷三把不成点，这庄就得让给对手。对手不接，坐庄者便可接着"坐"；对手接了，他自然又会寻自己的对头冤家。

"点子"赢双不赢单。故此，一把掷下去，坐庄的便立即俯首碗上，双目睁圆，嘴唇打战，用盼着老婆生儿子的嗓门喊："四五六，四五六，一六一个对儿了呀！"对头便也青了脖子红了筋："一三五，一三五，三五难成点啊！"

色子打着趔趄，终于在碗中停住。于是，成点赢了钱的坐庄者又猛地将色子捞起，动作突然而快捷，像从炉里抓一块烤地瓜又怕一把抓不出让火烧着。色子在手上掂一掂，开始用掌心飞快地搓。搓一阵，又双手拢到嘴上呵气吐唾沫，似乎这么一折腾，色子就能出灵气了。然后，四个指头抖了三枚色子，得意地瞧对手，又瞧大伙儿，脸上一副抠你家底再赢你老婆的神色。也有的抓起来马上又掷下去，这是那类常输不常赢偶尔成了点就想赶紧赢第二把的。这霎，要是赢了钱的，就尖声尖气地笑，笑声极具特色，像谁触了他的痒处，而他又想竭力保持这种说不清是舒服还是难受的感觉。那一输再输的，就咬牙捶胸拧脖颈，似在悔恨自己降生的不是好年代，又像被押了去监狱而他深感冤屈就拼命挣扎。还有那赌净输尽拔光了毛的，退下场来，愤愤然不甘心又没办法，便从胡说八道恶作剧中找安慰，有的瞅机会喝倒彩，有的则悄悄溜到一旁，搞一种让狗看到了也脸红心跳的动作。

赌博场里出小人。这是谁说的？

然而，不管是小人还是君子，来这儿凑份子的都是为了赌博。

直到天放亮，"一江山岛"的赌局才收摊。毯子今夜极走运，赢了不少钱儿。他屁颠颠儿哼着咿呀小调顺街朝西走，迎头碰上了早起捡粪的哈三。哈三小眼睛锥子般盯住了他："嗯，又掷色子了？"

毯子一哆嗦，眼角瞄了胡同口要溜，让哈三一把抓住肩头薅回来。毯子觉得肩上骨头要碎，便哀求："放，放开不行吗？俺……打扑克！"

"呸！"哈三啐他一口，松开手，指头在他脸上画个圈说，"就这几个印，还犟？"

毯子傻眼了。熬了一夜，两只眼眶变了青色——一对黑圈儿；煤油烟子钻鼻孔——一对黑圈儿；双手捧了色子呵热气一夜不下一百次，嘴周围也磨得黑圈儿。如此明显标志，还想瞒哄出名的赌棍哈三吗？毯子要逃不敢逃，要辩没话说，便低了脑袋："是掷色子了!"

"在哪?"

"一江山岛!"

毽子回答着，眼皮跳了跳，忽然豁命的口气冒出一句话："三哥，这年月，玩玩吧?"

"嗯?"

听哈三嗓音变调，毽子的心尖接连拧了几个花。他抬头，见哈三将粪叉拄在地上，眼光在自己脸上直愣愣地瞧。他心中发毛，要解释什么，却见哈三的手一绷劲，挺粗的粪叉杆子嚓地折了。毽子吓得一溜响屁，不顾后果地拔腿朝胡同里逃去。

釜底抽薪

哈三立在原地咬着嘴唇，并没有去追毯子。毯子的身形消失在胡同的尽头，哈三也不再继续拾粪，他叹着气，步履缓慢地回家。他为毯子着急、难过。那天夜里他听丫头说，毯子媳妇找过丫头两三回了，要求哈三管管他那义弟，要不，迟早会闹出事来。毯子媳妇说，有天夜里毯子出去赌，没关院门，下半夜有人来敲屋门，媳妇以为是丈夫回来了，就下床去开门。两道闩拔开一道，忽然想起应该问问。还幸亏问问，连问几声不回答，媳妇吓得慌忙又插了二道闩，拽过板凳杌子把门堵上了。她不敢喊，因为院里就她一个人，若是那贼子动起武来，街坊邻舍来不及救助，她得瘫。还多亏她这么做，因为外边的人用力推了一会儿门，见推不动，就悄悄地走了。第二天凌晨毯子回来，她将这事告诉他，他却不以为然，反说她想男人想昏了脑袋，听邪了耳朵。媳妇伤心害怕得直哭，劝他晚上别出去，他不听，照样晚饭之后就走。

是得管管他。然而，用什么办法管呢？哈三曾是个赌棍，明白赌博和以前的人抽大烟一样，上了瘾后扒皮抽筋也难改。可是，怎么管呢？哈三脑子里想着，已经回到了家。他放下粪筐走进北屋，见母亲和清清已经起床，母亲在丫头的服侍下，正坐在炕上喝早茶。母亲看了哈三一会儿，问他："三儿啊，有事？"

"嗯？"哈三本想不跟母亲说什么，他怕引起老人家情绪波动，但母亲那专注的眼光追视着他，竟使他脱口而出道："是有事，毯子他们一帮小子，可是赌……"那个"疯"字到了口边又改了，"可是赌得不成样子了。"

母亲呷了口茶："该教他们'成样子'才对。"

"我自己也才刚刚'成个样子'啊。"哈三低了头，脸现愧色，好像认为自己教别人"成样子"不够资格。

母亲的眼光由刚才的汹汹逼视转为缓缓温和。她告诉哈三，自己近些日子各家串门，听到的"不成样子"的事情极多。有的赌输了把家里牲畜粮食卖了还债，有的押上爹娘的皮裤皮袄。爹娘岁数大不扛冷，感冒发烧买药打针得借钱，可借来的钱又让他输了。安灏在医院里，光这样的没根儿药费就担了一两千块。有的偷爹娘，偷兄嫂，把媳妇从娘家借来的准备过年的一点钱也摸去了。前天夜里大孬家里又出了事，有知根儿的瞅大孬夜里出去赌就翻墙进了院，要牵他家的大犍牛。他媳妇听到动静，胆小不敢出屋只好喊嚷起来，公爹听到喊嚷声提着裤子跑出屋来，谁知年迈体弱，让贼搡了个跟头。牛是没偷走，可老爹却给跌得几乎死过去，躺了两天了，到昨儿喘气还不匀呢。东马庄马四棒槌勾引邻居大憨种掷色子，半宿赢了一头牛。大憨种媳妇气不过，拿根绳子去他家门口上吊，看光景是想吓吓他，可双腿一蹬离了地，要不是有人及时看到，四棒槌这个人命官司算是摊上了。四棒槌他爹又气又急患了青光眼，成了个睁眼瞎。唉！这四棒槌从小没了妈，他爹可是捡破烂敛羊鞭子把他拉扯大的呀！母亲这里轻声说着，门外已有人在轻轻地喊："哈三哥，三儿哥！"初时声小，显然是怕惊扰了哈三的母亲，后来见无回音，嗓门就大了，口气也急了："三哥，三哥，你可是出来呀！"

是三嘎拉，在门口探头探脑的。哈三迎出去问他："吗事？咋咋呼呼的。"

"驴，我秋上买的大青驴给偷走了！"由于整夜熬眼，三嘎拉脸色发青，这一急一怕，已是青中透灰、灰中透白了。

原来，今儿拂晓收了局，三嘎拉怀着常有的那种不输不赢挺遗憾的心情，蔫不拉叽地回家。到家门口立住，足有半支烟的工夫不能动。因为眼前的景象让他莫名其妙极了，大门倒挂，里边没闩，而门板的外边，却有块百多斤的大石条斜顶着。三嘎拉侧着脑袋琢磨好一阵，才运力气搬掉石条，摘开门吊进院去。院中并无异常，父母和自己屋里的门仍旧关得紧紧的，很明显一家人还在睡梦中快活。他疑疑惑惑地敲开自己的房门，媳妇披着棉袄打着哈欠给他开了门，迎面喷着口臭说："你还知道回来啊？"三嘎拉摇着脑袋躲开她，爬上床睡觉的当儿又想起了那蹊跷事，他问媳妇为什么不闩院门，是谁在外边给倒挂了门又弄块大石条顶着。媳妇这霎已坐在尿罐上放小便，听他一问，收住半截尿沥沥淋淋站起来，骂他说鬼话。见丈夫一脸认真，忙蹚上裤子跑出去，一会儿又跑回来，也很认真地问他

261

那石条是怎回事。三嘎拉困顿已极，放翻身要睡，就说可能是哪个没出息的骚小子来听房，没听到什么，出门时恶作剧，弄块石条顶住门，等她早起开门时捉弄她。媳妇想不起别的什么原因，就信了他的话，刚脱了裤子重新来个二茬觉，忽听得院子里老爹咳嗽，不霎时又听老头嚷："嘎拉，嘎拉，驴呢？"

三嘎拉听到爹的喊声，似乎猛然间明白了什么，鲤鱼打挺从床上跳起来，衣裤鞋袜一气呵成，打着绊腿蹿出屋，奔进牲口棚里。只见老爹正端着一筛子碎草在发怔，而牲口槽上则空空如也。他马上明白，驴是让人给牵走了。转身间，他看到与牲口棚相连的接棚里少了件大家什，是那辆一家人用来运肥送粪拉庄稼的地排车。他昨天下午将地排车挂好"搭腰"放在这里，是准备让老父亲套了大青驴今儿早上去赶集的。看来，这贼是地排车上套青驴，一股脑儿给捎走了。驴车行动自然慢，怕主家察觉了去追，出得门来，将门反挂了再顶上大石条。石条有上百块在门的南边排着，是三嘎拉父子买来准备明年翻盖新房的，不想让贼顺手派了用场。也真是贼有妙计，试想如果主家发觉了出来追赶，必然拽不开门。即便伸出手去摘下门链吊，那顶在外边的石条倒张进来，也一定得砸坏你的腿脚。

三嘎拉越想越怕，倘若自己晚来一步，早起喂驴的老爹去开门，怕是已让石条砸了。如此看来，反祸为福，福不福且不论，找驴找车要紧。嘎拉将事情原委跟一直怔着不动的老爹略略描绘一番，拔腿就朝门外跑。霰粒稀疏的雪地上，果然有清楚的驴蹄车印，方向是冲城里大集去的。三嘎拉不犹豫，抬脚顺了车印追，追出村去，上了大道，他傻眼了。大道上蹄迹凌乱，车印混杂，全是起五更赶早集的人们造成的。三嘎拉不是警察，没有警犬，哪里去寻他的驴车？没办法，他只好来找哈三哥。

哈三听完嘎拉的演说，眉梢子竖起老高。心想要不是你黑夜去赌，里面反锁下了闩，那贼漫说偷驴车，驴毛也弄不一根儿去呀！事到如今，他知道埋怨已是多余，便传令昔日狗党及近年来的"二把刀"，分头出发，到附近及远处的集市上访察。又央请村治保主任立案，治保主任很爽快："没问题，我去派出所。"

傍晚，各路访案的人马相继来在毯子家集合凑情况，人人累得骨头散了架，人人一无所获。哈三并不泄气，要布置明日继续行动。岂料，三嘎拉一下蹦到屋当中，挥了拳头大声嚷："去他娘的洋葱疙瘩吧，不找了，不要了。有费这牛×羊劲的,我下两个夜,头一宿赢头驴,第二宿赢辆车……"话没说完,忽然看到哈三攥着拳头走过来,喊了声"妈呀",掉转屁股撒腿逃出去了。

哈三憋着一肚子气回到家里,虽然晚饭也没吃好,但还是强作欢颜,按惯例陪着母亲拉家常。母亲问了问他们今儿找车寻驴的结果,口气里很是惦挂嘎拉一家。为了让母亲宽心,哈三假说已经寻出了点儿眉目,再继续察两日,估计能找到。谁知母亲听后,出人意料地笑了说:"丢车失驴,'该矣'。"

这"该矣"虽有点儿文化味,却实是这方穆斯林的口语。意思是说,注定的事,摊上了,人的能力是难以改变的。但这话又包含着一定成分的谐趣,并且是从一直不苟言笑的母亲口里说出的,哈三那沉闷的心情立时舒畅了许多。他往前凑了凑,亦庄亦谐地问:"妈,您老人家料事如神,这事看来够呛,是吗?"

母亲像对待小孩子似的抚了下他的头说:"我记得,三嘎拉这买驴的钱,是今秋他掷色子赢的东马庄马和子的钱。俗话说,赌来的钱,纸糊的船,汗珠子砸脚面才万万年。你想,这驴他能不丢吗?光丢驴不行,还得搭上车。你想想,凡是赌上瘾的,落结有好的吗?三嘎拉丢点儿东西还是小事,我看咱们沿河乡这档子人,闹不好往后要出大闪失的。"

母亲的记忆力好,哈三并不惊奇。可她思路这般明晰清楚,说话如此条理有据且富远见,不能不说是一大转变、一大奇迹。然而奇迹还在后边。母亲之后说的一番话,如果不是一位虔诚的人对教理教义的体味理解,那是断难说出的。母亲说赌博与喝酒抽签拜佛一样,是易卜里斯挑唆人变坏的魔法。所以,入了赌场的人心就变狠变歹,只替自己打算,不顾别人倾家荡产;他们只问钱多钱少,不管相处者品行好孬,流氓可以成为朋友,盗贼可结知心,乱了德行,坏了人品;他们赢了无足,输了不改,家里人冻死饿死也不顾,只管赌赌赌。有的赌债难还,不抢就偷,不坑就骗;他们败家破产,沦落不堪,给老家留下个坏名声;他们半夜三更,有家不归,父母为他担忧,老婆为他心寒,经年累月,难保不出意外;他们骨肉薄情,父子兄弟相搏,全失了尊长上下;他们通宵大赌,门户常常疏忽大意,就给盗贼留了方便之处;他们赌博本就犯法,小了罚款,大了坐牢。还有那成局的、开赌的,不是暴死就是横祸,哪有个好落结?

哈三简直惊呆了，他笑问母亲怎么能总结出这些道理。母亲说一是少时听阿訇娘子讲的；二是这些年来自己的揣摩。哈三听得入神，不禁插嘴道："妈，这么说，我已改邪归正，就得远离他们了？"

母亲抻了抻，很亲切地看着儿子说："三儿啊，对他们，你不能远离，得靠近。嗯？"

哈三怔住，疑惑地望着母亲，不知该说什么。母亲打了个哈欠，精神渐渐疲倦，再和她拉家常，那话儿就有一搭无一搭的了。哈三看出母亲今晚说话过多，累了，就要告辞回西屋去，好让母亲歇着。正要走，母亲忽然拽住他，轻声轻语地说："三儿啊，咱们的'七继承'还有'八大源根'里的'高强''相宜'和'命人行好''止人干歹'，你明白是怎么个理吗？"

"妈，明白，阿訇爷爷给俺们专门讲过。"哈三轻轻拿开母亲的手说，"妈，你歇歇吧。啊？"

"哎。"母亲答应着，在炕上慢慢躺下了。

此时，清清仍在灯下专心地做作业。

老天光阴不晴，一连许多日，不是刮北风，就是下小雪。这日夜晚，风刮得更紧，雪也下得更大了些。在这风雪之夜里，人们在生着炉火的屋里，有的坐在床上炕上抽着烟喝着茶拉闲呱，有的则钻进暖暖的被窝，将被头裹紧了又裹紧，听着外边呜呜乱响的风雪声，油然生出一种无比幸福的感觉。

哈三这时就已躺在了被窝里，他眯上眼，想睡，但睡不着。他翻个身往里挪挪身子，想谋求个更舒服更合适的姿势以便尽快入睡，这就挤着了丫头。丫头身体宽大且睡姿不雅，一张大床她自己占去五分之三仍不富余，有时就对哈三的领地发动点儿"侵略"。这"侵略"大多数情况下正合哈三之意，他便常常地顺手牵羊，所以"反侵略"的战事并不多。这常常成为日常调笑时哈三的杀手锏，丫头虽愣，也难免尴尬。哈三今儿意外地主动扩充领地，丫头暗自得意。但潮信突来，她不得不管住自己。哈三反复辗转，丫头起初并不介意，终究经不住几番折腾，就佯装嗔怒："我说你个不长出息的大鼻子，是个伢狗，还是头牤牛？"

"你抻着吧你……"

哈三一句话没说完，就让丫头截住："抻什么抻，你这货，昨儿人家刚刚'骑了马'，你是不知道，还是犯糊涂装傻？"

哈三叫起屈来："你看你看，人家动一动你就炸，是为那个吗事吗？不想想，臊不叽的。"

"糟践谁呢？"丫头隔被窝插过手来，要拧哈三屁股。

哈三扭了身子分辩："听我说，丫头，我在想一件事呢，顶顶要紧的事。你松手，松手。"

丫头停了动作但仍不往外抽手，她吓唬哈三："快说，糊弄我还掐。"

哈三攥住丫头手腕招架着说："这两天我总寻思咱妈的话，她让我'命人行好''止人干歹'。可我……有什么法呢？"

"哦，你说的是毽子一帮易卜里斯。"

"唉！上了瘾，八匹骡子拽不回来呀！"

丫头这才抽回手，叽咕道："这些狗日的，是得想个法治治，要不，以后都得弄丢了老婆，也得像你似的给逮了。"

哈三抗议："别提老账！"

丫头半嗔半怒："嫌丢人了，现眼了？你老三挺够本哟，劳改不到二年，没减分量，出来还弄到我这么个二百多斤的大老婆！"

"说真格的，说真格的。"哈三打断丫头的话，双手伸过被窝去搂住那肥硕的脖颈说："像这大冷的天，暖暖的被窝，小子们舍了老婆孩子去熬眼，傻蛋一个。得想个法，想个法……"说着就要穿过斑马线。丫头麻利地掰开他的手推出去，裹紧了被子道：

"说什么来着，得寸进尺了。"

"恣得你呢？"哈三找了台阶退下来，嘿嘿地赔着笑。他怕丫头掐他屁股。

丫头眯着眼睛抻了一会儿，口气温和地说："老三，这事，我倒有办法。"

哈三已经悻悻地翻转过身去，很蔑视地顶她说："吹牛×不交税，谁不拣大的说啊！"

丫头倒是意外地和气："嗯，一个字儿一个闷儿，说不定哪块云彩能下雨。反正嘛我是有个办法。"

哈三听她说得神秘，经不住诱惑，猛然翻了个身，蛤蟆大支锅趴在被窝里拧着头问："丫头，有孩子快将出来让我看，别闷在肚里憋人，老夫老妻的了。"

"被窝还没睡暖和，就老夫老妻，臊不臊啊？"丫头油然生出温情，哄小孩似的扑拉着哈三的头脸说，"办法是有，你得找河南高手帮忙。"

"这好办。"

"你还得找经纪爷爷商量，让他串通村里老爷儿们从中架秧。那老头最烦赌鬼，转轴也最多。"

"小事一件。"

"娘儿们媳妇们的事我和玲玲去张罗。"

"那你们受累吧。"

"最后就看你的了。"

丫头一连串的部署，把哈三弄得蒙蒙的。丫头说完后边这句话，哈三稍作沉吟，问道："你提的事，我都答应，还有吗事'看我的'？"

"你得重新出马，拾起旧活。"

"哦！"哈三长出了一口气，把身子放平，"那么，你把肠子肚子好杂碎全屙出来，我得看看是吗颜色的。"

"好嘞！"丫头已经趴在被窝里，双手支额凑过脸去，如此这般冲了哈三咬耳朵。

哈三初不在意，谁想越听越入神，末了嘿嘿儿一笑问："丫头，告诉我，这法是你想的，还是咱妈想出来的？"

丫头一怔："我想的，就是我想的。"

"就凭俺小媳妇这身肉啊？"哈三爱惜地摩挲着丫头那肥圆的肩膊逗弄道，"其实这办法你一说完，我就明白是妈想出来的。"

"你个鬼货。"丫头实诚人，不禁哄，一哄就露了，"你咋思谋出的？"

哈三故作电影上推理大师的口气说："你记得那晚咱妈和我说的话吗？她不让我远离那些赌鬼，倒让我靠近。我当时就多了心，想追问，看妈累了，没忍心。那霎她心里就有了个谱，待我走时，她又拽住我，问我'七继承''八大源根'中的'高强''相宜'和'命人行好'与'止人干歹'是怎么个理。那一刻，老人家的办法就已想出，主意就已拿定，只是没来得及跟我说。那以后几天，我天天出去给嘎拉找驴找车，不在她跟前，她老人家又一阵明白一阵糊涂，敢情糊涂那阵儿我在跟前她难以讲

266

明，明白那阵儿你恰好守着就给你说了。你是个马大哈，听了就扔到了脑后去。今儿晚是我抛了钩儿，钩开了你撮口罐子上那个盖，你才想起了从妈那儿蔫来的货还在坛子里，这就要逞一回能，瞒哄人假装你的东西倒给我……"

丫头给他说得一愣一愣，终于耐不住，伸手拧了哈三脖颈："你个狗鼻子真管用，咋就什么味也嗅得出来呀？"

哈三嘻嘻笑着，乘机进攻，一打滚到了丫头腋下，双腿一蜷又伸开去，很麻利地侵入到丫头的领地。两个粗粗大大的人，被子就明显小了。丫头又努力地朝外轰，哈三赖着不走，这被窝就成了个风篷。

"揽着睡吧，揽着睡暖和。"哈三央求丫头，口气软软的。丫头听他如此说，再不忍强行朝外赶他，一阵子手脚并用整理掖好了凌乱的被窝。哈三得了这片时的安宁，竟就缓缓地香香地打起鼾来，丫头好气又好笑，骂了句"没心劲"，也放翻身睡了。

风刮，雪飘，屋内是温馨的天地，屋外是纷乱的世界。

几乎所有的赌鬼都一样，记吃不记打。像毯子，虽因赌博死了爹，仍不改。媳妇差点儿让人瞅了冷子，还是不在意。三嘎拉因赌丢了车和驴，他记着了吗？没有。不光没记着，而且赌得更凶更上瘾，一宿也不落下。

嗜赌成性，久赌成癖。

这两句算是说到家了。

那天早晨让哈三撞见，毯子好像吓惊了脑儿，大街上见到哈三的影子，掉头便跑。不料，十多天后，绝对出乎毯子以及所有赌鬼的意外，哈三竟也违背自己的誓言，和他的患难弟兄河南高手双双进了"一江山岛"。

河南高手跑了老婆招来福，刑满释放时，家中无人，政府根据他的情况他的志愿，安排他在劳改队办的塑料玩具厂里就了业，不久又在城里找了老婆，两人恩恩爱爱，相敬相怜，小日子过得相当红火。"高手"不忘旧情，和哈三常来常往，只是坚决戒了赌，有谁同他一提此道，他就变颜变色地骂。现如今卷土重来，赌鬼们就猜想，他和哈三一定是狗改不了吃屎，终于手痒难耐了。

今儿，是这两人重返赌场的第五个晚上了。

第一天晚上，他们先输后赢，赢得少。后来几晚，也是有输有赢，却

267

是越赢越多。至昨晚，他们的手气也可能是赌艺加倍的好，不到半夜，就把一帮赌鬼给脱成光腚光了。今儿白天，又各人以各自特有的本领弄了钱来，准备再拼一拼，尽可能地捞回一些。正担心他俩溜了号，这不又来了。

哈三依然坐庄，并且是坐"联庄"。联庄最"孙"不过，赢了，只能赢自己的对头。输了，却要输给大伙。前两晚他就改单庄为联庄，并且连坐连赢，把对头们一个个赢得怕了、恼了、急了。大约情绪的关系，他刚坐下掷了两把，大多数人的眼里就冒了蓝光。尽管如此，赌鬼们还是竭力瞪起眼睛，又佩服又嫉恨地和他对博。

三几把后，哈三牙痛似的扭了扭腮帮子，眼睛直勾勾地盯住毡子："掷你，二百一把。"

毡子望着他那不怀好意的目光，从心底里产生一种灾难临头的感觉。昨晚已是连腕上的手表都撸了去，今晚运气如何呢？心尖正敲着鼓点。哈三已将色子吐口唾沫搓一搓，抖手撒下去："四五六……一六一个对儿了！"

"一三五，一三五，三五不成点呀！"

在目的不同的两种喊叫声下，色子在碗里滚着，蹦着，碰撞着，终于打着旋儿地停住。十几只眼睛像墙上的窟窿般盯住碗底，唏嘘欢呼惊叫中，豁然又是个"四五六"。毡子的嘴唇杨树叶似的嗦嗦抖着，用拇指和食指将几张十元钞票像捏蝎子尾巴一样紧紧掐着，抻了几抻，猛地丢过去说：

"给你！我就这些了。"毡子耍赖，没说实话。

"不碍事，你先欠着。"哈三并不在乎。

连赢了毡子三把，哈三停住。他将色子丢进嘴里漱了几下又吐出，在手心里搓来搓去，这叫涮色子。同时，两眼仍冲毡子直勾勾地睐着。毡子汗毛乱夺，目中很自然地放出那种向人求饶的光波。可是，哈三根本没注意似的，依然又一抖手中色子："掷毡子，加码！"

所谓加码，就是加倍的意思。那二百元的注，自然就是四百元了。可是，但凡加码，联庄同时跟着变成单庄，输赢在两个对头，与别人无牵扯。这是赌场上规矩，用不着同时解释什么。这霎哈三掷毡子的加码，毡子脸儿都黄了。一个"不"字没说出，色子哗啦啦掷进碗里。毡子已无暇后悔，忙惊恐焦虑地紧盯"色花儿"，突然间他欢呼起来："妈呀! 臭花儿。我赢了，我赢了!"

碗底上现了"一三五"。哈三很沮丧的样子，将四百元推到毯子面前，忙又涮色子。容光焕发的毯子贪财无足，腆了脸儿笑笑说："三哥，再掷我。"

哈三的脑袋左右摇了六下，说是手气不顺，转向下一个说："小诸葛，掷你，联庄。"

小诸葛的确精明，可能是怀疑哈三手里的色子有什么毛病，很随便的口气说："三哥，场上无君子，我得验'花儿'。"

哈三不太情愿地将色子放进碗里。小诸葛捞起来又掷下，反复三次，认真地看了色子的点数变化，这才点头说："掷吧!"

哈三斜他一眼，又涮色子，接着哗啦啦掷下，两枚色子率先亮出"三点"不动，另一枚无论亮"幺"还是亮"四"亮"五"，小诸葛算是赢定了。可是，哈三的手指手掌在碗上旋来转去，眼看着那枚色子亮了"五"，谁知侧侧棱棱跌过来，硬硬地变作"三"。

三三见九一溜顺风大"对点"，哈三命里注定有财，开门红赢了第一把。他得意地瞧着对方搓色子，忽然间又撒手掷下去："原主原码不动摊了!"小诸葛还没反应过来，那色子在哈三的掌下碗中折腾一番，立马一组"四五六"。哈三正要接着掷，小诸葛眨眨眼睛摁住他手腕："我还得验花儿。"

哈三面有愠色，但没发作，他将色子扔进碗里，抱起膀子瞧着。小诸葛如前又摆弄了三四遍，末了摇摇头看哈三。看了一会儿，像是想起了什么，挺认真地说："场上无君子，三哥莫怪，清清口吧。"

哈三沉吟片刻，张大了嘴，先让对方仔细地朝口腔里看了一遍。除了那颗当年被河南高手擂掉又补上的假槽牙，没有什么物件不是人嘴里原有的。接着他又咔了嗓子吐唾沫，吐罢，也不说话，只是瞧了对方冷笑。小诸葛给他笑得心中发毛，讪讪地说："实了，三哥，你放手吧!"

连掷连成点。待哈三重新涮了色子之后，几乎是十能成八。而且，哈三似乎也不再用力地"发功"，那色子在碗中自动成点，就像附了灵气似的。一支烟工夫，小诸葛就直了眼睛，哈三再度从碗中捞色子时，忙惶急地说："光腚光，撒手了，撒手了!"

撒手就是退场，这是行话。但又不同于"洗手"，"洗手"是永远不干了，"撒手"却是暂时的，虽一字之差，差别却极大。

灯芯挑了一次又一次，灯花儿打了一个又一个。随着灯油的消耗，赌鬼们也如灯花儿似的一个接一个地打掉了。桌周围的人相继撒手，哈三面前的钞票已经成堆成摞。最后，哈三的小眼睛终于盯紧了毬子，毬子当即耷拉了眼皮。显然，刚才还吆喝"三哥再掷我"的他，此时心中也害怕了。

今晚，毬子可是背水一战。因为这赌本的来源玄而又玄。昨天夜里输光了回家，被妻子盘问，便撒谎说在哈三家打扑克。妻子原是他表妹，又信服义兄哈三，便不疑惑。还嘱咐他晚上出去串门要早点儿回来，别跟那些不三不四的人掺和。妻子只管温存地说东道西，却不知毬子的心正吊在肋骨上，他在琢磨明天晚上的"资金"可怎么筹措呀！家中的钱已尽数被他骗走输光。再赌，只有赌自己的老婆。赌老婆有是有，那是旧社会的事，如今只能当笑话说说罢了。就是说笑话，也犯法。其实，无论赌什么，本身就是犯法的事。可是，既然明知犯法，干吗非要赌呢？缺吃？缺喝？缺钱花？非也！归根结底一个字——"热"。热上了，也就恋上了。热恋二字绝对不能单单用在爱情上，这不是作者说的，是毬子心里想的……他就为这事想了半夜，第二天起床时，妻子忽然指了他的眼睛哧哧笑："你照镜子看看，红了肿了，跟生了崽儿的狗×似的……"

吉人自有天相。

一上午，毬子瞎驴撞槽般没有想出办法，可是到了快吃午饭的时候，他的岳父当然也是舅父老爷子来了，老头要去外地儿子家里住些时日，手中有钱一千元，是准备明年买抽水机用的，现在出门，带在身边留在家里都不放心，特地送来女儿家保管着。毬子一听此话，乐得五官挪位，心中一连几个"天助我也"。吃过午饭，他就提议，把老人家的钱也存进信用社。之所以说"也"存进信用社，是因他以往赌钱时，总骗爱人说把带出去的钱存到信用社了。为此，他从信用社朋友老苟那儿诓了张没公章也没私章的存折，将每次带出去输掉的钱都挨次填上。他原思忖有朝一日赢了大钱，便借口本利取回搪塞过去，不想日复一日，越输越多。所幸妻子没有见过真正的存折，他说什么，她就信什么。见那绿色小纸上印了信用社的名头，整齐地列着存款数目和年月日，就一直将张废纸宝贝般在柜底处藏着。如今,听丈夫说把父亲的钱也存进信用社,自然也不会不同意了。当即找出存折,连同一千元钱交给了当家人。当家人揣了钱绕村几周磨时间,旧戏重演之后,入夜就又奔这"一江山岛"来了。

现在,毬子手里的钱已是十停去了两停。若非哈三那一把"加码"失误,他输得怕是也已光了。想一想这钱来得不体面,心里就直打寒战。可是,他再看看同伙,同伙虽然个个都给拔光了毛,却依然朝他瞪着斗鸡眼。那气势,那神色,俨然是宁折不弯的好汉。同伙的精神头都这么足,自己还有什么可说的?什么叫赌家?赌家的胆儿比瓜大,皇上的钱也敢花,别说区区舅爷的一千元了。宁被揍死,不被吓死,一发豁出去,兴许手气好,顺了点儿,还能捞他一把呢。

或输或赢,本是赌场上极平常极自然的事。但技艺高低手气好坏,却也关系很大。哈三赌技之高,人所共认,今晚的手气似乎又特别的好。这就苦了毬子,虽然赌码从他们重新对阵时就降到了百元,但经不住"绳可断木,水滴石穿",出多入少地对付到下半夜,一千元就分文不少地归哈三所有了。当最后那一把未成将要成时,尽管大冷的天,绿豆大小的汗珠子仍从毬子那锯齿形的发际处一涌一涌地朝外流。他输了,彻底输光了。心里难受得想哭,口中却无半句怨言。赌场讲究的是赢要仗义,输要侠气。

几晚以来总在哈三身边傍虎吃食的河南高手,不知是要给赌鬼们一个台阶还是趁火打劫,这雾却又人模狗样地站出来,说是也和朋友们掷儿把。因为他当年玩鬼花儿造成过一场灾难,赌鬼们至今看不起他,只是碍了哈三的面子,一个个才捺了性子没有发作。本想晒他的干鱼,可是,这小子自动提出的兑账办法却实在太吸引人了。他说他赢了别人可以欠账,输了当场付钱。如此便宜事,赌鬼们能不接受吗?倘在平日,赌鬼们也可能不予理睬,可今天,赌鬼们实在是驴瘦毛长人穷志短了。

自然是由"高手"坐庄,但他坐单庄不坐联庄。单庄输赢只一个,联庄一扯一大窝。小子何等精明?当然不会让赌鬼们合伙揉弄余肉丸子的。

风平浪静一直赌到后半夜。说来也真怪,平日不常出手的人,多数都赢了他一百二百的。那逢场必凑的惯赌老手,倒输得一塌糊涂。散摊时,口头拢一拢,有该他五百的,有欠他八百的,就数毬子狼狈,让哈三抠去一千元,又输给"高手"一千多。他看看别人,别人也看他,伙计们一个个拧了脖子纳邪门，这是他娘的怎么了？心中懊丧，面带愧怍，幸亏这儿的赌鬼与韩信性格肚量差不多，能伸能屈，伸可为帅，屈可钻人腿胯。若搁别处那没见世面未经风雨的，非解下自己裤带，到僻静处寻棵合适的歪脖子树吊死不可。

赌鬼们像一堆蔫萝卜，赌棍哈三却像浇了水的狗尾巴花儿，支棱着脑瓜咂嘴道："哎？是收盘，还是接着干？说！"

同类们你看我，我看他。有两个输光了看热闹也看够了的伙计软塌塌地出溜到二婶的炕下，眼睛想睁又好似睁不开地说："收盘，明晚……见吧！"

就收盘了。

哈三翘着嘴角乐，同时将面前的钞票一沓一沓往怀里揣。说实话，看着他揣钞票，赌鬼们并不嫉妒，倒是与此同时地想着——"娘的腿，明晚再上场千万留神些……"哈三想什么，他不说，别人当然也不知道。他只是立起身，打个哈欠伸伸懒腰，忽然嘿嘿儿笑着转身朝门外跑，边跑边跳边叫："我赢了，我赢了！"

外边，风停，雪也停了，远近一片白色。可是，"一江山岛"地势高又处于风道上，所以下雪却积不住雪。在这银色的世界里，它突兀而立，净光光如一株硕大无比的黑蘑。寒冬腊月天，地面铁一样硬，那崖坡必然就滑。可能是这原因，有几个赌鬼磨蹭着不肯前边走。哈三正在兴头上，想不到这些，一溜歪斜跑到崖边上，忽然就站立不稳，脚下打着别腿，口中呵呵两声来个仰八叉，腚下抹了油似的顺斜坡极利索地滑下去。哈三往下滑，后边那几位就嘻嘻地笑，笑声里充满了坏小子们才有的幸灾乐祸。其中一位鼓不住喊出声："滑车，瞧，哈三坐了滑车！"

"滑车"就是他们的杰作。这几位输光了钱，心中烦闷又无聊，便将尿泡中难以盛下的液体尽情地朝土崖下浇洒。公认的赌鬼们是"吃贼食，放牛尿"，一般说憋不出水来是难以离开赌桌出来排泄的，不管他是正在参赌还是退在一边看热闹。所以，每排泄一次，尿量相当可观。在这风雪的寒夜，莫说是几个人轮番制作，便一两位也能在十分钟内造出合格的"滑车"。哈三着了道，怨谁？怨他自己，谁让他赢了钱又得意，并且还不提高警惕呢？

哈三一马平川溜到崖下，有好一会儿不出声。崖上的赌鬼们就紧张，难道溜晕了？摔昏了？牤牛一样壮实的哈三又不是尿泥捏的，就这么不经跌吗？正张皇纳闷，崖下忽然传来羝子羊抵架似的吭哧声，随之一个千辛万苦的嗓音响了："×养的，把我腰跌折了。哎哟，日你们嫂子的……"

赌鬼们慌乱了一阵，意识到闯了什么祸，就跌着跟头滚下崖去，将哈三一窝蜂地抬了送回家。

冬日的云聚拢得慢，消散得更慢。一连几天，小雪忽停忽下，加之厉厉朔风不歇劲地刮，天和地眼看就要冻得板结了。

自从哈三跌坏了腰之后，他和"高手"就都不来赌了。加之阴霾的天气，毯子等一帮人的心情总是沉甸甸的。"一江山岛"上的小屋里，尽管哗啦啦的色子声从未停住，但是那气氛、那劲头以及色子落进碗中的响声都和前些日子不一样了。色子曾多少次蹦出碗外，因为争点或抢庄，马二婶的粗瓷碗也给打破了好几个。有的人吼叫，有的人詈骂，有的人念脏经般絮絮叨叨。这些人的心里都压着股莫名其妙的火，他们都想找个目标或寻个空隙，尽情地发泄一下。虽然谁都不肯说出口，可谁都明白其中的那点儿什么。

从昨日开始，赌鬼们不再当夜猫了。他们心里也清楚，照这情况下去，非有人憋疯了不可。白天总有光亮，人的心情要比黑夜畅快些。尽管如此，今儿从早饭后赌到中午，大伙仍提不起精神，毯子捺不住，终于把话讲开，说大伙儿都不是什么值钱的毛，还是等着哈三的好。事情一点开，也就没什么可遮掩的了。几天来一直赌不上劲，主要是赌注可怜，让谁下谁也不肯下大的。赌鬼们不约而同认定，大输大赢等哈三来了再说。为什么？是跟哈三摽着劲儿。前些日子，那小子把大伙抠孬了，他不来，人怨天也怨啊！可是，人家哈三把腰跌坏了，你能去人把他抬出来吗？他们也相信，若非哈三把腰跌坏，无论如何也要来。因为人类有个几乎是共性的东西，假如雨天行路已经踏湿了鞋，就算前边再有水坑水洼也不顾忌了。哈三跌伤的第三天，赌鬼们曾去府上拜访，岂料刚刚推开大门，就听他嘟嘟噜噜地骂老婆。人所共知，他老婆向来不是省油的灯，自然也蛇一样地亮着芯子和他对骂。此情此景，赌鬼们耳闻目见，他们只好悻悻告退。这些天哈三始终没出来，他们也没敢去催去叫。这倒不是怕哈三，是怕哈三的老婆。他老婆不光大马金刀，嘴茬也如铁铲似的——这位昔日的丫头如今的三嫂哟。

　　的确赌不下去了。赌鬼们相跟着出了屋，下了"一江山岛"，就有人提议去看望哈三。大伙儿一块儿去，不论谁输谁赢，总是赌友嘛。况且，多年来，只要出了赌场他就是这帮人的"精神领袖"，如今他跌伤了腰，又是让自己一伙儿捉弄的，这样子把他憋在家里，于理说不通，于情讲不过。假设日后哈三明了底细因由，虽是闹着玩的，恐怕也得误解了。

　　说去就去。到底是赌鬼的性格。

　　这些赌鬼性格特殊，看望病人的章程也特殊，不买罐头，不买水果，却买酒。熙攘吵笑之下，提着大捆啤酒瓶进了哈三的家。顶门撞见哈三的胖老婆，胖老婆正端了半瓢玉米喂母鸡，见他们进了门，小眼睛在那硕大的肉脸上抖一抖，接着就相当不礼貌地将瓢中玉米朝客人迎面甩过去。紧随在后边的，是比玉米粒还要多两倍的脏话。她骂得狠，骂得邪乎，骂他们勾引了哈三去赌，害得她成宿在家空等着。她骂得在理，说得又是些让人既气又想笑的女人话。她身子胖大笨拙，嘴却小巧利索，连绵不断的老词新词喷薄而出，叫你无半点儿空隙插话。有位赌鬼几次要横断了辩解，毡子急忙拦住，同时又悄声对同伴们说："注意了，她淫疯，别理她。"

　　所幸，赌鬼们脸皮厚，不管她嚷也好、骂也好，都各自瞅了适当的机会，从不同的角度钻进了屋。女人追进屋里时，炕上炕下已呈散兵队形坐满了。看哈三，哈三正趴在炕上，像对她，也像对大伙一样嘻嘻地乐，她就又骂哈三。骂了几句，声音渐小，眼睛却盯住那一捆啤酒瓶，接着就变韵变调："哦，你们一帮狗日的，这是又灌马尿啊？我妈出去串门，一会儿可要回来的。"

　　赌鬼们依然不搭话，她再也难以损下去，撇撇那陷在脸里的肉嘟嘟小嘴儿，侧棱着脖子走出屋。过一小会儿，听她喊毡子，毡子笑一笑，说是有好事儿。屁颠儿着跑出去又回来时，肩上扛着一张大炕桌。他将炕桌放到炕上摆好，冲赌友们挤眼道："坐下，都坐下。"

　　赌场上没老没少，酒场上可是有大有小。相互谦让着坐定，每人面前就放一只茶杯。毡子取过酒瓶，啃掉瓶盖，就像斟茶水似的，哗里哗啦往各个杯子里倒。有的不满，有的溢出来，那溢出来的杯子沿上，立时就会有只厚厚的嘴唇凑上去呲溜吸一下，接着就是啧啧的咂嘴声，之后便喊："肴呢，肴呢？"

肴来了，是胖三嫂用只大瓷盆端来的。盆中一套全羊下水，十几斤重。这套下水炖得半生不熟，天寒地冻中又是冰凉梆硬，赌鬼们大眼瞪小眼，一时间无从下手更难下口了。

胖三嫂双手掐腰瞅他们一阵儿，撇着嘴跶进套间里，霍然响亮中，拿出两把剔羊剐骨的大挑刀，朝盆中下水上一插，恶狠狠地说："自己旋了自己塞吧！"

赌鬼们这就感激不尽，他们谁也不让谁，全无那种酒席上的客套和礼节。谁要喝酒，端起杯来吮一口，谁想吃肴，抓起挑刀拣自己中意的地方切。羊肝羊肺冰凉却脆生，正好下酒；羊肚子羊肠不熟却香，越嚼越有嚼头，也就几支烟的工夫，赌鬼们又全成酒鬼了，呼喊鼓噪，全忘了这几日输钱丧气的味道。

酒气笼罩了屋内，凡是在屋里的人——也包括丫头在内，全有了那种飘飘上天的快意。可是这种快意过去之后，赌鬼们渐渐又产生了恰好与此相反的情绪。先是毽子双眼发红，舌根发硬，乜斜了眼睛埋怨哈三手狠心也狠，把他褪得连条裤头也不留。别的人受了他的影响，有的龇牙咧嘴，有的唉声叹气，也有的竟然抽鼻涕抹泪，说今年的春节是没法过了。此情此景，惹得丫头大怒，响亮地拍着屁股说："狗××东西们，谁再说这些没腔沟的话，我把他的娘儿们卖了！"

屋内暂时肃静，有喝酒声，有抹鼻涕声。抻了一霎，哈三说话了："兄弟们，赌场凭手气，这没办法。不服不要紧，等我能下炕，咱们再赌。"

"得多长时间？"小诸葛怀疑地看他。

哈三哎哟一声翻个身："我哥说伤了脊梁骨，得仨月。"

炕桌周围响起让人拔了护腔毛的叫声，毽子的脑袋垂进裤裆里："爹哎，就是说要到明年谷雨了！"

再没有人搭话，只有小诸葛在一旁低低地嘟哝些什么。哈三翻翻眼珠，挑逗似的嘻嘻一笑说："过春节谁花钱，可以从我这儿借。只是……只是春节以后伙计们咋办呢？"

这话扯了赌鬼们的心系子。说真的，这里的赌鬼并非职业选手，他们全是业余的，开春到秋收，还得侍弄庄稼。现下种地讲科学，科学能带来丰收，花钱却多。你得不歇劲地掏出钱来，买化肥、农药、良种柴油什么的。眼下人人输得两袖清风，到时指望个鸟啊！于是，借着酒劲，就有人伤感得唏嘘流泪，其中最作难的，莫过于心病最重的毬子了。毬子的心理受着双重压迫，若非刚才三嫂"镇"了那一下，相信早就哭出声了。此刻，他抽泣一阵，抬头抹去男子泪，双眼怔怔地望着哈三，似乎在乞求这位赌棍给自己想办法。

哈三小眼眯成一条缝儿，从那缝里透出得意，透出心计，透出神秘和狡黠。他看看这群赌场败兵，好像生了怜悯之情，脸上显出一种得了便宜又卖乖的神色。但这神色稍显即逝，随之就是救命大侠的口气了："你们以后得听我的！"

赌鬼们向来就有主心骨，此刻仍是人醉心不醉，便有人接话问："三哥，那得看做什么？"

"让你绑票劫道，让你杀人放火，让你爬墙进院偷人家老婆……"

"说正经的，三哥！"

哈三眨眨眼皮，恢复了以往笑眯眯的样子，他将附近的三个茶杯摞起来，手指弹着杯沿说："成立建筑队。"

"建筑队？"

赌鬼们几乎同时叫出声，有两位不知怎么就呆了神，酒杯送到口边却忘了喝，只是傻乎乎地抻着。哈三很随便地笑了笑，再次重复说："成立建筑队！"

说别的可能让人相信，说成立建筑队那可绝对出乎赌鬼们预料了。就在哈三重复第二遍后，炕桌周围的酒仙们像喊着号子般一齐呆直了眼睛，足足五分钟，不喝酒，也不说话，好像对哈三的话全都听不懂似的。末了，一个愣头青咚地将杯蹾在炕桌上，没头没脸地喝叫："哈三，你成心耍我们玩，日老婆的……"

也不怨小子发火，自从哈三在三十八米烟囱上跌下来，他就立誓不再干这一行。试想，一个泥瓦匠连灰槽都砸了，连灰铲都抛了，他还能回到这行里来吗？其间，县里建筑公司请他去掌线他都断然拒绝，如今怎么会自动组织建筑队呢？这不是逗弄着耍人玩，又是干什么？其实，他们哪里知道，如今老虎都吃回头食，何况人呢。

哈三的确要组织建筑队，不是说着玩的。他做事还是老脾气，一根竿子插到底，这不，他当场保证，不光组织建筑队，铺家底的钱也由他自己拿。赌鬼们惊诧之余又欣慰——空着双手赚钱，谁不干啊。

乡下，过了腊月二十，春节就算开始了。有去岳父母家"看年"的，有新女婿第一年"认门"的，大男大女订婚后他想她她也想见他，就暗中忙着传信儿送书乱勾搭。有钱的赶集上店买鱼买肉买衣服，没钱的也故作财大气粗，照样腆着肚子进城进镇置年货。沸沸扬扬忙忙乱乱，似乎这春节就是专为要弄人们忙乱而设的。

孩子们盼年，大人们愁年。这虽是以往的话，细细品评，却有道理。小孩子一心只要吃穿玩，自然盼着春节快乐。大人们则不然，过年花费大，苦挣苦熬三百六十天，闹不好就一勺子全泼出去了。所谓"千日省为一日费"，不过是自己安慰自己的话。再说，过一年长一岁老一岁，眼见着日月流水般漂走，谁愿离开这有苦难也有欢乐的"顿崖"？所幸，近几年乡下光景大好转，人们第二种心情依旧，第一种顾虑明显淡化。家长们逢到这时，总爽快地掏出钱来递给孩子们，口气自豪而又爱怜地说："拿着，进城，买自己喜欢的。"

可是，过年时的赌鬼们却坐了蜡，本来为父母妻儿办年货的钱，被他们或明或暗地拿去输了，而且是在短短几天内输掉的，这"年关"怎么过？妻儿那里可以抖威风要赖皮搪塞应付，父母处怎么解释呢？有幸借得百儿八十元，但物价现时又高得吓人，买了酱油没了盐钱，一圈没转尽，净了。于是，一个个愁眉紧锁，尝尽懊丧犯难的苦头。有的父母心疼儿子，妻子心疼丈夫，也便装聋作哑，不予深究，只是叮咛再叮咛，戒赌，千万戒赌。然而，想一想往年也是这情形，也是原谅了之后又叮咛，到头来，还是狗性难改，这做父母的终于捺不住火，指头剜眼睛把"兔羔子"一类骂个够。妻子着急又心疼，只为自己摊个不争气的丈夫而伤心、羞愧以致暗暗啼哭。这样的人家，尚可凑合，还有平日里挣钱不易、花钱更算计的，本来指望儿子或丈夫小本赚大钱，不料输得一塌糊涂，明白血汗钱已经顺了指缝淌进别人口袋，就气、急、打、骂——甚或离婚分家过，整个春节，弄得乱糟糟一锅粥了。

赌鬼们狼狈，狼狈到无家可归的地步时，也痛定思痛，十万分的懊悔，十万分的愧疚。人前面后，也总是显一显一言九鼎的丈夫气，指天画地，发誓永不再赌。可是，第二年秋后闲下来，看到那仨一团俩一伙的"鬼"，心中就奇痒难受。查一查时下兴盛的相书，总能得出今年时来运转的结论，终于尾随上去。初时小试身手，碰巧也能赢几把，便认定是相书灵验，合该走运了，很自然地一头扎进去，疯赌、傻赌，下大赌注。有人还真发了邪财赢了钱，倒霉的呢仍是流行的那句话——百分之九十五。

南街老牲口经纪赋闲在家，不光识得好牛好马，而且有一肚子好文化。这老叟心机灵透，嘴也损得可以，常常立在街口，挽着衣袖大声朗诵："赌鬼馋狗，天生的骨头长就的肉。不赌不偷，除非西天日头出。赢钱顺着街筒唱大戏，输钱冲着牛蛋去碰头。"

唱大戏自然欢喜，就是发丧也不甚在乎。但冲着牛蛋碰头，这就大大伤了赌徒们的自尊。他们表面上忍气吞声，暗地里却有反应，有时将牛粪马尿和成稀糊涂在老头门上，又臊又脏，逼得老两口抬了水桶，拿笤帚刷了又刷，一边刷，一边骂。谁知骂人生灾，老经纪的烟荷包里又给掺进兔子粪。兔子粪最歹，误作烟来吸几口，屁眼就奇痒难耐，害得老头子在大庭广众面前甩着腔胯，伸手去裤裆里乱抓。总是旧习难改，那天中午，老头二两酒下肚，又立在街口损了顿"赌鬼馋狗……"第二天一大早，他打着哈欠开门朝外走，蒙眬中额头碰着一物件，软乎乎带股血腥味，吓得往旁一躲，脚下蹬了"绊马索"，轰然响动中，跌了个结结实实的跟头。仰脸看时，门楣上用绳儿吊着个他常挂在口头上的茄子大小的稀罕物。老头子大怒，一骨碌爬起来，拍着屁股吼："奶奶个×，这叫报复！"

弄这些手段的人中，自然少不了毬子。毬子糟践别人，自己的日子也不好过，尤其是近些天来，那心整日在肋条骨上拴着。

欺负媳妇似乎见识少，用假存折把输钱的事遮掩过了。媳妇看着那上边一行行数码，掰着手指算了四遍，忽然吃惊地问他："咋比咱存的实数多？"毬子一怔，明白自己笔下误，眼珠转了转，忙说明是连同准备过年的钱也存上了。媳妇贪图利息，不光不埋怨，还夸奖男人会算计，生活上周到照料之外，比以往又温存了许多。毬子暗中嗟叹："看来，和自己老婆共事，撒谎比诚实强多了！"

事情到底还是起了波澜。

腊月二十六，岳父从外地儿子那里回来后，到小女儿这里探望，这可把毬子吓坏了。他明白，假存折瞒得了媳妇，却难以瞒过老人家。万一露了馅，媳妇且不说，这本是舅爷的岳父惹得起吗？老头子倘要发起威来，扇十个嘴巴，还得按"欺上"治罪的老礼，让自己在院里站着。受冻挨揍都可忍，可串门的兄弟爷儿们来来去去，二十大几的人了，这脸皮往哪里搁？不羞吗？不臊吗？真要那样，说不定就像老经纪讲的，找个牛蛋——呸！……找了什么地方一头碰死呢！所以，款待交谈中，嘴就特别留意，尽量离那个"钱"字远些，再远些。

然而，说话就像走薄冰，你越小心翼翼，越容易漏下去。况且，如今庄户人交谈起来，无论谈及眼前的日子还是追忆过去的岁月，能避得开"钱"字吗？毯子赔着小心与岳父闲聊，无话找话说，顺口问了句哥嫂那儿生活情况怎么样，自然就勾起了商品价格什么的。老头咂一口酒，抹抹嘴："咦咦，人家那里的东西可真贱，一台抽水机，才一千三百元。咱这里呢，就一千五百多，不就隔了八百地吗？咦咦，这差价……"老头说着说着拐了弯，"哎？那一千块钱呢？"

毯子脑袋一下子大了："在，在这……"

"我走时带着。"

毯子魂飞天外："可是，可是……存到信用社里了呀！"

"活的？"

毯子明白老头问得是不是活期存款，就机灵心眼糊涂答："死活不一样吗？"

"嗯？兔崽子！"老头愣起眼睛，"大年里，这说的什么话？"

毯子心里咯噔一下，自知失口，因为这时人们图吉利，"死"字是犯忌的，只好接着改口："活的！"

"这就好，"老头脸色和缓，招呼女儿道，"妮子，找出存折，我自个儿去取。"天哪！毯子后脑勺上一根肉筋索索跳，凉汗也顺着脊背淌下来。想阻止，媳妇已将那浅绿色小本捏在手里，声音恋恋地说："爹，这上头……可是还有俺自家一千多块呢！""哦？"老头似乎见了存折放下心，口气一转，"那么，就开春说吧，反正，这抽水机也不能年前买了。""妈呀，吓煞！"看着媳妇将存折重新放回箱子里，毯子暗舒一口气。为了加强效果，他稳稳心神凑到老人跟前："舅，那个字我不敢说，实际上，这钱得明年三月才能取呢。"

"哟！原来是……"老头舌尖一卷打住话头，那个"死"字他也不敢说。

风平浪静了。午饭后正在喝茶，大门口忽然有人喊："家驹在家吗？"

毬子心里咕咚一跳，马上有种刚爬出水沟又掉进井里的感觉。门口吆喝的他已听出是谁，况且本村的成年人喊他小名，不喊他大号，这已经形成习惯了。正六神无主，那人已从大门口探进了头，毬子立即双眼发花，身子麻了半截。来人是河南高手，这人这时来，肯定是讨债。他在赌场上输给人家一千多元，欠着，只要识"赌"字的，不会不认账。更何况，人家已经找上门了呢！

高手不等招呼，自己进了屋，很客气地朝座上老人弓弓腰道："老伯伯好！"老人起身还礼让座的当儿，毬子终于苏醒过来，偷偷拽了高手一把，递个眼色。高手微微一笑，冲毬子咧咧嘴角说：

"兄弟，年关到了，我手头紧……"

毬子心脏蹦到嗓子眼儿里，说话也磕巴了："我的哥……你，你坐！"

高手屁尖刚沾椅子边，又说："家里空了，想来想去，想到兄弟你……"

亲妈！毬子双眼发花，觉得世界末日到了。他摸起桌上的茶壶，试着想砸高手的头，手一软，伸到人家面前的茶杯上："我的哥，喝茶！"对方嘻嘻一笑，用手把壶挡开说："想到兄弟你……豪气，就厚着面皮找上门来，涎脸儿借个钱儿花。"

柳暗花明又一村呢！

毬子侧起耳朵，茶壶举在胸前半天不动，突然失声问："你是说，跟我'借'个钱儿花？"

"借"字说得极响极重，目光同时飞向老岳父，显然是在肯定着什么。高手狡黠地眨眨眼皮，点头笑了。

毬子的心脏重新落回腔子里，暗中对高手千恩万谢。娘的耳朵，就凭人家这一手，我老毬明年豁出命去挣也不能赖掉老兄一个子儿。肚里发誓，口中却解释："嗨嗨，我的哥，来得不巧，手头的钱儿都存上了。"抻了抻，很认真地接着说，"这样，不能让你枉跑一趟，我给你转个户去借？"

客人满脸堆笑，虽然笑纹古怪，可还是一连声道："蒙情不过，蒙情不过！"

"朋友嘛！"

毬子拍了胸脯之后，一秒钟也不希望高手在自己屋里坐了。半扶半拽地把人"请"起来往外走，出了院门低声道："我的哥，今儿你算救了我!"

"这账儿……"

"迁就一下,过了年,我准有办法。信不过兄弟,咱去找哈三哥。"

"好马四根腿,汉子一句话。"河南高手摇摇头,"咱用不着找保人,打个条儿吧。"他说着,竟就从口袋里掏出现成的纸笔,让毡子垫着膝盖写了欠条,接在手里扬长而去。

这里,毡子呆了一会儿,神使鬼差去了哈三家。进门一看,傻了,昔日的赌友们,差不多尽数在此,问一问,有的是给轰出了门,有的是让河南高手逼债逃到这里来的。因为高手声明,年前还要来催债,赌友们没办法,只好跑来找哈三。哈三长吁短叹了一阵,才答应找高手说情,让他宽限数月,等赌友们在建筑队上挣了钱再还债。

哈三给了定心丸,但赌友们心里仍不安。想到别人欢欢乐乐过年,自己却忧愁烦闷地"过关",就丧气、就懊恼、就半癫半疯的。有人终于哭泣打脸,有人开始诅天咒地说脏话,屋子里嗡嗡哄哄一片乱,似乎进了牲口市了。哈三侧在炕上不作声,丫头终于鼓不住,掐了肥腰大骂:"钻狗×的,不长公鸡毛的,谁再狼嗥狼叫,我把他老婆卖了!"

这些人的老婆到底让她卖了多少回,没谁记得清,反正她每次发怒,总这么没边没沿地骂。习惯成自然,大伙也不理会,丫头终于泄了气,跐着磨盘大腚走出去。不大一会儿,听她喊道:"狗×毡子,你来!"

毡子总是很听话,马上跑出去,又扛进那张大炕桌,咚地放在炕上,再放上茶杯、啤酒什么的。又过一会儿,热嘟嘟香气传来,只见三嫂端来一大盆,盆中盛一劈作两半的牛头。牛头虽然冒着热气,却明显没有炖熟,脖子刀口处,似还有条条血丝连着,两把剔刀各在两半牛头上插住,一颤一颤儿,像牛的两只耳朵。奇怪的是,这牛的两只眼一大一小,虽然下了锅,却是大的闭上,小的仍旧睁着。三嫂把盆撂在桌上,退后三步,大掐腰叉着腿,仍是那句恶狠狠的话:

"自己旋了自己攘揉吧!"

石破天惊

　　这一帮赌徒，总算在有平安也有是非、有烦恼也有欢乐的日子里度过了春节。当然，这春节期间的开销花费，是哈三借给他们的。数目有多有少，视各自的家庭情况而定。赌鬼们嘴里不说，心里明白，这借给他们的钱，实际上是他们自己的，是前不久哈三在稀里哗啦的色子响动中，以最公开的方式在碗底上从他们手里抠去的。这没办法，因为人家不是偷、不是抢，是凭手头上的本事赢了去。这在法律上或许是罪责，但在赌场里，在他们中间，却是名正言顺的。他们也明白，哈三借出来的这部分钱，即使全部加起来，数目也不够从他们手里所赢去的一个零头。然而，钱既然已经改了姓换了主，成了人家的财产，往外借多借少自个儿定，多多少少，用你扯淡？唯一让赌鬼们欣慰的是，那钱他们虽然再也断难抠回来，可哈三也没把它们存进银行生利息，而是全部拿出且又凑上一些，用在购买成立建筑队所需的设备上去了。

　　春节前和春节后的很长一段时间里，赌鬼们被哈三支使得气喘吁吁。有的出去联系活儿，有的东西南北进城赶集买设备，大掌线的整天物色培训"二把刀"，"二把刀"们则在搜罗小工准备将来收徒弟。一切都在有条不紊地进行，一切进行得都是那么有层次有条理。从早起到晚睡，这群人的课程表排得满满的，赌鬼们即使瘾头再大，想赌博也没有时间、没有闲心、没有机会更没有资本了。

　　建筑队里邀请了左经纪当账房先生，老头不光嘴乖心灵脑瓜清，且有一肚子能使坏也能行善的好文章。尤为可贵的是，他不用算盘也能一口清，出出进进千八万，赌鬼们费尽心机，也难赖他骗他一分钱的账。老头肚量大，想得开也看得远，虽和赌鬼们有宿怨，却半点儿也不计较。赌鬼们在办事购物时常常恶作剧，合伙插圈让他跳，被他识破，不追究也不发怒，只要账目上合卯榫，笑一笑作罢。他本来就是长辈，赌鬼们小时也没少赚了他褡裢中的糖果，如今人家又以德报怨，时间一长，自觉心中有愧，便不忍作弄，转而尊敬他、信服他。老头天性豪爽，人敬他一尺，他敬人一丈，加之囊中颇丰，便常常从肉坊里买来牛肉羊肉，或红烧或清炖，犒劳这些为建筑队积极做准备的有功之臣。如此里外通达，上下和谐，这安家集建筑队正式形成之前的一段时间里，本来惯于啃帮踢槽的万物之灵们，渐渐形同一家了。

南风终于欺住了北风，积雪开始悄然融化。紧接着，淅沥春雨浇出了片片嫩绿，天上地下，又渐渐恢复了周而复始的生机勃发。

春风也随之吹活了哈三的建筑队，他们开始正式承包土木工程了。

第一个活儿便是为乡里翻建影剧院。这工程虽不算大，也是土木水电五脏俱全，况且又关系到开伙第一炮，打好打坏，四面八方的眼睛盯着。毕竟哈三已经洗手许久了，能否重新端起这个碗来，不能只靠以往的名气。更何况，除他之外，手下多是"二把刀"，破算子能否蒸得新年糕，没把握。所以，开工头一天，哈三就十二分的认真、十二分的小心。每处每段，都按图纸要求细细琢磨、推敲，掂量着每个人的能力、手艺甚至性格而分派相应的活。有的跑直墙，有的凿石料，有的砸地脚，有的就只能和灰运砖了。所有拐角、管道及电路的安置，全是亲自来。表面上看他不着急不忙乱，实际上双脚如梭，心中盛着一堆火。直到一切就绪，他才背了双手，在工地上东转西瞧地溜达。这时的哈三，看起来真如一只在河岸沟边吃草的羊，那么安稳、恬静而悠闲自得。

整整一天，哈三不喊不叫不说话，也不干活。除了吸烟喝茶，就是走来走去，用锥子样的目光，这里盯一眼，那儿瞄一下。说来也怪，他手下这几十号人，也像他一样不声不吭，只是拼命地干活。这情景，与那些带工的大喊大叫而工人依然整日懒散应付不下力的工地比较，不能不让人感到惊诧。当然，哈三也并非一言不吭，有时也说不定走到哪里，从某人手中拽过瓦刀或灰铲，麻利地垒一会儿道："这么干。"说完扔下家伙，头也不回地走了。那人琢磨一会儿，然后就连连点头："是得这么干。"

砖墙越垒越高，他的脾气好像和工程进度成正比似的也越来越急，越来越大。有时竟一天几次地跳起来，从墙上说不定拽下哪一个："你这个笨蛋，像人干的活儿吗？这八分头二分缝，跟你师娘学的？你这个孬种窝囊废……"骂着损着做着示范动作。这时的哈三，完全变成一只狼，一只凶狠暴戾六亲不认的公狼。他有时把手背在背后，有时抱在胸前，有时伸伸螃蟹，东一榔头西一杠子，口眼乱动地浑骂。那神情，那架势，显然是成心找碴儿。身为泥瓦匠，他又有洁癖，整天穿戴得整齐干净，大街上一逛，人们总以为他是教师、医生或什么政府部门的。他自己干活几乎身不沾泥点，所以谁干活大撒鹰弄得满处泥水，准得挨他一顿臭骂。他就这么乖戾、任性，让人难以理解。可奇怪的是，这样一个人，不管他在哪里、干什么，也无论什么人，和他相处两个月，嘴里不说，心中也准服他。

小剧场的墙壁渐渐够了高度，眼看就要封顶，上边供给的木料却给卡住了。据说乡里送错了礼，把该给供销股长的东西，迷迷糊糊送到副经理的手里。县官不如现管，供销股长电话通知，说县里的重要工程占了木材指标，只好变更计划——把供给他们的拖后四个月。

"奶奶个腿，"哈三听说后，从高高的墙头一下蹦到沙堆上，"活儿能分两截干吗？啊？"他跑进办公室找到乡长，立逼乡长去县里告状。乡长摁着印堂想了想，笑着安慰他：

"别急，伙计，慢慢会有办法。"

"狗屁！"哈三小眼瞪圆，"等想出办法，黄瓜菜，早凉了。"

乡长点点头："黄瓜菜，本来就是凉的。"

哈三低了脑袋："我说乡长，要是逢上大雨灌了筒子，质量得差三成啊！"

乡长愣了半天，指指剧场轮廓问："伙计，用别的材料代替行吗？"

"行，"哈三断然地说，"我在劳改队那二年，盖厂房都是用钢架，当时留意学了几手，这回看来用上了。"

"有把握？"乡长眨眨眼皮，面带疑惑。

"嗨！乡长哎，"哈三递给对方一根烟，认真地说，"在一些国家的一些城市里，老鸽垒窝都不用树枝秫秸而改成钢丝铁条了。他们能干的，咱不能干吗？"

乡长吐口烟，又问他："真有把握？"

哈三知道这位乡长办事认真，沉思了一会儿，郑重地说："这样吧，为了更保险，蒙顶的红瓦改成优质石棉瓦。"

乡长点点头终于笑了，他告诉哈三，钢铁材料不成问题，他有个同学就在地区钢材市场当经理。同时又建议，钢架结构可以请县建筑公司帮忙设计一下。

超前半个月，小剧场胜利竣工。兴安岭一把火，木材比钢材贵。钢铁顶架代替了木梁木檩，给乡里节约了上万元，哈三的建筑队除了照取承包费，还得了一笔奖金。

这天，哈三掐了大沓的票子在"办公室"里发工资。会计老经纪和哈三咬了会儿耳朵，就张着缺牙老嘴说："开场锣鼓收场号，哈队长的战斗计划，每人工资发二成，余下的存、存到信用社了，省得奶×胡……花乱花的。"

听这安排，有人喜有人骂，喜的是那些输了钱说实话而取得了家庭谅解的，骂的是那些输了钱又撒谎而此时要拿钱急于去搪塞的。不过，怒也罢骂也罢，都是本事使在暗地里，大面上有谁敢对哈三说三道四呢？

第一炮打响了，终于打响了，震动了大河以北九寨二十八屯。包工活好像下锅的饺子，一个连着一个。建筑队人手紧张起来，就扩大再扩大。两个月的时间，队里的"二把刀"都成了掌线师傅，原来不愿加入建筑队的小伙儿们，也都张着跟头求这位哈三叔或哈三哥了。

只有一件不变，每逢完工分工钱，照例每人分个零花钱，余下的尽数填进存折。渐渐地，有人开始瞧科——奶奶腿，赌棍转性，怕不是打算独吞吧？

这个乡六十多个自然村，一半在河南，一半在河北。哈三的建筑队很快压遍河北，转而挥师南征了。然而，不知他是没想到，还是有意这么做，那河南的"建筑业"可是六秃子的天下啊！

那年，六秃子愤然辞职，回到河南老家的下半年，一个由他任经理的建筑装潢公司就成立了。六秃子既有能力又有经验，是那种能说又能干——发脾气别人就不能嗔怪的角色。所以，他的公司人刚强货扎手，这几年进城踏乡，很有些闯遍天下横着走的劲头。但有一件，六秃子因在哈三手里栽过脸，故而一直不吃河北的泥瓦饭。不过，那年听说哈三跌下烟囱来，大为幸灾乐祸："嘻嘻，牛皮帐篷好支，泥瓦活儿的钱不好挣啊！"

此话传到哈三这里，哈三咧咧嘴，不说什么。看来，他好像认了，也服了。

现在，哈三不光又挣泥瓦活儿的钱，还要率队南征，骚扰他的地盘，六秃子就惊得光顶冒汗。他揪揪脑后那一小片稀疏的头发，对自己的部众咬牙说："日姥姥，哈狗日的抢饭来了，咱爷儿们都得豁血本，就是累个

285

屄挂地，也得日鬼败了他。谁耍孬，老子薅他的毛。"说着，嗷儿的一下，竟先从自己脑后拔掉一绺头发。

年会好赶，对台戏难唱。

哈三想到了吗？料到了吗？有准备吗？

人要有意摽劲儿，躲也躲不过。哈三他们在河南承包了五间厦房的活儿，六秃子得到情报，立即从八里地外撤回人马，也在这村降价包了五间厦房的活儿。一个盆里吃食的鸡，看哪个啄得紧吧！

同样的活儿，同样多的人马，同一天开工。只是一家在南，一家在北，相隔不远，春风忽停忽起，把两边的喧闹说话声传来传去。

六秃子一伙几年来走南闯北马不停蹄，论技术论实力比哈三一伙强得多。因为，当初哈三队里的"二把刀"做小工时，六秃子那里的"二把刀"就是掌线师傅了。况且，哈三这里设备落后，每逢开工，总是竹排立杆地先扎架子。六秃子那里，一色的铁家伙，说声开工，哗啦啦凑到一块儿，拧紧螺丝就行了。

有一条是六秃子一伙不及的，这就是，哈三等人是帮地道的赌徒，这些人干起事来和赌博一样，有股子瘾劲、钻劲、不要命的拼劲。这是群天不怕地不怕的好样的家伙，他们不感到有任何约束，他们目空一切。

开工仅仅四天，两座房的砖墙就都垒平了口，要说谁先谁后，顶多也就二百块砖的差别。傍晚，两处同时停了工，各自养精蓄锐，攒足气力，准备第二天上梁稳檩、封顶挂瓦。太阳将落未落，六秃子口叼"阿诗玛"倒背着手从北晃过来，见了哈三点点头算是打了招呼，然后就踱进房筒里，歪着脖子细细观察。他抠抠砖缝，掐掐尺寸，测测长宽高矮，像个质检员似的。哈三紧跟在他腚后，万一对方桑棵以外找地种，他就和他干架。可是六秃子转了一圈，瞅了哈三等人，口中"阿诗玛"一撅一撅地动起来，人们隐约听他说道："日姥姥，邪了！"

六秃子打道回府，哈三终于松了一口气。说真的，他真怕这小子说三道四乱挖苦。东家外行，万一听六秃子说了什么不吉利的话，闹不好这活儿还真让他砸了锅。毬子气愤，也要去六秃子的工地上寻毛病，哈三想了想，一扭脸道："跟狗一般见识，连屎也甭厕了！"

晚上，如鉴明月下，大地蒙上一层淡银色的白纱。月光下，哈三在住处的院子里走来走去，全无半点儿睡意。毬子从屋里走出来问他愁什么，他指指天空道:"明儿有风!"

毯子怔一怔,抬头望天,哟,那鸭蛋形的月周,好大一个暗暗的风圈。他再瞧瞧哈三,哈三仍在来回踱着,就说:"明白了。"说着,匆忙返回工棚,跟一小工低低说着什么。随之,两人就不声不响地去做某种准备。

哈三又里外地踆巡了一遍,然后定身而立,对着茫茫夜空,长长地舒出一口气又一口气,似乎这样就能呼尽心头的惆怅、胸中的积郁。

第二天上午,南北双方同时上了梁,这时,一阵轻风送来片片薄云。薄云飘动着,聚集着,变得多了、厚了。一阵轻微的雷声在人们头上响过,小雨伴随着春风,桑蚕吐丝一样唰唰而下。乡中习俗,盖房上梁下小雨,大吉大利。这象征着房主家的日子无论过得多火爆,都不会因不担财而"烧"死的。人言春雨贵如油,这么巧的事,难得。东家立时喜得撒了欢儿,就许愿,就加餐,就有说不尽的客气吉庆话。

小雨过后,太阳又出来了。清爽的空气让人精神振奋,瓦工们有的含着糖,有的叼着烟,很麻利地上了墙。一根接一根的檩条递上去,有的在梁头上对准卯榫,有的在墙山上用泥灰稳牢。太阳三竿子高,檩梁齐备,顶架成了,接下来,就是垒檐头、铺苇箔。

善良的老天有时也恶作剧,这不,苇箔刚刚苦上,西南风就由轻到猛、由小到大,发神经似的呜呜儿刮起来了。也就抽支烟的工夫,草木横甩,天地瑟索,房上房下的人,一个个被刮得头晕眼花。眼看着房上的苇箔就要被掀起、刮跑,毯子骑在脊檩上,双手舞扎,大喊大叫,一个小工见他如此,猛然省悟似的跑进屋里,眨眼间提出一只破铁筲。铁筲里满盛着木片、铁片以及成块的破鞋帮,上面都有寸半长的铁钉钉着。这叫"疙瘩钉",专门固定风中苇箔的。瓦工们接上去,每人抓一把放在口袋里,俯身檩上,用以固定被风掀动的苇箔。然而,风太大了,苇箔又滑,瓦工们既要钉钉,还要防备跌下房来,因此,不是瓦刀背磕了手,就是刚接上钉子苇箔又刮开了。手忙脚乱中,有两人从房檩间漏下来,幸亏卡住了胳肢窝,有三人让苇子割破了手,立时,苇箔上沾满了红红的血。人们无奈,只好将身子压在上面,否则,大风非把苇箔扯烂了不可。

哈三咬得牙齿嘎嘣响,他原地转了几圈,想了想,戴上风镜上了房。他将破铁筲接过来,招呼人们压住苇箔别动,又吆喝毯子带上斧头跟紧了他。一伸手，从铁笸里取出一把"疙疤钉"，顺着房顶走开去，将一枚枚疙疤钉插秧似的生生摁进苇箔下的檩条里。他在前边插，毯子在后用斧头砸，两人头脚相随，手段巧妙而快捷。那手指头上的力气，那麻利的动作，房上房下的人，眼睛都看得直了。望着哈三在房顶风中飘摇扭摆可总也倒不了的身子，房主人忽然蹦着高地吆喝："天大爷，这，这是凡间人吗？"

苇箔终于稳好，粗箔自然没问题了，它重而结实，抬上房去，八级风也刮不掉。粗箔铺完，下边的活儿就再也没有什么碍手的。接近中午，房顶上大泥也已抹好，停一停，晾一晾，下午勾墙缝儿、抹里皮，明儿就可以上房挂瓦。一切都在意料中，一切都按既定计划进行着。

正北六秃子那边，可就迟了一步。

刮风那霎，六秃子他们的苇箔还没上房。他却在房上看得清楚，正南哈三那里抢丧似的，提前把箔拽上去了。风起处，房顶上就像热水浇了马蜂窝，六秃子乐得直喊号子。好风，好风，刮吧，刮吧！我老六如今下边喝酒去，静等你哈三张了跟头再赔苇箔。到那时，咱爷儿们扇着凉风说蹭话，哈狗日的，你倒霉，你败兴，不是来抢食吗？屌！算是一嘴馋到尿盆上了……六秃子颠颠儿地下了房，接连灌了几杯"华佳特"。借了酒兴，亮开嗓子"借东风"。"借"了一遍又一遍，正借得痛快，小工蹿进来告诉他，哈狗日的硬是刮着大风铺上箔了。他一怔，连着几个酒嗝："邪了！日……姥姥的！"

大风过了晌，胜过老牛嗓。这风又昏天黑地刮了一下午，这一下午，哈三他们在下边勾完了砖缝，抹了里皮，房顶上的大泥也给刮干了。第二天上房挂瓦，六秃子他们才铺箔。节约一天的时间，这就赚出了工钱。结算时，哈三他们自动降价，前后一折，就和六秃子他们的低价包工拉平了。东家省了工钱，又节约了一天的烟茶饭，心中自然更乐，就买了酒，备了菜，以示感谢。

坐在这受人尊敬的完工席上，赌徒们心中别有一番滋味。这滋味不同于以往的海吃海喝，不同于年前聚在哈三家，更不同于昔日在赌桌旁围着。这是那种踏实、自豪而又心安理得的感觉。人人都知道，现下的包工活不好干，而东家的完工酒尤其不容易喝。

如今，东家的完工酒竟然顺利地喝上了。功劳在谁？当然是首推哈三了。然而，此时的哈三却双眉紧蹙，脸色蜡黄，双手顶住胃口，一声不吭地咬着牙。伙计们一见，慌了神，知道哈三犯了胃病。他的胃病，轻易不犯，一旦犯了，就要死要活的。今儿肯定忙过了力，又饭食不济，撑不住了。伙计们七手八脚送他去医院，他坚决拒绝，说不愿乱了大家的好心情，不愿破坏了这轻易没有的场合。他能忍——果然就忍住了。

完工酒结束，哈三撸起了裤腿，伙计们瞪眼看时，惊得当即短了舌头。原来，他不知何时，把枚六分小钉生生地摁进自己的足三里穴。小钉在肉皮外露个圆圆的顶儿，乍一看，就像在木椽子上钉着。人们大惊失色中，毽子还算勇敢，粗粗的指头伸过去，要拔，还不敢拔。哈三笑了笑，用指头掐着钉帽拽出来，圆圆深深留在腿上一个小肉洞，有胆儿小的，看了一眼就吓跑了。

"还行。"哈三若无其事地说，"上回去医院，一个老家伙就在这儿给我下了根针。我想，那么细的针儿能止痛，这小钉子不更管用吗？"

"啧啧，你个亡命……"一旁的小诸葛嘬着牙花儿，脸都吓白了。

说也怪，那钉扎的地方，既未红肿发炎，也没感染化脓，更别说得什么破伤风。大约他是个超人，超人身上自有超人的抗体，一般细菌无可奈何，连专在深的闭合性伤口里繁衍的破伤风杆菌也望而却步了。

怪人自有怪福气，怪人自有怪办法。

这以后，为了争活儿，哈三常同六秃子立马对阵。人们永远难以忘记，那次哈三降价包活砸了六秃子的生意。一个风和日丽的中午，六秃子咬牙斜眼地在那个村的街心等他，他说要和哈三"清清账"，不许人助威，不许人帮打，照六秃子的标准，这才是汉子的本色。哈三先是托人讲和，对方不准，他也就只好迎战了。

像旧时的好汉比武，两人在街心场中对了面。六秃子先是习惯地抓住自己后脑上的几绺毛，发威发疯般狂喊着。那声嘶力竭大吵大嚷的样子，像哈三刚刚挖了他家祖坟似的。让人看来，是个典型的恶棍、帮头，成心找碴儿打架的家伙。

六秃子叫喊之后先声夺人，他欹身向前，直直地照哈三小腹一头撞来。哈三吓了一跳，忙侧身躲过。六秃子一头撞空，跟跄几步立住，转过身子重来。人们从未见过这种方式找人打架，便好奇地待在一旁，只当看笑话。可是，了解六秃子的人却心惊肉跳，知道他的光顶是练过功夫的，砖瓦都能磕破，若撞在人的肚子上，你还想爬起来吗？要告诉哈三小心，显然已经来不及，因为六秃子已经又拔腿撞上去了。

这时，哈三却原地立定，动也不动。有人以为他要成心让六秃子撞一下，也好教对方落落台阶。有人以为他是吓傻了，吓蒙了，吓得走不动了。正七上八下地猜测，却见哈三嗨的一个蹲裆式立住，双拳咯吱吱握紧，榔头一样将小腹护严了。双目如炬，盯紧疯蹿而来的对手，待那光顶临近，猛地把一双拳头朝前直戳。日当午，阳光正亮，不知人们看花了眼，还是真的有奇迹出现了，拳头和光顶相触的刹那，一声如金属铁器碰撞的铿锵之音响过，其间迸出一团蓝莹莹的火花。哈三给撞得退后五步站住，六秃子却向旁踉跄着，侧歪着——终于一屁股坐下。他坐在地上，愣怔半天爬起来，晃晃脑袋，像回忆什么似的想了一阵，谁也不看，谁也不理，反身头也不回地走了。当天下午。他撤走了自己的建筑队，从此不和哈三的建筑队"碰茬"。

一过三月，赌鬼们的心就有些乱了。说话不走准，干活也时时走神。特别是毡子，一想到老舅爷的面孔，一想到媳妇压在箱底的假存折，一想到河南高手可能随时来催账，手里的瓦刀就神神魔魔地朝指头节上剁。人人盼着结账，人人盼着分钱，凭感觉凭记忆，他们知道存的钱不少了，的确不少了。可是，哈三哟哈三，你干吗捏着眼皮装拉屎，吓我们，臭我们，卡我们？你干吗还不开恩？难道真要我们丢人现眼才好受吗？

他们的情绪，哈三觉察到了，他们心里想的，哈三也猜透了。但是，他仍旧装傻卖呆，什么也不说。这不，完成了最近两家包工活，他不光依旧不结账不分钱，反而下令休息五天——全体放假回家。

在外混了两个月，今儿回得家来，做父母做妻子的虽然绝口不提"钱"字，可那一双双期待的眼睛，却总朝他们口袋上踅摸，令他们一个个难受、发窘、尴尬。要拿钱，确实拿不出。但拿不出又恐家中人以为自己是狗熊掰棒子。这在以往是常有的事，也是家里人最担心的。想解释，可谁也未曾问一句，你找什么借口解释？又解释什么？整整一天，全家人就在这种疑神疑鬼的气氛中抻着、闷着。到了晚上，可就再也抻不住，闷不下去。试想，闷得了别人，闷得了媳妇吗？

还是以毡子为代表。

290

晚饭后，小两口早早地睡下。像许多久别的夫妻一样，休息和温存是既矛盾又统一的。白天的不尽之言，夜里尽可以细细地说。天上、地下、人间、神仙，想起什么说什么。说来说去，媳妇终于引上了那话茬儿："哎？我说呀，这些日子在外头咋过的？"

"吃了睡，醒了干呗。"

"没，那个……"

"喊！"毯子翻个身。

"找野娘儿们了？"

"又胡喷！"

"那，挣的钱呢？"

"钱嘛……"毯子累了，想睡。

"哎？说话呀。"媳妇扳过他的肩头，"你挣的工钱呢？让风刮跑了？"

"啊哟，"毯子忙止住她，"放心，存着，都在哈三哥那儿存着。"

"哟！这就怪了，你的钱哈三哥干吗存着？甭胡诌，准是又赌了，你个不长出息的。"媳妇说着说着动了火，毯子的困神也吓跑了，忙扳住媳妇脖子用软功："亲亲，亲亲！"

"滚！没脊梁骨的，理你吗？"媳妇叉指头推开他的嘴巴。

毯子发急："哈三攥住不放我有什么办法！不信，自己去问，这就去问。"

"狗屁！"媳妇小脸通红，"半宿拉夜，让我去找大伯哥，这叫人话？"

"那，咋办呢？"毯子上了土鳖火，"这么吧，撒一句谎，锅大个王八，"他委实累了，打个哈欠翻过身去，"俺睡！"

媳妇一听这话杏眼倒立，掀起被子照他屁股拧了一把："我让你王八！"

真巧，第二天早饭后，毯子的岳父找来了，说要取款买抽水机。毯子心中上下乱跳，他怕事情露了惹出麻烦，就借口去信用社取钱，和媳妇要过存折，拔腿就往哈三家里跑。拐过一个胡同，被街旁一人叫住，扭脸看，却是河南高手。立时，脖颈上的汗毛也直了，娘老子哟，越渴越给盐水喝，这家伙一定是来讨债的，成心杀人啊！心里恼恨惶恐，又不能不理人家，只好双腿不动，秫秸一样在那儿戳着。河南高手颠颠儿地走来，脸上的表情是那种猫戏耗子的神色，他口气不紧也不慢："那个账儿，嗯？

291

那个账儿啊……"

"账（胀）你娘的肚子吧！"

毯子心里恶狠狠地骂，脸儿上还得漾着笑意："再迁就几天，我的哥！"

"这就不够朋友，"高手口气依旧慢抻抻的，"是汉子说话不算数？带纂的（女人）才这么干呢！要这样，可不能怪我说不好听的。"

"我的哥……"毯子的舌头像绾了结，吭哧半天，竟没能说出一句整话。见他实在作难又下不了台，高手口气软了：

"这么着，兄弟你归兑一下，我先找别的朋友敛敛，最后去你家拿。"说完，不管毯子应不应，拔腿便走。

"拿你爹个屁！"毯子在心里骂了一百遍，这才甩动双腿，边走边嘟哝，"搞不好去派出所里告你狗日的，聚众赌博……"毯子参赌以来，首次出现了赖账的念头。可是，想一想自己也脱不了干系，就又连连叹气。

走进哈三的屋门，毯子惊奇得差点儿转了筋，你说怪不？赌友又是工友们，像给谁拿鞭子赶着似的不约而同都来了。相互间，谁也不瞒谁，讲一讲，昨夜的遭遇大致差不多。不过比起来，就数足智多谋的小诸葛惨，小诸葛撒谎惯了，媳妇对他的有关"钱"的解释决计不相信。他又复习以往的"亲近换和气"，涎着脸皮钻被窝，让媳妇一脚蹬出来，生怕窗外采"新闻"的业余记者得了做文章的素材，只好捺着难受，忍气吞声地在床头上侧歪了一夜。

羞辱、惶悚、气恼……这类的形容词在赌友们的心里填满了。尤其让他们愤怒的是，天杀的河南高手怎么也闻到了腥味，偏偏今天赶来凑热闹。从早晨开始，他就像从地里钻出来似的，到各个债户家里"借"钱儿花。只说是赌债，也不讲什么时候欠他的。这就让家里的成员们认定——这两月在外挣钱又赌钱，就输光了，欠下了，教人找上门来了。待赌友们家中闹个鸡飞狗跳墙，他呢，则好像有什么目的已达，连说"可以缓缓，可以缓缓"，然后仰了脸儿走出去，又魔魔怔怔地去另一家。毯子幸亏早出来一步，否则也得给他堵在家里。

此时，哈三的家里就像拍电影，哀求的、吼叫的、流了眼泪诉苦的，全是当初围了桌子犯疯病的那一伙，全是为了一件事——求哈三发发善心，把存的工钱发给大家。这有点儿旧社会工人索薪或长工短工向地主老财讨工钱的味道了。还债要紧，安定家庭要紧，脸皮要紧，其他都是扯淡。毯子呢，这霎更是要碰头的样子，债主跟着，家里老岳父等着，而自己手里拿着张擦腚都嫌硬的假存折，怎么交代，怎么搪塞啊？再说，就是哈三发了工钱，总计也不会过千元，还老岳父的新账都不够，就别说还赌债了。可是，不还又不行，这不光关系到脸皮，还有赌行里的"人格"。他翻来覆去想了一百遍，决定死求哈三，从哈三那儿借。

这乱哄哄的场面照旧还是由胖三嫂的一顿臭骂结束，好像她那窝在两块肉蛋蛋里的嘴巴生来就是专治这些人的。中午没有人回家。有的是不愿回家，有的是不敢回家，眼巴巴盯着胖三嫂，盼望她再让毯子扛来那张大炕桌，她再端来牛头下水什么的。然而，泡到太阳歪，却见三嫂熬了一锅粥，连同半盆水萝卜咸菜往屋中一搁道："小子们，爱吃不吃，今儿就这个。"

"小子们"却也不嫌饭，纷纷地拿碗自己盛了粥，抓把咸菜掺一掺就喝。哈三也喝粥，喝了两碗，抹抹嘴，点一支烟吸着，忽然冷不丁问了一句："要是发了钱再赌呢？"

赌鬼们端着粥碗呆了半刻钟，不约而同省悟到希望之光就要降临了，一个个筷子敲着碗沿喊："亲哥哟，都什么光景了，还讲那个赌啊！"

"可不敢保证。"哈三吐个烟圈说。

赌鬼中有人嚷："闲得屁眼生蛆也不赌了，再赌养儿不长鸡儿……"马上有人断喝："干吗咒儿子？说自己，再赌屁眼不通气！"

屋内呜呀沸腾，哈三这时却悠闲地嘬着牙缝里的饭粒，等这混乱局面告一段落，从怀里掏出一张纸铺在桌上说："摁手印吧！"

那纸上用毛笔写着："人嘴不是腚，说话须管用，谁再进赌窝，驴屌把他弄。"下面×年×月×日，××××××……签字画押等。

"荤，忒荤了！"有人大叫。

"蛋！"立即有人大喝，"你不想发钱了？"

乱了一支烟的工夫，赌鬼们终于你推我搡地走上去，写上名字，摁上手印。做完这件工程，心里觉得踏实了，可又好像丢了件什么，有跺脚的，有骂人的，有望着房箔喘粗气的。哈三一直不作声，这霎认真地验了一遍，将纸叠起放在桌上，说是明天进城复印若干份，以后谁犯规，就往他家门楣上贴。

够损的。

不知何时，老经纪从门口摇摇摆摆踱进来，老家伙提个黑兜，凑前跟哈三说了点儿什么，有耳尖的隐隐听到，说是什么什么都在里边了。

就像吃了安定药，屋里一下子静下来，许多双带钩儿的眼光不约而同盯准那黑兜，好像认定那里头就有自己所需要的。人人都有直觉，直觉也叫第六感官，这东西有人说是迷信，有人却说挺准确。

哈三还是那副若无其事的样子，他抬头望着大伙，脸上不阴不阳的，让人很难琢磨他在想什么，有人被他望得沉不住气，就擤鼻涕、吐唾沫。忽然，他像小孩子干了件极开心极成功的恶作剧似的，放开嗓门哈哈大笑，莫名其妙的赌友们不知他干吗这么快活，也跟了傻笑。不过，笑的韵味不同，跟黄鼬拉鸡差不多。

哈三终于止住笑，擦去眼上的快活泪对老经纪说了两个字："发吧!"

老经纪坐到炕上，端好架子，像以往在集市上踅摸牲口一样，习惯地将每个活物都打量了一下。他这才发现，那些看似木僵的脸上，都有一对眼睛在放着奇异的光。这光贪婪、焦虑、急迫，像饿狗盯紧干肉般盯住他。老头子打个哆嗦，忙垂下头来，将一只老手伸进兜里，掏呀，掏呀，掏了半天，拽出了自己的老花镜，戴上，扶扶镜框刚要继续做什么，下边同时传来几个拽锯样的嗓音："娘哎，吊不死，倒松死了!"

老经纪下意识地抬起头，发现那些眼睛里的光都散了，乱了，乱得像一团团烂麻。可是，当他的手又重新伸进兜里时，下边的每双眼睛，立时又恢复了刚才那种奇异的光波，仍然那么贪婪、那么焦虑、那么急迫。老头的手继续掏呀，掏呀，到底掏出来一摞东西。赌鬼们锥子样的眼睛绝对看得准确——那是一摞存折。真正的浅绿色的存折。

存折迅速地按名字发到每个人的手里，数目多少不一。可是，这些赌鬼瞧了自己存折上的字码，一个个却呆了嘴脸不说话。毡子耐性小，先失口叫出来："咋这么多?"他一叫，其他人也就留不住，七嘴八舌惊惊乍乍地嚷："错了，错了，我，我咋也这么多?"

毡子声音转了韵："三哥，这是怎回事，两个来月，努个屁拱地我也挣不了三千块呀! 是不是……"

老经纪把眼镜摘在手里，一边挥着胳膊，一边沙沙着嗓子吆喝："攒

294

钱买得骡子马，哎？狗狗日的们，都算算，都算算，年前自个儿输给老三多少嘎？"

老头虽然已经不吃经纪饭，日常里却仍旧离不了牲口市里的行话，仍然把钱称作"嘎"。赌鬼们豁然省悟，脑筋转一转，就忆起了年前输给哈三多少"嘎"。脑子里产生了数目，口中也就喊出来："咦咦，三哥把赢去的钱给存上了，存上了。可是，以后再成局……"

"帖儿！"老经纪摸起桌上签了名画了押的保证书一举，把说这话的给镇住了："狗狗日，可不找牛蛋……"说着刹住，肯定老头忆起了什么。

赌鬼们自知失言，相继哑了声。依然是老经纪沙沙着嗓子训话："起出嘎来，该还债的还债，该交给家里的交给家里，谁要再拿着漏勺喝稀饭，嗯，狗狗日，这帖儿……"

赌鬼们嘘了口气，一个个凑到哈三跟前，想说点儿"多承关顾"之类的客气话。可是，乡下不兴这一套，只是讪讪地觍了脸："哥！"

哈三软耷耷地倒在炕上，挥挥手说："走吧，都走吧，我歇歇。"

赌鬼们相继走了，左经纪也走了。母亲整天待在玲玲那边和她妈拉呱解闷，丫头见挺清闲，便以少有的温柔劝哈三："你是得好好歇歇。"

傍黑，母亲刚从玲玲那边回来，老经纪也迈着鸭步，假咳几声进了哈三家。哈三听到动静迎出去，笑嘻嘻地问道："左爷，那二位呢？"

"就来，就来。"左经纪右手朝后摆了一下。果然，两人进屋刚刚坐定，门口传来了脚步声，是河南高手和毯子他岳父来了。丫头一反昔日凶相，挺温顺挺和气地跟出屋门接着。她闩上大门，赶回屋来，吆喝哈三拉开八仙桌，对新来的两位客人弓弓粗腰道："您二位，上座。"

吃喝中，哈三问河南高手的"债"敛得怎么样了。高手咔地一笑，从怀中拽出钞票往桌上一搁："差不多齐了。"

哈三漫不经心地问："是投资，还是打算'淹'了？"

"好马四条腿，汉子一句话。还按咱们合计的办，这叫挪用投资。"高手口气极爽快，将钱推给哈三，又补充道，"里边夹着清单，建筑队用一年后，这钱是谁的还分给谁，我只要抽一分利就行。"

哈三点点头，老经纪就把钱收了。稍沉，高手冲着哈三眨眼皮："伙计，那玩意儿，咱毁了吧？省得以后露了不好说话。"他说着，由怀中取出一枚色子放在桌上。毽子他岳父看着蹊跷，拿起来掂了几掂问：

"你俩就用他做的'花儿'？"

哈三一乐："嗯。"

"小子们咋就给蒙了眼呢？"

"这就叫本事。"河南高手要过色子，搓了两下，色子忽然没了影儿。他又满水又夹菜，要弄了好一阵子，五指一伸，色子又叭地掉在桌上。高手一抿嘴儿："你看得出在哪里藏着吗？"

毽子他岳父摇摇头。老经纪也摇摇头。

哈三笑了笑，也摸起色子在手里搓。搓了几下，唰啦投进自己嘴里，舌头一拨，舌尖一卷，色子没了。转眼间，他吐出一颗假牙。他把假牙泡在茶杯里，很从容地继续说话、吃喝，好像那色子被他随了酒肉吞下去了。过了一会儿，他漱漱口，张嘴让俩老头看。可是，里面除了该有的零件外，红红的，空空的，哪有色子的影儿啊？还是老经纪眼尖脑子灵，一掸袖子道："甭摆了，我明白了。"

毽子他岳父疑惑地看他。他腆腆脸儿说："你没留神，他那假牙吐出来了，可……可那地方没有豁儿。"

"哦——"毽子他岳父恍然大悟。

哈三将泡在茶杯里的假牙取出，甩一甩水又投进嘴里。眨眼间，假牙归位，那枚色子又重新跑出来。他将这色子在手中搓来搓去好一会儿，才恋恋不舍地放进茶杯里倒上酒精，随手划火把酒精点燃。酒精火焰冉冉升起，忽高忽低，不大会儿，杯子里的色子叭地响了一下，很规则地断成两截。单点的一面是轻质硬塑料，双点的一面是质地沉重的电木。神仙也难相信，这枚"鬼点"会是两种原料做成。电木比塑料重得多，把它们弄到一块儿做"鬼点"，真是太现代化了。哈三将酒精和色子一股脑儿泼到墙角里，对高手笑笑说："伙计，手艺还真不错。"

"嗨嗨，凑成堆，一热合就妥了。"

高手果然"手高"，他利用塑料玩具厂的工艺设备，别出心裁地造了这么一枚假货。假货当然不经炼，这不，一烧就"破"了。

几个人说话不多，但总离不了那个题目。毽子他岳父喝口茶水，很忧心的样子说："秉性难改，我怕小子们以后还赌。"

"尽力往好处里拽吧!"哈三沉吟良久,冒出这么一句话。

"贴'帖儿'……"左经纪口里嚼着块羊蹄筋,说话不大利索。恰好,这时丫头来上菜,马上接过话茬儿:

"对,贴'帖儿'。谁再犯我拿那玩意儿去贴,朝他娘们儿腔帮骨上贴。"

天　造

　　哈三与左经纪他们几位在外屋谈笑的这段时间内，赵云秀一直在西套间的炕上坐着。她不出去，不说话，也不喝丫头专门给她沏的清真茶，只是专心致志在灯下细针密线地给清清缝制一件短裤衩。本来，这年月孩子们都买成衣穿，对老辈们的一针一线有点儿不屑一顾了。可是，赵云秀仍旧是几十年来的老习惯，总喜欢亲手给孩子们缝制件裤啊袄的，眼见得一天天热起来，清清的爸爸伯伯甚至东院的玲玲也早给他备下了单衣，但自己身为奶奶，不亲手给孙儿做件衣裳，心里就觉得少了或欠了点儿什么。所以，她让丫头买来布料和松紧带，亲手测量亲手裁剪，抽空儿就戴上花镜，很专心很认真地缝啊缝。

　　近几月来赵云秀的精神情绪挺稳定，这不光是哈三他们的建筑队进展顺利，同时她还成心力主让大儿子安灏干了件顺乎民意的大事情。这件事的成功也和哈三建筑队的成立一样，是她拿定的主意又想出了点子，安灏则在母亲这些点子的基础上制定实施了更具体更现实的步骤。难怪有天夜里丫头搂住哈三的脖子轻轻地说："我说老三，我咋觉着咱妈自打好了之后，行事处事，简直就神了呢！"

　　安家集乡医院里的医生大多数是"本地蝼蛄本地拱"，很大部分医生的家都在本乡，而且都是剃头挑子一头"热"。他们在医院里穿着白大褂子干干净净行医，父母妻子却成年累月在庄稼地里忙活。以往大锅饭时尚能凑合，自从田地到各户后，就显出他们家庭的劣势了。时日一久，这些昔日以吃商品粮而自豪的先生倒真成了当年的赤脚医生，工作要干，家庭也要顾，成了半医半农。

　　医生们这么做家庭是实惠了，然而病人呢？特别是那些"信者为医"的病人，进医院找自己相信的医生找不到，心里不愿让他诊治的医生倒在诊室里坐着。越这样，医生的逆反心理越重，好好好，你不是不愿找我诊治吗，可你找不到要找的医生非用我不行时，我他奶奶孙儿地还不经心给

298

你治呢！一来二去，增加了病人和医生间的心理抗衡情绪。病人受不了这份白眼，有时就宁肯多跑几十里进城就医。这一来，乡医院的病人减少，水降船低，"生意"便不景气。坐堂的医生为了医院的经济效益，就难免逮住蛤蟆攥出尿来，给病人开大方用贵药。可是，现下的人普遍智商高，前后一酌兑，看清了眉眼，觉出了蹊跷，挨坑受骗不过三，且又相互宣传沟通信息，久而久之病人就更少。乡医院这时还是半自负盈亏加补助的单位。如此情况下，医生的收入就可想而知了。这种恶性循环的结果，是弄得大部分医生只想待在家里——看些"人情病"，收些红包礼品，全没了面皮，也忘了医德。

本地有句俗话——窍门满街跑，看你找不找。终于有人找准窍门钻空子，溜来乡医院里卖假药。药不只是假，而且是"批发价"。"批发价"之外还有回扣，回扣比例之大让人眼里出火。药房里的人开头心怵，但看看瓶签、包装、颜色和药材公司里购进的也没什么差别。况且人家口口声声说是真货，也有厂家地址、药检证明，于是糊涂人情糊涂做，先收下一宗再说。善门难开，善门难闭，有了一回就有二回，加之切身利益相关，口子也就越开越大。

安灏的情况倒例外，他的病人病户始终很多。那原因医术高超自不待言，更重要的是他对病人诚心诚意，从不厚此薄彼的。但他毕竟精力有限，渐渐地就有了独木难撑的感觉。最让他越来越不解的是，他忽然觉得自己的医术日甚一日地糟糕了。本非疑难症，以往几乎是药到病除，可如今加意用心百般调治，却总如沉疴难愈。他痛苦，他烦恼，他细心琢磨，终于想到了药……那一次到底有了机会，他给病人开方用的是土霉素片，病人取药又回来问他什么时，他似属无意地接过病人手中的药细细观察，意外发现糖衣上的颜色深浅不匀。他几乎是下意识地放到牙间咬开一个，舌尖舔了舔非但不苦，反倒觉得甜丝丝面嘟嘟的，味道熟悉但一时又难以弄清是什么。他干脆将半片药片丢进嘴里嚼，三几下便嚼出了真面目。药片外皮的糖衣不假，可里头的药面却是地瓜干磨细制成的。地瓜干可以充饥，可以制成各色食品甚至冒充藕粉摆在商店的柜台上，但用它制药治病，这心就太黑，招儿太损了。人啊，这生灵，有时为了些许一己之利就不惜损阴缺德，假药骗真人，想一想，不是有点儿同类相残的意味吗？

如今的安灏已远非前些年的书痴，环境条件与社会现实的改变，生活道路的坎坷艰辛与不断磨砺，使他胸襟宽广脑筋灵活了。他看问题不再固执单一，处世能力也非昔日可比。总之，他进步了、变化了，变得愈来愈接近少时的脾性，似乎渐渐恢复了原来的那个"我"。当然，就能力、学识、个性的稳定和成熟来讲，是已不能与少时的那个"我"同日而语了。

安灏捉住了证据，借口要调调药的种类将病人稳在诊室，自己则急戳戳直奔药房。药剂师在证据逼迫下只好招认实情，他求安灏不要声张，怕的是受骗的病人找来揍他。直到安灏做了人格保证，药剂师才敢白着脸搬出那些自己收了回扣的假货。安灏见之不免大汗淋漓，这不是拿着人命当儿戏吗？这事虽然犯法却又不便张扬，因为关系到安家集乡医院，关系到医院里几十口子人的吃饭穿衣问题啊。倘若真的嚷动起来，坏了名声不说，气急生疯的病人及其家属还不得把医院砸了？安灏叹了会儿气，和药剂师达成君子协定：此事不外传，他知他知算罢。假药当然得销毁，至于亏空损失则由两人担着。这么办虽不合理，安灏也认了。药剂师也真的洗心革面，两天后假药贩子又来找他，被他稳在屋里，叫来派出所的人当场拿了。一问，原来是邻县一家制药厂的工人，前二年停薪留职出来贩豆饼，赔了本难还账，就利用自己的一技之长搞起了这"副业"。

药剂师感激安灏保全了他的面子、名誉，那天下班后到他屋里致谢。两人拉了一会儿，挺投机，自然就扯到了医院的现状，都焦急，都忧虑，可也都没有办法。这一次谈话，弄得安灏心情十分沉重，他晚上回家吃饭时，依旧是郁郁寡欢愁眉紧锁。偏巧赵云秀今儿精神特别稳定，心境特别安宁，儿子的反常情绪，就自然逃不过她的眼睛。她问他："好儿啊，你心里有什么事吗？"

安灏当然不会承认有心事。天塌下来，做儿子的顶着，风刮树叶的小动静，也不能让母亲听到而影响老人家的心绪啊。他忙打起精神，只说自己累了。可是，偏偏赶上清清多嘴，拉着老人的手晃着说："奶奶，奶奶，俺爸的医院里抓住个来卖假药的！"

这时期的社会风气很正，人们都很珍惜盼了多年才姗姗而来的富裕生活。"衣食足而后知礼义"，对名声、对脸面是很看重的。偶闻假烟假酒上市已很诧异，漫说是误人性命的假药了。故而，派出所从医院里抓住个卖假药的，立时惊动了全村、全乡，连正读书上学的孩子们这不也都知道了。可是，赵云秀对此并不显得多么吃惊，她讲得很达观，说"顿崖"上无论是死的还是活的，有假就有真，有真就有假。要是光有真的没有假的，就没有阴阳上下好歹正邪之分了。那样的话，"顿崖"就不成其为"顿崖"。要紧的是，不信易卜里斯的挑唆勾引，想法依附真的，避开假的，这不容易，可容易的事往往就难逃个"假"。人行事，就得首先明白这些。

母亲的话挺玄妙，安灏咂摸许久，觉得里面似有哲学的味道。不知不觉，他谈兴渐浓，和母亲拉起了家常。而天性使然，谈不了三句就扯到了庄乡、病人、医院。干什么说什么，这句话用在安灏身上再恰当再切实不过了。

其实，医院的情况母亲了如指掌。她整日出去串门，消息极灵通。用她的话说，锅盖大小的个地盘有什么西洋景瞒得住人眼啊？所以，安灏讲了医院的事情，母亲不光说知道，有些情况还给他做了补充。安灏见状也就不再顾虑，他跟母亲谈了自己的想法、自己的主意，说这样下去不是办法，他打算辞了医院的聘任，回到家来，仍旧像以往那样，自己干自己的。

赵云秀静静地听着儿子的述说，脸上有时忧郁，有时开朗，但后来就出现了明显不悦的神色。她口气虽淡，却包含着不露声色的埋怨。她启示儿子，要儿子打起精神，敞开襟怀，抬起头来，长志气，练能力，想得多些，看得远些，总会有办法。安灏看着母亲的面色，听着母亲的训话，他有些茫然，不由脱口问道：

"妈，我一个聘任医生，能有什么办法？"

母亲深情地看着儿子，似在回忆既艰辛也美好的过去。她轻声说："好儿啊，当初你的诊所是怎么开起来的？"

"是……老院长的支持帮助呗。"

"他干吗非要支持帮助你？"

"是为了让我能够踏踏实实地给人治病，也是为了安慰我。"安灏声音低下来，显然是动情了。

"这就对了，人家看你是块好料，才尽心尽力地扶持你。就连你这聘任医生，不也是老院长在上边提的建议吗？他这么办，是为了让你能有个好去处施展本领，这么一副热肠子，你咋就不明事理呢？"赵云秀说到这里，已是话中带气。安灏不由得紧张起来，忙坐到母亲身边赔了笑脸说：

"妈，您老人家说得对，我听你的。你说怎么办，我就怎么办。行吗？"

"你们的现任院长不是正在要求调走吗？"赵云秀缓和了口气问安灏。

安灏竭力笑得轻松："妈，这您也知道？"他很奇怪，母亲真成了天下知了。三年前老院长调到卫生局，先当副局长再任正局长，安家集就来了个年轻的院长。如今见卫生院局面难撑，院长自觉难以力挽狂澜，就开始活动调走了。

母亲顿了顿接着道："知道，是听玲玲说的。他要调走了，你就去县里找一找，让老院长再从中说句话，你来当这个乡医院的家。"

安灏出神地望了母亲好一会儿，才笑嘻嘻地点点头。他沉吟良久，这才说了真话："妈，实话告诉您，我也有这个想法，只是怕外界说我蹬着鼻子够眼眉，不知高低。"

"这么说，你是害怕自己没这个能力。"

"我有这个能力，妈，我肯定有这个能力。"安灏拽着母亲的手，像跟领导下保证似的替自己辩解，"我听妈的话，对人有益处的事，再难再险，我也可劲地去做。"

母亲的眉头更加舒展，她又开始抚摸儿子的头，逢到心情开朗时，她总喜欢这样抚摸自己的孩子。这晚，母亲的精神情绪特别好，连以往说话过程中间或有之的片时糊涂也没发生，娘儿俩拉了很多，很多，一直拉到深夜。

时隔不久，乡医院的院长果然调走了，安灏也果然去了县卫生局。他找到了卫生局长也就是当年安家集公社卫生院的老院长。老院长虽然年近花甲，脑筋却相当开化。自从三年前调任县卫生局长以来，他起用注重老的，发现培养小的，不拘一格用人才，大大促进改变了本县的医疗卫生事业。不过，对于安灏的请求，他还是很慎重。尽管前任院长在返回卫生局报到时说了句半认真半玩笑的话，说安家集医院除非让也当人医也当兽医的安灏负责，任谁去怕也没有救了。可老局长仍旧没有明确答应他。他说得考虑一段时间，还得和局里其他负责人共同商量决定能行与否。因为这是件大事，让个农民身份的乡村医生去当仍属半国营半集体的医院院长，在全省甚至在全国还没听说哪里有过。

安灏从县里回来后，卫生局半月没有信儿。他想，这事得泡汤，怕是没什么希望了。可是，卫生局一直也没有委派新院长的消息，他就觉得还可以继续争取一下。于是，他又去了卫生局找老局长。不想老局长还是让他等等，说还得考虑一段时间，还得和局里其他负责人共同商量。对于老局长如此不干脆的态度，安灏颇感意外，行当行，不行当否，黏黏糊糊不断头，这不像昔日老院长的性格。

第二次从县里回来后失了锐气，在他看来，老院长一反常态地拖沓推延，是一种不至于抹他面皮的婉辞手法。这个院长，没他的份。他是农民，是乡医，没那个当"官"的资格。他认真地想一想，也的确是这么个理，自己的举措，也的确是欠妥。然而，母亲和他说的那些话又层层在理，口气里又满是希望，他自己也当然信心十足，因为自己所争取的并不只是为了自己，还有个集体，有个老百姓，有个事业的信念在支持着。信心十足并且力所能及的事情而办不到，那精神上的刺激是可想而知的。为了抚慰自己，他每天早上班晚下班，把精力全身心地放到治病救人上，以收拢自己近来弄得有些散乱的心绪。这天上午，安灏正给一个病人做痔核切除手术，办公室里的值班员来了，说县卫生局打电话找他。他当然不能让病人撅着屁股在手术台上等，就请值班员代他接电话。手术做完后，他去问值班员什么电话内容，值班员说人家不告诉具体事，只是让安灏今天下午去卫生局，无论如何也要去，耽搁了，自己负责。

自己负责？有什么大不了的事呢，又不是法院传讯，去不了难道还负法律责任吗？安灏胡思乱想了一通，但下午还是骑上自行车进城去了。到了卫生局，没见到老局长，老局长到地区开会去了，是人事股长接待的他。人事股长是位白白净净的青年，一双睫毛上翘微微而眯的双目，总给人一种调皮神秘感。股长把他让到屋里，从抽屉里拿出一份表格递给他说：

"去查个体吧。"

"查体干什么？"安灏蒙蒙的。

"查完了回来说，回来说。"股长眯着眼嘻嘻一笑。安灏忽然记起，前几天股长到他们乡里出差，到医院里见了他也是这么一笑，那笑至今让他觉得古怪，好像里面藏着什么。

安灏从医院里查完体回来，人事股长又从抽屉里拿出一张表格递给他，仍是那种笑眯眯的眼神说："填填吧。"

安灏一看，是张"招工人员情况表"，很吃惊，问股长，股长告诉他，说国家劳动人事部有个文，要在各地区招收一批有突出才能的专业技术人才，充实到当地国营或集体单位里去。这"突出"二字伸缩性大，所以，他这个名额是老局长跑了几趟地区有关领导部门才争取到的。老局长说以往有过"二进宫"的教训，先不让告诉他，前几天股长去安家集，就是悄悄地在乡政府办了个证明。有老局长的嘱咐，当然也就没告诉他。如今万事俱备，再无疏漏，他只消拿着这些表格文件证明信，到县劳动人事局办理手续就是了。事情来得太突然，以至于弄得安灏有些慌乱。一心想办的事最终往往办不成；再不行心的事却往往冷不丁就来在眼前。太玄妙，太不可理解，莫非真如古人所说的"有心栽花花不活，无心插柳柳成荫"吗？他的手有些哆嗦，若非股长在旁指点，表格也得填错了。当他起身要去劳动人事局时，出了股长的门又踅了回去，他问股长："告诉我实话，这不是和我闹着玩的吧？"

就从那天起，安灏成了乡医院的正式医生，而已经不太为人重视的户口问题，也由农业转成了非农业。一个星期后他又接到了卫生局的任命书，任命他为安家集乡医院副院长。正职的位置空着。

安灏"荣升"之后并没马上制定什么严格的规章制度。多年行医，他摸准了医生的独特心理，医生并不希望人们说他的医道多么全面多么高，只希望人们看出他在某科某病方面医术高超独到。因为谁都明白一个道理——样样通不如一样精，一招儿绝才能打开天下。

安灏开了个全体会，先以晚辈口气但不外行的话语打动了老医生们，又以同辈伙计口气也仍是内行的医政规划说服了中青年医护人员。然后，他委婉地提出，医院以往的分工乱而杂，医生们科目不明，眉毛胡子一把抓，这种情况，往往使来就诊的病人摸不准哪头子炕热。为了方便病人，充分发挥医生的特长，他向医生们提出，看在本地老乡的分上，各自在两天内报上自己有把握的"绝活"。两天后，他归纳情况，做出决定，按本人意愿和平时群众的看法，本着中西搭配的原则，将医生们分为内、外、妇、儿、五官口腔等科。各科门口挂上名牌，牌上注明医生的资格及专业特长，每日里谁谁专管坐班，谁谁专司出诊，内部安排，百无一错。医生们分工明确，专长又得到了医院同行和社会的承认，一个个力图向上，认真负责，以使自己的医术更高、名气更大。这一来，不光激发了医生们的积极性责任心，也消除了很多"信者为医"的偏差。

安灏分派停当后，并不以院长自居。他每日照常上班，照常出诊。并且，他总要比别人到得早些。他每日早午上班时间提前十分钟立在门诊部的门口，不动，也不说话。来一位医生，他看一下手表；再来一位，他又看一下……他记忆力出奇的强，周末总结会上，有多少早来的，多少按时的，多少迟到的，他一指出，就像这些情况他都在本上记着似的。他有时指名道姓，有时点到为止，谁的小九九谁有数，时间不长，医院的出勤情况就基本正轨了。这时，安灏才亮出他早已成竹在胸的规章制度。有位老医生笑说安灏虽然年轻，却是人小鬼大。这规章制度，怕是"蓄谋已久"了，早公布出来，人们还很难说一下子就接受。如今哄着辕马上了套顺了路，再勒紧搭腰肚带，马儿也不会觉得有多大约束。

听说乡医院里出了正劲，方圆左近的患者渐渐来得多了。一进一出，果然与往常有不同的感觉。一传十，十传百，这名声这影响也就迅速扩大。一个多月之后，各科诊室的外边就开始排队挨号。因为乡下人忙，喜欢近处就医，安家集乡医院一出名，不光本乡本土的病人来，相邻的县乡村民也不例外。

第一季度下来，医治病人的人次是以往的十几倍。既给大量的病人解除了疾苦，也增加了医院的经济效益。按新实行的奖金制度，水涨船高，医护人员都大幅度地增加了经济收入。这样，尽管家中农活误了一些，但两相比较，仍是收获比损失大得多。看过样板戏的医生话儿来得活泼，说这叫作"堤外损失堤内补"。

有人说安灏这回是"三喜"临门。安灏面上应承，心里酸疼。因为，他事业上的成功，并不能完全取代那个灼他心脉的"情"。更何况，这种成功还是初步的、肤浅的，在人家干大事业的人看来，甚至是不值一提的。玲玲至今对他"恋而远之"，对他提出的结合要求，总是在既不伤他的自尊心又不让他继续抱有希望中予以拒绝。他伤心透了，难过极了，这种伤心和难过也是必然的。因为，他明白玲玲拒绝他的原因，她不是不爱他。两心相印而不能结合，这该是一种什么滋味呢？热极生风，红极发紫，爱极是不是会产生恨呢？很可能，因为他现在就有些恨她了。不过，爱也好，恨也罢，他只能将情感深埋心中，不能说，也不知该对谁说。

305

在赵云秀来讲，两个儿子一文一武。这文武二子的事业成功几乎是同步进行。在同步进行的过程中，她开头是启蒙引导，后来仍旧起着一种精神撑杆的作用。孩子们同情自己的母亲，尊敬自己的母亲，母亲说的话必须听，母亲希望他们做的他们一定努力去做。做不好或没尽力去做，他们就寝食难安，因为这是苦命的可怜的母亲的"乜帖心"，作为人子之孝道，穆斯林之执着，他们就得尽十分力量去做。

自从那晚让哈三不是疏远而是"亲近"赌鬼们之后，她的确将自己的盘算安排和丫头说了。马虎的丫头没当回事可后来还是"贩"给了哈三，大约这就是穆斯林们常说的"真主支应"吧。事实上，她自始至终都在帮儿子的忙，她每日里出去串门，专到事先选定的目标或对象家里坐，脑子糊涂时，就只喝茶水不作声；脑子清楚时，就将儿子的计划（实际上是她的）给赌鬼们的父母妻儿说，让他们了解明白实情目的，好不露痕迹地支持这个办法。赌鬼们的父母妻儿相信她，敬佩她，并且巴不得有人做此善事，岂有个不答应不支持不感激涕零呢？

哈三的计划顺利实施，人们越来越看出了好处，看出了希望。赵云秀虽然脑筋不通顺，但既有眼色又识相。只要赌鬼们进了她的门，她便立即借故躲出去，她知道有她在场别人会感到不自在。这无形中就给计划的实施制造了气氛，创造了机会，让哈三、丫头尽情地发挥。短短的两三个月，数不清的坎坎坷坷，哈三带领他的赌鬼弟兄们发奋拼搏，他们的"事业"总算大见成效了。

今儿这巧妙的发工资的日子是哈三别出心裁的杰作，这让赵云秀十分高兴，因为一样的事不一样地办，就有意想不到的效果。儿子毕竟是个聪明灵透的孩子，不是那种只会顺着直线往前爬的熊货。等赌鬼们（现在如此称呼怕是不妥了）走了之后她才回家来，听着丫头绘声绘色地讲述发工资的过程，听着哈三告诉她这伙人票子到手之前之后的神态变化，她笑了，发自内心地笑了。这幸福满足的笑容，哈三多少年来都没见过。他明白，自己实现了母亲的夙愿，以儿子的身份给老人家露了脸。这是他服刑期间母亲去探监时对他说的，是对他的乞求、希冀和渴盼。如今希冀成为现实，一前一后两重天，母亲怎能不绽露笑颜？

哈三他们在外屋里闲谈的这段时间，她并没细心听他们说些什么。她一边给孙儿缝制裤衩，一边在认真地琢磨，两个孩子干的都是为人露脸对四外八乡街坊父老有好处的事，这的确让当妈的感到熨帖。自己软塌塌半辈子，这后辈人倒直起了腰，仰起了脸，这无疑是祖宗的福分。两个孩子，是两个人留下的根。一个已经归真，一个仍在"顿崖"，孩子们的作为，死的活的都该让他知道才对。前些日子她又接到了留根儿在千山万水以外的来信，询问家中的情况。他说他虽然走了，却仍旧日夜惦家。他本想回家这趟缓解思乡之愁，没想到是"抽刀断水水更流"。他让她赶紧回信，把家里的情况说一说，越快越好，越详细越好。她当即让安灏给爸爸回了信。是安灏用了半夜时间写的，写完逐句念给她听了，她才放心地让儿子邮走。那信的内容极详尽，写了现下村里的情况，写了安灏已成了乡医院的副院长，写了清清如何认真学习，写了母亲的周年祭日是怎么做的。信中特别提到了哈三近来的情况，述说了他自出狱后如何一改往昔，如何有志气长心劲，现在已是第二次组织起相当规模的建筑队，并且成绩卓著，硕果累累。赵云秀之所以让安灏这么写，安灏之所以写得尽量详细，是因为安中奇那次回来时，正巧哈三在劳改队里。以他的身份和当时的情况，是不便去探望的。但他非常惦挂这孩子，因为由哈三他想到了金瑞哥。这毕竟是金瑞哥的血脉，金瑞哥的遗子啊。回族人最讲信义，他留根儿忘得下吗？只是，当安灏向父亲汇报自己的婚配情况时含糊其词一笔带过。赵云秀听出来了，她微微合目，轻声叹息，他理解儿子，儿子此刻也只能这么做。

　　左经纪他们走了之后，赵云秀让丫头把玲玲唤过来，和她说了自己打算做"知感"的意思。玲玲想了想，说过两天吧，因为自己"身上"（例假）还没完全过去，不能上油香锅。而这个院里但凡内务方面的大小事情，离了玲玲还真不行。丫头愣怔，有时拿着笤帚当炊帚，她凡事依靠玲玲也是惯了的。早两天晚两天倒也没什么，只要诚心许下的"乜帖"就行，赵云秀自然没啥不同意的。

　　两天后，家里人们清扫了里外，洗了"务斯里"，早饭吃完就支起了油香锅，不是过节，也不是大的"乜帖事"，油香做得并不多，十几斤面做完，近门当支亲戚里道送送也就是了。又炸了几斤面的糖油香，阿訇席上用一盘，余下的分给附近的大人孩子吃。回族之所以心齐，特别是乡下的回族心齐，大约也与这一家有事家家相连有关系吧。

　　傍晚，哈三请了阿訇、海力凡和村内的几位德昭乡老，先到礼拜寺大殿上封了经礼诵了经，又去父亲哈金瑞的茔地上"走了坟"，回到家阿訇、海力凡各念十八个"嗦来"，接"杜哇"，道"色俩目"，然后全了席，这"乜帖事"就算圆下来了。玲玲帮着收拾了席面，又分派丫头和清清给附近多斯提送了些油香菜的，忽然想起，安灏到现在还没回来吃饭，是不是又像以往那样忙得分不开身了？她把自己的想法说给赵云秀，赵云秀说她也正这么寻思呢。挺好的菜，挺热的馍，还有现成的糖油香，能给他送些去才好。让谁去呢？哈三已经出去找他的弟兄们，商量随下开工的事宜，清清小，母亲老。丫头端起一碗菜说："我去吧。"玲玲朝她撇撇嘴一笑："你个兄弟媳妇家！"

赵云秀也笑了。乡下的旧规矩至今难消，兄弟媳妇跟大伯哥说句话有时就脸红，别说黑天大夜地去独自送饭了。丫头虽不在乎，别人可不同意她这么做。赵云秀的眼睛就直往玲玲脸上瞄。玲玲捆了会儿，轻声说："我去，还是我去吧。"说完，将馍馍油香放进篮里，又端了碗菜走出屋去。赵云秀看着玲玲已在院中的背影，忽然想起了应该嘱咐的一件事：

"玲玲，你在那多待会儿，看他吃完了把碗捎回来，他这一阵儿少头没脑子，前几天给他送菜去的两个碗都弄没了。"

安灏自从当了院长，一人能顶仨人忙。照常应诊不说，还得统筹操持医院里的行政工作。他不会分身术，只好白天盯门诊，晚上处理医院里的杂务。有时大大超过了饭时，就喝杯开水，嚼个馒头，再不能像昔日那样一天两顿按时回家吃饭了。所幸有了活蹦乱跳的儿子，常常替了娉娉奶奶把饭菜给他送来。今天病人多，下班晚，卫生局里又催着要医院的工作总结，所以回到屋里，他就开始打开灯，坐在桌前边寻思边写。不想笔端光阴快，觉得工夫不大，看看表却已八点多了。晚饭的时间早已过去，清清也没来，一定是天黑，孩子路上害怕。他就想，不回去了，好歹吃一口，赶紧写完这份总结，否则一耽误，还不定又推到什么时候呢。找一找，抽屉里还有以往剩下的干馒头，要用开水泡了吃，却又找不到自己经常用的搪瓷碗。打个怔记起来，昨儿给一个服毒病人洗胃，调PP粉拿到治疗室里去了。他苦笑了一下，把干馒头在桌沿上磕开，掰了枣子大小一块放在嘴里嚼着，就又坐在灯下写。安灏本来做事是相当专一的，可今晚却好像例外，门外一阵轻轻的脚步声就惊动了他，并且很快地站起来要迎出去。因为这脚步声太熟悉、太亲切，他一听就知道是玲玲来了。

当然是玲玲，他迎到门口，她已推门而入。她挎着篮子端着碗，俨然秋收时节给丈夫往地里送饭的媳妇。安灏想接她手中的碗，她稍一闪身躲开，将碗和篮子放到桌上说："还不算凉，快吃吧。"

安灏将篮子里的糖油香端出来，又拿出一个馒头，寻思要对玲玲说句感激热情的话，谁知一张口却说了句"你怎么来了？"玲玲稍稍吃惊地看了他一眼，没回答却把目光转向旁边。安灏似觉失口，他素知玲玲性情敦厚，不会怪他，但还是赶紧换了热情的口气："快坐，坐下，这么大远，又劳你送来。"

"说这个用得着吗？"玲玲打断他的话，走到床边坐下了。

安灏原以为玲玲马上要走，没承想倒真的坐下了。他心中立即涌起股甜蜜感，这种甜蜜感相去已久，如今重新体味，倍觉浓郁新鲜。他顺手从书架上摸了本医学杂志推给玲玲："你看看吧，内容挺不错。"他之所以如此，是为了稳住玲玲。近来玲玲一直不再和他单独相处，他真怕她刚坐下又要走。

玲玲自然明白安灏的心思，她暗自好笑，你个呆子，又不是文学刊物，你给我本"阴阳五行金木水火土"我看得懂吗？好笑归好笑，她并不点破，而是挺认真地翻看着。在任何情况下尽量不让别人尴尬，这就是她的性格。不过，她还是说了一句："你快吃，吃完了我把碗筷捎着。"

哦，原来如此，你是为了顺便捎走碗筷才肯屈尊就座的呀。难道你就真的这样因循守旧吗？你的心思我理解，你是为了清清，为了清清能够守着他的亲妈。然而你怎么就不想想，一个父母难以相亲相爱相敬相助的家庭，孩子的身心将会是一种什么状况呢？再说，除了你，我今生的伴侣还会有谁？而你的心里，莫非就真能离得开我？我明白你也清楚，咱们之间谁对谁也是情真意笃，难以割舍。这种任性，这种固执，原本不应该是你的性格。你在自己强迫自己，自己折磨自己，你虽然表面上若无其事的样子，其实是想麻痹淡漠我对你的感情，而你自己最明白，你的心伤损了，破碎了，无时无刻不在汩汩地流血。

安灏一边吃饭，一边想着，越想心中越难受。本来肚子挺饿的，渐渐地却没了胃口。他把筷子放在碗上，稍稍扭脸看着玲玲。玲玲真是善于掩饰自己，仍像是专心致志地看那本不甚了了的刊物。安灏的书桌紧靠在床头处，玲玲坐在床沿上，看书时再朝前探探头，二人的距离就近在咫尺了。玲玲虽在乡下，面容却始终富态白润，略显椭圆的脸上，鼻梁直而不凸，口唇不厚不薄，平时总爱半闭半抿。眼睛不算很大却很耐看，长而上翘的睫毛一动一动，很是撩人心扉。安灏忽然觉得，今晚的玲玲比以往任何时候都美。他的心怦然大动，那以前有过多次的躁动情绪，又开始上涌、迸发，终于难以控制。他忘情地将手搭在玲玲的肩头上，自己听着自己的声音像从遥远的天外发出似的："玲玲，再这么下去我可是没法支持了。一想起你我这心就发紧，就像让谁攥住似的。你答应吧，啊？"

玲玲的身子哆嗦了一下，慢慢抬起了头。她看到了安灏那已经闪出了泪光的眼睛，上身动了动，终于没有忍心挣开那只搭在肩头上的手。她怕安灏的精神继续遭受刺激，这种刺激的滋味自己以往是品尝过的。她便尽力将口气放柔软，她问他："吃饱了？吃饱了我就把碗捎回去。"她想站起身，但没有成功：她被那只本来不算有力的手按住了。安灏的眼泪已经流出来，口气也格外固执：

"你说，你到底答应不答应吧。你说良心话，你敢保证你心里舍得下我？你敢保证我同林英秀复婚你心里不难受？当然，这是不可能的，绝对不可能的。明知不可能的事，你为什么逼我，啊？为什么逼我？"

玲玲的心一下子沉下去。她的眼眶发酸，再不敢和安灏四目相对，她忙低下头，任安灏怎么追问，就是不吭不语。

安灏有些发急，搭在玲玲肩头上的手实际上是在抓着了。他晃着她的身子，声调沉重地说："玲玲，咱们从小一块儿长起来的，我知道你，你也知道我，对方的眼皮一忽闪，谁就明白谁在想什么。我理解你的善良心性，你是为了清清，当然也念顾着林英秀。我想，现下除你之外，是很难再找如此心性的人了。"

玲玲摇摇头："安灏，我实话告诉你，你和英秀复了婚，也不妨碍咱们的关系。你说对了，我心里再也舍不下你，这一点，我必须说良心话，我不能骗你，今生今世，我会从旁边陪伴你，这是我早就想好了的，你千万相信我！"

"你在说胡话。"安灏有些恼怒了，因为玲玲话中的意思再清楚不过。他甚至纳闷玲玲已经精神失常，否则，怎会有如此不切实际的想法？可是，这种念头一出现，连他自己也觉荒唐。通达事理聪敏过人而闻名乡里的玲玲精神失常，这不是天方夜谭吗？他无法控制自己，站起来又旋风般和玲玲并坐在床沿上，双手也鬼使神差地从后边揽住了玲玲的双臂。他欷近了玲玲的耳朵，以从未有过的口气狠狠地说："你傻，你愚，你傻透了，你愚到家了！你是那样的人吗？我是那样的人吗？咱们需要的是正大光明，需要的是人所应该有的融洽和谐的家庭生活。要是那样的话，我宁肯去死。你听明了吗？啊？听明白了吗？"

他用力地晃着玲玲的肩膀，玲玲双目微闭，一声不吭，长长的睫毛上漾起一颗颗大而晶亮的泪，她急促地喘着气，显然是在努力压抑自己的情绪。安灏的话音一会儿远逝天外，一会儿近在耳边，她心中的血液不断被激起一个又一个的涟漪。这涟漪有时细小如丝，有时却掀起巨涛波澜。她经受不了这时而细柔时而急剧的精神冲击，身子渐萎渐酥，终于酥软地侧偎在安灏的怀里。眼前的房顶与安灏的面孔忽隐忽现忽近忽远最后融为迷茫的一片，背后平坦柔软，仰卧沉醉舒怡如绵……

事毕，玲玲溜下床来，拢着稍稍凌乱的头发说："你写吧，我该走了。"

"咱们的事……"

"你让我再考虑考虑，明天，明天说。"玲玲拎着篮子开门走了。安灏一直送她到街口，仍还有些难分难舍。

玲玲回到安灏家门口时，丫头正在那里等她。一边往院里走，丫头一边凑近玲玲脸上头上嗅着。玲玲轻笑着推开她说："嗅什么，我又不擦脂抹粉的。"

丫头嘻嘻一笑："你……跟俺哥好了。"

"坏丫头，不害臊，去你的。"玲玲亦嗔亦怒，"丫头，可不兴浑说。"

丫头搂住她的脖子，她挣不动。只听丫头俯在她耳上说："爷儿们味，俺熟，瞒不了我。"

玲玲要拧她的嘴，又让她将手捉住，仍是声音低低地说："有个要紧事，你准愿意听。"

玲玲见她挺神秘的样子，就站住了催她："什么稀奇事，快说。"

"林英秀就要嫁人了。"

"啊？听谁说的？"玲玲大感意外。

"俺妈，妈串门时听西林庄的亲戚说的。"丫头一脸认真，在盈盈夜光下，眼睛眨眨停停，看不清是喜是悲。见玲玲不语，她又接着说："英秀要嫁到城北去，是个填房，前窝里还有俩孩子，男的比她大十好几岁。"

听丫头的口气，这事不会有假。玲玲刚刚平复了的心境又乱了，英秀啊英秀，你这是何苦来，即便不听我的劝告，不同安灏复婚，也不能胡嫁滥嫁而且嫁得这么远啊！她忽然悟到这或许是英秀出于某种目的，就问丫头这事是什么时候知道的。丫头说母亲今儿上午就告诉了她，因为忙，就没来得及说。玲玲就纳闷，照平时的习惯，无论什么事，赵云秀总是先告诉自己，这回怎么就变了呢？她想着，就和丫头走进了屋，刚坐下清清便从旁边跑上来拉住她的手，一跳一蹦地说：

"明儿星期天，奶奶让我去看看妈，咱一块儿去，行吗？啊？行吗？"

玲玲将清清揽在怀里，鼻子一酸要掉泪。她忙努力克制住自己，鼻音很重地说："行，咋不行啊。"

第二天中午，安灏终于能抽出点儿时间来回家吃饭。吃饭是一，他还惦着玲玲昨天晚上那句话，玲玲说考虑考虑今天答复他的。他盼着她的答复正如自己心中所想，谁知走进屋就愣住，因为玲玲正坐在炕沿上搂着清清哭呢，哭得极伤心，以致双肩抽动、浑身哆嗦。丫头在旁边拿着块毛巾，一边让她擦脸，一边劝她些什么。见安灏进来，玲玲止住哭，接过丫头手中的毛巾一边擦脸一边说："丫头，你哥回来了，快去东院把你妈叫了来，你们先吃饭，先吃饭吧。我领孩子到外边转转，啊？"说着，领着仍在哭泣的清清走了出去。

丫头告诉安灏，妈听说林英秀要嫁人，就让清清去看看他妈，是玲玲陪着去的。谁知，林英秀搞了个闪电战，婚事定住，人就走了。玲玲带着清清到了西林庄扑了空，只从老太太那儿拿到一封英秀给玲玲的信，上写：

玲玲姑：

我走了。我的孩子就是你的孩子，拜托了，请您带好清清，照顾好他爸……

安灏颓然地坐在椅子上，产生了一种难以解释的心理变化，日夜盼望的事情如今突然降临，他并非理所当然的欣喜欢愉，反而是三分之一的高兴，三分之二的悲哀和失落。

第二天上午，大鼻子哈三领着他的"狗党"们拥进院，不由分说，锨镢并用将两院之间横亘南北的土墙拆除得干干净净。从两边屋里走出两位老太太，望着变得宽大敞亮的院子说："往后咱们拉呱说话，再不用出了这院进那院的了。"

　　哈三他们完成了这一"历史使命"，当日下午就披甲出征，他们之所以迫不及待，是因为已经又瞄上了一处有钱可赚的建筑工程。

第三生命

　　哈三建筑队复工之后，很快完成了承包未竣的几个小活。再有雇主来接，他们就不应了。这倒不是有了名气架子大，而是有一个在他们来说相当赚钱相当大的工程悄没声地等着。哈三安排弟兄们做着施工前的各种准备，他自己则和毯子每日里东跑西窜，搞一些有的冠冕堂皇有的却类似间谍般的工作。当然，坐过牢的哈三不会再硬着头皮撞南墙，他不会干明显犯法的事，只是偶尔现一现赌棍的性格。

　　出城数里遥望西南，有一座据考证是宋朝建造的宝塔。塔有十三层，每层高有丈许。塔的中央是一圆形砖柱，绕柱修上去，形成整齐的六面六角。这塔特殊，不像别的塔那样上细下粗，它上下统一，顶部拔个尖。塔身与塔尖的衔接处，伞一样向周围探出数尺。探出的部分，就像宫殿的飞檐转角。不过飞檐转角一般是木头托架做成的，而这塔顶探出的那一遭，却是由下到上砖摞砖交次层叠。同时，塔窗与塔窗之间，有一截凸出的部分，所以，远远望去，塔不像塔，却如一支硕大的竹节钢鞭，或者像广阔平原上雨后长出棵顶天灰蘑。古时的匠人只顾显示卖弄手艺，全不想给后人的修葺工作带来的麻烦有多大。

　　这塔关闭了许多年，最近被补定为省级保护文物，于是，政府就想到修理，想到拨款。然而，拨款本就不多，又扣了些五花八门的"费"，转到城建公司算了算，说是还不够扎架子的钱。寻个借口，就把这工程推出来了。本地的建筑队不少，可是有的吃不准价码，有的怕修不好挨罚，有的被塔顶上的"蘑菇帽"吓住，有的想抻一抻向官方多挤兑几个。文物部门干蹿八百里，也没找到承包者。而这活儿，却被哈三瞅上了。

　　这天午饭后，哈三和毯子进了塔。两人一层一层地看，一层一层地查，查到十二层，上不去了。原来，第十三层的塔窗是"实"的，仅为装潢塔尖而设。哈三将身子探出窗外，朝上细细地观察。飞檐转角历经八百年风风雨雨，仍然基本完整，只是，有的地方裂了小缝，有的地方青砖脱

314

落。这些毁坏的地方长出了蛤蟆草，长出了小青蒿。青蒿和蛤蟆草上下交错，装点描绘出一幅古老苍凉的画，画中有山，有水，有车马行人，有树木庄稼……一股怀古幽情忽然从哈三心底涌起，他长长地呼了口气，缩进身来对毯子说："是得修好它。"

他们合计着，修理塔身不难，无非是整整坍塌的窗台，补补毁坏的青砖。倒是塔顶是个难剃的头，怎么才能上去而又能安全施工呢？两人分析着比画着，终于琢磨出一个办法。照他们这种施工办法干，保证了质量，缩短了工期，还节省许多开支。这合适又合算的买卖，能撒手吗？"定了？"毯子瞧着义兄脸上的表情，猜出他已下了决心。果然，哈三点点头：

"定了！"

哈三说着转过身趴在窗口朝远处眺望。此时他似乎有了闲心雅兴，眼光悠悠然慢慢移动着、搜寻着，忽然就落到一个地方不动了，久久地不动，也不说话，并且，细小的眼里噙含了晶莹的泪花儿，喘气也渐长渐粗，像突中了风寒似的。

他看到了县中学。他就从那所全县最大最好的中学里肄业。如今，学校更好更大了，在昔日的小广场上矗起了一座四层楼，相形之下，原来的平房就显得破旧又委琐。说也怪，那时他心中似乎就有一座楼，"楼"是什么，说不清楚，当然从来也不说。远处的母校勾起他不光彩的追忆，在他毕业的前半年，和几位同窗在学校东边的菜园里甩扑克。他赢了不少烟、不少钱，他很高兴。可是，有位只输不赢的同窗不愉快，到老师那儿告他领头赌博。他受了处分，心中别扭，就将那同窗骗到南城墙下，狠狠的一顿皮拳，把对方脖后的大筋都撸转了。等这位同窗哼哼唧唧爬回学校，他已扛着铺盖回了家。母亲自然是又哭又骂，而干爹，也就是毯子的爹却不以为然，他清楚记得老赌鬼也可能是安慰他的话，说这才是汉子秉性，习练几年，能赌大博……其实哈三挺后悔，他很愿学习。这以后，无论赶集或进城办事，常是含着泪珠儿在学校门前打踅摸。

哈三想着，望着，眼光渐渐收回来，收到近处，收到塔下。塔好高，就跟他那次从上边跌下来的烟囱差不多——真是作怪，刚想到那座烟囱，他忽然就觉得有点儿头晕，紧跟着便恶心、眼花、心里扑腾，随之天旋地转，六角塔眼看就要倒了。他忙闭上眼，就势出溜到窗下。毯子见状惊得差点儿尿了裤，忙搂住他，见他脸色蜡黄、口唇青紫，以为患了急病，就要背他下塔去。他摆摆手，静了一会儿慢慢睁开眼，所有的异常感觉渐渐消失。他纳闷，就又挣到窗前朝塔下看，怪不，他又想起那高高的烟囱，就又开始眼花、头晕、天旋、地转、塔倾斜……他忙又缩回来，闭上眼，叹口气道："娘哎！这是怎么了？"

几天后，哈三建筑队申请承包了这项活儿。

哈三人怪，干活儿同样怪。修缮高大建筑，谁不是由下到上呢？他不，他由上到下。三根茶杯粗的麻绳分从几个窗口里系下去，三根绳的六端分拴六个大吊篮，选六名手脚利索的工匠坐在篮里，在半空挂着，在塔身上贴着，像在悬崖峭壁上采药的山农，高天飞虹，凌空作业。"结对儿"的双方完了活儿，仰脸打个招呼，或左或右，或上或下，由塔中的留守人员调节。干完一段，下移两层，如此这般，瓦工们的手头子越来越熟练，干出的活自然一截强似一截。到最下边两层时，几乎修补得天衣无缝了。文管部门的人不是蝎虎，难以爬到高墙上检查，见下面的光景，不由得喝起彩来："啧啧，怪不得人们夸赞哈三建筑队，瞧这手艺，就是叫绝。"

按说，吊在空中干活有点儿玄。但赌鬼们天生喜欢干玄事，不在乎。更何况省工、省料、省了几千元的架子费用，省了钱大伙儿花，谁不高兴？包工包工，不省钱赚钱，包个鸟工？

开工的第三天，六秃子顶着日头，骑着自行车风风火火地从二十里地以外赶了来。他把自行车撑在塔下，掐着腰怔了十分钟，突然就连跺脚加比画，说他本来就想承包这个活儿，也是准备用这吊篮的办法，只是想抻一抻，多挤兑个钱儿花。不料大处不攥小处算，按着牛头抓牛蛋，就让哈三钻了空儿，把到手的钱儿抢走了。他骂惯了人，嚷着说着走了板，这塔下的赌鬼们就要揍他。有人从六层窗口喊了一声。是哈三。哈三止住部下的骚动后，双手很随便地拢作一个圈，接着，摸起块砖来朝下比画。也不知怎的，六秃子当即就闭了嘴，抚抚光顶跑出一段距离，像公鸡打鸣似的挺了挺脖子，忽然间又跳着脚地乐："哈三，毬！塔顶，修塔顶……看你能从云彩缝里砸橛？日姥姥的！"

说着，骂着，跳上自行车幸灾乐祸一溜风走了。

云彩缝里当然不能砸橛儿。

哈三自有哈三的办法。十二层的窗口里伸出两根长木杆，木杆的后半截，十分保险地固定在塔内，探出的木杆上铺了竹排，竹排上放一架坐梯，人只要爬上坐梯，就可自在施工了。为保险起见，竹排的外缘围了安全网。当然，谁都明白这样的安全网能挡住砖瓦什物下落以免砸伤人，要兜住跌下去的施工者，只能是一种想象了。但有此总比没有强，至少，他让施工者有种心理上的安全感。尽管如此，这样的位置、这样的活儿，建筑队里除了哈三外，谁又能上去干呢？

哈三不愧是赌棍，赌劲上来，命也豁得出去。只两天的时间，他就修补完了塔顶的南侧。第三天，"脚手架"挪到了北边。可是，哈三临上坐梯时，不知怎么迟疑了一会儿，侧侧头说："凑合吧！"有初次上塔时的经验，近两天哈三干活一直仰着脸，绝不想那烟囱，更不朝下看。

馋猫离不开肉桌子，这天下午六秃子又屁颠颠儿地赶来了。可是，当他望到高空作业的哈三时，脸上那种盼着别人祸从天降的笑容顷刻间凝固了。他扔掉自行车，身子平地弹起四尺高，红了脖子青了筋地骂道："这是哪个孬种王八蛋扎的架子，搂死他，搂死他！"随之以那种谁反驳就要跟谁拼命的口气喝令下面的人找来两面安全网，六个人搜紧一面，在他指定的位置上一动不许动地准备着。他自己则蹲在远处，盯紧了塔尖，点一支烟衔到嘴上，咝溜一口，吸进半截。

六秃子为了哈三的安全，哈三的部下不敢不听。这不，他吸完那支烟，又跳起身来喊毡子。毡子问他干吗，他指指十二层塔的窗口处说："在那儿，架一面兜网。"口气认真严肃，脸上是那种千军万马都要听令的神色。毡子疑惑，问他原因，他急了，指指哈三正在上面施工的架子：

"日姥姥，瞧，这屌活儿，谁干的？啊？"

毡子仰脸望去，望了一会儿，嘴唇都吓白了。扎架子的人大约只想到了牢固，那探出的两根木头，比在南侧时收进塔里一小截。外边的部分少了，面积小了，哈三只好迁就施工，身子不时地往后倾斜，倘是稍有不慎……

可是，这危险的情况，自己和建筑队里的人咋就没注意、没想到呢？眼力、心计——这就看出，人家六秃子的确比一般人高得多。毡子一边安排火速在十二层塔窗处扎兜网，一边想，人家六秃子怪归怪、邪归邪，论起做人来，可是满义气满够分量的。

天近中午，太阳光南北正射，哈三修完一段塔檐，累了，确实累了。

317

这次的托架扎得有毛病，整个儿上午干活他一直在凑合着，活动受限，能不累吗？可是，扎这么个托架得一天的时间，拆了重扎，拖了工期又浪费，还是自己迁就托架吧。他喘了口气，准备收工。可是，檐上靠顶处有块塌缺还没补，补完了这地方，下午就可将坐梯往另一处挪，手头子紧一紧，可以赶出半天的活。这么盘算着，就挺胸仰脸拔高了身子，右手的灰铲就势够向那块塌缺。虽然戴着遮阳帽，这样一来阳光还是直直地照在脸上，眼睛难耐强光刺激，不由自主向旁扭了扭头。此刻，他正是仰身后斜的姿势，侧首间，轻风吹拂，白云飘动，正是那年从烟囱顶上跌下来的光景。他打个激灵，心中一凛，接着开始眼花头晕，在手中的灰铲掉落的瞬间，口中不知喊了句什么便仰身下跌。在跌下的同时，出现了那种在体操运动里也难办到的直体后空翻，致使身子重新垂直下落。在落到刚才扎好的兜网中时，受弹力的作用，他像跳蹦床似的被反弹起来，待身体再次落进兜网中时，随着听不清是类似什么的响动，兜网被砸断扯烂了。

他感到身子停了一下，顿了一下，开始下落。在下落的同一秒钟里，他的手下意识地抓住件什么，脑子未曾反应过来，双臂又像扯裂似的顿了一下。身子在一堵硬墙上荡了再荡，但终于不再继续下落。

从下面往上看，哈三是处在塔身的六层与七层之间。一缕丝瓜藤样的乱网绳拔顶而上，最终连接于十二层窗口下的几根细木杆上，细木杆颤颤悠悠，那些被撞断扯乱的仍旧接续下延的网绳，恰如一支钓竿下的鱼线，哈三就如一条挣扎得筋疲力尽的鱼，被无可奈何地吊在空中。

塔里此刻有一个人，就是在十二层窗里打下作的小诸葛。要是他此刻把根大绳从上面垂下来让哈三抓住，那么这个赌棍就算有救了。可是，小诸葛此时早已吓傻，以为从这里跌下去的人万不能活。他似乎听到下边传来喊声、呼声和哭声，所以连看也没能朝外看，就腿肚子抽筋，生生地瘫在塔里了。

的确，下边有哭的、喊的、惊叫的，也有吓得不会走路的。倒是六秃子早有思想准备，似乎算定哈三会有这一祸。他一反往日的驴脾气，很有元帅风度地指挥众人把两面安全网拽紧，以备哈三坠下时接着。尽管他明白这办法作用也不大，但眼下也只有这个应急办法。然后，喊了毬子和几个有力气的小工，闪电般钻进塔里去了。

破烂的网绳，禁不住哈三一百几十斤的体重，头顶上咔咔几下，又有

318

一些网眼给拽断扯裂。哈三的身子再次一荡一坠，真是反祸为福，竟靠在塔体两层间的那截凸出部分了。这意外的幸运，令他振奋。要活，就要挣扎。双手交替，艰难地顺着网绳往上爬。爬了几下，头顶上又响起咻咻的断裂声，显然是网绳受不住拉扯。他唯恐网绳全部拉断，不敢再动，一只鹰爪样的手，也顺势抠住塔身上的砖缝，抠得那么紧、那么狠，像要把青砖抠个窟窿。

他明白自己之所以跌下来是犯了个致命的错误。所以，尽管知道下面是可怕的深渊，他也不再去想，不再低头或者扭头去看。根据自己的身长和塔体的情况，他清楚地意识到正处在一个只能上不能下的位置上。可是，网绳又难以承担他躯体的重量，而细小的砖缝，对他引体向上的帮助也不大。不大，也比没有强，他还是要尽一切可能往上爬。他不喊不叫，更不做任何浪费体力的挣扎，双足双膝尽量平稳地贴紧塔身，抓着网绳的手和抠着砖缝的手，尽量同时地一个砖缝一个砖缝地往上移动。过了一会儿，他觉得双臂酸麻，身子越来越沉了。食指和中指的指甲抠进了甲床，小臂和脸颊也因借力引体而磨出了血。然而，他仍旧顽强地一寸一寸地往上爬。为了自己的生命，为了自己的同伙，为了某些与此相关的——坚持着，拼命坚持着。

他吃力地朝上翻翻眼睛，只见塔窗像扁形的蛙嘴，微微翘着，张着，离他已经不远了。此时，脚下哪怕有个蹬一下就脱落的东西，他也可借此一跃而抠住窗沿。然而，没有。非但没有，并且因为已经爬上了那塔身凸出来的部位，他的双脚双腿就要虚悬在半空。这霎，远天又有白云飘来，其中一块似乎镶着金边，但他只顾得瞥了一眼，就猛地将脸贴在塔身上了。因为他似属无意也有意地看到，由此再往上，砖墙笔挺溜光，砖缝细密如线，哪怕是尖利的铁钩，也难抠住那严密的砖缝，当然就谈不到继续往上爬。死神已毫不姑息地逼过来，他求生的希望几乎完全没有了。他感到临近死亡的边缘，有生以来，这个赌棍第一次体会到了什么叫作害怕。他的脊背上终于渗出了汗珠，心尖撞击胸壁，以至牵连的脖颈大筋也扑扑乱跳。唉！人生恍惚，来得快，去得也快。人生太难，也太容易了！他脑中忽然闪过在什么地方见过的一篇咏叹人生一类的文章，好像就是专为自己写的。那时，确切说是学生时期，每逢见到这类文章诗词什么的，他总联想到自己，把自己划归到叱咤风云前途似锦的那一列，总认为自己会有个不同凡响的将来。这"不同凡响"，难道竟会是这样的吗？

这时，他的心里特别清楚，他明白自己的处境，意识到了一种必然。恐怖之后反而使他下定了决心，附在原处不动，不再进行无谓的挣扎。所幸，他的双肘与下颌也搭在了塔体的凸出部以上，这让他产生了能坚持多久算多久的想法。说来难以置信，人在没有了生存希望但还有一点暂时安全的情况下，心境反而会变得沉静悠闲。哈三此刻身子挂在塔体上，眼睛却在视力所及的范围内留神观察。他看到，塔身历经沧桑几百年，可青砖仍然完整，灰缝仍显白色，一层层一块块，相衔相叠，均匀有致，显然，八百年前这方人的祖宗们的手艺，比如今所谓的七级工八级工们强得多。他忽然有点儿悔恨，遗憾以往没有专门研习过"线灰"的瓦工技术，而只循着当今盛行的薄砖大缝。大缝一公分，和人家这"线灰"相比，显得肮脏又笨拙。

镶金边的白云重又飘过来，飘过来，不停地飘动，不停地幻化，化作一溜灰白色的雾团降下来——哈三刚来得及看到一个熟悉的光顶，身腰就给一双强劲的胳膊抱住了。接着，一声声尖厉古怪的嗓音在他耳边响起："毬攘的，往下放，往下放，谁让你们朝上拔？哎哟！勒住了我的胳膊，×你们妈的……"

哈三又捡了一条命，是宿敌六秃子救的。

哈三在家中待了半个月，不见外人，也不说话。除了母亲哥哥玲玲清清外，只许丫头一人守着他。丫头出来讲起这件事，说哈三像上次挨跌后的情况一样，每逢下床都让她抱着。

半月头上，毬子和几个弟兄终于见着了哈三，哈三第一句就是问那座塔的施工情况。毬子安慰他甭惦记，说是已经全部完工了。他挺惊奇的样子，问那半边塔顶是不是毬子接的茬。毬子摇摇头，说自己功夫欠火候，是六秃子帮的。哈三点点头，口气佩服地说："六秃子是好人，救我一命，还帮咱接活。"

毬子翻翻眼睛，吭哧半天终于说："狗日的真狠，这项工程的承包费，他一个人抽去两成。"

哈三愣了："哦！抽这么多？"

毬子苦着脸道："没办法，完不了工，甲方不给结账，只好依他。"

"我去找他。"

"甭找了。"

"干吗?"

"跑了!"

"跑了?"

"嗯。"

毽子脸上泛起大恩已谢大仇已报的神色，说六秃子得了那笔钱后，一连三天喝疯酒，醉后算计拐人家媳妇，被人家丈夫察觉，领了族人上门揍他，他就爬墙跑了。哈三问是跑去了哪里，毽子寻思了半天，说约莫是跑到了美国。哈三听他在胡诌，便不再问，也不说话，而是慢慢地闭上眼睛，像在回味思虑着什么。

哈三不能出阵，弟兄们没了领头雁，这建筑队里的许多事情就不好办。因为伙计们依靠哈三惯了，一直把他视为领袖，遇到事情没有他安排他发话，一个个就显得手足失措。眼看着人们情绪低落，毽子焦灼烦躁又无奈，心里就乱糟糟的。他怕时日久了出问题，和左经纪等人几番商议，决定将建筑队暂时停了。不料，这决定刚宣布了一半，手下的弟兄们就炸了窝，有的吵嚷，有的叫骂，有的竟然指了毽子鼻尖斥责他是个败家的。说如果人家哈三主事的话，绝不会出这馊主意。庄户人除了种庄稼，哪有个进项? 现在好不容易有了这么个生财之道，又要让他毽子给堵死了。有几个愣小子要横了锨把揍毽子，急得毽子叫苦不迭。左经纪赶忙出来打圆场，说这不是毽子一个人的主意，是他们几个领头人计议的。因为哈三是"撑杆"，是大拿，顾主们之所以相信他们建筑队，是冲人家哈三的手艺名头来的。现在哈三出了意外，你的活再出色，人家也是起疑心。更何况，说句良心话，哈三不在场有些活还真干不好甚至也不明白咋做。如今就是有来送工程的，也是尾巴靠着眼的小活儿，扎架子爬墙头费了半天事，除去开支赚不了几个大钱，够本吗? 合算吗? 所以思来想去，还是把建筑队暂停了，待哈三缓过劲来拔个帽，还是咱这原班人马。多亏这老经纪钻了大半辈子牲口市，脑瓜灵，嘴会说，三五番真的假的虚的实的讲出来，把眼看要沸出的一锅粥来个扬汤止沸加上釜底抽薪给止住了。

不过，这建筑队到底没解散，因为大部分人不同意，说宁肯不赚钱也要磨蹭工夫等哈三。众怒难犯。几个领头的也没有办法，只好暂时接些鸡零狗碎的小活儿凑合着。其实他们也同情这群弟兄们，刚学了手艺，刚有了第二手生钱之道，就停工，就解散，谁心里受得了？再说，散了容易聚拢难，要是哈三真的撒了手，这重新组织得等到哪个猴年马月？真要泡了汤，这大伙苦挣苦熬拼得的一份儿家业不就玩儿完了吗？然而，老是这么抻下去也不是个交代，几个领头的又合计了几次，决定还是去找哈三。虽然心里打怵，心里不忍，可已是黔驴技穷的地步，只好强打精神再闹腾一下。

毯子和左经纪等人在村北高白地里找到了哈三。哈三穿着裤衩小褂，四肢的青筋，一身的疙瘩肉，他头戴草帽，正在自己那块地里一心一意地铲草。

"三儿，歇会儿吧。"左经纪在地头上喊他。

哈三直起了腰，用搭在肩上的毛巾擦了下脸，见是他爷儿几个，没说话就扛着扒锄走过来。他接过毯子递给他的香烟点上，很惬意地吸了一口问："你们怎么有空了？甭惦着我，我已经稳住心了。"接着，他就谈今儿的天气、今年的庄稼、自己打算秋后种多少亩麦子、谁谁家的儿媳妇昨日超生挨罚了。可以看得出，他情绪很好，谈兴很浓，心里是一点儿后怕恐惧也没有了。然而，说了半天，两支香烟吸完，对于建筑队的人、建筑队的话，却是只字不提。好像他本未到过建筑队，建筑队与他丝毫无关似的。毯子几次努力将话题往建筑队上引，都被他巧妙地又将话头引开去。左经纪眼里有尺寸，趁哈三扭脸和大孬说话的当儿，悄悄捅了下毯子的大腿，缺牙老嘴咝咝冒着凉气：

"毁了，爷儿们，我看没戏！"

毯子仍旧信心百倍："引一引，再引一引。"

左经纪咧嘴一笑，苍头横摇。毯子咳嗽了一声，吐口唾沫，琢磨了话儿的开头部分又重新"引"了。他说："三哥，最近俺们承包了一家活儿，他娘的主家屈歪，备的半头砖比整砖都多。你看，这活儿怎么干啊？"

哈三当然不能不回答，但答非所问。他擤了下鼻涕问毯子："哎？立贵伯伯的坟头你给他'游'了吗？前几天我打那里过，可看到前半截让雨冲凹了。"

按伊斯兰教义上讲，"游坟"即是"走坟"。也就是请了阿訇或海力凡到坟上跪祷，诵经。目的在于纪念亡人，警觉自己，去欲向教。但多年习俗的演绎，本地穆民已将"走坟"和"游坟"分而施之了。他们把"游

322

坟"做如是解释，即后辈人每年都要给先辈的坟头培土加高，以尽可能地保持坟头原来的位置大小。这样一辈传一辈，百年老坟也不至于消匿。故此，人们在"走坟"的同时也同样注重"游坟"。毯子听哈三说父亲的坟头冲凹了，很是吃了一惊，倘若更多的人见了，肯定会看不起他，甚至会骂他，骂他对老人活着不敬、死了不孝。他有些沉不住气了，已忘记自己此次前来的目的，身子连着往前欹了几下，好像马上要去爹的坟地看看似的。左经纪知他毛躁，就拿眼瞪他："我说爷儿们，这游坟早点儿晚点儿又不犯忌，你着什么急你？"

毯子仍然神不守舍。因为自他父亲得破伤风"无常"后，谁一提有关他父亲的事，他立刻就变貌失色。别看前二年仍旧嗜赌如命，可闲下来心里就挽着个疙瘩。他痛悔，惭愧，难过，尽管父亲也是死在赌字上，但他的确觉得愧对老人家。他毕竟是儿，那毕竟是爹，骨血相关，能不成为心病吗？不过，左经纪的话还是起了作用，他给提醒了，点明了。是啊，即使马上就去游坟，也得把来意说两句呀。他努力稳住心神稳住身，揣摩了对方心态之后，本想把话绕着说，岂料话一出口，竟就变得直而又直了：

"我说三儿哥，话儿挑明了吧，这建筑队上的事，你还得出马！"

一句话便砸了锅，左经纪尽管巧舌如簧，要打圆场也已来不及了。哈三僵直了身子蹲在那儿，面孔像块切菜板，两只小眼出奇地睁大起来，鼻子几乎是在膨胀着。见此情景，他跟前的几个人都处于戒备状态，一个个翘起了屁股，以防他"转性"。赌棍本就非同常人，万一旧脾气发作，什么歹事干不出来呢？但凡赌棍伤透了心的事，是不许别人随便提的。人们心里都明底，所以来时才打怵，如今眼睁睁点了火药芯子，怎么办吧？毯子当然比别人更知分量，已经百米赛的姿势蹲着，随时准备落荒而逃。

时间贼慢。太阳贼热。终于有了结果。哈三的身子面孔都开始松动，大鼻子也由膨胀渐趋收缩，收缩到一个相应的程度不再变形，像个十八两老秤上的秤砣，那两个相对的鼻孔里冒出交叉的寒气。他慢慢立起身，口气阴森森地说："这阵儿我心绪不好，你们走吧。"说着，提起扒锄返回地里去。

"哥……"毯子在站起的同时夯着胆子叫一声，似乎还想说什么。大夯赶忙拽了他一把，可是，哈三已经回过头来，锥子般的眼光在毯子脸上打了个踅摸，停一会儿，渐渐变得友善、亲切，口气也随着眼光的变化而

323

温和："兄弟爷儿们，你几位还当我哈三有第三个命吗？"

毡子和大孬几乎同时噢地哭出来。是啊，三哥他已经死过两回，谁能保证他的第三条命呢？

安灏与玲玲的婚期终于定准。这天，又终于以不太热烈的形式迅速完成了。说不热烈，是指没有过多地通知亲朋好友，只请了近门当支的男男女女来全了"女客"。这"女客席"上坐的也全是相熟的人，因为玲玲在村内没有本族，只是从外村请来几位平日走动的亲戚。这样做，也是为了让阿訇当着多斯提们写出和宣读"伊扎布"而已。

不用挑担妆奁，也不用迎娶的车马，只消将新娘子打扮得比平日俏丽，再从东边屋里让到西边屋里，这结婚的过程就算走完了。

不设账桌，不收"人情"，是因前来随份子的人太多、太多，以至这个小院门前的胡同都让人挤满了。安灏心中有数也就早有所备，他"严令"弟弟率领自己的狗党弟兄守住大门，不管回汉朋友，一律拒绝。这做法似乎有些不近人情，可是，与玲玲结合已遂安灏今生大愿，要那么些虚浮钱财繁文缛礼干吗？幸福，当然是非常幸福，用不着什么诸如亲爱甜蜜一类俗而又俗的字眼，新夫妻旧情人，有体味，早就有体味的了。

然而，还是有几个汉族朋友硬硬地挤了进来，不光挤进来，并且给安灏的婚礼赠送了一个响器班。响器班扎在院西不远的空地上，敲起锣打起鼓，呜嘟嘟吹响了唢呐。《百鸟朝凤》的唢呐声高亢悠远，激惹得半个安家集都沸腾了。可能没有人想到，更不可有人看到，就在《百鸟朝凤》的音乐声中，村西一个高土崖上竟痴痴地站着一个女人，女人听着村中的鼓乐声响泪流满面，而后深深地朝着村内鞠了个躬，慢慢转身离去了。

仪式结束，喜宴将散，忽然从胡同口处勉强挤过来一辆小汽车。汽车上下来三个人，一个是卫生局的老局长，另二位经老局长介绍，才知是县外资办公室的。老局长此来不是参加安灏的婚礼，而是来送一个让所有人都大吃一惊的消息。说省外资部门打电话给县外资办公室，近日将有一组设备先进的医疗器械由台湾经香港转运到这里。收货人是本县安家集医院的安灏，发货人则是台湾高雄市某公司的安中奇。因是"外资"设备，又是医疗器械，为慎重起见，外资办公室的负责人就先通知了县卫生局。老局长了解安灏的情况，又高兴又惊异，当即找到外资办公室的人商议一番，并马上坐车奔来这里。恰逢今日安灏结婚，老局长乐得拍手叫好，连说："双喜，双喜，喜上加喜。"

老局长和外资办公室的同志会同乡政府的领导人，共同商定做好了接货的准备工作。一个星期后，这组设备果然运到，老局长和安灏弄了辆卡车加上安家集乡的"一三〇"开到火车站，到专门暂存精密仪器的仓库里一看，立时傻了眼。先行送到安灏手里的取货单上只写着医疗器械，而安灏也以为是 X 光机心电图机什么的，没料想对方发来的竟是一组当时来说在国内也属先进的医疗器械。这器械全地区也只有一组，小小的安家集可怎么安置啊？转给上边，这不行，因为发货人特别注明，是赠给安家集乡医院并必须由安灏管理的。

电是不成问题了，因为从今年年初输电线就已架到了安家集。在卫生局的统筹安排下，技术问题也很快解决，除组成以安灏为首的医疗技术人员到地区医院接受培训外，上边还答应派两名有专家水平的医生和技师来帮助安装组合。更让人高兴的是，县里已决定安家集乡医院正式改为本县的县分院了。这预示着，安家集其他方面也将随之发生更大的变化。

又一个出人意料的事情是二十天后发生的。下午，一辆红色小轿车开进了安家集。和上次一样，小轿车勉强挤出胡同口，停在了安灏的门前。车上还是下来三个人，其中一位来过，是外资办公室的那位，另外两位戴墨镜夹皮包的就不认识了。不过，这次不是找安灏，是来找哈三的。听到汽车马达声，玲玲从院里走出来，说是一家人老的出去串门，少的下地干活，就她自己在家。听说专门来找哈三，当下就有围上来看热闹的孩子自告奋勇去地里送信儿，玲玲则把三人让进家里烟茶相待，让他们耐心等着。

其实也没等多长时间，哈三就扛着扒锄进了门。外资办公室的那位趋步上前自报家门之后，就介绍另二位与哈三握手。原来这二位是县建筑工程局的，个头大些的是设计师，姓李；个头小些的是局长，姓罗。罗局长性格活跃且又好奇心大，他摘掉墨镜，一边跟哈三握手一边说着"哈同志久仰久仰"，那眼睛却盯着哈三的鼻子打愣。哈三不耐烦地哼了一声，五个指头稍稍用力，罗局长的右手立时像上了拶子般觉得骨头都碎了。他忍着痛没喊出声急忙拼命拔出手来，咧了嘴甩抖着手指，一双眼仍旧镂而不舍地盯紧对方的大鼻子，意思似乎在说，咦，这家伙咋这么大？因为是在自己家里，哈三不能失了起码的礼貌，就问他们"有何贵干"。尽管手痛难忍，罗局长还是抢先说话：

"哈同志，祝贺你有一大笔财富了。"

"哦？"哈三疑惑地望着他。

罗局长终于停止了甩手，却又要以惯常的方式向前和对方握手以示祝贺，大约忆起了方才教训，忙又抽回来倒背在身后说："祝贺你，哈同志，从台湾转香港给你发来一批货，是搞土木和高级工程建筑的施工机械。外资办的同志先同我们联系了一下，我们李设计师一看那单子上的机械名就激动得绕着院子跑了三圈，说他在北京工程设计施工院见过，当前是超一流的。"

"的确是超一流的。"李设计师好容易插进话来以加强效果。

"超一流的。"罗局长挡开李设计师继续他的谈话，"鉴于此，哈三同志，我局想与你们建筑队联合，嗯，联合……"

"嗽！"哈三耸了耸大鼻子说，"这么好的家伙，让给你们吧。我不搞建筑了，不联合。"

这"让"在本地是谓卖的意思。罗局长一听变了颜色，他尴尬了一阵苦笑道："哈三同志，这不是难为我们吗？本局家底抖光了也买不起这套设备呀！"

"送给你们。"哈三的赌棍性格又上来了。

"啧啧啧，"罗局长嘴唇打得叭叭响，"要了命啊，我就是有这个心，也没这个胆儿呀！预通单上写得明明白白，这设备是赠给哈三建筑队并必须由哈三管理的。您不出马，谁能接。为了咱们县的建筑事业，也当照顾了我们局，咱联合，行吗？你说呀，哈队长。"

上边有规定，任何单位个人不许以任何借口截留挪借台港同胞和海外华人汇来发来的资金或设备，所以发给安灏的那组医疗器械上边不敢留，而给哈三的这套建筑机械尽管"超一流"，建工局要想沾光也只能与哈三"联合"。罗局长是位有眼光干事业的人，为了达到目的，讲了大道理又讲小道理。这不，一着急连称呼也变了。可是，他没料到哈三这个赌棍的犟种邪脾气，他伤透了心的事，岂容别人再提？如今对方还在称他哈队长，分明从心里认为他仍没脱离建筑队，一时火起，就要发作。幸亏玲玲在旁，忙递眼色制止他："三儿，人家可是善意啊！"

326

哈三非常敬重玲玲，也很听她的话，肚子鼓了几鼓终于把"气"憋回去。他立起身来往外就走，边走边重复了和毯子他们嘟哝过的那句话："你几位还当我哈三有第三个命吗？"罗局长他们还没弄清是哪壶醋，他已经抄起刚才竖在门口的扒锄出去了。

罗局长几人木在屋当中，闹不清该走该留，还是该站该坐。玲玲见这情景，只好出来打圆场。她说弟弟本来不是这脾性，因为曾经两次从高处跌下来，把脾性跌邪癖了。客人们听她这么讲，深以为怪，山难移性难改嘛，哪有挺温和的性格跌上两次就变邪癖了的？好奇心大的人专好刨根问底，罗局长就请玲玲说一下事情的经过。当玲玲将哈三的经历简单叙述之后，几个人吃惊得眼都直了。罗局长一拍桌子道："知错就改，好同志。大难不死，必有后福。怪杰，真格的怪杰！"又转向李设计师，有头没脑地说，"老李，设计一下，想神法也得争取与哈队长搞联合。"

李设计师了解自己的上司，知道他一激动就说话没规格，对此他不计较，也不纠正，只是笑一笑，算作答应了。屋里的人正议论着，院里脚步人声一齐响，是毯子领着一伙人闻讯赶来了。他们一来，更增加了谈话的内容和热度，但三句话不离本行，交谈不一会儿就扯到了建筑问题上。毯子他们听了罗局长等人来此的原因和目的，连说："人算不如天仙算，天仙不如真主安排得圆满。"说他们当前正为哈三拒不出马坐蜡，如此一举，可解决大难题了。可是，当听到哈三连罗局长他们也拒绝了时，脸又急成酱紫色。这不光是哈三出马不出马的事，还关系到一套价格惊人的建筑机械。因为预备通知单既已来到，发运的货物也就指日可待了。然而，到时没有哈三出面签名，人家车站货运处是横竖不会给的。可是，哈三出名的拗性子，他认准了的道眼，一般人难以扭转。没办法，思来想去，还是找他哥哥安灏试试吧。

这一群人就去医院找到了安灏，安灏再忙，还是可以抽出点儿时间和他们商议的。不料，商量计议的结果同样让他们大失所望，安灏说自从哈三第二次失事后，母亲就认准了一个理，再一再二不再三，小儿子两次没跌死，已经是主的加护，再不明白这一条，就是违拗主的旨意了。所以，她嘱咐并看定了哈三，坚决不让他重进建筑队。哈三自打从劳改队回来后，真可谓奉母至孝，母亲说什么，他听什么。大事小情，有一多半的主意是母亲替他拿。这就是说，要让哈三重新出马，除了母亲发话，谁也办

327

不到。可是，这决定出自母亲之口，母亲疼爱儿子的心情，是人就能理解，让她改变主意，容易吗？更何况，老人家旧有病根，最忌精神方面的刺激，如此伤她心系子的事，谁敢去找她提呢？

人们一筹莫展，而此时日已西斜，罗局长等人也必须得回城去了。罗局长也真是位搞事业的人，就有股子锲而不舍的钻劲，临上车前仍拽紧了安灏的手道："安院长……哦，不，安大哥，这事还得你操心，你操心。我后天再来讨你的好信儿，啊？好信儿。拜托，啊？拜托。"面对动了真情的罗局长，安灏心中作难也只好答应。否则，就对不起人家，一百个对不起人家。他给罗局长关上车门，俯身大声说：

"罗局长请放心，我尽十成力就是了。"

母亲赵云秀的工作，最终是由玲玲做通的。玲玲怎么说的、说了些什么，谁也弄不清，反正娘儿俩在屋里炕上一直拉呱到深夜。第三天早饭后，罗局长的小汽车又果真进了安家集，他们先找到安灏，又由安灏陪着回家去。进了院，玲玲正好迎着，她笑眯眯地冲西厢房里努努嘴，罗局长等人会意，径直奔到西厢房里，一看，哈三仍在床上蒙头大睡。罗局长迟疑了一下走到床前，赔着小心轻声喊："哈队长，哈队长，还没醒哪？"

床上的人一动不动，罗局长暂停几分钟，咳嗽一声，胆子似乎大了："哈队长，哈队长，大梦谁先觉，平生你自知。这，这太阳可是真的晒着屁股了！"说着，伸手就去掀被头。岂料床板忽然嘎吱响动，睡觉的人掀掉被子翻身跃下床来大吼一声：

"什么晒屁股晒脸的？老三，老三他早找毯子去了！"

一位又宽又厚个头比罗局长起码高一拃的胖大婆娘蓦地出现在床前，把几个人同时吓蒙了。待到看清是丫头时，大伯哥安灏首先拔腿逃出屋去，后边的人也鱼贯相随。院里，一向不苟言笑的玲玲却乐弯了腰，她这才告诉他们，哈三接受了母亲的"命令"，今早就回了工地。丫头不愿让丈夫再去冒险，可母亲发了话，又不能公开拦挡，就赌气睡觉。从昨晚到现在，饭还没吃呢。

安灏的脸已经红到了脖颈处，他嗔怪地瞧着玲玲说："你你你，有……这么闹的吗？"

罗局长擦着额上的凉汗，嘴里却说着道歉的话："怨我，都怨我，太毛躁了！"由于受了突然惊吓，他缩颈抽肩，整个形体显得更小。不过从那挑起的眉梢上可以证明，他样子狼狈，心中却极快活。

哈三真正声名鹊起是在县城贸易大厦竣工之后。那天，当着几千人的面，他攀上了大厦的最上层，在那不足五十公分宽的女儿墙上跑了一遭，又在西南角最显眼的地方拿起了大顶。他头下脚上地凌空直立，像根避雷针似的挺了足足五分钟。这景况被赶来喝"完工酒"的地区电视台记者及时收入镜头，并在当晚的新闻节目里播出。一夜之间，千百万人知道了哈三及哈三建筑工程总公司，既做了广告，又扩大了本县的知名度。由于成绩显著，罗局长于次年的换届选举中被选为分管工业的副县长。他不忘旧部功臣，以"有突出贡献的企业家"的头衔，将哈三聘为安家集乡专管工业的副乡长。

哈副乡长不辱使命，带头捐资重修了街道，帮助多斯提们翻新了街旁的旧房旧屋。然后，赶会立集，将安家集发展成本县的第二重镇，并联络京津及各地穆斯林，发挥了专长，将这里辟为本地区最大的牛羊肉和皮毛加工市场。有此方便条件，这方人的日子就像高粱拔节似的日渐增长。得了恩惠，总得要"知感"真主。于是，沿河诸村的多斯提纷纷提出，年底要在安家集清真寺里"许乜帖"。

走过"绥拉特桥"

几十年的风风雨雨，几十年的坎坎坷坷，几十年的辛苦操劳，几十年的精神折磨——刚过耳顺之年的赵云秀过早变得憔悴而苍老。她的苍老几乎是忽然间发生的，就像芒种前后的麦子被热风刮了一天，还没顾得细看就变黄了、麦芒了。

她越来越感到浑身乏力并且有些气喘，到了秋天，走路开始蹒跚竟至显得踉跄。当寒霜突降冬天来临时，她就像一个累极脱力的人，倒在炕上再也不愿爬起。失眠、感冒、厌食、呕恶，这些看似不重的疾病经常交替袭来，似在有意侵扰她。所幸安灏精通医术，总能及时地给她解除痛苦，加之玲玲和丫头的悉心照顾，她还能勉强撑着，熬着。

那天夜里，好容易蒙眬入睡的赵云秀忽然听到婆婆金氏在窗外轻咳一声，她打了个激灵，费力地爬起身来披衣而坐。她打开灯，看看墙上的挂钟，时针指向十二点，这时绝对不会有人串门，而院外即使有人大声咳嗽也难以听见。梦中的清清迷迷糊糊喊了声奶奶，翻个身又呼呼睡去，细听时，屋里屋外却再无声息。她有点儿惊奇，也有点儿困惑。她睡意全无，于是穿上衣服拄了拐杖打开屋门，一片煞白寒冷的月光从门口泼进来，洒在地上白刷刷的像是严霜。她踏着月光走到院里，儿子们的窗上已无灯亮，显然早就睡了。她怕惊扰了孩子们的美梦，便悄悄地慢慢地在院中来回走着转着，像在回忆几十年来发生在这个院子里的是是非非，又像寻觅探究着人生旅途中的对与错或者是不明所以的什么。头上一轮洁月高悬苍穹，周围寂然无声。月光渐渐变得柔而不寒，白而不煞，似乎看到一些意向不明的物体在空中飞来飘去的。夜风轻起，有如笙似箫的乐声从高天深处隐约传来，她感觉自己的身子歪了一下便随着乐声缓缓飘起，飘起，飘离了地面，飘向了空中，意识朦胧中她不愿离开这里，但乐声像是附有强大的磁力，她只能任由摆布地给轻轻吸走。她已经身不由己。

飞升的过程很轻松，没有恐慌，没有惊惧，更没有了多少年来身上心中所承受的那种难以言喻的压力，有的只是清爽、惬意和愉悦。飞升了一霎，也仅仅是一霎，再看那圆圆的月亮，已如井中靓影，远远地低低地在自己的下面了。重新抬头仰望时，赵云秀看到一个小小的细如毫芒的绿色光点，光点越来越近越来越大，渐渐地形成了一个清晰可辨的无色光斑。再行飞升时，终于看清这光斑是一个类似天窗的圆洞，那若隐若现的乐声就是从这个洞里不断传出的。来不及想象，也来不及思考，赵云秀的身子已经进入洞中并且仍是一路飞升。她感觉在洞中飞升的时间要远比飘离地面到达这里的时间长得多，也舒怡松缓得多。乐声早已消失，洞内没有环境，不容想象，也没有"顿崖"上所看到的任何颜色，一切都是平静的、淡然的，好像古往今来什么也不曾有过。因为没有时间概念，赵云秀也就不知道在洞中飞升了有多久，直到有了更为清凉更为熨帖的感觉，眼前出现了一片从未见过的既无声响也无任何物体的空间，她才明白身子已经出了洞口了……

没有声息，没有人影，没有任何东西在活动，周围是绝对的寂静。

赵云秀回头看了看，刚才的空洞已是形迹杳然，如同乍见之时，仅有一个细如毫芒的光点在越离越远。她不知自己到了哪里，似乎有点儿茫然。身子继续飘飘移动，虽然不知要飘向何方何地，但她心里很踏实，很爽快，没有丝毫的顾虑和负担。与此同时，远远近近出现许多无色的斑点，也是飘飘曳曳朝前移动，有的快些，有的慢些，渐渐看清，是一群高矮不一神态各异的人形在悄悄向一个地方移动着。

赵云秀正自纳闷，恍惚中忽有带着香气的微风从周围飘过来，香气氲氲中，如笙如箫的乐声重又响起，仍是那么隐约、那么遥远。周围开始有了淡淡的似在飘动的雾岚，雾岚又渐渐地化作缥缈的彩霞，彩霞中两个绿衣女子若隐若现，若隐若现，转瞬间，绿衣女子飘到她的面前。赵云秀看到两个女子的手抖了抖，一条窄长的飘带就在她的面前展开。两位女子各拽了飘带的一角款款前行，赵云秀也身不由己地跟上去，跟上去，但始终撵不上那两位拽着彩带的绿衣女子。

前方出现了一条看不清是什么颜色的细线，成堆成串的光点仍在寂无声息地朝那条细线移动着。赵云秀脑子里有个缥缈的声音隐隐响起："'绥拉特桥'到了，到了！"

"绥拉特桥"高千仞，长万丈，窄如游丝，视若毫芒，颤颤悠悠若有若无，是人们离开"顿崖"后的必经之路。走过去，是天园；坠下去，是火狱。

"绥拉特桥"越来越近了，赵云秀抬眼望过去，桥上虽然摩肩接踵、人行如蚁，但只有少数人顺利通过，多数人却无声无息地掉了下去。

我能过得去吗？来到桥前，赵云秀迟疑着。

前边桥上的那一拨人很快消失，远处又有一簇簇细小的光点在向这里移动着。脑子里那个缥缈的声音再次响起："穆斯林啊，过吧，过吧！"声音消失，两位绿衣女子已经飘行在"绥拉特桥"的两侧，她们抖了抖手，彩带铺漫在"绥拉特桥"的桥面，赵云秀气定神闲稳步踏上，轻轻爽爽地往前走着，脑子里那个缥缈的声音再度传来："穆斯林啊，过吧，过吧，那边就是天园了。"

赵云秀闭了闭眼睛，就在这刹那间身子已经踏过"绥拉特桥"了。拽彩带的绿衣女子业已消逝，眼前出现一片光芒四射的大广场，那种美轮美奂华丽壮观，她一生都不曾见过。大广场对过有七座大门，远远望去，每座门外都有身着华衣的天使站立，欢迎过桥而来的人从此进入天园；有许多人得到多处同时召唤，任由他们的喜好选择。此刻，脑子里那个缥缈的声音再次响起："你已经纯洁了，请你进去永居吧！"

赵云秀朝前凝望，只见门内是一望无际的绿色田园。远处望去，绿色田园朦朦胧胧分为几层，每层都悬于下一层之上，每层绿色中有更绿的类似亭台楼阁的建筑忽隐忽现，有许多大小不一的光点在这绿色的景致中闪闪烁烁。绿色田园中始终响着隐隐的诵经声，随着诵经声音的起落，许多光点在冉冉升高，从一层进入更上一层的绿色中。赵云秀想走过广场继续前行，想去那美好的景致里看一看、转一转，尽情享受一下这难得一见的绿色。但是，无论如何也迈不动步，好像有一种无形的黏合剂鳔住了她。无奈又无助中，她感到茫然不知所措。稍纵即逝的瞬间内，面前又有了神奇的幻化，一片白茫茫的连天大水从广场中漫过来，眨眼就漫到了她的脚下。但赵云秀并没感到惊慌，似乎早已知道这是必然的存在，她没有思想没有动作，她似乎在接受着某种安排。

一艘硕大无比的方舟劈波斩浪驶到赵云秀的眼前，方舟上人影朦胧也看不出任何颜色。赵云秀的脚下松动了，身子活泛了，她不由自主地踏上了方舟。一个似曾相识的身影走到她的面前看了看又转回去，方舟便掉头

逆水而上了。没有人声，也没有水声，自始至终仍然是那种绝对的寂
静……

　　睡梦中的玲玲忽然听到一声呻吟，她赶紧坐起来并叫醒安灏，两人披
衣细听，外边并无动静。安灏说："别是你听邪了耳朵吧？"玲玲说："绝
对没错，我是听到有人哎哼了。"安灏知道玲玲向来睡觉灵醒，他想了想，
便穿衣下床。打开屋门，外边是一天清冷的月光。月光虽冷，却是幽静、
恬淡而清雅。辉映涌流的月光漫进院子里，照不到的地方就影影绰绰的。
安灏走出屋门，忽然看到南墙角有一处阴影特别的浓、特别的黑，好像有
什么物体在那里躺卧着。他紧走几步俯身一看，不由啊地失声叫出来。听
到安灏的叫声，玲玲、哈三和丫头先后跑出屋，只见安灏怀里抱着一个
人，由于惊慌和悲痛，连嗓音也变了："妈，是妈！妈，你怎么了？啊？
这是怎么了！"由于极度悲伤，这位性格内向的人已经哭了。

　　几个人慌手忙脚地将母亲抬回到屋里，睡梦中的清清给惊醒，吓得叫
了声奶奶也哭了。哈三戗着母亲的后背，玲玲赶紧用棉被给她盖上，安灏
摸了摸母亲的脉搏，跳下炕直奔西屋取来了急救箱，丫头急得拍手跺脚喊
亲妈。可是，赵云秀全然没有反应，哈三直门大嗓地哭出声来："妈，妈
怕是不行了！"

　　这霎安灏已经稳下心神，他听了听母亲的心音，又量了量血压，用手
电筒看了看母亲瞳孔的对光反射，点点头说："别慌，母亲患的是急性心
梗，赶快抢救要紧。"说着，他让哈三将母亲慢慢平放在炕上，一边给母
亲轻轻按摩着几个穴位，一边开了处方打发哈三直奔乡医院取针取药给母
亲输液。

　　乡医院的医生听到消息，不大会儿就来了四五位，几个人通力合作，
很快给老人用上了氧气并输上了药液。天将破晓时，赵云秀轻轻地呻唤了
一声醒过来，她看看身边的儿子儿媳和几位医生，虽然是一种极度疲惫的
样子，但脸上却出现了少有的欣慰和愉悦。见到母亲终于脱离危险，玲玲
和丫头喜极而泣，躲到套间抱在一起，肩膀头一抽一耸地哭了。哈三凑到
她面前问是不是要喝点儿水，她摇摇头却说了句让所有人深感意外的话：
"三儿啊，你们肉坊里没给牛给羊灌水注水的吧？"哈三的脸明显抽搐了一
下，连忙俯身安慰道："妈，妈你放心，那是外地的事情，俺们从没这么

干过。"赵云秀稍一点头，眼神变得明亮了。

几天后，赵云秀完全康复。康复后的她似乎换了另一个人，性格变得畅快、温顺、平和，脸上再也看不到以往的忧郁和烦躁，连走路时的脚步也似乎轻快了许多。除了帮助料理家务，她每天照样到各家串门闲聊，有时则坐在家里，很专注很愉快地听听收音机里播放的音乐。不过有一样变化是儿子儿媳甚至庄乡多斯提们所感到意外的，她每天下午都到哈三他们开设的肉坊里去一趟，不插手也不说话，只是静静地看，看寺师傅口道"太丝咪"将一头头牛和一只只羊顺利宰杀。偶有不懂教仪程序的年轻人将牛羊的位置弄得颠倒了，她便走上去柔声说道："孩子，让牛羊的脸朝西，手脚放轻些。"

天越来越冷，赵云秀出去串门的时间也明显减少。哈三托了到天津送肉的哥们儿给母亲买了台录放机，同时捎来了几盘诵读《古兰经》的磁带。赵云秀每天做完五个"乃玛滋"后，就插上磁带打开录放机，倾听里边播放出的《古兰经》美妙悦耳的诵读声。这天下午，赵云秀正在听诵《古兰经》，安灏走进来坐在她身边，押了半天才试量着说："妈，爸爸来信了。"

赵云秀的眼皮颤了一下，待听完黄牛章后把录放机关上，望着儿子的脸出了好长时间的神才问道："信里说的什么？"安灏迟疑了一会儿说就是个平安信，也没什么要紧的。赵云秀哦了一声摇摇头道："八成是出事了！"安灏的脸皮紧了紧，看得出是有些吃惊，他给玲玲使个眼色，找个借口出去了。

玲玲走过来递上一碗茶水，随之就坐在炕边给母亲说起了家常话。闲谈中，玲玲以那种似属漫不经心的语气告诉了赵云秀，爸爸信中说，他回台湾不久便发现，那位年轻的妻子在他离开期间移情他人，他没法忍受，前不久离婚了。随着年龄越来越大，他的思乡之情也越来越重，他想叶落归根，在有生之年回到这个相思相望几十年的老家……

一直面无表情的赵云秀渐渐有了表情，先是抬头、低头，眼睛忽开忽合，接着，一股老泪从眶中汹涌而出，遍布面颊，流入口中，顺颌而下。然而，听不到她的哭声，也看不出情绪的剧烈变化，只是任由泪水无羁地流淌。无论是谁也会看得出，她在竭力忍着，忍受着一种突如其来的喜惑忧思悲恐惊的心理折磨。玲玲的眼中也淌出泪来，但她还是取了条毛巾一边给婆婆擦泪，一边用手轻轻地在老人前胸后背轻轻地揉搓。她明白，一个人喜极或悲极时，最最容易发生那种让人束手无策的痰厥。所幸，老人家的情绪渐渐平稳，她接过玲玲手中的毛巾自己擦着泪水说："'顿崖'难测，兴许，这就是主的安排吧！"

穆斯林最忌空口妄言，说了的，就要认真做。转眼到了年底，一场大雪后，人们大都闲了下来，瞅这机会，人们便提起当日曾经许下的"乜帖"该兑现了。正是主麻日，一大早就开始飘下零星的雪花，到下午，这雪越下越大，半天时间内远处近处就白茫茫一片了。多斯提们宰了牛宰了羊，各村亲朋彼此送了油香之后，几十桌"乜帖席"就在清真寺内摆上了。来坐"乜帖席"的都是各村或各家族有代表性的人，谈话接舌，自然是端庄教门。老阿訇今天情绪特别好，他破例不坐上席，在下边专事"乜帖席"的布置照料。席间他老目盈泪，嗓音哽哑。他说"知感"主这里出了安灏、哈三两兄弟，他们虽非圣人，可做的全是圣人事，真可谓领头"大乡老"……多斯提们听得真切听得动情，左经纪终于忍不住插了话，说兄弟俩之所以能如此有出息，功劳大半在她母亲，是他们的母亲赵云秀教子有方，并提议散席后去安家向赵云秀贺喜致谢。这提议立即得到了一致赞同，席方散，人们就自动以老少长幼的顺序奔安家去了。安灏兄弟俩左拦右挡意图谢绝，可这么多人，又是诚心诚意，拦得住吗？

很遗憾的是，赵云秀并没在家。玲玲和丫头告诉人们，说母亲午饭后就出去了，这大天晚了还没回来，她们正准备去找她呢。此时天已落黑，人们再不能等着她们找回母亲来，只好怀着惋惜的心情各自回家。送走了众人，玲玲和丫头就要出门去找婆母，安灏若有所思地朝她们挥了挥手说："我知道咱妈在哪里，我去吧。"

安灏顺街往南去，直奔村南的河崖。因为近些日子他常在医院门前看到母亲拄根拐棍上河崖，有时在河崖上一站就是半天。所以他断定，老人家今儿一定又去那里了。

赵云秀从下午一点多钟就出来了，那雯依旧雪花飘飘似停不停，她感到一阵阵的虚烦，便闷好火炉一个人悄悄地出村向北走去。雪花夹着飕飕的小北风，抽打着她的脸颊，她拽了拽头巾略做遮掩，继续向北，向北。天上碎琼乱玉，地上雪声嚓嚓，身后霎时间便留下一行浅浅的脚印，这浅浅的脚印，不一会儿又渐渐地为雪花所淹没。赵云秀出村后似乎犹豫了一下，然后就径直朝北边不远处的安家坟地走去了。

赵云秀站在安家坟地上，痴痴地朝远处望着，由于连天大雪无休无止并且覆盖了安家集的河流田野，整个大地成了一片银白色。眼前的安家坟地里躺着祖孙几辈人，婆婆公公都静静地卧在他们父母的脚下，因为小风伴雪，坟头上积雪不厚，有的地方还露出黑土。赵云秀俯下身去，用手轻轻地刮去坟头上的余雪，然后从怀里取出一张阿訇老人前不久才写的"杜哇"小心地放在婆婆的坟头上，恭恭敬敬地磕了三个头。她站起身来，泣声道："妈，你们就要见到留根儿了……"赵云秀还想说什么，可是再也无力说下去了，她只觉得有股灼流如芥似火，沿喉上行直达天囟又忽地回落，最终在鼻腔中间凝结，一阵酸楚难耐的针刺感倏地冲出，她只来得及又叫了声"妈"就泣不成声了。她浑身颤抖着，抽搐着，像患了疟疾一样剧烈哆嗦，她只能哭，只能泣，因为再也说不出一句完整的话。风儿停了，雪儿住了，大地不堪重负般轻轻呻吟。

赵云秀在安家坟前站了很久很久，直到腿脚发麻才慢慢移动步子。她没有回家，而是沿着一条小道朝西北方向走去，一直走到西北角上的哈家坟地才蓦地停住，很明显，她是看望哈金瑞来了。

赵云秀在哈金瑞的坟头前立住，不动不哭也不说话。可能，她的哭她的话都于刚才坟上罄尽了，眼下只能以沉默和祈祷来表达。坟前有凌乱的践踏印痕，好像是有人来过了，可到底是谁呢？赵云秀看着坟头，回忆着和金瑞哥相处的那几年，越想越委屈，越想越难过，头脑开始发晕、发沉、发涨，她不敢想了。唉！人生驳杂，岁月如水，光阴荏苒中转眼就是几十年啊！赵云秀望望眼前白顶玉丘般的坟头，深深地鞠了三个躬，长叹一声，心里一酸，眼中汪起一片清泪。她喃喃道："走了，都走了！"

赵云秀离开哈家坟，又到左家小子的坟头上站了好一会儿，这才顺着大街走向村南的河崖。近些天来，她差不多每天都到这里站着朝南张望，有时一站就是小半天。多斯提们见了感到奇怪，就有人不免走上去问道：

"你老人家望什么呢?"她笑一笑,有时摇摇头,有时点点头,但从不说自己站在这里的原因。时日一长,人们也就习惯了。

今天,当赵云秀来到河崖上时,天色已近黄昏,她举首四顾,只见茫茫雪原通天彻地,清冷白亮中,人置身其中就像进了广寒宫。大地一片素缟铺陈,所有地面上的创伤与沟壑都被掩埋在温柔而洁净的白雪中。在高远空阔的天幕下,残雪的碎粒在莹莹闪烁着凄清凌峭的光亮,周围的一切仿佛凝滞了,只有偶尔的阵风一掠,天地间才划出一道让人心跳的灵动,在一片白茫茫纯洁无瑕的大地上荡起一波生命的涟漪。

赵云秀痴呆地立在河崖上,觉得自己被白雪紧紧包裹起,越裹越紧,几乎有点儿喘不上气来。眼前的情景和半生坎坷的经历令这个不堪重负的不幸女人再也无力支撑,她感到这洁净的世界又开始摇晃颠簸,继而慢慢旋转,升腾,迅速变幻的色彩和景物恍若梦境,她情不自禁地再一次喃喃叹息道:"这到底是为什么啊!"

赵云秀继续向远处望去,造纸厂的斜后方就是一个她所熟识的村庄。此时天已见黑,暮色四合,雪地映衬,光晕幻化,似有缕缕隐形的条状物在那村前空寂的上方游弋飘荡着,如梦似烟,扑朔迷离,接续不断地没于沉寂中的寥廓。有小风微微地刮起来,天地相连处忽然漾出淡而轻盈的雪旋儿,雪旋儿慢慢地轻轻地游走在河对岸的那片开阔地时,似乎刹那间又凝结为成形的"鲁赫",蹦蹦跳跳,走走停停,像天地生成的精灵孜孜不倦地寻找和吸吮它所需要的。

赵云秀在崖上站着。她举首远眺,大河大地茫茫雪原通天彻地。赵云秀痴呆地立在河崖上,觉得自己被白雪紧紧包裹。忽然间,这洁净的世界又开始摇晃颠簸,继而慢慢旋转,升腾,迅速变幻的色彩和景物恍若梦境。

远处有人喊:瞧,催妆驴,催妆驴到了!

催妆驴的后面,是四五个身穿红衣吹着唢呐和芦笙的人。村头旁边的响器班精神抖擞,喜曲高唱,唢呐嘹亮。小鼓铜钹齐响,长号呜嘟嘟吹起来。

一个倒骑驴的青年旁若无人地唱过来。

二斤高粱六斤肉哎——

爷儿们公鸡骑驴胯

高粱换回她一盅麦哎——

我给俺婶婶儿她，她

招回当年的那个小冤家……

催妆歌粗犷、高亢而古老。

古老的歌声带给人们以新奇的感觉。

歌声在波涛汹涌的大河中流淌，在清爽幽静的大平原上回荡……

赵云秀站在河岸上，痴痴地朝远处望着，听着。雪雾中，有一种神奇的细语般的响声自河中传出，但也仅仅是一小会儿，就又溘然冥断远逝天外了。

赵云秀感到脸上是难忍的紧箍感，用手一擦，一片片冰冷的碎凌扑簌簌滑落。

赵云秀继续在河岸上立着，不动也不说话。忽然间，她感到了冷，她知道自己应该回家了，就在这时，河崖下响起嚓嚓的脚步声，她真实地感觉到，是儿子安灏找她来了。

果然就是安灏。

安灏出了街口，他就看到母亲在河岸上站着。此时，苍茫的暮色从西边天际铺漫过来，母亲的身躯给罩上一层灰白相映的淡青色。在这淡青色的氛围中，母亲那略略前倾的身姿让安灏不由得产生了一种圣洁而神秘的感觉。他在心里问道："妈，我苦命的妈，您老人家总是长时间地站在这里，我知道你是在想什么、看什么、望什么。然而，隔着如此宽阔的水面，您又能看到什么？望到什么？盼到什么呢？"

安灏走上河岸，来到母亲跟前，见老人家正专注地望着彼岸十里长路的尽头，眼中闪着晶亮的泪花儿。他是医生，知道母亲此刻正沉溺在一种难以解释的情绪中，就立在旁边，不敢贸然打扰她。直到母亲转过身来，他才轻轻搀扶着母亲的胳膊说："妈，咱们回家吧！"

赵云秀看看儿子，点点头："回家，孩子，是得该回家了！"

母亲扶着儿子的肩膀转过身来时，又不由自主地扭头朝南望了望。此时，东南上，原先的砖瓦场改建的造纸厂在白雪覆盖下显得更加突兀。落雪无声，将那里的房屋树木尽行妆裹，黑白相间的空隙处有片片轻灵的雾气在时隐时现，有一只叫不上名字的大鸟儿从那里飘飘摇摇飞过来，在河的对岸上空叫了几声又缓缓地飘向远方。

图书在版编目(CIP)数据

洁白的世界 / 杨英国著. — 北京：中国文史出版
社，2020.1

（中国专业作家小说典藏文库·杨英国卷）

ISBN 978 - 7 - 5205 - 1459 - 0

Ⅰ. ①洁… Ⅱ. ①杨… Ⅲ. ①长篇小说 - 中国 - 当代

Ⅳ. ①I247.5

中国版本图书馆 CIP 数据核字（2019）第 237073 号

责任编辑：卢祥秋　薛未未

出版发行：**中国文史出版社**

社　　　址：北京市海淀区西八里庄 69 号院　邮编：100142

电　　　话：010 - 81136606　81136602　81136603（发行部）

传　　　真：010 - 81136655

印　　　装：廊坊市海涛印刷有限公司

经　　　销：全国新华书店

开　　　本：720 × 1020　1/16

印　　　张：22　　　　字数：349 千字

版　　　次：2020 年 1 月第 1 版

印　　　次：2020 年 1 月第 1 次印刷

定　　　价：68.00 元